南開詩學書系

民國詞話叢編

第四册

MINGUO
CIHUA
CONGBIAN

孫克强
楊傳慶　／　編
和希林

社會科學文獻出版社
SOCIAL SCIENCES ACADEMIC PRESS (CHINA)

第四册目録

忍寒廬零拾

龍榆生◎著

　　龍榆生（1902～1966），名沐勛，晚年以字行，號
忍寒。江西萬載人。曾任暨南大學、中山大學、中央大
學、上海音樂學院教授。其詞學成就與夏承燾、唐圭璋
并稱，爲二十世紀著名的詞學宗師。主編《詞學季刊》
《同聲月刊》。著有《風雨龍吟室詞》《東坡樂府箋》
《中國韵文史》《唐宋詞格律》《詞曲概論》《詞學十
講》《龍榆生詞學論文集》等，編有《唐宋名家詞選》
《近三百年名家詞選》等。今人編有《龍榆生全集》十
卷。《忍寒廬零拾》刊於《词学季刊》第 1 卷第 2、3
号。本書即據此收録。

《忍寒廬零拾》目錄

忍寒廬零拾

一 鄭叔問自評所作詞一

春假，過南潯劉氏嘉業藏書樓，留一日，瀏覽所藏善本圖籍，大有"如行山陰道上，應接不暇"之勢。在普通書庫內，見鄭叔問先生（文焯）手寫《樵風樂府》稿本二冊塗乙甚多，與刊本常有出入。惜以時間迫促，不及細勘。僅將叔問自為評語，錄出若干條，"得失寸心知"，倘亦足為研習鄭詞者之資助歟？

〔念奴嬌〕題云："甲辰仲夏，半塘老人過江訪舊，重會吳皋，感遇成歌，以致言嘆不足之意"詞云："小山叢桂，問淹留何意，空歌《招隱》。自見淮南佳客散，雞犬都沾仙分。碧海三塵，白雲孤抱，不羨靈飛景。仙才誰惜，世間空舐丹鼎。　　我亦大鶴天邊，數峰危嘯，一覺松風枕。三十六鷗盟未遠，獨立滄江秋影。詞賦哀時，湖山送老，吟望吳楓冷。梅根重醉，舊狂清事能領。"（《樵風樂府》六）批云："老友宋芸子誦此解，凄唳低徊，'至滄波秋影'之句，甚為予感唱不置。至'冷'字韻，不覺泫然涕之何從也。吾知鶩翁見之，又作何根觸之態。賞音良難，而歌者亦太苦矣。"〔迷神引〕云："看月開簾驚飛雨，萬葉戰秋紅苦。霜飆雁落，繞滄波路。一聲聲，催笳管，替人語。銀燭金鑪夜，夢何處。到此無聊地，旅魂阻。　　睠想神京，縹緲非烟霧。對舊河山，新歌舞。好天良夕，怪輕換，華年柱。塞庭寒，江關暗，斷鐘鼓。寂寞衰燈側，空淚注。杳杳雲端隔，寄愁去。"（《樵風樂府》七）批云：

"結句又極難合拍，蓋人人易作是調，却未輕許能到此境。南宋諸詞家，賦此解絕少，幾成虛譜矣。"

二　鄭叔問自評所作詞二

〔蝶戀花〕《擬馮延巳（刻本無此四字。）》云："春雨晚來過一陣，送了清明，有限花番信。又是傷春天氣近，陰晴半日都難定。見説好春新值閏，如夢如醒，依舊年時病。人事音書誰與問，游絲舞絮空添恨。"（《樵風樂府》八）批云："此詞昨夜口占，聲文諧會，屬引淒異，頗似《陽春》，三復爲之泫然，字字皆言之有物，可以自注，却不須注，轉深美也。"又一闋題"江南冬燠"云："携酒重尋看菊處。"檢刻本中未見，惜未全録。批云："昔人論詩，意高故可無文，文工則不求意，此解純以意以韵勝，略似《花間》，不惜歌者苦也，知音其惟漚尹乎。"

〔夜半樂〕題云："秋盡夜聞雨有懷。"詞云："暝寒中酒情味，江天漠漠，秋盡仍連雨。繞舊綠闌干，覓愁無處。砌蛩乍咽，城烏旋起，滿廊黃葉飄零，散風還聚。背暗燭、敲簾作人語。　　夜窗又到雁陣，獨掩低幬，更添沉炷。霜堞隱、羌笛淒淒危曙。泪凝叢菊，魂縈蔓草，幾回夢裏登臨，亂山歧路。渺京國、蒼茫見烟霧。

此際追感，少日狂游，舊家歌舞。念俊約、經時動離阻。恁蕭條、空嘆雪滿梁園賦。驚歲事、一卧滄江暮。畫樓天遠孤雲去。"（《樵風樂府》八）批云："伯弢云：'長調上去字音節呼應，宜慎審爲之。'此作發端一字及第二段'草'字，均宜去聲，因改定。（'暝'原作'晚'，'草'字刻本未改，原稿改作'何'字，惜忘録出。）又審詞中用上去例，以押韵爲轉應互合，不名一格。"〔夢夫容〕《秋江霞散綺》闋斷句云："畫屏曾展連唱，度花外幾叢扶晚醉。"（《菭雅餘集》）批云："'度'字百思始得之，音拍之難如是。"又論舉典云："詞中舉典至難，其妙處欲理隱而文貴，志微而辭顯。若朱、厲雕績滿紙，便是撦囊。"

三 鄭叔問石芝西堪宋十二家詞選目一

今春於嘉業堂獲見鄭叔問遺稿數種，內有《石芝西堪宋十二家詞選》寫目。惟細目僅及耆卿、東坡二家，蓋未定本也。茲爲迻錄如下，以備省覽。

《石芝西堪宋十二家詞選》

小令五家：

晏元獻《珠玉詞》

歐陽文忠《六一詞》

張子野《安陸集》（案草窗《齊東野語》云："余家藏子野詩三峽，名《安陸集》。"然則"安陸"爲子野集之總名，詞僅集中之一卷耳。《北宋人小集》稱爲《張都官集》者，非子野集原名也。朱竹垞《詞綜》亦載張先有《安陸集詞》一卷。稱子野詞者，惟見之陳振孫《直齋書錄解題》、馬端臨《文獻通攷》。今據草窗説，定爲《安陸集詞》，從其原名，最爲近古。）

晏叔原《小山樂府》

秦少游《淮海詞》

曼曲七家：

柳耆卿《樂章集》（吳興陸氏藏宋本。）

周美成《清真集》（北海鄭氏校元巾箱本汲古閣本。）

蘇子瞻《東坡樂府》

辛幼安《稼軒長短句》（見宋韓淲《澗下放言》。）

吳君特《夢窗詞》（據舊鈔本明萬曆二十六年太原張氏廷璋藏校定。）

姜堯章《白石道人歌曲》（陶南邨鈔宋嘉泰壬戌雲間錢希武刻本，乾隆己巳華亭張奕樞景宋本，又乾隆癸亥江都陸鍾輝刻本，乾隆二年仁和江炳炎鈔本。）

賀方回《東山寓聲樂府》（四印齋重刻本。）

四 鄭叔問石芝西堪宋十二家詞選目二

柳耆卿《樂章集》（據宋本校吳興陸氏十萬卷樓藏。）

雙調〔雨零鈴〕〔佳人醉〕〔歸朝歡〕

散水調〔傾杯樂〕又"樓鎖輕烟"一解

歇指調〔卜算子慢〕〔浪淘沙慢〕

林鍾商〔破陣樂〕〔雙聲子〕〔陽臺路〕〔定風波〕〔抛球樂〕

中呂調〔戚氏〕〔輪臺子〕〔引駕行〕〔彩雲歸〕〔夜半樂〕
〔祭天神〕

仙呂宮〔如魚水〕〔八聲甘州〕〔臨江仙引〕〔竹馬子〕〔望海
潮〕〔迷神引〕〔鳳歸雲〕〔玉山枕〕〔滿江紅〕

黃鍾調〔傾杯〕

般涉調〔塞孤〕〔安公子〕二解

正宮〔雪梅香〕〔尾犯〕(應列雙調前。)

右共三十三闋

《東坡樂府》(據元延祐刻本校參吳興朱氏編年集證本。)

〔青玉案〕〔江城子〕二解〔滿庭芳〕〔水調歌頭〕二解〔八
聲甘州〕〔醉蓬萊〕〔念奴嬌〕〔水龍吟〕二解〔歸朝歡〕〔永遇
樂〕三解〔賀新郎〕

右共十六闋

五 江蓬仙記彊邨先生逸事

自彊邨先生歸道山，即擬爲撰年譜；而遺聞佚事，搜訪未周；
遂致因循，難於脱稿。兹得友人永嘉夏瞿禪兄，轉示其鄉人江蓬
仙君（步瀛）所記逸事一則，亟爲迻録如次。江君曾與先生共事法
政學堂，其言當有可信也。

朱祖謀字古微，別號彊邨，浙江歸安人。癸未翰林，禮部右侍
郎。庚子秋，清廷有招撫義和團之舉。公至朝，痛陳利害，毅然高
聲大駡招撫者殺無赦。上怒，命左右捉公；幸其身矮小，從人叢中
逸去；星夜出京，歸隱吳江。至光緒三十四年，攝政王檢庚子奏
案，以公之奏摺敢言而不失國體；遂命蘇督端方勸公出山；詔書
數頒，卒不受。上著蘇撫聘爲江蘇法政學堂監督，以示國家禮賢
之至意。該堂係光緒三十二年間，就蘇州海紅坊之仕學館改組，
以官款創設之，故稱官立，規模粗具。經公接辦後，整理改善，日

見發達。學生二百餘人，分本選兩科；本科三年畢業，選科年半畢業；不收費，不寄宿，僅留中膳一餐，由官款供給之。常年經費，計銀二萬餘兩，按月向藩司具領；經費固屬充裕，而辦理尚感困難。學生中有所謂紳班者，雖經受過中等以上教育，然類多五陵年少，習氣難消；又有所謂官班者，上自道府，下至佐雜，其年齡大者四十五十，小者亦在二十左右；老少同堂，管理非易；而公能每日蒞堂，躬親計畫；莘莘學子，情感彌深；長校三載，無日不爲來學謀去路也。迨宣統三年八月間，奉詔命爲弼德院顧問大臣；正在拜闕謝恩之日，適川路發難，未幾革命軍興，兩湖光復，蘇浙響應。光復之後，蘇人士請公主持法校，浙人電公任軍政府事，皆以衰病力辭。從是退居滬上，易名鬻書，林下優游，校詞傳世。

六　謝榆孫記彊邨先生廣元裕之宮體鷓鴣天詞本事一

漚社同人謝榆孫孝廉（掄元）隱於星相，所居牯嶺路，與彊邨先生寓廬，相距咫尺；曾聞先生述所爲《廣元裕之宮體〔鷓鴣天〕詞》本事，錄入所爲《親廬詞話》中；云不日印行，因先逐取此節，以入《詞刊》。

朱彊邨師爲先大夫同年，交最深；余初未之見，旋於乙丑年在滬上馮君木處晤之；談及詞，則云：“子頗守家法。”先大夫與譚復堂、李蒓客交最久，不多作詞，作則篤守格律。師勉余曰：“子有暇，盍再研研習乎？他日可成一家。”遂於次日袖《彊邨語業》見貽；余由是作一詞，必請業焉。師云：“作詞之難，難於用虛實字；短調宜多用實字，凡於五言七言律句，下三字更宜用實字；長調亦然，但長調律句較少；名大家詞都如是。”其說與蒓客師同，謹志之不敢忘。師逝世後，龍榆生刊其續集見貽；其〔鷓鴣天〕《廣元裕之宮體》，皆有所諷，師曾爲余言之。詞云：“生小仙娥不自妍，璧臺金屋誤嬋娟。幾曾宛轉酬千珥，已忍伶俜過十年。　虬箭水，鵲爐烟。無端芳會散金錢。簾櫳早是愁時候，爭遣新寒到外邊。”“已忍”句言夫己氏就總統後，越數年始稱帝；

“爭遣”句言與日人締密約，爲日人所紿，卒爲英人所知也。“金斗微薰向夕涼，撲簾真見倒飛霜。竊香鳳子紛成陣，撼局狷兒太作狂。　　三嘆息，百思量。回腸斷盡也尋常。鏡前新學拋家髻，猶被狂花妒淺妝。”此言夫己氏一稱帝，反抗者群起也。“微步塵波避洛神，玉顏團扇與溫存。牽牛夜殿聞私語，騎馬宮門拜主恩。

翻覆雨，合離雲。經年纈雪舊啼痕。清狂一往寧無悔，却繡長旛禮世尊。”此言稱帝不成，一時冊封女官，都失望也。

七　謝榆孫記彊邨先生廣元裕之宮體鷓鴣天本事詞二

“罷轉歌喉道勝常，多生爭忍不疏狂。直饒在髮爲薌澤，未願將身作枕囊。　　蟾嚙鎖，鵲橫梁。東家著意在王昌。情知薄倖青樓夢，且坐佳人錦瑟旁。”此言夫己氏舊門客反對稱帝也。“聞道嬋娟北渚游，東風連苑冷於秋。無多裝綴花宮體，禁斷排當菊部頭。　　歡易散，夢難留。女牀鸞樹向人愁。紅豒憔悴同功繭，繅盡春絲未放休。”此言勸進之人也。“臨鏡朦朧懶卸釵，無聊啼笑枉多才。探看青鳥沉歡訊，橫臥烏龍本妒媒。　　笙字錯，錦梭回。肯將心力事妝臺。不知下九還初七，且疊紅箋寄恨來。”此言登極有期，勸進者都失望也。“未必芳期未有期，等閑蜂蝶劇嬌痴。側商小令翻新水，捲地狂香發故枝。　　風雨裏，苦禁持。有人低唱比紅兒。纔知滿樹金鈴繫，未省秋蟬落葉悲。”“側商”兩句，言復辟也。“歷劫相思信不磨，親將雙帶縮香羅。未灰蠟炬拌成泪，垂絕鷗弦忍罷歌。　　休躑躅，已蹉跎。珊鞭拗折負恩多。人間會有相逢事，奈此青春恨望何。”言反對復辟也。

彊邨本事詞

龍楡生◎著

《彊邨本事詞》刊於《詞學季刊》1933 年第 1 卷第 3 號。本書即據此收録。《龍楡生全集》亦收録《彊邨本事詞》。

《彊邨本事詞》目録

彊邨本事詞

　　彊邨先生四十始爲詞。時值朝政日非，外患日亟，左袒沉陸之懼，憂生念亂之嗟，一於倚聲發之。故先生之詞，托興深微，篇中咸有事在。年來旅食滬上，獲奉教於先生，三載之間，無旬日不相見，見必從論詞學，或共校訂。友人夏瞿禪有共箋先生詞集之議，屬予就近以詞中本事，叩諸先生，先生多不肯言。一日執卷請益，先生就其大者有所指示，予因從而筆記之。然欲叩其詳，亦堅不肯吐。既而先生下世，予擬爲撰年譜，而先生居汴梁及奉使嶺南時行事，采訪未周，加以人事牽率，因循未就。瞿禪來書督促，因先就所聞於先生，涉及詞中本事者，草成《彊邨本事詞》若干則，俾世之愛誦先生詞者有所考焉。其得諸先生故舊如張孟劬諸先生者，當別爲後編，藉資參證。他日旁搜清末野史，博訪遺聞，再當別撰長箋，勒爲定本。年譜之作，亦將以此爲“息壤”焉。先生有圈定《彊邨詞》一册，病中舉以授予。“得失寸心知”，亦足爲研讀者之一助。各詞密圈之處，謹即依之。咸同兵事，天挺蔣鹿潭（春霖），以發抒離亂之憂，世以擬之“杜陵詩史”，若先生所處時勢之艱危，視鹿潭猶有過之。讀先生之詞，又豈僅“黍離”“麥秀”之感而已？癸酉重陽前一日，沐勛附記。

彊邨詞前集

一　高陽臺

〔高陽臺〕《殘雪》云："飄樹烟零，封階粉退，餘寒猶沍苔文。畫意無多，尋常埋没芳塵。斜陽著意相憐惜，是愁心、不耐温存。且銷他，一額凉蟾，來伴深尊。　　東闌步玉人歸否？剩簫香半炧，衾綉孤温。依約檐聲，隔簾滴到黄昏。朝來便化春潮去，問何人、省識冰魂。謝東風、不當花看，爲剗愁根。"先生是時與江陰夏閏枝（孫桐）丈同官京朝，夏公實始誘爲倚聲之學，此闋其開端也。先生方在會典館，以考差事有所抑鬱，故有"謝東風不當花看"之語。

二　丹鳳吟

〔丹鳳吟〕《和半塘四月二十七日雨霽之作依清真韵》云："斷送園林如綉，雨濕朱旛，塵飄芳閣。黄昏獨立，依舊好春簾幕。分明俊侶，雲時乖阻，鏡鳳盟寒，衫鸞妝薄。漫托青禽寄語，細認銀鈎，珠泪潛透牋角。　　此後別腸寸寸，去魂總怯波浪惡。夜暝天寒處，拼鉛紅都洗，眉翠潛鑠。舊情未訴，已是一江潮落。紅燭玉釵恩易斷，悔圓紉重握。影娥夢裏，知是時念著。"此爲翁同龢罷相作。

三　念奴嬌

〔念奴嬌〕《同理臣、半塘觀荷葦灣，用白石韵》云："采香夢醒，涉江人不是，年時吟侶。姹隊鴛鴦偷眼下，狼藉花無重數。錦淑風多，珠房凉重，那更連天雨。江南多恨，老仙休唱愁句。
薄暮。隔岸争翻，田田新曲，斷送簫聲去。一鏡闊紅誰管得，淒入笛船烟浦。羅扇單寒，朱闌憔悴，莫辦移家住。殘蟬無賴，日斜嘶斷歸路。”先生於葦灣遇南海康有爲，方與人大談新政，面有得色。詞蓋有感於斯事而作。

四　解連環

〔解連環〕《七月十四日坐雨有作》云：“雨凉無極。傍西池暗換，畫屏猩色。有倦旅、偎枕燈初，數不斷唳鴻，遠天如墨。亂葉流紅，鶩鷥散、鴛鴦踪迹。問誰家瘦玉，喚起故情，冷咽胸臆。

綠窗已拼怨抑，又天涯樹樹，哀響攪入。便有約、重夢香叢，怕前地漂花，總凝愁碧。打盡枯荷，幾曾減、秋塘波力。但贏得、鏡棱泪點，斷雲共滴。”時正屬行新政，裁汰官員。“打盡枯荷”二句，謂清寒微末，橫被裁減，而於國庫終無補益也。

五　鷓鴣天

〔鷓鴣天〕《九日豐宜門外過故人別業》云：“野水斜橋又一時，愁心空訴故鷗知。淒迷南郭垂鞭過，清苦西峰側帽窺。　　新雪涕，舊弦詩。憒憒門館蝶來稀。紅萸白菊渾無恙，祇是風前有所思。”爲劉裴邨（光第）被禍後作。劉爲“戊戌六君子”之一。

寒灰集

一　婆羅門引

〔婆羅門引〕云：“斜橋絮起，亂紅牽恨點重茵。慵鶯尚語殘春。聞説凌波新步，遮斷綉漪塵。恣蠟鐙羅帶，鬥取閑身。　　長安麗人。算醉醒、總迷津。狼藉東風不管，祇避花瞋。波簾翠幰。夢不散、相思堤上雲。釵鈿約、總是愁根。”爲義和拳亂事作。

二　菩薩蠻十三闋

〔菩薩蠻〕十三闋，全爲庚子拳亂作。其第五闋云：“茱萸錦束胡衫窄。乘肩倦態偎花立。回扇喚風來。春窗朱鳥開。 壓愁麟帶重。多謝行雲送。虯箭水聲微。飄鐙人不歸。"此爲義和團中所謂"紅燈照"者作。第七闋云："蜂衙蝶館參差對。行軒四角流蘇綴。一霎謝橋風。蠻花委地紅。 玉璫緘翠札。曲折何緣達。商略解連環。人前出手難。""蜂衙"二句謂各國使館，"蠻花"句謂日本書記官被戕事，"玉璫"以下，先生自謂曾苦諫，不蒙采納也。第八闋云："弱楊睥睨秦蘅老。駄金走馬長楸道。寶馬鸊鷉裘。東方居上頭。 背丸珠錯落。脱手翻阿鵲。際海發紅桑。箙心花箭香。"此謂董福祥兵肆行劫掠也。第十一闋云："鬧紅滿鏡衝單舸。叠瀾不定銖衣嚲。新語約餐霞。恨無書報他。 留仙裙襉薄。傾蓋鴛鴦覺。錦字太無憑。閑愁携手生。"此爲許景澄、袁昶死難作。

三　點絳脣

〔點絳脣〕《雁來紅》云："擡舉西風，醉扶一捻鵑魂小。誤花疑草，別樣傷秋稿。 窺笑東鄰，解妬宫妝好。秋孃覺，茜裙顛倒，收拾紅情早。"此爲大阿哥作。"東鄰"以下，謂未能結好於各國，致事不克諧也。

四　點絳脣

前調《鳳仙》云："丹穴春姿，托根翻戀朱闌好。抱香多少，夢穩秦樓曉。 奩史新繙，瘦損麻姑爪。秋妝了，守宫紅小，來伴花房擣。"此爲赫德作。赫德爲當時辦稅務之西人，曾令其子入合肥籍，謀應庚子鄉試，不成。

五　聲聲慢

〔聲聲慢〕《十一月十九日味耼以〈落葉詞〉見示感和》云："鳴螿頹城，吹蝶空枝，飄蓬人意相憐。一片離魂，斜陽摇夢成烟。香溝舊題紅處，拼禁花憔悴年年。寒信急，又神宫淒奏，分付哀蟬。　　　終古巢鶯無分，正飛霜金井，拋斷纏綿。起舞回風，纔知恩怨無端。天陰洞庭波闊，夜沉沉流恨湘弦。搖落事，向空山休問杜鵑。"此爲德宗還宮後卹珍妃作。"金井"二句，謂庚子西幸時，那拉后下令推置珍妃於宮井，致有生離死別之悲也。

六　楊柳枝四闋

〔楊柳枝〕四闋，爲當時四軍機作。其一云："舊夢吹花著渭橋，新愁封淚問湘皋。永豐坊畔風流極，晚向人前鬪舞腰。"爲瞿鴻禨作。其二云："無主樓臺半夕陽，笛中人去更回腸。東風銷盡宮黃點，背定愁鶯理舊妝。"爲鹿傳霖作。其三云："似水鵑聲一夕催，青絲驕馬斷章臺。分明搖落江潭路，依舊傞傞軟舞來。"爲王文韶作。其四云："通體當風弱不支，年光銷盡斷腸絲。不辭身作桓宣武，看到金城日墜時。"爲榮祿作。

懷舟集

楊柳枝四闋

〔楊柳枝〕四闋，爲後四軍機作。其一云："故苑腰肢掌上輕，花街踢馬舊知名。啼鶯莫訝成陰早，栽近津橋眼便青。"爲榮慶作。其二云："人道枯稊不作絲，迷離烟雨又龍池。東風吹作流萍去，勝結菖蒲解笑誰。"爲慶王作。其三云："橫笛吹花出汴州，長條抵死鬥風柔。錦帆自解傷離別，無復春波斷得愁。"爲徐世昌作。其四云："雪絮相和減却春，樓臺白日斷歌塵。金鞭分道長楸去，莫笑章臺舊舞人。"爲鐵良作。

忍寒漫録

龍榆生◎著

《忍寒漫録》刊於《同聲月刊》第 1 卷 2、3、4、5、6、7、9、11 號，第 2 卷第 1、2、4、8、9、10、11 號，第 3 卷第 2、10、11 號，第 4 卷第 2、3 號。署名"籜公"。《龍榆生全集》亦收録《忍寒漫録》。

《忍寒漫録》目録

忍寒漫録

一　胡展堂論詞詩

往年予居滬上，舉辦《詞學季刊》，頗主蘇辛，謬欲以壯音轉移風氣。老友大厂居士，方持嚴律之説，於四聲陰陽虚實，一一篤守，以爲必如此，乃得與填詞之"填"字，名實相符也。是時胡展堂先生，方卧病香港，與予及大厂，以詩歌相酬答，藉遣煩憂。胡先生以予二人交誼極深，而論詞相左，終乃以詞人自處，爲詩兩解之。今胡先生下世數年，而大厂窮愁客寄，音書阻絶，歲寒濡响，悵憶前游，不禁感喟交集矣。偶檢《不匱室詩鈔》，轉録有關於詞學之作如次：

《讀榆生教授論學詞文，九叠至韵寄之》云："藝事非苟然，矩矱有必至。治詞嚴四聲，如詩争半字。抑亦傷心人，甘自縛才思。式穀念後生，時復祝我類。奄奄二百年，蘇辛幾擯弃。詞派闢西江，感深興廢事。照天騰淵才，奔走呼號意。樂苑耿傳燈，豈奪常州幟。邁往足救亡，斯言可終味。"

二　與展堂先生聲氣相投

《不匱室詩鈔》，又有《十叠至韵，續寄榆生教授》云："我不能倚聲，感興亦嘗至。去家三萬里，懷人一百字。歸示嶺南客，謂有東坡思。内慚竭吭吻，敢望齊品類。冒易三折肱，嬲索使勿弃。漸於此道嫻，當識甘苦事。君爲多士言，慷慨非常意。依然托體尊，不廢異軍幟。高調取自娛，何如有同味？"

又《榆生以答大厂作見示，二十八叠至韵，率呈兩君》云："大辯在無言，有言皆篤至。同住海之涯，爱石復爱字。一心儀廣樂，萬態約微思。但患遠於人，不患出其類。居士固嘗云，泛愛無所弃。賢哉朱彊翁，何止藏山事。托體有必尊，救時亦深意。我如聾者歌，敢樹調人幟。冷暖衹自知，一滴大海味。"

時予與展堂先生，尚未謀面，而聲氣之相投如此。救時私願，何日稍酬？區區文字之微，亦聊盡我心而已！

三　張孟劬先生餘力爲詩詞

張孟劬先生於研經紬史之暇，餘力爲詩詞，別具風標，婉麗獨絕。十數年來，每有所作，輒以見寄。予既爲寫定《遯盒樂府》，頃正付刊。又擬編次所爲詩，別繕清本，藏諸篋笥。偶於舊肆，得民國初年蔣箸超君所輯之《民權素》雜志，有先生所爲七律三首，詞十數首，皆未經見之作，想先生亦不復省憶及之矣。特爲轉録三詩如下：

《春感》："眼昏四海仍兵氣，心似孤雲爲底忙？越客高吟動寥沉，吳天遠色亟青蒼。看花已恨春無主，止酒寧聞醉有鄉。如此滄江堅一卧，何須季主卜行藏。"

《歲闌口占二首》云："一爐團坐各搘頤，天遣勞人慰所思。豈有蛾眉畏謡諑，絕憐鶴骨太清奇。腸澆苦茗愁堪滌，夢憶寒梅俗可醫。手拓軒窗聊一笑，殘年飽飯欲何爲。""十日曾無一事成，愁聽臘鼓鬧年聲。宦情似繭重重縛，客味如醪細細傾。欲把大醇還宇宙，敢忘小忍就功名。諸公莫訝狂奴態，坐擁殘書亂一檠。"

四　程孟陽題畫絶句

亂後偶於金陵小肆，以法幣三圓，買得休寧程孟陽（嘉燧）摹王叔明山水小幅，愛其氣韵渾厚，因亟求孟陽《松圓居士集》，以一讀爲快。托人訪諸燕市滬濱，久無消息。最後始由友人曹靖陶君，爲覓得鄧氏風雨樓重印本《松圓浪淘集》十八卷，《偈庵集》二卷。予最愛其題畫絕句，嘆爲淒凉怨慕，得未曾有。漫錄數首如下：

《題畫（題帕二絕）》云："清溪百叠遠含風，樵路漁源望欲通。一段鄉愁何處著，傷春無味夕陽中。""客路無媒類轉蓬，人間薄命是丹楓。胭脂縱似桃花色，難挽春光二月紅。"（自注：比玉畫"霜葉紅於二月花"，索詩與伎。）

《憶金陵雜題畫扇》云："最憶西風長板橋，笛床禪閣雨瀟瀟。祇今畫裏猶知處，一抹寒烟似六朝。"

《許儆韋白下寄丙午所畫〈秦淮秋雨〉索題》云："六年光景未題詩，畫得如塵似夢時。斷雨濕雲休細看，看來容易鬢成絲。"

五　水雲樓詞續跋

往年讀上元宗原翰《水雲樓詞續跋》，有"婉君亦以死殉鹿潭，瀕死，向陳百生再拜乞佳傳"之語，因遍求陳傳不可得。頃偶於冷攤見陳百生《遺集》四卷，亟購歸讀之。泰興朱銘盤爲撰序及墓表，略稱："廬江吳武壯公，嘉君之文，以賻賵之貲，命予爲刊布之。君家在東臺，去吾縣幾二百里，家又無張戶之子，久不相通問，獨其詩日陳於予前，時時得諷誦之。"此《遺集》四卷，爲著易堂仿聚珍版印，僅有其詩，所爲《婉君傳》，殆不可復見矣。百生名寶，東臺人，同治辛未進士，授翰林院檢討，以光緒四年八月十七日，卒於京師館舍，年四十有二。予以鹿潭故，求百生文不得，乃得讀其詩，亦在沉埋幽翳中，然則百生翻藉鹿潭以傳矣。集中有《哭蔣鹿潭》詩四首，亟爲錄出，以供讀蔣詞者之參稽焉。

《哭蔣鹿潭》："拾橡逢狙怒，乘軒爲鶴謀。一身成長物，無處著扁舟。湖海幾人識，水雲餘此樓。冷楓江上淚，多事又千秋。""瀰迤津亭暮，篷篿最可哀。青山吳市鋪，白酒末陽杯。斷送嗟何計，牢愁政爲才。衆人方笑汝，魂在莫歸來。""切切琵琶語，勞勞燕子家。三生空夢裏，半照忽天涯。螺黛貧先減，鸊裘冷更賒。

小紅原未嫁，何處馬膌花。""江寒雨雪多，獨夜鬢須皤。別路疑吳楚，悲心雜嘯歌。宦餘差結客，情至倦驅魔。何日要離冢，呼君出女蘿。"

六　日本詩人竹添漸卿

頃於吳下，得桐西漫士編《聽雨閑談》稿本，有記日本詩人竹添漸卿一則，所舉諸詩，并饒情韵。不知其人仍健在否？思求其全集讀之。特將《閑談》所紀，轉録如次：

日本詩人竹添漸卿，工詩古文詞。光緒丙子，挾貲游隴蜀，著有《棧雲峽雨日記》。年近三旬左右，好學不倦，洵東國之杰出也。《泊鄧家沱》詩云："久爲巴蜀客，又向楚天過。村古蚊聲集，江開日色多。淫祠仍故俗，夜舫自蠻歌。搔盡星星鬢，羈愁奈汝何。"《潯陽》云："淪落天涯白髮生，荻花楓葉又秋聲。琵琶聽遍江南北，纔到潯陽便有情。"《白家店雨夜》云："石氣蒸作雲，吹送千峰雨。客子倦不歡，冷火掩蓬户。夜黑林有風，惡夢忽逢虎。"斷句如"一澗白雲人影淡，千林緑雨客衣凉"，"衣帶棧雲疑有雨，日蒸峽樹欲生烟"，"輕燕受風忙似客，垂楊委地懶於春"，皆清雋可誦。

七　沈子佩詞

武進沈生，以其先德子佩（昌宇）先生所著《泥雪堂詩詞鈔》見贈。其詞有《惋秋》《草間》《過江》《錦瑟》《轉蓬》等五集，各自爲卷，共得一百十三首。仁和譚復堂（獻）先生，曾選入《篋中詞續》，又爲點定全集，附以短跋云："子佩已矣！才高失職，侘傺不平，身世之故，托於倚聲，皆商音也。"清代常州詞派，自茗柯出而大啓門庭，作者輩出。子佩先生承其鄉先哲之餘緒，又值咸豐兵事，故多激昂慷慨之音。所謂"流別甚正，家數頗大"者也。爰録二首如下：

〔醉太平〕《紫琅晚眺》云："平沙遠洲，斜陽小樓。微茫一葉輕舟，到長江盡頭。　　鄉關早秋，江山暮愁。繁華轉瞬都休，祇寒潮自流。"

〔水調歌頭〕《自題燈昏酒醒圖四首》之一云："却坐黯無語，殘照閃虛幃。美人遺我長劍，云可斷相思。我試低頭拂拭，淬水蓮花灩灩，手滑不能持。恐作不平嘯，誤我少年時。　　游仙夢，迷弱水，路逶迤。千秋萬歲魂魄，相見杳無期。纔聽杜鵑啼血，又見慈烏頭白，宛轉喚歸栖。君看酒襟上，都化泪痕滋。"

八　屈翁山詞闢前賢未有之境

溫飛卿以"金荃""握蘭"名其詞集，取其香而弱也。在歌詞盛行之世，金尊檀板，取便珠喉，抽祕騁妍，固宜香弱。然思不越乎閨房之内，語不離乎兒女之情，陳陳相因，亦復令人生厭。況詞樂久亡之後，詞已變爲長短不葺之新詩體，不有沉雄邁往之氣，瑰偉奇麗之辭，亦何足以開拓萬古之心胸，推倒一世之豪杰乎？元遺山稱東坡詞有因病以爲妍者，豈與夫縛於聲律，窘若囚拘者，所可同年而語也？

頃讀趙氏惜陰堂新刊《道援堂詞》，明遺民番禺屈翁山先生(大均)撰。中多邊塞之作，闢前賢未有之境。蓋先生自明亡後，嘗歷游秦隴，觀山河之勝，慨然有興復之志，與顧亭林氏如出一轍，故其磊落、悲凉之概，一發於詩詞，迥異凡響也。兹特迻録數首，與同好共賞之。

〔長亭怨〕《與李天生冬夜宿雁門關作》："記燒燭雁門高處，積雪封城，凍雲迷路。添盡香煤，紫貂相擁夜深語。苦寒如許！難和爾，凄凉句。一片望鄉愁，飲不醉鑪頭駝乳。　　無處問長城舊主，但見武靈遺墓。沙飛似箭，亂穿向草中狐兔。那能使口北關南，更重作并州門户。且莫吊沙場，收拾秦弓歸去。"

九　道援堂詞

屈翁山《道援堂詞》，又有〔意難忘〕《自宣府將出塞作》

云："山轉雲中。問花園上下，蕭后遺宮。鴛鴦雙灤在，木葉四樓空。洋河雪，紇干風，愁不度居庸。恨一春戰雲慘淡，直接遼東。

揮鞭且莫恩恩。愛笳吹兜勒，邊女唇紅。駝鞍眠正穩，馬乳飲還濃。休出口，奮雕弓，更奪取胡驄。料數奇，徒然猿臂，白首難封。"

〔滿江紅〕《陰山道中》云："秖赤陰山，黃水外，龍堆相接。最愁見，邊雲群起，牛羊無別。白草已將青草變，平城并與長城沒。倩蘆笳吹出漢宮春，梅休折。　　天斷處，沙如雪。天連處，沙如月。總茫茫冰凍，未秋寒徹。柳未成條風已斷，鶯將作語春頻歇。勸行人莫殢紫游繮，教華髮。"

〔八聲甘州〕《榆林鎮吊諸忠烈》云："大黃河萬里捲沙來，沙高與城平。教紅城明月，白城積雪，兩不分明。恨絕當年搜套，大舉事無成。長挹秦時塞，付與笳聲。　　最好榆林雄鎮，似駱駝橫臥，人馬皆驚。更家家飛將，生長有威名。爲黃巾、全膏原野，與玉顏、三萬血花腥。忠魂在，願君爲厲，莫逐流螢。"（自注：榆林鎮，流寇號爲駱駝城，馬見而畏。）

右錄各詞，皆噴薄而出，讀之使人神王。

一〇　秋江集

永福黃任，字莘田。予弱冠任教廈門，嘗從閩縣陳石遺先生（衍）問詩學。先生於清人絕句，最喜稱道樊榭"萬頃吳波搖積翠，春寒來似越兵來"及莘田所作《春日雜思》："百折紅闌不見人，小池風皺綠鱗鱗。夕陽大是無情物，又送牆東一日春。""橘花和露落青苔，鏡檻無風暗自開。涼月不知人已散，殷勤猶下畫簾來。"屢於廣坐誦之，謂堪師法也。迄今二十年，始獲讀莘田《秋江集》。集爲乾隆刊本，有許廷鑠、陳兆侖、桑調元三序。陳序稱"莘田以康熙壬午舉於鄉，屢擯禮部。中間流寓姑蘇，頗事聲色，不自顧藉，大病而歸。踰年宰粵東四會，兼攝高要。高要故領端溪三洞，而莘田有硯癖，喜過其望。又長於吏幹，爲上官所器。高要本劇邑，迎刃以解，四會恢恢耳。風葉雅措，聲聞日隆，遂有忌之者，讒於當軸，以嬾嫚不親政罷去。莘田既廢，而嗜硯益篤。家居構精舍，榜曰'十研軒'，招三數密友，歌嘯其中。然終以負冤謗未究施設爲恨，故多托於美人香草，繚戾抑塞之音。抑或禪榻茶烟，撫今懷昔，往復折挫，情辭哀到而韵彌長"云云。全書六卷，古體少而近體多，尤以絕句爲最擅勝場。低徊掩抑，一唱三嘆，如《楊花》云："行人莫折柳青青，看取楊花可暫停。到底不知離別苦，將身還去作浮萍。"又《三月十六夜作》云："傳語吳棉半臂添，楝花風到晚來尖。如何香霧濛濛濕，愛忍春寒不下簾。"皆凄婉可誦。

一一　粵兩生集

南海潘若海先生（之博），雅善倚聲，夙爲彊邨先生所推許。梁令嫻女士，曾采其詞十餘闋入《藝蘅館詞選》。彊翁復爲删定遺稿，與順德麥孺博先生（孟華）所作，合刊爲《粵兩生集》。二氏詞并多激昂慷慨之音，信不愧爲抑塞磊落之奇才也。頃承張孟劬先生檢寄潘氏遺詞二闋，特爲迻録於此。惜案頭無《粵兩生集》，不省曾否收入集中耳。

〔西河〕《壬子八月游頤和園作》："深靜地。宸游當日曾記。逶迤御宿比昆明，翠華慣涖。瑤池王母望依稀。仙山樓閣飛峙。

閶風夢，易吹墜。斜陽暗換人世。波漂菰米黑沉雲，半池剩水。牙檣錦纜幾飄零，白鷗時自驚起。　　偶來眺賞不自意。怯高寒危闌愁倚。漠漠黍禾無際。感興亡漫洒西風殘泪。如見銅駝荆棘（作平）裏。"

〔霜葉飛〕《宿開平鎮署和清真韵》："接天衰草。荒山戍、夕烽光照林表。戰雲群馬猛嘶風，動四城凄悄。漸獵獵旌旗蕩曉。譙樓低挂寒星小。便縱不聞鷄，也起舞須臾，尚喜燭影留照。　　因笑皂帽青衫，江南倦客，此間何事來到。白頭幕府厭趨迎，感杜陵懷抱。況戰伐乾坤未了。邊笳猶作凄凉調。看夜徂干戈裏，萬事低迷，恨添多少。"

一二 清人詞集

客居無俚，稍稍留心於清人詞集。所得約近百種，大抵皆中葉以後小名家也。偶感於彊邨先生"枉抛心力作詞人"之句，已覺悔遲。而又惜此劫灰鼠蠹之餘，并爲作者畢生心血所寄，相憐同病，奚忍令其湮没無傳。而或者索值稍高，未能悉得，則姑從坊間假閲，略記其卷帙内容，而舉原本還之。他日將彙編爲《清詞經眼録》，俾喜談近代詞學者有所采焉。

《淮海秋笳集》一卷，咸豐庚申冬遲雲山館刊本。前有甘泉李肇增序。凡選録十二家：儀徵張安保石樵《晚翠軒詞》七首，甘泉范凌霅膏庵《冷灰詞》二首，儀徵吳熙載讓之《匏瓜室詞》五首，儀徵汪鋆硯山《梅邊吹笛詞》二十首，甘泉李肇增冰署《冰持庵詞》一首，甘泉王㷭小汀《受辛詞》二十首，儀徵張丙炎午橋《冰甌館詞》四首，樂平黄涇祥琴川《荳蔻詞》五首，江都郭夔堯卿《印山堂詞》六首，江都馬汝楫濟川《雲笙詞》十首，甘泉黄錫禧子鴻《栖雲山館詞》二十二首，蓋平姚正鏞仲海《江上維舟詞》二十二首。又附刻通州白桐生《書亭詞》二首，類皆朋游唱酬之作，亦足覘彼時淮海詞風云。

《琴隱樓詞集》四卷，別題《畫梅樓倚聲》，武進湯貽汾雨生撰，光緒初曹愷堂重刻《琴隱園詩集》附刊本。貽汾風流文采，大節凛然，事詳清史本傳及《國朝常州詞録》。與同邑董士錫善，嘗共論詞，亦常州詞人中之健者。其集初經曹氏授梓，旋成煨燼，今傳世者率爲重刊本也。

一三 聚紅榭雅集詞

《聚紅榭雅集詞》二卷，咸豐丙辰閩刊本。前有黄宗彝序，及謝章鋌小引。悉爲社課之作，限題不限調。卷一題爲"海棠""春雨""春月作吊柳會""春夜聞笛""葬花""春柳""范蠡泛西

施""春夢""垓下""春燕""紅豆""殘棋""鐵佛"。卷二題爲
"柳青女史圖""櫛髮""過小西湖""蠹魚""登烏石山""《琵琶
記》題後""禿筆""鸚鵡洲吊禰正平""瓶花""團扇""書燈"
"驅蚊""荷露""曇花""射虎""詞債""燈花""七夕""秋
蘭""秋雨"。作者有錢塘高思齊文樵，長樂謝章鋌枚如，侯官宋
謙已舟，劉三才壽之，閩縣劉勷贊軒等五人。除章鋌負盛名，有
《賭棋山莊詞話》等行世外，餘皆不甚爲世所知者也。黃序略稱：
"純鼻之音，惟吾閩尚存，乃千古一綫元音之僅存於偏隅者。漳泉
人度曲，純行鼻音，則尤得音韻之元矣。夫豈昆山弋陽所可及哉，
豈可以南蠻鴃舌外之哉。且江韻中字，古多與東冬同用。其偏旁
从工，空春童農丰夅恩從宗龍等字，皆東冬部。設文以之取聲，閩
音得之。四方人讀江如姜，遂合爲江陽韻，乃俗音，非古音也。先
仙韻中字，如天田等字，半入真部。尤侯幽韻中字，如劉流留樓投
頭矛浮猴等字，半入肴部。此皆閩音之有合於古者也。兒字古近
日平聲，吾閩獨存，四方將笑爲里語者矣。大字古近代字音，吾閩
獨存，四方將誚爲土諺者矣。至重脣音之轉爲輕脣，舌頭音之轉
爲穿齒，吾閩依然三代之前之本音也。"此可爲研究古音及方音之
參考，特節存之。

一四　香草詞

《香草詞》一卷，南通周曾錦晉琦撰，民國十年排印周晉琦遺
著本。晉琦少孤，既以優行試京兆不第，愈恣意詩詞，與里中諸子
結大鏞詩社，以酬唱爲樂。又工弈，精篆刻，卒年三十八。詞雖頗
傷率易，未足名家，而天趣盎然，亦才人之筆也。〔如夢令〕《送
綏伯回揚》云："試問玉堂金馬。何似竹籬茅舍。送子上雕鞍，我
亦布帆將挂。歸也。歸也。相見水邊林下。"〔七娘子〕云："扁舟
蕩入西湖裏。隻身來訪孤山寺。不見梅花，杳無仙鶴，孤山此際真
孤矣。忽然雨作東風起。冥濛一片天連水。處士墳邊，小青墓下，
恩恩展罷無留意。"可見其詞格之一斑。曾錦又有《臥廬詞話》一

卷，其論魏伯子（際瑞）詞云：“伯子本不以詞名家，其詞不衫不履，然頗有俊快之筆。〔蝶戀花〕云：‘妾本城南楊淑女。小字留姑，自小南門住。門對桃花三四樹。春風日日花叢駐。　　那日門前曾一遇。郎自多情，特地回頭覷。妾本無情仍未許。等閑花裏窺郎去。’又‘獨立蒼苔東望久。明月黄昏，恰上西園柳。幾陣宫鴉歸去後。碧天雲樹空搔首。　　漫説破愁須是酒。影落深杯，越看成清瘦。泪迸銀盤如散豆。翠微峰上人知否。’又‘年少風流人第六。小扇新詞，字字蠅頭緑。扇手一時同似玉。玉人何必何平叔。

我欲爲君歌一曲。我唱君酬，歌斷心相續。但願無情無眷屬。無愁無恨無孤獨。’”曾錦謂小時誦之，至今不忘，亦足徵其蘄嚮之所在矣。

一五　復堂日記二條

予前草《論常州詞派》一文，於常州作者之得失利病，妄有論列。旋讀《復堂類稿》，喜其先獲我心，特爲摘録日記二條，以補拙稿之未備。其一則云：“閲王氏《詞綜》四十八卷，二集八卷。王侍郎（昶）去取之旨，本之朱錫鬯，而鮮妍修飾，徒拾南渡之瀋，以石帚、玉田爲極軌。不獨珠玉、六一、淮海、清真皆成絶響，即中仙、夢窗深處，全未窺見。予欲撰《篋中詞》，以衍張茗柯、周介存之學。今始事王選，所掇者百一而已。”又一則云：“閲黄燮清韵珊《詞綜續編》。填詞至嘉慶，俳諧之病已浄，即蔓衍闒緩貌似南宋之習，明者亦漸知其非。常州派興，雖不無皮傅，而比興漸盛。故以浙派洗明代淫曼之陋，而流爲江湖。以常派挽朱、厲、吴、郭（頻伽流寓）侂染餖飣之失，而流爲學究。近時頗有人講南唐北宋，清真、夢窗、中仙之緒既昌，玉田、石帚，漸爲已陳之芻狗。周介存有‘從有寄托入，以無寄托出’之論，然後體益尊，學益大。近世經師惠定宇、江艮庭、段懋堂、焦里堂、宋于庭、張皋文、龔定庵多工小詞，其理可悟。”吾前以復堂所輯《篋中詞》，實受常州影響，觀此足證吾言之尚非大謬矣。

一六　清詞玉屑關於鴉片戰役之詞料

英夷盤據香港，瞬及百年。自鴉片戰爭，此彈丸荒島，經我國割讓，遂爲英夷侵略遠東之根據地。傾全國之膏髓，填他人之慾壑。彼所謂高等華人，竄伏其間，受其穿鼻，死而無悔者，真不解是何心肝也。今者形勢轉移，回思舊事，猶有餘痛。偶閱閩縣郭蟄雲先生《清詞玉屑》，有關於鴉片戰役之詞料，因亟錄出，以供留心世運者之考覽云。《清詞玉屑》卷四：“海氛肇自焚烟一舉。林文忠以江督奉使涖粵督其事，與粵督鄧嶰筠有笙磬之契。嶰筠賦〔高陽臺〕云：‘鴉度冥冥，花飛片片，春城何處輕烟。膏膩銅盤，枉猜繡榻閑眠。九微夜爇星星火，誤瑤窗多少華年。更那堪，一道銀潢，長貸天錢。　　星楂恰到牽牛渚，嘆十三樓上，暝色凄然。望斷紅牆，青鸞消息誰邊。珊瑚網結千絲密，乍收來萬斛珠圓。指滄波，細雨歸帆，明月空舷。’即述搜檢鴉片事。文忠和云：‘玉粟收餘，金絲種後，蕃航別有蠻烟。雙管橫陳，何人對擁無眠。不知呼吸成何味，愛挑燈夜永如年。最堪憐，是一丸泥，損萬緡錢。

春雷欻破零丁峽，笑蜃樓氣盡，無復灰然。沙角臺高，亂帆收向天邊。浮槎漫許陪霓節，看澄波似鏡長圓。更應傳，絕島重洋，取次回舷。’二詞俱盛傳於世。又因防海，於中秋夕同登沙角礮臺絕頂晾樓，月輪湧上，海天一色，以〔月華清〕詞相唱和，嶰筠詞有云：‘却料通明殿裏，怕下界雲迷，蜃樓成市。訴與瑤閶，今夕月華烟細。’文忠詞亦云：‘問烟樓撞破何時，怪燈影照他無睡。’固不離本恉。相傳文忠募善泅者，鑿破敵艦，敵頗憚之。因有詔留文忠督粵，而移嶰筠督兩江。嶰筠上元人，建節鄉里，尤推異數。於道光庚子元旦受代，賦〔換巢鸞鳳〕云：‘梅嶺烟宵。正南枝意懶，北蕊香饒。甚因催燕睇，底事趁鴻遙。頭番消息恰春朝。蓼汀杏梁，青雲換巢。離亭柳，漫縮綫繫人蘭棹。　　思悄。波渺渺。簫鼓月明，何處長安道。洗手諳姑，畫眉詢婿，三日情懷應惱。新婦無端置車帷，故山還許尋芳草。珠瀛清，耆襟期兩地都曉。'文忠亦和之,迨抵金陵,寄文忠〔酷相思〕句云:'眼下病,心頭事。怕愁重和春擔不起。儂去也心應碎。君住也心應碎。'尤見藎臣肫抱。二公忠誠體國,而其詞皆雍容閑雅,世以韓范擬之。"

一七　林鄧二公以詞相唱和

《清詞玉屑》卷四,又紀林、鄧二公在戍所以詞相唱和云:"朝廷用時相穆鶴舫議,以琦相督粵主和,而二公俱譴戍。嶰筠有《伊江新月》〔百字令〕詞,頗傷遲暮云:'戍樓西眺,乍纖纖光逗,邊庭新月。曾是烏孫盤馬地,笳管而今吹裂。草尚藏鈎,冰將碎玉,冷照弓刀雪。如環纔好,那禁窺户如玦。　　搔首欲問嬋娥,還應知我,白了盈簪髮。縱不傷春春也瘦,休負枚生七發。雲擁參旗,風催疊鼓,夜向南山獵。歸來欹枕,夢回天上宮闕。'又與文忠綏定城看花,同賦〔金縷曲〕,嶰筠句云:'雁柱華年真一夢,問嘹鵑可解離人意。春漸老,勸歸未。'文忠則云:'怨綠愁紅成底事,任花開花謝皆天意。休問訊,春歸未。'襟抱固稍不同。蓋嶰筠長於文忠者十年,當戍邊時,已逾周甲,後竟先文忠賜還。九日入嘉峪關,有"説與歡腸,者回客況是歸去"之句。嶰筠七十,文忠亦六十,有《寄壽少穆》〔壽星明〕四闋,次闋後半云:"賈生才調無倫。聽交口同聲遍搢紳。笑吾先衰也,安能為役,公真健者,迥不猶人。百斛扛餘,千鈞繫處,宣室還聞念逐臣。曾造膝,謂公才勝我,天語如春。'注謂:'去冬引對養心殿,蒙諭:朕看林某才具,似勝於汝。具徵先皇睿識。'又末闋述墾荒事云:'萬里邊城,地幹遙通,萊蕪未開。恰我聞有命,勸農隴右。公行復起,闢地輪臺。雁户操豚,鱗塍買犢,搜粟摸金莫浪猜。真成笑,笑屯田籌海,一例相陪。　　曼胡纓短風吹。定策馬龍沙幾日回。念花門種别,休教咨怨,葑陂利溥,盡盼招徠。將受厥明,曰嘉乃績,異域銘功羨此才。承丹詔,向酒泉西望,定遠歸來。'文忠督墾,周歷邊城者累載。迄奏績,歲省濟邊費甚巨。邊帥入告，盡歸其功於文忠，乃以京卿内召。其不蔽賢，亦有足多者。"

一八　清詞玉屑記賽金花事

自《孽海花》説部，艷稱賽金花事，近人尤喜言之。《清詞玉屑》引晚清諸家詩詞，似較他説爲可徵信，爰特録之如次。

瓦酉踞西苑，適儀鸞殿灾，蕩腥氛，刬瑕迹，若有神主之。劉忍盦〔河瀆神〕云："東望海塵飛。青山千騎來時，霧花零落彩鸞啼。紅牆十里烟迷。　　八琅靈曲宮商换。沉醉瑶池宵宴。開遍宮牙小舊。芙蓉城畔誰見。"疑即紀瓦酉事。蓋北里有賽娘者，曾從某學士使西瀛，因與瓦酉舊識。油碧重迎，流黄雙縍，時憑鶯舌，以戢鯨牙。半塘〔畫堂春〕云："清歌都作斷腸聲。西園斜月朧明。海棠濃睡近三更。誰唤春醒。　　自是楊花輕薄，等閑易逐浮萍。墜歡如夢隔銀屏。慵似心情。"當亦指此。後聞瓦酉以此擾譴，賽復流轉章臺。林畏廬於酒間見之，傷其憔悴，爲填〔子夜歌〕一解云："悄花陰玉人半面。抑抑似聞微嘆。溯前事鸞宮，春圍夢裏，柳風吹散。臨鏡黛蛾，勝衣釵客，未解年光换。甚天家全缺，金甌抛下，趨臺黯碧，燕慵鶯懶。　　舊游處珠樓錦榭，望裏已堪凄惋。倦枕追歡，芳園罷酒，都覺傷心慣。盡移紅换紫，春痕銷盡啼眼。年少風流，擔愁禁恨，争比楊花健。想歸休人静燈昏，怎生排遣。"前數年聞人言，賽娘適人復寡，留滯故都，時爲人述所歷事。貧甚，至以米袋爲簾，蓋幾於李師師之掬飲檐溜矣。樊山《彩雲曲》結句云"彩雲易散琉璃脆，此是香山悟道詩"，爲之三嘆。

一九　清詞玉屑紀及庚子秋詞本事者

朱彊邨先生詞，言外多有事在。先生晚年寓滬，予嘗叩以各詞所指。僅約略告知若干則，嘗就所聞，爲文載於《詞學季刊》，意欲備他日爲《彊邨語業》作箋之用。人事牽率，迄無所成，殊可愧也。頃閱郭氏《清詞玉屑》,有紀及《庚子秋詞》本事者,因并録之。

《庚子秋詞》,惟漚尹(彊邨別號。)吊山陰王輔臣郎中〔鳳銜杯〕詞,序其事特詳,其詞云:"斡難河北陣雲寒。咽西風鄰笛凄然。説著舊恩、新怨總無端。誰與問,九重泉。 悲顧影,悔投箋。斷魂招、哀进朱弦。料得有人、收骨夜江邊。鸚鵡賦誰憐。"蓋輔臣客吉林將軍幕,將軍欲募拳仇外,輔臣力諫,不納,遂行。或言去將不利於將軍,乃追回而殺之。先是輔臣嘗濟其困,故有"舊恩新怨"語,余已録於《詩乘》。其他諸作,皆隱約其詞,惜無箋釋之者,然大旨尋繹可見。如漚尹〔夜游宫〕云:"門掩黄昏細雨。乍傳出當筵金縷。休唱江南斷腸句。小銀箏,十三弦,新換柱。 花外殘蛩絮。暗咽斷碧紗烟語。愁結行雲夢中路。起挑鐙,叠紅箋,封泪與。"言政府易人,留京臣僚,合詞請懲凶議款也。半塘〔鷓鴣天〕云:"無計銷愁獨醉眠。倦看星斗鳳城邊。舊時勝賞迷游鹿,入夜秋聲雜斷猿。 空暗澹,漫留連。眼中不分此山川。何堪歌酒東華路,泪盡西風理怨弦。"謂聯軍盤據禁苑,叫囂廛陌也。又〔謁金門〕云:"霜信驟。消得驚秋人瘦。昨日紅蓮今日藕。斷腸君信否。 人世悲歡原偶。休怨雨雲翻覆。寶玦珊瑚珍重取。五陵佳氣有。"哀首禍親貴也。〔三字令〕云:"春去遠,雁來遲。恨參差。金屋冷,緑塵飛。玉關遥,羌笛怨,盡情吹。 從別後,數歸期。幾然疑。紅爐暗,玉繩低。枕邊書,襟上泪,斷腸時。"謂京僚疏請回鑾,而訂期屢展也。餘作皆有所指,略舉其大端而已。

二〇 文道希先生遺詩

吾鄉文道希先生(廷式),為陳蘭甫先生(澧)高第弟子。光緒庚寅成進士,以一甲第二授編修,旋擢侍讀學士。感激帝知,屢上封事,太后憎之,削職南歸。戊戌政變,慮禍及,走日本,與彼邦詩人游處,甚見推挹。内藤湖南博士所著《意園懷舊録》,屢稱道之。頃閱番禺葉氏輯印《文道希先生遺詩》，所存與彼邦人士唱酬之作，如《日本古城貞吉，字坦堂。相遇滬上，贈予以所撰〈支那文學史〉，索詩，別後却寄》云："滄海橫流寄此身，頭銜私喜署天民。豈知零落栖遲地，忽遇嶔崎磊砢人。定論文章千古在，放懷世界一花新。停雲自此長相憶，何處桃源欲問秦。"又《和禾原君韻》云："同洲贈縞話新歡，醉聽清歌七返丹。鐵鑄六州成錯久，鋼經百煉化柔難。冲霄龍劍光仍燦，照座鶯花夜未殘。剪燭欲論興廢事，天河不動感微瀾。""春風吹暖白蘋江，嘉客來游泛海艭。叔度風裁容我接，元龍豪氣爲君降。篋中劍術千人敵，鏡裏花光一笑雙。酒半更添詩思綺，夜珠如月勝蘭缸。"又《贈內藤湖南》云："七國三邊正糾紛，驚猿挂木雁呼群。逍遙曠野期遺世，縹渺仙山獨見君。奇字每詢劉貢父，兵謀還憶杜司勛。靈芝岜草今猶昔，重理瀛洲百代文。"又《和野口寧齋贈詩韻》云："小院風簾皴細漪，梅花飄霰紙窗知。可無雪棹尋安道，恰有琴弦待子期。世局長安連□□，君心樂府衹銜碑。他時殿閣微凉夕，爭得南薰解慍吹。"又《再疊前弦》云："聞香讀畫靜風漪，春信猶寒燕子知。并饜熊魚從我欲，相逢勞燕與君期。優游且唱無愁曲，感仰終書有道碑。回首崎陽題別緒，南風猶惜片帆吹。"於此足見同聲之雅。日前與今關天彭君譚及，知道希先生在彼邦詩友，當不止上述諸人。其詩篇之散佚者，殆亦不知幾許矣。

二一 夏映盦丈手批東山樂府

夏映盦丈手批《東山樂府》，又拈出其近清真者，如〔斷湘弦〕（〔萬年歡〕）云："淑質柔情，靚妝艷笑，未容桃李爭妍。紅粉牆東，曾記窺宋三年。不間雲朝雨暮，向西樓南館留連。何嘗信美景良辰，賞心樂事難全。　　青門解袂，畫橋回首，初沉漢佩，永斷湘弦。漫寫濃愁幽恨，封寄魚箋。擬話當時舊好，問同誰與醉尊前。除非是明月清風，向人今夜依然。"批云："回環宛轉，清真作法如此。"又〔傷春曲〕（〔滿江紅〕）云："火禁初開，深深院盡重簾箔。人自起、翠衾寒夢，夜來風惡。腸斷殘紅和淚落，半隨經雨飄池角。記采蘭携手曲江游，年時約。　　芳物大，都如昨。自怨別，疏行樂。被無情雙燕，短封難托。誰念東陽消瘦骨，更堪白紵衣衫薄。向小窗題滿杏花箋，傷春作。"批云："'人自起'句，挺接妙極。此篇所用虛字，前後貫串。此類處所，又清真所同。"又卷末總批云："《老學庵筆記》，稱方回喜校書，丹黃未嘗去手。詩文皆高，不獨工長短句。張文潛序，亦有或者譏方回好學能文，而惟是爲工之語。今人稱方回，遂但知其詞矣。《四庫提要》於《慶湖遺老集》評語，亦言詞勝於詩。余以爲方回詞之工，正得力於詩功之深也。《王直方詩話》，謂方回言，學詩於前輩，得八句云：'平淡不涉於流俗。奇古不隣於怪僻。題咏不窘於物義。叙事不病於聲律。比興深者通物理。用事工者如己出。格見於成篇，渾然不可鎪。氣出於言外，浩然不可屈。'此八語，余謂亦方回作詞之訣也。小令喜用前人成句，其造句亦恒類晚唐人詩。慢詞命辭遣意，多自唐賢詩篇得來。不施破碎藻采，可謂無假脂粉，自然穠麗。張叔夏謂與吳夢窗皆善於煉字面者，多於李長吉、温庭筠詩中來，大謬不然。方回詞取材於長吉、飛卿者不多，所以整而不碎也。"

二二　賀方回能兼豪放婉約二派之勝

予素喜賀方回《東山樂府》，以爲能兼豪放、婉約二派之勝，爲學詞者所宜先。頃讀夏映庵丈手批本，發明義蘊，尤足爲讀賀詞者之大助。其認爲近稼軒者，有如〔將進酒〕（〔小梅花〕）云："城下路。淒風露。今人犁田古人墓。岸頭沙。帶蒹葭。漫漫昔時流水今人家。黃埃赤日長安道。倦客無漿馬無草。開函關。掩函關。千古如何不見一人閑。　　六國擾。三秦掃。初謂商山遺四老。馳單車。致緘書。裂荷焚芰接武曳長裾。高流端得酒中趣。深入醉鄉安穩處。生忘形。死忘名。誰論二豪初不數劉伶。"批云："是漢魏樂府。"又〔行路難〕云："縛虎手。懸河口。車如鷄栖馬如狗。白綸巾。撲黃塵。不知我輩可是蓬蒿人。衰蘭送客咸陽道。天若有情天亦老。作雷顛。不論錢。誰問旗亭美酒斗十千。 酌大斗。更爲壽。青鬢常青古無有。笑嫣然。舞翩然。當鑪秦女十五語如弦。遺音能記秋風曲。事去千年猶恨促。攬流光。繫扶桑。爭奈愁來一日却爲長。"批云："稼軒豪邁之處，從此脫胎。豪而不放，稼軒所不能學也。"又〔橫塘路〕（〔青玉案〕）云："凌波不過橫塘路。但目送、芳塵去。錦瑟華年誰與度。月橋花院，瑣窗朱户，衹有春知處。 飛雲冉冉蘅皋暮。彩筆新題斷腸句。若問閑情都幾許。一川烟草，滿城風絮，梅子黄時雨。"批云："稼軒穠麗之處，從此脫胎。細讀《東山詞》，知其爲稼軒所師也。世但言蘇辛爲一派，不知方回，亦不知稼軒。"又〔六州歌頭〕云："少年俠氣，交結五都雄。肝膽洞。毛髮聳。立談中。死生同。一諾千金重。推翹勇。矜豪縱。輕蓋擁。聯飛鞚。斗城東。轟飲酒壚，春色浮寒瓮。吸海垂虹。閑呼鷹嗾犬，白羽摘雕弓。狡穴俄空。樂恩恩。 似黄粱夢。辭丹鳳。明月共。漾孤篷。官冗從。懷倥傯。落塵籠。簿書叢。鶡弁如雲衆。供粗用。忽奇功。笳鼓動。漁陽弄。思悲翁。不請長纓，繫取天驕種。劍吼西風。恨登山臨水，手寄七弦桐。目送歸鴻。"批云："與〔小梅花〕一曲，同樣功力。雄姿壯采，不可一世。"又〔伴雲來〕（〔天香〕）云："烟絡橫林，山沉遠照，邐迤黄昏鐘鼓。燭映簾櫳，蛩催機杼，共苦清秋風露。不眠思婦，齊應和幾聲砧杵。驚動天涯倦宦，駸駸歲華行暮。 當年酒狂自負，謂東君以春相付。流浪征驂北道，客檣南浦。幽恨無人晤語。賴明月曾知舊游處。好伴雲來，還將夢去。"批云："稼軒所師。"

二三　郭頻伽畫西湖餞春圖

春韶且逝，芳節多陰。偶憶湖上舊游，不勝悵惘。適從廖懺翁處，獲觀奚鐵生（岡）爲郭頻伽（麐）畫《西湖餞春圖》，題咏諸家，皆一時名勝。感懷今昔，又不僅有風流消歇之悲而已。頻伽自爲《西湖餞春詩序》云："山水之樂，友朋之懽，離合聚散之感，動於中而發於言，人情所不能已者乎。西湖天下之名山水也。羈旅之日，春盡之朝，放舟延緣，折簡招客，於時新樹皆綠，孤花猶紅，白雲忽起，溢渤浮動。少選之間，四山盡失，湖雨乍歇，倒景入船。蒼翠萬狀，一日數變。婆娑其間，不知日之向夕。夫山水終古而在，四時之序，終則復始。友朋之離合聚散，邈然不可得而知也。況東西南北之人之偶會於此，而又值其時與地之足以樂乎心者乎。忻然而樂，淒然以感，斐然而有作，情也。與是會者，東鄉吳嵩梁、錢唐何元錫、陳鴻壽，期而不至者錢唐奚岡。岡以畫名一時，實爲其圖。序之者吳江郭麐也。"又是日得五律二首即書於後云："湖頭誰浣紗，湖面明朝霞。良友忽相見，莫春初落花。船如天上坐，人以水爲家。（蘭雪時居舟中。）及此渺然去，我生安有涯。""好雨疏還密，亂山澹欲無。天連三面水，人弄一湖珠。投宿漚鷺國，餞春櫻笋厨。不須王潑墨，隨意作新圖。"吳、何諸家詩，容俟續錄。先錄阮文達公（元）所題五律云："湖似詩常好，春如人易歸。六橋紅雨歇，三月綠陰肥。把琖理吟篋，題襟聯裌衣。浮踪愁未定，雙槳白鷗飛。"

二四　周星譽詞與誠齋詩

伏中於雙照樓席上，聞鶴亭翁誦其外叔祖祥符周昀叔先生（星譽）詞，有"牆裏梨花花上月，花底闌干"之句，以爲風華絶勝。頃間于役吳門，買得江陰金氏原刊《東甌草堂詞》二卷，展誦一過，知其取徑於白石、稼軒。疏快清新，信爲才人之筆。其〔浪淘沙〕全闋云："六曲小屏山。杏子單衫。笙嚢如水玉凫殘。雙燕和人同不睡，商略春寒。　　香霧濕雲鬟。迤邐傭彈。重門深鎖蠣牆南。牆裏梨花花上月，花底闌干。"輕綺而不流於纖弱，讀之殊令人回腸蕩氣也。

頃又於吳門舊肆，得嘉慶初吳江徐山民（達源）校刻《誠齋詩集》十六卷。誠齋詩宋刻本，世已無傳，乾隆間廬陵楊氏曾據舊鈔重刻。今中華書局《四部備要》本，即據以翻印者也。原刊亦

殊罕覯，《四部叢刊》所據舊鈔本，訛奪特多。往聞王伯沆先生藏
有精鈔，惜已經亂散佚矣。此徐刻本，由郭頻伽得吳氏瓶花齋鈔
本，考校付刊，頗有刪汰，約得全集十之七八。前有陽湖趙翼序，
略云：「詩文隨氣運日趨於新，新者未有不故，惟就人人所共見共
聞，習焉不察者。慧眼靜觀，一經指出，不覺出人意外，而其實仍
在人意中。此則新者常新，可歷久不敝。故巧於爭新者，必不肯傍
門戶，落窠臼，戛戛獨造，以自成一家。其爭新也，在意而不在
詞。當其意有所得，雖村夫牧豎之俚言稚語，一切闌入，初不以爲
嫌。及其既成，則俚者轉覺其雅，稚者轉覺其老。初閱之，不免列
爲小家。惟不避小家，乃益成其獨有千古。此誠齋詩所以不可無
一，不能有二也。」吾觀甌北詩，出以淺語，往往能曲盡人情物
態，宜其知誠齋之深切也。

二五 李之儀論詞

北宋人論詞之作，殊不多覯。近讀李之儀《姑溪居士文集》，
有關論詞之作，足爲研討之資。之儀見重於東坡，又與蘇門四學
士及賀方回等，常有往還。而遺集除《姑溪詞》見於毛刻《宋六
十家詞》外，惟《粵雅堂叢書》有其詩文全本。以是他家引用宋
人詞論者，亦罕及之。茲爲轉錄如次。

之儀《跋吳思道小詞》云：「長短句於遣詞中最爲難工，自有
一種風格，稍不如格，便覺齟齬。唐人但以詩句，而用和聲抑揚以
就之，若今之歌陽關詞是也。至唐末，遂因其聲之長短句，而以意
填之，始一變以成音律。大抵以《花間集》中所載爲宗，然多小
闋。至柳耆卿，始鋪叙展衍，備足無餘。形容盛明，千載如逢當
日。較之花間所集，韻終不勝。由是知其爲難能也。張子野獨矯拂
而振起之，雖刻意追逐，要是才不足而情有餘。良可佳者，晏元
憲、歐陽文忠、宋景文，則以其餘力游戲，而風流閑雅，超出意
表，又非其類也。諦味研究，字字皆有據，而其妙見於卒章。語盡
而意不盡，意盡而情不盡，豈平平可得仿佛哉。思道覃思精詣，專

以花間所集爲準。其自得處，未易咫尺可論。苟輔之以晏、歐陽、宋，而取捨於張、柳，其進也，將不可得而禦矣。”此一段可見李氏教人學詞之法。

二六　跋小重山詞

《姑溪集》又有《跋小重山詞》云：“右六詩，托長短句，寄〔小重山〕。是譜不傳久矣。張先子野始從梨園樂工花日新度之，然卒無其詞。異時秦觀少游，謂其聲有琴中韵，將爲予寫其欲言者，竟亦不逮。崇寧四年冬，予遇故人賀鑄方回，遂傳兩闋。宛轉紬繹，能到人所不到處。（下略。）”此一段可見北宋人填詞，必依樂譜，以求協律。不似後人之斤斤於四聲清濁，而仍不免盲填也。

又《題賀方回詞》云：“右賀方回詞，吳女宛轉有餘韵，方回過而悦之，遂將委質焉。其投懷固在所先也。自方回南北，垢面蓬首，不復與世故接。卒歲注望，雖傳記抑揚一意不遷者，不是過也。方回每爲吾語，必悵然恨不即致之。一日暮夜，叩門墜簡，始輒異其來非時。果以是見訃，繼出二闋。予嘗報之曰，已儲一升許泪，以俟佳作。於是呻吟不絶韵，幾爲之墮睫。尤物不耐久，不獨今日所艱。予豈木石哉。其與我同者，試一度之。”此一節可爲考方回行實之資料。

二七　大厂居士題畫詞

亡友大厂居士，詞翰之餘，兼精繪事。偶因興到，放筆寫花卉山水，有蕭疏淡遠之趣，洵爲天賦逸才也。畫成，隨手題句，或詩或詞，立就不加雕飾，較其精心結撰之作，轉近自然。惜未能彙刻成編，傳之來葉耳。偶於行篋中，得其水仙小幅，題云“吳覺翁‘昨夜冷中庭，月下相認’，詞旨蕭寂，率筆擬之。并賦小句，仍次翁〔夜游宮〕韵”：“鐙下摧絲已響，魯孤夢練衣初冷。如寄珠江蛋家艇。賦湘妃，奈塵生，水中影。　　毫禿鋒猶勁，剩慘綠蘸成俄頃。未借幽馨愛光景。抱清幽，隔年人，獨知醒。”是幅作於丙子長至夕。録存於此，蓋不勝人琴之痛矣。

二八　跋凌敲引

《姑溪集》又有《跋凌敲引》云："凌敲臺表見江左，異時詞人墨客，形容藻繪，多發於詩句。而樂府之傳，則未聞焉。一日，會稽賀方回，登而賦之。借〔金人捧露盤〕，以寄其聲。於是昔之形容藻繪者，奄奄如九泉下人矣。至其必待到而後知者，皆因語以會其境，緣聲以同其感，亦非深造而自得者，不足以擊節。方回又以一時所寓，固已超然絕詣。獨無桓野王輩，相與周旋，遂於卒章以申其不得而已者。則方回之人物，茲可量已。"此一節可爲研讀《東山寓聲樂府》之參考。

二九　金陵雜詩

南皮張文襄公（之洞）"酖毒山川是建康"之句，爲時傳誦。頃讀文襄全集，有《金陵雜詩》十六首，精闢之處甚多，撮録數首如次："兵力無如劉宋强，勵精政事數蕭梁。何因不享百年祚，酖毒山川是建康。""太白南游意可傷，吳宮泯滅國山荒。雪讒自寫浮雲感，豈爲登臺吊鳳凰。""孟老録中思汴臺，達摩曲裏鄴城灰。世間少有蘭成賦，便覺江南最可哀。""宰相荒嬉夜宴闌，保儀新拜掌書官。春風一半殘桃李，獨有潘郎忍泪看。""媒嬻開場隴麥肥，君王射雉撒重圍。祇今游戲無生氣，惟見蕃兒獵騎歸。"文襄號爲近世達官中之最工歌咏者，此亦足見一斑矣。

三〇　楊昀谷先生沁園春詞

吾鄉楊昀谷先生，名增犖，又稱僧若。工詩，尤敦風操。晚歲歸依佛法，憔悴以終。遺詩已刊行。頃見其《題釋戡先生握蘭簃裁曲圖》〔沁園春〕詞云："誰譜新歌，促調繁聲，使人不歡。嘆桂華飄斷，柘枝顛倒，雲階寂寞，月殿荒寒。樹下逢君，花間斠律，幾度追尋空谷蘭。天如夢，又瀣風相激，井水都乾。　　　偷間嚼句珠鞍。記酒後歸來星未闌。有玉簫金管，銀笙鐵笛，仙姝驚喜，梵衆留連。周郭豪情，湯洪餘韵，今日猶聞三五弦。君何恨，怪數章初定，兩鬢微斑。"典瞻可喜，因轉録之。

三一 樂府補題載水龍吟詞

《樂府補題》載〔水龍吟〕《浮翠山房擬賦白蓮》，除王沂孫外，尚有周密、王易簡、陳恕可、唐珏、吕同老、趙汝鈉、李居仁、張炎諸家同作。蓋皆南宋遺民，結社聯吟，以寄身世之悲，與宗邦之痛也。詞多不備録，録王易簡、唐珏各一首，以資參證。王作云："翠裳微護冰肌，夜深暗泣瑶臺露。芳容淡泞。風神蕭散。凌波晚步。西子殘妝，環兒初起，未須匀注。看明璫素襪，相逢憔悴，當應被，西風誤。　十里雲愁雪妒。抱淒涼盼嬌無語。當時姊妹，朱顏褪酒，紅衣按舞。別浦重尋，舊盟惟有，一行鷗鷺。伴玉顏月曉，盈盈冷艷，洗人間暑。"唐作云："淡妝人更嬋娟，晚奩净洗鉛華膩。泠泠月色，蕭蕭風度，嬌紅斂避。太液池空，霓裳舞倦，不堪重記。嘆冰魂猶在，翠輿難駐，玉簪爲誰輕墜。　別有凌空一葉，泛清寒素波千里。珠房泪濕。明璫恨遠，舊游夢裏。羽扇生秋，瓊樓不夜，尚遺仙意。奈香雲易散，綃衣半脱，露涼如水。"二家非專力於詞者，托意亦殊相仿佛也。

三二 吕碧城女士詞集

旌德吕碧城女士，早歲蜚聲詞苑，晚乃皈依佛法，而仍不廢倚聲。其所歷可喜可愕之境，殆爲我國數千年來女子中所僅有。其人奇，其境奇，故其發而爲詞，亦絶非歷來閨秀所能囿。其詞初刊於中華書局出版之《吕碧城全集》。壬申秋末，在日内瓦湖畔，重加訂定，單印《信芳詞》二卷。丁丑孟夏，復合舊稿，益以新製，釐爲四卷，題曰《曉珠詞》，後附其長姊遺著《惠如長短句》一卷，托友人刊於新嘉坡。曾寄數十册，屬予分貽同好。其後復手寫《雪繪詞》一卷見寄，藏篋衍中。去歲得女士自香港寄予新刊小册，則《雪繪詞》又改題《山中白雪詞選》，附於所著《觀音菩薩靈籤·勸發菩提心文》之後。播梵音於樂苑，而仍不失其爲絕妙好詞。其人雖亡，而芳菲無歇矣。

三三　沈乙庵先生餘力爲詩詞

嘉興沈乙庵先生，在近世名儒中，最稱淹博。中年致力西北輿地之學，撰述甚富。遺稿經張孟劬先生校定者，將在本刊次第發表。餘力爲詩詞，隨手拈破舊日曆，或截新聞紙之一角，或取友朋箋封，反面書之。無題可考者，尤居多數。先生下世後，歷經朱彊邨、陳仁先諸先生爬梳理董，仍未能一一寫出。本刊第一卷所載《重編海日樓詩》四卷，尚非其全也。

三四　大厂居士題詞

大厂居士病中曾爲予作《衰柳殘荷》立幅，淡墨留痕，極凋疏之致。并題〔浣溪沙〕詞云："多難誰從證此秋。新涼能病悟真愁。肯扶幽怨共登樓。　　絲慘盡交流夢去，香紅猶帶夕陽收。近池塘處笑輕漚。"蓋絕筆也。

三五　吳瞿安詞

長洲吳瞿安先生（梅）以治南北曲，擅名當世。事變忽起，避兵轉徙湖湘間，復由桂入滇，病歿於大姚縣。當居湘潭日，曾以手定《霜厓詞錄》寄予滬上，欲予爲刊入《滄海遺音集續編》。時變亂方亟，力有未能也。其門人潘景鄭君（承弼），從予錄副，云將爲壽梨棗。轉瞬五年，潘君始以石印本見示。喜其得廣流傳而無負師門風誼也，因綴數語紀之。瞿翁《自叙》略云："長調澀體，如耆卿、清真、白石。夢窗諸家創調，概依四聲。至習見各牌，若〔摸魚子〕〔水龍吟〕〔水調歌頭〕〔六州歌頭〕〔念奴嬌〕〔甘州〕〔臺城路〕等，宋賢作者，不可勝數，去取從違，安敢臆測。因止及平側，聊以自寬。中調小令，古人傳作，尤多同異，亦無勞斷斷焉。"此足窺見其填詞之態度矣。

三六　譚嗣同石鞠影廬筆識

詩發於人情所不能自已。勞人思婦，偶然寄懷於此，往往超出名家之上。以其情真語真，無意於弋名取譽也。讀瀏陽譚復生嗣同《石鞠影廬筆識》，載有灞橋題壁詩云："柳色黃於陌上塵，秋來長是翠眉顰。一彎月更黃於柳，愁殺橋南繫馬人。"又會寧縣云："最是凄涼鄉夢醒，臥聽老馬嚙殘芻。"又西安旅舍有贊卿氏詩云："閑花著地秋將盡，落葉敲鐙夢不圓。"皆掩抑低回，令人把玩無盡。

三七　沈乙庵致朱彊邨二札

檢行篋得沈乙庵先生致朱彊邨先生二札，特錄存之。其一云："古微仁兄大人閣下：冶城分道，瞬已逾年。冬月明聖泛舟，雲山韶濩，頗有領會。惜不得與公偕行共證也。獻歲以來，伏惟起居集福。坡詞校例精詳，恐當為七百年來第一善本。願記數語，發揮此意，機緒尚未湊泊也。杭游得詩十餘首，錄奉教覽，以當晤談。頗有鄧尉探梅之意，天氣稍和，即當買棹，但須公作導師耳。甚望覆我數字，此請道安。植，初九日。"其二云："古微仁兄大人閣下：冶城分手，倏已五旬。歸禾後埋首書叢，幾及一月，卷帙始稍歸次第，而《詞律》末帙迄未檢得。感夫人楚歌聲節，尚在夢夢也。硯傳大屋，未曾忘懷，茲請李景虞君往前一看。景虞為橘農廉訪喆嗣，公在都當曾見過，乞飭紀嚮導為盼。鄉閭凋敝，月異歲殊，而農民疾苦真形，轉掩於斷爛名詞之下。法政學者主持加稅，心理更熱於農曹。此事隱憂，殊難意量。憲法不保治安，氓庶安所托命乎。日內擬至杭一轉。近有新製，乞示一二，以警蓬心。即請著安不具。植，冬月初五日。"

三八　徐光啓詩

近閲《松江府志》稿本，附《松風餘韵》，載上海徐文定公光啓詩二首，其《邊塞苦寒吟》云："四座且莫譁，聽我吟苦寒。寒從何地起，乃自邊城始。凉秋白露前，霜華大如錢。窮陰歲欲往，雪片過於掌。木皮三寸隴山頭，層冰百尺交河上。愁遠望，空青蒼。玄猿嘯，雕鴻翔。衝飆旦夕至，沙礫自飄揚。地迥浮雲凍，城危落日黄。戍孤笳響切，風緊角聲長。金柝朝朝傳朔氣，鐵衣夜夜迸寒光。慘兮絶，憭兮冽。行路難，無家別。自古向沙場，驚魂常九折。君不見，戰將人持瀚海冰，忠臣獨飲天山雪。嗟嗟苦寒，慨以眇歡。憂來無方，何用相寬。弧矢男兒志，鬚眉壯士顔。雕文雙劍去，龍額錦衣旋。那羨五陵游俠子，終老紅爐暖閣間。"頗有古樂府遺意。文定詩流傳絶少，爰特録之。

三九　秦右衡先生遺詩

張孟劬先生寄示其師秦右衡先生遺詩一首，爲孟劬寫詩而作，其詩云："君詩如披沙，金光見瀗沱。珠玉信罡風，咳唾寧有我。我書亦君詩，十畢會一妥。方法孕靈水，陽燧胚奇火。鵬背厚於積，鷃枋搶且墮。所遇非强對，耳耳良亦叵。文人何以觀，瘣木浪爲厄。愧彼稷下人，帥天雜髡過。"書近狂草，頗難辨識，惜孟劬遠客燕都，不獲就詢有無訛誤耳。秦名樹聲，字晦明，與朱彊邨先生爲至友，著有《乖庵文録》。詩詞不多作，詞祇一首，已載入葉遐庵氏之《廣篋中詞》云。

四〇　鄭叔問致鄧秋枚一札

晚近詞流，以高密鄭叔問（文焯）、榮縣趙堯生（熙）兩先生最精筆札。寥寥短簡，風趣盎然。予與趙先生神交廿載，往還書問，累數十通。直至最近數年，始行阻絶。峨眉西望，輒爲神傷。鄭先生卒於民國初年，予不獲奉手，然絶愛其手迹。吳友徐瀗秋君，爲收集見贈，前後亦得數十通。內有致鄧秋枚（實）一札云："一昨散帙寒窗，忽得戊戌秋夜舊製〔月下笛〕一解。時方信宿故人王給諫半塘前輩西齋，是夕急風飄雨颯然自西來，殘燈相對，揮忽無魂。哀天難之橫侵，悲才命之奇薄。感音而作，不自知老淚之浪浪也。半塘極為嗟異。此紙猶曩所書，十餘年廎置篋衍，不忍發視。今以奉寄秋枚先生，亦久要遺存之一端也。"吐屬悲涼，書法蒼秀，令人愛不忍釋。因思學藝與年俱老，不可以幸致。錄畢不勝悵望千秋之感矣。乙酉春盡日。

四一　趙堯生致冒鶴亭一札

予篋中所存趙堯生先生書札，得暇擬彙錄一通，公諸同好。茲先錄冒孝魯兄見示堯翁寄其尊人鶴亭先生一札云："鶴亭先生：昨漚公招飲，出示喬梓新詩。不覺快飲劇譚，狂奴故態復作。今日雨水節也，果得細雨，遂勉強奉和。老年知舊，不免性命相依。工拙誠不計矣。山腴辟居鄉縣，音問久乖。桑梓龍沙，臨筆三嘆。即頌興居百適。熙再拜。"又《得冒君孝魯詩即寄其尊人鶴亭翁》云："索居聞喜鈍宦存，異代山含古木尊。生日記將三月望，同僚招得幾人魂。衰年了不殊哀樂，信史無堪記怨恩。有子真為不羈馬，詩才青海出龍孫。"時為己卯小雪前，先生年七十三云。

四二　與汪先生函札往還

予於十載前，以詞學受知於汪先生，函札往還談藝，積高尺許。方擬手加校錄，公表於世，藉見先生文學評論之一斑。半載而還，耗心力於校務，夙興夜寐，冀獲一變士風，庶不負先生知遇之明，而償百年樹人之願。鈔校之役，遂致因循。除本期先載數通外，全行發表，尚須留待後緣也。予教授南北，已逾廿年，志在育才，無情祿仕。雖感知心切，且以激於先生"為蒼生請命，為千古詞人吐氣"之語，勉至金陵。五年之中，專心教育。自參加籌備"中央大學"復校，以迄於今。當陳昌祖繼任校長之時，先生病榻作書，以此相托。其書云："榆生先生惠鑒：手書敬悉。弟割症創口已完全平復，惟旬日以來，感冒風寒，熱度忽高忽低。予創口以惡影響，疼痛不止，竟至不能起坐。久稽晤教，至歉於心。先生與昌祖交誼甚篤，爲中大爲朋友，乞和衷協力，以期改進。《同聲》收到，謝謝。百物騰貴，自本月起酌增至萬元，祈查收。枕上作書，潦草不堪，祈寬宥爲幸。此上敬請文安。兆銘頓首。一月卅一日。"自後病勢益劇，遂絕嗣音。每展此書，輒爲掩涕。既竭心力，以匡輔昌祖。乃昌祖師心自用，誤信讒言，駸相疑忌。校事不復可爲，惟有潔身以退。方謀躬率妻子，遯迹荒山，設帳授徒，博升斗以苟全性命。聊書此以自白云。

椒窗雜記

汪兆鏞◎著

汪兆鏞（1861～1939），字伯序，號憬吾，晚號清溪漁隱。廣東番禺人。1889 年中舉，後入岑春煊幕府，辛亥後，避居澳門。著有《稿本晋會要》《元廣東遺民錄》《碑傳集》（三編）《嶺南畫徵略》《微尚齋詩文集》《雨屋深燈詞》《兆鏞印存》及《微尚齋叢刻》等。《椒窗雜記》刊於《詞學季刊》1933 年第 1 卷第 2 號。本書即據此收錄。

《椒窗雜記》目録

楱窗雜記

一 湘綺樓詞選

《湘綺樓詞選》三卷，湘潭王壬秋（闓運）纂。於古人詞多所竄改。如歐陽永叔之"燕子飛來窺畫棟，玉鈎垂下簾旌"。改"窺"作"歸"，謂"垂簾矣，何得始窺"，不知垂簾燕子正不得歸，必著一"窺"字；簟紋雙枕，皆從"窺"字寫出，故妙。改作"歸"則涉呆相矣。周美成之"纖指破新橙"，謂"作'指'則全身不現"，改作"手"。破橙以"指"，"手"字不及"指"字妍細。（康與之〔滿庭芳〕詞"玉笋破橙橘香濃"，亦言指也。）蘇子瞻之"不應有恨，何事長向別時圓"。謂"與下二有字犯"，改"有"作"惹"，不及"有恨"渾成。韓無咎之"惟有御溝聲斷，似知人嗚咽。"因複"聲"字，改"聲"作"流"。"流斷"二字生湊，且"流"音濁，亦未叶也。（《吹劍錄》："東坡〔大江東去〕詞，三江、三人、二國、二生、二故、二如、二千字，以東坡則可，他人固不可。然語意到處，他字不可代，雖重無害也。今人看人文字，未論其大體如何，先且指點重字。"此論極是。《容齋隨筆》："黃魯直手書東坡〔念奴嬌〕詞，'浪淘盡'爲'浪聲沉'。"《詞綜》謂："他本'浪聲沉'作'浪淘盡'，與調未協。"張宗橚《詞林紀事》："考譜'浪淘盡'三字，平仄未嘗不協，覺'浪聲沉'更沉著。"張琦《續詞選》仍作"浪淘盡"。兩存其說，以質世之知音者。）

二 余藏便面二葉

余藏便面二葉：一爲北通州白季生觀察（讓卿）書詞，合巹之夕，鄉舉報捷。（原注："嘉慶己卯，年十八，九月初六日完姻，初七日鄉試開榜，先一夕泥金報到，中第五名，時已夜分漏下三商矣。友人賀詞，調寄〔滿庭芳〕云：'試驗新程，乘龍佳話，二美君快遭逢。芹香桂馥，并入雀屏中。好握江郎彩筆，玉臺畔、先畫眉峰。恰難得，定情詩就，名報榜花紅。　聯芳常棣秀，填篪韵叶，琴瑟音同。菱花揭，鏡中人兆芙蓉。金榜洞房時夜，更高堂、晝錦增榮。門楣盛，狀元宰相，先占解頭公。'”季生爲小山尚書鎔之子，與兄樸臣同時入泮，亦於是日贅姻。曾文正公克復金陵，季生集杜詩：“天子預開麟閣待，相公新破蔡州回”二句作聯以賀，爲時傳誦。） 一爲番禺黄蓉石刑部（玉階），爲漢軍徐鐵孫（榮）書詞賀其納姬日捷南宫。（調寄〔菩薩蠻〕云：“渡江桃葉何須楫。入門一笑郎君捷。却扇賦妝臺。泥金剛報來。　石湖能贈婢。韵事今誰比。忙殺有情儂。新詞付小紅。”鐵孫官杭嘉湖道。咸豐五年，禦賊安徽祁門陣亡。妾伍在杭聞之，投繯殉焉。舊爲潘德畬仕成之青衣也。） 二者皆一時美譚。

三　憶江南館詞

余刊陳東塾先生《憶江南館詞》時，憶及先生有“尋呼鶯道故址不得”一詞，而稿中無存。偶過冷灘，於故紙堆中，得先生手書此詞原稿，爲之狂喜。又在珠江上襟江閣，見壁懸爲鄭紀常書扇，“龍溪書院望羅溪山”詞，亦稿中未載，亟録之而歸。翌日閣毀於火矣。當將二闋，補刊作集外詞。文字有靈，信哉！

聽鵑榭詞話

武酉山◎著

　　武酉山，約 1905 年生，安徽泗縣人。畢業於南京
金陵大學。曾師從石戧素、黃侃等習詞，對清詞尤其喜
愛，富藏書。曾在中學任教多年，建國後爲南京師範大
學教授。著有《論宋代七家詞》《聽鵑榭詞錄》等。張
璋據 1935 年《待旦》創刊號所載《聽鵑榭詞話》收入
其《歷代詞話續編》（大象出版社，2005 年版），然據
詞話前小序，則可知該刊所載尚非原稿，袛是由原稿中
錄出數則而已。武氏於《文藝春秋》1933 年第 1 卷第 5
期所載之《聽鵑榭詞話自序》及 1934 年第 1 卷第 8 期
之《聽鵑榭詞話》，與 1935 年《待旦》所刊無一重復。
另《待旦》第四條云："余前論詞爲詩餘，乃三百篇聲
樂之餘，非漢魏六朝唐宋之所謂詩也。"證以《文藝春
秋》第一條："予以爲詩餘二字，當作三百篇之緒餘
解，若認作漢魏唐宋詩之餘，則誤矣。"則是有的放矢
矣。據《聽鵑榭詞話自序》可知詞話成於 1933 年。本
書據 1933 年第 1 卷第 5 期、1935 年《待旦》創刊號所
載收錄。

《聽鵑榭詞話》目録

聽鵑榭詞話

聽鵑榭詞話自序

昔人論詞之書，宋張叔夏《詞源》，沈義父《樂府指迷》，元陸輔之《詞旨》善矣！明季文士，勞神苦思於八股，不惟佳篇罕覯，即論詞亦少有中肯綮者。清代作者雲興，論者踵出，而各引一緒以自見。《四庫提要》網羅舊文，斟酌群議，抑揚獨具隻眼。迨張惠言昆仲《宛鄰詞選》出，詞學爲之增價，其所標幟，悉見於叙言。周止庵專書遺失，而《詞辨》附錄，及《宋四家詞選目錄序論》，評精識閎，獨闢蹊徑。戈順卿《宋七家詞選》校跋，偏重聲律，錙銖必較。譚復堂《篋中詞》於各家詞後，間識己見，一宗雅正。馮夢華《宋六十一家詞選例言》，深窺汴京南渡之精微。凡此皆詞話之類歟？其勒成專書者：沈雄之《柳塘》，頗示作法；王漁洋之《花草蒙拾》，想是早年所著，未離其論詩神韻之旨；蔣敦復之《芬陀利室》，廣錄時流篇章；丁紹儀之《聽秋聲館》，考訂舊失，搜述遺聞，有足多者；陳亦峰之《白雨齋》，遍評歷代作家，以沉鬱頓挫推尊碧山，而深詆尤西堂、鄭板橋、蔣心餘輩，最有卓識，惜見書未廣耳！迄今近代況夔笙氏撰《蕙風詞話》，以"重""拙""大"三字昭示來學，足以振頹風而挽狂瀾矣！王静安氏《人間詞話》，揭櫫境界，不屑屑於藻繪字句，別有慧心；今樸社所印，非其全稿，趙萬里氏曾輯其遺，學者可參證也。余少嗜倚聲，長亦不改；凡外物之逆心，羈旅之苦況，秋夜聽雨，寒宵卧雪，遠游跋涉，索居寡歡，悉於詞陶寫之。又性好聚書，暇常留連於書肆中。昔負笈於南京金陵大學時，每星期必往花牌樓、狀元境各新舊書店，挾數册以歸。其有陳編污損者，則爲之易綫换帙，然後展卷加朱焉。今篋笥所藏古今人詞集約數百種，晨夕撫摩，其樂有不可告人者。及識婺源石弢素老人，學之益力。老人藏詞其富，江南罕與倫匹，既購求三十餘年，且能遍讀之，鎮日丹鉛不去手。余隔數日，必乘車往訪，見則縱談古今詞學源流，及詞人軼事，日暮不倦。老人寓秦淮河畔，對面河房櫛比，綺窗珠簾，多倡家所居，歌管盈耳，雜以笑謔。當彼輩夕陽憑欄，臨波照影，視吾二人者，猶箕坐胡床，討論未休，至有掩口而匿笑者，人之喜好，其不可强同如此。余既泛覽詞家著作，偶有所見，輒記於片紙，今抄集一帙，聊證平日讀書心得，名之曰《聽鵑榭詞話》，非欲求人知也。常觀善作者未必善言，善言者未必善作。陳亦峰論詞，可謂精透，讀其自作，往往不逮所言；戈順卿剖律幽眇，而《翠薇花館詞》，則不免餖飣。今日江南文士，善多弄小調，間亦言之有故。及觀報章所載，又大半爲下里巴人之音，斯編之作，吾知勉夫！朅來九江，日行吟於甘棠湖畔，遥望匡廬，興逐雲飛，山靈助我，所得當更有進也。民國二十有二年歲次癸酉九月十七日雨夜，泗州武酉山書於九江同文中學之望湖樓。

一　詩餘當作三百篇之緒餘解

況夔笙氏《蕙風詞話》，解詩餘爲詩之贏餘，頗爲識者詬病。予以爲“詩餘”二字，當作《三百篇》之緒餘解，若認作漢魏唐宋詩之餘，則誤矣。

二　美人以詩詞爲心

張心齋《幽夢影》云：“所謂美人者，以花爲貌，以鳥爲聲，以月爲神，以柳爲態，以玉爲骨，以冰雪爲膚，以秋水爲姿，以詩詞爲心，吾無間然矣。"美人以詩詞爲心，實未經人道語。

三　客有問填詞之清詣者

客有問填詞之清詣者，余曰："當以佳山水爲詞境，以好風月爲詞候，以奇花爲詞體，以蒼松爲詞骨，以幽石爲詞眼，以美人爲詞心，斯得之矣。"客曰："詞心奚必力美人爲?"余曰："正貴其靈犀暗通處。"

四　石戣素先生談詞

余數年來，於校課之暇，頗留心於長短句，客裏孤栖，聊以自娛。而於清人詩集，常節衣縮食購置案頭，展卷吟哦，如對古人。一日訪石戣素先生談詞，先生語余云："知君年來於清代詞甚努力，然爲學之道，須知由博反約，治詞亦然。治清詞後，必返治宋詞，宋代名家如林，結果必專研柳詞，蓋耆卿爲宋詞之矩矱也，由柳詞再往前追求，則惟有《楚騷》《詩經》二書而已。因二書爲千古詞章之祖，此治詞由博反約之道也。"

五　白石詞序

白石詞序用字精煉，下句超麗，蓋學漢魏人短文，然語率單行，不以駢儷勝，清詞家學之者，惟鄭文焯得其仿佛。近人治散文，多有取徑於白石詞序，從無人敢非之者，獨周止庵略致不滿，謂："白石小序甚可觀，苦與詞復，若序其緣起，不犯詞境，斯爲兩美。"試觀姜詞，果不出周氏所言，可謂獨具隻眼矣。

六　詞有用古人陳句而見佳者

詞有用古人陳句而見佳者，如李清照〔念奴嬌〕中"清露晨流，新桐初引"，係取《世説新語》卷四《賞譽》篇"王恭"條句。蘇東坡《赤壁懷古》〔念奴嬌〕中"亂石穿空，驚濤拍岸"，係取諸葛武侯《黃陵廟記》句。又《夏景》〔賀新郎〕中"手弄生綃白團扇，扇手一時似玉"，係取《世說新語》卷五《容止》篇"王夷甫容貌整麗，妙於談玄，恒捉白玉柄麈尾，與手都無分別"句意。南唐後主《懷舊》〔憶江南〕中"車如流水馬如龍"，係取《後漢書·馬后紀》"濯龍門外家問起居者，車如流水，馬如游龍"，而祇去一"游"字。周美成《金陵》〔西河〕中"山圍故國繞清江，髻鬟對起，怒濤寂寞打孤城。"又云："夜深月過女牆來，賞心東望淮水。"係取劉禹錫《金陵懷古》詩："山圍故國周遭在，潮打空城寂寞回。淮水東邊舊時月，夜深還過女牆來。"而全用之。以上諸家，皆不啻若自其口出。蓋古人意到筆隨，忘形今古，非有意窺竊陳篇也。

七　宋代詞家無不留心於唐詩

張玉田云："美成詞采唐詩融化如自己出，乃其所長。"劉潛夫云："美成頗偷古句。"陳質齋云："美成詞多用唐人詩語，檃括入律，渾然天成。"由諸家評美成語觀之，則知美成甚熟於唐詩矣。葉夢得《石林居士建康集·賀鑄傳》，謂鑄常自言："吾筆端驅使李商隱、溫庭筠，常奔命不暇。"張叔夏《詞源》云："賀方回、吳夢窗皆善於煉字面，多於溫庭筠、李長吉詩中來。"王銍《默記》云："賀方回遍讀唐人遺集，取其意以爲詩詞。"則知賀方回詞亦多襲用唐詩矣。吾謂宋代詞家，無不留心於唐詩者，豈獨周、賀二家爲然哉？

八　項蓮生自序其詞集

項蓮生自序其詞集云："不爲無益之事，何以遣有涯之生？"斯語危苦。譚復堂猶然少之，謂其："知二五而不知一十。"是未處其境耳，蓮生豈得已哉。

九　石戣素老人談詞

石戣素老人云："戈載《宋七家詞選》，實有眼光。惟七家次序，排列未爲至當。設若七家會宴，自當讓周美成坐首席，姜堯章第二，王聖與第三，吴君特第四，史梅溪第五，周公瑾第六，張叔夏第七。若柳屯田自外來，周美成須匆忙退席，揖屯田上坐，因周詞曾自柳脱胎而出者也。"

一〇　屯田與清真詞

陳伯弢《褢碧齋詞話》云："屯田詞在小說中如《金瓶梅》，清真詞如《紅樓夢》。"余謂《金瓶梅》未免誨淫，柳詞村俚處似之；《紅樓夢》善於寫皂女子情態，雖好色而不淫，怨悱而不亂，周詞雅正芊綿處似之。

一一　彈指詞

《彈指詞》中，余最愛"有命從他薄，無才倚佛憐"二句，真千古傷心人語，昔曾印之於信箋，見者有謂斯語太苦，不知實達人之言也。

一二　宋詞三百首非朱彊邨手選

有云："《宋詞三百首》，非朱彊邨手選，乃趙尊岳輩假名爲之也。"

一三　詞人好好色者

千古英雄名士，未有不好好色者，詞人自難例外。朱竹垞《曝書亭集》有《風懷二百韻》，爲其幼姨馮壽嬑女士所作也。壽嬑字靜志，故竹垞詞名《静志居琴趣》。後壽嬑卒爲竹垞死，朱爲詩悼之，悲傷不可爲懷，所謂"椠先爲檀斫，李果代桃僵"是也。

一四　王半塘性喜狹斜游

王半塘有腐鼻病，渾身多黑毛，性喜狹斜游，有時囊空金盡，以衣物質之長生庫中，無悔也。

一五 況夔笙愛美人

況夔笙昔嘗得一玉章，鐫有李香君小名，況氏喜不自勝，常告友人云：“香君時於夢中姗姗來臨，晤談極歡。”不謂此老愛美人之至於斯也。

一六 朱祖謀自序其詞

王半塘給諫在清末爲詞壇先進，名家如朱古微，曾向之請益。餘如況周頤、宋芸子、劉伯崇輩，皆從之游。朱氏自序其詞云：“予素不解倚聲，歲丙申，重至京師，王幼霞給事，時舉詞社，強邀同作，王喜獎借後進，於予則繩檢不少貸，微叩，則曰：‘君於兩宋途徑，固未深涉，亦幸不睹明以後詞耳。’貽予四印齋所刻詞十許家，復約校《夢窗四稿》，時時語以源流正變之故，旁皇求索，爲之且三寒暑，則又曰：‘可以視今人詞矣。’示以梁汾、珂雪、樊榭、稚圭、憶雲、鹿潭諸作，會庚子之變，依王氏以居者彌歲，相對咄咄，倚茲事度日，意似稍稍有所領受。”朱氏後來成就，既專且深，然終未能掩王也。

（以上《文藝春秋》1934 年第 1 卷第 8 期）

一七 徐漢生囑予填西河詞

余來九江年餘，僅填詞數首，非關江郎才盡，實緣秔生疏懶；且離群獨逝，居恒恨恨！朋輩寥落，師門久違，強歌無歡，於茲益信。今夏，同窗徐君漢生來潯，稍慰屛處。徐君精研小學，不涉余之藩籬，予亦絕口不與之言倚聲家事，然徐君未嘗不重予之詞也。憶客歲徐君教學南京匯文女學，余方舌耕於金陵中學，兩校相隔僅一路，過從甚勤。徐君率諸生游西湖，歸後，囑予填〔西河〕一詞紀其事。序云：“徐君士複教學匯文女子中學，春假內，率一九三三級畢業生游杭州，歸而繩西湖之美。余別西子蓋七載矣，鶯花無恙，韶光漸老，既羨徐君與諸同學之勝賞，且自感也！”詞云：“春景麗。撩人幾許游意。相將結伴向西湖，無邊興味。遠岑孕翠浪搖青，輕舟如箭同戲。　　斷橋柳絲窣地。阮墩嫩碧萋蔚。年年好景鬥芳菲，韶華暗逝。忍看北國羽書馳，鶯花應也垂泪。軟風掠鬢壞塔倚。念湖山千古如繪。武穆小青誰記。嘆英風艷質，同埋荒卉。杜宇啼烟愁無已。”①

一八　朱古微臨終賦鷓鴣天

朱古微氏臨終前，賦〔鷓鴣天〕云：“忠孝何曾盡一分。年來姜被減奇溫。眼中犀角非耶是，身後牛衣怨亦恩。　　泡露事，水雲身。枉拋心力作詞人。可哀最是人間世，不結他身未了因。”自道身世，一字一泪，可謂詞史已。

一九　況夔笙詞實從唐詩醞釀而出

況夔笙氏爲晚清詞學巨手，與朱彊邨先生相頡頏。況氏詞實從唐詩醞釀而出。一日，取沈炳震所纂之《唐詩金粉》示石戟素先生曰：“此吾之篋中鴻寶，惟我與君知之，慎勿輕告他人。”余五年前，負笈於金陵大學，同室東海人李鵬年有是書，曾假用數月，後李君離京，該書璧還。悵悵若有所失，購之三年未得。今年春，在五馬街一舊書店，以銀一元購之，如重會故人，朱點一遍，藏之篋笥，實不啻爲一部《全唐詩》之縮影焉。

二〇　劉師培論詞

余前論詞爲詩餘，乃《三百篇》聲樂之餘，非漢魏六朝唐宋之所謂詩也。偶閱劉師培《論文雜記》所言，頗與余合。劉氏云：“吾觀《詩》篇三百，按其音律，多與後世長短句相符。如《召南·殷其雷》篇云：‘殷其雷，在南山之陽。’此三五言調也。《小

① 此條前原有《小序》云：“余昔負笈金陵大學時，問詞學於婺源石戟素老人，黃季剛師亦多所誨導。課餘鉛槧不去手，治之數年，間亦有所論列，乃集稿題名曰《聽鵑榭詞話》，且謀付梓。適漢生同學，爲諸生索稿，聊錄出數楮付之。一九三四年耶誕節西山識。”

雅·魚麗》篇云：'魚麗於罶，鱨鯊。'此二四言調也。《齊風·
還》篇云：'遭我乎猺之間兮，并驅從兩肩兮。'此六七言調也。
《召南·江有汜》篇云：'不我以，不我以。'此叠句韵也。《豳
風·東山》篇曰：'我來自東，零雨其濛，鸛鳴於垤，婦嘆其室。'
此換韵詞也。《召南·行露》篇曰：'厭浥行露。'其第二章曰：
'誰謂雀無角。'此換頭詞也。大抵煩促相宜，短長互用，於後世
倚聲之法，已啓其先。足證詞曲之源，實爲古詩之別派。"觀劉氏
此論，足徵詞之興，乃直繼《三百篇》之遺。後人動言漢賦、唐
詩、宋詞、元曲，皆爲一朝代表之文體，遂謂詞之形成，源自唐代
之詩，而宋代名家之詞，又喜融化唐人詩句，益有所藉口，致斯道
爲之不尊，亦習焉未之深考耳。

二一　劉師培論宋人之詞

劉師培論文體，喜附會《漢書·藝文志》所言，儒、道、陰
陽、法、名、墨、縱橫、雜、農、小說等十家。謂唐宋名家詩文，
皆源出十家。又謂欲參考詩賦之流別，必溯源於縱橫家，固自有
見地。至將宋人之詞，亦强比合某家某家，則未免好奇之過矣。如
云："宋人之詞，各自成家。少游之詞，寄慨身世，一往情深，而
怨悱不亂，悄乎得小雅之遺。向子堙《酒邊詞》，劉克莊《後邨
詞》，眷戀舊君，傷時念亂，例以古詩，亦子建、少陵之亞，此儒
家之詞也。劍南之詞，屏除纖艷，清真絕俗，逋峭沉鬱，而出以平
淡之詞，例以古詩，間符康樂，此名家之詞也。東坡之詞，慨當以
慷，間鄰豪放。龍州之詞，感憤淋漓，眷懷君國。稼軒之詞，才思
橫溢，悲壯蒼涼。例以古詩，遠法太沖，近師太白，此縱橫家之詞
也。"西山案：《漢志》云："諸子十家，其可觀者，九家而已。皆
起於王道既微，諸侯力政，時君世主，好惡殊方；是以九家之術，
蜂出并作，各引一端，崇其所善，以此馳說，取合諸侯。"是十家
之派別，乃起自春秋戰國王道衰微之際，係一時風會使然，與後
世文士，吟咏篇章，留連風月者，自不相涉。若作詞者在拈管之

前，必欲適合於某家，寧非苦事？今之作白話詩者，吾不知其意中，果思牽合於某家乎？

二二　古人作詞多即調言事

古人作詞，多即調言事。觀《花間集》中所載：如〔楊柳枝〕之咏柳，〔河瀆神〕之咏神祠，〔荷葉杯〕之咏荷，〔女冠子〕之咏道情，〔定西番〕之咏邊塞，〔漁父〕之咏漁人，〔巫山一段雲〕之咏巫峽，皆緣詞成咏，不另製題。至宋代作者，率多於調下標題，以明所咏之事物，如"閨情""秋怨"等字。觀《花庵絕妙詞選》所選宋人詞，幾無一首無題者。北宋人詞，立題者尚寡。歐公、大晏集中，祇一二首有題，尚疑爲校者所加。至小山詞中，竟無一首有題者。其餘名家，標題亦不過一二字，至數十字耳。至南宋姜白石，而詞題遂繁。《徵招》之題，竟多至四百二十五字，其餘一二百字之題甚夥。論者名之曰詞前小序。此亦文學由簡趨繁之一證也。白石詞序，後多有仿之者，至清代益靡已。

二三　詞題

劉師培《論文雜記》謂："五代之時已有詞題"。不知唐人已肇其端矣。竇弘餘、康駢二氏之《廣謫仙怨》，詞前云云，即題也。調云廣者，係增飾劉長卿《謫仙怨》原詞之意。竇氏一序，爲千載詞題之祖，長至二百六十三字，亦姜白石長序之所本也。

二四　張敦復言詩餘斷不可作

桐城張氏敦復，勛業文章，彪炳一代，所著《聰訓齋語》一書，教子弟讀書修身，治家處世，皆有至理。曾文正公雅好此書，嘗囑子弟勤加閱覽。惟氏一生最厭弃詩餘，書中有云："幼年當攻舉業，以爲立身之根本，詩且不必作，或可偶一爲之，至詩餘則斷不可作。余生平未嘗爲此，亦不多看，蘇辛尚有豪氣，餘則靡靡，焉可近也。"此老未免道學氣太深，閱至此，令人意冷。

二五　治詞須博識

史達祖〔雙雙燕〕云："還相雕梁藻井，又軟語商量不定。"曩讀此詞，未悉"藻井"二字作爲何解。偶閱鄭叔問《絕妙好詞校錄》，始悟。鄭云："按《表異錄》，綺井亦名藻井，又名斗八，今俗曰天花板。"可知治詞，亦須博識矣。

二六　今詞書多有誤字

今詞書多有誤字，蓋因校者疏忽，遂沿誤莫正。如張玉田〔渡江雲〕詞云："幾處間田，隔水動春鋤。"黃季剛師謂"春"爲"春"之誤。"春鋤"即鷺鶿，引黃山谷詩"水遠山長雙屬玉，身間心苦一春鋤"爲證。余案《廣韵》云："鶿鶐鳥，白鷺也。《爾雅》作春鉏。"是"春鉏"去鳥旁，係便寫字也。

二七　戣素丈於一字之正訛煞費苦心

余一日訪戣素丈，謂近在滬濱購《碎金詞譜》一部，價百餘金。閱至辛稼軒〔祝英臺近〕詞："怕上層樓，十日九風雨。""怕"字刻爲"陌"，疑有誤，以刀剜去，改爲"怕"。少頃見字旁笛譜注爲入聲，則當爲"陌"無疑。復以剜去之字，粘舊處。可見丈於一字之正訛，亦煞費苦心矣。

二八　秦少游滿庭芳詞

偶閱《四部叢刊》景明刻《草堂詩餘》，秦少游〔滿庭芳〕詞首句"晚兔雲開"，案"兔"，近本作"色"。晚兔雲開，即雲散月出之意。若作"色"，則景太虛矣。

二九　清代詞人以江蘇浙江爲最盛

民國二十年五月十日，《申報》載葉恭綽在暨南大學演講，謂清代詞人，以江蘇、浙江爲最盛。江蘇多至二千零九人，浙江一千三百四十八人，皖、粤、贛、湘等省次之，甘肅、蒙古最少，各三人。察哈爾、綏遠、熱河、吉林、黑龍江、新疆，竟無一詞人。共得四千八百五十人。有籍者四千二百三十三人。餘尚有漏列，約可達六千人。順治朝承明末餘風，得一百八十八人。道光時，達四百四十四人，殆爲常州詞派盛行後之影響。葉氏必有所據而云然。咸同之亂，東南各省，書册多毀於兵火，若欲搜集全代之詞，自難完整；且詞素爲學者所鄙爲小道，故傳世者，更難比詩文之久遠矣。

三〇　清代倚聲一道突過前朝

有清一代，各種學術，悉臻絕境。即倚聲一道，亦突過前朝。國初之際，碩學如吳梅村、毛西河、朱竹垞、陳其年、陳子龍輩，雅稱作手。即神韵派詩人王漁洋，少年時亦樂此不倦，後遂專致力於詩，絕口不言詞。一時文士，亦多捨此而之他，詞風爲之浸衰。名流轉移學風之巨如此。觀顧貞觀《與陳梣園書》可知也。書云："漁洋之數載廣陵，實爲斯道總持，二三同學，功亦難泯，最後吾友容若，其門地才華，直越晏小山而上之，欲盡招海內詞人，畢出其奇，遠方駸駸漸有應者。而天奪之年，未幾輒風流雲散。漁洋復位高望重，絕口不談，於是向之言詞者，悉去而言詩古文辭。回視《花間》《草堂》，頓如雕蟲之見耻於壯夫矣。雖云盛極必衰，風會使然。然亦頗怪習俗移人，凉燠之態，浸淫而入於風雅，爲可太息！"不滿漁洋之意，真痛乎言之。自納蘭逝後，顧氏孤學冥行，兹事不廢，此《彈指詞》之所以卓然不朽也！

（以上《待旦》1935 年創刊號）

詞　通

徐紹棨◎著

　　徐紹棨（1869～?），字公倩，廣東番禺人。著有
《詞通》《詞律箋榷》二書。《詞通》由趙尊岳1930年
發現於上海坊肆，後分四次刊登在龍榆生所編《詞學
季刊》，其中《論字》刊於《詞學季刊》1933年第1卷
第1號，《論韵》刊於第1卷第2號，《論律》刊於第1
卷第3號，《論歌》《論名》《論譜》刊於第1卷第4
號，均署"失名"。本書即據此收錄。張璋曾收入《歷
代詞話續編》。

《詞通》目録

詞　通

　　友人趙叔雍先生，以庚午春日，偶於上海坊肆，得無名氏《詞律箋榷》手稿八冊，蠅頭細字，多所塗乙，知爲未定之本；序次悉依萬氏《詞律》，更取晚出宋元人詞，爲紅友所未及見者，羅列比勘，一字一句，往往論例至數千言。計全書僅成十之二三，而積稿厚已盈尺；對於萬、徐（本立）舊本，糾正極多。首冠《詞通》，分立論字、論韵、論律、論歌、論名、論譜諸門，參互斠覈，至爲精審。惜稿屬草創，序次偶有凌亂；塵事牽率，未遑續爲理董。其所徵引詞籍，迄於王氏《四印齋所刻詞》，不及見《彊邨叢書》，料其人或卒於清末。書雖未竟，而其志學之堅卓，運思之縝密，咸足令人佩仰無窮。因請於叔雍，將《詞通》一卷，交本刊陸續發表，藉爲斠訂《詞律》者之先導。世有知作者姓氏里居，及其生平志行者，尤盼舉以見告；庶使專門學者，不至終於湮没而無聞，又豈特本刊之幸而已。癸酉春沐勛附記。

論　字

　　詞之體格，成於句調聲韵；而句調之同異，聲韵之乖協，皆字爲之也。

詞有一名而成數調,一調而成數體,更或一體而故為數調,一調而故為數名,皆字數之多少為之耳。字數之多少,綜其大要,約有四因:曰添字,曰減字,曰襯字,曰虛聲,如是而已。添字減字者,添減調中之本字,而調中之定聲,亦隨之添減者也,實也;襯字者,調中之本字,不足於意,而於調外添字以助之;虛聲者,調中之本字,不足於聲,而即於調中添聲以足之,皆虛也。虛聲之理,非能歌者不明;襯字之法,則知文者皆識。而四者之中,又必先識襯字之故,而後古詞之變通,舊譜之出入,可得而言焉。

一 正體常格中考見襯字

詞有襯字之說,以一調兩體相較而可信,以一詞兩疊相較而益可信,既如前說矣。然兩體相較,必於相異處而求其所以為異;兩疊相較,必於應同處而求其所以不同;是必藉句調之變而後有以見之。顧有不待證諸異體,不必勘諸別詞,祇就本調常格之中,而襯字確然可見者,豈不尤信哉?〔喜遷鶯慢〕前遍起句四、五、四,後遍起句二、三、四、五,此正體之常格也。蔣竹山詞前起云:“游絲纖弱,漫著意絆春,春難憑托。”後起云:“行樂,春正好,無奈綠窗,辜負敲棋約。”蓋前起十二字,作四字三句;後起變首句四字為三字,而加二字句過片,所謂換頭也。前起二三句之五字四字,後起三四句之四字五字,皆九字也;而實皆八字。本四字二句而加襯字於其間,前起加一字於上句,後起加一字於下句;如是則前為五四,後為四五矣。何以知其然也?以句法平仄知之也。“漫著意絆春”句,除“漫”字為襯字外,其“著意絆春”四字,各家皆作平仄仄平,或作仄仄仄平,而於“絆”字無用平者;縱亦有之,不過二十之一。以四字常句論之,平仄之句,第三字用仄,即是拗聲。後遍此句云:“無奈綠窗。”音正相同。第三字用平聲者,亦甚寥寥。苟非同句,何必同拗?竹山尚有二詞,此句平仄悉合。高竹屋、趙介庵以及諸家名詞,同者極多,不勝條舉。且前句有用仄仄者,如竹山云:“被閑鷗誚我。”又云:“被孤雲畫出。”而後句亦有用仄住者，如友古云“醒魂照水”是也。前句仄住，并有用拗聲者，如王審齋云：“問誰曾開解？”蔡子政云：“正紫塞故壘。”而後句亦有用仄住拗聲者，如趙仙源云：“弦管鼎沸。”蔡子政云“烽火一把”是也。前爲五字句，後爲四字句；乃用聲皆同，且至仄住亦同，拗聲亦同，何其一一吻合如此？然則前起五字句，實即後起之四字句；其爲句首加一襯字無疑矣。然則後起下一句之五字，亦句首加一襯字無疑矣。或疑襯字必調外所加；不知詞曲本調中，皆有助貼字，猶文之有語助辭；助貼者，即襯也。曲譜於調外襯字，皆用小字旁寫，而詞譜無此式。故人知曲有襯字，知調外有襯字，而不知詞有襯字；且不知後加之襯字，久而并入本調矣。如此調，前則五四，後則四五，句法參差，而字聲吻合，則此二字者將不謂之襯字可乎？（自注次後頁兩詞相較一篇之後）

二　曲調可證詞句中之襯字并入者

襯字并入句中之說，有可以取證於曲者。〔江城梅花引〕程垓詞：“漏聲遠，一更更，總斷魂。”《琵琶記》云：“問泉下有人還聽得無？”《碎金詞譜》依《九宮譜》收之，於“問”字、“還”字皆作襯字。試以詞曲相較，若詞本七字，而曲作九字，則其有二襯字，宜也。今詞本九字，曲亦九字，而曲則於九字中有二襯字；可見詞之九字，亦有二襯字於其間，否則聲少字多矣。且《琵琶記》非不知聲律者，果是詞中本字，豈能割取二字，改爲襯字，使本調之聲，反作虛聲乎？顧詞家又斷不能依《琵琶記》之曲，而將詞句少填二字。然則襯字竟成詞中之本字，蓋已久矣。（自注：次後頁論〔浪淘沙〕之後。）

三　襯字并入正調

襯字并入正調者，如〔四字令〕一調，亦其確證。首二句四字矣，第三句六字，是加兩襯字也；第四句五字，是加一襯字也。後段亦然。此調初必全體四字，故名〔四字令〕；亦猶〔三字令〕，全首皆三字句；迨既加襯字，而後人便之，故成定體，而襯字遂并入正調耳。或謂首二句四字，故名〔四字令〕；則小令首二句四字者多矣，且何以解於〔三字令〕乎？

四　同句用襯字處各不同

〔一落索〕之加減，於《論句篇》中詳之矣，然又可為襯字之確證。首句之六字，變為七字，且無論矣，次句之四字句，加一領句字為五字句，是即襯字也。然猶可曰或是加實字，非襯字也。如結句之六字，加為七字。若是加實字，則句法當同。乃嚴次山云"獨自個，傷春無緒"，三四句法；張子野云"問幾日上東風綻"，四三句法；此則明是襯字。蓋嚴襯於後半句中，張則襯於句首，是襯字之明明可見者。

五　句法比較可得襯字

〔後庭花〕一調，最為整齊；兩段各四句，而每段之上二句與下二句又皆連用七四句法。毛熙震詞云："鶯啼燕語芳菲節，瑞庭花發。昔時懽宴歌聲揭，管弦清越。"後叠云："自從陵谷追游歇，畫梁塵黦，傷心一片如珪月，閑瑣宮闕。"前後字句，斠若畫一。而孫光憲詞，後段前二句一云："晚來高閣上，珠簾捲，見墜香千片。"每句各多一字。一云："玉英雕落盡，更何人識，野棠如織？"首句多二字。此皆襯字也。若謂變調，則此調叠用七四句，獨變此二句，整散不倫。倘以換頭之調例之，則此類之整齊小令，句法重叠者，絕少換頭。且變調云者，必別成一格；斷無既變之後，而又可隨意參差之理。孫詞一則後段首二句各添一字，一則首句添二字；是殆欲使過片時稍舒其聲韵，故加襯字以跌宕之；故連成兩首，而加字不同。是可為詞有襯字之確據矣。

六　由襯字變為添字

〔卜算子〕結句，有兩段皆五字者；宋人作者，不止什九，是爲正格。有兩段皆六字者，是明明由五字而添爲六字，自成一格矣。然亦有前五字而後六字者，亦有前六字而後五字者，視前兩體皆覺參差；不知此即五字變六字之所由來也。蓋初於五字句偶添襯字，或前或後，本所不拘。迨作者偶添此段，而嫌其不齊，則并彼段而添之；兩段既齊，乃不復辨其爲襯字矣。

七 襯字并入調中爲實字

詞中襯字，非若曲本以小字別之，可以一望而知也。詞之歌法失傳，并詞之襯字亦不可見；且恐有并入正調之中，如唐詞之和聲，并作實字者矣。句外增出之字，尚可見其爲襯；而其并入調中，諸作皆同者，則無從辨之。然亦偶有可見者，如〔浪淘沙慢〕，周清真“正拂面垂楊堪攬結”之句，吳夢窗云“見竹静梅深春海闊”，方千里云“念一寸回腸千縷結”，皆八字句也，皆一字領七字者也。而陳允平云“恨入迴腸千萬結”，則僅七字。夫周、吳、方皆一字領句；若是調中本字，陳作豈能去之？故疑此字初爲襯字，後乃并入調中，竟成實字者。然今人填詞，則祇能依周體，而不敢復依陳體。蓋初字縱是襯字，而入調已久，不可追奪矣。

八 由襯字變爲減字

前説〔浪淘沙慢〕“正拂面垂楊堪攬結”之句，可爲襯字之證；抑更可爲減字之證。蓋此句第一字，實係領句之虛字，諸家皆同。無論其爲調中之本字，抑并入正調之襯字，要之皆領句之虛字耳，減之未嘗不成句；且此字不在調首，不在句中，減之亦未必不成聲；故諸家皆用之，而日湖獨減之也。日湖本用周韻，其原句“恨入回腸千萬結”。隨添一字，以合周調亦似無難；則其減此字，必出於自然不覺，非由勉强；足知此字之無關要旨。

九 前後遍比較可得襯字

兩詞相較，而以羨字爲襯字，猶或疑於體格之小異也。若一詞前後遍相較，則當無所疑矣。如〔女冠子〕前遍之七八九句，即後遍之六七八句也。蔣竹山詞前遍云："而今燈漫挂，不是暗塵明月，那時元夜。"後遍云："吳牋銀粉硏，待把舊家風景，寫成閒話。"皆五字下六四二句也。康伯可詞前遍云："薰風時漸動，峻閣池塘，芰荷爭吐。"後遍云："有時魂夢斷，半窗明月，透簾穿户。"皆五字下四字二句也。而竹山又一詞前遍云："深衷全未語，不似素車白馬，捲潮起怒。"後遍云："楚妃竹倚暮，玉簫吹了，□陂同步。"李漢老詞前遍云："紗籠纔過處，喝道轉身，一壁小來且住。"後遍云："引人魂似醉，不如趁早，步月歸去。"皆前遍五六四，後遍五四四。比竹山則後遍爲減，比伯可則前遍爲添；且八字自成二句；其爲襯字之添減，可以無疑。又周美成詞前段云："聽笙歌猶未徹，漸覺寒輕，透簾穿户。"後遍云："南軒孤雁過，噎噎聲聲，又無書度。"則前遍聽字必是襯字，更無疑矣。

一○　減字調中見襯字及虛聲

李後主〔浪淘沙令〕前後兩遍，皆以五字句起者。柳屯田前遍云"有一個人人"，後遍云"蘝蘝輕裙"，後少一字。杜安世前遍云"簾外微風"，後遍云"嶺外白頭翁"。又前遍云"又是春暮"，後遍云"念念相思苦"。李之儀前遍云"霞捲雲舒"，後遍云"魂斷酒家罏"。皆前遍少一字。是必用李後主之調而減字者。然減字則必減聲。如此整齊雙叠之小令，何以不前後遍俱減，而但減一字，便其句調參差？理必不然。萬紅友有見於此，故《詞律》謂柳詞"有一個人人"，"一"字是羨字，引周美成〔柳梢青〕起句之"有個人人"爲證。而不知兩調迥殊，豈能強爲比附，而竟奪其一字？余謂柳、杜諸作，用減字之體，必前後皆減。兩遍皆四字起句；其仍有五字句者，則作者語意未足，於減字調中，仍添一襯字耳。蓋減字即減聲；此一字在減字調定聲之外添之；故但可謂之襯字，而不可視爲原調之五字句矣。如謂必係依原調，但減一字；則其四字必有虛聲以襯之，不得謂之減字。舊詞虛聲，可按譜而得者甚罕。兼存此論，亦足爲考虛聲之一助。

一一　添字減字襯字虛聲以一調各詞舉例

〔八聲甘州〕一調，於添字、減字、襯字、虛聲皆備焉。試取常調之柳屯田詞爲準，而以諸家異體之詞比較之。柳詞云："對瀟瀟暮雨灑江天，一番洗清秋。漸霜風淒緊，關落冷落，殘照當樓。是處紅衰綠減，苒苒物華休。惟有長江水，無語東流。"後叠："不忍登高臨遠，望故鄉緲邈，歸思難收。嘆年來踪迹，何事苦淹留？想佳人、妝樓長望，誤幾回、天際識歸舟。爭知我、倚闌干處，正恁閑愁。"蕭列詞於"漸霜風"三句，作："殘春幾許，風風雨雨，客裏又黃昏。"去其領句之字，是減一字；而"客裏"句五字，與張鎡閑咏句五字皆實者不同，當是於句中襯一字。胡翼龍詞於苒苒句，作"倚西風、誰可寄芳蕙"，是加三字。張鎡詞於無語句作"閑咏命尊罍"，是加一字。楊恢詞於前叠"苒苒"句作"誰品春詞，"後叠"何事"句作"白鶴忘機，"是前後各減一字。張鎡詞於"想佳人"句作"喚汝東山歸去"，少一字。此本上三下四句，前三字多用虛字換接者。今作二四，可減處或厲虛聲；與蕭列之去領句字，及楊恢之去句中實字，其理不同。劉過詞於"倚闌干"句作"看東南王氣，"錢應庚詞作"待剪鐙深坐"，皆添一襯字。此字添於三字之下，非領句字，故可謂之襯字也。此詞并可證句法同異之理，別詳《論句篇》中。

一二　減字於音節之變否

有字雖減而音節不變者，亦即有因減字而變音節者。〔風流子〕前段，三四五六句。如張末云："奈愁入庾腸，老侵潘鬢，漫簪黃菊，花也應羞。"以一仄字，領起四字四句者也。賀方回則去其領句之字。後遍之六七八九句，亦以一字領起，與前遍例句。張古山亦去其領句之字。此猶前論陳日湖〔浪淘沙慢〕之減字，未必有礙於音節，是不變者也。若前段七八九句"楚天晚，白蘋香盡處，紅蓼水邊頭”，三字一句，五字兩句。而吳夢窗云：“自引楚嬌天正遠，傾國見吳宮。”作七字一句，五字一句，是以兩句去其一字，而并爲一句。隨口讀之，音節即殊；不待能歌者而後知其變矣。

一三　一調中襯字之添减變换

〔喜遷鶯慢〕高竹屋詞云：“凉雲歸去。再約著晚來，西樓風雨。水静簾陰，鷗閑菰影，秋到露汀湮浦。試省唤回幽恨，盡是愁邊新句。倦登眺，動悲凉還在，殘蟬吟處。”後遍云：“凄楚。空見説，香鎖霧肩，心似秋蓮苦。寶瑟彈冰，玉臺窺月，淺黛可憐偷聚。幾時翠溝題葉，無復綉簾吹絮。鬢華晚、念庾郎情在，風流誰與。”此常格也。張元幹一詞，起句云：“雁塔題名，寶津頒宴，盛事簪紳常説。”次句五字變爲四字，第三句四字變爲六字。蓋此起句本四字三句之調；兩體各添襯字，正體添於第二句，此體添於第三句也。四五六句云：“文物昭融，聖代搜羅，千里争趨丹闕。”則此體與正體同。蓋此三句爲四四六之調，皆無襯字也。何以知其無襯字？蓋起處既是四字三句調，此韵之六字句，若有二襯字，則又四字三句調矣。兩韵連用四字六句，惟〔水龍吟〕有之。然果有意爲四字六句則必不加襯字。況此韵之下，正體六字二句，趙、蔡俱變爲四字三句，豈非連用四字九句乎？故此韵若是四字三句，則下一韵之六字二句者，趙、蔡必不變爲四字三句；而此體下一韵之變法，亦必不如下文之所云矣。下一韵之第七八九句云：“元侯勸駕，鄉老獻書，發軔龜前列。”即正體之七八句。正體六字二句，此體四字三句，而於後一句添一襯字。觀趙長卿兩遍皆用四字三句，蔡伸道前遍亦用四字三句，可爲此體添襯字之確證；亦即可爲起句十二字而各添襯字不同之確證矣。前結三句云：“山川秀、圜觀衆多、無如閩越。”正體三五四，此體三四四。蓋正體之五字句，有一襯字，而此體减之也。後叠過片句云：“豪杰姓標紅紙帖，報泥金、喜信歸來俱捷。”正體以二字三字兩句爲換頭，此體則以二字四字兩句爲換頭，蓋添一字也。正體四字五字兩句，即前遍之五字四字兩句；前遍添一襯字於上句，後遍添一襯字於下句；而此體則兩遍俱添二襯字於下句。然則襯字之説，尤明白無疑矣。五六七句云："驕馬蘆鞭醉垂，藍綬吹雪，芳□□月。"與正體同。八九句云："素娥情厚，桂花一任郎君折。"則以正體之六字二句共十二字，變爲四字七字二句，共十一字。是於調中本字，減去一字也。前遍既變爲四字三句，後遍又可變爲四字七字二句，者則史邦卿一詞兩遍，俱用五七，可以爲證。而蔡伸道前遍四字三句，後遍五七二句。更與此體吻合。至若不變五七，而變四七，則辛幼安云："千古《離騷》文字，至今猶未歇。"劉行簡云："怒月恨花，須不是、不曾經著。"皆十一字，尤可爲此體之證。雖辛、劉二詞，有作十二字者。然各本相傳，各有所本；要當兩存其説。後結云："須滿引、南臺又是，合沙時節。"則與前結相同，皆減去襯字耳。或謂既爲四字三句之調，何必添襯字？既在調中之字，何以知其爲襯字？不知調有定而腔則活也。調或板滯，則須有襯字以便於歌；而此調起句添字之處、前後不同。故雖在調中之字，而可以知其爲襯字矣。況又有別體以證之乎？更於另條詳之。

一四　僻調變體中考見襯字

冷僻之調，僅見數詞，而字句各異，有不知何者爲正格者；而就其各異之處，正可以爲襯字之確證，而并可以考見其本體焉。〔歸田樂引〕黃庭堅二闋，晏幾道一闋，《樂府雅詞》無名氏一闋，可見者僅此而已。過遍句，黃云："看幸厮承勾，又是尊前眉峰皺。"又一闋云："前歡幸未已，奈向如今愁無計。"次句皆七字也。晏云："花開還不語，問此意年年，春還會否？"次句九字，襯二字也。無名氏云："光陰轉雙轂，可惜許、等閑愁萬斛。"次句八字，襯一字也。後遍第五六句，即前遍之第四五句也。黃後遍云："拼了又捨了，一定是、這回休了。"其前遍云："憶我又喚我，見我嗔我。"又一闋後遍云："這裏誚睡裏，誚睡裏夢裏心裏。"其前遍云："怨你又戀你，恨你惜你。"後遍下句皆多三字，萬紅友疑其衍文。然不能兩闋皆衍，紅友亦不應祇見一闋也。以晏詞及無名氏詞證之，則前後遍皆五四句。且無名氏前遍云："種竹更洗竹，咏竹題竹。"後遍云："念足又願足，意足心足。"則并疊字句法，亦與黃同。可見此句必以前後相同爲正格，而黃襯入三字耳。考見本體之説，見《論調篇》。又此調用韵參差，可爲韵叶通融之證，見《論韵篇》。

一五 添減字襯字互相考見

詞中僻調，作者愈少，參差愈甚。甚至有一調僅此數闋，而每闋字句各殊者。蓋調雖草創，而聲律尚未確定，故人各爲譜，一似漫無拘檢者然。然其調既同，其聲必同，則其字之加減，正可資爲考證，而得明其變通之故焉。〔女冠子〕長調凡五體，而詞不過七闋。李漢老一首，蔣竹山"蕙風香也"一首，"電旂飛舞"一首，同體者也。康伯可一首，周美成一首，柳耆卿"淡烟飄箔"一首，"斷烟殘雨"一首，不同體者也。并竹山詞爲五體。若并漢老減字，亦作一體計之，則六體也。首二句蔣云："蕙風香也，雪晴池館如畫。"漢老及"電旂"一首既同，即康、柳亦皆同。而周美成云："同雲密布，撒梨花、柳絮飛舞。"柳耆卿又云："淡烟飄箔，鶯花謝、清和院落。"則可知爲周、柳之加字，且可知爲前二字中加一襯字矣。第三句蔣云："春風飛到。"四字，李、康皆四字，周用五字云："樓臺悄似玉。"是加一襯字，柳之"淡烟"一首云："樹陰密、翠葉成幄。"其"斷烟"一首云："動清籟、蕭蕭庭樹。"是句前加三襯字矣。此由四字而加爲五字，又加爲七字也。第四五六句，蔣云：寶釵樓上，一片笙簫，琉璃光射。"四字三句，李、康同。周云："向紅罏暖閣，院宇深沉，廣排筵會。"是加一領句字矣。柳之"淡烟"云："素秋霽景，夏雲忽變，奇峰倚寥廓。"是後五字中襯入一字矣。而其"斷烟"一首，則仍是四字三句。則此二首之爲周、柳加字，更可見矣。第七八九句，蔣云：
"而今燈漫挂，不是暗塵明月，那時元夜。"後段云："吳牋銀粉
研，待把舊家風景，寫成閑話。"兩段皆五字句，下接六字四字二
句。漢老及竹山"電旂"一首，前段皆同，而後段則五字句下接
四字二句，是十字減爲八字也。然蔣、李僅自減其後段，康伯可則
并取前段而減之；於是前後皆減二字，而五字下用四字二句之變
格成矣。周美成一首，前作六四四，後作五四四。是不過康體前段
之五字，偶加爲六字也。其"淡烟"一首前云："波暖銀塘，漲新
萍綠魚躍。"後云："別館清閑，避炎蒸、豈須河朔？""避炎蒸"
句雖七字，然與前之七字句法不同。此爲三四句法，即六字句加
一襯字耳。竟謂其與前段六字句同，亦無不可。是則五字既加爲
六字者，又取而減爲四字；而八字既減爲七字者，又取而減爲六
字矣。其柳之"斷烟"一首，則并後段之五字而亦加之。前云：
"芳階寂寞無睹，幽蛩切切吟秋苦。"後云："因循忍便睽阻，相思
不得長相聚。"是兩段五字皆成六字；而并取八字二句，減爲七字
一句矣。仍合其字數，仍是十三字也。則至變而益遠矣。（案此處原稿
有脱誤。）前段結處，李、蔣皆七字一句，六字一句；而其後段則變
爲五字一句，四字二句。此種變法，各調頗多。康伯可則兩段皆四
字三句；是減其領句字也，周則前段四字三句，後段七六二句；前
無領句字，後有領句字也。柳詞二首，一則兩段皆五四四，一則兩
段皆四字三句，一有領句字，一無領句字。是亦可見領句字之加
減不拘矣。過片處，蔣云："江城人悄初更打，問繁華，誰能再向
天工借？"李漢老同。康伯可則八字十字；首句加一襯字也。周與
康同。柳之"淡烟"一首云："正鑠石天高，流金晝永，楚榭光風
轉蕙，披襟處，波翻翠幕。"上以一字領四字二句；亦猶前之"幽
蛩"七字句，可代四字二句也。下則十字中加入"披襟處"三襯
字；是仍十字也；其"斷烟"一首云："對月臨風，空恁無眠耿
耿，暗想舊日牽情處。"易十字句在前，而七字句在後。柳之〔浪
淘沙慢〕，即有此例；特他家所少見耳。三四五句，蔣云："剔殘

紅她，但夢裏隱隱，鈿車羅帕。"李、康皆同。周則前二句同，而第五句六字；加二襯字也。柳之"淡烟"一首云："以文會友，沉李浮瓜忍輕諾。"四字句同；而以七字句變四字二句，并去其襯字，亦"幽蟄"句例也。其"斷烟"一首云："綺羅叢裏，有人人那回飲散，略略曾諧鴛侶。"第四句用三字襯，第五句加二字襯也。第六句以下，已於前段并論之。大抵古之作者，皆自通音律；故襯字不難自爲加減。若屯田則一紙偶出，已播歌場；知必非漫爲加減者。今則歌法失傳，未可以藉口於古人耳。

一六　詞調別體即添字减字之確證

詞之就舊調而變體者，其添减之字，已幾於不可見。惟全調不變，而添减一二字者，則確然可證。然所以知其爲添字而非襯字，知其爲减字而非虛聲者，則以其於舊調之外，別成一調，諸家用之，而非一二闋之偶然也。試就〔南鄉子〕一調證之：歐陽炯單遍，平仄換韵，四字起句。馮延巳即同用此調，加成雙叠，而用五字起句；是於起句添一字也。馮延巳又一首，與前首字句悉同，而不換韵；宋人多依之。惟歐陽修一詞，用馮詞不換韵體，而首句仍用四字。是於馮詞爲减二字，而復歐陽炯之舊調。卓珂月《詞統》未加細考，所以誤名爲〔减字南鄉子〕也。就此一調，可以舉古人添减之例。

一七　添减字之體復互爲添减

〔一落索〕之添减變換，與〔南鄉子〕之例略同。起處六字四字兩句，結處六字一句，諸家所同，當是正格，而程正伯、秦少游、李元膺皆變次句爲五字，而六四起句者變爲六五矣。嚴次山用六五起句體，而後遍次句仍减爲四字，乍觀之，似是前遍變格，而後遍仍正格，實則用變格而再變後遍，非用正格而獨變前遍也。歐陽永叔、黃魯直皆變起句爲七五，而蜀伎陳鳳儀用七五起句體，而變其後遍爲六五，是在變體中而减其後遍之一字。得此，可證嚴次山詞，亦是由變體而減者矣；并可證六一之〔南鄉子〕，確由馮詞而減者矣。至結句之七字，余既以爲襯字，而其五字者，則減字也。其有前用五字，而後仍六字，如六一、聖求者，皆用減字體而後遍添字也。

一八　減字於體格之變否

〔更漏子〕過片云："香霧薄，透羅幕，惆悵謝家池閣。"此正調，各家所同者也。歐陽炯云："一向凝情望，待得不成模樣。"過片首句減一字，而同頭小令，遂成換頭之調矣。

一九　今人填詞不宜通假

字之加減，既確有可以比勘而知者；則今人填詞，可以依加減之例，而通假之乎？曰：不可。古人自通聲律，其於本調之加減，必無礙於本調之聲音。故作者當循一家之體，萬不容取二三體而通假之也。如〔女冠子〕各體紛紜，雖其加減之迹，一一可尋；而句法用韵，每闋而異。若展轉轇輵，能知其必合宮譜乎？然其中亦有可以通假者；雖事所不可，而理所或可。如兩段結處，李、蔣則前段七六；蓋六字二句，而加一領句字也。故其後段，即變作五四四；亦四字三句，而加一領句字也。康則兩段皆四字三句，而皆去其領句字；周則易七六於後，而置四字三句於前；前無領句字，而後有領句字；柳則兩段皆五四四，皆有領句字；其又一首則四字三句，皆無領句字。然則一領句字也，或此用而彼不用，或後用而前不用；其句法則或改換之，或顛倒之，各家互爲出入；而領句字之用否，且不隨句法而定。然則〔女冠子〕一調，其兩結之變換，或可以各體通假乎？此爲理所可信者。然詞至今日，求其步趨不失者，尚不可得；若又從而通假之，則將去而日遠矣。故曰事所不可也。

論　韵

王幼遐刊戈寶士《詞林正韵》跋云："居今日而言詞韵，實與律相輔，蓋陰陽清濁，捨此更無從叶律；是以聲亡而韵始嚴。"余謂韵不足以盡律，而律實寓於韵。今之填詞者，律之得失不可知，而韵之嚴慢，則可知者也。且論宮調者在收韵，韵誤則誤收別宮矣。故周、柳名詞，有同此一調，而分收兩宮者，即收韵之別也。

一　換韵

詞之換韵與詩異，詩有平換平、仄換仄者，詞則無之。劉光祖之〔長相思〕，前段用江陽韵，後段用東紅韵，似是由平換平，實則兩段異叶，與換韵不同。僅明人王元美曾用其體，此外不多見。

長調換韵詞雖平仄轉換，實仍同部是平仄互叶非換韵也。如〔哨遍〕〔換巢鸞鳳〕等是。故換韵詞惟小令有之耳。

雙叠小令換韵者，如兩段相同之調，後段之韵，有與前段同部者，有與前段不同部者，有平仄同部者，有平仄不同部者，即〔醉公子〕一調，可以舉例。薛昭蘊詞云："慢綰青絲髮，光硏吳綾襪。牀上小熏籠，韶州新退紅。"後段云："叵耐無端處，偷得從頭污。惱得眼慵開，問人閑事來。"此後段韵與前段不同部，而平仄亦不同部者也。尹鶚詞云："暮烟籠蘚砌，載門猶未閉。盡目醉尋春，歸來月滿身。　　離鞍偎綉袂，墜巾花亂綴。何處惱佳人，檀痕衣上新。"此後段韵與前段同部，而平仄不同部者也。顧敻詞云："岸柳垂金綫。雨晴鶯百囀。家住綠楊邊。往來多少年。

馬嘶芳草遠。高樓簾半捲。斂袖翠蛾攢。相逢爾許難。"此後段韵與前段同部，而平仄亦同部者也。舉一調而三體備。由此推之，則小令平仄換韵之體，皆可以此調爲例，或同叶，或異叶，或換韵，或互叶，其聲響要未嘗不同，其體例即未嘗不通耳。〔巫山一段雲〕，前段平韵，後段換仄，後仍換平韵，後段之平韵，有與前段叶者，有不與前段叶者。唐昭宗二詞，一云："縹緲雲間質，盈盈波上身。袖羅斜舉動埃塵，明艷不勝春。"後段云："翠鬟晚妝烟重。寂寂陽臺一夢。冰眸蓮臉見長新，巫峽更何人。"結句"新""人"與前段韵相叶。又其一云："蝶舞梨園雪，鶯啼柳帶烟。小池殘月艷陽天。苧羅山又山。"後段云："青鳥不來愁絕。忍看鴛鴦雙結。春風一等少年心。閑情恨不禁。"結句"心""禁"與前段不相叶，可見換韵後，其相叶不相叶，於調無與矣。

〔更漏子〕雙叠小令，由仄韵換平韵，兩段相同，溫飛卿詞："柳絲長，春雨細。花外漏聲迢遞。驚塞雁，起城烏。畫屏金鷓鴣。　香霧薄，透簾幕。惆悵謝家池閣。紅燭背，繡簾垂。夢長君不知。"平仄遞換，皆不同部者也。賀方回詞："繡羅垂，花蠟換。問夜何其將半。侵舄履，促杯盤。留歡不作難。　令隨圖，歌應彈。舞按《霓裳》前段。翻翠袖，怯春寒。玉闌風牡丹。"韵雖仄平遞易，而實仍一韵。此平仄互叶，而非換韵也。孫孟文詞："聽寒更，聞遠雁。半夜蕭娘深院。扃繡戶，下珠簾。滿庭噴玉蟾。　人語靜。香閨冷。紅幕半垂清影。雲雨態，蕙蘭心。此情江海深。"此兩段各用一韵，平仄互叶者也。晏元獻詞："塞鴻高，仙露滿。秋入銀河清淺。逢好客，且開眉。盛年能幾時。　寶箏調，羅袖軟。拍碎畫堂檀板。須盡醉，莫推辭，人生多別離。"此兩段仄與仄叶，平與平叶者也。此外尚有前段互叶，而後段不互叶者；有後段互叶，而前段不互叶者；有仄與仄叶，而平不與平叶者；有平與平叶，而仄不與仄叶者；不能備錄。具此一調，而換韵小詞之韵法盡之矣。

長調用韵既多，亦還有增減於不覺者。〔女冠子〕一調，所見僅數詞，而字句參差，已成數體，而其韵亦參差各異。試全舉李漢老詞，而以各家分證之。李詞云："帝城三五。燈光花市盈路。天街游處。此時方信，鳳闕都民，奢華豪富。紗籠繞過處。喝道轉身，一壁小來且住。見許多才子艷質，携手并肩低語。"後段云："東來西往誰家女。買玉梅爭戴，緩步香風度。北觀南顧。見畫竹影裏，神仙無數。引人魂似醉，不如趁早，步月歸去。這一雙情眼，怎禁得、許多胡覷。"第三句"天街游處"叶韵，康伯可詞同；周美成作五字句，柳屯田皆作七字句；而叶韵則皆同。蔣竹山詞，與李漢老同體者，而此句不叶，兩首皆然，斷非偶失。況後段此句，蔣亦用叶與李同；而獨前段不叶，未免參差。且四字四句，此句不叶，則聲響頗累，非若〔沁園春〕之四字四句也。此可意會，而不能言詮，讀者自見。第六七八句"紗籠纔過處。喝道轉身，一壁小來且住。""處"字、"住"字叶韵，而後段第六句不叶。蔣詞二首，前後皆叶，而七八二首皆作六四，頗較李詞嚴整。周詞句法小變，而亦同叶。柳詞二首，皆以三句合爲二句者；一則上句六字，下句七字，連用兩叶，是句異而韵同也；一則上句四字，下句前段六字，後段七字，下句叶而上句不叶，是少一韵矣；然猶曰句法本異也。若康伯可詞，上句五字，下二句每句四字，是去前段襯字，而後段固與李、蔣同者，則句亦未變者也。而五字句皆不叶，兩段相同，亦較李詞嚴整。蓋蔣竹山依漢老之前段，而變其後段，伯可依漢老之後段，而變其前段；要之皆使其兩段一律而已。

二　叶韵

入叶上去，宋詞固屢見矣，然皆以入聲讀作上去聲也。故所見者，皆全首上去，偶借入韵者爲多；若全首入韵，偶借上去韵者則甚少。朱敦儒〔柳梢青〕云："紅分翠別。宿酒半醒，征鞍將發。樓外殘鐘，帳前殘竹，窗前殘月。　　想伊繡枕無眠，記行客。如今去也。心下難拼，眼前難覓，口頭難説。""也"字以上聲叶入聲。無名氏〔點絳唇〕云："殢雨尤雲，靠人緊把腰兒貼。顫聲不徹。肯放郎教歇。　　檀口微微，笑吐丁香舌。噴龍麝。被郎輕囓。却更嗔人劣。""麝"字以去聲叶入聲。夫入可以讀作上去，而上去不能讀作入；此全首入韵，而以一上去之字，屬於群入韵之中，然則竟以上去本聲諧入聲，即猶之以上去本聲諧平聲。

如〔哨遍〕一調，平仄互叶，而用平用仄，則不盡拘，與轉韵之體，平仄韵有定格者不同。是直以平與上去，視爲一例，聽作者之遣用，本已與曲韵相去無幾。此以上去與入視爲一例竟與曲韵同矣。

杜安世〔惜春令〕起句云："春夢無憑猶嬾起。"又一首云："今夕重陽意深。"過遍云："妝閣慵梳洗。"又一首云："臂上茱萸新試。"以"起""洗""深""新"之平仄互易讀之，則兩句聲音如一；甚至換韵句三平，亦不因韵而易聲，是可知其爲平仄相代無疑矣。其後遍次句云："悶無緒，玉簫拋擲。"一作："玉簫頻吹。"又一首云："似舊年、堪賞光陰。"是又以入代平無疑矣。此三句皆除一押韵字之外，其餘平仄皆同，可見句中音節，不因韵之平仄而異；苟非四聲通叶，勢必不能無異也。是亦詞韵與曲韵相似之証也。

入韵叶上去，其夾於上去之間者易見矣。亦有轉韵詞連用入聲自叶，而實與平上去同叶者。牛嶠〔更漏子〕詞云："南浦情，紅粉淚。爭奈兩人深意。低翠黛，捲征衣。馬嘶霜葉飛。　　招手別。寸腸結。還是去年時節。書托雁夢歸家。覺來江月斜。"此調爲轉韵詞，或全首四韵，各不相叶；或通首一韵，平仄互叶；或兩段各一韵而平仄互叶；或仄與仄叶，平與平叶。所謂兩段各互叶者，此詞是也。"別""結""節"皆讀作去聲，戈寶士《詞林正韵》附於"禡"韵之後，與"麻"同部，故叶"家""斜"。又黄山谷詞云："體妖嬈，鬢婀娜。玉甲銀箏照座。危柱促，曲聲殘。王孫帶笑看。　　休休休，莫莫莫。愁撥個絲中索。了了了，玄玄玄。山僧無盌禪。"此仄與仄叶，平與平叶者也。"莫"字讀作去聲，"索"字讀作上聲；《詞林正韵》附於"果""過"韵後，故與"娜""座"相叶。由是觀之，曲韵之入聲派入三聲，未嘗不自詞家開之。況以入叶平，見於五代。其來遠矣。

入韵與三聲并叶，竟如曲韵者，又有五代歐陽炯〔西江月〕一詞云："水上鴛鴦比翼，巧將繡作羅衣。鏡中重畫遠山眉，春睡起來無力。 鈿雀穩簪雲髻，含羞時想佳期。臉邊紅艷對花枝，獨占鳳樓春色。"此直與南北曲之用韵無異。且"翼""力"二字，不必讀作上去，已自然相叶，謝獃卿所謂"東""冬"韵無聲，今以"東""董""凍""督"調之，"督"之爲音，當屬於"都""睹""妒"之下，此之謂也。此詞之"色"字，尚須讀作"塞"字之去聲，乃爲"衣""髻"相叶，爲曲韵之通例。若"翼""力"二字，則本音直叶，猶"督"字之於"都""睹""妒"矣。

三 入聲韵多有不可通之借叶

入聲韵十九部，詞韵并爲五部可謂寬矣。而辛幼安〔生查子〕，以"濁"字夾於"雪""髮""渴"之間，是"覺""藥"與"月""屑"通用也。韓東浦〔霜天曉角〕，以"絶""北"夾於"屋""玉""促""作""獨"之間，"北"字讀作逋沃切，姜白石〔疏影〕已有其例，而"絶"字本在"屑""薛"，以叶"屋""沃"，則當讀若"逐"，實未嘗見者。孫光憲〔謁金門〕以"六"字夾於"得""益""色""日""擲""疾""隻"之間，"得""益"等字，皆"質""陌"部，而"六"字在"屋""沃"部，聲頗不倫，何由得誤？"六"無別讀，何由得通？非令人不解者哉？

四 入聲叶上去韵

入聲與上去通叶，曲韵固然，顧詞韵亦多有之。《菉斐軒詞韵》，識者以爲曲韵矣。然如戈順卿《詞林正韵》，在詞韵中可謂謹嚴者，而每部皆以入代上去之字，摘列部後；誠以入代上去，宋詞蓋不少見。今試就所見者略舉之：周美成〔女冠子〕"布""舞"之下叶"玉"字，是去聲讀若裕也。趙子發〔點絳唇〕"水""淚"之間叶"嚦"字，是去聲讀若郎帝切也。趙長卿〔卜算子〕以"腹""曲"叶"許""否"，"腹"字讀若方補切，"曲"字讀若邱雨切，皆上聲也。

五　入叶上去借書他字

劉過〔行香子〕"賽""蓋"之間叶"煞"字，讀若"曬"，曹元寵〔點絳唇〕"改""快"之間用"曬"字，柳永〔迎春樂〕"怪""債"之間用"曬"字，本用"煞"字去聲，而直書作"曬"耳。按"曬"音曬，無煞音，亦無煞義；實以"煞"字去聲則音曬，故借其字而免注叶之煩，而不復問其義矣。

六　閉口韵不獨用

閉口韵獨用，固詞曲定例；然古人亦有通用者；如杜安世〔更漏子〕云："庭遠途程。萬山千水，路入神京。暖日春郊，綠柳紅杏，香徑舞燕流鶯。客館悄悄閒庭。堪惹舊恨深。有多少馳驅，驀嶺涉水，枉費身心。"後段云："思想厚利高名。漫惹得憂煩，枉度浮生。幸有青松，白雲深洞，清閒且樂昇平。長是宦游羈思，別離淚滿襟。望江鄉踪迹，舊游題書，尚自分明。"詞中前段之"深"字、"心"字，後段之"襟"字，俱閉口韵也；而與"京""鶯""名""生""明"同押，且一詞屢犯，非偶誤者。又黃機〔南鄉子〕云："簾幕閴深沉。燈暗香銷夜正深。花落畫屏檐細雨，涔涔。滴破相思萬里心。"後段云："曉色未平分。翠被寒生不自禁。待得夢成多惡況，堪聱。飛雁新來也誤人。"前段用"沉""深""涔""心"皆閉口韵，後段"禁"字亦閉口韵，凡五字，而與"分""聱""人"三字同押，亦斷非偶誤者。杜詞以"庚""青"部而雜"侵"部之韵，黃詞則以"侵"部而雜"文""真"之韵。

玉田可謂深於音律者矣，而〔醉太平〕一調，"屏""雲""嗔""春""迎""晴"與"尋""陰"并叶。白石能自製新腔者矣，〔鬲溪梅令〕旁注字譜，而"人""鄰""陳""春""雲""盈"與"尋""陰"并叶。

七 鄉音叶韵

《古今詞話》記林外題詞垂虹橋，傳者以爲仙。壽皇笑曰：
"此閩人作耳：蓋以'老'叶'我'，知其閩音。"夫韵者自然之
音耳；宋元人詞，既無詞韵之書，其勢必出於自然之音，讀之而
叶，即是韵矣。讀之而叶則其勢又必至於用鄉音。沈約韵書，亦嘗
以鄉音範天下被譏，況詞無詞韵之時乎？趙長卿〔水龍吟〕以
"少""了""峭"叶"畫""秀"，《四庫提要》謂："純用江右鄉
音。"然趙青山〔氐州第一〕以"狗"叶"老""曉"；周紫芝
〔如夢令〕以"草"叶"晝""候""瘦""袖"；〔點絳唇〕以
"有""口"叶"早""小""老""笑"，三家借叶皆同。按《詩·
陳風·月出》之篇："皎""皓""糾""慅""受"相叶。又《豳
風》："四之日其蚤，獻羔祭韭"，叶法亦同。然則"篠""有"兩
部之通叶，固不僅爲近世之鄉音矣。前所述者，或衆韵中羼雜一
二，或全闋中參差相叶，人猶一讀而知也。若李彌遜〔清平樂〕
云："燭光催曉。醉玉頹春酒。一騎東風消息到。占得鼇頭龍首。"
"曉""到""酒""首"相間互叶，乍讀之，一似隔句自爲叶者；
將謂〔清平樂〕有此用韵之別格而不知其兩部之通用也。

王炎〔南柯子〕"姝"與"支""微"相叶，則"姝"讀若
"姿"，今日吳越間尚然。曹組〔點絳唇〕"子"與"黍""雨"
"住""度"相叶，則"子"讀若"主"。沈端節〔謁金門〕，
"起"與"去""樹""語""渚""雨""楚""句"相叶，則
"起"讀若"去"字上聲，如"去食""去兵"之"去"；今日蘇
滬梨園排演之單，以某伶飾某人爲去某人，而去字又書作起，文
人評劇者，亦兩字并用；實則"去"訛爲"起"也。陳允平〔南
歌子〕"翹""銷"與"樓""洲""篌""愁"爲叶，盧炳〔武陵
春〕"橈""嬈""梢"與"頭""愁""流"爲叶。

吳夢窗〔朝中措〕用魚虞韵，而於"初""奴""書""夫"
之間，夾一"尤"韵之"浮"字，蓋俗音讀若"孚"也。

八　詞用古詩通韵

杜安世〔賀聖朝〕，用"滯""替""媚""細""計"皆"紙""寘"韵，而中夾"待""愛"二字，則在"蟹""泰"韵，在古詩亦有通者。戈氏《詞韵》，合爲一部。此其通借，較"支""魚"爲稍近，而其爲借叶則一也。

九　詞韵通借

詞韵之通借，有不必其爲古音，亦不必其爲鄉音者。毛澤民〔調笑令〕用"冷"字起韵，而以"暖""晚"等字爲叶。周美成〔女冠子〕用"無"字起韵，而以"會"字爲叶。楊無咎〔點絳唇〕用"去"字起韵，而以"竄"字爲叶。《絕妙好詞》收無名氏〔謁金門〕用"坐"字起韵，而以"瘥"字爲叶。

一〇　古詞俗叶補入韵書

俗音叶韵，宋人習以爲常。戈順卿《詞林正韵》每收附本部之末，然尚多未盡有。姜白石〔暗香〕云："但暗憶，江南江北。"以"北"字讀逋沃切，與"玉""宿""竹""獨"爲叶，戈《韵》收附沃部。孫光憲〔後庭花〕云："石城依舊空江國。故宮春色。七尺青絲芳草綠。絕世難得。　　玉英雕落盡，更何人識。野棠如織。衹是教人添怨憶。恨望無極。""七尺"句按譜必叶，故萬紅友《詞律》以爲"碧"字。不知"綠"字北音讀若律，以與"色""得""識""極"爲叶，亦猶白石"北"字之例也。戈《韵》例應附"質"部、"術"韵之末，而偶遺之。凡似此者皆可爲之補入，於詞韵未爲無功，於戈氏亦未嘗非良助耳。

一一　名人名詞重韵

重韵詞出於名手者，李易安〔鳳凰臺上憶吹簫〕前段句云："生怕離懷別苦，多少事，欲説還休。"過片云："休休。這回去也，千萬遍陽關，也則難留。"重"休"字韻。李漢老〔女冠子〕前段句云："天街游處。此時方信，鳳闕都民，奢華豪富。紗籠纔過處。喝道轉身，一壁小來且住。"重"處"字韻，但兩詞皆有可疑者。《樂府雅詞》所收李易安詞過片云："明朝這回去也。"注云："別本作'休休'。"其結句云："從今更數，幾段新愁。"注云："別本作'更添一段'。"按注與今日傳本同，想是秦玉生校刻時所注。然即此可見易安初有一詞，後復更定。凡更定文辭，多不免枝節而爲之，故與初稿重韻而不覺；觀其結句更定之後，於律乃細；而"休休"之句，勝於"明朝"，又不可以道里計；則"明朝"之句，殆爲初稿無疑矣。漢老詞兩節相連，前節以一句領三句，後節以一句領二句；其所重"處"韻恰在兩節領句之句，且甚相近；非如易安詞雖隔一韻，而已在後半闋也。且〔女冠子〕如漢老體者僅三詞，而蔣竹山二詞，於"天街游處"句皆不叶，獨漢老用叶，或者其有傳訛乎？

毛熙震〔後庭花〕起句云："輕盈舞妓含芳艷。競妝新臉。"結句云："時將纖手勻紅臉。笑拈金靨。""臉"字重韻。陳克〔謁金門〕起句云："深院靜。塵暗曲房淒冷。"結句云："夜長人獨冷。""冷"字重韻。

李易安〔武陵春〕後叠云："聞說雙溪春尚好，也擬泛輕舟。祇恐雙溪舴艋舟。載不動許多愁。"連押"舟"字，一意引伸，非無心複韻者比。杜善夫〔太常引〕後叠云："別時情意，去時言約，剛道不思量。不思量是不思量。說著後、教人語長。"與易安詞之複韻正同。

一二 韻叶之變換添減

詞中用韻變換添減之例甚多：有二句連韻而可叠可不叠者；有二句本連韻，而上句或不用韻者；有增韻者，有減韻者，有換叶者，有借叶者，有句中夾叶者，更僕難盡。而舉〔江城梅花引〕一體，可以略盡其變。試錄康與之詞爲準，而分證之。康詞云：

"娟娟霜月冷侵門。怕黃昏。又黃昏。手撚一枝，獨自對芳樽。酒又不禁花又惱，漏聲遠，一更更，總斷魂。"後段云："斷魂。斷魂。不堪聞。被半溫。香半薰。睡也睡也睡不穩。誰與溫存。惟有牀前，銀燭照啼痕。一夜爲花憔悴損，人瘦也，比梅花，瘦幾分。"按此詞前後段第二三句，皆連韵而非叠韵。康前段用兩"昏"字，趙霞山后段云："也問天。也恨天。"用兩"天"字，皆叠韵，此所謂連韵而可叠可不叠者也。又後段二三句，周草窗云："倚清琴，調大招。"諸家同草窗者多；此所謂二句本連韵，而上句或不用韵者也。"睡也睡也"句，在平仄叶體則用韵，而全用平韵體，則此句無韵。而趙霞山云："鬢兒半偏。"與"天""寬"相叶。又"漏聲遠""人瘦也"二句仄住無韵，而吳夢窗云："竹根簾，小簾垂。"與"微""嘶"相叶，此所謂增韵者也。換頭句"斷魂。斷魂。"兩"魂"字叶韵，而夢窗云："帶書傍月自鉏畦。""書""月"不用韵；此所謂减韵者也。此調有平仄互叶體，後段前四句用仄韵，此所謂換叶者也。互叶之體，換頭前四字，仍是平叶。如洪忠宣之："一枝。兩枝。"各家多同，而王觀云："怨極。恨極。"以"極"字入聲借平而叶"誰""飛"；此所謂借叶者也。換頭七字爲句，而第二字第四字用韵；此所謂句中夾韵者也。凡此各例，散見於各調各詞者甚多，別爲條舉而詳說之。此以一調而盡其概，故述之以便省記云。

一三　同句連叶或叠字或不叠字

詞中句法相同而連叶者，或用叠韵，或不用叠韵。往往不拘。如〔江城子〕第二三句，秦少游云："動離憂。泪難收。"後段云："恨悠悠。幾時休。"皆不用叠，諸家悉同；而辛稼軒前云："晚風吹。晚風吹。"欲後云："開時。未開時。"前後皆叠。周草窗則後段云："似多情。似無情。"又云："愛鶯聲。惡鵑聲。"後段叠而前段不叠。又如〔江城梅花引〕第二三句，即〔江城子〕二三句之例。康伯可云："怕黃昏。又黃昏。"亦用叠韵。又〔長相思〕

起句，宋詞或疊韵，或連叶，諸家不同，已成通例。

一四　同句連叶者上句或不叶

句法同而連叶者，上句或不必叶，如〔江城梅花引〕後段二三句，康與之詞云：“被半溫。香半薰。”連叶者也。而周草窗之“倚清琴。調大招。”陳日湖之“渺蓮舟。浮翠瀛。”皆上句不叶。諸家不叶者甚多，即周、陳亦不止一首。又如〔長相思〕，起句連叶者也。而楊季和云：“溪水清，溪水渾。”向伯恭云：“年重月，月重光。”楊首句不起韵，猶用平聲住；向則竟用仄住，未見他作矣。伯恭“月”字，殆借作平。

一五　連叶之韵上句不用韵

詞中應叶之處，而作者偶不用叶，宋詞甚多；每在兩句有韵之處，而省其上句之韵；此例實唐詞開其先。如〔天仙子〕第四五句，皇甫松云：“登綺席。泪珠滴。”兩句皆叶者也。和凝二闋，一云：“桃花洞。瑶臺夢。”亦兩句俱叶；一云：“懶燒金，慵篆玉。”則上句不叶，且用平住。又〔長相思慢〕後段第六七句，秦觀云：“曉鑒堪羞，潘鬢點、吳霜漸稠。”“羞”“稠”連叶。柳永云：“牆頭馬上，慢遲留、難寫深誠。”“上”字不叶。袁去華云：“流怨清商，空細寫、琴心向誰。”“商”字不叶，袁尚用平住，柳則竟用仄住矣；前者尚同是三字句，後者則長短句也。

一六　連叶之句兩句俱不叶

兩句連叶之處，上句不叶，如前述矣。亦有兩句俱不叶者。夫詞以聲言之，則以韵爲拍；以文言之，則以韵爲節；若住句之韵而去之，豈非減其一拍，失其一節乎？〔歸田樂引〕山谷詞起句云：“對景還銷瘦。被個人、把人調戲，我也心兒有。”首句起韵爲一節，次三句爲一節。《小山詞》及《樂府雅詞》無名氏詞，次句皆用叶。次句非住句處，無論山谷、小山，孰爲正格，要之可叶，可不叶，無關宏旨也。前遍第四五句，即後遍第五六句。山谷前遍云："憶我又喚我，見我嗔我。"後遍云："拼了又捨了，一定是、這回休了。"兩句俱不叶。無名氏前遍云："種竹更洗竹，咏竹題竹。"後遍云："念足又願足，意足心足。"兩句俱叶。小山前遍云："願花更不謝，春且長住。"後遍云："對花又記得，舊曾游處。"上句不叶，下句叶。竊以爲小山當是正格，山谷及無名氏之兩叶兩不叶，俱爲叠字所牽耳。然上句多一叶，固自無妨，間句無韻處，各家用叶者，不勝觀舉，如後條所引是也。惟住字叶韻處，而不用叶，殊不多見；豈真可去其一節一拍哉？或山谷此詞，并下句爲節歟？

一七　無韵之句用韵

詞中不必叶之處，而作者偶用叶，宋詞甚多，今略舉之：如〔訴衷情〕末三句，晏殊云："此時拌作，千尺游絲，惹住朝雲。""絲"字句各家皆不用韵。而賀方回云："不堪回首，雙板橋東。罨畫樓空。"趙坦庵云："雨潤風滋。功與天齊。"蔡友古云："可憐今夜，明月清風。無計君同。""東""滋""風"皆叶韵。然猶同是四字句也。〔采桑子慢〕潘元質云："數點新荷，翠鈿輕泛水平池。"後段亦同，各家詞皆然；而吳禮之前段云："去也難留。萬重烟水一扁舟。"後段云："先自悲秋。眼前景物祇供愁。""留""秋"用韵，則非句法相同者矣。此正可與前節所引減韵之〔長相思慢〕相比例。

論　律

一　温飛卿之嚴律

唐詞由詩初變，體格尚寬，故律亦未細，或一句而平仄全異；或兩作而韵叶已殊。張志和〔漁父〕，通首平仄相反；孫光憲、閻選〔八拍蠻〕，僅一七言絕句之體，而首句或用韵，或不用韵；論詞於唐，幾疑其無所謂律矣。而不知唐詞之律，且有嚴於宋人者。溫飛卿〔荷叶杯〕二闋，〔定西番〕三闋，〔南歌子〕七闋，以調論則頗有平仄通用之字；而溫詞平仄字字相同，未嘗有一字通用者。在〔荷叶杯〕聲促韵繁，平仄或不容不謹，非唐詞之似詩者可比。然〔南歌子〕則音調流美，去詩不遠，人所易忽者矣；何亦謹嚴如是？七闋如一，夫豈無意而然者歟？

二　字聲嚴密見律

唐詞聲律之嚴者，皇甫子奇之〔摘得新〕二闋，銖黍不爽，試録而校之。詞曰：“酌一卮。須教玉笛吹。錦筵紅蠟燭，莫來遲。繁紅一夜經風雨，是空枝。”又一首曰：“摘得新，枝枝葉葉春。管弦兼美酒，最關人。平生都得幾十度，展香茵。”今以兩首逐句逐字比勘，第一句入入平，第二句平平入入平，字字皆同，第三句，前三字上平平皆同，後二字一連用入入，一連用上上，雖入上不同，然三仄中上入本通，非若去聲獨用；且兩句之用叠聲則固同，此當爲律所限，否則何以謹嚴如此？後三句三仄不同，而平仄同，第五句前一首之“一”字，後一首之“幾十”字，皆借作平也。

三　句調錯綜見律

合衆詞以見律，則字句也，韵叶也，平仄也，腔節也，比之而皆同，斯律見矣。然有一調之中，衆詞各異，而可以確知其律者。〔少年游〕前後二遍，遍各二節，每節或七五兩句，或四四五三句；蓋兩腔相彼此而已。而宋人賦此調者，多至十餘體，或上此而下彼，或前彼而後此，或參差互立如犄角，或左右并駕如兩驂；或兩節連用於一腔，如蟬緌之貫聯，或一節獨異於三節，如山魈之獨脚；拙譜所編，變相略盡，錯綜變化，皆此兩腔互組而成。豈隨一詞而爲一律耶？將此調之本無所謂律耶？不知此兩節者，其腔實二而一者也。七字句之與四四句，七五句之與四四五句，在他調中，多相通之處；已詳《論句》《論字》篇中。其於此調可爲確證者，詳於拙譜本調注中，與此參閱，可瞭然其故。蓋此調之四四五三句，仍即七五兩句，故諸家可以縱橫左右，隨意組合，而於律無失，字句異而聲同也。然有七五添字而爲七六者，更有四四五減字而爲四四四者，參差出入，亦隨作者之所施；是不但腔節不同，而字句亦不同矣。而不知五字之添而爲六，減而爲四，他調中亦皆有通用者，字句雖不同，而仍未嘗不同也。其間更有平叶之句，而以仄住者，有平起仄起全句相反者，而同編宮調，則并韵叶平仄，而亦不同焉。腔節字句，韵叶平仄，一一皆不同，其律宜不必同矣；而律實無不同。何以知之？不獨以他調字句通用知之也；前後互施，上下錯出，其所以可縱橫而左右之者，爲其隨所施，而不虞失律也。否則一定之調，而曰"聽客之所爲"；"專家之詞"，而曰"今日我爲政"，宋時有此詞調，有此詞人乎？

四　隨聲生律

詞調之似詩者，格律每不甚嚴，而似絶句詩者，則尤甚。〔竹枝〕多作拗聲，全無定格；〔八拍蠻〕僅此數首，而首句或起韵或不起韵，遂有平住仄住之殊；其餘同調之作，或此平起而彼仄起，或此拗字而彼不拗，或全首平仄不同，或前後平仄拗接，不可縷數。大抵唐時詩皆可歌，旗亭畫壁，皆絶句也；就詩而成歌，非倚歌而成詩。迨作詩而命之曰"詞"，則亦以歌詩者歌詞矣。不然，旗亭之事，詩固久出，猶得曰先已因詩而製譜也。若〔清平調〕一時三首，三首之中，"名花傾國""一枝濃艷"，皆平字起頭，"雲想衣裳"則仄字起頭，而帶一拗字，三首之聲，必不能一律，此可斷言者；而醉中起草，臨時宣進，命梨園子弟約略調撫絲竹，促龜年歌之，而明皇遂能倚玉笛和之；苟非就詩而成歌，何能如是？《碧鷄漫志》云："明皇宣白進〔清平調〕詞，乃是命白於〔清平調〕中製詞。"蓋謂當時有此調，而太白倚其聲。然則何以二首平起，一首仄起耶？是可知其非倚調者矣。

五　宋詞僻調守律之嚴

盛播管弦之調，名作既多，字音一律，其平仄之確不可易者，固可以尋聲而定墨矣。然即宋詞僻調亦有之；〔女冠子〕前段結句，蔣竹山云：“況年來心懶意怯，羞與鬧蛾争耍。”其又一闋云：“但悄然千載舊迹，時有閑人吊古。”李漢老：“見許多才子艷質，攜手并肩私語。”“心懶意怯”四字，平上去入三作皆同，此當有不可易之理在；不然無如此之合巧也。即句首之去聲字，亦三作無異；此調此體，僅李、蔣三闋，而三闋如一；他家即皆變調，前段結句無與此同者。《詞律》以“意怯”二字爲可平，毫無憑證，貽誤來者不鮮。

又〔女冠子〕後段過片二句之下接云“剔殘紅炧，但夢裏隱隱，鈿車羅帕”三句，“但夢裏隱隱”五字仄聲，去去上上上；其又一闋云：“料貝闕隱隱。”去去入上上；李漢老云：“見畫燭影裏。”亦去去入上上；五仄既同，領句之去聲又同，其爲必不可易亦明矣。況全句中，惟第三字兩入一上；然則所不同者，僅一上耳。而上入之相代亦如平入，是仍未嘗不同也。《詞律》亦以“裏”“隱”二字爲可平，想因康伯可調而借證耳。然康詞實已變體。在他調體異句同者，可以借證；獨於此調此句，則不可借證。蓋此體僅此三詞，而五仄險拗，三詞如一，斷非漫然而然者。謂此調不必依此體，而宜依康體則可；謂蔣詞之“裏”“隱”二字爲可平，則必不可。

六　自然見律

聲律者，自然之事，而不出於勉强。自聲失而作詞者以比勘字句，斟量聲韵，爲盡律之能事；於是謹嚴中有律，而自然中無律；凡言律者，咸勉强爲能知律焉；皆食馬肝中毒，而仍未嘗知味者耳。晏幾道〔思遠人〕云：“紅叶黄花秋意晚，千里念行客。看飛雲過盡，歸鴻無信，何處寄畫得。　　泪彈不盡臨窗滴。就硯旋研墨。漸寫到別來，此情深處。紅箋爲無色。”凡同頭小令，字句平仄，皆前後相同；即換頭之調，其間相合處，亦莫不然。小山此詞固同頭小令也；兩遍各五句，以七五起，以五四五煞，前後一律，可謂極嚴整者。而其字句之平仄，幾於全體不同；首次句七五起韻，兩句爲一節，而上句全反；三四句一字領起兩句如一句，而上句亦全反；結句爲收調處，宮調所別，分刌宜謹，而前後亦相反；惟前後二五句，以五字成句者凡四句，平起仄起各不同，而第三字則皆用去聲，四句皆然，如守戒令。由是觀之，一字之嚴，猶且若是，況於全句乎？況於全遍乎？是可知句調悉同，而兩遍之用聲全異者，即其律也；句法既異，而四字之用聲必同者，亦其律也；此可謂律出於自然者也。小山此調僅一闋，他家亦無作者，而律之明白昭著若此，奈何諉爲不可知哉？《論調篇》中有變體互校，可得本格一則，藉〔歸田樂引〕一調論，與此相爲出入，可以互觀。

七　東坡用律之嚴

　　詞至於以七絕詩爲調，其律之未必嚴可知矣。東坡天才放逸，所謂“銅琶鐵板”者，其不肯爲律所拘，抑亦明矣。乃以東坡爲七絕體之詞，而其律有不敢不謹者；然則學詞者，固可幸格調之寬以藏身，利古人之疏以藉口乎？《陽關曲》唐絕句也，而當時已有三叠之聲；是殆有律之詩，故變爲〔小秦王〕而仍成宋詞。試舉東坡三作以證其律，當知有不容假借者。王右丞《陽關曲》之：“渭城朝雨裛輕塵，客舍青青柳色新。勸君更盡一杯酒，西出陽關無故人。”東坡三闋，其《中秋作》云：“暮雲收盡溢清寒，銀漢無聲轉玉盤。此生此夜不長好，明月明年何處看。”其《軍中》云：“受降城下紫髯郎，戲馬臺南舊戰場。恨君不取契丹首，金甲牙旗歸故鄉。”其《餞李公擇》云：“濟南春好雪初晴，纔到龍山馬足輕。使君莫忘雪溪女，時作《陽關》腸斷聲。”此調平起，後二句亦用平起，而每句帶一拗字；東坡謹守尺寸，一如右丞三閣中用字之平仄，與右丞原作平仄相校，無一字不合者；惟"銀"字"纔"字平聲，右丞"客"字入聲，平入本可相代者也。其尤嚴不獨謹於句調，謹於平仄，抑且謹於四聲；除《中秋作》第三句兩"此"字上聲；《餞李公擇》第三句"莫"字入聲，右丞皆去聲，三字而外，兩詞皆四聲吻合，毫不假借。若《軍中》一詞，第一句之"紫"字，第二句之"戲馬""舊戰"四字，第三句之"不"字，所用仄聲，與右丞所用不同者凡六字，其餘亦仍吻合。然同是仄聲，不過三仄轉替，非若平仄通借者；且裁二十八字中之六字耳。今爲之逐字推敲，正以見三詞格律之嚴；調中緊要去處，未嘗有所假借；如第一字爲領調之去聲字，而末句兩平中夾一去聲字，皆必不可易者；又第三句拗第五字，此字本在可平可仄之處，而又恰用入聲；兼因末句後三字，是平去平，故此三字用入平去；又因此三字是入平去，故此句第四去聲重頓，然後轉入輕聲；凡此實有不可易之理；明於詩者即知之，無待取嚴於聲律也。唐詞如七絕者，或至宋而不爲詞調，如〔竹枝〕〔欸乃〕〔清平調〕等是也；或至宋雖有其調，而已易其聲句，如〔浪淘沙〕〔楊柳枝〕等是也；是皆無一定聲律之故也。此調在唐爲《陽關曲》，至宋爲〔小秦王〕，他家填者，或雖無如此之嚴，而其爲有律之詞調則必矣。東坡詞亦自注云："〔小秦王〕入腔，即《陽關曲》。"是可證余説之不謬。

八　僻調見律

　　〔秋夜雨〕一調祇蔣竹山四闋，未見他作，似即竹山自度腔；故初爲〔秋雨〕一闋，復以蔣正夫之屬，更爲春夏冬三闋，而四闋之謹嚴，知斷非無意者。今全舉〔秋雨〕而分證之。詞云："黃雲水驛秋笳咽。吹人雙鬢如雪。愁多無奈處，漫碎把寒花輕撚。

　　紅雲轉入香心裏，夜漸深人語初歇。此際愁更別。雁落影西窗殘月。"此詞要處，當在後遍第三句；蓋前後此句皆五字，而前遍不拗不叶，後遍則拗聲叶韵；明明相同之句，而忍使之不同，是即使人著意處矣。竹山此句，第二字第四字皆去聲，四首皆同。以常例論兩平相夾之仄字，必用去聲，而平字之外，更連仄字，如此句之第二字者則去上不拘，而此則四首皆去聲；而上一句"夜漸深人語初歇"之"語"字，常例必去聲，此則四首皆上聲；其"夜漸"兩字，常例多用去上，此則又四首皆去去；此其於製律遣聲，必非漫然而已者。其餘用字之細，如首句"水驛"二字上入，其次首"露濕"三句轉急非去入即上入也；四首"不暖"則轉上入爲入上耳。次句"雙鬢"二字平去，三首"鬆藕"二字平上，而次首之"不能"，四首之"一片"，一則入上，一則入去，實仍平上平去也。平入相代，而去上互施也。第三句皆用去聲住，第四首雖住上聲，而實則去上也。

九　專取一詞爲律之説不能盡通

藉韵以存律，或奉一詞以爲律，皆今日不知律不得已之言也。亦既知其不得已，則有不得不守此説，以求庶幾所謂律者矣。然執此二説或竟有不能并通者；〔女冠子〕一調，李漢老、蔣竹山之詞，同一體者也；其兩段之第三句，李漢老前後皆叶，蔣竹山則前段不叶，而後段獨叶；又前段第七句，即後段之第六句也；蔣竹山前後段皆叶，李漢老則前段叶，而後段不叶；李詞字有不齊者，蔣且從而整齊之句調且欲其前後整齊，在韵叶更不應前後歧異；故康伯可另題，亦整齊其字句，而於此句則兩段皆不叶；蓋寧少而叶，固猶勝於兩段參差也。然則填此體者，將從李乎！則第三句兩叶整齊矣；其如後段第六句少一叶何？將從蔣乎？則前七後六皆叶矣；其如前段第三句少一叶何？將并聽其少一叶乎？則蔣詞猶有可説；蓋此句之下，與後段句法已別也。然四句始叶，已累於聲。若李詞則在句調相同之處，而韵叶不同，其爲偶疏無礙也。將取李、蔣各添一叶乎？或亦如康伯可并去其一叶乎？則有悖於奉一詞爲律之旨矣。然則當何如？曰：奉一詞爲律者，謂句調韵叶，既有參差，且析爲多體，而作者取從其便，丹素互施，必致不名一格，更何律之可言？若同在一體，有可互證，則惟其是而已矣。李、蔣之外，既無同體之詞；而李、蔣之詞，又各有可指之隙；以李證蔣，以蔣證李，皆其慎於律者也，非異體混施之謂也，此節可與。（下缺。）

一〇　片段變換見律

長調多換頭者，亦多頭尾并換者若兩片全同之調，則小令爲多，長調亦或有之，更有兩片雖同，而中或小異，皆在一二字出入之間，若有意，若無意者。然凡此類詞調，其於律當不甚嚴矣。然一觀其變體，則於其不變之處，可以見其律。試即〔雨中花慢〕論之。蔡伸詞云：“寓目傷懷，逢歡感舊，年來事事疏慵。嘆身心業重，賦得情濃。況是離多會少，難忘雨迹雲踪。望斷無錦字，雙鱗渺渺，新雁離離。”後片云：“良宵孤枕，人遠天涯，除非夢裏相逢。相逢處、愁紅斂黛，還又恩恩。回首綠窗朱户，可憐明月清風。斷腸風月，關河有盡，此恨無窮。”此爲此調之常體也。兩遍不同處，第四五句，前五四，後六四；結句前五四四，後四四四；其所參差者，皆領句字，似無重要關係也。然諸家變體，多變前遍，而後遍則絕無變者；前遍第四五句，張孝祥、趙長卿皆變爲六四，而後遍仍七四；趙長卿又變爲四五；葛立方且變爲四上五下之九字一句，而後遍仍七四也。結句張才翁變爲六四四，而後遍則仍四四四也。此前後不同處，變前而不變後者也。抑有前後同處，變前而不變後者；第六七句楊無咎變爲四字三句，而後遍仍六字二句也。前遍從後遍而變者，京鏜、趙長卿前結皆四四四也。更有前遍變而後遍不變者，則如東坡詞前遍起句作六四四，次節四五句作六四，第三節六七兩句，作四四四，結句亦作四四四，是全遍已全變矣。驟視之不但頭尾皆換，且體段亦全不同，而未嘗變後遍之一字；尤奇者，前遍結處，首一句或五四四，或四四四，東坡、趙長卿皆前拗，而後遍不拗；又趙處第二句平住者多拗，而後遍亦不拘；然則此調後遍不獨字句不變，且聲亦不可變；豈定律固如是邪？雖不可知，而要非無故而然矣。趙長卿、柳永有後遍亦變者；然彼於變體中，又自爲一格，不可同論。

一一　韵叶變換見律　字聲變換見律

〔玉蝴蝶慢〕詞換頭二字句，皆用平平叶韵，其下則接四字仄住句；獨玉田過片句云："欲覓生香何處？"將二字四字連爲一句。此在他調亦有之；如〔沁園春〕〔木蘭花慢〕皆二字句換頭，而作者往往連下句爲一句；然句雖連下，而第二字仍帶叶韵，或雖不帶叶，則必仍用兩平聲。蓋韵者詞之節拍也；住韵之處，必其待拍之處，其聲之停頓可知；故雖兩句連合，而句中帶叶，則無礙於拍矣；雖不帶叶而仍用平聲，則無礙於聲矣。儻所謂聲者，即此類乎？玉田此詞，此二字韵句連下爲一句；既不帶叶，且不用平聲，則其節拍之變可想；即音調之變亦可想。蓋換頭之句，非若中間係少一叶也；過片第二句入拍之聲，非若中間係變一聲也。而玉田故精於音律者，而竟變之，知必變其律矣。因此而悟玉田此詞起句首字用平聲，爲他家之所無。柳詞五首，皆用去聲，固無論矣；即他家亦多用去聲；其用上入者，得二三首耳。末句以比前遍，則第一字可用平；然各家無用者，惟玉田與梅溪用之。玉田過片句既異，而起結亦遂有二字不同，毋亦因於律者邪？起句首句平聲，尹澗民之作亦然。尹詞平仄出入頗多，未可與此并論。

一二　句調變換見律

〔雨中花慢〕一調，其常格之前遍結句，如張孝祥云："有當時橋下，取履仙翁，談笑同舟。"各家皆似此者；而東坡詞變其聲，三闋皆然。一云："有國艷帶酒，天香染袂，爲我留連。"一云："空悵望處，一株紅杏。斜倚低牆。"一云："又豈料正好，三春桃李，一夜風霜。"趙長卿亦云："可堪那盡日，狂風蕩蕩，細雨斜斜。""取履"句變爲平起仄住，此調甚多；而"有當時橋下"

變爲全拗，則惟東坡三首如一，而仙源同之耳。此句第一字爲領句字，故有去之不用，竟作四字句者；其在五字句，則第二字平仄通用；其在四字句，則第一字平仄通用，其餘皆仄。然則實全句仄字，而句首之字可通融耳。即在五字句，既以以第一字爲領句，則第二字仍句首也。坡公三詞中兩例俱舉，證以趙作，其律愈明。

一三　東坡論律之嚴

東坡〔瑤池燕〕注云："琴曲有瑤池燕，其詞不協，而聲亦怨咽。變其詞作閨怨，寄陳季常，此曲奇妙勿妄與人。"按〔瑤池燕〕即〔越江吟〕之別名，各譜不知，多誤分爲二。蘇易簡〔越江吟〕云："非烟非霧瑤池燕，片片碧桃，冷落誰見。黃金殿、蝦鬚半捲天香散。　　青雲和、孤竹清婉。入霄漢，紅顏醉態爛熳。金輿轉，霓旌影斷簫聲遠。"東坡〔瑤池燕〕云："飛花成陣。春心困。寸寸別腸，多少愁悶。無人問、偷啼自搵殘妝粉。　　抱瑤琴、尋出新韵。玉纖趁，南風未解幽愠。低雲鬟，眉峰歛暈嬌和恨。"由坡詞觀之，初謂字句聲韵之間，必多變易，且當時無傳者，故云"奇妙勿與人"也。今以兩詞相勘，則字詞句法全同。以韵論之，惟起句七字，坡詞於第四字帶叶，是其小異；又"散"韵坡用上聲，"婉""轉""遠"三韵，坡用去聲，不過上去之別耳。以聲論之，句中字如"冷落"上入，坡用平上；然"冷"亦作"零"。"青"字坡用去聲，然"青"當作□，則仍無不同。又"態""爛"俱去聲，坡用上平；又"影"字上聲，坡用去聲；其餘即去入之字，亦無一不同者。通篇異處，止於一韵之帶叶，一字之通用，及三仄之互代，如此而已。以尋常填詞言之，可謂謹嚴之至，而坡公所謂不叶者祇此。於此見詞調之嚴密者，實有一字不容假借之處；其聲韵字句，可以各行其是者，必其調之有可假借者也。坡公以不拘聲律名，此豈不知聲律者之事乎？

論　歌

金元院本既出，歌詞之法遂漸亡。元人去宋不遠，且多通聲律，故詞雖不歌，而調不遽失也。至明則不守舊譜，并平仄而失之。又輒用己意，造作新腔，遂并格調而亂之。其實所謂新腔者，亦非能歌者也。有清文學鼎盛，詞亦中興。而一時名家，亦僅能按譜填詞，蘄於平仄不誤而已。萬紅友《詞律》斤斤於四聲，而每致慨於唱法之不傳。然聲音之道，自在天壤。南北曲之源，實出於詞。南北曲之聲，至今猶在。尋流以溯源，或有可達之航路。清初載記，猶有歌詞者。縱非宋法，其理則存。今日之所以不能歌者，文士不能唱，伶工不知詞耳。使以其理授之良工，余固疑其猶可歌也。故雜搜古近諸家之説，舉近代歌詞之據，爲《論歌》一篇，以待來者。倘有湯玉茗、阮圓海其人，以教曲之心力教詞，吾知終必有能歌之一日。

一　四庫提要論歌

《四庫提要》云：自古樂亡而樂府興。後樂府之歌法，至唐不傳，其所歌者皆絶句也。唐人歌詩之法，至宋亦不傳，其所歌者皆詞也。宋人歌詞之法，至元又漸不傳，而曲調作焉。

二　可以工尺歌詞

《顧曲雜言》謂："五""六""工""尺""上""四""合""凡""一"出於《宋樂書》。又謂："北曲以弦索爲主，板有定制。南曲笙笛，不妨長短其聲以就板。"余按歌詞多用竹，沈氏笙笛之説，可以論南曲，實不妨通之於歌詞。宋元名詞，往往有句法長短，字數多少者，皆長短其聲以就板者耳。宋時無南北曲，而"工""尺"等字已出於宋。然則固可以工尺歌詞，《九宮大成譜》

所譜詞調，亦祇用工尺也。

三 何妨以昆曲歌詞

謝元淮《碎金詞譜》，取《九宮大成譜》中所譜之詞訂錄之，四聲、工尺、板眼皆爲縷注。其自序云：“四聲既準，則工尺無訛。即平素不習音律，依譜填字，便可被之管弦。”余嘗依其四聲填〔霓裳中序第一〕，以横竹吹之，工尺悉叶。因付名伶，用昆曲之法唱之，板眼亦無不合者。宋人唱詞，必非今日之南曲。然詞調往往入於曲調，則知其源未嘗不同。歌詞之法失傳，何妨即以昆曲唱之耶？

四 比聲協律祇蘄能歌

東坡惜張志和〔漁父〕曲度不傳，以〔浣溪沙〕歌之。山谷既和〔浣溪沙〕，季如篪云：“以〔鷓鴣天〕歌之，更叶音律，但少數句。”山谷因又作〔鷓鴣天〕。是則唐詞至宋，已有不能歌者，何況宋元詞至於今日？然其改爲〔浣溪沙〕而可歌者，以其七字句與〔漁父〕詞近也。改爲〔鷓鴣天〕而更叶者，以其兼有三字句，與〔漁父〕詞愈近也。倘即借此二調之聲而增損之，仍歌〔漁父〕，知坡、谷必非不能也。蓋以其本詞之曲度不傳，即傅會成聲，亦未必是曲度耳。然在今日歌詞失傳之後，則又有說宋元詞有各家皆填此調，而各入一宮者。且有一家再填此調，而分麗兩宮者。是一調之曲度，知非一譜。後人若能比聲協律，祇蘄能歌，何必泥其原譜之宮調？《九宮大成譜》中之調，亦即有分入兩宮調者矣。

五 和聲實字虛聲

《全唐詩》詞類小叙云：“唐人樂府，元用律絶等詩，雜和聲歌之。其并和聲作實字，長短其句，以就曲拍者爲填詞。”所謂和聲者，句外相和之聲也。所謂實字者，曲中并唱之字，謂譜字也。

和聲非調中所有，本屬虛聲，迨既取之而并入調中，則虛聲化爲實字矣。南北曲多襯字，亦猶唐人歌詩之法，長短其句，以就曲拍耳。詞調中亦有添聲、減字諸例，正與唐律絶及南北曲長短就拍之意相同。豈能用於曲者，遽不能用於詞耶？

論 名

一 字數爲調名

〔百字令〕〔十六字令〕，以全調字數名之也。〔三字令〕通體三字句，以每句字數名之也。〔四字令〕實亦每句四字得名，其後兩句之六字五字，殆有襯字耳。説詳《論字篇》中。或謂起二句四字，故名〔四字令〕。然則小令中四字起句者，豈少也哉？

二 詞句爲調名

有詞之先，既無所謂調，即無所謂名。故有一詞既成，乃取詞句以名其調者，如〔閑中好〕〔花非花〕〔章臺柳〕，皆本詞之首句。亦猶唐人詩以首句爲題，如"自君之出矣""何處生春早"之類。若〔梧桐影〕則詞末之字。唐人詩亦有末句爲題者。蓋詞出於詩，初變之時，不獨字句聲韵，皆襲於詩，即題亦沿詩例焉。惟詩句爲題，大都擬古之詞，或無題之作，故拈句代題，皆出於作者所自定。若詞句爲調名，則不盡然。〔梧桐影〕〔章臺柳〕，皆後人取其句而名之，在作者尚未必自以爲詞耳。

三 以句舉詞因而名調

宋人亦有以詞句爲調名者，其例又與唐詞不同。大抵皆有名之調，作者林立，乃取詞中之句以記此詞，或便於徵歌者之所爲。亦猶今人命曲，不舉齣名而但舉句中首句。如東坡之〔賀新郎〕而名〔乳燕飛〕；且同此一詞，而又名〔風敲竹〕；少游之〔水龍吟〕而名〔小樓連苑〕，不可勝舉。皆以記此詞，非以名此調。相呼既久，此調遂因此詞而有此別名。觀於伶人對東坡之言，即以"銅琶鐵板""大江東去"，與"二八女郎""曉風殘月"對舉。可見當時徵歌者慣以詞名命曲，故伶人不言調而但舉其句也。至若〔莊椿歲〕之類，則以祝壽獻諛，故易舊名，不可與此同日語。張宗瑞全集舊調，悉改新名，則又有心立異，不以常例論矣。

四 一詞中首尾兩句俱爲調名

同此一詞，而首尾句皆取以爲調名者，蘇子瞻〔賀新郎〕起句曰"乳燕飛華屋"，結句曰"又却是風敲竹"，故有〔乳燕飛〕〔風敲竹〕兩名。東坡〔百字令〕有〔大江東去〕，及〔酹江月〕兩名，亦首尾兩句也。

五 僻調自度腔

宋人僻調孤詞，有本集中不注自度曲，而可以知其爲刱調者。如蘇子瞻〔華清引〕云："平時十月幸蓮湯，玉甃瓊梁。五家車馬如水，珠璣滿路旁。 翠華一去掩方牀，獨留烟樹蒼蒼。至今清夜月，依舊過繚牆。"《碎金詞譜》云："詞賦華清舊事，因以名調。"按《坡集》調名下自注"感舊"，則非賦華清矣。然語意於華清故事在離即之間，其題所謂"感舊事"，大抵當時宮禁之事，而托其調名於華清也。又晏小山〔憶悶令〕云："取次臨鸞勻畫淺，酒醒遲來晚。多情愛惹閑愁長，黛眉低斂。 月底相逢，見有深深良願。願期信似月如花，須更教長遠。"此調惟見小山此詞，詞意與調名相合。《碎金詞譜》云："調見《小山樂府》。"蓋亦謂小山所造腔也。又王介甫〔傷春怨〕云："雨打江南樹。一夜花開無數。綠葉漸成陰，下有游人歸路。 與君相逢處，不道春將暮。把酒祝東風，且莫恁、悤悤去。"調名下自注云："夢中作。"此調別無作者，詞意適合調名，自是得詞後而就詞意以名調者。此皆不注自度曲，而詞即調名本意，可以決其爲自度曲者也。

或曰："用〔更漏子〕以咏更漏，取〔江南好〕以賦江南，亦皆可謂爲刱調之人乎？"是又不然。後人就調名以填詞，取其相合者亦甚多，是否刱調，不難考見。今所論者，以僻調孤詞言之耳。

六　僻調非自度腔

僻調孤詞，既不注"自度曲"，而詞無他作，調無可考，而可以知其非刱調者。如毛東堂〔散餘霞〕云："牆頭花口寒猶噤，放綉簾晝靜。簾外時有蜂兒趂，楊花不定。　　闌干又還獨凭，念翠低眉暈。春夢枉斷人腸，更懨懨酒病。"此調僅東堂此詞，調名亦無可考，而詞意與〔散餘霞〕絶無相涉。夫命名必有取義，否則摘取詞中字句，决無刱調新詞與調名不相附麗者，故知其非自度矣。張子野〔醉垂鞭〕三首皆於調名無涉。且自刱之調，屢自填之，美成、白石之所未見。雖〔醉垂鞭〕之調，子野詞外，却不見於他家，然可以知其非子野所造。

七　自度曲之疑似

由前之説，孤詞之是否刱調，既有可知矣，亦有界在疑似之間者。黃魯直之〔雪花飛〕云："携手青雲路穩，天聲迤邐傳呼。袍笏恩章乍賜，春滿皇都。　　何處難忘酒，瓊花照玉壺。歸曩絲梢競醉，雪舞街衢。"此詞別無作者，似取後段咏雪爲調名。然前段爲紀恩之作，宜取莊皇，未必以〔雪花飛〕名之。按《宋史·樂志》，太宗親製小曲有〔雪花飛〕。或山谷因紀恩而倚御製之調耶？然調果播在人間，又豈絶無作者邪？宋太宗所製新曲名，見於填詞家者甚少。偶有見者，皆《宋史》所謂因舊曲製新聲者耳。其舊曲本在人間，非即御製調也。然則此詞是否山谷自度腔，實界在疑似之間。

八　本名別名互見歧出

此調之別名，有爲彼調之本名者。如〔一絡索〕亦名〔上林春〕，又名〔玉連環〕，而〔上林春〕〔玉連環〕皆另有本調。〔憶少年〕又名〔十二時〕，〔綉帶兒〕又名〔好女兒〕，而〔十二時〕〔好女兒〕亦各有本調。而最多者莫如〔喜遷鶯〕矣。〔喜遷鶯令〕又名〔鶴冲天〕，而〔喜遷鶯慢〕亦遂名〔鶴冲天〕，而又另有〔鶴冲天〕之本調。〔喜遷鶯令〕又名〔春光好〕，而另有〔春光好〕之本調。〔喜遷鶯令〕亦名〔早梅芳〕，而宋詞〔早梅芳近〕亦但稱〔早梅芳〕，又別有〔早梅芳慢〕，殆歧之中又有歧焉。此調別名凡六，令詞之〔萬年枝〕〔燕歸來〕，慢詞之〔烘春桃李〕皆是也；而爲別調本名者，已得其三。且〔鶴冲天〕既爲令詞之別名，復爲慢詞之別名；〔早梅芳〕既有令詞之本調，又有慢詞之本調。調名相複者，本不勝舉，此其多而易亂者。舊譜於此，或遺本調之〔鶴冲天〕，是其證矣。

九 論江城梅花引兩調合名之誤

《攤破江城子》又名〔江城梅花引〕。萬紅友《詞律》云："相傳前半用〔江城子〕，後半用〔梅花引〕，故合名〔江城梅花引〕。"而疑其後半與〔梅花引〕未合。余謂此調并非兩調合名，所謂〔江城梅花引〕者，自是《攤破江城子》之別名，與五十七字之〔梅花引〕無涉，宜其不能相合，非若〔江月晃重山〕合兩調而爲名也。假使果合兩調，則填此詞者，必不得偏舉一調之名。而周草窗、蔣竹山、趙霞山皆題〔梅花引〕，是殆此詞之省名，猶洪忠宣之省稱〔江梅引〕耳。萬紅友所謂相傳者，不知其説何所本？一名之附會，遂致全調支離。以渺不相涉之詞，而必求其所以爲〔梅花引〕之故，亦云勞矣。毛稚黃《填詞名解》直謂用〔江城子〕之上半，〔梅花引〕之下半，則尤武斷。

一〇 江亭怨清平樂令之辨

魯直登荆州江亭，見柱間有詞，故其詞以所題之地名之曰〔荆州亭〕。又以夢中女子登江亭有感而作之語，名之曰《江亭怨》。《冷齋夜話》記此事，有調似〔清平樂令〕之語。黃叔暘忽其“調似”二字，竟於《花庵詞選》中誤題爲〔清平令〕。而《碎金詞譜》用《江亭怨》之名，注云：“《花庵詞選》名〔清平樂令〕。”按《冷齋夜話》云云，故又名〔荆州亭〕，一似此調本名〔江亭怨〕，亦名〔清平樂令〕，乃因魯直見題柱而後又名〔荆州亭〕者，其誤甚矣。《碎金》之誤，或謝默卿叙語未審，致失先後。然既引《冷齋夜話》，何亦不見“調似〔清平樂令〕”之語，而亦從《花庵》之誤邪？其尤誤者，則杜筱舫引《花庵詞選》以爲原名〔清平樂令〕，以糾《詞律》。不知萬紅友謂原無調名，説本不誤，杜引《花庵》，乃真誤耳。

一一　誤句名調

吕洞賓〔梧桐影〕首句云：“落日斜。”傳本誤爲“月”字，《竹坡詩話》曾辨之，乃有名此調爲〔落月斜〕者。洞賓此詞本無調名，後人取其詞句以爲名，而不知“落月斜”非其詞句矣。

論　譜

一　論同名異調舊譜未收之誤

詞調千餘，從來各譜，苦不能盡。然或失之於孤調，或失之於僻詞耳。抑有失之於目前者。馮延巳《陽春集》〔上行杯〕云：“落梅暑雨銷殘粉，雲重烟深寒食近。羅幕遮香，柳外鞦韆出畫牆。”後叠云：“春山顛倒斜横鳳，飛絮入簾春睡重。夢裏佳期，祇許庭花與月知。”凡五十字，前後段同。《全唐詩》收之，注云：“與本調不同，而各譜亦未見收入此體者。”夫《陽春集》既題〔上行杯〕，今又别無考證，即不得因其體之不同，而謂其舊題之誤，即不得因疑舊題之誤，而遂不著於譜也。古詞名同而調異者極多。如〔望梅花〕唐宋迥殊，而張天雨一首又獨異，皆不得不謂之〔望梅花〕。馮正中此詞，與〔上行杯〕本調不同，蓋無足異。前譜之未收者，殆未見邪？

二　漏譜同名異調之詞致令慢同誤

同名異調，《詞律》漏譜者，又不止如〔上行杯〕也。〔上行杯〕之漏譜，失一調而已。有失一調而誤及數調者。如〔雨中花令〕之有七十字體，已於《論調篇》中詳之矣。《詞律》收〔雨中花〕又名〔夜行船〕者，而不知有七十字之〔雨中花令〕，遂以〔雨中花慢〕類別於〔夜行舡〕之〔雨中花令〕後，以爲即彼調之慢詞，是一失而三誤也，夫他調令慢類列，已恐其非出同調，然尚曰名同而調不可考也。此則字句大半相同，〔雨中花慢〕確出於七十字之〔雨中花令〕，無可疑者。偶一不慎，以自誤者誤後人，故知類列之例，其爲蔽實甚矣。

三　論同調異名舊譜專列附列之辨

〔探芳信〕二體之外，有楊炎昶一詞，自題爲〔玉人歌〕，而其詞則〔探芳信〕也。祇前遍第三四句〔探芳信〕正體，五五兩句，楊詞則四五兩句，去其領句之字，而與後遍正同。蓋正體後遍此兩句本無領句字也。凡變調必有其可變處。〔探芳信〕史梅溪之變體，適取後遍此兩句變爲四六，便成十字，與前遍同；而楊詞則減前遍爲九字，與後遍同，何其巧合歟？由是而知〔玉人歌〕之必爲〔探芳信〕，一也。〔玉人歌〕倘別爲一調，未必絶無他作。雖僻調孤詞，所見亦屢，然未見與他調全同者。由是而知〔玉人歌〕之爲〔探芳信〕，二也。《詞律》於〔探芳信〕後，附錄〔玉人歌〕，誤作者爲楊炎，注云："通遍皆同，祇少一字，實一調而異名者。"然則當列爲又一體矣；乃附錄調後，仍題〔玉人歌〕之名。然則當別爲一調矣；乃於〔探芳信〕調名下注云："又名〔玉人歌〕。"何舉棋不定有若是哉？《康熙詞譜》則以〔玉人歌〕專列一調，注云："祇此一首。"夫僻調孤詞，無可取證，則亦無可如何矣。若〔玉人歌〕與〔探芳信〕明明相合，何苦舍廣就狹？竊疑《康熙詞譜》，每隱采《詞律》之説，觀《四庫提要》之論可知。大抵此調之〔玉人歌〕，亦因《詞律》附録而不收爲又一體，故亦爲之專列，而不附於〔探芳信〕也。然究無可證，不能無疑，故有"祇此一首"之注也。〔暗香〕〔疏影〕〔紅情〕〔綠意〕宋詞前例，不勝觀舉。〔玉人歌〕爲〔探芳信〕之又一體，又何疑乎？

四　小令應否分叠之辨

小令中有同此一詞，而諸本或分段，或不分段。如牛嶠〔望江怨〕，《花間集》不分段，朱竹垞《詞綜》分之，必有所本。萬紅友以爲小令必不分段，則謬見耳。小令分段，何勝枚舉。在刻詞無關宏旨，而製譜則不可不審矣。牛詞云："東風急，惜別花時手頻執。羅幃愁獨人。馬嘶殘雨春蕪濕。倚門立。寄語薄情郎，粉香和泪滴。"於"愁獨人"句分段，則上半是別時語，下半是別後語。一氣讀之，反覺錯雜。據文情以論詞調，可決其爲分段者也。

〔上行杯〕韋莊二詞。其一云："芳草灞陵春岸，柳烟輕、滿樓弦管。一曲離歌腸寸斷。今日送君千萬，紅樓玉盤金鏤盞。須勸，珍重意，莫辭滿。"舊本皆於"腸寸斷"分段，惟《九宮大成譜》收之不分段，《碎金詞譜》因之，而《詞律》則分段者。余謂韋詞句韵文義，分合皆可。惟證以孫光憲詞，則當以不分爲是。孫詞云："離棹逡巡欲動。臨極浦，故人相送。去住心情知不共。金舡滿捧，綺羅愁，絲管咽。回別。帆影滅。江浪如雪。"向來諸本皆於"知不共"句分段，而後段起句則叶前段末句。而一叶之後，遂轉別韵，實爲詞體中所絕無。故萬紅友謂應於"金舡滿捧"分段，且謂語意本應屬上。夫以韵論之，謂"金舡"句屬上可也。若以語意論之，則酒杯歌舞，比事成文，當以"金舡"句屬下爲是。若屬上反覺詞贅。萬紅友欲圓其説，未免强詞，不如直依《九宮譜》韋莊詞之例，不須分段之爲愈矣。然此詞猶可以分段也，若孫光憲之又一首，則必無可分。其詞云："草草離亭鞍馬，從遠道、此地分襟。燕宋秦吳千萬里。無辭一醉。野棠開，江草濕。仁立，沾泣。征騎駸駸。"舊本皆於"千萬里"句分段，是前段"襟"字，"里"字皆起韵而無叶，後段起句"醉"韵接叶前段之"里"韵，而一叶之後，不復再叶，中既分段，遂不覺"里""醉"之相叶也。且"醉"韵之下，又轉別韵，直至末句"駸"字，回叶"襟"韵，使人讀前段不知"襟"字爲起韵，讀後段不知"駸"字爲叶韵。若不分段讀之，則韵叶尚不致迷亂若此。此詞用韵本奇，而又爲分段所誤，幾不成其爲詞，并幾忘其爲有韵之文矣。以此闋證前詞，知此調本不分段，當以《九宮譜》爲正。

五　詞律不能考辨狃誤附列之調

歐陽炯有〔賀明朝〕二首，《詞綜》題爲〔賀聖朝〕，不知其係誤邪？抑有所據邪？《填詞圖譜》收爲〔賀聖朝〕第二體，已嫌鹵莽。然賴氏或但見〔賀聖朝〕之名，不知其爲〔賀明朝〕，則猶有可説也。《填詞名解》乃從而實之曰"〔賀聖朝〕第二體，六十一字，亦名〔賀明朝〕"，則兩調誤爲一調，〔賀聖朝〕之外，別無〔賀明朝〕矣。然終屬不知而誤也。至萬氏《詞律》既收爲〔賀聖朝〕又一體，又注曰："此調亦作〔賀聖朝〕，而汲古刻《花間集》以此調作〔賀明朝〕，似可另列一調，本譜不欲尚奇，故附此云。"此則明知之而仍誤者矣。苟非別調，不應另列。既可另列，必是別調。何謂好奇？萬氏未能考辨，故作游移之辭，以爲自藏之地。後有作者，另列一調，即不免爲多事，而此誤將終古矣。是明明自誤，而飾爲不誤，且驅後人以同出於誤矣。尤爲詫者，徐氏《詞律拾遺》取歐陽別首，異其句讀，復補爲〔賀聖朝〕之一體，其已爲萬氏之所嚇歟？

六　長句斷續舊譜牽掣之誤

〔賀明朝〕二首，有十二字一氣之句，可分可合，可斷可續。

第一首云：“石榴裙帶故將纖纖玉指輕撚。”第二首云：“人前不能巧傳心事別來仍舊。”《填詞圖譜》誤上八字作一句，而“別來依舊”則貫入下文之“孤負春晝”作一句，固誤矣，而《詞律》作八四二句亦誤。蓋此二首字句韵叶，一一吻合；若此句作八四，則第二首“石榴裙帶故將纖纖”爲一句，尚成何語哉？徐氏變其句讀爲別體，則竟合此上之八字，此下之四字，通改爲六字四句，而“紅袖半遮妝臉”爲句，“輕轉石榴裙帶”爲句，“故將纖纖玉指”爲句，“輕撚雙鳳金綫”爲句，於是調大異而體乃殊。遂使叶韵之“轉”字、“撚”字亦皆夾入句中而不顧矣。

七　詞律有不能定譜之調

失其調者無論矣，失其體者亦無論矣。乃有收其調，列其體，而不能定其譜者，《詞律》之於杜安世〔惜春令〕是已。杜詞二闋。其一云：“春夢無憑猶嬾起。銀燭盡，畫簾低垂。小庭楊柳黃金翠，桃李兩三枝。”後遍云：“妝閣慵梳洗。悶無緒玉簫拋擲。絮飄紛紛人疏遠，空對日遲遲。”又其一云：“今夕重陽秋意深，籬邊散嫩菊開金。萬里霜天林叶墜，蕭索動離心。”後遍云：“臂上茱萸新。似舊年堪賞光陰。百盞香醪且酬身。牛山會難尋。”驟觀之，兩詞之韵叶既不同，聲音復多拗，製譜者頗難著手。然實無足異者。兩詞字句，全首吻合，所不同者一則平仄通叶，一則全用平韵耳。不知前首兩起句之仄韵，即後首兩起句之平韵。試以“起”“洗”二字易作平聲，或以“深”“新”二字易作仄聲，比而讀之，全句聲音悉同，即後起之三平亦同；可知其不僅通叶，竟是平仄代叶也。過遍次句前首入韵，後首平韵，拗字亦同，是又以入代平也。一本“拋擲”作“頻吹”，尤其明證。至第三句則前首前遍仄叶，而後遍不叶；後首後遍平叶，而前遍不叶。又兩首俱前遍不拗，而後遍用拗，此又於不同處而得其同也。第四句則前首兩遍相同，後首前遍亦同，獨後遍因第三句之拗而并拗焉；是亦未嘗不同也。萬氏於此亦知平仄通叶，亦知入韵代平，而竟不能匯其通，而自謂不敢彊爲之論，而不自知其彊論之處，觸處皆是，乃獨於此而兢兢哉？《花草粹編》錄此二詞，拗句皆叶，不知何所本？而《康熙詞譜》則前首後遍第二句亦平叶，後首後遍第三句亦仄住不叶，而前首前遍第三句亦遂不注叶，而兩首如一體矣。故拙譜分爲二譜以并存之，説詳後編。又〔惜春令〕尚有高漢臣詞，與杜詞迥別，殆同名而異調者。《詞律》未收，蓋未見也。

八　就調分體以體領格之拙例

同調異體之詞，不勝縷指。有一調而至一二十體者，如〔河傳〕〔酒泉子〕其尤繁者也。舊譜每詞一體，又依字數爲先後，往往亂次以濟眉目不分；竟是九嶷雲霧，面面皆疑，不僅山陰道上，使人應接不暇也。抑知詞體之繁者，每一體必有其所以爲體之處：或領句不同，或過遍有別，或協韵之異，或起結之殊，當各取其特異處，以爲之類，謂之一體。而其每體中聲音字句之出入者，各附其體以爲別格。則紛然而雲陳者，皆朗然而星列矣。此例爲前譜所未見，竊不自揣固陋，於拙譜拗之。

九　論同名異調之應分譜

有同一調名，而詞迥異者，在當時實是二調。各譜之遺而未收者無論矣，有收之而以爲又一體者，則大謬不然。凡同調異體之詞，即參差過半，其聲句之大段處，未嘗不略同，即數變以後，猶可考見其沿變之迹。若至全首迥異，如〔上行杯〕之馮延巳詞，〔望梅花〕之張天雨詞，〔惜春令〕之高漢臣詞，皆與本調字句聲韵，通體全別。其斷非同調之又一體，不待考辨而知。蓋南枝同姓，唤作他楊者矣。當分列兩調以爲譜，而兩調下互注以明之，庶幾各得其所歟？

一〇　碎金詞譜工尺字不盡合原調

《碎金詞譜》雙調收〔夜行舡〕謝絳詞，其前段尾句云："意偷傳眼波微送。”“傳”或作“轉”，謝默卿即用“轉”字譜之。按此調前後遍二四兩句皆七字，而上三下四句法；其三字皆逗處，平仄皆可通。歐陽永叔一詞，此四字皆仄逗，而謝絳此詞，四字皆平逗。即以文論，“轉”字欠適，其爲“傳”字無疑。他調平仄雜用者姑勿論，此則四字平聲，更可證其非“轉”字。而謝氏依“轉”字譜之，亦竟成聲，其非本詞原來之聲明矣。然則謝氏所云“從一人詞爲定體，縱不能四聲俱講，而平仄斷不容舛”者，其說雖甚是，而謝已自犯之矣。譜古詞而易其字，不更甚於從古詞而易其聲者乎？亦足見平仄未嘗不有可通者，在作者審愼之，不爲鹵莽滅裂可耳。

附　録

　　八家兄季同先生嘗論絕句云：“絕句至今日，處處須防與人雷同，蓋圓熟之語，必經人道過，而太生硬又不可入絕句。”此檠（此字原稿不清或係梁字，參看本期影印手稿。）十七歲時學詩寄兄，兄書於和詩紙後者也。余謂小詞至今日，何獨不然？凡意之雋穎，句之優倩者，亦莫不經人道過，而盤空硬語，斫地哀歌，又不可入小詞。

　　徐山民照爲“永嘉四靈”之一，〔阮郎歸〕尾句云：“妾心移得在君心，方知人恨深。”《詞旨》標爲警句者也。而五代顧敻〔訴衷情〕尾句云：“換我心，爲你心。始知相憶深。”如此相襲，不止巧偷，竟成豪奪矣。此必出於無意，蓋有意爲盜者，必掩其迹也。

詞林新語

靈◎著

靈，真名不詳。《詞林新語》刊於《詞學季刊》1933 年第 1 卷第 3 號，均署名"靈"。本書即據此收録。唐圭璋《詞話叢編》收録該詞話。

《詞林新語》目録

詞林新語

一 易實甫

龍陽易實甫，仕而不達，漸簡右江道，途出海上，臨桂況蕙風見之，欣然道故，挾之肘腋曰：“吾抱道在躬。”

二 朱彊邨

歸安朱彊邨，詞流宗師；方其選《三百首宋詞》時，輒携鈔帙，過蕙風篜寒夜啜粥，相與探論。維時風雪甫定，清氣盈宇，曼誦之聲，直充閭巷。

三 王右遐

臨桂王右遐於蕙風爲前輩，同直薇垣，研討詞事。右遐每有所作，輒就蕙風訂拍；蕙風謹嚴，屢作爲之屢改；半塘或不耐，於稿尾大書“奉旨不改了”。

四 王静安

海寧王静安，樸學大師；間作小詞，亦循蘇、辛一流，不肯昵昵作兒女子語。時客海上，梅子畹華方有《香南雅集》，一時名流，題咏藻繪，蕙風强静安填詞，静安亦首肯，賦〔清平樂〕一章，題永觀堂書。

五　梅畹華演劇

梅畹華演劇,一時無兩;嘗搬演《彩樓配》於上海之天蟾舞臺。彊邨、蕙風,聯袂入座,時姜妙香飾薛平貴,襤褸得彩球。彊邨忽口占云:"恨不將身變叫花。"蕙風應曰:"天蟾咫尺隔天涯。"轉瞬成〔浣溪沙〕一解,曰:"不足爲世人知之。"

六　邵伯褧

仁和邵伯褧,儀容整適,垂頤廣頰,或曰:"此天官相。"

七　邵次公

淳安邵次公嘗有所眷娉婷,殘年風雨,戎馬載途,乃自析津隨至京師,次公欣然以造象屬朋輩徵題咏,曰《采芳圖》。不逾年,娉婷他適,次公遂屏不復言。

八　傅彩雲

傅彩雲以絶色負盛名,某名士嬺之,嘗與蕙風同過酩酊,蕙風亦欣賞。迨其官浙東,彩雲少不繼,蕙風爲作小箋,詞意婉委,其人爲致二百金慰之。

九　朱彊邨

歸安朱彊邨暇輒行博,蕙風爲賦詞〔竹馬子〕,以紀其事。或勸之曰:"久坐傷骨,久視傷脾。"彊邨曰:"不坐傷心。"

一〇　譚瑑青

南海譚瑑青久客京師,精治庖膳。客有北行者,以不得就一餐爲恨。

一一 蕙風

蕙風有芙蓉癖，濡染彊邨，微鐙雙枕，抵掌劇談，往往中夜。

一二 吴昌碩

安吉吴昌碩於書畫篆刻負盛名，所居邇彊邨、蕙風，輒就夜談。忽一日，吴姬宵遁，昌碩爲之不歡。彊邨曰："老人乃一往情深。"蕙風曰："姬人一往，此老情深。"

一三 半唐字妾曰抱賢

半唐字妾曰抱賢，蕙風就訊其義，唯唯曰："余以賢自况而已。"

一四 潘雪艷父事蕙風

伶女潘雪艷父事蕙風，迨蕙風歿，哭泣致賻，發引日，衣大布，隨靈輀以行，途人側目。

一五 沈子培

嘉興沈子培居海上，十年不涉歌場。自畹華來滬，遂往觀劇，并作〔臨江仙〕一解，時人以爲難能。

一六 康長素

南海康長素傲岸自大，或於稠座請赴梨園，應曰："余豈不畏人刲殺者耶？"

一七 文叔問

鐵嶺文叔問之喪，康長素往哭之哀，即寢其書舍。午夜檢叔問遺籍，丹鉛幾遍，彌爲泫然，因輦之海上。

一八　叔問有姬字南柔

叔問有姬字南柔，後叔問十五年卒，無以爲葬。彊邨、蕙風約客釀資葬之虎丘，題“冷紅閣故姬南柔之墓”，過者每爲掩涕。

一九　徐積餘

南陵徐積餘富藏書，尤好詞籍，嘗選閨秀百家付剞人，哀然成集。或以《元詩選》故事告之曰：“行見裙釵羅列下拜。”

二〇　彊邨

或問彊邨翁：“晚歲何以少作詞？”翁嚅然曰：“理屈詞窮。”

四庫未收書目提要續編·詞籍提要

胡玉縉◎著

　　胡玉縉（1859～1940），字綏之，號許廎，江蘇吳
縣人。肄業於正誼書院，嗣調江陰南菁書院等。曾任教
於北京大學、北京高等師範學校等。抗戰爆發後返里，
專心致力於目錄之學。著有《四庫全書總目提要補正》
《續四庫提要三種》等。《續四庫提要三種》2002 年由
吳格整理出版，《四庫未收書目提要續編·詞籍提要》
即節錄自《續四庫提要三種》，另《許廎經籍題跋》卷
四亦有詞籍提要三則，今一并錄出。屈興國曾將其收入
《詞話叢編二編》。

《四庫未收書目提要續編·詞籍提要》目録

四庫未收書目提要續編·詞籍提要

一　金荃詞一卷

唐温庭筠撰。庭筠有《温飛卿集》,《四庫》已著錄。是集爲明正統辛酉常熟吳訥所編《四朝名賢詞》之一。其曰“金荃詞”者,《唐書·藝文志》載庭筠諸集,有《金荃集》十卷是也。庭筠詞躡李白之後,開馮延巳之先,倚聲家推爲鼻祖,故趙崇祚《花間集》,首錄其詞。此錢塘丁氏所藏精鈔本,凡詞一百四十七闋。以《全唐詩》核之,内雜韋莊四十七首、張泌一首、歐陽炯十六首,温詞止八十三首而已。不解何以舛誤至此,豈本彙集四人之作,非庭筠專集歟?何以張泌又止一首也。姑存其目焉。

二　南唐二主詞一卷

南唐中主李璟、後主李煜撰。未知何人所編。陳振孫《書錄解題》載是書,謂:“卷首四闋,〔應天長〕〔望遠行〕各一,〔浣溪沙〕二,中主所作,餘皆重光作”。重光,煜字也。此瞿氏所藏舊鈔本,其《藏書目錄》云“疑與馮延巳《陽春集》皆出宋嘉祐中陳世脩手輯,多從所見墨迹錄傳,故有殘闋”。今按《陽春集》陳序,稱“公薨後,吳王納土,舊帙散失,采獲所存,勒爲一帙”云云。此本有“墨迹在某處”語,瞿氏疑爲陳輯,理或近之。内〔謝新恩〕六闋,其一闋祇存“金窗力困起還慵”句。餘亦往往有缺字,〔臨江仙〕末三句,朱彝尊《詞綜》據《耆舊續聞》所載,補爲"爐香間裊鳳皇兒，空持羅帶，回首恨依依"云。

三　陽春集一卷

南唐馮延巳撰。宋陳世脩輯。延巳字正中，彭城人，事迹具馬令《南唐書》本傳。世脩字裏未詳，據其序署"大宋嘉祐戊戌"，則北宋人也。所録凡一百十八闋，大率自運藻思，皆可被之弦管，世脩稱其"思深詞麗，韵律調新"，洵非溢美。陳振孫《書録解題》作《陽春録》，謂"高郵崔公度伯易題後"，今本不載，未知即振孫所見否。又謂"世言'風乍起'爲延巳作，或云成幼文。今此集無有，當是幼文作"云云。考馬令《書》，以爲延巳作，《古今詩話》以爲幼文，胡仔《苕溪漁隱叢話》云"未詳孰是"(案，幼文，《叢話》作文幼，俟考)。《草堂詩餘》載此詞，作延巳。《雪浪齋日記》稱"南唐詞集"，云"馮延巳作〔謁金門〕'風乍起'云云"。王士禛《香祖筆記》《池北偶談》兩引"干卿何事"，并以爲延巳，蓋各尊所聞。而《蘭畹集》題爲"牛希濟"，則誤之甚者也。此亦瞿氏所藏舊鈔本，爲常熟蕭飛濤從錢穀鈔本傳録，而穀又出於文氏鈔本，當在侯文燦《名家詞集》所見本之前矣。

按，世脩爲宰相執中從子，則南昌人也。見《東軒筆録》。

四　逍遥詞一卷

宋潘閬撰。閬有《逍遥集》，《四庫》已著録。是集祇〔酒泉子〕十闋，末附《致茂秀小簡》一通。有崇寧五年黄静記，稱"閬雖客錢塘，而篇章靡存。〔酒泉子〕十首，乃得之蜀人，其石本在彭之使廳。予適爲西湖吏，宜鎸諸石，庶永其傳"。又有紹定元年陸子通刊版跋。爲錢塘丁氏所藏精鈔本。閬作此詞，皆憶錢塘山水之作，蘇軾愛之，至摘書於玉堂屏風，是已爲當時所重，故初刻石於蜀，繼刻於杭，又刻木於嚴。鈔本乃從梅鼎祚本過録，其原當出於陸刻。歸安陸氏亦有鈔本，當又從丁本迻寫。乾隆間《四庫》館裒輯《逍遥集》，亦未見此本，是宜録也。

五　近體樂府三卷

宋歐陽修撰。修有《詩本義》,《四庫》已著錄。又載《六一詞》一卷,《提要》云,陳振孫《書錄解題》作一卷。此爲毛晉所刻,亦止一卷,而於“總目”中注“原本三卷”。蓋廬陵舊刻,兼載樂語,分爲三卷,晉删去樂語,仍并爲一卷。今按,陸貽典、毛扆校宋詞十九種刊本,有《近體樂府》三卷,蓋即正《六十名家詞》改并之失,惟卷第依舊而行款仍自不同。此本凡二百零四闋,以樂語冠首,二卷有“續添”,有“又續添”,三卷有“續添”。二卷有金陵失名跋,有朱松跋,三卷有羅泌跋。其别作字,俱另書附於各卷末,蓋即泌所校定。原在慶元二年吉州刻《全集》第一百三十一之一百三十三,爲仁和吳氏抽出覆刻單行本。後有宣統辛亥繆荃孫跋,稱“泌跋云,世傳公詞曰《平山集》,此曰《近體樂府》,汲古名之曰《六一詞》,似誤以跋中‘六一詞’爲詞名者”。不知陳振孫所見本,亦名《六一詞》,不得以爲晉誤也。吳曾所稱“闌干十二獨憑春”一首,此本亦缺。又如〔越溪春〕結語,亦作“沉麝不燒金鴨冷,籠月照梨花”。《提要》未見此本,譏晉闕漏,及校讎之譌,皆未中其失。所失在删去樂語,歸并卷第,改易標題耳。特補錄之,以存廬山真面,并以見慶元本實即毛扆本之所從出焉。吳氏又有影宋《醉翁琴趣外篇》六卷,所載不及二百闋。〔越溪春〕“籠月”作“隴月”,與全篇不合。前題蘇軾序八九語,詞氣單陋,不類軾作,當屬僞本。兹不别出,附論其大概如此。

六　閑齋琴趣外篇六卷

宋晁端禮撰。端禮字次膺,巨野人,説之之從父也,熙寧六年進士,兩爲縣令,忤上官,坐保甲事,中以危法廢徙。晚以承事郎爲大晟府協律,旋卒,蓋亦骨鯁之士。陳振孫《書錄解題》載端禮《閑適集》一卷,久佚不傳。此本目錄題“濟北晁次膺”,卷首

題 "濟北晁元禮次膺"。目錄共一百四十七闋,今〔雨中花〕衹有
上闋,以下又缺二十九闋。爲仁和吳氏雙照樓所刊影宋本,蓋所
據本已殘缺也。其詞間傷率易,而清雋豪爽,不肯爲剪紅刻翠之
文,實詞中之高格。〔望海潮〕上闋 "易水風烟,范陽山色有無
中",用王維《漢江臨泛》詩,最爲活相。權德輿《揚子江》詩云
"遠岫有無中";歐陽修〔朝中措〕云 "平山欄檻倚晴空,山色有
無中";蘇軾〔水調歌頭〕云 "認取醉翁語,山色有無中"。陸游
《老學庵筆記》以爲歐公蓋三用,而不及此篇,端禮殆五用矣。晁
氏自迴以太子太保致仕,著有《昭德新編》諸書,其子宗愨繼掌
書命,家世貴顯,群從之盛,尤富撰述。説之《景迂集》,補之
《鷄肋集》,沖之《具茨集》,公武《讀書志》,今皆流傳於世。惟
端禮官階稍微,本集已佚,此編當出宋時坊肆所輯,亦在若存若
亡間。《四庫提要》於晁無咎詞下,曾舉其書名,而不著於錄。
《存目》亦不載,當是未見,或偶然遺漏也。

七 竹友詞一卷

宋謝薖撰。薖有《竹友集》,《四庫》已著錄。是編詞衹十六
闋,疑原書不止此數,出自後人摭拾。爲錢塘丁氏所藏明鈔本。薖
與其兄逸,均在江西詩派中。逸詞一卷,尚有六十三闋,此僅四之
一,而語意研雅,造句亦頗鍛煉,與薖殆如驂之靳。昔陳師道云:
"今代詞手,惟秦七黃九。"秦謂秦觀,黃謂黃庭堅。薖詩少沉雄
剛勁之氣,固遜庭堅;而詞尚豐潤,庭堅特瘦健,薖之清婉峭蒨,
雖與庭堅異趣,且亦不逮,而要不可謂非詞之正宗也。

八 東山寓聲樂府三卷補遺一卷

宋賀鑄撰。鑄字方回,山陰人。其〔青玉案〕詞有 "梅子黃
時雨" 句,世謂之 "賀梅子"。是書陳振孫《書錄解題》著錄三
卷,久已失傳。此本道光戊申錢塘王迪據侯氏、張氏、鮑氏三家所
藏殘本及鈔本,彙而編之,得二百四十五首,錄成三卷,仍其舊

名。又於諸家選本中，輯得四十首，爲《補遺》一卷。前有張耒序，後有迪跋，爲江南圖書館所藏舊鈔本。雖非原書，而鑄詞已十得六七矣。迪字惠庵，錢塘人。考張氏《藏書志》、瞿氏《目錄》，并由宋刊殘本《東山詞》上卷，缺佚下卷。一以爲《東山樂府》當即此本，一以爲殆別一本。兹以是編在近時爲足本，附識於此，不別出焉。

九　阮户部詞一卷

宋阮閱撰。閱有《郴江百咏》《詩話總龜》，《四庫》已著錄。是集爲歸安陸氏所藏汲古閣影宋本，原題"松菊道人"，蓋閱之自號。又題"巢令君阮户部詞"，豈成於知巢縣時歟？兹從省但題"户部"。其爲户部，則陸氏《藏書志》所引《能改齋漫錄》《讀書附志》《方輿勝覽》《萬姓統譜》諸書未之及，惟此標題，足補其仕履也。閱爲長短句，當時亦負能名，故其詞清利婉逸，具見思致，與詩之間涉理語者不同。考《宜春遺事》載，閱致仕在宜春，妓有趙佛奴，籍中之錚錚者也，嘗爲〔洞仙歌〕贈之云云。今集中不載此闋，當是刻集在先，贈詞在後，非關闕佚。然今所傳祇有此本，宜據以附於末焉。

一〇　澹庵長短句一卷

宋胡銓撰。銓有《澹庵文集》，已著錄，此其所作詞也。考楊萬里撰《文集》序，盛稱其詩文騷辭，而不及長短句。馬氏《文獻通考》引周氏跋，亦但言其詩有不可及者三，而不及長短句，殆以詞爲餘事，即就文字論，初不藉是爲重。今觀斯集，雖寥寥篇帙，而清麗處似秦觀，豪華處似辛弃疾，韵諧意愜，與詞人之冶蕩迥殊。羅大經《鶴林玉露》載梨渦事，豈惟不足爲銓病，銓自賦其所見，特詩句近於詞耳。此歸安陸氏所藏汲古閣影宋本，著之於錄，亦足見其爲詞家一作手矣。

一一　雙溪詞一卷

宋王炎撰。炎有《雙溪集》，《四庫》已著錄。此其詞集單行本也。前有嘉定十一年自序，稱"今之爲長短句者，字字言閨閫事，故語儒而意卑，或者欲爲豪壯語以矯之。夫古律詩且不以豪壯語爲貴，長短句命名曰曲，取其曲盡人情，惟婉轉嫵媚爲善，豪壯語何貴焉。不溺於情慾，不蕩而無法，可以言曲矣，此炎所未能也"云云。爲歸安陸氏所藏舊鈔本。炎學問淵雅，著作甚夥，故詩文既具有根柢，其詞亦清切婉麗，深得晚唐、五代以來之正宗。此集五十餘闋，幾於首首可誦。觀自序數語，可見其學識堅卓，即倚聲小道，亦不爲風氣所轉移矣。

一二　省齋詩餘一卷

宋廖行之撰。行之有《省齋集》，《四庫》已著錄。是編爲錢塘丁氏所藏勞氏鈔本，從毛扆校本傳錄者，較集中所載《詩餘》，溢出大半，或《永樂大典》有所刪節，或此爲當時別行本，均未可知。就詞而論，務尚質樸，絶去雕飾，與其詩文一副筆墨，在倚聲中未爲專家，且壽詞居多，亦未免有損文格。然其人內行敦飭，政績優美，文當以人重。《四庫》館從《大典》中裒輯其集，爲之表章，實未見此本。宜亟錄之，俾後人得睹其全焉。

一三　樂齋詞一卷

宋向鎬撰。鎬字豐之，河內人，紹興間官萍鄉知縣。陳振孫《書錄解題》載是書，作二卷，"鎬"作"滈"。考"豐鎬"之鎬，正字本當作"滈"，《説文·水部》"滈"云，"一曰水名，在鄠"。又揚雄《羽獵賦》，"經繁鄠滈"。向氏取名，當時或竟從"水"作"滈"，陳氏爲得其實，未可知也。此本不分卷，詞凡四十三闋，爲錢塘丁氏所藏明鈔本。其詞雖未能與柳永、秦觀抗衡，而清婉流麗，與晏殊、謝逸亦略相伯仲。陸氏《藏書志》有舊鈔本，首數相合，當即從之傳鈔耳。

一四　虛靖真君詞一卷

宋張繼先撰。繼先字嘉聞，爲三十代天師。崇寧初，解池鹽水溢，遣使者召見。書鐵符投之，怒霆磔蛟死於水。特授太虛大夫。不拜。詔江東漕臣即山中度地，遷建上清觀，改爲上清正一宮，從其學者恒數十百人。詳宋濂集《漢天師世家》。案黄丕烈《藏書題識》，有《靖真集》一卷，稱“《道藏》有是書，在‘席’字一二號，共七卷，書名‘語録’，不以‘集’名”云云，是虛靖詩文，即在《語録》中。今《道藏》本未之見，此則有詞無詩文，爲錢塘丁氏所藏精鈔本，疑即鈔自《語録》者，暇當假白雲觀所藏正統刊《道藏》本一檢。今就詞論詞，繼先天資穎異，生當南北宋間，諸老流風未沫，故其詞雖未能稱作手，而亦頗可誦也。

一五　竹齋詞一卷

宋沈瀛撰。瀛字子壽，吳興人。少入太學，歷仕四十餘年，絀於王官。再入郡，三佐帥幕而已。案馬端臨《文獻通考》，載《沈子壽文集》，葉適爲之序；又載《竹齋詞》一卷，疑當時詞本別行。今《文集》久佚，此詞爲錢塘丁氏所藏精鈔本，卷數相合，或即馬氏所見之本也。瀛詞務尚剛勁，力矯纖穠之習，似學蘇軾一派，而才力則渺不能逮，又好作理語，於倚聲未爲當家。詞自晚唐、五代以來，以清婉流麗爲宗，蘇軾變而爲渾灝雄健，已不能不謂之別格。若此則相距太遠，豈止如詩之有擊壤派歟。《四庫》著録《竹齋詩餘》一卷，乃黄機撰，與此書名略同云。

一六　蓮社詞一卷

宋張掄撰。掄字才甫，與曾覿同知閤門事，自號蓮社居士。按，周密《武林舊事》，載淳熙六年三月十五日，車駕過宮，恭請太上、太后幸聚景園。次日，遂至錦壁賞大花。知閤張掄進〔壺天慢〕《賞大花》詞。十一年六月初一日，太上至冷泉堂。後苑小廝兒三十人，打息氣唱道情。太上云，此是張掄所撰《鼓子詞》。是掄嘗應詔撰《鼓子詞》，當時甚爲寵幸。陳振孫《書錄解題》載其《蓮社詞》一卷，傳本久佚。此即《道情鼓子詞》，卷末殘缺，卷首九闋，係從《花庵詞選》錄入，遂改其標題。勞權疑汲古閣毛氏所爲。權又從《陽春白雪》補得一闋。此十闋皆爲《蓮社詞》中作，權見歸安丁氏鈔本，始能分別如此。爲錢塘丁氏所藏精鈔本。掄詞除《鼓子詞》外，氣格亦不甚高，而大率舂容諧雅。其〔壺中慢〕《賞大花》詞，周密云或謂是康伯可所賦，張掄以爲己作。伯可者，與之字也，其《順庵樂府》五卷，見《書錄解題》，今亦久佚。諸選本亦不載此闋，權因錄於後云。

按，張掄有《紹興內府古器評》，《四庫》入《存目》。

一七　梅詞一卷

宋朱雍撰。雍字裏未詳，紹興中召試賢良。是編詞止二十首，似出於後人掇拾，爲錢塘丁氏所藏精鈔本。其詞意境澂澈，絕去纖塵，頗可諷誦。〔憶秦娥〕〔西平樂〕諸闋尤雅麗，視老於填詞者未爲多讓，祇以名位不昌，故姓字不著於史傳。特著於錄，俾不致湮沒焉。

一八　綺川詞一卷

宋倪偁撰。偁字文舉，吳興人，紹興八年進士，官太常寺主簿。案陳振孫《書錄解題》，載偁《綺川集》十五卷，久佚不傳。此詞一卷，爲錢塘丁氏所藏舊鈔本，蓋原出於知不足齋，而勞權復加校勘者。

一九　石湖詞一卷

宋范成大撰。成大有《驂鸞錄》，《四庫》已著錄。又載《詩集》三十四卷，爲顧嗣立等所訂，附以賦一卷，而不及詞。陳振孫《書録解題》載《石湖詞》一卷，知當時詞自有別行之本也。成大在南宋中葉，詩文與楊萬里、陸游齊名。今觀其詞，清雅瑩潔，迥異塵囂，小令尤勝於長調，亦與《誠齋樂府》《放翁詞》略相伯仲。毛晉刻《宋名家詞》，未經收入，蓋未見其本，或見之而未及刊。此則錢塘丁氏所藏精鈔本。録而存之，亦以見成大雖不以詞名，而詩人之言，終爲有則，有轉勝於詞人之冶蕩者矣。

二〇　和石湖詞一卷

宋陳三聘撰。三聘字夢弨，原題“東吳人”，蓋與成大同鄉，其仕履則無考也。是集皆和原韻，如方千里之和周邦彦，一一案譜填腔，不敢稍失尺寸。其詞亦清空跌宕，不讓石湖。後有自跋一篇。爲錢塘丁氏所藏精鈔本。特著於録，俾與《和清真詞》并傳，且以見宋人樸實，無文人相輕之習。方之於周，爲能自得師；陳之於范，爲敬其先達，皆後世學子所當法也。是書鮑氏刊入《知不足齋叢書》。成大〔滿江紅〕第二闋，脱“始生之日，丘宗卿使君携具來爲壽，坐中賦詞，次韻謝之”二十字。此本三聘和〔醉落魄〕《元夕》詞“東風寒絶江城，待得花枝發，欲知此夜碧天闊”下脱一葉。據目録，除〔醉落魄〕《元夕》和詞下半闋外，尚有〔醉落魄〕唱和兩闋，〔眼兒媚〕唱和兩闋。末葉“酸，何人爲我丁寧驛使，來到江干”，蓋即〔眼兒媚〕和詞尾句。而鮑氏於闕葉則未注，又將此尾句删去，皆賴此本得以考見云。

二一　可齋詞六卷

宋李曾伯撰。曾伯有《班馬字類補遺》，已著於録。其詞才氣縱橫，有不可一世之概，於辛弃疾爲近，往往未能入格；又似陳亮，不工此製，而自負以爲經綸之意具在是。然奔馬脱銜是其短，而異軍特起是其長，剪紅刻翠外，未嘗不足以自壯也。此錢塘丁氏所藏汲古閣鈔本，而毛晉未附跋語，當屬待梓之本，故《宋名家詞》中無是集。丁氏《藏書志》云，“王奕清曾纂刊《歷代詩餘》，未嘗選其一闋，詞人姓氏，不列其名，殆當日未見此書，則傳本之罕可見"。竊疑此或從《可齋雜稿》錄出，別爲詮次補綴，宋時未必有單行本，故陳振孫《書錄解題》亦未著錄。近仁和吳氏從《雜稿》卷三十一至三十四，《續稿》卷七、八及卷十一，裁篇別出影刊，凡七卷。雖存原本面目，而檢閱不及是本之便，因捨彼錄此焉。

二二　袁宣卿詞一卷

宋袁去華撰。去華字宣卿，奉新人，紹興乙丑進士，改官知石首縣而卒。案陳振孫《書錄解題》，載去華《適齋類稿》八卷，稱其"善爲歌詞，嘗賦長沙定王臺，見稱於張國安"，又載詞一卷。今《類稿》久佚，此詞卷數與《解題》合。爲江南圖書館所藏鈔本，當即別行之本。朱彝尊《詞綜》蒐羅甚富，而云"隻字未見"，則傳本之罕可知。詞筆大率研雅，非杜安世之淺俗、盧炳之庸鄙比也。

二三　文簡公詞一卷

宋程大昌撰。大昌有《續考古編》，《四庫》已著錄。案陳振孫《書錄解題》，載大昌《程文簡集》二十卷，稱其"博學長於考究，著述甚多，皆傳於世"。今《四庫》所錄，有《易原》《禹貢論》《雍錄》《考古編》《演繁露》諸書，而不及其集，知集失傳已久。此詞一卷，未知即在集中，抑別行本。爲江南圖書館所藏鈔本。大昌學術湛深，於經史皆有論説，詞殆非其措意，而寄興之作，亦復清新篤雅，幾於首首可傳。足見學問深者，無施不可也。惜此本卷末有缺葉。考陸氏《藏書志》載是書，稱汲古影宋本，然則斯種，殆亦毛晉蒐輯《宋名家詞》時所待刊者歟。

二四　篁嶺詞一卷

宋劉子寰撰。子寰字圻父，建陽人，自號篁嶺翁。嘉定十年進士，早游朱熹之門，能詩文，與劉清夫齊名。著有《麻沙集》，劉克莊爲之序，其文在《後邨集》中，《宋史 · 藝文志》及晁、陳書目，均未著錄，今亦無傳。此詞一卷，各家書目亦未載，爲歸安陸氏所藏汲古影宋本，蓋將以梓入《宋名家詞》中者。其詞不甚著名，而清雋婉逸，在南宋間實爲佳手。淳祐中黃昇撰《花庵詞選》，去取最爲矜慎，錄子寰詞至八首之多，亦可見當時之甚相推重矣。

二五　渭川居士詞一卷

宋呂勝己撰。勝己字季克，建陽人。陳櫟《負暄野錄》，稱其爲沅州守。部使者忌之，中以事罷歸。有別業一洲，可五百畝，植花竹其上，號“小渭川”，作《渭川行樂詞》。陸心源《儀顧堂題跋》稱，“其父祉，以尚書護合肥軍，死義，敕葬邵武之樵嵐。勝己因家焉，築園曰渭川。嘗從朱子及張南軒講學，朱子爲和其《東堂九咏》詩”。今考本集，〔滿江紅〕注云“辛丑年假守沅州”，又〔鷓鴣天〕注云“城南書院餞別張南軒赴閩奏事”，皆與之合。惟陳櫟以爲渭川人，《八閩通志》“沅州”又作“杭州”，則皆誤耳。其書刊本久絶，張氏、陸氏《藏書志》均以鈔本著錄。瞿氏《書目》載明鈔本，錄自宋槧，“楨”“桓”字闕筆，題注“恩”字提行。此則江南圖書館所藏舊鈔本也。宋人詞集，亡佚甚夥，著之以備一家焉。

二六　文定公詞一卷

宋丘崈撰。崈字宗卿，江陰軍人，隆興元年進士，官至資政殿學士，同知樞密院事，諡文定，事迹具《宋史》本傳。案陳振孫《書錄解題》，載崈《丘文定集》十卷，《拾遺》一卷，稱“其文慷慨有氣，而以吏能顯，故其文不章”。此詞一卷，爲江南圖書館所藏勞氏鈔本。史稱崈儀狀魁杰，機神英悟，嘗謂人曰，“生無以報國，死願爲猛將以滅敵”。疑其人必樸直伉爽，而詞乃清轉華

妙，不類其爲人，蓋宋璟賦梅花之比也。録而存之，非徒以人
重矣。

二七　簫臺公餘詞一卷

宋姚述堯撰。述堯字進道，華亭人，以錢塘籍登紹興二十四
年進士，知温州樂清縣。縣有簫臺峰，爲王子晉吹簫之所，其詞皆
官樂清時所作，因以爲名。《宋史·藝文志》著於録。此江南圖書
館所藏鈔本，卷數相合。述堯與張九成、葉先覺（采）、施德操相友
善。德操殁，九成祭之以文，云“生平朋友，不過四人，姚、葉
先亡，公繼又去”，姚謂述堯也。其和德操詩云“環顧天下間，四
海惟三友”，“三友”者，姚及葉、施也。而詞乃清麗芊綿，絶無
語録氣。陸心源《儀顧堂題跋》，稱爲“南宋道學家所罕見”，亦
可見述堯之善用其才矣。

按，《宋元學案》，先覺於施、姚并列，各有小傳，惟“先覺”
下空白，不著字裏。

二八　和清真詞一卷

宋楊澤民撰。澤民字□□，樂安人。按，周邦彦當徽廟時，提
舉大晟樂府，每製一詞，名流輒依律賡和，信安方千里、樂安楊澤
民，各成《和清真詞》一卷。今千里書《四庫》已著録，而此書
未收。毛晉跋千里書，稱“或合周、方、楊爲《三英集》，刻以行
世”，《提要》謂“晉所刻《六十一家》之内，無澤民詞，不知何
以云然”。殊弗恩晉輯《宋名家詞》，擬刻而未果者甚夥，此亦其
一也。晉跋又稱“《花庵詞》止選千里〔過秦樓〕〔風流子〕〔訴
衷情〕三闋，而澤民不載，豈楊劣於方耶”。丁氏《藏書志》謂，
“《花庵詞選》初無成意，子晉即以未選爲劣，殆未見澤民原本，
故作影響之辭”。殊弗恩晉有澤民書，故欲得三種合刻，其意王、
楊初無優劣，深怪《花庵詞選》之遺楊，非未見原本也。今觀其
詞，清蔚雖遠遜原作，而瀏亮實不減千里，可稱絳樹兩歌，黃華二

牘。此江南圖書館所藏精鈔本。好事者如據以付梓，庶與千里并傳焉。

二九　竹洲詞一卷

宋吳儆撰。儆有《竹洲集》，《四庫》已著錄。是集祇詞十八闋，爲江南圖書館所藏明鈔本。儆不以詞名，而當時負盛名者，辛弃疾外，莫如姜夔。卷中有與夔倡和之作，知其平日交契，故詞筆往往與夔相近。如"水滿池塘"之〔滿庭芳〕，"十里青山"之〔浣溪紗〕二闋，置之《白石道人歌曲》中，幾亂楮葉，正不必以篇數寥寥而少之矣。

三〇　拙庵詞一卷

宋趙磻老撰。磻老字渭師，東平人，以婦翁歐陽懋待制恩入仕，官至工部侍郎。從范成大使金還，擢知臨安府，坐殿司招兵事，謫饒州。案陳振孫《書錄解題》，載磻老《拙庵雜著》三十卷，《外集》四卷，今久失傳。是書詞僅十八闋，爲江南圖書館所藏汲古閣鈔本，而《宋名家詞》中未載，蓋待梓之本也。其詞吐屬清雅，無酒樓歌館簪烏雜遝之態，雖不及成大，而在南宋諸家中，要亦楚楚可觀者矣。

三一　養拙堂詞一卷

宋管鑒撰。鑒字明仲，浙江龍泉人。按，陳振孫《書錄解題》載《養拙堂詞》一卷，與此本合，而不詳其仕履。今考陸游《入蜀記》云，"余前入蜀時，以江漲不可溯，自陝山來極天下之艱險，乃告陝州守管鑒，歸州守葉默、倅熊浩及夔漕沈作礪，請略修治"。是鑒嘗守陝州。凌迪知《萬姓統譜》云，"鑒力學好修，父澤補官，再調江西常平提幹，始家臨川，累官至廣東提刑權知廣州兼經略安撫使"，是鑒又嘗節鎮嶺表也。此江南圖書館所藏明鈔本。毛晉輯《宋名家詞》所不載。雖不甚著，而足備宋詞之一。

陸氏《藏書志》有勞權過録毛扆手校本，疑皆出自長沙書坊所刻《百家》本也。

三二　東澤綺語一卷

宋張輯撰。輯字宗瑞，鄱陽人。是書一名《東澤綺語債》，其詞皆以篇末之語而立新名，別成一格。大率風流跌宕，一往情深，頗有李白〔憶秦娥〕〔菩薩蠻〕之遺意。諸詞皆見於《花庵詞選》，惟卷末〔念奴嬌〕〔祝英臺〕二闋，爲《花庵》所不收，當由後人掇拾而成，然精華大致已萃於此矣。此江南圖書館所藏明鈔本。毛晉輯《宋名家詞》無此書，蓋爲毛所未見也。

三三　雙溪詞一卷

宋馮取洽撰。取洽字熙之，延平人，自號雙溪擬巢翁。其詞以清婉見長，在宋季亦一作手。丁氏《藏書志》有此書（在卷四十第十八葉，適佚，當檢別本。）。韋居安《梅磵詩話》載其《送別劉簹嶸》詩云，“來似孤雲出岫間，去如高月耿難攀。若爲化作修修竹，長伴先生簹嶸山”。語意雅近北宋，是取洽不獨工於詞，并工於詩也。此爲歸安陸氏所藏影宋鈔本，其《儀顧堂題跋》稱此詩不减唐人，蓋詩詞本一以貫之耳。

三四　澗泉詩餘一卷

宋韓淲撰。淲有《澗泉日記》，《四庫》已著録。又從《永樂大典》輯得集二十卷，内詞祇七十九首。此《詩餘》一卷，共百九十五闋，視《大典》本幾溢三之二，爲江南圖書館所藏明鈔本。通卷梅鼎祚以朱筆點勘，附入評語，當從宋時別行本傳録者。朱彝尊《詞綜》蒐羅甚富，而未及此書一字，知刊本久佚矣。淲爲韓元吉子，詩文具有淵源，故詞筆吐屬妍雅，絶無俗艷，在南宋諸人之中，不可謂非卓然秀出者矣。

三五　虛齋樂府二卷

宋趙以夫撰。以夫字用父，號虛齋，長樂人。嘉定中正奏名，歷知邵武軍、漳州，皆有治績。嘉熙初，爲樞密都承旨，二年，拜同知樞密院事。淳祐初罷，尋加資政殿學士，進吏部尚書兼侍讀，詔與劉克莊同纂修國史。是集毛晉輯《宋名家詞》不載，康熙間侯文燦輯《名家詞》，作一卷。此明鈔本，分上、下二卷，與《歷代詩餘》卷數合。首有淳祐己酉自序，署名“芝山老人”。爲江南圖書館所藏，當錄自宋刻，在侯本之先，故侯書阮元《揅經室外集》雖已著錄，而茲仍別出之也。

按，趙以夫有《易通》，《四庫》著錄。

三六　龜峰詞一卷

宋陳經國撰。經國字伯夫，小字定夫，潮州海陽人，寶祐四年進士，見是年《登科錄》。其仕履無考。是集後有甲辰陳容題云，“長吉、惇夫，俱不盡其才而死，世人工訶醜好，卒然而定，自古勛業之士皆然，重可哀也已。剛父兄悼其舊作已軼，蓋嘗所嚌嚅者，惜不及見之”。又有陳合題云，“《龜峰詞》有所齋諸兄爲之跋，安用復作贅語，漫書癸卯冬所作《懷舊》一絕繫於後：‘西晉風流自一家，憶君魂夢到梅花。梅花深處無人迹，明月一枝霜外斜。’”按寶祐四年爲丙辰，經國年三十八。其癸卯、甲辰爲元成宗大德七、八年，相距四十七八年，合《懷舊》之作，不必即在經國方卒之歲。容有“長吉、惇夫俱不盡其才”之語，知經國亦非老壽者，故事迹罕傳也。其詞功候未深，而頗具風致。陸氏《藏書志》有舊鈔本，謂“各家書目罕見著錄”，又有陳人杰《龜峰詞》一卷，謂“人杰仕履無考”。分爲兩人，而所載容、合兩人題辭，與此本悉同，疑陸氏誤。此則江南圖書館所藏勞權鈔本也。

三七　西麓繼周集一卷

宋陳允平撰。允平有《日湖漁唱》，阮元《揅経室外集》已著錄。是集乃別一種，與《日湖漁唱》無一相復，而詞旨清婉，音節亢爽，則大旨相同。張炎《樂府指迷》但稱其"平正"，未足以盡允平也。朱彝尊輯《詞綜》所錄允平詞，皆在彼集中，而此集未登一字。阮元進呈《四庫》未收書，亦未之及，是其傳本之罕可知。陸氏《藏書志》有汲古影宋本，而毛晉輯《宋名家詞》不載，殆亦待梓之本歟。此江南圖書館所藏舊鈔本。亟爲補錄，庶與《日湖漁唱》并傳焉。

三八　撫掌詞一卷

不著撰人名氏。原本題"後學南城歐良"六字，蓋編集者之名。或以爲即良作，誤也。良官司戶，見劉克莊《集》所撰詩集序，則作詞者亦必南渡人也。其詞頗多清婉之語，小令亦尚有風致，惟瑕瑜互見，殆盧炳《哄堂詞》之比。末附《效李長吉十二月宮樂詞》，此爲樂府，不應入詞，編次亦未盡妥協。以其爲毛、侯二家所不載，故著於錄，以備宋詞之一。此江南圖書館所藏勞權鈔本。陸氏《藏書志》有舊鈔本，即從此本過錄耳。

三九　梅屋詩餘一卷

宋許棐撰。棐有《梅屋集》，《四庫》已著錄。此《詩餘》一卷，祇十八闋，乃宋刊單行本，近仁和吳氏所覆刻也。其詞意境不甚高，大抵自寫閑適，故題下絕不載本事。〔滿宮春〕結語"碧樓能有幾番春，又是一番春盡"，此類頗近南唐李主；〔鷓鴣天〕"月濾窗紗約半更"，"濾"字亦新穎；餘亦濃艷綺麗，有《金荃》《陽春》之遺意，未可以其爲江湖派中人而鄙之也。江南圖書館藏有精鈔本，爲仁和勞權以《絕妙好詞》《陽春白雪》《歷代詩餘》諸書校正譌字，蠅頭細字，書之上下皆滿。後有好事者，可據以別刻焉。

四○　寧極齋樂府一卷

宋陳深撰。深有《讀春秋編》，《四庫》已著録。又載其《寧極齋稿》，乃是詩集。此《樂府》一卷，祇詞七闋，皆不見於《稿》中，疑後人掇拾而成。爲江南圖書館所藏精鈔本。其詞婉雅安詳，篇篇可誦，在宋季不失爲作手，固不必以少而見弃矣。後附《傳略》一篇，尤足與鄭元祐所撰墓銘相印證也。

四一　蕭閑老人明秀集注三卷

金蔡松年撰，魏道明注。松年字伯堅，杭人，長於汴都，從父靖知真定府判官，遂爲真定人，官至右丞相，封吳國公，謚文簡，事迹具《金史·文藝》本傳。道明字元道，易州人，官安國軍節度使，見元好問《中州集》。明秀峰在汴梁，松年嘗與友人觴咏其間，集因以名。“蕭閑老人”者，其退居後自號也。松年與吳激齊名，當時號“吳蔡體”，極爲王若虚、元好問推重；而道明注則《湸南遺老集》《中州樂府》頗致不滿。松年〔江城子〕云，“翠射娉婷雲八尺，誰爲寫，五湖真”。元好問云，“公有詩‘八尺五湖明秀峰’，又云‘十丈琅玕倒冰玉，明年爲寫五湖真’，正用此詞意。魏道明作注，義有不通，故表出之”。然於當時酬贈諸人，一一詳其仕履始末，又多采松年及他人詩句，今大半亡佚，實有裨於藝林。原本卷一、二爲《廣雅》上下，卷三、四爲《宵雅》上下，卷五、六爲《時風》上下。今存卷一至三，爲江南圖書館所藏鈔本。考瞿氏《目録》，有金刊殘本，當即此本所自出也。朱彝尊輯《詞綜》，未見此集，僅於《中州樂府》中録〔尉遲杯〕一闋，竟以所著爲《蕭閑公集》，誤之甚矣。萬樹《詞律》，亦祇存〔月華清〕一闋。今按目録，一在第五卷，一在第四卷，俱在此三卷之外云。

四二　知常先生雲山集一卷

元姬志真撰。志真號知常子，澤州高平人，汴梁路朝元宮道士。至元丁卯，賜"文醇德懿知常真人"之號。本名翼，字輔之，係出唐代長安雍氏，後有官是邑者，遂占新籍，金世宗時，避諱易爲姬姓焉。志真所著《雲山集》，收入《道藏》，錢大昕據以補《元史·藝文志》。近仁和吳氏得延祐殘本三、四、五三卷，後附行實，及湯道溫等六人銜名，知全集祇五卷，《道藏》作"十卷"者，或後來離析其卷也。此本凡詞一百六十三闋，即全集之第三卷，爲吳氏所影刊。核其所作，往往失之淺俗，近於唱道情，字句尤多凑泊。微論張雨《貞居詞》固高出萬萬，即張繼先《虛靖真君詞》，雖未名家，亦彼善於此。姑據吳本，以備詞家之一目耳。姬志真之名，亦見《長春真人西游記》云。

四三　無弦琴譜二卷

元仇遠撰。遠有《金淵集》，《四庫》已著録。是編卷一詞六十一闋，附録一闋；卷二詞五十八闋，附録二闋。爲江南圖書館所藏明鈔本。遠在宋末，詩與白珽齊名，號曰"仇白"。初不以詞稱，而其詞清麗和雅，伯仲在陳與義、張炎之間，由其根柢槃深，故下字用韵，均有法度，實元代詞家一作手也。乾隆庚申，項夢昶采摭諸書，輯《山村遺集》一卷；後《四庫》館從《永樂大典》輯《金淵集》六卷；道光間孫爾準又從《大典》輯《無弦琴譜》，馮登府覆校，補《蟬詞》一闋，及伯雨、仲舉四首（見《靜嘉堂秘籍志》。），皆未見此本。《提要》謂《金淵集》"出自塵霾蠹蝕之餘，若有神物呵護"，今此本流傳未佚，殆真有神物呵護者矣。

四四　貞居詞一卷

元張雨撰。雨有《玄品録》，《四庫》列入《存目》，又著録其《句曲外史集》。此則其所作詞也。雨雖弃家爲道士，而當時如虞集、范梈、袁桷、黃溍諸人，皆與之訂交。早年及識趙孟頫，晚年猶及見倪瓚、顧瑛、楊維楨，仍與文士相接近，故耳濡目染，詩文既豪邁灑落，其詞亦妙脫蹊徑，迥出慧心，以視倚聲專家，未遑多讓。在道流中，實出《虛靖真君詞》之上。此歸安陸氏所藏舊鈔本，未知何人所輯。大率摭拾於墨迹居多也。

四五　五峰詞一卷

元李孝光撰。孝光有《五峰集》，《四庫》已著錄。是編乃其詞集，爲江南圖書館所藏勞權鈔本。孝光隱居雁蕩山五峰下，所作詩風骨遒上，一洗元人靡麗之習，故其詞亦跌宕流利，無綺羅纖穠之態，蓋得於山澤間清氣者深也。楊維楨作《陳樵集序》，舉元代作者四人，以孝光與姚燧、吳澄、虞集并稱。今觀其詞，殆與集相伯仲，以視澄之因辭見道者，此似轉出其上矣。

四六　扣舷集一卷

明高啓撰。啓有《大全集》，《四庫》已著錄。此乃詞集，原附正統刊本《鳧藻集》後，爲江南圖書館所藏。《提要》所據《鳧藻集》，爲雍正間刻本，無此集，詞曲類亦未收也。啓詩才富健，允稱巨擘。其詞則驛騎於宋元之間，雖未能深造，而和雅流麗，秀雅天成，亦不愧爲作手。蓋詩人之言，清新華妙，與詞人之妖冶淫蕩者殊也，使終其天年，當不止是。乃知明祖之誅之，實天之忌之矣。陸氏《藏書志》有舊鈔本，謂各家《書目》亦罕著錄，然則此附刻本，其亦幸而僅存者歟。

四七　眉庵詞一卷

明楊基撰。基有《眉庵集》，《四庫》已著錄。此詞一卷，爲江南圖書館所藏勞權鈔本。案，詩、詞之界甚嚴。北宋人詞，類皆清新雅正，可以入詩；南宋人詩，類皆流艷巧側，可以入詞；至元，而詩與詞幾更無別。基生當元季，其詩語之類詞者殊夥。朱彝尊《静志居詩話》，嘗摘出數十聯。其詞則婉約流利，韶秀獨絶，不得不推爲詞家正宗。蓋惟詩近於詞，故其詞尤勝也。徐泰《詩談》稱其詩"天機雲錦，自然美麗，獨時出纖巧，不及高啓之沖雅"云云，此即其詩詞界限不分處。今移以評其詞，則"雲錦美麗"，可爲定論矣。

四八　半軒詞一卷

明王行撰。行有《半軒集》，《四庫》已著録。此詞一卷，爲江南圖書館所藏精鈔本。其詞清潤研雅，吐屬韶秀，與其文之縱橫排奡、其詩之清剛蕭爽者，別具一種筆墨，固知才人無施不可也。詞凡十五闋，其《秋水晴霞》一闋下，注"即〔滿江紅〕"，蓋自製新名。行具此才，厥後竟坐藍玉黨，與孫蕡論死，有才無命，非徒高啓之被累於魏觀矣。

四九　夢庵詞一卷

明張肯撰。肯字繼孟，又字寄夢，從宋濂學詩古文，得其法，尤長於南詞新聲，年八十餘卒。著有文集，今未之見。此詞一卷，乃梅鼎祚鈔本，親以朱筆點勘加評者，爲江南圖書館所藏。其詞穠秀溫麗，的爲晚唐、五季以來之嫡派，雖不能方駕高啓《扣舷集》，要亦楊基《眉庵詞》之流亞也。

五〇　耐軒詞一卷

明王達撰。達有《筆疇》，《四庫》附入《存目》。案達門人王孚編《王天游集》，稱達所著有《天游小稿》《梅花百咏》《古今孝子讚》，俱已梓行；《詩》《書》二經《心法》，學者多傳之；又有《耐軒雜録》五卷，《問津集》一卷，《南歸集》一卷，《通書發明》一卷、《天游詩集》十卷，《文集》三十卷。是其撰述頗夥。今《筆疇》外，惟《最仰撮書》及《天游集》十卷，亦見《存目》，而傳本甚罕。此詞一卷，爲江南圖書館所藏精鈔本。雖大致和婉，而乏工雅韶秀之致，在明人中亦未爲作手也。

五一　升庵詞長短句三卷續三卷

明楊慎撰。慎有《升庵集》，已著録。是編亦《全集》八十一卷本所未載，爲張士佩所未見。考《天一閣書目》，有《升庵長短句續集》三卷，《玲瓏倡和》二卷，附刻一卷，《樂府拾遺》一卷。此江南圖書館所藏嘉靖陸氏刊本，雖無《玲瓏倡和》以下諸刻，而多正集三卷，蓋在萬曆間張士佩編刻《全集》之先。前有唐錡、楊南金序，後有王廷表跋，次又列“門生韓宸拜書，李發重刻”兩行，然則當時早有別行本。《續集》則前後無序跋，疑後來編輯。黄氏《千頃堂書目》有《升庵長短句》四卷，又別一本也。慎以博洽冠一時，雖論説考證，往往贋造古書，而其詩文，未嘗違鰲法度，故其詞亦含吐英華，不作凡響，蓋沉浸於詩書之澤深矣。

五二　玉琴齋詞不分卷

閩縣余懷撰。懷有《板橋雜記》，《四庫》已列入《存目》。此詞集四册，不分卷，前有吳偉業、尤侗題詞，後有顧廣圻、孫星衍跋，爲江南圖書館所藏手稿本。其詞大致風華掩映，寄托遥深，繁縟之中，寓以凄惋，雖猶是《雜記》之遺意，而苟以意逆志，固不得以爲風雅罪人也。考懷所著，尚有《平生蕭瑟詩》《三吳游覽志》《楓江酒船詩》《秋雪詞》《味外軒稿》《茶史》諸種，今均未之見云。

五三　天下同文一卷

不著編輯名氏。所録元人詞，盧摯、姚雲、王夢應、顔奎、羅志可、詹玉、李琳，凡七人。《文淵閣書目》曾著於録。此瞿氏所藏舊鈔本。名曰“天下同文”者，蓋取《中庸》語。周南瑞輯元人文，亦名爲《天下同文集》。俱足見一時之風尚也。

（以上《四庫未收書目提要續編》）

五四 金梁夢月詞懷夢詞書後 (辛酉)

《金梁夢月詞》二卷、《懷夢詞》一卷，祥符周之琦撰。之琦字稚圭，嘉慶乙丑進士，官至廣西巡撫。《金梁夢月詞》凡百五十四首，皆嘉慶壬申至道光辛巳官京師時，與屠倬、錢儀吉、劉嗣綰、陳致煥諸人相倡和而作也。《懷夢詞》凡四十五首，則道光己丑官浙江按察使時悼亡之作也。其詞以清切婉麗爲宗，乃晚唐、五代以來之正派，前者音節和諧，令人想友朋之樂，後者情懷悱惻，令人增伉儷之思。李慈銘《受禮廬日記》稱其"深入南宋大家之室"，雖似溢美，而尚爲近之。又云"幾欲掩過納蘭容若，昔人謂《飲水詞》過於哀抑，決其不壽，若中丞者富貴壽考，又將何說"，則殊未盡然。《飲水詞》取法南唐，通體幽怨蕭逸，是集惟悼亡多凄悵語，此猶元稹《悼亡》詩，何等悲楚，而無害後此之三月宰相也。是本爲杭州臬署原刻，寫槧絕精云。

五五 白香詞譜箋書後 (辛酉)

《白香詞譜》四卷，譚氏《半厂叢書》本。《白香詞譜》，靖安舒夢蘭編，其箋則南海謝朝徵所撰也。夢蘭輯唐李白至近時黃之雋詞百闋，凡五十九人，不分時代，以詞爲主，闋各異調，於其旁逐字訂譜，宜平宜仄，可平可仄，及上去入同是仄聲，而各有音節，辨別極細，故曰《詞譜》。朝徵作箋，則序列後先，一依朱彝尊《詞綜》，又去字旁所訂之譜，頗違夢蘭本書所恉。然以小調列前，次及中調、長調，實沿南宋人《草堂詩餘》之舊，殊失之拘，朝徵易之，未爲謬也。所箋仿查爲仁、厲鶚《絕妙好詞箋》之例，多泛濫旁涉，不盡切於本詞，而往往因詞以知其人，并及命意之所存，其短其長，具在於是。所載南宋人逸事，悉本《好詞箋》凡例，已自言之。今考五代人逸事，大都録自鄭方坤《五代詩話》，故兩處箋釋，頗爲詳贍，餘或不免寒儉。馮延巳〔謁金門〕，《古今詩話》以爲成文幼作，《本事曲》又以爲趙公作，見胡仔

《漁隱叢話》，今未之及。汪懋麟〔醉春風〕，徐釚《詞苑叢談》謂較南唐主遺小周后詞旖旎，其說固是，實涉淫褻，今反及之，其去取殊不可解。薩都拉原本作“剌”，與各書合，《提要》作“拉”，蓋猶“瓦剌”之爲“衛拉”，今非官書，而必從《提要》改“拉”，亦未得其通。然蘇軾《洞仙歌》下，引《陽春白雪》載蜀孟昶〔洞仙歌〕石刻全篇；朱淑真〔生查子〕下，引《提要》稱此詞爲《歐陽修集》竄入，此類均有裨於考證。其他徵引，亦足以廣異聞而佐談資，摭拾之功，要自有不可泯者矣。夢蘭字白香。書本一卷，有原刻及怡親王重刻本。朝徵字韋庵。廣爲四卷，張蔭桓始付刊云。

五六　律吕元音書後（辛酉）

《律吕元音》二卷，題康親王蘭亭主人鑒訂，蓋永恩所編也永恩爲康修親王崇安子，禮烈親王代善裔孫，後復祖號曰禮親王，嘉慶二年薨，謚曰恭。其書前有乾隆三十四年自序，稱“暇日將古今音律、京房《律譜》、唐順之《求元聲法》，與夫詩詞歌曲之淵源，及諸賢之論作，共爲一書，以見詩歌之聲律本不出乎樂”云云。爲江南圖書館所藏精寫稿本，有“康親王”“蘭亭主人”兩印。按，古樂亡而樂府興，至唐而樂府之歌法不傳，所歌者絶句；至宋而唐人歌詩之法亦不傳，所歌者詞；至元而宋人歌詞之法又漸不傳，於是曲調作焉。是編意在詞曲而設，謂之《律吕元音》，殊嫌含混，采摭亦未備，而頗便省覽。《丁氏藏書志》入之樂類，蓋循其名，未核其實，今改隸於詞曲類焉。

（以上《許廎經籍題跋》）

忍古樓詞話

夏敬觀◎著

　　夏敬觀（1875～1953），字劍丞，一作鑒丞，又字
盟人、緘齋，晚號映庵，別署玄修等。江西新建人。光
緒二十年（1894）舉人。1895 年入南昌經訓書院，隨
皮錫瑞治經學。後歷任江蘇提學使，上海復旦、中國公
學等校監督。善繪畫，工詩詞。著有《忍古樓詩集》
《映庵詞》《詞調溯源》等。《忍古樓詞話》刊於《詞
學季刊》第 1 卷第 2 號至第 3 卷第 3 號，唐圭璋將其編
入《詞話叢編》。

《忍古樓詞話》目録

忍古樓詞話

一　文道希

　　余作詞始於庚子，時寓居海上，與萍鄉文道希兄弟日相過從，道希頗授予作詞之法。一夕，李伯元茂才於酒肆廣徵京津樂籍南渡者四十餘人，爲評驚殘花之舉。余首賦〔念奴嬌〕詞，道希輩頗擊節嘆賞，和者遂十餘人。道希詞云："江湖歲晚，正少陵憂思，兩鬢衰白。誰向水精簾子下，買笑千金輕擲。凄訴鵾弦，豪斟玉斝，黛掩傷心色。更持紅燭，賞花聊永今夕。　　聞説太液波翻，舊時馳道，一片青青麥。翠羽明璫飄泊盡，何況落紅狼籍。傳寫師師，詩題好好，付與情人惜。老夫無語，卧看月下寒碧。"余詞云："催花羯鼓，怪聲聲動地，漁陽撾急。吹起辭枝紅亂旋，莫道東風無力。析木青萍，桑乾白柳，夢見傷心色。黃塵走馬，舊衣曾浣京陌。　　分付紅粉歌筵，金尊休淺，同是江南客。行遍天涯都不似，却悔年時心迹。罥樹游絲，迸盤清淚，思繞腸牽直。四條弦上，數聲如訴如泣。"此詞余集中不載，今日視之，正是小兒初學語也。

二　鄭叔問　陳伯弢

　　於篋中朋輩詞箋，得鄭叔問未刊詞九闋，陳伯弢未刊詞四闋。雖或爲兩君刪弃之詞，然固滄海遺珠也。叔問〔少年游〕云："誰家年少簇金鞍。醉夜踏花還。不管東風，暗塵臺榭，歌舞借人看。

空餘燕子銜花去，別院話春寒。未了黄昏，一番風雨，何處倚危闌。"〔青門引〕云："雁過霜天近。庭院雨餘苔靜。芙蓉寂寞晚芳叢，西風采采，不上舊時鬢。　回闌幾曲愁憑損，拍遍無人膺。小城昨夜聞笛，月明滿地秋江影。"《己酉九日風雨》〔木蘭花慢〕云："嘆人間令節，更何恨，有登臨。縱酩酊能酬，高樓暮色，知爲誰深。難禁。向風雨夜，但黄花滴淚勸孤斟。不信情天易老，故教佳日多陰。　沉沉舊會茱萸，顏鬢改，又重簪。念節物凄凉，年涯腕晚，都到秋心。休尋。暗怊悵地，正西山、爽氣繫疏襟。空畫闌干影事，酒醒獨自沉吟。"又《秋夜聞雁》〔木蘭花慢〕云："雁啼天在水，避秋影，莫書空。正露重江寒，亭亭斜月，猶挂虛弓。蘆中。楚歌夜起，怨關山殘笛下西風。何事衡陽倦羽，斷雲不度高峰。　恩恩，夢轉征蓬，憶故苑，雪留踪。嘆長門燈暗，哀箏危柱，妝淚彈紅。驚逢。聽秋別枕，雨凄凄，愁和蘚階蛩。又是單衾酒醒，夜亭催冷吳楓。"《書帶草》〔聲聲慢〕序云："余既營草堂於竹隔橋南，繚以長廊，緣砌植書帶草殆遍，葱翠可藉，貞姿冬榮，經神之遺，足當吾家讀書種子。漚尹翁爲題通德門榜，示不忘鄭志也。言誦清芬，賦得一解。"詞云："芳披雲縷，翠挹風籤，森森舊家寒碧。散帙城陰，還帶草堂深寂。休吟謝池夢好，恁詩痕、不點經席。書種在、比芸香盈畝，薙垂過尺。　看遍長安桃李，朱門冷、何堪盡成蓬棘。誦得清芬，依約榜門通德。纖纖一重綠意，似當窗詩婢曾織。恨漢苑幾青蕪，春老故國。"自注云："是調側韵，惟宋劉涇自製一曲，汲古本《夢窗詞乙稿》中所羼入者是也。杜、王續刻，并承毛本之訛誤，失考已甚。今明板《草堂詩餘》，固一確讞。且涇作骨氣高健，猶是北宋遺音，益足徵已。不揣黮淺，輒追和之，聊示考存故譜之一格云爾。"《中秋夜雨罷酒遣懷》〔采桑子〕云："今宵莫惜無明月，人似姮娥。酒滿香螺，好夜看人盡夢過。　歸來獨臥西窗雨，閑淚無多。不可聞歌，早自安排喚奈何。"辛亥九月作，〔謁金門〕三闋，其一云："行不得，塞上燕脂無色。一夜霜箲天下白，秋高空雁磧。　莫惜王孫路泣，芳草猶傷舊國。如此關山搖落易，斷腸入未識。”其二云：“留不得，夢轉車塵宮陌。秋老衰蘭催送客，金仙無淚滴。一炬倉黃半壁，四聽楚歌風急。誰蹴昆侖鼇柱坼，三山驚海立。”其三云：“歸不得，哀些誰招離魄。東有龍蛇潛大澤，九關愁更北。江水爲君還黑，山氣何年重白。遼鶴書沉雲海隔，夢來天地窄。”伯弢〔漁家傲〕云：“人靜烏鳶相對語，重簾不捲肥梅雨。新淥濺愁濃幾許。憑闌處，分明無想山中住。便爾唱予誰和汝，平生總被名繮誤。何日田園携橡芋。清尊注，陶潛那不思歸去。”《九日風雨》〔金縷曲〕云：“何日無風雨。到重陽、瀟瀟淅淅，便成愁譜。簾角吳山青數點，總被浮雲遮住。更何地、登高能賦。偶話東籬歸路杳，料黃花、瘦到無人處。簪不得，爲誰舞。

沉沉此恨成今古。黯東南、星飛海沸，漏天難補。岸上維舟眠較穩，我亦尋常鷗鷺。奈佳節、淹留如許。消受深秋垂老別，但扶頭、茗艼杯無數。檐花落，盼將曙。”《夜造聽楓園，叔問、昌碩先在坐》〔雪梅香〕云：“晚寒切，高城脱葉旋西風。望天涯無伴，行吟漸覺愁工。過市燈稀雨沾屧，敲門人熟酒盈鐘。此何夕，邂逅平生，還似初逢。朦朧。倚窗問，燭外梅梢，剩幾新紅。老客吳趨，對花忍憶游踪。歲暮音書嘆寥寂，五湖烟水各西東。明朝事，待買霜鯿，分付烏篷。”又〔雪梅香〕云：“雨連夕，高樓獨客故傷心。攬征篷千里，霜天暮角寒侵。魚市烟荒午收楫，烏邨風急暝呼林。點還滴，檻外窗前，多少愁音。沉沉。數年事，蠟淚珠啼，坐冷鴛衾。盡説還期，瀟湘水闊雲深。楓樹青凋半江葉，梅花紅減十分陰。寒灰意，已是當年，何況而今。”

三 張次珊

江夏張次珊通參仲炘，光緒庚子，以言事忤太后被放。己酉，予被陳伯平中丞辟爲江蘇巡撫左參議，通參先在幕中，因得朝夕共談讌。有《見和花步餞春》〔一萼紅〕詞云：“小樓深。敞沉香綺戶，春色尚沉沉。箏柱弦溫，棋枰玉冷，紅袖來勸芳斟。亂花

過、庭蕪自碧，耐絮語、枝底和雙禽。古苑臺池，舊家園樹。都付
閑吟。　　歡事不堪重念，對金杯滿引，白髮愁侵。烟柳春城，林
亭白下，飄蕩還又而今。倦飛繞、南枝幾匝，浩歌裏、空負亂山
心。未識明年，共誰底處開襟。”通參有《瞻園詞》二卷，刊於光
緒乙巳。其詞芬芳悱惻，騷雅之遺。惜乙巳以後之詞，未見刊本。
蓋通參歿於己未，公子善都又先卒，一孫尚幼，無人爲之續刊遺
稿也。余有《題通參日望樓餞別圖》〔三部樂〕云：“樓角殘陽，
照薊柳斷絲，暗沾瑤席。會長人散，空賦歧亭春色。慣愁見、寒食
飛花，更夢驚戍鼓，淚染宮陌。玉鞭却倚，去去銅鞮歸客。　　丹
青近開短紙，認苑牆翳水，臥游能識。沉沉晚霞一縷，東風盈尺。
引離懷、萬千迸集，愁黶外、雲迷故國。洗盞更酌，除一醉、堪破
岑寂。”此詞舊不存稿，偶於朋交處見所錄圖卷詞有之，幾不省爲
予詞也。附錄於此。

四　桂伯華

　　德化桂伯華念祖，丁酉舉人。與予同師善化皮鹿門先生，經
學詞章，根底深厚。中歲學佛法於楊仁山先生，因東渡習梵文，通
密宗，遂證涅槃於日本。其遺著未刊。余篋中有詞箋四：〔丁香
結〕云：“積雨侵階，同雲蔽野，牆外屐聲來往。倚繩床經案，朝
又暮、時羃龕燈都上。文園情緒減，纔觸撥、禪關又放。人間天
界，刹那輪轉，腸回無像。　　惘惘。記三五年時，秋月春花同
賞。綠酒紅燈，銀鞍繡轂，盡勞追想。無奈存沒聚散，苦樂殊今
曩。惟何恩何怨，尚隔蓮邦胝蠁。”〔驀山溪〕云：“春光欲盡，未
得天涯信。早起鎮懨懨，減裘帶、餘寒猶嫩。古碑臨罷，獨枕故衣
眠，魂無定。身慵困，釀就維摩病。　　誰家巷陌，紅滿香成陣。
旬日雨風頻，減多少、游踪逸興。懺除煩惱，賴有貝多經，簾押
靜，香篆爐，終卷陰移寸。”《讀小山詞》〔菩薩蠻〕云：“才華已
爲情鎖損。那堪又被多情困。珠玉女兒喉。新詞懶入眸。　　清愁
銷不得。夢入蓮花國。方信斷腸痴。斷腸天不知。”〔虞美人〕云：

"淒涼十五年中事，苦了他和自。香殘紅退畫堂空，早是柔魂銷盡夕陽中。　他生有分相廝守，拼共天長久。仙山樓閣也迷茫，祇要雙心一意向西方。"伯華詞多不注意平仄，是學佛人所作，當例外視之也。

五　蔡公懺

新建蔡公懺可權，亦學佛人也。光緒辛丑題拙稿〔滿江紅〕詞云："萬象樅然，塵不到、華嚴靈館。君悟得、法身無我，日光常滿。慧眼澄明空障礙，信心清净時薰盥。聽秋聲一葉落梧桐，消煩懑。　無著處，琴音斷。空谷籟，僊風轉。羨好修不倦，蘭紉九畹。願海洪濤喧萬里，寒烟幻影心心篆。懺廿年諸妄見如來，吾今勉。"是時余前室陳淑人方逝世，公懺蓋以佛法相勉慰也。

六　嚴幼陵

侯官嚴幼陵復，與予先後監督復旦公學，予妹婿熊季廉元鍔，其高弟也。丙午、丁未、戊申之際，箋札往還談藝，日夕無虛，惟論文論詩爲多，及於詞者不過一二，詞雖未工，殆爲罕見。〔摸魚兒〕云："傍樓陰、濕雲凝重，黃昏蟲語淒絮。秋魂僝僽驚寒早，誰念泠媆羈旅。從頭數問，陌上相逢，可料愁如許。今休再誤。早打叠心苗，銷凝意蕊，忍與此終古。　茂陵病，揰得更更寒雨。此情依舊無主。微生別有無窮意，錯認曉珠堪語。君莫怒。便舞鳳回鸞，詎就輕輕譜。移商換羽，算海嘯天風。成連歸矣，霜淚凍弦柱。"〔金縷曲〕云："旅邸情難遣。況秋宵、征鴻淒厲，寒衾孤展。覓地埋憂高飛去，那借步虛風便。雲窗外、鼃蟾斜盱。解佩江皋魂先與，迓多情、他日誰家輦。思不得，淚空泫。　長門可是無團扇。更何人、悁蘭惋蕙，白頭仙眷。填海精禽千萬翼，試測蓬萊深淺。又不是、等閑鶯燕。咏絮才高尋常事，抱孤懷、要把風輪轉。春且住，勒花片。"二詞皆戊申九月客北京所作，嘗呈彊邨〔解連環〕詞已別見，不錄。

七 陶伯葆

南昌陶伯葆牧,昔歲相從吳下,翩翩記室才也。悼亡後不復娶,自號病鰜,英年即窮愁潦倒,一寄其意於歌詞。今已垂垂老矣。其和余〔浣溪沙〕詞七闋,聲情委宛,雅近二晏。其一云:"小院深沉月上遲。背人剪燭意多痴。翻新巧樣畫雙眉。 燕子殷勤嬌欲語,鸚哥調笑學吟詩。妝成背鏡費矜持。"其二云:"泄漏春光事竟成。消魂紅雨隔重城。誰將金彈打流鶯。 不爲顏酡辭綠酒,衹緣簾密閉紅燈。關心第一遠歌聲。"其三云:"碧海冤禽未放歸。斜陽消息盼春菲。天涯柳絮作團飛。 燭淚空拋悲永夜,琴心誰識撥清徽。石屏深坐勸添衣。"其四云:"枕上鴛鴦對對看。蘭閨繡罷怯春寒。不禁清露濕闌干。 一水波通情作繭,九華雲隔夢登山。誤渠畢竟是紅顏。"其五云:"蛛網迷離舊日樓。暮烟銷盡幾多愁。相思兩字滿銀鈎。 爭奈更殘傳夙恨,莫從花落憶前游。有人窗外倦凝眸。"其六云:"獨倚危闌袖拂塵。紅牆燈火惱黃昏。年年芳草最傷春。 舞扇盈懷拈斷帶,銀牙在手苦停雲。嫦娥猶似廣寒身。"其七云:"翠幕重重挂夕霏。爐香冷暖篆絲微。倩誰爲我借天衣。 忍遣華年成逝水,頻尋佳約怕愆期。海棠開後更思歸。"余集中此七詞刪存五闋。其二云:"天上霓裳乍譜成。一歌傾國再傾城。流傳法曲到春鶯。 溝水尚鳴牆外笛,御簾初隱殿前燈。別來忍聽斷腸聲。"其七云:"合浦珠光弄夕霏。晚潮初退月痕微。行雲晶晶濕仙衣。 楚賦未能輸宋玉,洛游我自共安期。醉携一道夜歌歸。"余第三卷詞刊於辛亥,去取悉經漚尹、叔問商定也。

八 王又點

長樂王允皙又點,予三十年之文字交也。所著有《碧栖詞》一卷,吐屬清婉,有一唱三嘆之妙。曩贈予聚頭扇,寫所作《送張珍午入都》〔長亭怨慢〕詞云:"又還是將離時節。酒盡江樓,雁聲相接。喚得愁生，半篙雲浪漲天闊。故人都散，爭忍唱旗亭闋。那處不飄零，恨莫恨長安秋葉。　　淒切。擁吟鞭試望，縹緲夢華宮闕。盧溝過也，怕冰渡暗漸先結。更問訊近日西山，可猶有梅花香發。念一片陰陰，誰掃蒼崖苔雪。"予極許其嗣聲白石。頃李拔可同年將爲刊遺集，以校讎相屬，亟錄數闋，以志予所欣賞。《雙清館題壁兼呈高樓先生》〔西子妝〕云："勻碧球場，藏紅鏡户，畫裏輕盈稀見。天公無處裹春聲，判春風共鶯流轉。芳歌未半。恁愁沁江南平岸。冷襟懷、灑北來冰雪，吳兒爭辨。　　司勛嬾。幾度樓中，夢比闌干短。樓高同自感斯文，況相逢近年多難。花枝在眼。算人老須花拘管。倚斜陽、灩灩金杯勸滿。"《題嚴幾道江亭送别圖》〔玲瓏四犯〕云："散策路紆，凝笛聲遠，都門風物如洗。向來攀躋處，唄歇松陰閉。荒陂也宜共醉。奈先生便摇征轡。幾樹緑楊，半泓渟淥，渾是送秋泪。　　長安海，傷心地。盡盟鷗淡語，猶然交弃。寺經戎馬後，夢在菰蘆底。春波萬叠堪容與。索還我江湖漁計。圖畫裏。回頭黯西山暮紫。"《菊影》〔疏影〕云："蒼茫雁字，蕩清霜弄晚，愁在何許。廢圃空陰，小苑微寒，銷得幾回淒顧。斜陽鬢底疏蕪色，更漠漠彌窣香霧。算也應多謝秋娘，嬾配斷腸針譜。　　幽致，常年共惜，月明細步繞，來往烟語。人老迷花，花自無言，冉冉窺人涼句。如今怕見西風面，悔不掩籠燈深户。又一枝斜入多時，看到半籬鴉曙。"《海棠花下作》〔浣溪沙〕云："葉底游人不自持。枝頭啼鳥尚含痴。玉兒愁困有誰知。　　淺醉未消殘夢影，薄妝原是斷腸姿。人生何處避相思。"〔菩薩蠻〕云："回峰摺叠晴川色。玻璃一鏡酺春碧。鏡裏是兒家。蠻溪滿屋花。　　東風吹别苦。直送雲帆去。昨夢故鄉看。月明千萬山。"又點兼工詩，絶句尤庸峭，蓋亦致力於白石詩。晚歲於南臺聚一妾，往來南北，相携數年，復放之爲尼。歸閩後，耽禪誦，易簀時尚不捨佛號，殆生具夙慧通者，殁仍邅返净土也。

九 洪澤丞

歙縣洪汝闓澤丞，余初於陳鶴柴席上相識，贈余以所著《勺廬詞》，聞聲相思久矣，一見傾倒，山谷詩所謂"自吾得此詩，三日臥向壁"，余於《勺廬詞》，尤恨得讀之晚也。頃年與結漚社，過從益密，復得時誦近詞。《丙寅元夕》〔六醜〕用夢窗韵云："又銅街放晚，綉幕底金鋪催掣。綺游鳳城，珠塵隨步滅，花下佳節。尚記西園夜，紺荷千蕊，映海山光揭。仙霞倒影晴空熱，鈿轂波回，重簾眼纈。星娥試妝瓊闕，看魚龍百戲，鼇駕過徹。 年芳易歇，恨天涯鬢髮。更訪籠紗地，情事別。東風故惱鵾鳩，換當筵翠袖，踏歌羅襪。南樓宴柘枝凄絕。依前是、席上傳柑素手，舊人新月。津橋畔、鵑淚啼雪。任社鼓，送得愁蛾去，春燈恨結。"《賦階下碧桃》〔瑞龍吟〕用清真韵云："桃溪路。三見夢蕊飛香，絳珠辭樹。西池春色年年，翠尊醉倚，闌干勝處。 漫延佇。無數上林縐綺，艷陽簾戶。朱門幾閱東風，謝堂舊燕，花間絮語。

還訴玄都前事。海山人遠，瓊宮塵舞。仙侶避秦，歸來臺榭非故。裁綃暈碧，空賦傷春句。憑誰向江頭照影，樓東回步。斷梗隨波去。浪吟又動崔郎恨緒。猶有殘紅縷。芳訊晚、魂銷江南烟雨。瘦楊巷陌，一天愁絮。"《追賦北海秋蓮寄次公京師》〔隔浦蓮〕云："凌波前度翠沼。一鏡愁紅小。露冷銀塘岸，金莖折，驚秋早。菱唱花外裊。催歸棹。暮景江南好。 錦瑲渺。湘娥去後。湖山歌舞都悄。風裳水佩。悵望襪羅人老。池館華清夢再到。殘照。凄凉誰話天寶。"《南歸留別都門同社》〔六州歌頭〕用東山體云："河橋燈火，一舸客南歸。風雪裏，驚笳起，渺愁思，憶年時。歌舞雲臺際。人蘭茝。家縐綺。招搖指。欃槍墜。偃旌旗。十載京塵，銷損英游氣。檀板烏絲。更珥戈鐵甲，海水莽群飛。斜日城西。聽鵑唳。 念中原事。紛旒綴。蠻觸戲。等兒嬉。珠囊弃。金甌碎。草萋萋。霸圖非。訶壁天沉醉。新亭淚。不須揮。浮生計。蒓鱸味。芰荷衣。他日登臨，重過琴尊地。應夢元暉。但吳雲燕樹，相望感分携，話舊苔磯。"〔迷神引〕云："鵾鳩催人園芳晚，嫩綠小紅都换。高樓景物，惱傷春眼。綺羅叢，登臨地，絮塵亂。誰奏銅鞮曲，鎮淒怨。惆悵城鴉起，畫甍斷。　　萬感尊前，向此哀多難。說碧山遥，滄溟淺。過江群屐，早蘦落，如烟散。霸才空，年涯老，楚歌變。殘酒燈窗側，聞去雁。驚心淮南北，尚征戰。"〔河瀆神〕四首，其一云："河上木蘭祠。廟門雨打豐碑。野鴉銜肉上階飛。社鼓春鐙賽旗。　　匣中先輩三尺水。雷淵曾斬龍子。眼看白虹貫壘。薜蘿匿笑山鬼。"其二云："蒿裏鬼稱雄。神旛夜照虛空。五千貂錦化沙蟲。更結盂蘭法宫。　　海子河鐙光似斗。一花一葉一藕。金粟禮魂歸後。亂蟬咽露高柳。"其三云："當户九張機。蘭芝別母歸時。人間天上總相違。孔雀東南自飛。　　道逢女巫花插首。水沉香噴金獸。明星熒熒渡口。河伯今夕娶婦。"其四云："叢竹鷓鴣鳴。望裹黄陵九疑。秋風裊裊被江籬。日暮巫陽致詞。　　湘水東流愁不息。大江戈艦蔽日。千古周郎赤壁。怒濤一夕頭白。"諸詞雄渾醖藉，兼而有之，洵倚聲家之上乘也。

一〇　汪憬吾

番禺汪兆鏞憬吾，先世世居山陰，游宦海南，遂占其籍。辛亥後，定迹遠屏，閉户撰述，所著有《雨屋深燈詞》。其尊翁與先叔子新公在粵，往還至密。曩年憬吾歸越修墓，道經滬上，得與握手，亟道先世交誼，語摯情深，貌温而粹，望而知爲績學之耆舊也。曾爲余賦〔三部樂〕《次夢窗韵題填詞圖》。詞云："寒卧荒江，似怨女自憐，頓忘膏沐。九歌山鬼，托意蓀橈荷屋。更回睇頹照荆馳，料對春濺泪，韵吟哀玉。紫簫咽苦，未是逐波歡曲。幾回把劍摩挲，早判老去，向岫盟溪宿。忍看霧迷敗甃，霜欺涼燭。夢匡廬載愁萬斛。肝肺洗清湍手掬。空際傳恨，苔牋膩窗檠搖綠。"《追紀廣州承平時燈事》〔少年游〕云："金荷銀樹綉珠香。燈事記閑坊。一樣東風，鶯簾燕户，都戀春光。　　十年今夕叢祠路，暮雨暗桃榔。隔籬有客，白頭相對，共話滄桑。"《辛酉四月六十一度初度感賦》〔水調歌頭〕云："萬物一芻狗，何有此形骸。況是餘生多病，早分卧蒿萊。不識論功管晏，不識寓言莊列，那復識鄒枚。但撫此心在，眼底盡塵埃。　禹穴石，聖湖水，幾徘徊。刹那都已陳迹，凉夢問蒼苔。自署乖崖愚谷，盡笑聾丞聱叟，評泊不須猜。古語壽多辱，感慨賦深杯。"其詞致力姜、辛，自摛懷抱，其品概亦今日之鄺湛若也。

一一　姚景之

吳興姚肇菘景之，王半塘之姪婿也。其兄肇椿與余爲甲午同歲生。景之游宦吾鄉，余沉滯吳越，未與相識。頃年避地夷市，始相往還。平昔論詞，墨守四聲，不稍假借，於近人尤服膺新會陳洵述叔。嘗與論樂工所謂律，不在四聲，求詞之佳，在人品學力，見解氣概，務其細而遺其大，非士大夫之所爲也。亦韙余言而好爲其難，一詞出，輒數易字而卒就妥帖，固難能也。《雨霽陪半塘老人登平山堂》〔浪淘沙慢〕云："斷霞映川原媚晚，霽景秋闊。楓驛哀蟬乍咽，殘虹過雨旋没。看入暮吳天嵐影接，送清聽隣杵鐘發。向倦旅關河，賦情遠、微吟散林樾。　幽絶。上樓望眼愁豁。嘆寺古僧殘，凄凉事、渺渺閑問佛。思勝概當年，歡宴雲熱。俊游頓歇，尋舊題、平攬虛堂風月。　休怨江南輕離別，憑闌指、數峰翠抹。鬢絲短、滄桑驚暗閱。記歸路、獨數征鴻悵恨結，潭烟攬夢寒千叠。"《歲旦》〔塞垣春〕和夢窗韵云："地僻春拘管。媚曉霽，東風暖。泥痕活草，岸容舒柳，嬌鳥千囀。對綠窗、醉泛紅螺琖。愛擢秀，蘭芽短。候雲輿元君杳，碧霄此望寥遠。

身世老滄江。嘆一繫扁舟，殘釣荒岸。夢落楚天遥，笑孤寄如燕。念花朋酒伴，惆悵年時換，歌蟬不相見。初日映釵股，畫樓餘寒淺。"《盆蘭》〔瑞鶴仙〕云："晴薰珠翠暖。媚璠姿娟潔，清華池畹。新妝困春晚。伴簾櫳朝暮，倩魂疑見。光風蕙轉。話同心、芳言細款。怕無端、桃李逢迎，一夕鏡瀾愁變。　凄斷。璇閨香夢，背結流蘇，黯調箏雁。空山意遠。驚時序，暗中換。便仙姝紉佩，珠宮宵叩，休問雙蛾黛展。奈離悰訴與殘燈，峭寒勝剪。"《新柳》〔蘭陵王〕和清真韵云："大堤直。荑柳和烟暈碧。蘼蕪路、青到幾程，金縷輕柔弄晴色。啼鵑戀故國。還識。章臺舊客。江亭暮、回望斷腸，牽得垂絲冒千尺。　　尋春恨無迹。但雨暗桃溪，風揚苔席。年年歸計先寒食。看落絮飛燕，暝陰嘶馬，離悰零亂記斷驛。倦程厭南北。　　惻惻，膩愁積。漫別酒筵虛，翠黛樓寂。韶華轉眼風流極。聽薄暮漁浦，釣篷飄笛。鷗波如畫，翠綫舞，帶露滴。"夢窗七寶樓臺，自古騰誚，然古芬披挹，固詞中之長吉體也。

一二　呂貞伯

德化呂傳元貞伯，吾友鹿笙之子也。姿年篤學，爲吾鄉後起之秀。《山居望月》〔解連環〕云："冷雲千結。嘆東風底事，蕩成浮碧。帶幾點濃暈眉峰，又流照怨蛾，乍窺天隙。縹緲瓊樓，有人倚斷歌瑤笛。整芳襟酒醒，料理閑情，總成愁憶。　　青鸞漫傳信息。悵吳天綺夢，拼忍輕擲。占一宵鏡裏清輝，忍負了尊邊，韈羅塵澀。拍損危闌，祇惱恨、玉簫人隔。倚殘更、亂山送影，霧鬟盡濕。"〔八聲甘州〕云："傍孤巒一角擁危樓，涓涓聽泉聲。信高寒難遣，安排杯酒，閑理塵襟。倦對琅玕幻影，蕩漾綺窗明。還惜蕭疏意，禁得沉吟。　　休恨天風吹渺，指畫螺缺處，萬叠雲生。更炊烟催暝，愁思滿青屏。剩遠峰低鬟橫翠，送半彎眉嫵忒多情。闌干畔，別懷千繞，蟾影輕盈。"〔鷓鴣天〕云："獨坐雲窗到五更。纏綿芳思夢難成。疏花幻影春難定，玉笛飄聲恨未平。　　消薄酒，勋孤吟，等閑惆悵過清明。愁深滄海寧能測，萬一姮娥證舊盟。"〔采桑子〕云："低鬟淺著春山面，拂拭嬌雲。幾種愁根。點檢釵梁認舊痕。　　梨花落盡闌干瘦，獨閉重門。容易黃昏，冷峭吟懷借酒溫。"〔鬲溪梅〕云："倚闌一晌斂輕顰。翠眉新。強整輕裳羅帶，蹋香塵。乍回婀娜身。　　落花風急嘆飄茵。鎮愁人。點檢芳時尊酒，莫因循。與君同惜春。”諸詞皆具天生吐屬，已能脫去凡近，而入詞人清麗之境也。

一三　葉退庵

番禺葉玉甫恭綽，亦號退庵，蘭臺先生之孫也。幼隨父仲鸞太守於南昌官所，與余爲總角交。年十六七即能詞，萍鄉文芸閣學士廷式極嘆賞之。芸閣詞宗蘇辛，玉甫嘗爲余言：“近代詞學辛者尚有之，能近蘇者惟芸閣一人耳。”余謂：“學辛得其豪放者易，得其穠麗者罕。蘇則純乎士大夫之吐屬，豪而不縱，是清麗，非徒穠麗也。”玉甫之詞，極近此派。《游勞山》〔渡江雲〕云：“連山青插海，畫屏九叠，嵐影亂雯華。萬松開紺宇，依約蓬萊，雲外幾人家。瀛洲咫尺，誰與剪、溟渤鯨牙。吼怒潮、馮夷如訴，清籟雜悲笳。　　堪嗟。齊烟氣黯，泰岱雲沉，送黃流日下。問幾時、神山重到，弄水看花。華嚴樓閣憑彈指，休悵恨、殘照西斜。歸路迴，源窮八月仙槎。”《題張紅薇女士百花卷》〔蘭陵王〕云：“慢春惜。一片花飛褪碧。金壺裏、依約返生，照海千紅閧裙屐。風流溯往日。誰識。鷗波妙墨。瑤臺路、撩亂衆芳，春燕秋鴻苦相憶。

空中本無色。甚海印生光，彈指成實。雲泥朝市渾如客。任丈室輕散，梵天微笑，華鬘回首幾過翼。好常住常寂。　　香國。夢曾覓。奈蕙炷霜清，蘿帳塵積。吟風泣露都無力。剩炫晝桃李，弄晴葵麥。青蕪如錦，顧恨影，粉淚漬。”《爲吳湖帆題所藏隋董美人墓志》〔疏影〕云：“武擔片石，認春心蜀道，鵑淚凝碧。瑤軫飄零，羽箭調疏（蜀王善製琴及弓箭。），剩此可憐殘墨。驚鴻怨寫陳思賦，合纂入梁臺專集（蜀王有文集）。勝雷塘十畝，荒阡，莫問玉鈎遺迹。　　堪嘆楊花委地，洛川餘墜羽，猶伴書客。鏡黛塵凝，砑草霜清，漫想舊時顏色。穠華朝露庸非福，恨少個阿雲同歷（阿雲太子勇之嬖妾。）。祇深情、刻骨難銷，短夢低徊今昔。”

一四　黃匍庵

閩縣黃公渚孝紓，亦號匍庵，著有《碧廬簃詩詞》，兼工駢散文，善繪畫。其詞懷抱珠玉，胎息騷雅，年力甚富，當進而頡頏叔問也。《夏夜枕上聞雨聲寄懷鹽弟用清真韵》〔玲瓏四犯〕云："淅瀝梧階黯。簌簌釭花，初吐丹艷。冷逼瓊樓，應損影娥豐臉。欹枕夜聽荒雞，試起舞，壯懷零亂。料曉來、時序都換。遮莫陸沉驚見。　夜深涼透紅蕤薦。鎮銷凝、舞蔥歌蒨。蕭蕭忍憶吳娘曲，啼泪傷心眼。怊恨剪燭舊情，剩數盡、銀虬殘點。縱夢魂歸去，愁一縷，風吹散。"《游拙政園》〔西河〕云："觴咏地。重來自異人世。危樓輕命倚。黃昏晚霞續霽。枯桑覆瓦雨聲乾，殘陽遙挂林際。　斷橋畔，空徙倚。盈盈愁鑒池水。蕭疏鬢影對西風，暗尋影事。寶珠閱世已陳芳，尋花還瀉清泪。　歌臺舞榭勝國寺。黯銷凝、何限羅綺。怕聽梵音淒厲，嘆龍華小刦，推排百計。愁入西廊秋聲裏。"《重游怡園》〔湘春夜月〕云："近重陽。曉楓初試明妝。屈指爛錦年華，輕換了悲涼。憔悴砌花相伴，剩數枝延蝶，猶弄孤芳。念天涯人去，尋春斷句，慵檢奚囊。　虛廊佇立，風荷自語，愁近昏黃。齊女門東，有舊日、盈盈蟾影，識我清狂。歌離吊夢，又笛聲、吹度高牆。恨望處。縱招携芳糈，也應不暖，心上秋霜。"〔南鄉子〕云："落葉下如潮，風雨連宵意已銷。何況重陽時節近，憑高。恨水顰山見六朝。　哀雁各長謠，歡計因循負酒瓢。心事昔騰殘照外，蕭蕭。留得寒蟬是柳條。"〔浣溪沙〕云："隔院風吹按曲聲。酴醾如雪撲簾旌。就花作達故生矜。　薄醉政能商美睡，苦吟兼可遣浮生。廿年心事對孤燈。"〔鷓鴣天〕云："聘月高樓炙玉笙。歡叢長記綉春亭。曲翻玉茗歌猶咽，尊倒銀蕉酒不停。　心上事，負多生。燭奴相伴泪縱橫。高丘終古哀無女，凄訴回風一往情。"

一五　諸貞長

　　山陰諸真長太守宗元，亦號大至，筆札雅馴，詩文淵懿。隨先世游幕江右，墳墓廬宅，均在南昌，等於占籍。其言語猶操吾鄉土音。與余爲三十餘年文字交游，聚首未嘗稍閑。去年春初，一病不起。其杭寓又於前數年被焚，遺著悉付一炬。頃友人爲搜集遺詩，得小詞數闋。生平自以不善倚聲，未嘗出以示余，而余亦不知其能詞也。《寒夜同儆廬市行》〔減字木蘭花〕其一云：“相忘形迹。落佩倒冠誰主客。不問鶯花。各挾奇書過酒家。　　年時蟬鬢。巷陌經行還強認。道遇驚鴻。洛浦微波謾許通。”其二云：“誰相踪迹。稷下夷門曾結客。老去看花。豈是公羊賣餅家。　　自憐華鬢，急就凡將差再認。甘作冥鴻，記取江流到海通。”其三云：“吟蓁苔迹。連騎到門無劍客。竹外梅花。行過西泠話故家。茶烟揚鬢，記取枯禪曾共認。去雁來鴻，任隔屏山夢不通。”其四云：“眼前陳迹。學得香山身是客。絮絮花花，莫笑春風在別家。　　朱顏青鬢，收拾童心非錯認。終勝盧鴻，往返山林尚自通。”《爲旭初題臺城一角畫扇》〔點絳唇〕云：“落日平蕪，江山坐老英雄氣。古人何意。防亂留都揭。　　漸熄笙歌，大小長干里。秋如此，問秋深矣，秋在臺城裏。”《寫抱仙峰夜游詩送笙伯行并賦》〔水調歌頭〕云：“過雨四山静，星半挂城頭。孤峰邀我吟眺，何必問更籌。催起一丸涼月，朗若照人冰雪，縹緲倚危樓。江影净如練，爲客送離愁。　　奈何許，衣帶水，阻輕舟。君偏乘興，明日作南游。莫唱渭城之曲，更憶山陰之棹，前事去悠悠。臨別語珍重，青鬢不禁秋。”諸詞亦疏宕可喜也。

一六　王半塘

　　臨桂王佑遐給諫鵬運，亦號半塘，又號鶩翁，罷官後主講維揚，光緒甲辰，客游蘇州，歿於拙政園。歸安朱古微侍郎祖謀爲刊《半塘定稿》於廣州，今所傳者惟此，乃其自定本也。其詞分甲、

乙、丙、丁、戊、己、庚、辛八稿，《定稿》選自乙稿始。余家惟
有丙稿《味梨集》，乃庚稿《庚子秋詞》《春蟄吟》單行本。其乙
稿之《袖墨集》《蟲秋集》，丁稿《鶩翁集》，戊稿《蜩知集》，己
稿《校夢龕集》，辛稿《南潛集》，皆未之見。頃姚君景之錄示
〔蕚山溪〕詞，係癸卯三月赴南昌望廬山作，蓋《南潛集》中詞，
定稿所未錄也。詞云："浪花飛雪，春到重湖晚。風壓舵樓，烟揚
船脣，乍舒還捲。漁樵分席，相與本無爭，閑狎取野鷗群，知我忘
機慣。　　看山欹枕，未算游情倦。九叠錦屏張，尚依約兒時心
眼。雲中五老，休笑白頭人，除一角晚峰青，何處尋真面。"此詞
亦至清健，而定稿不錄。其《味梨集》《春蟄吟》，爲定稿所屏弃
之詞，正自不少。足見去取雖出自作者，亦非無遺珠也。(案半塘老人
《校夢龕集》，彊邨先生留有鈔本，擬全部分載本刊。又半塘以不登甲榜，引爲大憾。故自編
詞集，獨缺甲稿。此言亦得之彊翁云。沐勛附識。)

一七　冒疚齋

　　如皋冒鶴亭同年廣生，亦號疚齋，巢民先生其二十世族祖也。
鶴亭最熟於明清間諸老遺事，其詞亦宗竹垞、迦陵，旨趨與余絕
異。尊前辨難，輒不相下。然每經一度商榷，轉益相親。其題余填
詞圖，用王通叟韵〔天香〕云："天水名公，金源作者，詞壇領袖
多少。砌寶樓臺，搓橙院落，此境幾人能到。偷聲減字，分與寸、
商量不了。秦柳幾爲世弃，姜張猶道家小。　　天公被他奪巧，正
江南亂鶯芳草。畫出軼倫髯也，扇巾談笑。一事爲君絕倒。都未
怕、尊前被花惱。依樣胡盧，迦陵也好。"蓋譏余不喜迦陵，而又
效迦陵所爲，而有此填詞圖也。此詞風致絕佳，置之迦陵集中，殆
不能辨。宋詞少游、耆卿、清真、白石，皆余所宗尚。夢窗過澀，
玉田稍滑，余不盡取。謂余弃秦、柳，小姜、張，則冤矣。頃復得
其近詞數闋，流麗清俊，如珠走盤。近人詞多極端趨向澀體，守律
過嚴，病在沉晦。此派固亦不可少者。〔江城梅花引〕云："自澆
杯酒自填詞。界烏絲。寫烏絲。寫到腸回氣蕩没人知。不信愁多人

易老，縱一夜，褪容光，減帶圍。　帶圍帶圍念前時。春已歸。花又飛。望也望也，望不見油壁車兒。今夕泪珠，瞞不過羅衣。惟有藥烟籠滿院，人病臥，冷清清，綉簾垂。"其二云："綉衾推了倚屏山。解連環。鎖連環。算是相思，長日不曾閑。生恐魯魚書不到，書到也，又愁他，損玉顏。　玉顏玉顏在長干。見也難，別也難。夢也夢也，夢不到樓下雕欄。又是燈昏，又是燈昏，又是五更寒。又是退紅簾子外，無賴月，照愁人，鬢成斑。"〔踏莎行〕云："月墮花初，夢回酒後。迢迢數盡長更漏。待抛前事不思量，無端心上來偏又。　道是緣慳，因何巧湊。眾中一見親如舊。幾番欲說又還休，問他持底償人瘦。"〔浣溪沙〕云："記得麻姑降蔡家。偶因眉語臉生霞。却將纖手綠橙誇。　幾陣落梧風颭颭，一條芳草路斜斜。這回望斷七香車。"〔摸魚子〕云："早安排、聽歌清泪，今宵添助愁賦。十郎薄幸三郎醉，一樣可憐兒女。離恨苦。渾不道、天涯即在門前路。錦屏寄語。便海樣黃金，韶華可惜，難買好春駐。　邯鄲道，富貴黃粱久悟。依然痴夢無據。相逢都道神仙好。畢竟道山何處。君且住。須換了輕容，衣薄妨多露。琵琶罷訴。又畫舫燈收，嚴城鼓急，缺月四更吐。"《荷花生日自後湖夜歸》〔虞美人〕云："馬蹄路滑行人静，忽漫心頭省。風裳水佩怪相招，忘却荷花生日是今朝。　近來情緒添潦倒，說與花知道。爲花推枕起填詞，未到曉鐘猶是不曾遲。"

一八　吳湖帆

吳縣吳湖帆萬亦號醜簃，愙齋中丞之孫也。工丹青，精鑒藏，其題咏畫幀，多爲集句詞，名曰《聯珠集》，余嘗序之，以元趙子昂、吳仲圭爲比，蓋皆畫家能詞者。頃年與聊詞社，兼爲畫友，得讀其集，其嚴格守律，仍能出之天然，洵詞家之上乘也。《題吳瞿安霜厓填詞圖次夢窗韵》〔高山流水〕云："謾吹玉笛倚西風，看尊前瓊樹青葱。塵世幾知音，空教送目飛鴻。留連處、唾碧吟紅。愁懷感，春思三源瀉峽，澹日房櫳。更凌雲氣概，獨酌萬花濃。

胸中，新詞乍填就，翻別調、換羽移宮。人海小，園林冷月，遍照香茸。問旗亭、賭句誰工。玉山倒，休論文章九命，食（去）粟千鍾。對懸厓淺醉，霜葉笑人慵。"《新柳次清真韵》〔蘭陵王〕云："曉烟直。嬌眼枝頭蘸碧。章臺畔、微綻淺黃，不比隋堤舊顏色。（應是雙曳頭，不知公謂何如？）春深記上國。應識。南都送客。拋紅淚、攀盡萬條，難織離情恨盈尺。　　風流語陳迹。羨老監書壇，京兆眉席。當門蘇小慵眠食。思夾岸花麗，憑闌人損，青驄何處繫畫驛。竚官路南北。　　寒惻。故愁積。正蜨舞猶稀，鶯囀還寂。樓頭宛轉魂消極。況白下輕舸，渭城長笛。清明時近，怕細雨，夜夜滴。"《過淮張故宮》〔六州歌頭〕云："齊雲夜燼，春夢醒倉皇。當年事，孤城上，戰雲黃。麗娃鄉。烟鎖吳宮樹，試重認，淘沙骨，悲壯士，埋香冢，泣紅妝。玉管吹花，北郭青山外，虹月橋長。聽哀鵑啼血，燕子說尋常。衰草干將。水滄浪。　　記隆安劍，七姬悅，鬢眉氣，愧潘郎。嗟建業，南朝恨，共齊梁。且思量。鐙火秋宵裏，尚然遍，九衢香。天定數，非人力，孰彭殤。

一（去）例銷沉今古，都拼付、細雨斜陽。任苔華碎影，淒點舊宮牆。枉斷人腸。"《題葉玉甫遐庵夢憶圖》〔華胥引〕云："穠華朝露，今昔低回，怨懷似說。畫角黃昏，青等黯淡愁萬叠。憶到斜日西山，付野烟微抹。寒食東風，斷腸芳草啼鴃。　　花外魂歸，問離情甚時淒切。小簾搖曳，驚聽敲窗亂葉。可許今宵重夢，剩半弓殘月。偷理相思，鳳箋和淚盈篋。"

一九　夏瞿禪

永嘉夏瞿禪承燾，深於詞學，考據精審，著有《白石道人歌曲旁譜考證》《白石歌曲旁譜辨》。其詞穠麗密緻，符合軌則，蓋浙中後起之秀也。《秦望山》〔水龍吟〕云："亂鶯換了春聲，客愁漸怕危闌憑。垂楊西北，千紅一瞬，啼鵑怎聽。渡海哀笳，過江吟卷，還同高咏。念羚蝛自忍，看天淚眼，年年向，尊前醒。　　下界浮雲無定。當張筵、昆侖絕頂。滄洲回望，扇塵乍斂，頹陽易暝。烟艇呼漚，水樓傳蓋，且遲清興。恐江城入暮，魚龍風惡，又寒潮打。"《桐廬作》〔浪淘沙〕云："萬象挂空明。秋欲三更。短篷搖夢過江城。可惜層樓無鐵笛，負我詩成。　杯酒勸長星，高咏誰聽。此間無地著浮名。一雁不飛鐘未動，祇有灘聲。"二詞皆絕去凡響，足以表見其襟概。

二〇　張次珊

張次珊通參歿後，其乙巳以後詞，遂散逸不知所往。余前記其《花步餞春》〔一萼紅〕一闋，頃又於故紙堆中檢得《咏水仙花依清真韵》〔解連環〕一闋，詞云："寸波難托，散湘雲萬叠，蕩愁天邈。耐夜久燈影羞偎，漸寒沁斷簪，弄妝鉛薄。鳳譜漂零，任輸與玉奴弦索。漾春容片玉，比似素娥，祇欠靈藥。　孤芳歲寒自若，閉重門夢醒，香褪闌角。便換得明日東風，忍一縷冰魂，爲伊消却。顧影清漪，淡蹙損雙彎眉萼。悔多情珮環誤解，泪花碎落。"

二一　劉麟生

廬江劉錫之觀察體藩，文莊公仲良制軍之姪，勤學篤志，辛亥後弃官僑寓海上，以吟咏自娛。五言工煉，得謝、鮑之清新。曩於海藏席上，屢屢見之，昨年過從遂密。一日，在陳鶴柴席上，識其郎君麟生宣閣，出小詞見示，至爲清婉。頃復寄贈所選《詞絜》，序例力主修詞自然，可稱辯通曉術。《玄武湖》〔滿庭芳〕云："碎影橫波，幽香拂晚，夢回幾度游車。醉欹湖艇，人語暮烟斜。亂入芙蕖陣裏，凉飔過時閙新蛙。深沉夜，輕橈競泛，知傍阿誰家。　歸來栖海國，舊時芳思，不到天涯。想牽裳翠蓋，仍舞年華。惜取無塵玉宇，怕片時還被雲遮。相將去，一枝蘸水，留作玉壺花。"斷句如《桐江歸舟浣》〔溪沙云〕："一曲桐江一曲秋。扁舟一掠似輕鷗。一山過去一山浮。"連用五一字，却不失於輕滑也。

二二　易實甫

漢壽易實甫觀察順鼎，文思泉湧，下筆驚人。晚年潦倒故都，有"江淹才盡"之嘆。江夏樊樊山曾目爲六十歲神童，以相譏諷。樊山文詞艷冶，至老猶然。一時同輩，因亦目爲八十歲美女，以爲對値。然實甫詩詞，多可傳之作，文品實較樊山爲高。歿後，寧鄉程子大太守頌萬，將爲刊行遺集，未果而子大遽歿。其生前自刊詩詞，傳本絕稀，亦文人之厄運也。余篋中有其手書《和蒦碧用清真韵》〔還京樂〕一関，詞云："故人老，太息詩筒酒檻誰料理。恁怨長輕絕，登高望遠，疏麻還費。正素波無際。秋風啼鴂芳蘭委。笑廿載還未，灑盡少年時泪。　　舊時花底。有吹笙儔侶，而今綠鬢絲絲，禪榻況味。都拼艷骨埋香，把春光盡付桃李。祇安排斷井頹垣，殘山剩水。爲語南飛翼，穿雲先説顱頜。"

二三　陳瞿庵

長沙陳伯平中丞啓泰，亦號瞿庵，工填詞。往年於其婿徐紹周楨立齋中，見遺詞一卷，爲幕客肅寧劉潤琴殿撰，春霖所楷寫，紹周携以歸湘，惜未及轉錄數関。余入蘇撫部幕，爲中丞所辟。時中丞已臥病，未嘗執詞爲摯也。初中丞首賦枇杷詞，歸安朱古微侍郎祖謀，及叔問舍人、次珊通參、伯弢太令皆有和作，余獨無以繼聲。及中丞下世，古微侍郎賦〔華胥引〕詞，題爲"重午感舊"，伯弢與余同賦，蓋皆追悼中丞之作也。古微詞云："新苔凝磶，閑雀窺幃，澡蘭舊節。畫鼓聲沉，燎鑪燼短愁篆結。不信鄰笛驚風，助曉吟凄咽。牆角雙榴，褪紅還上裙褶。　　梅雨江南，送離魂怨流菰菜。楚雲章句，沉沉秋心半篋。婉晚歸帆何處，恨路長波闊。呵壁荒唐，酹觴清些誰答。"伯弢詞云："香蒲搖浪，斑竹鳴風，暗驚佳節。亂笛吳城，輕帆楚水歸路絕。獨有高閣清尊，對井梧傷別。頭白賓僚，向來恩怨能説。　　重過西州，歡轔轔素車催發。錦箋題句，而今塵封半篋。黯黮騷魂招未，指帝鄉披髮。多謝巫陽，大江和淚闊。”余詞云：“蒲更荒佩，榴蘼愁巾，舊情芳節。水驛鳴箛，風帆載旐吳岸折。便有菰米投江，信卧虬難憺。朱索何功，繭機門巷聲輟。　炊黍光陰，念知音素琴先篋。歲寒堂榭，惟有淒涼館月。欲起沉魂魚腹，奈楚蘭香歇。爲語靈修，悼騷才思今絕。”此詞以初作未工，集中不存。因檢舊稿修改，他日補刊，以志知遇之感。

二四　黃秋岳

閩縣黃秋岳濬，記問淵博，詩文功力甚深，與長樂梁衆異鴻志齊名。惟素不作詞，閩縣林子有葆恒輯刊閩詞，得衆異幼作數闋，秋岳則付闕如。余頃得其詞二闋，蓋近日始爲之也。《題林子有填詞圖用梅溪韵》〔秋霽〕一闋云：“録夢華胥，嘆瓦子春聲，頓換秋色。龍漢灰飛，鳳巢痕掃，才人枉費心力。欲行又息。緝茆祇照淞波碧。念故國。誰道杏梁，雙燕識歸客。　瞑想海雨，歲晚飄風，竹窗冥冥，環佩搖寂。甚沉吟箋愁蠹紙，看天惟見種榆白。老我羽商慵記得。最斷腸處，日夜點鬢吳霜，竄身江渚，斂魂山驛。”《金陵秋雪和清真韵》〔氏州第一〕云：“殘堠生寒，江墅澹晚，鍾山氣勢都小。不卷簾旌，頻呵硯滴，檐角烟痕縹緲。生白虛庭，便算是冰蟾睬照。一樣淒清，三春漏泄，鬢邊人老。　倦旅花悰和睡少。祇贏取路迢情繞。昨夜熏篝，明朝翠袖，損玉人懷抱。想樓中欹枕熟，相思夢梨渦印笑。那得歸來，共闌干層瓊映曉。”二詞意味蘊藉，出手即迴不猶人。可證倚聲一道，不必專在詞中致力也。

二五　趙叔雍

武進趙叔雍尊岳，學詞於臨桂況夔笙舍人周頤，著有《珍重閣詞》。夔笙論詞尤工，所著《蕙風詞話》，精到處透過數層，宜叔雍能傳其衣鉢。《秋泛西溪謁樊榭故宅》〔一萼紅〕云：“瞑烟空，帶寒鴉三兩，雲意淡遥峰。絲釣風微，椿移水淺，倦艓空訴游踪。頹垣一角，今古意、寥落村支公。老柳無陰，夕陽如夢，消領疏鐘。　　無復烏絲紅袖，剩清商鄰笛，憔悴吳儂。鳳紙題殘，翠奩塵掩，白月依舊簾櫳。甚寒蘆能禁秋恨，恨韶華一霎怨霜鴻。依約紅簫淒怨，縈損垂虹。”〔浣溪沙〕其一云：“馬上牆頭未易酬。傾城容易一凝眸。柳花風裏捲簾鉤。　　皓腕不勝金斗重，瑶房肯爲玉清留。新來王粲怕登樓。”其二云：“夢窄春寬夜漸深。流蘇向曉薄寒侵。一回腸斷一同心。　　紅雨畫屏應不落，游絲冒户怕成陰。眉低醹醁不成斟。”其三云：“付與明眸皓齒人。琅玕繡段十分春。柔花風骨玉精神。　　椒壁香泥紛彔曲，桂堂殘燭黯星辰。那回魂夢最清新。”其四云：“水馹春回未有期。夢中不合種相思。屏山花路夜燈迷。　　絮閣玉鑪慳篆縷，繞堤金勒誤游絲。鳳笙消息早參差。”

二六　陳蒙庵

潮陽陳蒙庵運彰，夔笙舍人之弟子也，著有《紉芳簃詞》三卷。頃見其近詞數闋，造詣益進。〔徵招〕云：“芳塵不度凌波遠，天涯萬重雲水。怨曲倩誰招，送濃春羅綺。玉箏慵自理。更消得曲瓊聲脆。俊約難忘，一襟離思，此時猶是。　　迢遞數歸鴻，憑分付、偷將翠綃封淚。婉轉説相思，竚雲階月地。玉容明鏡裏。祇花也替人顦顇。水熏静、寂寞良宵，問夢中情味。”〔鬲溪梅令〕云：“倦看蜂蝶殢牆東，數番風。莫問群芳消息有無中。落花空復紅。　　別情難遣總愁儂。怕歸鴻。萬一書來辛苦説初逢。夢魂禁不通。”〔浪淘沙〕云：“點點與行行。征雁回翔。秋心不共遠天長。隨分高樓拼一醉，莫滯愁鄉。　　籬菊獨凌霜，諳盡新凉。相思西北暮雲黄。無雨無風蕭瑟甚，催近重陽。”

二七　張孟劬

嘉興張孟劬太守爾田，績學之士也。著述甚富。曩同需次在吳中，與漚尹侍郎、叔問舍人，過從尤密。辛亥後，閉門不出，其品學皆非予所能及也。所著《遯庵樂府》，漚尹爲刊之《滄海遺音》中。余篋中有其詞數闋，爲尚未見於《遯庵樂府》者，亟錄於此。《爲友人題盆柏圖》〔木蘭花慢〕云："壁間髯翠滴，花浪起，皴鱗生。看霧盎盤虬，月尊酬鶴，慘澹經營。龍孫。古來神物，問九朝曾見泰階平。玉立蒼然不改，歲寒與汝同盟。　　荒荆。三徑似淵明。風露冷中庭。要著意栽培，笴霜苦節，菊水頹齡。凌霄錦官城外，把蓬萊移在素雲屏。莫笑燕榆晚景，須知江桂冬榮。"〔更漏子〕云："翠鸞篦，鈿雀扇。巧笑星前誰見。檀注薄，桂膏濃。燈花不斷紅。　　意先投，腸已亂。寫得山盟一半。樓上月，五更鐘。行雲似夢空。"〔小重山令〕云："纔説歸期未是期。車輪生四角，又天涯。春風青鬢染成絲。長安道，誰榜北山移。　　人共鳥爭飛。樹頭紅日影，赫如旗。問君何事獨栖栖。江湖手，輸與白鷗知。"〔鷓鴣天〕云："苦恨佳期説斷腸。未應怊悵抵清狂。蓮舒玉艷匀新彩，梅壓鬟雲惱薄妝。　　歡夜短，怨年長。半衾閑畫兩鴛鴦。羅衣歸後從教着，多恐經時減舊香。"

二八　楊梓勤

　　遼陽楊鍾羲太守梓勤，亦字留垞，爲八旗知名士。端忠愍督兩江時，梓勤知江寧府。生平訥於語言，然所著《雪橋詩話》凡四續，共四十卷。近代爲詩話，未有過之者，筆談固甚豪也。梓勤胸次博雅，尤熟於一代掌故，詩詞均臻上品。《和約庵》〔東風第一枝〕云："朝雨欺寒，夕陰催暝，東風猶勒新暖。盡教閑爇香篝，閣住春衫針綫。一年花事，拼遲放幾枝蘭箭。初不道社鼓楓林，容易日斜人散。　　愁似水并刀難剪，酒如瀉提壺休勸。是誰斷送年華，相與急催弦管。重衾醉擁，祇惆悵銅輿夢遠。那堪向易主樓臺，又見定巢語燕。"〔浪淘沙慢〕云："爲春瘦，琴絲倦理，胠管慵炙。鎮日沉陰似墨，東風向晚更劣。正目斷青門芳草隔，惜春意閑裏虛擲。看穠李緋桃自開落，風情黯非昔。　　凄寂，舊時燕子曾識。問畫棟雕梁營巢處，此日誰主客。空銜盡香泥，痕掃無迹。簾鈎絮徹。當亞闌遍倚落花時節。　　原自無心江頭檝，輕抛却海天霽月。能幾日棠梨飛作雪。但追恨、種柳陶桓勤攬結，漫天成就春雲熱。"

二九　胡栗長

山陰胡栗長大令穎之，生長江右，余三十年前之舊交也。篤學敦行，工爲詩詞。嘗賦全韵詩，依佩文韵，每韵一篇，真能人所不能矣。《賦白藤花糕用碧山韵》〔天香〕云："霜蘸餹餳，雪飛糗粉，晶盤膩滑如水。碧異淘槐，赤殊脯棗，盡許試題糕字。舊京樣巧，細鏤琢還勞玉指。也比餐英飲露，長留齒牙香氣。　　幾曾伴茶助醉，映銀蟾架高花碎。想見内厨蒸裛，炭鑪紅閟，休問豐湖菜美。可敵得蒓羹舊風味，鼓腹歸眠，熏籠綉被。"此亦落落大方，不失之纖巧也。

三〇　龍榆生

萬載龍榆生沐勛，吾鄉後起之秀也。父蛻庵先生，與家兄達齋同年鄉舉。榆生初持其師閩縣陳石遺書來晤，坐談之頃，驚其俊才篤學，予曾賦《豫章行》贈之。朱彊尹亦深相契賞，以校詞雙硯相授，期以傳衣鉢也。予復爲作《上彊邨授硯圖》。彊尹臨没，以遺稿整理梓行爲托。今《彊邨遺書》，皆榆生一手任校讎之役。爾年詞學大進，所作已超出流輩。榆生於彊尹雖未有師弟之名，殆如後山瓣香南豐，亦親炙，亦私淑也。《癸酉清明過錢武肅祠》〔陌上花〕云："丹青遺廟，依然清供，舊時歌管。信美湖烟，消得故王心眼。緑蕪遮斷長堤路、待看翠輧歸緩。羡雙飛蛺蝶，困人天氣，薄寒輕暖。　　保江山何有，三千勁弩，逆射狂潮東竄。可奈豪情，未抵草薰風軟。陌頭又見花争發，添了幾重公案。悵魚龍浪起，斜陽一角，逝魂寧返。"《虎丘送春和清真》〔掃花游〕云："杜鵑迸血，悵蔽野飛紅，引人凄楚。蕩愁萬縷。正倡條怨碧，絮酣蝶舞。夢繞荒丘，數點啼春細雨。信驢去，理落拓舊狂，鞭影知處。　芳意能幾許。縱半面關情，總迷征路。黛痕映姐。問蛛絲巧絡，可傳心素。望極平蕪，漸怯蘭成調苦。少延竚。滿池塘競喧蛙鼓。”《聞汪袞甫下世傷逝》〔木蘭花慢〕云：“未辦埋憂地，愴身世，戀斜陽。算抗疏功名，籌邊帷幄，幾費周章。滄桑。須臾變景，待彎弓誰與射天狼。萬里星槎浩渺，五更塵夢凄凉。

徜徉。去國總情傷，調苦賞音亡。縱湖山信美，琴書自樂，滿鬢清霜。倉皇。海東雲起，話草玄心事劇荒唐。回首河山易色，可能一瞑同忘。”《元夕薄醉拈東坡句為起調》〔水調歌頭〕云：“明月幾時有，大地見光華。笙歌花市如晝，是處殷凄笳。下界漫漫長夜。烈烈霜風飄瓦。眯眼避塵沙。一樣團欒意，要使被荒遐。衆星隱，碧天净，浩無涯。本來圓缺隨分，後夜莫驚嗟。今夕一輪高挂。照影江山似畫。剩欲醉流霞。更冀清光滿，休放暮雲遮。”《以新刊彊邨遺書寄精衛并媵二詞》〔減字木蘭花〕云：“平生風義，忍見蕭條人換世。文字因緣，將取騷心到這邊。　高歌老矣，嶺表少年天下士。相忘江湖，舊夢迢迢泪眼枯。”“哀時詞賦。怒髮衝冠寧有補。惆悵憑闌。烟柳斜陽帶醉看。　謝公再起。知為蒼生霖雨計。直北關山。魂夢飛揚路險難。”

三一　林子有

閩縣林子有提學葆恒，亦字訒庵，文直公之子，沉潛書史，尤耽倚聲。在天津時，招集朋輩作詞社，疊為賡和。邇年來滬，復創漚社，為社中祭酒。己巳人日栖白廎宴集〔玉燭新〕云：“水生挑菜渚（東坡人日句。）。問欲寄題詩，草堂何處。舊時倦旅，迎年後、第一良宵尊姐。春生杖屨，有謝傅襟期颺舉（是夕螺江太傅在堂。）。看四座文采風流，應占德星同聚。　觴餘試袚清愁，更拂墨分題，限香拈句。日華共賦。高吟罷、仿佛霓裳重譜。春幡漫舞。且點綴鄉風荊楚。恁客夢飄落梅邊，詩情更苦。”《豐臺芍藥》〔憶舊游〕云：“看金壺細葉，醉露欹紅，無限芳菲。想阿錢仙去，剩香魂縹緲，幻作將離。日暄墜鬒慵整，遲暮怨斜暉。悵繭栗春酣，揚州路遠，衰鬢成絲。　　逶迤。草橋外，記萬艷翻階，一往尋詩。廿載滄桑恨，問馮莊花寺，強半烟霏。夢痕尚留婺尾，憔悴弄芳姿。嘆洧水風流，空餘贈譴逾往時。"《六月三日與調伯芷升立之重游八里臺》〔點絳唇〕云："打槳重來，繫船柳岸渾忘暑。斷霞明處，閣住黃昏雨。　　紺屋千荷，欲住何緣住。吳窰路，載花歸去，新月林間露。"其二云："落魄江湖，浪游載酒忘寒暑。芰荷深處，舊雨兼新雨。　　根觸前塵，十載京華住。金鼇路，料應重去，泪泫銅仙露。"〔清平樂〕云："蕉廊凉話，好個初三夜。新月窺人渾欲下，一抹眉痕難畫。　　地鑪試熱松明，晚風聽取瓶笙。拾得池蓮墮瓣，趁他魚眼初生。"諸詞皆清聲逸響，饒有韵味。

三二　梁衆異

前記黃秋岳詞，以不得衆異詞為憾。頃見其為《林訒庵題填詞圖》〔祝英臺近〕一闋。詞云："御鑪香，宮柳碧，塵影怕重記。倦旅江南，凄悄少歡意。斷腸廢綠東風，頹陽故國，算贏取酒愁化泪。　　漫凝睇。祇待小閣尋眠，生憎夢牽繫。傳恨空中，無言更憔悴。可憐年少承平，春人俱老，誰會得一襟幽事。"衆異自謂三十年不填詞，頃為訒庵堅索，勉應其請。此詞固不異老手也。予曾在《閩詞鈔》見其數闋，蓋少年所作。

三三　李釋戡

閩縣李釋戡宣倜，拔可同年之從弟也。次玉年伯著有《雙辛夷樓詞》，拔可妹樨清女士著有《花影吹笙室詞》，皆早逝。釋戡父畬曾丈則工為詩。一門詞翰，輝映後先。予以文字因緣，獲交群從。曾為樨清女士《題花影吹笙室填詞圖》〔浣溪沙〕云："鶯舌吹花欲滿枝。遺聲伊鬱影參差。工如秋水衍波詞。　　能誦清芬分父集，戲翻樂句譜兄詩。斷魂長繞柘岡西。"其二云："嚼徵含宮燭畔人。細調玉琯奏蕤賓。颯然秋上兩眉顰。　　須曼花中聊示相，芭蕉林裏自觀身。縶匏誰解雅簧溫。"二詞蓋紀實也。釋戡善爲今曲，名伶梅蘭芳所歌〔天女散花曲〕，乃釋戡所作。予曾爲作《握蘭簪裁曲圖》。頃得其《歲暮和方回》〔青玉案〕詞一闋，固極工致。詞云："荒陂渺渺青溪路。又迤邐，鍾山去。回首星霜三十度。畫橋朱舫，綉樓金户，都是銷魂處。　蘭釭不管年芳暮，伴著江南斷腸句。舊夢東華寒幾許。凍雲裁玉，亂霙搓絮，那似愁人雨。"又《滬西春晚同韜園秋岳》〔蝶戀花〕云："馳道輕車爭短吹。掠袂飄風，送我投深翠。一邐斜牆緣淺水。秋千架靜藤蘿墜。　細草連茵松偃蓋。醉靨蠻楓，嬌似垂髫妹。可惜高樓人午睡，等閑閑却春滋味。"《雙辛夷樓詞》《花影吹笙室詞》有合刊本。其〔蝶戀花〕有云："一夕凉飆辭舊暑。颯颯牆蕉，恐是秋來路。"爲樨清女士詞中名句，當時傳誦，稱之爲"李牆蕉"云。

三四　左幼聯

予繼室左淑人，諱又宜，字幼聯，湘陰太傅文襄公之女孫，子建府君之長女也。文襄娶於湘潭周氏，諱詒端，字筠心。母王氏，能詩。文襄爲刊《慈雲閣詩鈔》，序稱之爲慈雲老人。《慈雲閣詩鈔者》，彙刊慈雲老人以下諸女子所著詩也。慈雲老人詩，僅存四十篇，冠其首。《飾性齋遺稿》，筠心夫人著。《静一齋詩草》，筠心夫人妹歸張氏茹馨夫人著。《冷香齋詩草》，筠心夫人侄女歸徐氏德媗夫人著。《小石屋詩草》，歸陶氏慎娟夫人著。《綺蘭室詩草》，静齋女士著。《瓊華閣詩草》，歸黎氏湘娖夫人著。《淡如遺詩》，歸周氏少華夫人著。皆文襄女。《静一》《冷香》二稿，則附以詞，乃閨襜中之聯珠集也。淑人能詩詞，蓋承諸家學。嘗賦〔漁父詞〕戲予，調寄〔漁家傲〕。詞云："漁父生涯眠起早，空江一棹蒼蒼曉。汀岸蒙茸新長草。行處好，嘯聲驚起回環島。　年少烟波鷗鷺渺。五湖倏忽扁舟老。酹酒鳴榔天一笑。龜也釣，醉餘不畏蛟龍惱。"予答以〔漁婦詞〕云："漁婦柳陰炊飯早。一輪赤日滄浪曉。雙槳撥開汀岸草。沙際好，榜歌驚起鴛鴦鳥。　四顧茫茫天渺渺。航頭航尾烟波老。蓬髮不梳君莫笑。終日釣，澄江何處容煩惱。"今淑人歿已二十三年矣。江湖滿地，無釣游所，徒有前塵影事，未能忘情耳。

三五　皮鹿門

善化皮鹿門師錫瑞，爲清代殿後經師。予受業於門下，凡十年，所得問學門徑，皆師所授。師亦爲先君子門下士。其主講江西經訓書院，偶亦課生徒以詞。師著有《師伏堂集》，凡文四卷，詩六卷，咏史詩一卷，詞一卷。集中有和予《秋感》〔沁園春〕云："風景如斯，臨水登山，豈不快哉。問騷人何意，先悲九辨，靈均已死，尚鬱孤懷。蟀語西堂，波飛北渚，都付秋墳鬼唱哀。涼聲起，又窗鳴破紙，葉打空階。　　堪嗟堪矣吾衰。覺白日堂堂不再來。料封侯無分，虎頭將老，干霄有氣，龍劍猶埋。鏡裏清霜，燈前細雨，放眼誰爲天下才。君知否，正三壺盈尺，東海如杯。"又和予《藕絲》〔齊天樂〕云："珠盤瀉露難穿綫，纖纖弱縷清絶。欲斷還連，將縈又拂，正好納涼時節。佳人手折。趁落日輕風，自調冰雪。玉腕玲瓏，瓊枝相比更瑩潔。　　璇宮瑶杼未歇。問支機石贈，心向誰結。蠶室春愁，鮫人夜笑，縱倚并刀難截。相思漫說。有萬種纏綿，莫教輕泄。一點靈犀，恐秋來更熱。"予二詞皆在書院應試之作，今稿不存矣。師又有和宋人咏物詞四闋，今集中祇存〔齊天樂〕《賦蟬》一闋。《賦白蓮》〔水龍吟〕云："冰肌何太清涼，玉妃驚破紅塵夢。凌波微步，凝脂洗出，五銖衣重。無情有憾，風清月曉，靈根誰種。似蛾眉淡掃，鄰娃著粉，欲窺見，牆東宋。　　西子苦心暗捧，望天邊菱歌聲動。瑶池宴罷，龍舟回棹，澹香遥送。群仙歸去，蓬蓬雲起，都騎白鳳。笑六郎空倚朱顏，恐辜負，當時寵。"《賦蒓》〔摸魚兒〕云："似田田玉池荷葉，纖痕湖上初裛。高人最惜江鄉味，莫待絲絲秋老。芳信早。同玉膾金齏，俊物宜新茗。水雲夢渺。正翠滑流匙，香清試剪，點點映紅蓼。　　流年易，僂指西風又到。吳淞一箸堪飽。眼前杯滿名身後，作計誰愚誰巧。君莫笑。看士衡入洛，也說蒓羹好。華亭鶴叫。趁冰涎可采，何如歸去，海上狎鷗鳥。"《咏蟹》〔桂枝香〕云："霜肥稻熟，正新酒菊天，纔病都解。好是盈筐綠走，登盤黃賽。持螯豈免庖厨憾，奈尊前未忘狂態。秋風盼到，拍浮船裹，寄懷塵外。　　嘆一蟹何如一蟹。看腹本無腸，身還著介。漫倚干戈甲胄，橫行江海。聊將冷眼閑觀汝，恐彭王晚逢菹醢，一星幽火，請君入瓮，難逃紅背。"又和予《感事》〔摸魚兒〕云："問今番海枯石爛，長江天塹何恃。神州赤縣崢嶸甚，愁帶腥膻之氣。君試覷。有碧眼波斯，日夜耽耽視。脂膏盡矣。似軀殼空存，精華坐槁，護疾且醫忌。　　縱橫處，都是蜃樓海市。一方乾净無地。牽牛借得錢千萬，十二樓臺重起。知甚意。便閫奧門庭，一概容窺伺。鮫人潸泪。正大内笙歌，旁觀痛哭，榻側許酣睡。"又有《贈文道希學士》〔念奴嬌〕詞，集中亦不載，蓋甲辰刊集時删弃之矣。道希答詞云："十三年事，以波流電激，不堪重攬。幾度京華聯客袂，幾度江鄉清讌。虎觀談經，麟臺奏賦，之子瀟湘彦。枯桑海水，近來添入詩卷。　　呼酒重話離情，檐花糝席，細雨孤鴻遠。君自有琴彈不得，清廟明堂三嘆。巾卷充街，金絲在壁，未信功名晚。幽蘭花發，風鳥特地徐轉。"師所著有《尚書大傳疏證》《今文尚書疏證》《孝經鄭注疏證》《易經通論》《書經通論》《詩經通論》《三禮通論》《春秋通論》《春秋講義》《經學歷史》《王制箋》《古文尚書冤詞平義》《聖證論補評》《六藝論疏證》《魯禮禘祫義疏證》《尚書中候疏證》《鄭志疏證》《鄭記考證》《漢碑引經考》《漢碑引緯考》《師伏堂筆記》。平生精力，用於説經，詩詞特其餘事耳。

三六　蒯禮卿

合肥蒯禮卿京卿光典，著有《金粟齋遺集》。嚮同官金陵時，以所作詩餘見示，予篋中嘗留其所寫詞箋數紙。辛亥蘇寓被竊，亡書數篋，零縑片楮，多隨之散失。今集中祇存詞四闋，其〔青玉案〕三闋，似曾見其二。其一云："王孫芳草生無數。漸綠遍，長干路。春色匆匆愁裏度。幾番風雨，幾番晴霽，又早遙山暮。

　　青鞋不怕春泥污。紅藥重教曲闌護。細數落花成獨步。自緣山野，不堪廊廟，不是文章誤。”其二云：“鶯聲留我看山久。臨去也，重回首。雖是春光隨處有。暖風輕霧，淡烟疏雨，都在江邊柳。　　　自知不是經綸手，無意封侯印如斗。行樂何須金谷友。祇消尋個，典衣伴侶，同醉金陵酒。”其三云：“五更風雨花如霰，問春在，誰庭院。報導春光浮水面。一雙鸂鶒，數莖芹藻，無數桃花片。　　　武陵溪上東風怨，空趁漁郎再尋便。拋弃已同秋後燕。那知別後，飄飄蕩蕩，這裏重相見。”此第三闋後三句，固非佳語。余友汪允中曾寫以示予，謂爲己作，疑非禮卿之詞也。

三七　楊鐵夫

　　香山楊鐵夫玉銜，吳興林鐵錚鷗翔，皆漚尹侍郎之弟子。鐵夫著有《抱香室詞》，鐵錚著有《半櫻詞》，造詣皆極精深，力避凡近。鐵夫《和彊邨韵》〔倦尋芳〕云：“檐陰閣雨，檐隙梳烟庭户初晚。繞樹歸鴉，戢戢欲栖還散。西崦斜陽鶗鴂苦，東風殘信蘼蕪怨。黯天涯、自王孫去後，帶將春遠。　　　恨阻隔相思官路，望眼周遮，圖畫屏展。蕲簟縈親，轉瞬便疏紈扇。湖酒酲嫌紅日薄，榆錢買費青山賤。夢長安、又叢鐘聲聲敲斷。”《戊辰除夕和夢窗韵》〔雙雙燕〕云：“詩魂酒債，正檢點年涯，沉沉庭户。海檀自熱，翠縷拂簾千度。鄰舍笙歌博簺，醉譁在紅樓深處。蕭然四壁琴書，影被青燈留住。　　　慵舉，依梁倦羽。芳訊報初番，試花風雨。迎春燈火，一任九衢歌舞。剩得痴呆意緒。待持向東君分訴。開鏡興闌，懶聽街頭人語。”鐵錚《寄費恕皆用夢窗韵》〔霜花腴〕云：“避烟瘦鶴，傍野梅清癯，倦倚塵冠。人淡於秋，客貧非病，瑤臺夢也通難。帶圍眼寬。拼壯心消得尊前。報花開又閲紅桑，夜窗風雨伴高寒。　　　仙曲世間誰記，算鷗巢一瞬，芘共寒蟬。樓閣蓬萊，滄洲身世，清商迸入吟牋。去來畫船。有舊時蟾素娟娟。傲霜姿笑比黃花，晚楓同耐看。”《度西湖泛舟憩倚虹園》〔清平樂〕

云：“蘭橈去後，人立河橋久。金粉飄零湖亦瘦，花比夕陽紅否。

爭如江水多愁，長堤楊柳絲柔。怕有簫聲飛到，玉人何處高樓。”

三八　楊昀谷

新建楊昀谷增犖，與予姪承慶同丁酉鄉舉，詩境在誠齋、放翁間，托意高夐。頃年寓居津沽，貧病交集，竟以客死，甚可哀念。庚子秋有贈予〔孤鸞〕詞一闋。詞云：“補天無石。看恨鎖雲紅，愁凝烟碧。咄咄媧皇，苦費千山尋覓。而今更無尋處，祇孤鴻悶依斜日。自向空中寫怨，是怎生消得。　嘆一絲殘夢不堪摘。待帝網重開，天花四出。欲闖三千界，奈此身無翼。算來六塵影子，但有緣總歸荒澀。認取圓圓果海，記維摩如昔。”昀谷素不作詞，此殆平生僅有。是時予前室陳淑人逝世，蓋寫此以相慰唁也。

三九　胡研孫

成都胡長木延，亦字研孫，光緒間，官江安糧儲道，著有《苾芻館詞》。蜀中多詞人，予所識者，此其一也。《用美成韻》〔花犯〕云：“笑頻年浮江泛海，飄零太無味。華旒高綴。愁一載長安，孤負佳麗。竭來孅向晴窗倚，芻泥浪報喜。但鎮日翠籌相對，黃紬長擁被。　羅幛小開罵春風，輕輕拂翠鬟，教人憔悴。齊著力、催花放，還催花墜。恁高處、偶吟秀句。都沒入、蒼烟殘照裏。問何時、一瓢容我，箕山同飲水。”《江皋送客用葉夢得韻》〔竹馬兒〕云：“送君去，門前驪駒小駐，彎絲輕挽。正朝霞映閣，殘月依樹，晴光迷巘。此別重會何年，匆匆一語，眼前人遠。分手獨歸來，剩熒熒殘泪，偷拋階蘚。　五月蕉花瘴，干戈滿地，鷓鴣啼晚。綸巾渡滬都嬾。愁向楓根炊飯。且喜老屋江邊，釣魚招隱，風月吾能辦。羊裘況在，有仙娥相伴。”吾友陳伯夔評其詞，標格在梅溪、玉田之間，往往風流自賞。此語甚當。

四〇　趙堯生

榮縣趙堯生侍御熙，壬子來滬，寓於龍華。予因楊昀谷座上，獲奉清談，兼識胡君鐵華，遂有詩篇酬唱。堯生素不作詞，歸里後，於六百日中，成《香宋詞》三卷，丁巳刊於成都。芬芳悱惻，騷雅之遺，固非詹詹小言也。其所賦〔婆羅門令〕題云："兩月來蜀中化爲戰場，又日夜雨聲不絕。楚人云：後土何時而得乾也。山中無歌哭之地，黯此言愁。"詞云："一番雨滴心兒醉。番番雨便滴心兒碎。雨滴聲聲，都妝在、心兒裏。心上雨、干甚些兒事。

今宵滴聲又起。自端陽、已變重陽味。重陽尚許花將息，將睡也、者天氣怎睡。問天老矣。花也知未。雨自聲聲未已。流一汪兒水。是一汪兒淚。"予嘗和之云："一江水送岷峨外，千江水盡送吳天外。換谷移陵，黃農世、而今壞。波底泪、流與枯桑海。東風雨吹大塊。信茫茫，后土無真宰。荒歌野哭知何所，人未到、有啼鳩先在。夢程柳掃。絮雪如灑。似我萍踪更怪。拼了傷春債。那盼天相貸。"

四一　周二窗

威遠周岸登道援，亦字二窗，又字北夢。昨年因姚景之，寄予所著《蜀雅》十二卷，《蜀雅別集》二卷。岸登雖曾官江右，予未之常共文讌也。集中有東園暝坐用予韵〔宴清都〕云："畫省喧笳鼓。邊風急、窮秋烟暝催暮。蠻薰未洗，吳棉自檢，薄寒珍護。箏弦也識愁端，漸瑟瑟、偷移雁柱。更送冷、敗葉聲乾，敲窗點點如雨。　　琴心寄遠難憑，孫源閑蜀，巴水連楚。流波斷錦，孤衾怨綺，夢抽離緒。寒聲已度關塞，任碎擣繁砧急杵。數麗譙、廿五秋更，烏啼向曙。"岸登才思富麗，亦非餘子可及者。

四二　陳石遺

侯官陳石遺衍，閩之經師，尤以詩名噪海內。其夫人蕭道管字君佩，著有《蕭閑堂詩》《戴花平安室詞》各一卷。夫人於丁未逝世，石遺作《蕭閑堂詩三百韻》，自來悼亡詩，未有如此長篇也。石遺早歲有《朱絲詞》一卷，晚不復作。閩人論前輩詞，惟數又點。不知先生雖不多作，出其餘技，實在又點之上。先生有〔揚州慢〕云："南浦殘紅，西山冷翠，一舟怎去溫存。自江郎賦別，此恨算重論。望烽火、鄉關照澈，酒旗歌扇，消歇芳尊。已全家兒女，片帆來挂荊門。　　自來俊賞，總牽纏、哀感餘根。把白練裙題，紫羅囊佩，併與銷魂。寂寞鷗波門館，花無主、蝶夢黃昏。有溪流和淚，潺湲都到江村。"《賦落梅》〔蝶戀花〕云："地近闌干能幾尺。一夜東風，點盡梅花白。衹有一窗窗紙隔，不知誰弄江城笛。　　花氣藥爐多病客。疏影暗香，絕調今難得。逝水年華看錦瑟，昭君關塞琵琶黑。"蕭夫人代石遺題《浣芸夫畫石榴紈扇》〔菩薩蠻〕云："紅巾半吐新妝束。一時扇手渾如玉。玉局賀新涼。天然粉本張。　　石家來醋醋。十八姨休妒。愛惜艷陽天。人生此盛年。"

四三　王壬秋　楊蓬海　陶子縝

光緒間，先君子官湖南糧儲道，重修定王臺，每歲人日，踵姜白石探梅故事，必有賦咏。先君子不作詞，其《和白石》〔一萼紅〕詞者，湘潭王壬秋丈闓運、長沙楊蓬海丈恩壽、會稽陶子縝丈方琦。王丈詞云："漢王宮，正良辰勝賞，荊楚歲華穠。草襯驄嘶，松留鶴守，誰道時序匆匆。入春早商量梅柳，看嫩蕊新綠引東風。花在詩前，雁歸人後，酒滿吟中。　　懷古感時都罷，喜清時政暇，故國年豐。一水西浮，層陰北望，還見雲樹重重。似今欲歸歸便得，休惆悵寒澗石牀東。寄語繁花，明年更映人紅。"楊丈詞云："釀濃陰，怪野烟黯淡，一角掩瑤簪。風葉青號，露柯翠泫，古木還更沉沉。看漢代河山半改，剩灌巢哺子集春禽。斑竹兩行，白雲千載，我輩登臨。　　帝子宮車過處，幾長安極目，親舍傷心。墓草離離，陔蘭寂寂，椒香斷壁難尋。恰正是清明時候，遍人

家嫩柳插黃金。待誦蓼莪，隔窗燈火宵深。"陶丈詞云："舊臺陰，
又新添沼樹，花影映華簪。雪意吹簾，泉光泫竹，芳事多半銷沉。
蓼園外前朝琴烏，剩幾處疏檻響寒禽。曲榭東風，散衣仙吏，還自
憑臨。　　　長恨草堂天遠，更南雲萬叠，漫寄詩心。湘水蘭根，衡
峰雁字，游迹何處堪尋。幾相憶芙蓉漢苑，剪香彩花葉寫泥金。却
喜春城，此時歸騎烟深。"王丈又有〔探芳信〕詞云："探梅信。
看乍入新年，東風相趂。喜詞人依舊，韶光艷華鬓。幾年人日尋芳
約，春早佳期近。更多情逗酒迎香，鬥詩催韵。　　　紅綻，北枝
認。似漢月窺簷，湘烟長暈。雲麓臺前，游屐沿苔壘。登臨共道遨
頭好，花與人俱俊。料今年先占，一分春穩。"〔暗香〕云："漢時
月色。向古城一角，長窺詞客。試傍玉梅，歲歲春來探消息。環佩
歸時夜冷，料瘦損胡沙天北。又十載蠟屐重經，長嘯楚天碧。
南國，遠岑寂。比雪苑兔園，未近鋒鏑。故垣約略，時有幽禽覘苔
石。休道長沙地小，長樂外鐘聲堪憶。這冷淡踪迹處，幾人覓
得。"楊丈、陶丈，僅童時曾見之。予後與楊丈子紹六太守逢辰同
年鄉舉，同官江蘇。楊丈已前殁，王丈則復先後遇於江寧、北京，
獲以文字見賞。楊丈著有《坦園詞》，王丈著有《湘綺樓詞》，陶
丈詞詢之紹興人，皆不之知矣。

四四　邵次公

淳安邵次公瑞彭，早年在春音社席上相晤，今二十年不見矣。
著有《揚荷集詞》四卷，已行世。次公爲詞，宗尚清眞，筆力雄
健，藻彩豐贍。近自中州寄示所作五詞，則體格又稍變，運用典
實，如出自然。博綜經籍之光，油然於詞見之。蓋托體高，乃無所
不可耳。《題羅復戡校碑圖》〔水調歌頭〕云："法帖譜東觀，古刻
聚南村。多君健筆，掃盡歐趙舊知聞。要把珊瑚鐵鋼，搜取琳瑯金
薤，過眼録烟雲。繭紙護三絕，蟬翼抵千鈞。　　　啓緗函，濡翠
墨，拂蒼珉。白虹貫月，不怕猛虎夜敲門。太息韓陵無語，何似秦
碑没字，占斷太山尊。且拭鴒原泪，石上試追魂。"《癸酉元旦和

汪仲虎》〔慶春宮〕云："燭外風柔，簾前雪瘦，好春瀲灩嚴城。紅縷堆槃，青旗拂面，夢回爆竹千聲。故王臺榭，漏壺轉、東方未明。求漿難准，起舞空勞，愁到鷄鳴。 黃河竟待誰清。憑遍危闌，雲漢西橫。匝地烟塵，喧天箛鼓，幾人投老忘情。幾歲華依舊，祇添得、無端醉醒。草堂今夜，倘爲梅花，刻意吟成。"《題江慎修先生弄丸圖》〔行香子〕二闋，其一云："天地蘧廬，萬物巴苴。東王公大笑投壺。射耀魄寶，縛巨靈胡。問圜在上，矩在下，何爲乎。 與古爲徒，惟道集虛。是先生太極之圖。五德終始，三統乘除。一任人間，銅撾鼓，蠟傳書。"其二云："黃海天都，黃墩老儒。熱心香百世須臾。禮堂馬鄭，闕里程朱。盡驢皺咬瓜，魚上竹，鳳栖梧。 兩字無無，一臥盱盱。弄泥丸不用洪鑪。宜僚縮手，平子回車。比開天經，太平道，果何如。"

四五　郭嘯麓

侯官郭嘯麓提學則澐，娶余僚婿俞階青女，夫婦皆能文章，今之孫子瀟席長真輩也。著有《龍顧山房詩集》，淵茂俊上，蘊蓄雅正。詞三卷，附於詩後，曰《瀟夢》，曰《鏡波》，曰《絮塵》。余嘗謂南宋惟史邦卿《梅溪詞》，爲能煉鑄精粹，上比清真，得其大雅，下方夢窗，不傷於澀。今能爲梅溪詞者，除況夔笙略似之外，厥惟嘯麓。近作《蒼虬閣試趵突泉》〔石州慢〕云："一夢明湖，供與瘦瓢，清伴霜夕。調笙小閣惝惝，韵入松風漂撇。冰甌留賞，祇恨渴吻天涯，間吟長負西泠雪。珍重薦金英，愛巾餅餘冽。 憑說。聽猿永夜，浴雁闌秋，舊情凄絕。賜茗重溫，泪斷剪燈時節。虞泉凝睇，便擬喚起潭龍，荒波休信春心歇。破睡更沉吟，照愁眉雙結。"《舊京海棠秋後重花》〔天香〕云："珠佩來初，冰簾捲後，新妝誤著羅綺。走馬今朝，聽鶯前度，總付冷吟閑醉。高樓又近，盡萬感、東皇知未。愁袂新回鏡舞，啼綃早分鉛泪。 傷春畫欄更倚，惱秋人、幾番凝睇。消領舊香多少，暮寒如水。零亂江花夢裹。對江蕚、微吟共憔悴。試弄瓊簫，蜻魂喚起。"《寧園紀游用白石韵》〔一萼紅〕云："野亭陰。認藏花徑窈，錦石映斜簪。鷗汉通湖，虹橋夾水，烟外荒翠疑沉。畫橈去，清歌未歇，又暮靄，催起剪波禽。拓地林塘，上梁臺榭，孤感登臨。　燕趙客游偏久，鎮風埃滿眼，蹩損詩心。龍漢身更，鷗夷約誤，歡緒飄雨難尋。且消領，菰蘆晚興，賺漁蓑，新句抵千金。惱煞斜陽，斷紅還印愁深。"《寧園賞菊》〔惜黃花慢〕云："倦舞霓裳，認細屏半面，依約蕭娘。畫樓高擁，綉簾未捲，悤悤過雁，惘惘斜陽。瘦魂吹醒西風晚，伴青女，羞整殘妝。念異鄉。俊懷負了，零亂黃觴。　危欄更怯清霜，訝露槃殘泪，分染宮黃。夢痕催換，歲華感寂，多情顧影，何計憐香。醉吟人與秋俱老，散叢泪、千點凄凉。盡斷腸。岸巾笑爲花狂。"《殘梅》〔四犯剪梅花〕云："酒潮春澈。夢唐昌寂歷，碎簾香月。約鈿舊寒，怨東風輕別。翻飛楚蜨。話酸苦、綺腸雙結。珠箔歸遲，雲裳解後，翠禽啼歇。　冰欄幾回憑熱。認殘妝半面，燈影紅怯。對鏡明朝，怕瓊枝成雪。金衣勸折。盡凄感，篆闌歌咽。麝粉愁新，檀心泪冷，海仙千劫。"

頃又得嘯簏自作詞話二段，亟錄於此。己巳秋，汕之漁者，於溪菁中獲一蟹，長二寸許，色若黃瑪瑙，擴殼晶瑩，映見肌裏。背現美人影，鬖髮垂額，雙手作欲撲狀，其置眼恰在腸穴蠕動處。漁者注水滿盎，泳蟹其中，影乃益澈。偶一嘘吸，則腸穴翕張，眼波流媚，宛如生人。老漁携來滬上，觀者空巷，獲千金以去。侯疑始名毅客滬，適見之，賦〔摸魚兒〕云："正秋風、菊螯初薦，駅來天上玉女。無腸慣被呼公子，對鏡驀成鴛侶。移步處。怎禁得、星眸流盼還相顧。兜羅漫舞。更梅額垂雲，螺鬟濕翠，猶帶瘴溪雨。

娉婷影，千古蛾眉應妒。金相玉質慵覷，新詩便許坡仙換，忍付辛盤銀箸。神栩栩。渾忘却、文戈擁劍泥鄉住。狂奴伺汝。怕饞吻偏膏，真教一口，吞向腹中去。"楊苓泉壽枏和云："最玲瓏、錦匡如綉，來朝合伴龍女。鮫宮鐫出靈娥影，恍睹鬟雲鬢霧。湖上路，笑郭索銀沙，也學凌波步。蜻娘細數。看青沫噴珠，素肌擘玉，一一翠筊貯。　霜團美，桃葉西風古渡。問誰打槳迎汝。入厨諳得羹湯性，酷愛碧醢紅醋。潮落處。被越網携來恰配西施乳。銅陽識否。待左手持螯，好教周昉，寫作蓼塘譜。”郭蟄雲則澐和云：“漾疏燈、剪藥雙影，好風江上吹汝。眉痕偷印漁娘翠，換却汴宮殘譜。秋夢住。莫夢裏橫行結就芙蓉侣。汀沙夜語。誤落落琴聲，水仙彈罷，凉逗綠蓑雨。　　弄潮去，何處楓灣蓼漵。梅家風韵重賦。相思那有腸堪斷，回眼茗邊如訴。鴛舸路。笑網得西施還惹吳兒醋。紅衣更嫵。怕流水前身，驚鴻回睇，萬感楚雲暮。”曾次公念聖和云：“醮蠻溪、一盒秋影，筠筅還載螺女。紺肌慣愛瓊酥膩，黛色慵添眉嫵。調笑處。任牝牡驪黃莫把尖團覷。含情欲語。更纖玉擎霜，頹鬟籠霧，漾眼碧波注。　　縹緗記，小印楊娃在否。宣和難覓殘譜。相憐幾輩寒蒲束，薦綱同登芳俎。饒別趣。看擁劍西堂也學鳩盤舞。小紅喚取。好醉入花瓷，狁糖觳觫，向晚佐春醑。”

　　河北節署園中，豢白鶴二，相傳爲端陶齋所遺。褚某督直，駐兵園中，烹其雌食之，今僅其雄尚存。曾次公念聖佐於少侯幕，暇日行吟園亭間，見而哀之，諡以節園獨鶴，爲賦〔絳都春〕云：“仙蓬墜羽。弄烟靄、晚日亭皋微步。小蛻金衣，依約霜翎雲中舉。當年翠蓋西飛路，悵瓊館、鸞韶慳駐。繡楣啼後，新來縞袂，玳筵羞舞。　　情竚。伶傫苔甃，晒華表、衹在譙荒堞暮。鼎脯烹雌，絲雨孤踪巫峰誤。傷心難問丁沽水，怕照影、翩然驚度。更愁寒入堯年，夢殘怨宇。”郭蟄雲則澐次韵云：“珠林借羽。早緱館夢闌，荒苔妨步。似瞥翠眉，啼掩雲羅誰愁侣。分明紫蓋三清路，剩遼海、斜陽教駐。負霜珍重，參差喚起，縞仙殘舞。　　凝竚。蓬臺又遠，亂蕪外、懶數燕昏鵑暮。进恨故雌，一別蘭岑嬋娟誤。新寒漫索金衣語。盡惆悵、雕闌前度。明朝説共東坡，怨孤玉宇。”又陳甌公實銘和云：“玲瓏素羽。認珠樹舊栖，寒蕪停步。換盡燕巢，衹共胎仙成愁侣。瑤臺悵望尋無路。記花外、霓旌虛駐。縞衣修夜，連軒翅矯，爲誰鳴舞。　　延竚。霜翎半改，傍欄畔、弄影冷朝凄暮。怕理夢痕，紫蓋雙飛蹉跎誤。驚雌忍憶湖南語，剩孤零，低徊前度。甚時更唱南飛，放歸玉宇。"節署舊爲行宮，辛丑回鑾備駐蹕不果，故詞中寄慨及之。

四六　潘蘭史

番禺潘蘭史徵君飛聲，壯歲游柏林，歸寄迹南洋群島間，被徵不出。辛亥後，賃廡上海，鬻文爲活。今年三月逝世，年七十有三。所著有《飲瓊漿室詞》，余初未之見也。歿前數日，寫示詞十首。來牋謂少時曾刻《海山詞》，作於外洋，《花語詞》《珠江低唱詞》，又《相思詞》悼亡所作，凡四卷，入《説劍堂集》，板存廣州，不能重印。又在北京有《春明詞》，排板散去。歿後其門人就其家搜集遺稿，則惟《説劍堂詩集》在，其詞稿竟佚去。邇年與予結漚社，月一賦詞，已見《漚社詞鈔》矣。生平老友，性情耿直如蘭史者最可念。歿前寫詞，尚在我篋中，檢視不覺泪下也。《姚子梁招游槎上，傍晚移尊猗園賞荷》〔拋球樂〕云："滿鏡紅蕖展簟寬，移尊重拾舊清懽。尋香裙衩隔花見，糝玉琴絲和水彈。便托微波語，何必題詩上畫欄。"《夜過秦淮》〔浣溪沙〕二関，其一云："簾幕驚鴻瞥影過。一彎情碧比銀河。詞人多恨況聞歌。桃葉渡頭期子敬，瓣香裙下屬橫波。滿天風露意如何。"其二云："欲懺紅襌訪女冠。茅庵孔雀久荒寒。消魂不是舊清懽。　　一部鶯花原似夢，六朝烟水獨憑欄。琴絲祇覓玉京彈。"《高姬眉子見過用夢窗韵賦贈》〔絳都春〕云："簾痕一綫。度綉衩麝香，蝶兒隨遠。人住屧廊，名占蘇臺吳宮苑。爲花爲月前生怨，付身世、落紅零亂。畫屏羅帳，深深穩護，海棠庭院。　　曾見。眉樓訊病，欹鶯枕、細訴枝栖柔倩。松柏誓心，紅泪鮫綃愁相換。圓蟾重照湘蛾面，正銀漢、雙星暗轉。勞他軟語教成，錦茵坐暖。"王清微《空山聽雨圖葉南雪師命題》〔浪淘沙〕云："流水遠潺潺。悄掩松關。道心微處一憑闌。塵海本無聽雨地，祇合空山。　　惠麓洗烟鬟，鶴静猿閑。擬尋卞賽素琴彈。一卷畫圖參上乘，莫落人間。"《題寇白門小像》〔減蘭〕云："情波半剪，柳下詞牋花下扇。明月金尊，誰識當年寇白門。　　明珠無價，却笑靡蕪輕一嫁。漫訴南朝，零落秦淮舊板橋。”《月夜重過揚州》〔減蘭〕云：“一帆風利，取足秦淮三日醉。宿酒纔醒，又逐吹簫過廣陵。　　腰纏莫問，豈有劉郎才氣盡。如此良宵，何處烟波廿四橋。”《杏花樓昔年與眉子尋春對酌處》〔高陽臺〕云：“破瑟尋鸞，遺釵拾鳳，香塵漸沒仙踪。文杏仍花，客來已換愁容。芳尊屢導低鬟笑，靁金迷、夢影惺忪。話松陵，老去詞仙，莫過垂虹。　　蒼顏白髮維摩境，拼散花何礙，玉局緣空。漫説華鬘，天涯雙衛難逢。啼鶯不管人傷別，勸斜陽、冷入簾櫳。算多情，洛浦微波，猶駐驚鴻。”（“白髮蒼顏，正是維摩境界。空方丈、散花何礙。”東坡贈別詞也。）《題徐積餘小檀欒室校詞圖》〔甘州〕云：“記玉臺分韻寫新詞，付與小銀箏。正翠奩研墨，錦牋按譜，一樣關情。消受尊前紅燭，艶影照娉婷。穩聽蘆簾外，湘水秋聲。　　此日江南倦旅，算曉風殘月，酒夢都醒。費十年心血，收拾衆香亭（君輯《閨秀詞選》，有明一代多取材於《衆香詞》。）。是斷腸家山愁念，莽天涯歌板共飄零。應同笑，白頭紅袖，換了浮名。”《賦西湖蓴菜用樊榭韻》〔摸魚兒〕云：“剪湖漪、又勞宋嫂，芳羹調作濃碧。清明纔過春三月，那有菱茨收得。隨意摘。要蕩槳三潭著手看風色。晴波凈拭。笑藕較絲長，芹還葉小，情縷也愁織。　　鄉味好，曾賦秋林琴客。酒酣如酌瓊液。仙城美擅離支菌，合補昌黎南食。秋興寂。但盼到松鱸歸思知何極。此時正憶。借花港漁罾，柳第蝦籪，多采備晨夕。”

四七　郁葆青　康竹鳴

近得二友，皆工詩能詞，上海郁葆青，南匯康竹鳴年均，陳鶴柴所介紹也。葆青《天平山看紅葉》〔滿江紅〕云：“十里吳江，扁舟載一天秋意。停橈處，巉初岩露，艶妝如此。萬笐黛濃霞錦斷，千林紅亂雲嵐碎。莫錯認世外武陵源，天平耳。　　枝上蝶，閑游戲。籬下菊，傷憔悴。笑清霜弄巧，染成丹紫。欲倩才人題妙句，但愁游女縈春思。喜歸途一片夕陽明，都如醉。”竹鳴《題葉指發山水卷》〔木蘭花慢〕云："悄風知我懶，偏吹送，畫圖中。
訝落木高岑，鳴榔遠浦，霜染秋濃。枯楓。冷紅倦舞，損玉簪螺髻
暮雲重。斜日松間解帶，隔林時對疏鐘。　　幽悰。待客吳篷，同
載酒，去攜筇。奈卷阿吟遍，年芳彈指，鶯老春空。焦桐。爲君夜
理，笑故山猿鶴隔塵紅。又恐靈衾瀟灑，明朝夢落雲峰。"

四八　李拔可

李拔可同年，素不填詞，頃在北都，見溥心畲畫壁松，忽作
〔卜算子〕一解題之。余笑謂君已發端，此後當作詞矣。其詞云：
"舊寺一春花，獨少松千古。驚走旁人出醜枝，倏忽龍鸞舞。
老筆健如椽，不露攀髯苦。留取虬柯住世間，遠數橋山祖。"

四九　朱大可

嘉興朱大可奇亦字蓮垞，工詩，甚有學力。近人論詩，能知
歐、梅妙處者甚罕。大可論詩絕句云："涪皤俊似江珧柱，坡老鮮
於粵荔支。爭識歐梅清苦語，恰如諫果味回時。"鄭海藏在二十年
前，極爲人道宛陵聖處。至於六一，則始於六七年前譽之。六一詩
自較宛陵易知，其清苦處，則亦不易知也。大可亦能詞，有甲戌上
巳〔慶清朝〕云："桐乳初垂，柳綿乍褪，春光數到重三。浮杯曲
水，漢家故事誰諳。料理輕衫紈扇，尋芳試與過城南。留連處，落
英如雨，亂撲征驂。　　回首十年塵夢，早紅消翠殞，謝了優曇。
舊時燕子，向人猶是呢喃。莫訝風情漸減，鬢絲奈已許鬖鬖。歸來
晚，一樽花底，愁聽何戡。"

五〇　瞿兌之

長沙瞿兌之宣穎，相國文慎公之子也。有《同曾小魯太平門
外看花》〔青玉案〕云："早知陌上春猶未，春正在，輕陰裏。無
那閑愁須暫寄。相逢把袂，太平門外，好是尋春地。　　杏花與我
同憔悴，淡粉輕籠二三里。寂寞無人開又墜。晚來歸路，雨絲風

片，細認愁滋味。”

五一 溥心畬

心畬貝子溥儒，書畫詩詞，爲一時懿親之冠。畫宗馬、夏，直逼宋苑，題咏尤美，人品高潔，今之趙子固也。著有《寒玉堂詩餘》。《題倚樓仕女圖》〔南浦〕云：“秋雨濕瀟湘，向晚來吹起，滿懷愁緒。轉眼甚堪驚，碧窗寒，年光盡，不見柳花飛絮。樓頭悄立，幽情無限誰能語。霜天欲暮。空惆悵佳期，幾時還遇。　　朱窗碎玉聲寒，正人倚西樓，雁橫南浦。烟柳漸瀟疏，悲秋意、都付斷烟殘雨。連天草色，開簾日日憑欄處。韶光虛度。空翠袖凄凉，輕寒難禦。”《題靈光寺遼咸雍塔殘塼》〔望海潮〕云：“壓塞寒山，凌空孤塔，興亡閱盡年華。滿月金容，莊嚴妙相，無端影滅塵沙。鼙鼓亂紛紛，是何處兵火交加。斷土零烟，有誰憑吊梵王家。荒城古戍鳴笳。見蕭蕭衰柳，落落飛鴉。檢點殘雲，低回片瓦，前朝舊事堪嗟。烟外夕陽斜。嘆虛空粉碎，亂眼曇花。携酒重來，袛餘清泪灑天涯。”《暮春西郊》〔慶春澤〕云：“荒井桃花，平橋苑水，碧天寥闊春深。殘月橫斜，清光猶在疏林。呢喃燕語隨波去，聽宮門法曲仙音。恨難禁。倚遍殘紅，吟遍江潯。　　潛行況是宮前路，恨池臺春去，歌管聲沉。劫後精藍，是誰猶布黃金。樂游原上萋萋處，送殘春此日登臨。助悲吟。岸柳園花，掩泪相尋。”《山中暮春》〔望江南〕云：“雲影淡，空翠落松壇。紫燕不來春欲老，斷烟零雨杏花寒。春怨正漫漫。”又《山居》二闋，其一云：“清磬遠，蕭寺在雲端。翠竹含烟侵佛座，碧松飛雪落松壇。流水石幢寒。”其二云：“斜日落，十里晚楓林。秋色夜生千嶂雨，露華寒點屬家砧。凉意潤絲琴。”《題畫》〔北新水令〕云：“西風疏柳帶秋蟬。畫橋邊。綺霞紅亂夕陽寒。照水衰草暮連天。何處裏，笛聲怨。”《芍藥》〔臨江仙〕云：“飛盡落花池上雨，斜陽剪破新晴。碧波搖影不成明。倚闌多少恨，商略繫離情。　　千轉繞花無一語，玉階仿佛寒生。溪烟淡淡柳青青。六畦春不管，流怨滿蕪城。"〔秋波媚〕云："雕梁燕語怨東風。小徑墜殘紅。萬點飛花，半簾香雨，飄去無踪。　牽愁楊葉渾難定，春恨竟誰同。黃鶯啼斷，海棠如夢，回首成空。"〔減字木蘭花〕云："一溪春水，著雨楊花飛不起。寂寞黃昏，年年芳草憶王孫。　碧雲吹斷，幾處朱樓鶯語亂。不似殘秋，衰草斜陽易惹愁。"〔浣溪沙〕云："荒亭落葉雨連宵。何處相尋舊板橋。不堪秋盡水迢迢。樓外夕陽平野渡，寺門衰草記前朝。故宮殘柳日蕭蕭。"

許疑庵同年購得厲樊榭《宋詩紀事》稿本，屬余作《檀干夜讀圖》，余於圖端題〔浣溪沙〕一闋云："燭下閑看瘦沉書。網羅雖博弈多疏。知君補訂老能劬。　泉石静於花隱地，丹青工愧米樓圖。北黟山色書難如。"樊榭博極群書，然所作《宋詩紀事》，仍不能免於疏漏。如卷十五韓宗彥子欽聖，韓絳子，見《宋史·韓綜傳》。《紀事》僅據《古今詩話》，稱欽聖慶曆二年進士。卷二十九張吉甫爲張汝士子，《歐陽文忠集·張堯夫墓銘》："張汝士子堯夫，開封襄邑人，字吉甫，山甫。"《紀事》僅云："吉甫元豐中人，見《烏臺詩案》。"卷三十八楊景字如晦，潁昌人，嘗爲洛陽工曹，見胡稚《陳簡齋詩集注》。《紀事》無考。卷四十二顏博文靖康間爲中書舍人，見胡穉《簡齋詩注》。《紀事》僅云："靖康初官著作佐郎。"卷五十一何德獻名佾，處州人，見《楊誠齋集》。《紀事》僅云："德獻官饒州提點。"卷五十三張維父名之源，弟名燾，見《楊誠齋集》，誠齋稱其父爲蜀士。《紀事》云："延平人。"唐延平軍，宋曰南劍州南浦郡，元升爲南劍路，後改曰延平路，明曰延平府，屬閩。蜀地名宋無名延平者。卷五十九朱軌爲翌之子，見《楊誠齋集》。《紀事》云："翌之姪。"略舉數條，以證吾詞雖博多疏之語，以待疑庵補訂，非敢菲薄前輩也。

五二　夏午詒

桂陽夏午詒編修壽田，葆軒中丞之子，先世自江西遷湖南，吾宗人也。有爲鄭叔進題其先德幼惺道使《醉携紅袖看吳鈎圖和王湘綺》〔采桑子〕二闋。其一云："太平無事尚書老，閑殺江東。退省從容。贏得騎驢夕照中。　　粗官畢竟成何事，不是英雄。也解匆匆。祇合空山作卧龍。"其二云："相如未老文君在，負了花枝。愁對金卮。況是江南三月時。　　家亡國破成詩料，一榻輕颸。兩鬢霜絲。那辨微之與牧之。"幼惺嘗從彭剛直公虎門軍中，法越之役，剛直主戰，疏草出幼惺手。湘綺原詞，今集中不載，有云"小姑吟罷英雄老"，指剛直，"微之也解從前誤"，則諷張香濤相國也。

五三　廖懺庵

惠州廖懺庵恩燾，于役古巴有年，有《游馬丹薩鐘乳石岩次夢窗陪鶴林先生登袁園均》〔西河〕詞，題云："岩在古巴，距都城二百里，平地下百三十餘尺。道光末葉，吾國人墾地海岸，得隧道叢莽中，告居人，相率持火入。蜿蜒行十餘里，峭壁四起，滴水凝結，纍纍如貫珠，如水晶，如玉，作山川神佛珍禽異獸形狀，又肖笙磬琴筑，叩之鏗然有聲，美利堅人沿徑曲折，環以鐵闌，澗谷則架橋通焉，電燈照耀如白晝，洵奇觀矣。相傳岩由海底達美國邊界，迄未能窮其究竟也。"詞云："烟景霽，鈎藤瘦杖融泄。閑尋禹穴下瑶梯，凍岩滲水。素妝仙女散花回，千燈猿鳥娟麗。繞危檻，看墮蕊。韈羅剪露層碎。晶虬細甲近嬋嬛，洞天似咽。有人擊壤按商歌，鸞簫吹又何世。　　乘成鶴輈半委地，沁殘雲、雕粉屏綺。壺裏沽春無計。向冰泉試約，長房一醉。青玉簪宜寒光洗。"《懺庵詞》八卷，已行世。朱漚尹侍郎稱其："驚采奇艷，得於尋常聽睹之外，江山文藻，助其縱橫，幾爲倚聲家別開世界。"評許不誣，吾無以易。海外奇景，古今人罕以入詞，此詞序述美利堅人於岩洞布置有方，極可爲法。余曩游荆溪善卷張公二洞，嘆爲奇境，頗思令游者能便，而仍不失天然之美。近聞其邑士儲君南强從事開闢，有人工鑿壞天巧之憾，不設電炬，入洞仍須秉燭，竊以爲未可也。

五四　黄公度

嘉應黄公度按察遵憲，余曩於義寧陳伯嚴席上見之。公度有《人境廬詩草》十一卷，其詞則未之見也。頃於潘蘭史《飲瓊漿館詞》中，得其附載公度《題羅浮游記》〔雙雙燕〕一闋。詞云："羅浮睡了，試召鶴呼龍，憑誰喚醒。塵封丹竈，剩有星殘月冷。欲問移家仙井。何處覓，風鬟霧鬢。祇應獨立蒼茫，高唱萬峰峰頂。　　荒徑，蓬蒿半隱。幸空谷無人，栖身應穩。危樓倚遍，看到雲昏花暝。回首海波如鏡。忽露出、飛來舊影。又愁風雨合離，化作他人仙境。"此詞"羅浮睡了"四字，爲陳蘭甫先生游羅浮時所得，卒未成詞，蘭史卒成之，廖懺庵亦屢有和作。

五五　余伯陶

嘉定余伯陶德勛，亦字素庵，精醫術，工詩詞，今之傅青主、薛一瓢也。尤好蓄硯。嘗約予飲齋中，出端歙石數十方，供賞玩，皆良工陳子端所斫，有碧霞端井硯、金星歙井硯、漢銅盤硯、紫端石硯、紫霓硯、黄龍五星圭硯、唐四神鑒硯、蕉葉硯、古錢硯、竹根硯、周蟠夒鐘硯、天然荷葉硯、澄泥天然菌硯、蘭硯、天然螺黛硯、雙魚硯、瓜硯、雙螭硯、海天浴日硯、澄泥殘蚨竹簡硯、仿郎世寧仙猿百壽園圖硯、詞硯、齋像硯、桑蠶硯，素庵皆自製小詞，鐫題其上。《古錢硯》〔囉嗊曲〕云："莫謂五銖爛，中多金錯刀。略無銅臭氣，愈見石孤高。"《周蟠夒鐘硯》〔南歌子〕云："籀蚪鐫靈石，蟠夒肖古鐘。周廟紫泥封，莫教侵蝕到，筆耕農。"《澄泥天然菌硯》〔晴偏好〕云："唐泥妙製沉烟久，千秋別有裁雲手。風吹瘦，松濤露菌珍丹臼。"《澄泥殘蚨竹簡硯》〔瀟湘神〕云："江也秋，雲也秋，結鄰端愛竹中幽。絕似瀟湘尋夢處，漪園依約舊痕留。"子端斫硯，精妙絕倫。元顧德鄰嘗謂人白："刀法於整齊處易工，於不整齊處理難明也。"如此錢硯、菌硯、竹簡硯、蟠夒硯，悉得不整齊處之工。素庵詞體物瀏亮，不讓黄莘田專美於前也。素庵又有《吊江灣戰區》〔燕歸梁〕云："紫燕飛飛去復回。極目蒿萊。燼餘樓館且徘徊。閑花落，費疑猜。　凄凉似涉蕪城路，風捎葉，雨侵苔。破窗燈火斷人來。祇照徹，暮笳哀。"《癸酉春暮過吳淞故居》〔臨江仙〕云："殘壘依然斜照裏，吟懷盡付東流。櫻花開遍白蘋洲。暮烟空鎖恨，縹緲舊書樓。　曾著漁蓑攜酒具，月明江上扁舟。尋詩猶記水西頭。縱教風浪惡，相對祇沙鷗。"二詞均精婉有致，并録於此。

五六　盧冀野

江寧盧冀野前爲雲谷太史釜之曾孫，少年豪俊，善飲酒，工製南北曲，且能自譜，有《飲虹五種曲》行世。余爲題《飲虹簃填詞圖》云："偷蜜憎醒村醉回，玉川健倒在莓苔。蒲江詞句疏齋曲，兼并君家幾輩才。""凌躍超驤有不禁，座中詒嘌孰知音。譜成換取錢沽酒，飲釜如虹涸吐金。"二詩雖不工，蓋能寫冀野不凡之氣概矣。冀野既以曲名，其所作詞，遂不自珍惜。予顧謂其詞亦不凡近。《寒食前二日侍瞿安師太平門外訪桃花》〔小桃紅〕云："莫道青衫薄，莫負春花約。江南三月，綠楊城郭。況青山灼灼遍桃華，且盡花前酌。　空裏鶯聲落，枝上紅絨托。鬥草光陰，禁烟時節，金粉樓閣。羨十里鬥紅妝，唱徹迎春樂。"《調楊定宇》〔偷聲木蘭花〕云："月圓花好相思老，一夜風凉蕉萃了。謾訴歸舟，縈得阿儂樓上愁。　嬋娟不怨秋娘妒，夢冷霓裳入散處。萬叠雲山，新雁蕭關還未還。"《中秋前夕飲筠丈家》〔浣溪沙〕云："湖海飄零一少年。芒鞋歸後故人憐。黃花消瘦夕陽前。　客裏襟懷如病酒，夢中風雨未寒天。不辭殘醉落吟鞭。"《夜坐小齋感賦》〔臺城路〕云："平生心事從頭說，青衫泪痕多少。走馬求名，挑燈訴怨，如此勞人草草。孤雲自好。祇兩袖風懷，一囊詩料。奄忽春光，依稀歡意怕人曉。　滄桑彈指閱遍，認兒時巷陌，游屐猶到。雨滿江城，雲迷驛路，懶向長安西笑。黃鸝正悄。有千百橋西，一聲聲早。未白秦郎，可憐春夢老。"詩筆懼爲詞傷，詞筆懼爲曲傷，作者往往不能兼美，冀野尚不病此。

五七　潘若海

南海潘若海民部之博，乙卯丙辰歲，佐江蘇軍幕，假兵符，趨黔桂，起兵以抗袁項城，項城懸重金購捕之，乃走香港，匿亞賓律道康南宅，悲憤嘔血而死。所著有《弱庵詩詞》各一卷，兹得其集中未收詞一闋。《別後寄魏豹公天津》〔木蘭花慢〕云：“慢相逢湖海，怪豪氣，減元龍。嘆尊酒天涯，聚原草草，別更忽忽。雕蟲。耻談小技，衹長歌當哭害愁胸。不復貂裘夜走，時憂炊米晨空。　　孤蓬。飄轉任西風。身世苦相同。念少誤學書，老猶彈鋏，歸去無從。途窮。我今不憫，且閉門種菜托英雄。萬里俱傷久客，百年將近衰翁。”若海與順德麥孺博徵君孟華齊名。孺博有《蛻盦詩詞》各一卷，與若海詩詞并刊，名《粵兩生集》。

五八　吳董卿

杭縣吳董卿用威著有《蒹葭里館詩集》，大雅真摯，風致尤美。近得其爲李拔可題其妹《花影吹笙室填詞圖》〔浣溪沙〕二闋。其一云：“瑤想瓊思不可留。盡抛雅具畫奩收。卅年書斷大雷秋。　　聽慣蕉聲愁有路，吹殘花影夢如漚。參軍惆悵雪盈頭。”其二云：“絶代詞華殿一軍。峨峨蘭秀最超群。返生香是卷中人。　　潑黛山光懷玉尺，然脂心事費金昆。辛夷花底舊時春。”二詞均俊麗雅切。董卿素不作詞，此真所謂詩之餘也。

五九　粵三家詞

粵三家詞者，番禺沈伯眉世良《楞華室詞》，汪芙生璥《隨山館詞》，葉南雪衍蘭《秋夢盦詞》也。刻於光緒乙未。芙生先生與先叔子新公交誼至篤，南雪先生則吾友退庵之祖也。楞華《春日憶惠州豐湖》〔湘江靜〕云：“紺塔紅堤湖上樹。記歸舟、倦篙曾駐。斜陽導客，橋回寺轉，又游絲攔路。酌酒六如亭，更誰憶、後邨題句。松枝礙帽，藤梢冒衣，傷心聽、晚蟬語。（周草窗《浩然齋雅談》載劉後邨使廣日經惠州六如亭有詩云："吳兒解記真娘墓，杭俗猶存蘇小墳。誰與惠州耆舊記，可無抔土覆朝雲。"於是郡守與之修墓立碑文云云。余游時，墓亭漸就荒落，故感慨及之。）　意未闌，期屢誤。卧滄江、歲華圍度。鶯招燕約，等閑過了，渺飛花飛絮。彈指好樓臺，空還却，舊時鷗鷺。魚天訊杳，烟波望極，清吟更苦。"〔江城梅花引〕云："荻花蕭瑟斷霞明。早潮生。暮潮生。喚取一枝柔櫓過前汀。修竹誰家門可款，水亭外，滿烟波，落葉聲。　葉聲葉聲愁裏聽。寶蒜停。香篆縈。記也記也，記不了簧暖笙清。尚有芙蓉梳掠媚秋晴。眉月半彎樓畔挂，曾照見，倚闌干，話玉京。"《隨山移居》〔水調歌頭〕云："我笑孟東野，家俱少於車。閑坊五里三里，容易便移居。不是桃化潭上，却近蓮須閣畔，天許著潛夫，因樹可爲屋，引水恰通渠。

數竿竹，一拳石，半床書。此中得少佳趣，筆硯盡堪娛。莫問西園讌集，且倚南窗歡傲，幽意樂何如。商略補松菊，吾亦愛吾廬。"（黎美周蓮須閣在豪賢里，其故址今不可考，要距敝廬不遠也。）〔聲聲慢〕云："無人看竹，有客題蕉，房櫳鎮日惛惛。曲境重來，爭信樹老苔深。紅棉幾番作絮，撲生衣、風力難禁。春去久，難雕梁換了，故燕空尋。　曾記年時初暑，借冰泉灑酒，石幾眠琴。布韈棱鞋，行處不似而今。青梅等閑摘盡，剩蕭然、長日園林。休再問，繞回廊、多少翠陰。"〔臨江仙〕云："一片鷓鴣聲不斷，杖藜閑到城東。村墟黯黯樹濛濛。春陰如潑墨，襯出木綿紅。　畫得米家山幾叠，礬頭祇是朦朧。料應有雨過前峰。生烟叢灌外，孤塔亂雲中。"《秋夢經舊游處感賦》〔子夜歌〕云："憶年時、錦屏絳蠟，漏盡不教歸去。剩多少、琴心箏怨，化作浪萍風絮。寶鼎烟沉，繡幃月落，舊夢無尋處。聽籠鸚、簾外呼人，猶記綠窗點拍，學歌金縷。　畫欄畔、逡巡繞遍，冷鎖一庭秋雨。禿柳當門，殘蕉慘徑，莫繫游驄住。恨樊川薄幸，天涯空嘆羈旅。翠扇留題，青衫漬淚，都是傷春句。最難忘、酒醒香銷，剪燈夜語。"《素馨斜》〔臺城路〕云："紅雲冷落昌華苑，宮衣散餘歌舞。艷骨吞絲，香魂瘞粉，恨鎖青原坏土。哀蟬自語。悵廢寒烟，蝶裙何處。剩有凉螢，夜闌悄影墮秋雨。　　呼鸞休問故道，畫橋流水杳，花葬誰主。斷碣霜苔，連畦露卉，閱過興亡幾度。樓羅細數。算喚起芳名，尚留春駐。戲馬臺荒，玉鈎同吊古。"諸詞皆風格道上，力避乾嘉甜熟之習。南雪尊人蓮裳先生英華，有《花影吹笙詞》，尤長小令，殆《飲水》《側帽》之亞也。《夏日即事》〔點絳唇〕云："老樹當檐，夕陽影裏鳴蟬鬧。柴門却掃，静覺清風到。　　睡醒呼童，竹塢支茶竈。幽香窈，綠胎含笑，夜合花開了。"〔浪淘沙〕云："燈熖墜金蟲，倦眼惺忪。夢回愁倚錦屏東。梧葉雨疏聲點滴，秋病人慵。

小札寄芙蓉，問訊怱怱。百凡珍重可憐儂。影瘦黄花香瘦蝶，惱煞西風。"《春陰》〔添字南鄉子〕云："軟綠泛烟蕪，天影模糊。喚盡春魂總未蘇，底事雨鳩頻逐婦，呱呱。水漲溪橋渡也無。

飛絮一帘扶。莫謾愁沽，好趁梨花醉玉壺。規取漁樵身入畫，疏疏。試仿雲林淡墨圖。"

六〇　雁來紅圖卷詞録

冒鶴亭同年自粤歸，抄贈粤詞人《雁來紅圖卷詞録》一卷，作者凡十三人。番禺梁節庵鼎芬〔惜紅衣〕云："葉飄殘，綠梅開乍，數枝妍雅。襯出霜華，風流玉苔樹。牆頭石角，散魚尾斷霞誰寫。前夜。有多少冷音，逐琴絲來也。　　春韶歇了，獨自餘芳，秋心較濃冶。閑階立盡，烘醉酒初罷。翻恨半庭凉訊，不共月魂同下。想瓊枝天外，愁絶不堪盈把。"仁和王子展存善〔百字令〕云："江楓低舞，又匆匆正到，重陽時節。盡洗霜華偏絢爛，烘出空庭秋色。遠浦霞明，寒林日落，同染脂痕赤。還丹鶴頂，劍南詩句清絶。　　遥想姹紫嫣紅，春韶一瞥，惟剩荒苔迹。塞外征鴻書未達，盼斷西風消息。似錦年光，空隨逝水，人嘆頭先白。與花相對，朱顔换了華髮。"綿竹楊叔嶠鋭〔百字令〕云："菊花村晚，正斜陽一抹，向人凄絶。萬里衡陽秋信遠，盼到重陽時節。岸柏酣霜，橋楓惹燒，詩思同凄切。長空錦字，落霞高傍明滅。　　堪嘆作客隨陽，春生溢浦，又值征鴻發。塞北江南何處是，恨想山堂濃葉。照檻非花，烘簾似錦，譜剩鵑喉血。墜歡如夢，幾時芳意重說。”蕭山朱棣垞啓連〔臺城路〕云：“烟霄錦字書難寄，浮沉楚江無迹。冷逗楓霜，低縈茜水，都做滿園秋色。斜陽向夕。又看似非花，問誰堪摘。十樣西風，幾行南浦鎮長憶。　　商聲乍催怨笛。恨隨陽去遠鄉國。冠幘雞人，仙裳鳳侶，應有舊時相識。瓊枝露積。待煊染寒芳更成消息。一點燕脂，帶將歸塞北。”會稽陶子政邵學〔祝英臺近〕云：“露花寒，風絮老，根觸舊情緒。誰洗臙脂更灑斷腸處。一群粉蝶游鶯，芳菲閱盡，是誰把少年空誤。

念芳意，拼受今日秋風，明朝又秋雨。留得嫣紅，休自怨遲暮。知他三月春韶，杜鵑枝上，應更喉痕還苦。”番禺汪莘伯兆銓〔壺中天〕云：“斜陽庭院，正屏風倚處，離愁千里。冷落秋江蘆荻岸，幻出一枝明媚。鶴頂深痕，鵑啼恨血，灑入西風裏。一般紅葉，幾行新試題字。　　橫舍相約尋秋，輭遲來作客，飄零如此。不是芙蓉江上影，也自向人沉醉。絳樹歌殘，茜窗事杳，剩有書難寄。老來顏色，那人應怨蕉萃。”番禺葉南雪衍蘭〔惜紅衣〕云：“艷借霜腴，嫣含雨暈，露華凉滴。垂蓼汀洲，疏花半狼藉。妝樓乍過，渾帶得新來秋色。凄寂。蘆岸落霞，趁江楓消息。　　琴邊醉客，驚惜朱顏，尋芳小橋側。斜陽送晚，遠訊渺鄉國。苦憶舊時慘綠，夢斷夜寒簾隙。剩比紅詩句，喉煞杜鵑愁魄。”番禺徐巨卿鑄〔揚州慢〕云：“華片零霞，蒨絲沉水，秋人凄絕堪憐。恰新叢艷冶，媚此稚寒天。料池館卑枝悄亞，一聲筝柱，展向蘆邊。襯鵝屏猩色，尖風剪碎湘烟。　　鸞綃紛舞，乍相逢曾障嬋娟。記蠟蕊輕授，璚英私捎，滴粉芳妍。留得瘦金體態，休排與錦字雲檻。笑窺簾紅燕，銷魂輸却年年。”萍鄉文道希廷式〔卜算子〕云：“午枕怯輕寒，天末驚新雁。瑟瑟疏花爲報秋，烘出斜陽茜。　　書寄洞庭波，夢隔瀟湘遠。可惜凌霜葉葉紅，不及芙蓉淡。”番禺汪憬吾兆鏞〔摸魚兒〕云：“渺天涯、一繩寒陣，秋聲吹遍芳樹。可憐描出傷心色，碎剪蒨絲千縷。還記取。莫誤認宮溝片葉題愁處。憑闌

凝竚。便喚醒花魂，迢迢錦字，怎寄斷腸句。　韶華晚，誰念霜
凋日暮。向人凄艷如許。霞衣茜袖清寒慣，未受世間炎暑。應惜
護。笑鏡裏朱顏安得春長駐。離懷漫與。計楓岸鴉啼，蓼汀鷗泛，
相憶更情苦。"漢壽易實甫順鼎〔摸魚兒〕云："問花天、泪痕多
少，舊鵑又化新雁。秋江也似芙蓉命，惆悵東風不管。君漫感。君
不見碧桃花落春如電。羅裙血染。任翠袖單寒，青衫老大，商婦一
般賤。　燕支色，欲畫牡丹渾懶。故山聊寫清怨。空簾綠影瀟湘
水，洗出夕陽紅澹。筝柱畔。便題葉宮溝已惜年華晚。關河路遠。
怕留住朱顏，酒邊無用，去作冷楓伴。"番禺石星巢德芬〔八聲甘
州〕云："怪平林一簇雲時光，看碧轉成朱。正蘆花白了，菊英落
盡，剩此霜株。爲甚情懷不老，血性未銷除。目送芳暉裏，冷艷誰
如。　生憶年華慘綠，盡嬉春酣夏，對景軒渠。忽秋心一點，遷
恨到林於。盼消息江南天遠，祇相思人去待傳書。增恼恨，年年織
錦，抛斷江湖。"番禺陳奉階慶森〔金縷曲〕云："逗起丹楓冷。
倚閑庭霜華乍泫，一枝紅凝。不信秋容偏淡泊，還有斜陽滿徑。正
昨夜、梧飄金井。筝柱初移涼信透，茜紗牕似閃驚鴻影。錦榆字，
可重省。　衡陽自古離愁境。盼江天、碧雲黃葉，泪痕猶瑩。有
限春韶都過了，憐爾芳心獨警。但伴取、朱顏明鏡。莫共玉溝流水
去，怕深宮人寫秋宵静。尋舊侶，度湘迴。"末有憬吾先生哲嗣跋
語云："光緒乙酉十一月，梁節庵丈（鼎芬）罷官歸里，先伯莘伯先
生，招同楊叔嶠丈（銳）、王子展丈（存善）、朱棣垞丈（啓連）、陶子
政丈（邵學）集越秀山學海堂，酒半，過菊坡精舍。時雁來紅盛絶，
梁丈首倡此詞，先伯因囑余子容丈（士愷）繪《雁來紅圖》，各題所
爲詞於後。翌年，徐巨卿丈（鑄）、文道希丈（廷式）、易仲實丈（順
鼎）、石星巢丈（德芬），與家大人咸有繼聲。時葉南雪先生（衍蘭）以
詞壇老宿，亦欣然同作，陳奉階丈（慶森）則戊戌秋補作，俱裝池
成册。南雪先生撰有《秋夢庵詞》，梁丈撰有《款紅樓詞》，朱丈
撰有《棣垞集》，家大人撰有《雨屋深燈詞》，皆已刻入。文丈撰
有《雲起軒詞》，石丈撰有《緫春詞》，先伯撰有《惺默齋詞》，

均未刻入。易丈撰有《湘弦詞》《贇天影事譜》《琴臺夢語詞》
《摩圍閣詞》《楚頌閣詞》。楊丈詞集未見。張菊生丈（元濟）刊有
《戊戌六君子集》，均待檢。王丈、陶丈、徐丈、陳丈詞稿未刊。
梁文署名勇，蓋芬勇雙聲，罷官時偶易，并附識之。汪宗衍謹
跋。"按王子展先生曾與先叔子新公同官粵東，庚子、辛丑間，來
居滬瀆，與道希學士交誼至密，余獲常相過從。其記問極博，談論
風生，顧不以詞名，殆未有詞集。節庵先生詞，乃葉遐庵近歲所印
行。叔嶠先生余相識於北都，數共游讌，曾同往豐臺看芍藥，有詩
唱和。戊戌政變，被禍刑死。余襄助張菊生搜羅《六君子集》時，
覓其全稿不得。實甫詩詞，生前零星刊行，未有全集。歿後寧鄉程
子大頌萬將爲彙刊遺稿，未果而程君亦歿。

六一　徐仲可

杭縣徐仲可舍人珂，早歲學詞於譚復堂，《續篋中詞》曾收數
闋。復堂評周止庵《詞辨》，爲仲可作也。仲可著述最勤，晚卜居
康橋，與余比鄰，朝夕相過，輒以所撰筆記詩文詞就相商榷，謙問
再四，恂恂然君子人也。《題孫谷紉秋思集》〔西河〕云："歌舞
地，銅駝幾閱興廢。蓬萊宮闕易生塵，暮鴉四起。夕陽猶自戀江
亭，秋聲搖動葭葦。　　搔短鬢，闌獨倚。頻年書劍留滯。庚郎詞
賦郁清商，似聞鶴唳。待憑客燕話滄桑，西山依舊寒翠。　　酒酣
擊筑吊易水。望燕臺雲樹千里。我亦悲秋身世，更驚心曙色催徊
吹，殘夢重尋雞聲裏。"《春感》〔雪梅香〕云："老吟筆，重溫曲
陌舊心情。念芳菲桃李，江潭柳色同青。劫後蘭尊閑歌哭，夢中花
國詭陰晴。照淞碧，對此茫茫，春水方生。　　幽盟，負多麗，客
鬢塵蒙，幾誤鄰櫻。草綠天涯，爲誰望極長亭。拂檻寒風眩驚蝶，
捲簾斜日澀啼鶯。何堪又，餳簫社鼓，來送愁聲。"仲可有《純飛
館詞》，癸亥以後詞，則尚未付梓。

六二　惲瑾叔

陽湖惲瑾叔都轉毓珂亦字醇庵，近居滬瀆，鬻文爲生。詞筆清剛隽上，老而彌工。《立春日偶成依玉田體》〔月下笛〕云："昨夜風回，頭番記否，換紅移翠。金籠喚冷，爲道痴鸚夢餘幾。山中自昔無車馬，更屈指流年似（去）水。嘆平原牛土鞭香，拂散斷魂空際。　　人意回闌底。看千尺游絲，畫簾縈墜。東皇倦矣。問誰料（平）理芳事。莫教花柳知矜寵，怕燕叱鶯嗔又起。向遠樹聽喚鵑，真訴春愁解未。"〔雨霖鈴〕云："吳鈎霜夕，倚高穹外，夢遠天碧。斜陽一別何許，孤飛怕見，尋常坊陌。月底簫聲縹緲，冷遺佩踪迹。盡待得香霧瓊枝，甚是春風舊詞筆。　　王嬙那便無顏色，衹玉容嘆畫工難覓。飄花猛雨禁慣，渾負却綠陰憐惜。鳳枕鸞綃，誰使喚痕獨夜長拭。剪海水休試并刀，倩寄愁消息。"

六三　汪袞甫　汪旭初

吳縣汪袞甫榮寶，荃臺太守之子也。荃臺先生久居張文襄幕，綜管學務。光緒壬寅，文襄署兩江總督，余被命創辦三江師範學堂，常獲奉教於荃臺先生。及辛亥後，又得交袞甫介弟旭初東寶於滬。袞甫詩宗玉溪，爲詞絕少。兹得其〔浪淘沙〕一闋云："官柳俯河橋，冶葉倡條。臺城風片暮蕭蕭。雪藕調冰多俊侶，同試蘭橈。　　十五小蠻腰，翠羽金搖。背燈無語弄鮫綃。今夜月明歸去晚，重理箏簫。"蓋在金陵應試時所作也。

旭初詞宗清真，綿密遒俊。《過金鰲玉蝀橋有懷而作》〔解蹀躞〕云："半頃紅香初減，青蓋隨風舉。舊時靈鵲飛橈映宮女。一晌舞歇歌殘，任看水佩風裳，漫沾塵土。　　甚情緒，因念荷亭凉露，憑肩共私語。至今羅襪凌波更何許。往事重惜飄零，那堪空苑斜陽，帶愁歸去。"〔拜星月慢〕云："瘦竹通橋，垂楊縈路，步繞回堤千轉。屐齒苔痕，任東風吹遍。最惆悵、幾日輕寒薄暝天氣，嫩綠繁紅偷換。崔護重來，隔桃花人面。　　記當時、暗結秦簫

伴。空回首、事逐輕烟散。一片芳草斜陽，惹天涯幽怨。判今宵夢
怯殘燈館。梁間燕轉側聞長嘆。剩憐取一寸春心，繫連環不斷。"
〔傾杯〕云："屑玉霏譚，傾銀注釀，羈懷頓覺消釋。岸柳乍沐，
水閣過檝，恰步鄰邀笛。蠻箋蠟苣分題處，倒百尊休惜。南朝舊
恨，都付與、歷歷冥飛鴻翼。　　鬢白，從來却少，酒襟詩本，依
舊狂心迹。想再葺荷衣，嘁猿爭怪我，如何消得。楚澤行吟，西州
沉醉，莫學當時客。故山北。還祇要草堂相識。"《醉登北極閣故
址，今爲氣象臺》〔虞美人〕云："高秋與我襟懷好，落葉紛如掃。
天風吹上九層臺，但見遠山如垤水如杯。　　明明河漢通微路，
也擬驂鸞去。沉思依舊住人間，上界仙官不似散人間。"諸詞皆倚
聲上乘，可爲後學圭臬也。

六四　吳瞿安

　　長洲吳瞿安梅，爲曲家泰斗，其詞亦不讓遺山、牧庵諸公。近
得其《霜厓讀畫録》，《題鄭所南畫蘭次玉田韵》〔清平樂〕云：
"騷魂呼起，招得靈均鬼。千古傷心留一紙，認取南朝天水。
北風吹散繁華，高丘但有殘花。花是托根無地，人還浪迹無家。"
《題龔半千畫》〔桂枝香〕云："憑高岸幘，愛面郭小樓，紅樹林
隙。妝點晴巒古畫，二分秋色。高人去後闌干冷，笑斜陽往來如
客。野花盈路，當時俊侶，梁燕能識。　　但破屋西風四壁。對如
此江山，誰伴幽寂。湖海元龍未老，醉嫌天窄。笛中唱到〔漁歌
子〕，剩無多金粉堪惜。暮寒人遠，何時重認，舊家裙屐。"《題王
東莊畫》〔長亭怨慢〕云："是誰寫荒寒情緒。千丈懸厓，幾丈瀑
布。一水瀠洄，大堤環繞萬叢樹。遠峰清苦。留黛色，飛眉宇。勝
地紀曾經，但夢想登臨何處。　　延佇。對江山如此，恨少釣游佳
侶。沙棠簫管，已無複昔年豪舉。縱剪取十里吳波，怕難測明朝晴
雨。仗妙筆雲槎，點綴思翁真趣。"諸詞豪宕透闢，氣力可舉千
鈞。予嘗謂元初詞得兩宋氣味，不似明清諸家，墮入纖巧。曲盛詞
衰，實在明代。元曲高過後來，正由繼兩宋後，詞尚未衰也。

六五　陳伯平

　　長沙陳伯平中丞啓泰，以戊辰名翰林，轉御史，直聲震朝右，與黃漱蘭、寶竹坡、張幼樵、鄧鐵香、洪右丞齊名，當時有“黃寶陳張”之目。及洊升至蘇撫，嫉惡懲貪，僚屬戒畏。其自勵清節，求之清末督撫中，未有第二人能若公者。公生平精音韵、訓詁之學，間喜爲小詞。向在公婿徐紹周齋中，見其門人劉春霖殿撰手録公少作詞一卷，惜當時未能選録數闋。兹得公甥張介祉輯録遺詞相示，則多中年以後所賦，格調高雋，辭采葩正，以比范文正《歲寒堂詞》，未以綺語爲嫌也。《酬周石君集杜五言見寄》〔齊天樂〕云：“邊風吹墮紅雲影，緘來浣花詩句。碎錦新聯，零縑巧綴，一幅天然機杼。金城漫詡。怕晋帖唐臨，江東偷據。却怪涪翁，百家衣笑半山語。　　新聲還繼秀水，篋中藩錦集，編又何許。杏谷吟簫，蘆河譜笛，忙煞勻湖盟主。相思寄與。悵斷隔吟朋，太行勾住。甚日西窗，遲君同話雨。”《雲中懷古》〔念奴嬌〕云：“方山北望，障鮮卑西部，烏桓南境。當日控弦過十萬，蠻觸紛争無定。鹿苑成塵，龍堆罷戍，誰問飛狐嶺。韓陵片石，近添多少新咏。　　遥憶捼鈸宵屯，承天遠御，壓鬢宮花靚。今夜無憂坡上月，還似那時妝鏡。鳳去臺空，玉壘銀床，一例荒烟亘。邊城坐聽，暮笳猶自悲哽。”《席間與友人論詞》〔滿江紅〕云：“今夜尊前，爲默數、千秋詞客。應除却、旗亭勝侣，沉香仙伯。一自金荃開艷體，南唐西蜀彌纖仄。直沿流，争唱柳屯田，風斯極。　　秦與晏，喧歌席。坡一變，融詩筆。怪當時樂府，俳謡錯出。南宋名家何婉約，姜張吳史工堪敵。但誰饒、壯語壓辛劉，鏘金石。”〔醉太平〕云：“香殘茜襟，凉低翠簪。簾前小雨愔愔，壓梨花夢沉。　　鴛抛鏽針，鶯停素琴。一鵑啼近樓陰。和東風怨吟。”《度雁門關》〔蝶戀花〕云：“曲澗危陂連復斷。直到層顛，風景關前判。馬上驚心秋已半。南飛纔見衝蘆雁。　　塞草邊沙經眼慣。勾注山靈，可識行人倦。鈴鐸郎當催向晚。湘天一角鄉心遠。”

《元夕》〔浣溪沙〕云："月色微茫不肯明。從他燈火鬧傾城。彩雲低護一團春。　　翠縷金光舒夜景，鈿車寶馬蹴芳塵。有人閑坐譜新聲。"

六六　黃君坦

閩縣黃君坦孝平，吾友公渚之弟也。兄弟皆能文章，工詩詞書畫，殆不可及。《題埃及女王像拓本》〔滿庭芳〕云："珠鳳欹鬟，明蟬照鬢，鬟天影事留痕。訶梨半掩，鏡裏月黃昏。十種宮灣崙艷，可憐是、金塔離魂。空相惜、摩訶曲子，釵鈿逐時新。　　啼妝窺半面，咒心化石，搗麝成塵。任壓裝海客，分載殘春。誰解蘭閨索笑，飛鶯影、空剩青珉。依稀認、劫灰羅馬，留有捧心顰。"又《乙亥重九心畬昆玉導游寶藏寺》〔齊天樂〕云："層岡迤邐招提境，畫廊更依翠屼巇。鷄犬雲中，鐘魚世外，羽客衣冠未幻。茶烟別院。羨寶玦王孫，留題都遍。眼底西湖，共誰殘照話清淺。　　蕭辰試招游屐，相逢張打鶴，絲鬢愁綰。鷲寺風光，獅窩粉本，彈指華嚴隱現。白頭宮監。盡采蕨西山，翠華望斷。醉墨分箋，一庵蒼雪晚。"寺爲宮監小德張重修，住持知客皆內監。故詞中用張打鶴故事。

六七　陳寥士

鄞縣陳寥士道量，工詩，刊有《單甲戌稿》。近寫示〔蝶戀花〕小詞，亦工致細膩。詞云："欲繡鴛鴦無意緒。筆縱生花，難把心情吐。容易寫書誰寄與。如烟簾幕沉沉暮。　　十二瑤臺懸玉兔。心怯空房，如歲今宵度。手弄秦箏聲自苦。夢中且覓回腸句。"寥士師慈溪馮君木开，君木與臨桂況夔笙最契，寥士亦與之習。君木與夔笙聯句〔浪淘沙〕云："風雨黯橫塘，著意悲涼。殘荷身世誤鴛鴦。花國蟲天何處所，猶説年芳。(況)　　妾是夜來香，郎是螳螂。花花葉葉自相當。莫向秋邊尋夢去，容易繁霜。(馮)"題云："蕙風翁《天香樓漫筆》有記螳螂一則，言'藤本花有曰夜來香者，其葉下必有一二小螳螂栖集，纖碧與葉同色，若相依爲命者。曩寓金陵，歲買此花，罔或爽也。詞人體物之微，即小可以見大。余笑語翁，若仿王桐花句例，當云妾是夜來香，郎是螳螂矣。翁深賞是語，謂天然〔浪淘沙〕佳句也。聯咏足成一解。'今此墨迹，爲朱別有所藏，寥士題詩云："馮螳螂與況螳螂，留與詞壇作典章。沙子片岷成劇迹，朱家什襲付珍藏。清詞足比桐花鳳，遺迹誰尋草樹岡。不學争墩能讓號，二風高致勝獱郎。"此詩與詞家故事有關，因并録之。夔笙昔與予居爲鄰，習知其妾甚美而賢，自其妾殁，而夔笙不數年亦下世矣。相依爲命，其讖語耶？寥士況螳螂之稱，亦不爲謔矣。

六八　勞玉初

桐鄉勞玉初乃宣，於癸丑自淶水移居青島，居於勞山之麓，自以爲其家得姓之祖居，可謂爲歸。嘉興金匋丞爲繪《勞山歸去來圖》，玉初自題〔摸魚兒〕云："峙蒼溟、萬峰環翠，先疇遥溯千古。雷聲電影颺輪疾，載得蕭然家具。聊賃廡。更莫道、山川信美非吾土。高風遠數。問迷路逢萌，餐霞李白，遺躅可容步。　南雲邈，間井方叢豺虎。周京又感禾黍。江湖魏闕都成夢，蹙蹙我瞻何所。誰與語。渾不料、有人重譯談鄒魯。歸來且賦。願蠹簡埋頭，鯨波洗耳，長向畫中住。"時德國尉君創尊孔文社，玉初之往居青島，應其招也。

六九　陳師曾

義寧陳師曾衡恪，右銘中丞之孫，伯嚴吏部之子也。其遺詩爲女弟子江采所楷寫，葉君退庵爲之影印。師曾亦工詞，未有刊本。予篋中有其遺詞數闋，亟録於此。《海棠花下作》〔春從天上來〕云："翠擁紅幢，是瓊壺窈窕，飛影殊鄉。宿露搓酥，斷霞凝粉，簾捲恰對穠芳。好自珠樓燦曉，多少意、酒力難將。剪綃緗。盡一春蜂蝶，都隔銀潢。　霓裳又成恨舞，算喚起瑤姬，有淚如江。吹轉朱幡，絳雲迷却，猶憐蘸水凄涼。一捻殘嬌慵學，東風裏、曾訝濃妝。解零璫。漸絲絲細雨，委盡柔腸。"《海棠用碧山榴花韵》〔慶清朝〕云："絶艷宜簪，倩魂易冷，幾回鞞曇東風。春嬌乍倚，曲欄獨映嫣紅。和醉重鳴怨瑟，弦間幽意有誰同。斜陽外、斷霞作被，殘粉成叢。　猶憶故山步月，聽杜鵑啼夜，綠碎烟空。朱英數點，飛簾應爲詩工。鏡裏暗藏清泪，怕教零落亂雲中。深深院、濃愁未醒，爭似花濃。"〔踏莎行〕云："鳳帕題紅，鵝笙吹霧。夢中哽咽天涯語。細簹幽瀨獨來時，玉鴉啼過南塘路。
　　一髻遙山，三春柳絮。十年間事匆匆度。高樓寂寞到平蕪，斜陽已入傷心賦。"〔浣溪沙〕云："銀漢臨岐一道催。悄風黃葉共徘徊。青燈低映綉簾開。　故國寒砧傳晚信，錦衾瑤瑟動清哀。三更殘月度秦淮。"其二云："回首秦林入夢空。片雲流水隔香紅。玉簫帆落石塘風。　辛苦猶憐天外月，素秋飛影入瑤宮。千門人語斷腸中。"諸詞皆大雅之音，長調步武碧山，非徒模擬。

七〇　俞階青

　　錢塘俞階青編修陛雲，曲園先生之孫。其詞清空，頗有家法。《夕陽和史梅溪春雨韵》〔綺羅香〕云："淡欲生陰，去還成戀，驚眼天涯遲暮。翠舞紅酣，肯爲朱門少住。下芳砌、蝶暝重簾，倚荒戍、雁沉寒浦。借枝頭餘暖無多，栖鴉啼夢玉京路。　江城哀角自奏，剩有西風茸帽，蒼涼歸渡。一抹殘山，映取倦妝眉嫵。伴孤影、知有誰來，寫閑恨、了無著處。乍消凝、換却黃昏，亂蟲栖共語。"

七一　鄭翼謀

　　上海鄭翼謀永詒，別號質庵，能詩，偶爲長短句，妙似迦陵。《香雪海》〔行香子〕云："樹老無塵，香暗無痕。更茫茫、海樣無門。珊瑚枝冷，又是黃昏。閱幾番風，幾番雪，幾番春。　雪白於銀，花凍於雲。守天寒、鶴瘦於人。誰驚鶴夢，喚起花魂。記路三叉，笛三弄，月三分。"

七二　梁公約

江都梁公約焭，工詩，有《端盧堂集》一卷。亦能爲小詞，歿後其稿散佚，世不經見。〔虞美人〕云："千闌百就渾如醉，消盡相思味。夢魂猶作有情痴，不道殘春又過牡丹時。　　罡風隔斷蓬山路，密約無憑據。爲郎拼作夢中人，獨向百花深處一傷神。"

七三　沈子培

嘉興沈子培方伯曾植有《曼陀羅庵詞》一卷。茲搜得集外詞一解，《和陳子純韵》〔喜遷鶯〕云："南湖日暮，盡看遍游冶，總宜船舫。瘴雨飄襟，蠻花側帽，嘆今日江湖倦旅。爲問漁莊蟹舍，何似馬人龍户。聽夜雨暗潮生，還有婆留知否。　　是處，深巷踏歌女。春聲點徹都曇鼓。鶴去亭孤，龍移潭冷，望到江蓮白羽。幾日竹林游拍，迹遍梅邊樂句。莫苦憶武昌魚，試鱠宋家霜縷。"子純，仁先叔也，亦字止存。今子培詞集中，有《和韵寄仁先》〔喜遷鶯〕一解，乃叠此韵也。

七四　張文襄

南皮張文襄公之洞，《鄴城懷古》〔摸魚兒〕詞云："控中原、北方門户。袁曹舊日疆土。死胡敢嚙生天子，袞袞都成讕語。誰足數。强道是、慕容拓拔如龍虎。戰爭辛苦。讓俘億追歡，無愁高緯，消受閑歌舞。荒臺下，立馬蒼茫吊古。　　一條漳水如故。銀槍鐵錯銷沉盡，春草連天風雨。堪激楚。可恨是、英雄不共山川住。霸才無主。剩定韵才人，賦詩公子，想像留題處。"文襄生平不作詞，此爲僅見。文襄督鄂時，閩縣鄭蘇戡孝胥曾在其幕，一日，文襄閱兵洪山，馳馬如飛，銀髯飄拂，觀者塞途歡呼，蘇戡賦〔百字令〕以獻。詞云："雨晴山出，正東城草軟，湖光搖墋。一點紅旗遥指處，萬衆沉沉初列。九地潛攻，從天倏下，客主旋相躪。閻浮俄震，火雲沖散飛蝶。　　馳馬來者髯公，微吟弄策，憂國顔成纈。喚起忠魂應再世，滿眼英雄人杰。楚户終強，江流休轉，老去餘心鐵。鼓鼙聲遠，受恩空自腸熱。"文襄拍案稱絶。蘇戡生平亦不作詞，此亦僅見也。

七五　陳寅恪　方恪

義寧陳寅恪、方恪，伯嚴之子，師曾之弟也，皆工爲詞。寅恪《咏簾》〔鎖窗寒〕云："鳳節妒香，鸎花薄媚，睇珠深裊。瑶街静擁，潋瀾夢痕難掃。縮風絲、晴廊燕翻，石泉金點疑沾抱。最玉樓十二，銀河凉挂，碧笙吹曉。　　窺笑。當年少。記高卷南薰，神仙人妙。橫街放夜，坐送千門歡鬧。更玲瓏遥倚未眠，夜情密意飛到。幾花時省識春風，窣地銀鈎悄。"〔破陣子〕云："頬玉秋香樓底，裁雲粉絮簾前。莫把尋常花月恨，譜入鈿筝舊雁弦。春城話可憐。　　一自蘭橈催發，幾回荔浦情牽。錦被半堆金綫暗，冷落閑門逐繡韉。東風伴醉眠。"《早春》〔浣溪沙〕云："伏枕爐烟睡起遲。小山殘雪欲來時。鬢邊風信玉梅枝。　　來往江城惆悵客，泪痕和墨教題詩。洞房空想碧螺卮。"方恪《崇孝寺牡丹》〔三姝媚〕云："鸎啼無意緒。撩晴絲芳菲，鈿車如水。錦街南，認翠翹金暖，緑烟垂地。玉蕊唐昌，都不是仙家塵世。鳳吹歸來，潋灎韶華，好天沉醉。　　何似。千嬌羅綺。問第一昭陽，那人能比。换曲移宫，又舊愁新恨，臉霞扶起。夢覺傾城，偏誤了平章門第。記取春風詞句，閑情自理。"《題王伯沆孤雁圖》〔疏影〕云："西風漸緊，對暮天杳靄，雲意低暝。倦羽催歸，迢遞烟程，凄凉説與秋景。寒山占斷相思路，盼不到、書題斜整。悵玉樓、縹緲香深，合是酒消人醒。　　還憶長門影暗，怨啼似訴語，封泪怨枕。渭水波聲，幾點清輝，换了唐宫金鏡。蒼茫别下汀洲去，任瑟瑟、秋江淘盡。更那知、夢穩霜葭，自有寒心難省。"《秋日徐園》〔曲游春〕云："桂院新凉嫩，看秀蕊離離，難畫秋色。曲映朱門，鎖香苔金

井，碧醒喧寂。石磴蘿陰濕。認隱約浪題浮壁。甚杜郎俊賞，歸來
惆悵，綠窗風日。　　弄白。新蟾檐隙。誤臨水眉梢，窺粉簾額。
往事豪情，幾因歌駐彎，藉花圍席。屈指韶光隔。嘆勝地、風流都
息。更恁時、掩淚林亭，故人共惜。”〔拜星月慢〕云：“缺月牆
陰，幽香坊角，隔水砧聲微度。依舊風情，認文窗烟霧。嘆如夢，
最是欹紅軟翠筵底，鳳臘匆匆歸去。永夜無聊，數青溪鐘鼓。
甚傷心、穩向天涯住。孤鸞信、第一眉痕誤。料應紅袖寒添，惹歡
塵都污。記今生、萬種溫柔處。天河回、錯喚桃根渡。祇賺得、楚
客蕭疏，寫江關哀句。”

七六　程彥清　子大

寧鄉程彥清頌芬、子大頌萬兄弟，爲雨滄教授霖壽之子。雨
滄有《湖天曉角詞》二卷，彥清有《牧莊詞》三卷，子大有《鹿
川詞》三卷。雨滄〔歸國謠〕云：“芳草碧。舊日送君情脈脈。西
風吹老邊庭白。　　王孫一去無消息。傷秋色。天涯萬里長相
憶。”《登雲麓寺賦寄茶村江右》〔西河〕云：“憑眺處，山川滿目
如故。天風蕩得日光寒，澹雲未雨。翠岩萬木漸知秋，秋山猶欠紅
樹。　　烟際雁，紛爾汝。寒鴉逐隊爭舞。來登絶頂盼長江，一航
快渡。古今萬事繫心頭，蒼蒼相對無語。　　等閑有酒念故侶。問
天涯何酒能估，料也者番延仁。立孤峰、目極章江路。一片斜陽關
山暮。”彥清《餞春和中實》〔長亭怨慢〕云：“問春色、端歸何
處。有個雛鬟，悄開璚户。驀地銷魂，落花成陣攪愁緒。燕憔鶯
悴，空賺得、人無主。嘆逝水年華，莫迸作、梨雲棠雨。　　春
去。認紅愁綠慘，玉箸濕侵紈素。楊花糝徑，祇瞧做、離筵尊俎。
念此後、漲綠天涯，怎拋得、嬌紅庭宇。正悵怨芳時，陰滿林家桃
樹。”子大《寄懷劉達泉申江》〔瑞鶴仙〕云：“記單衣換却，頻
過訪、巷曲斜陽抹角。秋關叩誰覺。正添香詞就，窗邊閑酌，吟商
鬢薄。對瞑蟬如話舊約。甚街塵不到，偕引素尊，幾憑高閣。
事往劉郎黯省，劫替昆池，歌終淮泊。驚飈又作，頹巢燕，且尋

幕。嘆《懷沙》有賦，無歸招汝，歸來還對落寞。任鹿川暫托，惟倚簞瓢自樂。"《寄雲隱翁申江》〔西平樂〕云："岳翠招人，岸沙罨騎，疇昔共樂湘清。家巷尋常，嫁桃初日，陪翁社酒携罌。歎故侶黃壚半逝，新恨烏衣易夕，爭知晦迹窮途，誰能躍馬功名。休更雕龍綉虎，奇絶處、下筆少人驚。　　越壚千里，淮花一舫，聊浪尊前，姑寄平生。念我鬵、淞濱歲晚，西屋東傾。茗芋琴書暫托，嬌女新添，惆悵而翁鬢欲星。歸去未宜，灾年壓病，兵爲催詩，儻更浮家，莫是天涯，重携笑語盈盈。"程氏父子在湖南皆頗有文名，子大尤俊，乃潦倒場屋，始終不獲一領青衿，中年以納粟爲知府，老於湖北。辛亥後，避居海上，常相過從，亦漚社中一老將也。

七七　嚴載如

上海嚴載如昌埁，年富篤學，工爲詩詞，向於周夢坡齋中作畫會，獲與訂交，恂恂然一儒素之士也。其寫花卉，亦饒雅韵，殊異於今所謂海派者。有《秋日游內園》〔百字令〕云："西園咫尺，展東偏一角，別開圖畫。位置不逾三畝地，林壑并包池榭。王粲登樓，米顛拜石，幽致供陶寫。尋秋憑眺，應知風月無價。　　放眼景物都非，人民城郭，遼鶴歸同化。老栝蔥蘢曾手撫，舊事不堪重話。（園舊有白皮松一株，枝幹蟠屈，一望蔥郁，《上海縣續志》載入名迹門，今枯死十餘年矣。）靈爽烟熅，畫圖省識，香火供龕舍。（廳事懸元製秦公裕伯畫像，歲時制享。）小媰環地，奇書羅列盈架。（觀濤樓購置《四庫全書》珍本，任客觀覽。）"內園者，上海城內三園之一也。其地廟會極盛，園向鎖閉，近數年始縱游人觀覽。

七八　邵伯絅

杭縣邵伯絅太史章，譚復堂先生之高足弟子也。著有《雲淙琴趣》三卷，詞境上追夢窗，守律極嚴，純取生澀，不襲故常，可謂盡能事。《社園鶯枝和閏庵》〔宴清都〕云："萬點嫣紅樹。繁華夢、絢春天霽沉霧。緗梅遜艷，夭桃潛彩，龍池波沍。晴空照徹鸞雲，似絳闕仙幢正渡。奈歲華爛縵人間，朱顏不教輕駐。　詞官往事重尋，穠芳手撚，憑續花譜。攢枝簇綉，長依禁苑，認啼鵑處。良辰輦游何在，消息待傳言玉女。問甚時輝映霞裳，披香暗護。”鶯枝花以北地爲盛，南方絕少，俗謂之榆葉梅。

七九　袁文藪

杭縣袁文藪毓麐，寄寓宣南，蜚聲吟社。客歲來滬，始獲識面。所著有《香蘭詞》一卷。《登清涼山頂遠眺》〔滿江紅〕云：“振袂登臨，數不盡南朝陳迹。冶城裏、過江年少，連扇裙屐。斷壟導淮空問姓，埋金厭氣仍開國。看蔣山草長鬥青青，斜陽色。

翠微址，尋無石。華陽隱，荒無宅。聽打鐘古寺，感懷今昔。埤上雞鳴風又雨，關前虎踞潮還汐。指新亭咫尺是兵衝，征衫濕。”《擬屯田》〔少年游〕云：“高陽狂客醉登樓，天氣肅清秋。鄉關不見，江山如此，莽莽使人愁。　垂楊凋盡黃金縷，好夢付東流。畫角聽殘，曲闌敲遍，無計辨歸舟。”詞境空靈，上擬稼軒，得其細膩。

八○　關穎人

南海關穎人麎麟著有《秭園詩集》。秭園者，其居北平時所建別墅也。曩嘗聚集爲詩鐘會，穎人記問最博，每會輒冠曹。其夫人張織雲亦工吟咏，今集中有《飴鄉集》四卷，乃其夫婦唱和之作。穎人詩篇極富，偶爲小令，亦至工致。《豳風堂晚飲》〔蝶戀花〕云：“林氣蘇蘇收積雨。曲岸荷風，盡力吹殘暑。選得闌干臨水處，杯盤草草誰賓主。　向晚蟬聲催客去。柳外明蟾，却又留人駐。燈火西門門外路，歸鴉已滿城栖樹。”織雲和詞云：“萬綠蔥蘢含宿雨。霽色初開，亭榭清無暑。一棹烟波容與處，垂楊院落誰爲主。　薄暮馬嘶人漸去。凉月如鈎，照我行還駐。芳草黏天丁字路，雙雙歸鳥池邊樹。”

八一　沈尹默

吳興沈尹默，著有《秋明集》。其平昔論詩論詞，皆主放筆為之，純任真氣，不規規於字句繩墨。其詞一卷，皆小令，未嘗為慢詞也。〔浣溪沙〕云：“雨過猶聞隱隱雷。乍涼天氣好池臺。荷花自在向人開。　　　但恨花無人耐久，比時堪賞莫停杯。人生何事待秋來。”《西山道中》〔思佳客〕云：“十丈紅塵一霎休，偶憑林壑散羈愁。晚風吹帽臨官道，小輦催詩紀舊游。　　　雲淡淡，意悠悠。亂蟬聲裏雨初收。柳光嵐翠知多少，又是新來一段秋。”〔好事近〕云：“今日見晴空，明日陰晴難度。一任天公做弄，有誰能管著。　　　飛來群鵲鬥斜陽，半點無拘縛。別是一般滋味，看人家歡樂。”諸詞固皆出之自然，意境亦極新穎也。

八二　邵蓮士　蔡師愚

餘姚邵蓮士啟賢，德清蔡師愚寶善，皆宦游吾鄉，有同著籍。二君文采斐然，詞名相埒，而師愚之子謙，為予從姪婿，蓋戚誼而兼文字交也。蓮士《簡半櫻用屯田韻》〔傾杯〕云：“夢雨飄春，暝煙沉畫，漫空又換愁色。倦旅乍息，舊恨暗咽，寄一枝梅驛。天涯幾許回車泪，酒邊箏笛，閑情懺盡，拈錦字、懶付回文重織。

　　却羨星槎萬里，海雲東去，曾展垂天翼。料別後風光，櫻花憔悴，為江關詞客。白社傳箋，青溪飛槳，認遍泥鴻迹。憶鄉國。憑剪取、聖湖寒碧。”師愚《游拙政園》〔綺寮怨〕云：“夢雨春歸何處，午晴庭院深。正滿目、斷瓦頹垣，回廊隱、數處亭林。當年潭潭第宅，繁華逝、麝屑香篆沉。剩幾時、畫閣朱簾，塵封久、敗壁蟲夜吟。　　　一徑屐痕漫尋，蒼苔倦步，迎人萬玉（去）森森。根觸詩心。聽流水，響鳴琴。山茶甚時落盡，且悵惘，翠藤陰。風來襲襟。生涯試對鏡，霜鬢侵。”師愚已刊有《一粟庵詞》行世。

八三　彭菶思

高安彭菶思醇士，能詩善畫，詞尤工緻。《調頤水》〔三姝媚〕云："銀屏圍繡綺。正垂蓮燈圓，歔猊香細。杏雨添寒，襯玉纖葱蒨，絳囊溫膩。鏡寫春山，贏記得親描眉翠。別後雲英，愁把金尊，暗澆紅泪。　　楊柳雕鞍重繫。念舊曲桃根，有人曾似。夢袞陳宮，聽繞梁瓊樹，弄嘮鸚脆。象管鸞箋，空悵望、僊舟雙美。待與清詞低唱，箏絲自理。"吾鄉瑞州，在宋爲筠州，名宦有蘇子由、楊誠齋。華林、荷山、珠湖、鏡溪，地占清嘉，士多文藻。高安、上高、新昌三邑之人，多諳音律，能歌古詞曲，亦特長也。

八四　許季純

長沙許季純崇熙，昨年乙亥逝世，遺集尚未刊行。季純詩詞皆臻上乘，而爲書名所掩。《辛未立夏風雨》〔漢宮春〕云："生怕歸春，倩楊絲綰住，藤蔓牽回。新來曉鐘忽動，杜宇頻催。天涯綠遍，剩酴醾、慵綴蒼苔。還竟日、風風雨雨，惜花心事成灰。　　應識流光如水，盡雲鬟雪面，轉眄都非。餘芳未全消歇，隱約珠胎。圓荷的皪，盼紅衣、重與傳杯。休苦恨、春將花去，見花却帶春來。"

八五　陳倦鶴

江寧陳倦鶴世宜，爲張次珊通參高第弟子，光宣間從朱漚尹侍郎吳門，居法政學校講席，境界復絕，足證淵源。〔綺寮怨〕云："縹渺神山何處，海光回望遥。聽廣樂、醉引流霞，清虛府、絳袂曾招。呼龍耕烟種玉，玻瓈脆、鏡日誰更敲。怕爛柯、對弈無人，空中語、夢鹿重覆蕉。　　漫信跨鸞上霄，紅朝翠暮，雲翹慣怨回飆。貝闕珠巢。擬同賦、水仙謡。天孫聘錢償否，洗泪眼、愛河潮。樓頭弄簫。前宵尚解珮，臨漢皋。"《滬濱雪中度歲寄懷同社諸友》〔泛清波摘遍〕云："燒痕野草，瞥影邊鴻，如矢歲華催換了。睡中山色，但有梅枝占春早。淞濱道。明燈閃閃，官柳蕭蕭，連騎俊游今漸少。繡幕休垂，放入寒光見懷抱。 庾園悄。飛絮乍縈畫檐，解凍尚遲芳沼。翻恐回風，向人鬢絲吹老。獸香裊。花外信息愈疏，天涯夢程難到。幾處金盤燕簇，醉吟昏曉。"

八六　吳仲言

吳興吳仲言錫永，早年治兵家書，儒將也。昔同官金陵，時共游讌。是時在江南治軍者，徐固卿同年，爲新軍統制。俞恪士提學，監督陸師學堂，一時軍咨將弁，多爲績學之士。仲言有《和半櫻》〔傾杯〕云："目逐飛雲，思隨歸鳥，江城漸合暝色。暮雨暗燭，苦竹繞屋，宿水村荒驛。憑闌獨自傷心處，忍泊舟聽笛。多情笑我，休更道、日日清愁如織。 剩憶鵬搏直上，錦程千重，爭奮垂天翼。恁綫壓頻年，鶯飄依舊，是他鄉爲客。海角懸帆，軍中磨盾，白雪留鴻迹。念家國。看陌柳、暖風吹碧。"此詞悲歌慷慨，不異稼軒、龍洲也。

八七　徐紹周

長沙徐紹周楨立，爲叔鴻觀察丈之子，詩詞書畫，無不精能。庚午歲，避地來居海上，與予結詞社、畫社。湘人之能爲詞者，陳伯弢歿後，紹周當居壇坫之長。予六十初度，紹周贈詞〔慶千秋〕云："溟漲腥收，又銅街密樹，幾換青葱。吹香露花半畝，依舊薰風。莎亭蘚閣，記年時、尊俎頻同。天更許、循階歲月，海涯羸見桑紅。 往事壯懷無限，譜清詞小海，歌付吳儂。回看上霄五老，依約何峰。還山未得，掃烟螺、添寫吟笻。人未老，朱顏好駐，勸斟石上花茸。"

八八　易大厂

鶴山易大厂孺，工詩詞書畫篆刻。其《大厂詞稿》，手寫印行，巾箱携取，良可珍玩。《夢窗韵答雲持》〔思佳客〕云："凉後冰帷斷水沉，衹餘星漢隔宵心。未驚瑤盎添人醉，恐爲銖衣殢夢深。　　和怨拆，帶香斟。玉瑙親手累沉吟。飛來日上催詩雨，不管南雲片片陰。"《庚申重陽析津携眷屬登河北公園小山》〔六么令〕云："嫩陰扶午，綿緪添微燠。清沽照雲同繞，燕子低如沐。又見園亭陟道，轉折行都熟。寒香猶逐。呼錢急買，深碧輕黃趁時菊。　　殘陽樓外漸没，瑟瑟難窮目。溪畔似鬖叢蘆，怒出參差玉。閑恨霜皮老柳，聽過從軍曲。榮林休卜。茱萸無恙，共取平安對花囑。"

八九　張次珊

張次珊通參遺詞，頃得其門弟子陳君倦鶴爲刊行續集。倦鶴極矜慎，於去取疊商於予，所删數闋，大抵爲平昔酬應不甚經意之作。兹録存三闋於此，《題袁太夫人詩集》〔絳都春〕云："雲霞新組。是舊日浣花，雕龍機杼。一片古香，百斛清愁穿珠語。疏林落月懷鄉句，便江筆如花應妒。抵他多少芳情，藻思悴春工賦。

還慕。璿閨艷福，洞簫按、鏡裏鳴鸞對舞。漱玉曼聲，徐淑書名爭前古。諸郎詞苑森旗鼓，但餘技、阿娘分與。灑然林下高風，鳳毛幸睹。"《將往吴門和韵賦酬雲門花發》〔狀元紅慢〕云："白手無持，紅牙細按，燦心蕊都坼。金相玉質。麗才擅、不數文章燕國。下筆風雨驚，日試萬言何雄特。苦耽吟、怕夜深臨鏡，鬢點霜白。　　可奈梅花催我，躧履靈巖，橇舟石壁。明日天涯獨對酒，問何似、繾綣今夕。暮雲思渭水，寒雨送吴江行客。更回頭、看整頓濟時，垂手飢溺。"《題周養菁篝燈紡讀圖》〔鎖窗寒〕云："穗影凋春，機聲送夕，素帷兒女。柔絲萬轉，未抵心中愁緒。忍無眠、漏殘未休，父書檢疊親傳與。對短檠、慘碧年年，禁慣敝廬風雨。　　回顧。浮名誤。記手綫縫衣，泪揮臨去。京塵半染，負了當年烏哺。想官齋、樺烟夜燒，往懷暗觸悲誰語。待瀧岡墓表，新題大筆同千古。"

九〇 王木齋

上元王木齋德楷，與予侄承慶爲丁酉同年生，昔年在文芸閣席上見之，遂與訂交。木齋記問博雅，善談論。庚子、辛丑間，在滬上，蓋無日不相往還。所著《娛生軒詞》，近年其鄉人盧君冀野始獲録刊一卷，蓋遺稿散佚者多矣。〔壽樓春〕云："聽啼鶯消魂。向垂楊萬緑，立盡黄昏。輸與澆愁紅友，醉鄉延春。頻悵望，年時人。數飄零、誰依王孫。算鶼鏡盟寒，鴛樓夢熟，芳思總成塵。

重來處，空斜曛。蕩歌雲一片，猶戀芳尊。應有文蛛冒壁，候蟲迎門。聊踪酒，張吾軍。眷舊情、翻憐桃根。任頹影扶花，東風泪盈欹岸巾。"此詞作於秦淮水榭，時有所眷，已他適矣。予略知其本事也。

九一 壽石工

山陰壽石工鑴，規橅夢窗，意濃語澀，有《珏庵詞》行世。《城南歌席》〔蘭陵王〕云："水仙瑟，流響煎情共急。依稀嚴帳古簾，瞥眼繁花媚瑶碧。清寒味慣識。蕭寂。春如過客。黄昏半、何處頓歡，微著歌雲弄香息。 回風麝塵藉。但碎語蟲天，零夢鷗席。商弦催唱銷魂色。看莩熨眉小，暈酣渦淺，俟光飄送電駱驛。怎臨去禁得。 行歷九街直。漸入畫遥空，皴剩鉛墨。沉陰戲鼓聲中黑。便約扇籠暝，障羞痕窄。燈筵妝竟，又冒影，翠黛澀。"是詞不特藻采芬逸，氣韵尤高，勁氣中深含静穆之旨。予嘗謂夢窗詞，如漢魏文，潛氣内轉，不恃虚字銜接。不善學者，但於字句求之，失之遠矣。石工真善學者也。

九二 許守白

番禺許守白之衡，羅君掞東之戚。曩在北都，時相過從，今歿已數年矣。予昔評其詞，謂意深而能透，辭碎而能整。朱漚尹則謂其思窈而沉，筆重而健，亦海南之杰出者也。《和清真韵》〔滿路花〕云："簾鈎閣晚陰，窗楣融晴雪。飛梅嬌弄蕊，輕塵絕。游絲拂處，一縷柔情折。客愁天際闊。不斷平蕪，送人又換韶節。新梢紅糝，暗灑啼鵑血。雲屏燈影顫，春魂接。蓮壺動響，催夜聲聲切。幽夢尋花説。却愁好花似人，容易輕別。"

九三　譚祖庚

茶陵譚祖庚軍部恩闓，文勤公第四子，組安先生之弟也。吾友陳伯弢在日，盛稱其能詞。庚午，其公子光刊其《靈鵲蒲萄竟館遺詞》，予曾序之。《擬花間》〔四字令〕云："蘭釭穗長。金猊爐涼。玉階碧瓦凝霜。送流光滿窗。　　鸞釵澹妝，羅襦素璫，相思欲夢高唐。望巫山斷腸。"〔桂殿秋〕云："秋正好，日初融。鈿車經處瑞香濃。夭桃華始瑤臺露，叢桂馨時玉殿風。"小詞澤古，甚見才力，惜得年不永耳。

忍古樓詞話續編

夏敬觀◎著

《忍古樓詞話續編》刊於《同聲月刊》1934 年第 4 卷第 1、2、3 號，署"映庵"，原題爲《忍古樓詞話》，今爲與《詞學季刊》有别，稱爲《忍古樓詞話續編》。另，《映庵文稿》第十六册《五代詞話》内容與《同聲月刊》基本一致，惟前多一則討論《花間集》版本，今録於下。"《花間集》，臨桂王幼遐侍御影寫聊城楊氏海源閣所藏宋本，刊於四印齋。其後仁和吴伯宛覆刊明正德陸元大重刻之宋本。元大所據爲紹興十八年濟陽晁謙之所刊。兩本前歐陽烱叙皆題：廣政三年四月。查後蜀孟昶立不改元，仍稱明德。至五年始改元廣政，則廣政三年乃晋天福七年也。是選於諸人皆題官。和成績凝，仕後唐、晋、後漢、周四朝。晋天福五年九月，自翰林學士承旨户部侍郎爲中書侍郎同平章事，何以此稱和學士，不曰和相？張子澄泌，仕南唐後主時始爲中書舍人，則距廣政已二十餘年矣，此何以題曰張舍人？孫孟文光憲，初仕高從晦爲從事，歷保融及繼冲三世，皆在幕府。雖累官至檢校秘書監，必甚晚，此何以題曰孫少監？是編所選凡十八人，温飛卿、皇甫子奇，唐人也，故以冠首。合和凝、張泌凡四人，與蜀無涉。餘皆蜀人或仕於蜀者，殆蜀人選蜀詞，宜其獨多也。遺庾傳素、歐陽彬不入選，何耶？《四庫提要》謂坊刻妄有增加，殊失其舊，余所疑或亦宋坊刻之過歟？"

《忍古樓詞話續編》目録

忍古樓詞話續編

一　五代詞專集

　　五代詞專集，存者惟馮延巳《陽春集》而已。韋莊《浣花集》後，不附其詞。牛嶠有集三十卷，歌詩三卷，李珣有《瓊瑤集》，孫光憲有《荆臺》《筆傭》《橘齋》《鞏湖》諸集。和凝有《紅葉稿》(《宋史·藝文志》有《紅藥編》五卷。)，今皆不傳。《宋史·藝文志》，又有《李煜集》十卷，《集略》十卷，詩一卷。《成文幹詩集》五卷，既不傳，亦無由知詞附集中否，故惟賴有《花間》《尊前》二選集矣。考《花間》爲後蜀趙崇祚所編，《尊前》則不詳編者姓名時代。以二集參對，除唐詞不論外，惟歐陽炯〔春光好〕"蘋葉嫩"一首，《花間》選作和凝詞。李珣〔西溪子〕(金縷翠鈿浮動) 一首，《花間》前六句與《尊前》同，末作"無語倚屏風，泣殘紅"，與《尊前》異。又薛昭蘊〔謁金門〕一首，《花間》同，然則《尊前》所選，殆收《花間》不選之詞，其與《花間》複者，偶不經意耳。五代詞宋初尚易見，是亦《尊前集》爲宋初人所編之證。明萬曆嘉禾顧梧芳《序》，稱"聯其所製，爲上下二卷，名曰《尊前集》"，又稱"素愛《花間集》，而余所編第有類焉"。毛子晉重刻之，則謂"《尊前集》本不傳，梧芳采録多篇，釐爲二卷，仍其舊名"。一若輯自顧氏之手者，殆顧氏竊宋編爲己有，而毛氏又爲顧氏欺也。

二　五代詞當分二派

《花間》爲後蜀所編，既不列蜀主王衍、孟昶，則不及南唐二主，自屬當然，無庸疑議。至其所選諸人，多屬於蜀。其不屬於蜀者，衹張泌、和凝、孫光憲三人。而孫光憲雖不仕於蜀，爲蜀之資州人，則不屬者，實僅二人。五代詞當以韋莊及南唐馮延巳爲最，既及南唐張泌，而遺馮延巳，未知何故。若謂其擇及人品，則和凝身仕四朝，豈能高於延巳？由斯言之，殆以詞之派別而有所去取也。余嘗謂五代詞當分二派，《花間》乃蜀派，南唐與之稍異。南唐二主詞稍流動，蜀派則務爲凝重。及於宋，二晏、歐陽皆宗南唐，其爲蜀派者惟張子野一人。

三　花間所選詞人

《花間》所選，屬於蜀者，十三人，其間確爲蜀人者，衹閻選爲蜀布衣，毛熙震蜀人，歐陽炯蜀益州人，尹鶚蜀成都人，李珣蜀秀才，而李珣且本爲波斯人。此外，韋莊杜陵人，牛嶠、牛希濟隴西人，毛文錫南陽人。若薛昭蘊、魏承班、顧夐、鹿虔扆，其爲何地人不可考，皆仕於蜀者。《五代史》所謂當唐之末，士人多欲依建以避亂，故其僞號，所用皆唐名臣世族，可證仕於蜀者，非必蜀人也。南唐則不然，二主徐州人。馮延巳彭城人，張泌淮南人，成幼文江南人。（《漁隱叢話》引《古今詩話》云，江南成幼文爲大理卿，詞曲妙絕。《歷代詩餘詞人姓氏錄》作成幼文江南人，官大理卿。當即據《漁隱叢話》《尊前集》作成文幹。《宋史·藝文志》有《成文幹詩集》五卷，幼文當即成文幹也。）其入選於《尊前集》者，皆江南人之屬於南唐者也。

四　尊前所選詞人

屬於蜀者，又有歐陽彬，衡州人，仕前後蜀官至尚書左丞，寧江軍節度使。庾傳素，不知何地人，仕前蜀，累官至中書侍郎，後隨衍降後唐，授刺史。《花間》遺之，《尊前》入選。《尊前》又有劉侍讀、許岷無考。徐昌圖，莆田人，屬於南平，入宋，官殿中丞。林楚翹，《歷代詩餘》列於唐代。

五　金奩集

《金奩集》，明正統海虞吳訥所編《四朝名賢詞》之一也，朱滙尹以宋吉州本《歐陽文忠公集》，刻於慶元二年。《近體樂府》校語引《尊前》《金奩》諸集。陸放翁《跋金奩集》云："飛卿〔南鄉子〕八闋，語意工妙，殆可追配劉夢得〔竹枝〕，信一時杰作。"定其爲宋人雜取《花間集》中溫韋諸家詞，各分宮調，以供歌唱，其意欲爲《尊前》之續。故〔菩薩蠻〕注云："五首已見《尊前》，〔南鄉子〕本歐陽炯作，放翁目爲溫詞，可見標題飛卿，由來已古。"其言甚是，此集全錄自《花間》，惟排分宮調，爲可貴耳。

六　溫飛卿

飛卿以薄於行而遭屏弃，兩《唐書》本傳皆言之，其不遇宜也。〔菩薩蠻〕詞，或傳係代令狐綯作，張皋文以"感士不遇"釋之，恐未必然。

七　學詞者必先知詩

唐詞初由詩變，所以渾厚，故學詞者必先知詩，乃能造詣上乘。飛卿深美閎約，神理超越，張皋文、周止庵知其無迹象之中，字字連繫，得其篇法脈絡。持此法尋《花間》諸詞之緒，庶不浮泛籠統，而亦悟南宋詞之過露針縷痕迹爲薄也。飛卿詩在晚唐亞於李義山，溫李齊名，而溫以詞勝，猶之道子善書，惠之善塑，使溫果不能詩，或其詩不能亞於李，則亦必不能爲此詞也。

八　韋莊詞

韋莊《浣花集》詩，止於近體，辭婉骨遒，亦韓冬郎之亞，故其詞格高音亮，比之飛卿，稍趨流麗。以其〔菩薩蠻〕五闋，與飛卿〔菩薩蠻〕十四闋相較，飛卿多用縮筆，且章法衍接處，不易見。(飛卿十四闋，或非一時所作，張皋文所評，亦有牽強處。)端已五闋，則銜接甚明，皋文所評，亦極確切。(篇法者，一闋中之脉絡也。章法者，數闋相連之脉絡。飛卿十四闋，皋文以章法言之，甚牽強。)以篇法言，飛卿〔菩薩蠻〕(小山重叠)一闋，首二句言天曉睡醒，次二句言懶起梳妝，下四句則妝成著衣矣。自顧憐影，觀物思情，脉絡甚明。"水精簾裏"一闋，當如皋文所言。"江上柳如烟"以下，所叙爲夢境，至"蕊黃無限"以下三闋，則未必皆本人夢之情也。飛卿〔菩薩蠻〕詞，實有十五闋，其"玉纖彈處"一闋，《花間》未選，完全賦泪。可推知十四闋，非必一時之作，不當以章法言之也。

九　飛卿詞從六朝樂府出

飛卿詞，實從六朝樂府出，不僅命意，遣辭亦然。句中絕少使用虛字，轉折處皆用實字挺接，故不見鈎勒之迹。唐時詞體，至飛卿始告大成，命意遣辭，在初創者不失爲新，經後人襲取，遂成陳舊。況夔笙謂："《花間》至不易學。其弊也，襲其貌似，其中空空如也。"此語誠然，然小令至高之境，厥在《花間》，謂其不易學誠是。若做小令，不知《花間》之妙處，終落下乘。蓋學者欲去貌襲之弊，欲其中不空無所有，須從六朝樂府及小品賦用功，且須能詩而後可。

一〇　飛卿詞造句新穎

飛卿詞造句新穎，而仍不現刻畫。若〔菩薩蠻〕之"明鏡照新妝，鬢輕雙臉長"，"鬢輕"者，髮稀；"臉長"者，面瘦也。"深處麝烟長，卧時留薄妝。"人多言曉妝殘，未曾道著卸妝後之所留也。飛卿〔更漏子〕云："梧桐樹，三更雨，不道離情正苦。一葉葉，一聲聲，空階滴到明。"〔南歌子〕云："手裏金鸚鵡，胸前繡鳳皇。偷眼暗形相。不如從嫁與，做鴛鴦。"其詞流麗似此者極少，是爲南唐二主之所取法，五代詞流麗者，大都仍重在勒住，不然，便薄矣。

一一 飛卿河瀆神賦調名本意

飛卿〔河瀆神〕三闋，皆賦調名本意也。〔河瀆神〕云："河上望叢祠，廟前春雨來時。楚山無限烏飛遲，蘭棹空傷別離。"又"孤廟對寒潮，西陵風雨蕭蕭。"又"銅鼓賽神來，滿庭幡蓋徘徊。水村江浦過風雷，楚山如畫烟開。"誦之儼見巫陽九招。白石《禱巢湖神姥》〔滿江紅〕詞，從此出。李義山《重過聖女祠》詩，不是過也。宋人亦有以楚騷之意入詞者，孰能若斯嚴肅。

一二 飛卿河傳詞

飛卿〔河傳〕三闋，可當六朝小賦讀。其間造句，以拙勝者，爲最難學，第二句六字尤難。此句不拙，則通首不振，此等處所，非經歷不能悟也。他如"紅袖搖曳逐風暖""蕩子天涯歸棹遠""天際雲鳥引晴遠""請君莫向那岸邊""謝娘翠蛾愁不銷""仙客一去燕已飛"，皆以拙勝句也。〔河傳〕句短韻多，其音節之妙，人人皆知之，學之未有能到者。故後來作者，句調有改易，若其拙勝之處，不拙則不起調，過拙則笨。

一三 飛卿夢江南詞

〔夢江南〕云："過盡千帆皆不是，斜暉脉脉水悠悠。腸斷白蘋洲。"此名句，亦人人所知也，能效此者，亦惟南唐二主。飛卿詞實開蜀與江南二派，蜀派得其以拙勝者爲多。

一四 皇甫松詞

皇甫松詞，善寫眼前景物，而情即融於景中。如〔浪濤沙〕之"宿鷺眠鷗飛舊浦，去年沙觜是江心""浪起鵁鶄眠不得，寒沙細細入江流"。〔摘得新〕之"錦筵紅蠟燭，莫來遲。繁紅一夜經風雨，是空枝。"〔天仙子〕之"躑躅花開紅照水，鷓鴣飛繞青山觜"，皆眼前之景物也。又〔拋毬樂〕云："金蹙花毬小，真珠綉帶垂。幾回衝蠟燭，千度入香懷。上客終須醉，觥盂且亂排。"其寫拋毬景象，尤爲逼真，此詞《尊前》選而《花間》遺之。

一五　韋莊漸開詞家琢句之法

飛卿詞凡五七言句，皆其詩琢句之法，至韋莊則漸開詞家琢句之法。如〔浣溪沙〕："捲簾直出畫堂前。欲上鞦韆四體慵，擬教人送又心忪。"置之詩中，殊嫌其弱，然其通首中句法挺健，則此亦健，後人專學詞之琢句，則不振矣。

一六　韋莊菩薩蠻詞

韋莊〔菩薩蠻〕五闋，連貫一氣，學者細讀自知。飛卿絕少用虛字，莊使用虛字，却是前後照應，不僅每闋首尾前後照應，且連貫五闋首尾前後照應也。其挺接處，非有虛字，亦首尾前後照應。尤其第一闋開場得勢，第五闋總括得勢，皆用作詩之法，其妙處殆有過於飛卿者。

一七　韋莊詞本事

《詞統》謂莊有寵姬，姿質艷麗，兼善詞翰。建托以教內人爲詞，強奪去，莊作〔謁金門〕云："空相憶，無計得傳消息。天上嫦娥人不識，寄書何處覓。　新睡覺來無力，不忍把君書迹。滿院落花春寂寂，斷腸芳草碧。"情意淒婉，人相傳播，姬後聞之，遂不食而卒。《古今詞話》以〔荷葉杯〕"絕代佳人難得"一闋，亦爲姬作，余以爲〔浣溪沙〕云："夜夜相思更漏殘。傷心明月凭闌干。想君思我錦衾寒。　咫尺畫堂深似海，憶來唯把舊書看，幾時携手入長安。"亦其姬初入王建宮，倘不知其永不放歸，而亦已疑建之奪，思去而還長安也。詞有本事，則誦之愈覺其親切，然如陳述叔之解夢窗詞，處處皆釋爲思去妾，則又未免迂遠也。

一八　詞中質直語

《詞筌》云："小詞以含蓄爲佳，亦有作絕決語而妙者，如韋莊'誰家年少足風流，妾擬將身嫁與，一生休。縱被無情弃，不能羞'之類是也。牛嶠'須作一生拼，盡君今日歡'抑亦其次。"余謂此不當以決絕語解之，乃詞中之質直語。飛卿〔更漏子〕詞："知我意，感君憐，此情須問天。"〔南歌子〕詞："近來心更切，爲思君。"亦然。質直語最難學，學之不善，便落粗豪或纖細。韋莊〔思帝鄉〕詞，固是自道其絕意留蜀之意，前一闋云："説盡人間天上兩心知。"是必與同來依蜀者言也。〔女冠子〕詞云："四月十七，正是去年今日。"此亦必有本事，此二闋亦皆質直語。

一九　韋莊詞

韋莊〔清平樂〕四闋，煉詞琢句，及篇法之嚴整，極似飛卿。第三闋首云"何處游女"，末云"住在緑槐陰裏，門臨春水橋邊"，倒裝尤妙。第四闋末云"去路香塵莫掃，掃却郎去歸遲"，語意極新。〔天仙子〕五闋，前二闋不似一時所作。第三第四，則是同時所作，二闋之意正銜接。如〔菩薩蠻〕五闋，然末一闋，乃賦調名本意，選家以歸併一調。飛卿〔菩薩蠻〕十四闋，亦必非一時所作，乃選家歸併一調，皋文合言之，誤也。

二〇　訴衷情

〔訴衷情〕云："何處按歌聲，輕輕。舞衣塵暗生，負春情。"又"鴛夢隔星橋，迢迢。越羅香暗銷，墜花翹。"傳神處在兩叠字，兩暗字，音節神韵，極似飛卿。

二一　木蘭花

〔木蘭花〕云："坐看落花空歡息，羅袂濕斑紅泪滴。千山萬水不曾行，魂夢欲教何處覓。"誦之迴腸蕩氣。

二二　薛昭蘊詞

薛昭蘊詞，筆路尤重拙，無一詞涉入南唐派者。

二三　浣溪沙

〔浣溪沙〕云："不語含嚬深浦裏，幾回愁煞棹船郎。燕歸帆蓋水茫茫。"末句與"過盡千帆皆不是"同意，而造句特拙重。其"鈿匣菱花錦帶垂"一首，末云"二年終日損芳菲"。"粉上依稀有淚痕"一首，曰"郡庭花落"，曰"延秋門外"，此必有本事也。

二四　措語近意

"意滿便同春水滿，情深還似酒杯深。楚烟湘月雨沉沉。"其措語雖近意，亦拙重而後可。

二五　浣溪沙詞有本事

"簾下三間出寺牆。滿街垂柳綠陰長。嫩紅輕翠見濃妝。瞥地見時猶可可，却來閑處暗思量。如今情事隔仙鄉。"此詞有本事，更屬顯然。後三句費盡思力而淺出之，愈重拙矣。

二六　薛昭蘊離別難

〔離別難〕云："紅爛燭，青絲曲，偏能勾引淚闌干。"語新意長，此詞通篇句豆，乃創澀調之始。其下半闋："未別心先咽，欲語情難説。出芳草，路東西。"吳印丞翻刻宋本，於"出"字斷句，（此斷句不知爲何人。）余疑當從"説"字斷句，出字上或脱二字，蓋此三句，即前半闋"那堪春景媚，送君千萬里。半妝珠翠落，露華寒"三句也。〔醉公子〕云："慢綰青絲髮，光研吳綾襪。床上小燻龍，韶州新退紅。"琢句亦極趨密緻，其下半闋云："叵耐無端處，捻得從頭污。惱得眼慵開，問人閑事來。"開後人使用俚語一派。

二七　牛嶠柳枝詞

《丹鉛總錄》云："牛嶠〔柳枝〕詞，'吳王宮裏色偏深，一簇纖條萬縷金。不分（"不分"宋刊作"不憤"。）錢塘蘇小小，引郎松下結同心。'按古樂府《小小歌》有云：'妾乘油壁車，郎乘青驄馬。何處結同心，西陵松柏下。'牛詩用此意咏柳而貶松，唐人所謂尊題格也。後人改'松下'作'枝下'，語意索然矣。"余按此詞正是譏當時人不尚節義，寧有貶松之意？自古以柳喻婦人，不過喻其細腰善舞，或以比眉；若楊花飄蕩，則貶矣。古詩結同心於松柏下，乃重節義之意也，牛詞用此，正其深意。

二八　牛嶠夢江南詞

牛嶠〔夢江南〕詞云："銜泥燕，飛到畫堂前。占得杏梁安穩處，體輕唯有主人憐，堪羨好姻緣。"又云："紅綉被，兩兩間鴛鴦。不是鳥中偏愛爾，爲緣交頸睡南塘，全勝薄情郎。"一咏燕，一咏鴛鴦，乃咏物詞也，其中固亦有喻意，無絲毫纖巧沾滯之態，其格所以高也。

二九　質直語

〔感恩多〕之"愿得郎心，憶家還早歸。"又云："禮月求天，願君知我心。"〔更漏子〕之"挑錦字，記情事，唯願兩心相似。"又云："辜負我，悔憐君，告天天不聞。"〔菩薩蠻〕之"今宵求夢想。難到青樓上。贏得一場愁。鴛衾誰并頭。"又云："朝暮兩般心。向他情漫深。"又云："須作一生拼。盡君今日歡。"凡此，皆質直語也。

三〇　毛文錫詞

毛文錫詞，遣辭命意，力趨新穎。在蜀詞中，另開一派，唯意在詞中，絕少質直語。差近者，但〔虞美人〕之"相思空有夢相尋，意難任”兩句，及〔醉花間〕之“休相問，怕相問，相問還添恨”，“深相憶，莫相憶，相憶情難極。”

三一　五代詞中之別派

〔贊成功〕云：“海棠未坼，萬点深紅。香包緘結一重重，似含羞態，邀勒春風。蜂來蝶去，任選芳叢。　昨夜微雨，飄灑庭中，忽聞聲滴井邊桐。美人驚起，坐聽晨鐘。快教折取，戴玉玲瓏。”〔接賢賓〕云：“香轡鏤襜五花驄，值春景初融。流珠噴沫，蹙蹀汗血流紅。　少年公子能乘馭，金鑣玉轡瓏璁。爲惜珊瑚鞭不下，嬌生百步千踪。信穿花，從拂柳，向九陌追風。”二詞皆道一物，一瀉直下，此誠五代詞中之別派也。

三二　文錫詞好奇避熟

文錫詞又好奇避熟，如〔中興樂〕云：“豆蔻花繁烟艷深，丁香軟結同心。翠鬟女相與共淘金。　紅蕉葉裏猩猩語。鴛鴦浦，鏡中鸞舞。絲雨。隔荔支陰。”女子淘金，以之入詞，惟此與薛昭蘊〔浣溪沙〕而已。〔巫山一段雲〕云：“貌掩巫山色，纔過濯錦波。阿誰提筆上銀河，月裏寫嫦娥。　薄薄施鉛粉，盈盈挂綺羅。菖蒲花役夢魂多，年代屬元和。”以奇詭之思入詞，蓋亦僅見。

三三　牛希濟生查子詞

牛希濟〔生查子〕詞，“春山烟欲收，天澹稀星小。殘月臉邊明，別淚臨清曉。　語已多，情未了，回首猶重道。記得綠羅裙，處處憐芳草。”周清真〔早梅芳近〕云：“去難留，話未了，早促登長道。”實襲取之。

三四　牛希濟臨江仙詞

《十國春秋》稱其〔臨江仙〕：“月斜江上，征棹勤晨鐘。”又“風流初道勝人間，須知狂客，拼死爲紅顏。”特爲詞家之雋。又云，又次牛嶠〔女冠子〕四闋，時輩嘖嘖稱道，今此詞不傳。

三五　歐陽炯南鄉子詞

歐陽炯〔南鄉子〕詞：“嫩草如烟，石榴花發海南天。日暮江亭春影淥，鴛鴦浴，水遠山長看不足。”又“路入南中，桄榔葉暗蓼花紅。兩岸人家微雨後，收紅豆，樹底纖纖抬素手。”寫南中風景，宛然如畫。《野人閑話》載其賦貫休《羅漢歌》，長篇大氣包舉，晚唐人所無。蓋能詩者，其小詞亦見詩才也。

三六　歐陽炯詞

〔巫山一段雲〕云：“春去秋來也，愁心似醉醺。去時邀約早歸輪，及去又何曾。　歌扇花光皺，衣珠滴淚新。恨身翻不作車塵，萬里得隨君。”〔更漏子〕云：“一向凝情望，待得不成模樣。雖叵耐，又尋思，怎生瞑得伊。”〔木蘭花〕云：“兒家夫婿心容易，身又不來書不寄。閑庭獨立鳥關關，爭忍拋奴深院裏。悶向綠紗窗下睡，睡又不成愁已至。今年却憶去年春，同在木蘭花下醉。”〔菩薩蠻〕云：“曉街鐘鼓絕。瞑道如今別。特地氣長吁。倚屏彈淚珠。”此等作法，又較同時詞家不同。

三七　歐陽炯艷詞

〔春光好〕云：“柳眼烟來點綠，花心日與妝紅。”〔女冠子〕云：“蕊中千點淚，心裏萬條絲。”咏荷花也，句意極其新艷。況夔笙《蕙風詞話》，賞其〔浣溪沙〕：“蘭麝細香聞喘息，綺羅纖縷見肌膚。此時還恨薄情無。”以爲自有艷詞以來，殆莫艷於此。余謂此意之艷，非辭之艷也。

三八　清平樂句句用春字

〔清平樂〕“春來階砌”一首，句句使用“春”字，後人學之者不乏其人，此炯所創。

映庵詞評

夏敬觀◎著 ——————

　　《映庵詞評》，刊於《詞學》第五輯（華東師範大學出版社，1986），係葛渭君先生錄夏敬觀手批《彊邨叢書》批語而成，并名之《映庵詞評》。本書據《詞學》錄校。

《映庵詞評》目錄

映庵詞評

一 尊前集

温飛卿〔菩薩蠻〕"玉纖彈處"，此咏泪，乃咏物體，唐五代詞極少如此。

二 金奩集

飛卿以薄於行而遭屏弃，兩《唐書》本傳皆言之。其不遇，宜也。〔菩薩蠻〕詞或傳係代令狐綯作，張皋文以感士不遇釋之，恐未必然。

唐詞初由詩變，所以渾厚，故學詞者必先知詩，乃能造詣上乘。飛卿深美閎約，神理超越。張皋文、周止庵知其無迹象之中字字連繫，得其章法、脉絡。持此法尋《花間》諸詞之緒，庶不浮泛籠統，而亦見南宋詞之過露針縷痕迹爲薄也。飛卿詩在晚唐亞於李義山，温李齊名而温以詞勝。猶之道子善畫，惠子善塑，使温果不能詩，或其詩不能亞於李，則亦必不能爲此詞也。

端己能詩，其《浣花集》亦冬郎之亞。唐亡仕蜀，心不忘故，身世堪悲，情見於〔菩薩蠻〕五闋。其詞品稍降於温，却非他輩所及。由詩入詞，漸開後來諸派，此時代使然也。

端己善作質直語，飛卿如此者則罕。飛卿琢句如其詩，端己則漸成詞家琢句之法。

歐陽炯特抒新艷，亦能詩者，小詩亦見詩才也。《花間》所選，唯〔南鄉子〕爲勝。遺珠尚多，幸有《尊前》存之。

三　張子野詞

〔醉垂鞭〕"朱粉不須"。末二句體物微妙。

〔菩薩蠻〕"憶郎還上"。古樂府作法。

〔菩薩蠻〕"牡丹含露"。古樂府作法。

〔山亭宴慢〕"宴亭永晝"。長調中純用小令作法，別具一種風味。晏小山亦如此。

〔破陣子〕"四堂互映"。"暝色韶光"猶言夜間之春色也。"粉面"非指婦女，當係指粉牆而言，始與"飛甍朱户"相貫。

〔少年游慢〕"春城三二"。八字句中對。

〔剪牡丹〕"野綠連空"。"繡屏"必指山言。

子野詞凝重古拙，有唐五代之遺音，慢詞亦多用小令作法。後來澀體，煉詞煉句，師其法度，方能近古。

子野在北宋諸家中，可云獨樹一幟，比之於書，乃鍾繇之體也。

李端叔謂子野詞才不足而情有餘。晁無咎謂子野與耆卿齊名，而時以子野不及耆卿。然子野韵高，是耆卿所不及處。蘇東坡謂子野詩筆老妙，歌詞乃其餘技耳。

四　樂章集

〔鬥百花〕"煦色韶光"。八字對。

〔風銜杯〕"有美瑤卿"。上五下七，中八字對。

〔慢卷紬〕"閑窗燭暗"。"都來"謂都上心來也。萬紅友謂不成句，何耶？

〔巫山一段雲〕"閬苑年華"。"番"讀去聲。杜工部詩："會須上番看成竹。"獨孤及詩："舊日霜毛一番新。"

〔婆羅門令〕"昨宵裏"。"此"字是句中韵。

〔一寸金〕"井絡天開"。八字對者三處。

〔留客住〕"偶登眺"。六字一句，九字一句，前六字對。

〔尾犯〕"晴烟羃羃"。八字對。

〔引駕行〕"虹收殘雨"。句中八字對者二處。

〔望海潮〕"東南形勝"。八字對。

〔鳳歸雲〕"向深秋"。殘星之光，亦隔林閃閃不止，流電寫景逼真。

〔長壽樂〕"繁紅嫩翠"。"向晚起"猶言從傍晚始也。"舞袖"二句，亦是參差對，此《楚辭》之作法也。

耆卿詞當分雅、俚二類。雅詞用六朝小品文賦作法，層層鋪叙，情景兼融，一筆到底，始終不懈。俚詞襲五代滔波之風氣，開金元曲子之先聲，比於里巷歌謠，亦復自成一格。其鄙俚過甚者，不無樂工歌兒所篡改，可斷言也。惟人品放蕩，幾於篇篇，學者尤當慎擇也。

耆卿寫景無不工，造句不事雕琢，清真效之，故學清真詞者，不可不讀柳詞。

耆卿多平鋪直叙，清真特變其法，一篇之中，回環往復，一唱三歎，故慢詞始盛於耆卿，大成於清真。

五 小山詞

〔臨江仙〕"淺淺餘寒"。"放"字生而煉熟。

〔臨江仙〕"夢後樓臺"。吐屬華貴，脫口而出。

〔蝶戀花〕"喜鵲橋成"。"借"字生而煉熟。

〔蝶戀花〕"碾玉釵頭"。"暈"字熟而煉生。

〔蝶戀花〕"醉別西樓"。熟意煉生。

〔蝶戀花〕"欲織羅衣"。"恨"字、"遲"字妙極，熟字煉之使生，尤不易。

〔蝶戀花〕"千葉早梅"。"笑面凌寒"意生字新，字生不覺礙眼者，煉熟之功也。

〔蝶戀花〕"金剪刀頭"。"金剪刀頭"用"二月春風似剪刀"，接以“芳意動”，意新。

〔蝶戀花〕“碧落秋風”。七夕詞，意新語新。

〔蝶戀花〕“黃菊開時”。熟意煉新。

〔鷓鴣天〕“醉拍春衫”。“拍”字生而煉熟。“惱”字新。

〔鷓鴣天〕“小令尊前”。傷心夢囈，昔人以爲鬼語，余不謂然。

〔鷓鴣天〕“小玉樓中”。“驗”字新。

〔鷓鴣天〕“九日悲秋”。重九詞，新意。

〔生查子〕“金鞭美少”。俊爽已極。

〔生查子〕“墜雨已辭”。齊梁新體詩之佳者不能過之。

〔生查子〕“長恨涉江”。是六朝人采蓮賦作法。

〔生查子〕“遠山眉黛”。此非徽宗時之李師師。

〔生查子〕“何處別時”。“闌”字重韵異解，宋人詞前後闋不避重。

〔清平樂〕“蓮開欲遍”。抵過六朝人一篇采蓮賦。

〔泛清波摘遍〕“催花雨小”。純用小令作法，氣味甚古。

〔洞仙歌〕“春殘雨過”。“頳”字稍生。

〔玉樓春〕“雕鞍好爲”。清真襲取“人如風後過江雲，情似雨餘粘地絮”，較此尤妙。

〔玉樓春〕“當年通道”。清真襲取入〔瑞鶴仙〕詞。

〔浣溪沙〕“浦口蓮香”。托興采蓮，無不佳絕。

〔六幺令〕“綠陰春盡”。此倒押韵之法，甚峭拔。

〔更漏子〕“柳間眠”。“悶綠”字生。

〔倚高樓〕“小梅風韵”。即用當代人詩句入詞。

〔少年游〕“西溪丹杏”。前三句與次三句對，作法變幻。

〔少年游〕“離多最是”。“雲”“水”意相對，上分述而又總之，作法變幻。

〔采桑子〕“湘妃浦口”。意新。

〔采桑子〕“金風玉露”。語意俱新。

〔思遠〕"紅葉黄花"。凡倒押韵處皆峭絶。

〔醉落魄〕"天教命薄"。以爲惡者怨辭也。

晏氏父子嗣響南唐二主，才力相敵，蓋不特辭勝，猶有過人之情。叔原以貴人暮子，落拓一生，華屋山丘，身親經歷，哀絲豪竹，寓其微痛纖悲，宜其造詣又過於父。山谷謂爲"狎邪之大雅，豪士之鼓吹"，未足以盡之也。

六　東山詞

〔璧月堂〕"夢草池南"。是唐人小令，却非温飛卿一派。

〔避少年〕"誰愛松陵"。意新。前四句豈非一首晚唐人之絶句？"袖手"句是宋人詩中佳句。

〔千葉蓮〕"聞你儂嗟"。"你儂"猶今北京語云"你能"也。末句平仄異。

〔花想容〕"南國佳人"。"泪不供"頗新，却不甚妥。

〔夜搗衣〕"收錦字"；〔杵聲齊〕"砧面瑩"；〔夜如年〕"斜月下"；〔剪征袍〕"抛練杵"；〔望書歸〕"邊堠遠"。觀以上凡七言二句，皆唐人絶句作法。

〔夢江南〕"九曲池頭"。多以唐人句入詞，有天衣無縫之妙。

〔陌上郎〕"西津海鶻"。方回《慶湖遺老集》有《望夫石》五古一篇，《苕溪漁隱叢話》云："方回因此詩以得名，交游間無不愛之。"

〔呈纖手〕"秦弦絡絡"。"垂"字新，"知"字乃得神。

〔歸風便〕"津亭薄晚"。"煎"字新。

〔續漁歌〕"中年多辦"。"滓"字新，有來歷。用《世説新語》王道子戲謝景重"滓穢太清"之意。

〔惜餘春〕"急雨收春"。"收""約"字均煉熟。

〔陽羡歌〕"山秀芙蓉"。東坡求田陽羡，人皆知之，方回與同調，見於此詞。

〔平陽興〕"凉葉辭風"。"輸"即勝也。

〔醉中真〕"不信芳信"。意新。《詞律》以多三字者爲〔攤破浣溪沙〕；此則以多三字者爲〔浣溪沙〕，少三字者謂之減字。

〔頻載酒〕"金斗城南"。"趣行"字新。

〔楊柳陌〕"興慶宮池"。"抛"字新。

〔將進酒〕"城下路"。是漢魏樂府。

〔行路難〕"縛虎手"。稼軒豪邁之處從此脫胎。豪而不放，稼軒所不能學也。

〔偶相逢〕"彩山湧起"。"喚回"新穎。

〔步花間〕"憑陵殘醉"。"綽"字煉熟。

〔忍淚吟〕"十年一覺"。"深"字妙。

〔凌歊臺〕"控滄江"。"江"字葉。"寄一笑"句爲全詞之眼。

〔秋風嘆〕"瓊鈎褰幔"。"彈"字作去聲用，似欠，或與前"漫"字同爲押叶平韵。

〔斷湘弦〕"淑質柔情"。回環宛轉，清真作法如此。

〔翻翠袖〕"繡羅垂"。此"彈"字亦仄用。觀此北宋時《霓裳曲》亦祇存前段，至南宋白石譜〔中序第一〕，亦前段也。

〔臺城游〕"南國本瀟"。平仄通叶，句句押韵。

〔瀟湘雨〕"一闋離歌"。何減秦郎。

〔傷春曲〕"火禁初開"。"人自"起句銜接妙極。此篇所用虛字，前後貫串，此類處又清真所同。

〔橫塘路〕"凌波不過"。稼軒秾麗之處，從此脫胎。細讀東山詞，知其爲稼軒所師也。世但言蘇辛爲一派，不知方回，亦不知稼軒。

〔薄幸〕"艷真多態"。兩"便"字，兩"與"字，非複也，是文章變換處，出於有意。

〔伴雲來〕"烟絡橫林"。稼軒所師。

〔寒松嘆〕"鵲驚橋斷"。此另一體也，惜殘缺不全。此悼亡詞也。

〔吹柳絮〕"月痕依約"。意新。

〔付金釵〕（更漏子）"酒三行"。意新。

〔夢相親〕"清琴再鼓"。"牽"字新。意新。

七　賀方回詞

〔羅敷歌〕"自憐楚客"。用"平淡"二字乃有味。

〔小重山〕"枕上閭門"。秾麗。

〔小重山〕"月月相逢"。意新。

〔鳳栖梧〕"獨立江東"。"賒"字新。

〔玉京秋〕"隴首霜晴"。"隴首"二句，及下"更想"二句，均句中對。

〔菩薩蠻〕"彩舟載得"。未經人道過。

〔菩薩蠻〕"曲門南與"。意新。

〔菩薩蠻〕"綠窗殘夢"。語新。

〔菩薩蠻〕"粉香映葉"。"宛轉"字佳。

〔菩薩蠻〕"爐烟微度"。較斷腸意更深一層。

〔浣溪沙〕"雙鷺橫橋"。"流連"字佳。

〔風流子〕"何處最難"。"琴心"對"帶眼"。

〔鷓鴣天〕"轟醉王孫"。俊爽之至，末句尤妙。

〔憶仙姿〕"白濛春衫"。意新。

〔憶仙姿〕"江上潮回"。意新。

〔浪淘沙〕"把酒欲歌"。"背"字新。

〔憶仙姿〕"蓮葉初生"。"斷送"字佳。

〔定情曲〕"沉水夜熏"。此調與下〔擁鼻吟〕"別酒初銷"，當是自製曲。

〔思越人〕"京口瓜州"。揚州無山，所見皆隔江山色。

〔木蘭花〕"嫣然何音"。意新。

〔木蘭花〕"朝來著眼"。意新。

〔木蘭花〕"多情多病"。"剩"字妙。

〔減字浣溪沙〕"烟柳春梢"。"綽"字煉。

八　東山詞補

〔獻金杯〕"風軟香遲"。此調與〔驀山溪〕音節略相似，或由彼調減字而成。

〔清平樂〕"小桃初謝"。意新。

〔六州歌頭〕"少年俠氣"。與《小梅花》三曲同樣功力，雄姿壯采，不可一世。

〔浣溪沙〕"疊鼓新歌"。以"飛瓦雹聲"不嫌語險，"焦"字尤妙。

〔獻金杯〕"風軟香遲"、〔清平樂〕"陰晴未定"、又"小桃初謝"、〔攤破浣溪沙〕"湖上秋深"、又"雙鳳簫聲"、〔惜雙雙〕"皎鏡平湖"、〔思越人〕"紫府東風"、又"怊悵離亭"、《鶴沖天》"蓼蓼鼓動"、〔小重山〕"飄徑梅英"、〔六州歌頭〕"少年俠氣"、〔浣溪沙〕"翠穀參差"、又"雲母窗前"、又"疊鼓新歌"、《江城子》"麝熏微度"、〔浪淘沙〕"一葉忽驚"、〔木蘭花〕"佩環聲認"、又"銀簧雁柱"、〔蝶戀花〕"小院朱扉"，此十九首多係佳詞，誦之回腸蕩氣，奈何爲前三卷所遺，足見非譜録所云三卷之舊。

《老學庵筆記》稱：方回喜校書，丹黄未嘗去手，詩文皆高，不獨工長短句。張文潛序有"或者譏方回好學能文，而唯是爲工"之語，今人稱方回唯知其詞矣。《四庫提要》於《慶湖遺老集》評語亦言其詞勝於詩。余以爲方回詞之工，正得力於詩功之深也。《王直方詩話》謂方回言學詩於前輩，得八句云："平淡不涉於流俗，奇古不鄰於怪僻，題咏不窘於物義，叙事不病於聲律，比興深於物理，用事工者如己出，格見於成篇，渾然不可鐫，氣出於言，浩然不可屈。"此八語，余謂亦方回作詞之訣也。

小令喜用前人成句，其造句亦恒類晚唐人詩。慢詞命辭遣意自唐賢詩篇得來，不施破碎藻采，可謂無假脂粉，自然秾麗。張叔夏謂其"與吳夢窗皆善於煉字面者，多於李長吉、温庭筠詩中來”。大謬不然，方回詞取材於長吉、飛卿者不多，所以整而不碎也。

九　赤城詞

〔鷓鴣天〕“柳外東風”。〔敎池回〕，詞調名。

一〇　蘋洲漁笛譜

〔探春慢〕“彩勝宜春”。“句”讀若穀，“廝句”宋時俗語也。本集〔玲瓏四犯〕云：“杏腮紅透梅鈿皺”，“廝句”與“皺”叶。

色彩鮮新，音響調利，是其所長。然內心不深，則情味不永，是詞才有餘，詞心不足也。

調利則無澀味，鮮新則非古彩，所以下夢窗一等。總之愛好太過，亦是一病。

白石恰到好處，效之者輒過。平情而論，調利最易，斂勒最難，白石手辣，故不病於調利。草窗、玉田所不能也。碧山差勝一籌。

一一　山中白雲詞

鄭思肖原序，瘋狂之語，似通非通，開明季惡風氣之先。

《山中白雲詞》卷一，玉田詞中，最爲嚴整者，多在此卷。

〔南浦〕“波暖綠粼”。此膾炙人口之詞，余不明其妙處安在，但覺工穩而已。

〔高陽臺〕“接葉巢鶯”。疊“怕”字更滑。

〔憶舊游〕“看方壺擁”。似夢窗。

〔壺中天〕“揚舲萬里”。佳詞。

〔聲聲慢〕“平沙催曉”。佳詞。

〔慶春宮〕“波蕩蘭”。纖小。

〔甘州〕“記玉關”。健爽。

〔憶舊游〕“記開簾過”。四字句對，看似甚新，實非大方家數。

〔滿庭芳〕"晴皎霜花"。如前調〔解連環〕《孤雁》之"未羞他"，此調之"恐和他"等語調，最爲詞之下品。

〔憶舊游〕"問蓬萊何"。總由虛字領句，祇圖前後勾勒便利，遂成滑調。

〔憶舊游〕"記凝妝倚"。起句輕，疊"幾"字，南宋爛調，小巧可厭。

〔探春慢〕"銀浦流雲"。此佳詞也。惜中間仍有務爲流走句調。

〔徵招〕"可憐張緒"。"古音"何妨易爲"雅音"。必疊"古"字，南宋惡習。

〔甘州〕"記天風"。疊三字，貫二句，俗調滑極。

〔慶春宮〕"蟾窟研霜"。此詞稍凝重，微似夢窗。

〔長亭怨〕"望花外小"。似自石。

〔甘州〕"望涓涓"。似白石。

〔甘州〕"隔花窺"。似白石。效白石雖亦流轉處使用虛字，有變化則不爲爛調。在流動中仍有凝重處，則不爲滑調。此辨別甚不易。

〔探春慢〕"列屋烘爐"。疊二"聽"字，油滑可厭，可謂甚之又甚矣。

〔憶舊游〕"記瓊筵"。起五句似梅溪。

〔滿江紅〕"傅粉何郎"。"似花"句乃玉田爛調，如是者不止一處。東坡妙句，被玉田抄壞矣。

〔瑶臺聚八仙〕"春樹江東"。"笑晋人"句與云之"出岫"相接。

〔霜葉飛〕"繡屏開了"。"隱將譜字轉清圓"似已爲南曲之歌一法矣。

〔蝶戀花〕"濟楚衣裳"。"諢砌""戲諫"字妙。兩"得"字滑調。

〔甘州〕"俯長江"。似稼軒。

〔月下笛〕"千里行秋"。兩"恨"字滑調。此類甚多，所以詞品卑下。

〔臨江仙〕"憶得沉香"。奇句。

〔滿江紅〕"近日衰遲"。似稼軒。

〔水調歌頭〕"白髮已如"。似稼軒。

〔采桑子〕"西園冷胃"。〔采桑子〕調兩四字句，一屬上，一屬下。此二句用疊字貫串之，尤無理；是不明調中之分也。

〔滿江紅〕"老子今年"。"對飲"新穎。

〔壺中天〕"苔根抱古"。似東坡。

〔南樓令〕"曾記宴"。似東坡。

玉田詞流麗清暢，可謂能事盡矣。然終欠沉著，亦坐此病。周止庵謂其"衹在字句上著功夫，不肯換意"。誠然，誠然。.

彙輯宋人詞話

夏敬觀◎輯

　　《彙輯宋人詞話》爲夏敬觀從五十種宋代詩話筆記中輯錄涉詞之語而成，發表於《同聲月刊》第2卷第3號、第4號、第7號、第8號、第9號、第10號、第11號、第12號，第3卷第2號、第3號、第9號、第10號、第11號、第12號。本書據《同聲月刊》錄校。1970年臺北廣文書局曾出版排印本。

《彙輯宋人詞話》目錄

彙輯宋人詞話

彙輯宋人詞話序

宋人詞話，流傳及今，不過數種。然其見於筆記或詩話中者，固不爲尠。江寧唐圭璋輯《詞話叢編》，凡前人詩詞話詩詞雜陳者，不錄。其輯《全宋詞》，則遍采諸籍，搜索逸詞，而遺其記載之語。蓋體例如此，不得不然。昔朱竹垞《詞綜》，張咏川《詞林紀事》，間有徵引，然其主旨不屬於博采宋人詞話。徐電發《詞苑叢談》，亦非此例。兹編從宋人筆記詩話，彙錄成書，意在補《詞話叢編》之不足。其在一條中詩詞并舉者，以文義不可斷取，亦全錄之，閱者諒焉。

· 彙輯宋人詞話一 ·

王闢之《澠水燕談錄》

一　醉翁吟

慶曆中，歐陽文忠公謫守滁州。有琅琊幽谷，山川奇麗，鳴泉飛瀑，聲若環佩，公臨聽忘歸。僧智仙作亭其上，公刻石爲記，以遺州人。既去十年，太常博士沈遵，好奇之士，即而往游，愛其山水秀絶，以琴寫其聲，爲〔醉翁吟〕，蓋宮聲三叠。後會公河朔，遵援琴作之，公歌以遺遵，并爲〔醉翁引〕，以叙其事。然調不主聲，爲知琴者所惜。後三十餘年，公薨，遵亦歿。其後，廬山道人崔閑，遵客也，妙於琴理，常恨此曲無詞，乃譜其聲，請於東坡居士子瞻，以補其闕。然後聲詞皆備，遂爲琴中絶妙，好事者争傳。其詞曰：“瑯然，清圓。誰彈，響空山。無言，惟有醉翁知其天。月明風露娟娟，人未眠。荷蕢過山前，曰有心也哉此賢。　　醉翁嘯咏，聲和流泉。醉翁去後，空有朝吟夜怨。山有時而童巔，水有時而回淵。思翁無歲年，翁今爲飛仙。此意在人間，試聽徽外兩三弦。”方其補詞，閑爲弦其聲，居士倚爲詞，頃刻而就，無所點竄。遵之子爲比丘，號本覺真禪師。居士書以與之云：“二水同器，有不相入。二琴同手，有不相應。沈君信手彈琴，而與泉合。居士縱筆作詞，而與琴會。此必有真同者矣。”

二　石曼卿

石曼卿，天聖寶元間，以歌詩豪於一時。嘗於平陽作《代意寄師魯》一篇，詞意深美，曰：“十年一夢花空委，依舊山河損桃李。雁聲北去燕西飛，高樓日日春風裏。眉黛石洲山對起，嬌波泪落妝如洗。汾河不斷水南流，天色無情淡如水。”曼卿死後，故人關咏夢曼卿曰：“延年平生作詩多矣，獨常自以爲《代平陽》一首，最爲得意，而世人罕稱之。能令予此詩，盛傳於世，在永言爾。”咏覺，增廣其詞爲曲，度以〔迷仙引〕，於是人争歌之。他日，復夢曼卿謝焉。咏，字永言。

三　柳三變醉蓬萊慢

柳三變，景祐末登進士。少有俊才，尤精樂章。後以疾，更名永，字耆卿。皇祐中，久困選調，入内都知史某，愛其才而憐其潦倒。會教坊新進曲〔醉蓬萊〕，時司天臺奏老人星見，乘仁宗之悦，以耆卿應制。耆卿方冀進用，欣然走筆，甚自得意，詞名〔醉蓬萊慢〕。比進呈，上見首有“漸”字，色若不悦。讀至“宸游鳳輦何處”，乃與御制真宗挽詞暗合，上惨然。又讀至“太液波翻”，曰：“何不言波澄。”乃擲之於地，永自此不復進用。

四 小詞燒殘絳蠟之語

小詞有“燒殘絳蠟淚成痕，街鼓破黄昏”之語，或以爲黄昏不當燭，已見跋。解者曰：“此草廬寠陋者之論，殊不知貴侯戚里，洞房密室，深邃窈宛，有不待夜而張燭者矣。”

錢希白《南部新書》

一 安公子

河滿子者，蜀中樂工，將就刑，獻此曲而不免，當時云：“一聲去也”。又《北史》：隋樂人王令言，嘗卧於室内，其子以琵琶於户外彈作翻調〔安公子〕。令言驚起問曰：“此曲有來遠近。”子曰：“頃來有之。”令言流涕曰：“帝往江東，當不反矣。”子問之，答曰：“此曲宫聲往而不反。宫，君也。所以知之。”尋有江都之變。

二 感皇恩

天寶十三載，始改金風調〔蘇莫遮〕爲〔感皇恩〕。

三 河滿子

貞元初，荆南有狂僧善歌〔河滿子〕，嘗遇醉伍伯塗中，辱令歌，僧即發聲，其詞皆陳伍伯平生過惡。伍伯驚懼，自悔之不暇。

龔鼎臣《東原録》

劉仲芳水調歌頭

劉仲芳上曹瑋〔水調歌頭〕，第三句云"六郡酒泉"。蘇子美亦有此曲，則云"魚龍隱處"。尹師魯和之，亦云"吳王去後"。其平仄與蘇同，而音與劉異。嘗問曉音者，乃曰："以平仄言之，其文稍異。然不脱律，皆可用也。"律説，本詞之指法。余聞之師，悟治《易》者，各將所見。苟不離道之方，則不可論是非，餘經皆然。

莊季裕《鷄肋編》

一　曾乾曜醜奴兒詞

周曼，衢州開化縣孔家步人。紹興二年，以特奏名補右迪功郎，授潭州善化縣尉，待闕。有人以柬與之，往尋周官人家，曼怒曰："我是宣教，甚唤作官人。看汝主人面，不欲送汝縣中吃棒。"又嘗夜至邑中靈山寺，以知事不出參，呼而捶之曰："我是國家命官，怎敢恁地無法。"就欲作狀解官，群僧禱之，且令其僕取賂而已。曾乾曜有〔醜奴兒〕詞十三首，皆咏外州風物。其一云："驀地廝看時。赤帕那、迪功郎兒。氣岸昂昂因權縣，廳子叫道，宣教請後，有無限威儀。　　先自不相知。取奉著、剗地胡揮。甚時得歸京裏去，兩省八座，橫行正任，却會嫌卑。"（按：此詞與黄山谷〔醜奴兒〕調同。黄詞前後闋末句均四字句三句，此詞前闋末句多一字。今觀周所爲，則曾詞摹寫，已大奈富貴矣。）

二　六客詞

蘇子瞻與劉孝叔、李公擇、陳令舉、楊公素會於吳興，時張子野在坐，作〔定風波〕詞以咏六客。卒章云："盡道賢人聚吳分，試問，也應旁有老人星。"後十五年，蘇公再至吳興，則五人者皆已亡矣。時張仲謀、張秉道、蘇伯固、曹子方、劉景文爲坐客，仲謀請作後六客詞云："月滿苕溪照夜堂。五星一老鬥光芒。十五年前真夢裏。何事。長庚對月獨淒涼。　綠髮蒼顏同一醉。還是。六人吟笑水雲鄉。賓主談鋒誰得似。看取。曹劉今對兩蘇張。"

三　東坡梅詞

東坡在惠州作《梅詞》云："玉骨那愁烟瘴，冰姿自有仙風。海仙時遣探芳叢。倒挂綠毛幺鳳。　素面嘗嫌粉污，洗妝不退唇紅。高情易逐海雲空。不與梨花同夢。"（按：此詞爲〔西江月〕調。廣南有綠羽丹嘴禽，其大如雀，狀類鸚鵡，栖集皆倒懸於枝上，土人呼爲"倒挂子"。而梅花葉四周皆紅，故有"洗妝"之句。二事皆北人所未知者。）

四　柳永七夕詞

徽宗嘗問近臣七夕何以無假。時王黼爲相，對云："古今無假。"徽宗喜甚，還語近侍，以黼奏對有格制。蓋柳永《七夕詞》云："須知此景，古今無價。"（按：此詞爲〔二郎神〕調。而俗謂事之得體者，爲有格致也。）

五　韓持國詞句

西北春時，率多大風而少雨，有亦霏微，故少陵謂"潤物細無聲"。而東坡詩云"春雨如暗塵，東風吹倒人"。韓持國亦有"輕雲薄霧，散作催花雨"之句。至秋則霜霪苦雨，歲以爲常。二浙四時皆無巨風。春多大雷雨，霹靂不已。至夏爲梅雨，相繼爲洗梅，以五月二十日爲分龍，自此雨不周遍，猶北人呼"隔轍"也。
迨秋稻欲秀熟，田畦須水，乃反亢旱。余自南渡十數年間，未嘗見
至秋不祈雨，此南北之異也。

蘇軾《東坡志林》

一　後主揮泪宮娥

"三十餘年家國，數千里地山河。鳳闕龍樓連霄漢，瓊枝玉樹
作烟蘿。幾曾慣干戈。　　一旦歸爲臣虜，沈腰潘鬢消磨。最是倉
皇辭廟日，教坊猶奏別離歌。揮泪對宮娥。"後主既爲樊若水所
賣，舉國與人，故當慟哭於九廟之外，謝其民而行。顧乃揮泪宮
娥，聽教坊離曲。

二　東坡浣溪沙詞

黄州東南三十里爲沙湖，亦曰螺師店，予買田其間。因往相
田得疾，聞麻橋人龐安常善醫而聾，遂往求療。安常雖聾，而穎悟
絕人，以紙畫字，書不數字，輒深了人意。余戲之曰："余以手爲
口，君以眼爲耳，皆一時異人也。"疾愈，與之同游清泉寺。寺在
蘄水郭門外二里許，有王逸少洗筆泉，水極甘，下臨蘭溪，溪水西
流。余作歌云："山下蘭芽短浸溪。松間沙路净無泥。蕭蕭暮雨子
規啼。　　誰道人生無再少，君看流水尚能西。休將白髮唱黄
鷄。"是日劇飲而歸。（案：此詞爲《浣溪沙》調。）

三　東坡定風波令

吾昔自杭移高密，與楊元素同舟，而陳令舉、張子野皆從余
過李公擇於湖，遂與劉孝叔俱至松江。夜半月出，置酒垂虹亭上。
子野年八十五，以歌詞聞於天下，作〔定風波令〕，其略云："見

説賢人聚吳分,試問。也應傍有老人星。"坐客歡甚,有醉倒者,此樂未嘗忘也。今七年耳,子野、孝叔、令舉皆爲異物,而松江橋亭,今歲七月九日海風架潮,平地丈餘,無復子遺矣。追思囊時,真一夢耳。元豐四年十二月十二日,黃州臨臯亭夜坐書。

(上載《同聲月刊》第二卷第三號)

·彙輯宋人詞話二·

蘇軾《仇池筆記》

一　陽關三叠

舊傳陽關三叠,今歌者每句再叠而已,若通一首,又是四叠,皆非是。每句三唱,以應三叠,則叢然無復節奏。有文勛者,得古本陽關,每句皆再唱,而第一句不叠,乃知唐本三叠如此。樂天詩云:"相逢且莫推辭醉,聽唱陽關第四聲。"自注:"勸君更盡一杯酒。"以此驗之,若一句再叠,則此句爲第五聲。今爲第四,則一句不叠,審矣。

二　東坡戲作如夢令

泗州雍熙塔下,余戲作〔如夢令〕兩闋云:"水垢何曾相受。細看兩俱無有。寄語揩背人,盡日勞君揮肘。輕手。輕手。居士本來無垢。"又云:"自淨方能洗彼。我自汗流呀氣。寄語澡浴人,且共肉身游戲。但洗。但洗。本爲人間一切。"此本唐莊宗製,名〔憶先婆〕,嫌其不雅馴,改爲〔如夢〕。莊宗詞云:"如夢。如夢。和淚出門相送。"取以爲名云。

龔明之《中吳紀聞》

一　吳感折紅梅詞

　　吳感，字應之，以文章知名。天聖二年，省試爲第一。又中天聖九年書判拔萃科，仕至殿中丞。居小市橋，有侍姬曰"紅梅"，因以名其閣。嘗作〔折紅梅〕詞曰："喜輕漸初泮，微和漸入，芳郊時節。春消息，夜來斗覺紅梅，數枝争發。玉溪仙館，不是個、尋常標格。化工别與、一種風情，似勻點胭脂，染成香雪。重吟細閱。比繁杏夭桃，品流真别。衹愁共、彩雲易散，冷落謝池風月。憑誰向説。　　三弄處龍吟休咽。大家留取，倚闌干，聞有花堪折，勸君須折。"其詞傳播人口，春日郡宴，必使倡人歌之。吳死，其閣爲林少卿所得，兵火前尚存。子純，字晦叔，文行亦高，鄉人呼爲吳先生。（原注：楊元素《本事集》誤以爲蔣堂侍郎，有小鬟號"紅梅"，吳殿丞作此詞贈之。）

二　賀鑄青玉案詞

　　賀鑄，字方回，本山陰人，徙姑蘇之醋坊橋。方回嘗游定力寺，訪僧不遇，因題一絶云："破冰泉脉漱籬根，壞衲猶疑挂樹猿。蠟屐舊痕渾不見，東風先爲我開門。"王荆公極愛之，自此聲價愈重。有小築，在盤門之南十餘里，地名横塘。方回往來其間，嘗作〔青玉案〕詞云："凌波不過横塘路，但目送、芳塵去。錦瑟華筵誰與主。月橋仙館，綺窗朱户。唯有春知處。　　碧雲冉冉蘅皋暮。彩筆新題斷腸句。試問閑愁知幾許。一川烟草，滿城風絮。梅子黄時雨。"後山谷有詩云："解道江南斷腸句，衹今唯有賀方回。"其爲前輩推重如此。初，方回爲武弁，李邦直爲執政時，力薦之，其略謂："切見西頭供奉官賀某，老於文學，泛觀古今詞章，議論迴出流輩。欲望改换一職，令入文資，以示聖時育材進善之意。"上可其奏,因易文階,積官至正郎,終於常倅。

三　木蘭花詞

雙蓮堂,在木蘭堂東,舊芙蓉堂也。至和初,光禄吕大卿濟叔,以雙蓮花開,故易此名。楊備郎中有詩云:"雙蓮倒影面波光,翠蓋風搖紅粉香。中有畫船鳴鼓吹,瞥然驚起兩鴛鴦。"政和中,盛密學季文作守,亦産雙蓮,范無外賦〔木蘭花〕詞云:"美蘭堂晝永,晏清暑,晚迎涼。控水檻風簾,千花競擁,一朵偏雙。銀塘。盡傾醉眼,訪湘娥倦倚兩霓裳。依約凝情鑒裏,并頭宫面高妝。　　蓮房。露冷盈盈,無語處,恨何長。有翡翠憐紅,鴛鴦妒影,俱斷柔腸。凄涼。芰荷暮雨,褪嬌紅、換紫結秋房。堪把丹青對寫,鳳池歸去携將。"

四　仲殊詞

仲殊,字師利,承天寺僧也。初爲士人,嘗與鄉薦,其妻以藥毒之,遂弃家爲僧。工於長短句,東坡先生與之往來甚厚。時時食蜜解其藥,號曰"蜜殊"。有《寶月集》行於世。慧聚寺詩僧孚草堂,以其喜作艷詞,嘗以詩箴之云:"大道久凌遲,正風還陀隓。無人整頹網,目亂空傷悲。卓有出世士,蔚爲人天師。文章通造化,動與王公知。囊括十洲香,名翼四海馳。肆意放山水,灑脱無羈縻。雲輕三事衲,絣錫天下之。詩曲相間作,百紙頃刻爲。藻思洪泉瀉,翰墨清且奇。惜哉大手筆,胡爲幽柔詞。願師持此才,奮起革澆漓。鶩彼東山高,圖祖進豐碑。再續輔教編,高步凌丹墀。他日僧史上,萬世爲蓍龜。迦葉聞琴舞,終被習氣隨。伊予浮薄人,贈言增忸怩。倘能循我言,佛日重光離。"老孚之言雖苦口,殊竟莫之改。一日造郡中,接坐間,見庭下有一婦人投牒,立於雨中。守命殊咏之,口就一詞云:"濃潤侵衣,暗香飄砌。雨中花色添憔悴。鳳鞋濕透立多時,不言不語厭厭地。　　眉上新愁,手中文字。因何不倩鱗鴻寄。想伊衹訴薄情人,官中誰管閑公事。"（按:

詞調爲〔踏莎行〕。）後殊自經於枇杷樹下，輕薄子更之曰："枇杷樹下立多時，不言不語厭厭地。"

五　東坡詞

閭丘孝終字公顯。東坡謫黃州時，公爲太守，與之往來甚密。未幾挂其冠而歸，與諸同人爲九老之會。東坡過蘇必見之，今蘇集有詩詞各二篇，皆爲公作也。〔按：東坡有《贈閭丘朝議時還徐州》〔浣溪沙〕詞，又有〔水龍吟〕（小舟橫截春江）一首。題云："閭丘大夫孝終公顯，嘗守黃州，作栖霞樓，爲郡中絕勝。元豐五年，余謫居黃。正月十七日，夢扁舟渡江，中流回望，樓中歌樂雜作，舟中人言：'公顯方會客也'覺而異之，乃作此曲，蓋〔越調鼓笛慢〕。公顯時已致仕在蘇州。"又〔水龍吟〕（楚山修竹如雲）一首題云："贈趙晦之吹笛侍兒。"毛本題作："嶺南太守閭丘公顯，致仕居姑蘇，東坡每過必留連。嘗言：'過姑蘇，不游虎丘，不謁閭丘，乃二欠事。'其重之如此。一日出其後房佐酒，有懿卿者，甚有才色，善吹笛，因作〔水龍吟〕贈之。"案：此説出《鶴林玉露》，今考《鶴林玉露》未有此條，毛刻以此爲題，文氣亦不類，似是後人據《中吳紀聞》所言臆撰。然則東坡與閭丘詞有二，亦不止一詞也。〕公後房有懿卿者，頗具才色，詩詞俱及之。東坡嘗云"蘇州有二丘，不到虎丘即閭丘"。

六　范周

范周，字無外，文正公之侄孫，贊善大夫純古之子。少負不羈之才，工於詩詞，不求聞達，士林甚推之。所居號范家園，安貧樂道，未嘗屈節於人。石監簿存中，有園亭在盤門內，嘗往謁之，不遇，題於壁間云："范周來謁石存中，未必存中似石崇。可惜南山焦尾虎，低頭拜狗作烏龍。"方賊起郡中，令總甲巡護，雖士流亦不免。無外率府庠諸生，冠帶夜行，首用大燈籠，書一絕於其上云："自古輕儒孰若秦，山河社稷付他人。而今重士如周室，忍使書生作夜巡。"郡將聞之，亟爲罷去。盛季文作守時，頗嫚士。嘗於元宵作〔寶鼎現〕詞投之，極蒙嘉獎，因遺酒五百壺，其詞播於天下，每遇燈夕，諸郡皆歌之。嘗棹舟訪郟子高於昆山，一日酒酣，題於絕頂云："萬叠青巒壓巨昆，四垂空闊水天分。夜光寒帶三江月，春色陰連百里雲。桂子鶴驚空半落，天香僧出定中聞。不將此意憑張孟，三百年來屬老文。”

七　謔詞

宣和初，予在上庠，俄有旨令士人結帶巾，否則以違制論，士人甚苦之。當時有謔詞云：“頭巾帶，誰理會。三千貫賞錢，新行條例。不得向後長垂，與胡服相類。法甚嚴，人盡畏。便縫闊大帶，向前面繫。和我太學前輩，被人叫保義。”（按：此未詳何調。）

八　滴滴金謔詞

時上書及廷試直言者俱得罪，京師有謔詞云：“當初親下求賢詔。引得都來胡道。人人招是駱賓王，并洛陽年少。　自訟監官并岳廟。都一時閑了。誤人多是誤人多，誤了人多少。”（按：此當是〔滴滴金〕調，後半闋第二句脱一字也。）

九　謔詞

朱沖微時，以常賣爲業，後其家稍温，易爲藥市。生理日益進，以行不檢，兩受徒刑。既擁多貨，遂交結權要，然亦以濟人爲心。每遇春夏之交，即出錢米藥物，募醫官數人，巡門問貧者之疾，從而賙之。又多買弊衣，擇市嫗之善縫紉者，成衲衣敗百，當大寒雪，盡以給凍者。諸延壽堂病僧，日爲供飲食藥餌，病癒則已。其子勔，因賂中貴人，以花石得幸，時時進奉不絶，謂之花石網。凡林園亭館，以至墳墓間，所有一花一木之奇怪者，悉用黃紙封識，不問其家，徑取之。有在仕途者，稍稍拂其意，則以違上命，文致其罪。浙人畏之如虎。花網經從之地，巡尉護送，遇橋梁則徹以過舟，雖以數千緡爲之者，亦毁之不恤。初，江淮發運司，於真揚楚泗，有轉般倉綱運兵，各據地分，不相交越。勔既進花石，遂撥新裝運船，充御前網以載之，而以餘舊者載抱，直達京師。而轉般倉遂廢，糧運由此不繼，禁衛至於乏食，朝廷亦不之問也。勔之寵日盛，父子俱建節鉞，即居第創雙節堂。又得徽宗御容，置之一殿中，監司郡守必就朝朔望。勔嘗預曲宴，徽宗親握其臂與語遂以黃羅纏之，與人揖，此臂竟不舉。弟姪數人，皆結姻於帝族，因緣得至顯官者甚衆。盤門內有園極廣，植牡丹數千本，花時以繒彩爲幕弈覆其上，每花標其名，以金爲標榜，如是者數里。園夫畦子，藝精種植，及能檄石爲山者，朝釋負擔，暮紆金紫，如是者不可以數計。圃之中又有水閣，作九曲橋入之，春時縱婦女游賞，有迷其路者，老朱設酒食招邀，或遣以簪珥之屬，人皆惡其醜行。一日勔敗，檢估其家貲。有黃發句者，素與勔不協。既被旨，黎明造其室，家人婦女盡驅之出，雖間巷小民之家，無敢容納。不數日，已墟其圃。所謂牡丹者，皆析以爲薪。每一扁牓，以三錢計其直。勔死，又竄其家於海島，前日之受誥身者盡褫之。當時有謔詞云：“做圃子，得數載。栽培得那花木，就中堪愛。特將一介保義酬勞，反做了今日殃害。　詔書下來索金帶。這官誥看看毀壞。放牙笏便擔屎擔，却依舊種菜。”又云：“叠假山，得保義。襆頭上帶著百般村氣。做模樣偏得人憎，又識甚條制。今日伏惟安置，官誥又來索起。不如更叠個盤山，賣八文十二。”初，勔之進花石也，聚於京師艮岳之上。以移根自遠，爲風日所殘，植之未久，即槁瘁，時時欲易之，故花網旁午於道。一日內宴，譚人因以諷之。有持梅花而出者，譚人指以問其從曰：“此何物也？”應之曰：“芭蕉。”有持松檜而出者，復設問，亦以芭蕉答之。如是者數四，遂批其頰曰：“此某花，此某木，何爲俱謂之芭蕉？”應之曰：“我但見巴巴地討來，都焦了。”天顔亦爲之稍破。太學生鄧肅有進花石詩，大寓規諫之意，至今傳於世。

一〇　水調歌頭詞意極悲壯

建炎庚戌，兩浙被虜禍，有題〔水調歌頭〕於吳江者，不知其姓氏，意極悲壯，今錄之於後：“平生太湖上，短棹幾經過。如今重到何事？愁與水雲多。擬把匣中長劍，換取扁舟一葉，歸去老漁蓑。銀艾非吾事，丘壑已蹉跎。 膾新鱸，斟美酒，起悲歌。太平生長，豈謂今日識兵戈。欲瀉三江雪浪，净洗胡塵千里，不用挽天河。回首望霄漢，雙泪墜清波。”

一一　范文正剔銀鐙詞

范文正與歐陽文忠公席上分題作〔剔銀鐙〕，皆寓勸世之意。文正云：“昨夜因看蜀志，笑曹操、孫權、劉備。用盡機關，徒勞心力。祇得三分天地。屈指細尋思，爭如共劉伶一醉。 人世都無百歲。少痴騃，老成尪悴。祇有中間，些子少年，忍把浮名牽繫。一品與千金，問白髮如何回避。”

陳善《捫蝨新話》

一　後主浣溪沙詞

帝王文章，自有一般富貴氣象。國朝江南遣徐鉉來朝。鉉欲以辨勝，至誦後主《月詩》云云。太祖皇帝但笑曰：“此寒士語耳，吾不爲也。吾微時，夜至華陰道中，逢月出，有句云：‘未離海底千山暗，纔到中天萬國明。”鉉聞，不覺骇然驚服。太祖雖無意爲文，然出語雄杰如此。予觀李氏據江南全盛時，宫中詩曰：“簾日已高三丈透。金爐次第添香獸。紅錦地衣隨步皺。 佳人舞點金釵溜，酒惡時拈花蕊嗅。別殿時聞蕭鼓奏。”（按：此爲〔浣溪沙〕調。）議者謂與“時挑野菜和根煮，旋斫生柴帶葉燒”者異矣。然此盡是尋常説富貴語，非萬乘天子體。聞太祖一日與朝臣議論不合，嘆曰：“安得桑維翰者與之謀事乎？”左右曰：“縱維翰在，陛下亦不能用之。蓋維翰愛錢。”太祖曰：“措大家眼孔小，賜與千萬貫，則塞破屋子矣。”以此言之，不知彼所謂“金爐香獸”“紅錦地衣”，當費得幾萬貫，此語得無是措大眼孔乎？

二　黃魯直初好作艷歌小詞

荊公編《李杜韓歐四家詩》，而以歐公居太白之上，曰："李白詩語迅快，無疏脱處，然其識污下，十句九句言婦人酒爾。"予謂詩者妙思逸想所寓而已。太白之神氣，當游戲萬物之表，其於詩特寓意焉耳，豈以婦人與酒能敗其志乎？不然，則淵明篇篇有酒，謝安石每游山必携妓，亦可謂其識不高耶？歐陽公文字，寓興高遠，多喜爲風月閑適之語，蓋效太白爲之。故東坡作《歐公集序》，亦云"詩賦似李白"。此未可以優劣論也。黃魯直初好作艷歌小詞，道人法秀謂其"以筆墨誨淫，於我法中當墜泥犁之獄"。魯直自是不甚作。以魯直之言能誨淫則可，以爲其識污下則不可。

三　山谷小詞

予嘗疑山谷小詞中，有和僧惠洪〔西江月〕一首云："月側金盤堕影，雁回醉墨書空。君詩秀絶雨園葱。想見衲衣寒擁。　蟻穴夢魂人世，楊花踪迹風中。莫將社燕等秋鴻。處處春山翠重。"意其非山谷作。後人見洪載於《冷齋夜話》，遂編入《山谷集》中。據《夜話》載，洪與山谷往返語話甚詳，而集中不應不見。此詞亦不類山谷辭，真贋作也。後讀曾公所編《皇宋百家詩選》，乃云："惠洪多誕，夜話中數事皆妄。"洪嘗詐學山谷作《贈洪詩》云："韵甚不减秦少游，氣爽絶類徐師川。"師川見其體制絶似山谷，喜曰："此真舅氏詩也。"遂增置《豫章集》中。然予觀此詩全篇，亦不似山谷體制，以此益知其妄。

四　唐末小詞最爲奇絶

唐末詩體卑陋，而小詞最爲奇絶，今人盡力追之，有不能及者，予故嘗以唐《花間集》爲長短句之宗。

五　東坡減字木蘭花詞

東坡集中有〔減字木蘭花〕詞云："鄭莊好客。容我樽前時墮幘。落筆生風。藉甚聲名獨我公。　　高山白早。瑩雪肌膚那解老。從此南徐。良夜清風月滿湖。"人多不曉其意，或云：坡昔寓京口，官妓鄭容、高瑩二人嘗侍宴，坡喜之，二妓請於坡，欲爲脫籍。坡許之而終不爲言。及臨別，二妓復之船所懇之。坡曰："爾但持我此詞以往，太守一見，便知其意。蓋是鄭容落籍、高瑩從良八字也。此老真爾狡獪耶。"

六　王元澤倦尋芳慢詞

世傳王元澤一生不作小詞。或者笑之，元澤遂作〔倦尋芳慢〕一首，時服其工。其詞曰："露晞向曉，簾幕風輕，小院閑晝。翠徑鶯來，驚下亂紅鋪繡。倚危牆，望高樹，海棠經雨胭脂透。算韶華、又因循過了清明時候。倦游宴，風光滿目，好景良辰，誰共攜手。恨被榆錢，買斷兩眉長皺。憶高陽，人散後。落花流水仍依舊。這情懷、對東風盡成消瘦。"此詞甚佳，今人多能誦之，然元澤自此亦不復作。（按：今傳本"清明"下有"時"字，"憶高陽""憶"字下有"得"字。）

七　少游歌詞當在坡上

歐陽公不得不收東坡，所謂"老夫當避路，放他出一頭地"者，其實掩抑渠不得也。東坡亦不得不收秦少游、黃魯直輩，少游歌詞當在坡上。少游不遇東坡，當能自立，必不在人下也。然提獎大成就，坡力爲多。

王銍《默記》

一 李後主

徐鉉歸朝，爲左散騎常侍，遷給事中。太宗一日問"曾見李煜否？"鉉對以"臣安敢私見之。"上曰："卿第往，但言朕令卿往見可矣，鉉遂徑往其居，望門下馬，但一老卒守門。"徐言："願見太尉。"卒言："有旨不得與人接，豈可見也？"鉉曰："我乃奉旨來見。"老卒往報。徐入立庭下。久之，老卒遂入。取舊椅子相對，鉉遥望見，謂卒曰："但正衙一椅足矣。"頃間李主紗帽道服而出，鉉方拜，而李主遽下階，引其手以上。鉉告辭賓主之禮，主曰："今日豈有此禮。"徐引椅少偏乃敢坐。後主相持大哭。乃坐，默不言。忽長吁嘆曰："當時悔殺了潘佑、李平。"鉉即去，乃有旨再對，詢後主何言。鉉不敢隱。遂有秦王賜牽機藥之事。牽機藥者，服之前却數十回，頭足相就，如牽機狀也。又後主在賜第，因七夕命故妓作樂，聲聞於外，太宗聞之大怒。又傳"小樓昨夜又東風"及"一江春水向東流"之句，并坐之，遂被禍云。

二 賀方回

賀方回遍讀唐人遺集，取其意以爲詩詞。然所得在善取唐人遺意也。不如晏叔原，盡見昇平氣象，所得者人情物態。叔原妙在得於婦人，方回妙在得詞人遺意。非特兩人而已，如少游臨死作讖詞云："醉卧古藤陰下，了不知南北。"必不至於西方净土。若王荆公、司馬温公、趙閲道必不如此道也。非特賀晏而已，凡古今之詞人，盡然如此而已矣。若荆公暮年賦《臨水桃花詩》："還如景陽妃，含嘆墮宮井。"此善體物者也。然不可止此而已，終云："惆悵有微波，殘妝壞難整。"此乃能見境，而却掃除净盡，此所謂倒弄造化手也。

·彙輯宋人詞話三·

吳處厚《青箱雜記》

一　陳亞

亞與章郇公同年友善。（按：此條之前，記陳亞，揚州人，仕至太常少卿。）郇公當軸，將用之，而爲言者所抑。亞作藥名〔生查子〕陳情獻之，曰：“朝廷數擢賢，旋占凌霄路。自是鬱陶人，險難無移處。也知没藥療飢寒，食薄何相誤。大幅紙連粘，甘草歸田賦。”亞又别成藥名〔生查子〕《閨情》三首，其一曰：“相思意已深，白紙咨難足。字字苦參商，故要檳郎請。　　分明記得約當歸，遠至櫻桃熟。何事菊花時，猶未回鄉曲。”其二曰：“小院雨餘涼，石竹生風砌。羅扇盡從容，半下紗窗睡。　　起來閑坐北亭中，滴盡真珠泪。爲念婿辛勤，去折蟾宮桂。”其三曰：“浪蕩去未來，躑躅花頻换。可惜石榴裙，蘭麝香銷半。　　琵琶閑抱理相思，必撥朱弦斷。擬續斷朱弦，待這冤家看。”亞又自爲亞字謎曰：“若教有口便啞，且要無心爲惡。中間全没肚腸，外面强生棱角。”此雖一時俳諧之詞，然所寄興，亦有深意。亞又别有詩百餘首，號《澄源集》，有歲旦示知己云：“收寒歸地底，表老向人間。”又與友人郊游云：“馬嘶曾到寺，犬吠乍行村。”《送歸化宰王秘丞赴闕》云：“吏辭如賀日，民送似迎時。”《懷舊隱》云：“排聯花品曾非僭，愛惜苔錢不是慳。”亦自成一家體格。

亞性寬和，累典名藩，皆有遺愛。然頗真率，無威儀，吏不甚懼。行坐常弄瓢子，不離懷袖，尤喜唱清和樂。知越州時，每擁騎自衙庭出，或由鑒湖緩轡而歸，必敲鐙代拍，潛唱徹三十六遍然後已，亦其性也。

二 夏竦喜遷鶯詞

景德中，夏公初授館職。（按：此夏文莊公竦也。）時方早秋，上夕宴後庭，酒酣，遽命中使詣公索新詞。公問上在甚處，中使曰："在拱宸殿按舞。"公即抒思，立進〔喜遷鶯〕，詞曰："霞散綺，月沉鈎。簾捲未央樓。夜涼河漢截天流。宮闕鏤新秋。　　瑤階曙，金莖露。鳳髓香和雲霧。三千珠翠擁宸游。水殿按梁州。"中使入奏，上大悅。夏公雖舉進士，本無科名。以父歿王事，授潤州丹陽簿，即上書乞應制舉，其略曰："邊障多故，羽書旁午，而先臣供傳遽之職，立矢石之地，忘家殉國，失身行陣。陛下哀臣孤幼，任之州縣，唯陛下辨而明之。若陛下以枕石漱流爲達，臣世居市井。若陛下以金牓丹桂爲才，則臣未忝科第。若陛下以鳩杖鮐背爲德，則臣始踰弱冠。若陛下以荷戈控弦爲勇，則臣生本綿弱。若陛下令臣待詔公車，條問政治，對揚紫宸，指陳時事，猶可與漢唐諸儒，方轡并驅，而較其先後矣。"真廟再三賞激，召赴中書，試論六首：一曰《定四時別九州聖功孰大論》，二曰《考定明堂制度論》，三曰《光武二十八將功業先後論》，四曰《九功九法爲國何先論》，五曰《舜無爲禹勤事功業孰優論》，六曰《曾參何以不列四科論》。是歲，遂中制科。

三 王衍

王衍在蜀，好私行，恐人識之，令民戴大帽，又令民戴危腦帽，狹小，銳首即墜。又衍朝永陵，自爲尖巾，士民皆效之，皆服妖也。又每宴怡神亭，妓妾皆衣道衣蓮花冠，酒酣，免冠，鬝髻爲樂，因夾臉連額，渥以朱粉，號曰"醉妝"，此與梁冀孫壽事頗相類。後衍又與母同禱青城山，宮人畢從，皆衣雲霞畫衣，衍自製〔甘州詞〕，令宮人歌之，聞者凄愴。（按：《甘州曲》二十八字，《詞律》收錄。) 又衍造上清宮成，塑玄元皇帝及唐諸帝像，衍躬自薦享，城中士女游觀闐咽，謂之尋唐魂。後國亡歸唐，至秦川驛遇害。

四　艷麗之詞

文章純古，不害其爲邪。文章艷麗，亦不害其爲正。然世或見人文章，鋪陳仁義道德，便謂之正人君子。及花草月露，便謂之邪人，茲亦不盡也。皮日休曰："余嘗慕宋璟之爲相，疑其鐵腸與石心，不解吐婉媚辭。及睹其文，而有《梅花賦》，清便富艷，得南朝徐庾體。"然余觀近世所謂正人端士者，亦皆有艷麗之詞，如前世宋璟之比，今并錄之。乖崖張公咏《席上贈官妓小英歌》曰："天教搏百花，搏作小英明如花。住近桃花坊北面，門庭掩映如仙家。美人宜稱言不得，龍腦薰衣香入骨。維陽軟縠如雲英，亳郡輕紗似蟬翼。我疑天上婺女星之精，偷入筵中名小英。又疑王母侍兒初失意，謫向人間爲飲妓。不然何得膚如紅玉初碾成，眼似秋波雙臉橫。舞態因風欲飛去，歌聲過雲長且清。有時歌罷下香砌，幾人魂魄遥相驚。人看小英心已足，我見小英心未足。爲我高歌送一杯，我今送汝新翻曲。"韓魏公晚年鎮北州，一日病起，作〔點絳唇〕小詞曰："病起厭厭，畫堂花謝添憔悴。亂紅飄砌。滴盡胭脂淚。　　惆悵前春，誰向花前醉。愁無際。武陵回睇。人遠波空翠。"司馬溫公亦嘗作〔阮郎歸〕小詞曰："漁舟容易入春山。仙家日月閑。綺窗紗幌映朱顏。相逢醉夢間。　　松露冷，海霞殷，忽忽整棹還。落花寂寂水潺潺。重尋此路難。"又曾修古立朝，最號剛方塞鍔，常見池上有所似者，亦作小詩寓意曰："荷葉罩芙蓉，圓青映嫩紅。佳人南陌上，翠蓋立春風。"楊湜《詞說》載溫公〔西江月〕詞云："寶髻鬆鬆梳就，鉛華淡淡妝成。輕烟翠霧罩娉婷。飛絮游絲無定。　　相見爭如不見，有情可似無情。笙歌散後酒初醒。深院月明人靜。"《東皋雜錄》云："世傳溫公有〔西江月〕一詞，今復得〔錦堂春〕云：'紅日遲遲，虛廊轉影，槐陰迤邐西斜。彩筆工夫，難狀晚景烟霞。蝶尚不知春去，謾繞幽砌尋花。奈狂風過後，縱有殘紅，飛向誰家。　　始知青鬢無價。嘆飄蓬宦路，荏苒年華。今日笙歌叢裏，特地咨嗟。席上青衫濕透，算感舊何止琵琶。怎不教人易老，多少離愁，散在天涯。'"
（以下尚有一段，皆詩不錄。）

曲有錄要者，錄《霓裳羽衣曲》之要拍，即《唐書·吐蕃傳》所謂《涼州胡渭錄要雜曲》，而今世語訛，謂之《綠要》。

五　張昇

樞相張公昇，字杲卿，陽翟人。大中祥符八年蔡齊下及第，仕亦晚達。皇祐中自潤州解官，時已六十餘。語三命僧化成曰："運限恰好，去未得。"未幾，除侍御史知雜事，不十年作樞相，退歸陽翟。生計不豐，短氎輕縧，翛然自適。乃結庵於嵩陽紫虛谷，每旦晨起焚香，讀華嚴。庵中無長物，荻簾紙帳、布被革履而已。年八十餘，自撰〔滿江紅〕一首，聞者莫不慕其曠達，詞曰："無利無名，無榮無辱，無煩無惱。夜燈前，獨歌獨酌，獨吟獨笑。況值群山初雪滿，又兼明月交光好。便假饒、百歲擬如何，從他老。

知富貴，誰能保。知功業，何時了。算簞瓢金玉，所爭多少。一瞬光陰何足道，但思行樂常須早。待春來、携酒殢東風，眠芳草。"

六　裴湘詞

內臣裴愈，字益之，亦好吟咏。真宗朝銜命江南，搜訪遺書名畫，歸奏稱旨，用是累居三館祕閣職任。有詩《送魯秀才南游》云："東吳山色家家月，南楚江聲浦浦風。"《聞蟬詩》云："楊柳影疏秋霽月，梧桐葉墜夕陽天。"皆其佳句。有子曰湘，字楚老，亦有詩名。明道中，仁宗御便殿，試進士，房心爲《明堂賦》《和氣致祥》詩，亦命湘賦之。湘蹈舞再拜，數刻而成，仁宗嗟賞，左右中人，爲之動色。其《和氣致祥》詩曰："君德承天道，沖融協大和。卿雲呈瑞草，膏澤應時多。煦集連枝木，嘉扶異穎禾。五星還聚井，丹鳳更巢阿。蔽澤無遺士，邊防久息戈。黔黎逢至化，稽首載賡歌。”他詩亦類此。有《肯堂集》行於世。翰林李公淑爲之作序曰：“予嘗嘉河東父子，起銀鐺右貂，能以屬辭拔其倫。益之三朝侍内，老不廢學，又課屬二子，使皆自立，約已慎履，如周仁、石慶。而楚老犖犖嗜書，克自淬琢云。”湘又喜爲小詞，嘗在河東路走馬承受，有《咏并門》〔浪淘沙〕小詞云：“雁塞説并門。郡枕西汾。山形高下遠相吞。古寺樓臺依碧障，烟景遥分。　　晋廟鎖溪雲。簫鼓仍存。牛羊斜日自歸村。惟有故城禾黍地，前事銷魂。”復有汴州〔浪淘沙〕小詞，仁宗命録進，亦嘉之，其詞曰：“萬國仰神京。禮樂縱横。葱葱佳氣鎖龍城。日御明堂天子聖，朝會簪纓。　　九陌六街横。萬物充盈。青樓弦管酒如澠。別有隋堤烟柳暮，千古含情。”

王明清《玉照新志》

一　張生雨中花詞

元符中，饒州舉子張生，游太學，與東曲妓楊六者好甚密。會張生南宮不利歸，妓欲與之俱，而張不可。約半歲必再至，若渝盟一日，則任其從人。張偶以親之命，後約幾月，始至京師，首訪舊游，其隣儌舍者迎謂曰：“君非饒州張君乎，六娘每恨君失約，日托我訪來期於學舍，其母痛折之，而念益切。前三日，母以歸洛陽富人張氏，遂偕去矣。臨發涕泣，多與我金錢，令候君來，引觀故居畢，乃儌後人。”生入觀，則小樓奥室，歡館宛然。几榻猶設不動，知其初去，如所言也。生大感愴，不能自持，迹其所向，百計不能知矣。作〔雨中花〕詞，盛傳於都下云。或云，即知常之子，予功燾也，其詞云：“事往人離，還似暮峽歸雲，隴上流泉。奈强分鸞鏡，枉斷哀弦。曾記酒闌歌罷，難忘月底花前。舊携手處，層樓朱户，觸目依然。　　從來慣向綉幃羅帳，鎮效比翼紋鴛。誰念我而今清夜，常是孤眠。入户不如飛絮，傍懷爭及爐烟。這回休也，一生心事，爲爾縈牽。"此得之廉宣仲布所記云。

"蹙破眉峰碧，纖手還重執。鎮日相看未足時，便忍使鴛鴦隻。　　薄暮投孤驛，風雨愁通夕。窗外芭蕉窗裏人，分葉上心頭滴。"祐陵親書其後云："此詞甚佳，不知何人作，奏來，蓋以詢曹組者，今宸翰尚藏其家。"（按：此即〔卜算子〕調，與黃庭堅、杜安世詞同，平仄稍異，自是黃、杜二詞有未合耳。《歷代詩餘》別列爲一調，而以〔眉峰碧〕名之，非是。）

二　周美成

明清《揮塵餘話》，記周美成〔瑞鶴仙〕事，近於故篋中得先人所叙，特爲詳備，今具載之。美成以待制，提舉南京鴻慶宮，自杭徙居睦州，夢中作長短句〔瑞鶴仙〕一闋，既覺，猶能全記，了不詳其所謂也。未幾，青溪賊方臘起，逮其鴟張，方還杭州舊居，而道路兵戈已滿，僅得脱死。始入錢塘門，但見杭人倉皇奔避，如蜂屯蟻沸。視落日半在鼓角樓檐間，即詞中所謂"斜陽映山落，斂餘暉、猶戀孤城欄角"者應矣。當是時，天下承平日久，吳越享安閑之樂，而狂寇嘯聚，徑自睦州直搗蘇杭，聲言遂踞二浙。浙人傳聞，内外響應，求死不暇。美成舊居既不可往，是曰無處得食，飢甚。忽於稠人中有呼"待制者何往"，視之，鄉人之侍兒，素所識也。且曰："日晏，未必食，能捨車過酒家乎？"美成從之。驚遽間，連引數杯散去，腹枵頓解，乃詞中所謂"凌波步弱，過短亭何用素約。有流鶯勸我，重解綉鞍，緩引春酌"之句驗矣。飲罷，覺微醉，既耳目惶惑，不敢少留。徑出城北，江漲，橋頭諸寺，士女已盈滿，不能駐足。獨一小寺經閣，偶無人，遂宿其上，即詞中所謂"上馬誰扶，醉眠朱閣"又應矣。既見兩浙處處奔避，遂絶江居揚州。未及息肩，而傳聞方賊已盡據二浙，將渡江之淮泗。因自計方領南京鴻慶宮，有齋廳可居，乃挈家往焉。則詞中所謂"念西園已是，花深無路，東風何事又惡"之言應矣。

至鴻慶，未幾，以疾卒。則"任流光過了，歸來洞天自樂"，又應於身後矣。美成平生好作樂府，將死之際，夢中得句，而字字俱應，卒章又驗於身後，豈偶然哉？美成之守潁上，與僕相知。其至南京，又以此詞見寄，尚不知此詞之言，待其死，乃盡驗如此。

三　曾布水調歌頭

《馮燕傳》，見之《麗情集》，唐賈耽守太原時事也。元祐中，曾文蕭帥并門，感嘆其義風，自製〔水調歌頭〕，以亞大曲，然世失其傅。近閱故書，得其本，恐久而湮沒，盡録於後。排遍第一："魏豪有馮燕，年少客幽并。擊球鬥雞爲戲，游俠久知名。因避仇來東郡，元戎留屬中軍。直氣凌貔虎，須臾叱吒風雲，凜凜坐中。偶乘佳興，輕裘錦帶，東風躍馬，往來尋訪幽勝。游冶出東城，堤上鶯花撩亂，香車寶馬縱橫。草軟平沙穩，高樓兩岸，春風語笑隔簾聲。"排遍第二："袖籠鞭敲鐙，無語獨閑行。綠楊下人初靜，烟澹夕陽明。窈宨佳人獨立，瑤階擲果，潘郎瞥見紅顏，橫波盼，不勝嬌軟倚銀屏。曳紅裳頻推朱户，半開還掩，似欲倚咿啞聲裏，細説深情。因遣林間青鳥，爲言彼此心期，的的深相許，竊香解珮，綢繆相顧不勝情。"排遍第三："説良人滑將張嬰，從來嗜酒，遺家鎮長酩酊狂醒。屋上鳴鳩空鬥，梁間客燕相驚。誰與花爲主，蘭房從此朝雲夕雨兩牽縈。似游絲飄蕩，隨風無定，奈何歲華荏苒，歡計苦難憑。唯見新恩繾綣，連枝并翼，香閨日日爲郎。誰知松蘿托蔓，一比一毫輕。"排遍第四："一夕還，醉開户，起相迎。爲郎引裾相庇，低首略潛形。情深無隱，欲郎乘間起佳兵。授青萍茫然撫嘆，不忍欺心。爾能負心於彼，於我必無情。熟視花鈿不足，剛腸終不能平。假手迎天意，一揮霜刃，窗間粉頸斷瑤瓊。"排遍第五："鳳凰釵寶玉凋零。慘然悵，嬌魂怨，飲泣吞聲，還被凌波呼唤。相將金谷同游，想見逢迎處，揶揄羞面。妝臉泪盈盈。醉眠人醒來晨起，血凝蟻首，但驚喧白鄰里，駭我卒難明。思敗幽囚推究，覆盆無計哀鳴。丹筆終誣服，圜門驅擁，銜冤垂首欲臨刑。"排遍第六:"帶花遍,向紅塵裏,有喧呼攘臂,轉身辟衆,莫遣人冤,濫殺張寶忍偷生。僚吏驚呼呵叱,狂辭不變如初,投身屬吏,慷慨吐丹誠。仿佛縲絏,自疑夢中,聞者皆驚嘆爲不平。割愛無心,泣對虞姬,手戮傾城寵,翻然起死,不教仇怨負冤聲。"排遍第七:"攧花十八,義城元靖賢相國,喜慕英雄士,賜金繒。聞斯事頻嘆賞,封章歸印。請贖馮燕罪,日邊紫泥封詔,闔境赦深刑。萬古三河風義在,青簡上,衆知名。河東注,任流水滔滔,水涸名難泯。至今樂府歌咏,流入管弦聲。"

四　李漢老

李漢老邴,少年日,作〔漢宮春〕詞,膾炙人口,所謂"問玉堂何似,茅舍疏籬者"是也。政和間,自書省丁憂歸山東,服終造朝,舉國無與立談者,方悵悵無計。時王黼爲首相,忽遣人招至東間,開宴延之上坐。出其家姬數十人,皆絕色也。漢老惘然莫曉。酒半群唱是詞以侑觴,漢老竊切自欣,除目可無慮矣。喜甚,大醉而歸。又數日,有館閣之命。不數年,遂入翰苑。

五　左與言

左與言,天臺之名士大夫也。其孫哀其樂章,求爲序其後云:政宣之際,文物鼎盛,異才坌出。天臺左君與言,委羽之詩裔,飽經史而下筆有神,名重一時,學者之所敬仰。策名之後,藉甚宦途,屢彰美效,藹聞薦紳。著書立言,自托不朽。平日行事,蓋見之國子虞仲容所述志碑詳矣。吟咏詩句,清新嫵麗,而樂府之詞,調高韵勝,好事者尤所爭先快睹。豪右左戚尊席,一笑增氣忘倦。承平日,之錢塘幕府,樂籍有名姝張足女名濃者,色藝妙天下,君頗顧之。如世所舉"盈盈秋水,淡淡春山",與"一段離愁堪畫處,橫風斜雨搖衰柳",及"帷雲剪水,滴粉搓酥",皆爲濃而作。當時都人有"曉風殘月柳三變,滴粉搓酥左與言"之對,其風流人物,可以想像。俶擾之後,濃委身於立勛大將家,易姓章,遂疏封大國。紹興中，君因覔官行闕，暇日訪西湖兩山間，忽逢車輿甚盛，中睹一麗人，褰簾顧君而顰云：“如今若把菱花照，猶恐相逢是夢中。”視之，乃濃也。君醒然悟人，即拂衣東渡，一意空門，不復以名利關心。老禪宿德，莫不降伏皈依。此殆與夫僧史所載《樓子和尚公案》，若合一契。君之孫文本，編次遺詞若干首，名曰《筠翁長短句》，欲以劖行，求予爲序。筠翁，君之自號，與言其字，字蓋析其名云。余既識　之，伏膺三嘆，并爲書此一段奇事。

六　汪彦章詞

汪彦章在京師，嘗作小闋云：“新月涓涓，夜寒江静山涵斗。起來搔首，梅影横窗瘦。好個霜天，閑却傳杯手。君知否。亂鴉啼後，歸興濃如酒。”紹興中，彦章知徽州，仍令席間聲之。坐客有挾怨者，亟以納秦會之相，指爲新製，以譏會之。會之怒，諷言路，遷彦章於永。

七　馬中玉

東坡先生知杭州，馬中玉成爲浙漕。東坡被召赴闕，中玉席間作詞曰：“來時吴會爲殘暑，去日武林春已暮。欲知遺愛感人深，灑泪多於江上雨。歡情未舉眉先聚，别酒多斟君莫訴。從今寧忍看西湖，抬眼盡成斷腸處。”東坡和之，所謂“明朝歸路下塘西，不見鶯啼花落處”是也。中玉，忠肅亮之子，仲甫猶子也。（按：此乃〔玉樓春〕調。）

八　張安國

紹興乙卯，張安國爲内史，明清與仲信兄在，左鄯舉善，郭世謨從范，李大正正之，李泳子永，多館於安國家。春日諸友同游西湖，至普安寺。於窗户間得玉釵半股，青蚨半文，想是游人歡洽所分授偶迫之者。各賦小闋，以記其事，歸以録示安國。安國云：

"我當爲諸公考校之。"明清云："淒凉寶鈿初分際，愁絕清光欲破時。"安國云："仲言宜在第一。"俯仰今四十餘年矣，主賓六人，俱爲泉下之塵，明清獨苟存於世，追懷如夢，黯而記之。（按：此云"各賦小闋"，則二句自是詞之斷句，《學津》本改"小闋"二字爲"詩"字，非是。左都是人名，舉善是其字，《苕溪漁隱叢話》有左都《題湘中郵亭壁》詩，左都上"在"字當爲衍文。）

九　海哥詞

嘉祐末，有人携一巨魚入京師，而能人言，號曰"海哥"，衒耀於市井間。豪右左戚，爭先快睹，亦嘗召至禁中。由是纏頭賞賚，所獲盈積。常自聲一詞云："海哥風措，被漁人下網打住。將在帝城中，每日教言語。甚時節放我歸去。龍王傳語。這裏思量你，千回萬度。螃蟹最凄惶，鮎魚尤憂慮。"（按：此調未詳。）李氏園作場，躍入池中，不可復獲。是歲黄河大決，水入都門，壞民室廬數百家。已而昭陵升遐。

（上載《同聲月刊》第二卷第七號）

・彙輯宋人詞話四・

王得臣《麈史》

一　楊花落詞

王樂道幼子鋕，少而博學，善持論。嘗爲予説：李邦直作門下侍郎日，忽夢一石室，有石牀，李披髮坐於上。旁有人曰："此王陵舍也。"夢中因爲一詞。既覺書之。因示韓治循之，其詞曰："楊花落。燕子橫穿高閣。長恨春醪如水薄。閑愁無處著。去年今日王陵舍，鼓角秋風。千歲遼東。回首人間萬事空。"（按：此當爲二詞，各脱一句半，上四句爲〔謁金門〕，下四句爲〔采桑子〕。）後李出北都，逾年而卒。王陵舍，乃近北都地名也。

二 江南好詞

前廣西漕李朝奉湜，江寧人。言昔日内相葉清臣道卿守金陵，爲〔江南好〕十闋，有云："丞相有才裨造化，聖皇寬詔養疏頑。贏取十年間。"以爲雖補郡，不赴十年，必復任矣，去金陵十年而卒。

王明清《投轄録》

一 柳梢青詞

己未歲，虜人入我河南故地，大將張中孚、中彦兄弟，自陝右來朝行在。道出雒陽建昌宫故基之側，與二三將士，張燭夜飲於郵亭。忽有婦人，衣服古而姿色絶妙，執役來歌於尊前，曰："依稀曉星明滅。白露點蒼苔敗葉。斷址頹垣，荒烟衰草，漢家宫闕。

咸陽道上行客。又依舊利名深切。改换容顏，銷磨今古，隴頭殘月。"（按：此調爲〔柳梢青〕。）中孚兄弟大驚異，詰其所自，不應而去。張仲益所云。

費袞《梁溪漫志》

一 張芸叟詞

張芸叟詞云："回首夕陽紅盡處，應是長安。"（按：此爲〔浪淘沙〕調。）人喜誦之。樂天《題岳陽樓》詩云："春岸緑時連夢澤，夕波紅處近長安。"蓋芸叟用此换骨也。

二 韓莊敏

紹興間，韓蘄王自樞密使就第，放浪湖山，匹馬數童，飄然意行。一日至湖上，遙望蘇仲虎尚書宴客，蘄王徑造其席，喜甚，醉歸。翌日折簡謝，餉以羊羔，且作二詞手書以贈。蘇公緘藏之，親題其上云："二闋三紙，勿亂動。"淳熙丁未，蘇公之子壽父(山)丞太府，携以示蘄王長子莊敏公。莊敏以示予，字畫殊傾敬，然其詞乃林下道人語。莊敏云："先人生長兵間，不解書，晚年乃稍稍能之耳。"其一詞〔臨江仙〕云："冬看山林蕭疏净，春來地潤花濃。少年衰老與山同。世間争名利，富貴與貧窮。　榮貴非干長生藥，清閑是不死門風。勸君識取主人公。單方衹一味，盡在不言中。"其一〔南鄉子〕云："人有幾何般，富貴榮華總是閑。自古英雄都如夢，爲官。寶玉妻男宿業纏。　年邁已衰殘，鬢髮蒼浪骨髓乾。不道山林有好處，食歡。衹恐痴迷誤了賢。"世忠上。

三 東坡詞

程子山(敦厚)舍人跋東坡〔滿庭芳〕詞云："予聞之蘇仲虎云：一日有傳此詞以爲先生作。東坡笑曰：'吾文章肯以藻繪一香篆榮乎？'然觀其間如'畫堂別是風光'及'十指露'之語，誠非先生肯云。"子山之説，固人所共曉。予嘗怪李端叔謂東坡在中山，歌者欲試東坡倉卒之才，於其側歌〔戚氏〕。坡笑而頷之，邇近方論穆天子事，頗摘其虛誕，遂資以應之。隨聲隨寫，歌竟，篇纔點定五六字。座中隨聲擊節，終席不間他辭，亦不容別進一語。臨分曰："足以爲中山一時盛事。"然予觀其詞，有曰："玉龜山，東皇靈媲統群仙。"又云："争解綉勒香輈。"又云："鸞輅駐蹕。"又云："肆華筵，間作脆管鳴弦，宛若帝所鈞天。"又云："盡倒瓊壺酒，獻金鼎藥，固大椿年。"又云："浩歌暢飲，回首塵寰。爛熳游玉辇東還。"東坡御風騎氣，下筆真神仙語。此等鄙俚猥俗之詞，殆是教坊倡優所爲，雖東坡竄下老婢，亦不作此語。而顧稱譽若此,豈果端叔之言邪。恐疑誤後人,不可以不辨。

何遠《春渚紀聞》

一　吴箋上手書一詞

蔣子有家藏先生於吴箋上手書一詞。(按:此云先生,乃稱東坡。) 是爲餘杭通守時字,云:"紅杏了,夭桃盡,獨自占春芳。不比人間蘭麝,自然透骨生香。對酒莫相忘,似佳人兼合明光。祇憂長笛吹花落,除是寧王。"既不知曲名,常以問先生門下士及伯達與仲虎、叔平諸孫,皆云未之見也。又不知"兼合明光"是何等事。或云是酴釀也。

二　秦少章

司馬才仲初在洛下,晝寝,夢一美姝牽帷而歌曰:"妾本錢塘江上住。花落花開,不管流年度。燕子衛將春色去,紗窗幾陣黄梅雨。"才仲愛其詞,因詢曲名,云是〔黄金縷〕,且曰:"後日相見於錢塘江上。"及才仲以東坡先生薦,應制舉中等,遂爲錢塘幕官。其廨舍後,唐蘇小墓在焉。時秦少章爲錢塘尉,爲續其詞後云:"斜插犀梳雲半吐。檀板輕籠,唱徹黄金縷。夢斷彩雲無覓處,夜凉明月生春渚。"不逾年而才仲得疾,所乘畫水輿艤泊河塘,柂工遽見才仲携一麗人登舟,即前聲喏,繼而火起舟尾。狼忙走報,家已慟哭矣。

羅大經《鶴林玉露》

一　辛幼安九日詞

桓温雄猛蓋一時,賓僚相從燕賞。豈應有失禮於前者,孟嘉落帽，恐如禰正平裸服摻撾，嫚侮曹瞞之意。陶淵明，嘉之甥也。
爲嘉作傳，稱其在朝仗正順，門無雜賓。則嘉亦一時之望，乃肯從
溫，何也？溫嘗從容謂曰：“人不可無勢，我乃能駕馭卿。”亦頗
有相靳之意。辛幼安《九日詞》云：“誰與老兵供一笑，落帽參軍
華髮。莫倚忘懷，西風也解，檢點尊前客。凄涼今古，眼中三兩飛
蝶。”意謂嘉不當從溫，故西風落其帽以貶之，若免冠然。（按：此詞
乃〔念奴嬌〕調。）

二　辛幼安詞

辛幼安《晚春詞》云：“更能消幾番風雨，匆匆春又歸去。惜
花長恨花開早，何況亂紅無數。春且住。見説道、天涯芳草迷歸
路。怨春不語。算衹有殷勤，畫檐蛛網，盡日惹飛絮。　　長門
事，準擬佳期又誤。娥眉曾有人妒，千金縱買相如賦，脉脉此情誰
訴？君莫舞。君不見玉環飛燕皆塵土。閑愁最苦。休去倚危欄，斜
陽正在，煙柳斷腸處。”（按：此詞爲〔摸魚兒〕調。）詞意殊怨。“斜陽煙
柳”之句，其與“未須愁日暮，天際乍輕陰”者異矣。使在漢唐
時，寧不賈種豆、種桃之禍哉？愚聞壽皇見此詞，頗不悦。然終不
加罪，可謂至德也已。其《題江西造口》詞云：“鬱孤臺下清江
水。中間多少行人泪。西北是長安。可憐無數山。　　青山遮不
住。畢竟東流去。江晚正愁予。山深聞鷓鴣。”（按：此詞爲〔菩薩蠻〕
調。）蓋南渡之初，虜人追隆祐太后御舟，至造口不及而還。幼安自
此起興。“聞鷓鴣”之句，謂恢復之事，行不得也。又《寄丘宗
卿》詞云：“千古江山，英雄無覓，孫仲謀處。舞榭歌臺，風流總
被，雨打風吹去。斜陽草樹，尋常巷陌，人道寄奴曾住。想當年金
戈鐵馬，氣吞萬里如虎。　　元嘉草草，封狼居胥，贏得倉皇北
顧。四十三年，望中猶記，烽火揚州路。可堪回首，佛狸祠下，一
片神鴉社鼓。憑誰問，廉頗老矣，尚能飯否？”（按：此詞爲〔永遇樂〕
調。稼軒詞諸刻本題均作《京口北固亭懷古》。）此詞集中不載，尤雋壯可喜。
朱文公云：“辛幼安、陳同甫，若朝廷賞罰明，此等人皆可用。”

三　朱文公

世傳〔滿江紅〕詞云："膠擾勞生，待足後、何時是足。據見定隨家豐儉，便堪龜縮。得意濃時休進步，須知世事多翻覆。漫教人、白了少年頭，徒碌碌。　誰不愛，黃金屋。誰不羨，千鍾祿。奈五行、不是這般題目。枉費心神空計較，兒孫自有兒孫福。也不須、采藥訪神仙，惟寡欲。"以爲朱文公所作。余讀而疑之，以爲此特安分無求者之詞耳，決非文公口中語。後官於容南，節推翁諤爲予言，其所居與文公鄰，嘗舉此詞問公。公曰："非某作也，乃一僧作。"其僧亦自號"晦庵"云。又〔水調歌頭〕云："富貴有餘樂，貧賤不堪憂。那知天路幽險，倚伏互相酬。請看東門黃犬，更聽華亭清唳，千古恨難收。何似鴟夷子，散髮弄扁舟。

鴟夷子，成霸業，有餘謀。致身千乘卿相，歸把釣魚鈎。春晝五湖烟浪，秋夜一天雲月，此外盡悠悠。永弃人間事，吾道付滄洲。"此詞乃文公作，然特敷衍檃括李杜之詩耳。

四　陸務觀

陸務觀，農師之孫，有詩名。壽皇嘗謂周益公曰："今世詩人亦有如李太白者乎？"益公因薦務觀，由是擢用，賜出身，爲南宮舍人。嘗從范石湖辟入蜀，故其詩號《劍南集》，多豪麗語，言征伐恢復事。其題《俠客圖》云："趙魏胡塵十丈黃，遺民膏血飽豺狼。功名不遣斯人了，無奈和戎白面郎。"壽皇讀之，爲之太息，臺評劾之。其恃酒頹放，因自號放翁。作詞云："橋如虹。水如空。一葉飄然烟雨中。天教稱放翁。"（按：此詞爲〔長相思〕調。）晚年爲韓平原作《南園記》，除從官。楊誠齋寄詩云："君居東浙我江西，鏡裏新添幾縷絲。花落六回疏信息，月明千里兩相思。不應李杜翻鯨海，更羨夔龍集鳳池。道是樊川輕薄殺，猶將萬戶比千詩。"蓋切磋之也。然《南園記》唯勉以忠獻之事業，無諛辭。晚年和平粹美，有中原承平時氣象，朱文公喜稱之。

五　周美成詞

楊東山言《道藏經》云：“蝶交則粉退，蜂交則黃退。”周美成詞云：“蝶粉蜂黃渾退了。”正用此也。而説者以爲《宮妝》，且以“退”爲“褪”，誤矣。余因嘆曰：“區區小詞，讀書不博者，尚不得其旨。況古人之文章，而可臆見妄解乎？”（按：此爲〔滿江紅〕詞，“晝日移陰”一首之句。）

六　蘇養直

蘇養直之父伯固，從東坡游，“我夢扁舟浮震澤”之詞，爲伯固作也。（按：此爲〔歸朝歡〕和蘇堅伯固首句。）養直“屬玉雙飛水滿塘”之句，亦見賞於坡，稱爲“吾家養直”。作此詩時年甚少，而格律已老蒼如此。紹興間與徐師川同召，師川赴，養直辭。師川造朝，便道過養直，留飲甚歡。二公平日對弈，徐高於蘇，是日養直拈一子，笑視師川曰：“今日須還老夫下此一着。”師川有愧色。游誠之跋養直墨迹云：“後湖胸中，本無軒冕，是以風神筆墨，皆自蕭散，非慕名隱居者比也。士生斯世，苟無功利及人，區區奔走，老死塵埃，不如學蘇養直。”

七　徐淵子詞

徐淵子詩云：“俸餘擬辦買山錢，却買端州古硯磚。依舊被渠驅使在，買山之事定何年。”劉改之賀其除直院啓云：“以載鶴之船載書，入覲之清標如此。移買山之錢買硯，平生之雅好可知。”淵子詞清雅，余尤愛其《夜泊廬山》，詞云：“風緊浪淘生。蛟吼鼉鳴。家人睡著怕人驚。祇有一翁捫虱坐，依約三更。　雪又打殘燈。欲暗還明。有誰知我此時情。獨對梅花傾一盞，還又詩成。”

八　柳耆卿作望江潮詞

孫何帥錢塘，柳耆卿作〔望江潮〕詞贈之，云：“東南形勝，三吳都會，錢塘自古繁華。烟柳畫橋，風簾翠幕，參差十萬人家。雲樹繞堤沙。怒濤卷霜雪，天塹無涯。市列珠璣，户盈羅綺，競豪奢。　　重湖叠巘清佳。有三秋桂子，十里荷花。羌管弄晴，菱歌泛夜。嬉嬉釣叟蓮娃。千騎擁高牙。乘醉聽簫鼓，吟賞烟霞。異日圖將好景，歸去鳳池誇。"此詞流播。金主亮聞歌，欣然有慕於"三秋桂子、十里荷花"，遂起投鞭渡江之志。近時謝處厚詩云："誰把杭州曲子謳，荷花十里弄三秋。哪知卉木無情物，牽動長江萬里愁。"余謂此詞雖牽動長江之愁，然卒爲金主送死之媒，未足恨也。至於荷艷桂香，妝點湖山之清麗，士大夫流連於歌舞嬉游之樂，遂忘中原，是則深可恨耳。因和其詩云："殺胡快劍是清謳，牛渚依然一片秋。却恨荷花留玉輦，竟忘烟柳汴宮愁。"蓋靖康之亂，有題詩於舊京宮牆云："依依烟柳拂宮牆，宮殿無人春晝長。"有良家女流落可嘆者，余同年李南金贈以詞曰："流落今如許。我亦三生杜牧，爲秋娘著句。先自多愁多感慨，更值江南春暮。君看取落花飛絮。也有吹來穿綉幌，有因風飄墮隨塵土。人世事，總無據。　　佳人命薄君休訴。若説與英雄心事，一生更苦。且盡樽前今日意，休記緑窗眉嫵。但春到兒家庭户。幽恨一簾烟月曉，恐明年，雁亦無尋處。渾欲倩，鶯留住。"（按：此詞乃〔金縷曲〕，"我亦三生杜牧，爲秋娘著句"與諸詞異，萬樹《詞律》謂是誤筆。）此詞凄婉頓挫，不減古作者。《南史·齊》范縝謂竟陵王子良曰："人生如樹花同發，隨風而散，或拂簾幌墜茵席之上，或關籬牆落糞溷之中。墜茵席者，殿下是也；落糞溷者，下官是也。"此詞前闋蓋祖此説。南金自號"三豁冰雪翁"，尤工於詩。有《江頭吟》云："兒時盛氣高於山，不信壯士有飢寒。如今一杯零落酒，風雨蝕盡征袍單。側立昆奴面鐵色，楚客不言未吹笛。關山有月無人聲，自是江頭渚花發。渚花春少未得妍，凝立青山圍水天。杜鵑故態不識事，盡情叫人青楓烟。壯士未握邊頭槊，旄頭如月幾時落。如今世界不愛賢，看取青峰白雲角。嗚呼一歌兮歌已怨，壺中無酒可續嚥。"蓋模擬少陵之作，詞旨清婉可愛。

九　傅公謀詞

宜春傅公謀詞云：“草草三間屋，愛竹旋添栽。碧紗窗戶，眼前都是翠雲堆。一月山翁高臥，連雪水村清冷，木落遠山開。唯有平安竹，留得伴寒梅。　　家童開門看，有誰來。客來一笑清話，煮茗更傳杯。有酒衹愁無客，有客又愁無酒，酒熟且徘徊。明日人間事，天自有安排。”（按：此調爲〔水調歌頭〕。後闋前三句脫一字。）此詞清甚，末句尤達，可歌也。許及之爲分宜宰，公謀作《賀雨詩》云：“獅子關前半篆烟，二龍飛下卓篙泉。銀河掣電連霄雨，綠野翻雲四月天。便覺春生花一縣，會看秋熟米三錢。何時卓魯登黃閣，都與寰區作有年。”及之擊節。公謀尤工作酸文，嘗作無遮榜語云：“紅旗渡口，淒涼芳草夕陽天。白紙山頭，慘澹落花寒食節。”甚工。

一〇　喻愁詞

詩家有以山喻愁者，杜少陵云：“憂端如山來，澒洞不可掇。”趙嘏云：“夕陽樓上山重疊，未抵春愁一倍多。”是也。有以水喻愁者，李頎云：“請量東海水，看取淺深愁。”李後主云：“問君能有幾多愁，恰似一江春水向東流。”（按：此爲〔虞美人〕調。）秦少游云：“落紅萬點愁如海。”（按：此爲〔千秋歲〕調。）是也。賀方回云：“試問閑愁知幾許。一川烟草，滿城風絮。梅子黃時雨。”（按：此爲〔青玉案〕調。）蓋以三者比愁之多也，尤爲新奇，兼興中有比，意味更長。

一一　張仲宗詞

山谷《題玄真子圖》詞所謂“人間底事無波處，一日風波十二時”者，（按：此爲〔鷓鴣天〕調。）固已妙矣。張仲宗詞云：“釣笠披雲青嶂曉。橛頭細雨春江渺。白鳥飛來風滿棹。收綸了。漁翁拍手樵童笑。明月太虛同一照。浮家泛宅忘昏曉。醉眼久看朝市鬧。烟波老。誰能惹得閑煩惱。”（按：此乃〔漁家傲〕調。）語意尤飄逸。仲宗年逾四十，即挂冠，後因作詞送胡澹庵貶新州，忤秦檜，亦得罪。其標致如此，宜其能道玄真子心事。

一二　叠字

詩有一句叠三字者，如吳融《秋樹詩》云"一聲南雁已先紅，摵摵淒淒葉葉同"是也。有一句連三字者，如劉駕云"樹樹樹梢啼曉鶯，夜夜夜深聞子規"是也。有兩句連三字者，如白樂天云"新詩三十軸，軸軸金玉聲"是也。有三聯叠字者，如《古詩》"青青河畔草，鬱鬱園中柳。盈盈樓上女，皎皎當窗牖。娥娥紅粉妝，纖纖出素手"是也。有七聯叠字者，昌黎《南山》詩云"延延離又屬，夬夬叛還遘。喁喁魚闖萍，落落月經宿。闖闖樹牆垣，巕巕架庫廄。參參削劍戟，煥煥銜瑩琇。敷敷花披萼，闛闛屋摧霤。悠悠舒而安，兀兀狂以狃。超超出猶奔，蠢蠢駭不懋"是也。近時李易安詞云："尋尋覓覓，冷冷清清，淒淒慘慘戚戚。"（按：此爲〔聲聲慢〕調。）起頭連叠七字，以一婦人，乃能創意出奇如此。

（上載《同聲月刊》第二卷第八號）

· 彙輯宋人詞話五 ·

邵伯温《聞見録》

妓作柳枝詞

文潞公，慶曆中以樞密直學士知成都府。公年未四十，成都風俗喜行樂，公多燕集，有飛語至京師。御史何剡聖從，蜀人，因謁告歸，上遣伺察之。聖從將至，潞公亦爲之動。張俞少愚者，謂公曰"聖從之來無足念。"少愚自迎見於漢州。同郡會有營妓善舞，聖從喜之，問其姓，曰楊。聖從曰："所謂楊臺柳者。"少愚即取妓之項上帕羅，題詩曰："蜀國佳人號細腰，東臺御史惜妖嬈。從今喚作楊臺柳，舞盡春風萬萬條。"命其妓作〔柳枝詞〕歌之，聖從爲之沾醉。後數日，聖從至成都，頗嚴重。一日，潞公大作樂以燕聖從，迎其妓雜府妓中，歌少愚之詩，以酬聖從，聖從每爲之醉。聖從還朝，潞公之謗乃息。與陶穀使江南郵亭詞相類云。張少愚者，奇士，潞公固重其人也。

邵博《聞見後録》

一 呂申公

呂申公帥維揚，東坡自黃岡移汝海，經從見之。申公置酒，終日不交一語。東坡昏睡，歌者唱"夜寒斗覺羅衣薄"，東坡驚覺，小語云："夜來走却羅衣薄也。"歌者皆匿笑。酒罷，行後圃中，至便坐。東坡即几案間筆墨，書歌者團扇云："雨葉風枝曉自勻，綠陰青子静無塵。閑吟繞屋扶疏句，須信淵明是可人。"申公見之，亦無語。

二 唐昭宗詞

華州齊雲樓，有唐昭宗詞："安得有英雄。携歸大内中。"（按：此爲〔菩薩蠻〕調詞句。）蒲中鸛鵲樓，有唐太宗詩："昔乘匹馬至，今駕六龍來。"其英偉凄怨之氣，何祖孫不同也。

三 東坡作長短句

東坡爲董毅夫作長短句："文君婿知否。笑君卑辱。"（按：此爲〔滿江紅〕調詞句。）奇語也。猶"虞姬婿"云，今刻本者不知有自，改"文君細知否"，可笑耳。

四 東坡別李公擇長短句

東坡《別李公擇》長短句："憑仗飛魂招楚些，我思君處君思我。"（按：此爲〔蝶戀花〕調詞句。）退之與孟東野書："以余心之思足下，知足下懸懸於余之意也。"

五　宋子京

宋子京在翰林時，同院李獻臣以次有六學士。一日，張貴妃詞頭下，議行告廟之禮，未決，子京遽以制上，妃怒抵於地曰："何學士敢輕人！"子京出知安州，以長短句咏燕子，有"因爲銜泥污錦衣，垂下珠簾不敢歸"之句。或傳入禁中，仁皇帝覽之一嘆，尋召還玉堂署。

六　李太白詞

"蕭聲咽。秦娥夢斷秦樓月。秦樓月。年年柳色，灞陵傷別。樂游原上清秋節。咸陽古道音塵絕。音塵絕。西風殘照，漢家陵闕。"李太白詞也。予嘗秋日餞客咸陽寶釵樓上，漢諸陵在晚照中，有歌此詞者，一坐凄然而罷。

七　竹枝詞

夔州營妓，爲喻迪孺扣銅盤歌劉尚書〔竹枝詞〕九解，尚有當時含思宛轉之艷，他妓者皆不能也。迪孺云："歐陽詹爲并州妓賦'高城已不見，況乃城中人'詩，今其家尚爲妓，詹詩本亦尚在。妓家夔州，其先必事劉尚書者，故獨能傳當時之聲也。"

八　李文饒

"仙女下，董雙成。汉殿夜凉吹玉笙。曲終却從天官去，萬户千門空月明。　　河漢女，玉煉顔。雲軿往往到人間。九霄有路去無迹，裊裊天風生珮環。"李太尉文饒《迎神》《送神》二曲。（按：此調即〔搗練子〕〔胡搗練〕〔赤棗子〕〔桂殿秋〕〔解紅〕〔瀟湘神〕之類，但平仄稍異耳。）予游秦，尚有能宛轉度之者，或并爲一曲，謂李太白作，非也。

九　伊川論晏叔原詞

程叔微云："伊川聞晏叔原'夢魂慣得無拘檢，又踏楊花過謝橋'長短句，曰'鬼語'也。意亦賞之。"程晏三家有連云。

一〇　晏叔原

晏叔原，臨淄公晚子。監潁昌府許田鎮，手寫自作長短句上府帥韓少師。少師報書："得新詞盈卷，蓋才有餘而德不足者，願郎君捐有餘之才，補不足之德，不勝門下老吏之望云。"監鎮官，敢以杯酒間自作長短句，示本道大帥。以大帥之嚴，猶盡門生忠於郎君之意。在叔原爲甚豪，在韓公爲甚德也。

一一　東坡帖

予嘗見東坡一帖云："王十六秀才遺拍板一串，意予有歌人，不知其無也。然亦有用，陪傅大士唱《金剛經》耳。"字畫奇逸，如欲飛動。魯直作小楷書其下云："此拍板以遺朝雲，歌公所作〔滿庭芳〕，亦不惡也。然朝雲今爲惠州土矣。予意韓退之、張籍翰墨間，亦無此一段風流耳。"

一二　東坡赤壁詞

東坡《赤壁》詞"灰飛烟滅"之句，《圓覺經》中佛語也。

陳世崇《隨隱漫録》

一　陳藏一

庚申八月，太子請兩殿幸本宮清霽亭，賞芙蓉木犀。詔部頭陳盼兒捧牙板歌"尋尋覓覓"一句。上曰："愁悶之詞，非所宜聽。"顧太子曰："可令陳藏一撰一即景快活〔聲聲慢〕。"先臣再拜承命，五進酒而成，二進酒，數十人已群謳矣。天顏大悅，於本宮官屬支賜外，特賜百疋。兩詞曰："澄空初霽，暑退銀塘，冰壺雁程寥寞。天闕清芬，何事早飄岩壑。花神更裁麗質，漲紅波、一奩梳掠。涼影裏，算素娥仙隊，似曾相約。閑把兩花商略，開時候、羞趁觀桃階藥。綠幕黃簾，好頓膽瓶兒著，年年粟金萬斛。拒嚴霜、綿絲圍幄，秋富貴，又何妨、與民同樂。"明年四月九日，儲皇生辰，令述〔寶鼎現〕，俾本宮內人群唱爲壽，上稱得體。詞曰："虞弦清暑，佳氣蔥鬱，非烟非霧、人正在、東閭堂上，分瑞祥輝騰翠渚。奉玉斚，總歡呼稱頌，爭羨神光葆聚。慶誕節、彌生二佛，接踵瑤池仙母。最好英慧由天賦。有仁慈寬厚襟宇。每留念、修身忧意，博問謙勤親保傅。染寶翰、鎮規隨宸畫，心授家傳有素。更吟咏、形容雅頌，隱隱賡歌風度。恩重漢殿傳觴，宣付祝、恭承天語。對南薰初試，宮院笙簫競舉。但長願，際昇平世，萬載皇基因睹。問寢日，竢鷄鳴舞，拜龍栖深處。"（按：此與康之詞句調相合，但三段首句多二字，"問寢日竢"二句，應在"但長願"二句之前。）又明年賜永嘉郡夫人全氏爲太子妃。錫宴畢，太子妃回宮，令旨俾立成〔絳都春〕，家宴進酒，詞曰："晴春媚曉。正禁苑乍暖，鶯聲嬌小。柳拂玉闌，花映朱簾韶光早。熙朝多暇舒長晝，慶聖主、新頒飛詔。貽謀恩重，齊家有訓，萬邦儀表。　　偏稱宮闈歡笑。釀和氣共結，天香繚繞。侍宴回車，韶部將迎金蓮照。鷄鳴警戒丁寧了。但管取、咸常同道。東皇先報宜男，已生瑞草。"若此者餘百篇，史臣章采，稱陳藏一長短句，以清真之不可，學老坡之可。東宮應令，含情托諷，所謂曲終奏雅者耶。沉香亭清平之調，尚托汗青以傳。藏一此詞，合太史氏書法，宜牽連得書。（按：〔寶鼎現〕詞，與康與之詞句調相合。惟第三段首句多二字，"問寢日"二句十二字，應在"但長願"二句之前，"龍栖"疑當作"龍樓"。）

二　吳文英玉京謠詞

先君號藏一，蓋取坡詩"惟有王城最堪隱，萬人如海一身藏"

之句。夢牕吳先生文英爲度"夷則商"犯"無射宮",製〔玉京謠〕云:"蝶夢迷清曉,萬里無家,歲晚貂裘敝。載取琴譜,長安閑看桃李。爛綉錦人海花場,任客燕飄零誰計。春風裏。香泥九陌,文梁孤壘。   微吟怕有詩聲,黟鏡慵看,但小樓獨倚。金屋千嬌,從他鴛暖秋被。蕙帳移烟雨孤山,待對影落梅清沚。終不似,江上翠微流水。"

三　西湖吟社

先君會天下詩盟於通都,隨隱纔十二三,諸先生以孺子學詩可教,而教以詩。吳一齋石翁云:"大隱君家小隱君,得名太半忌人聞。秋窗吟共緱山月,曉榻眠分華岳雲。鶯欲引雛先出谷,馬纔生驥便離群。新詩却要多拈出,突過郎罷張我軍。"杜北山汝能云:"父子名相繼,如君又出奇。乾坤鍾秀氣,湖海誦新詩。放鶴春風遠,橫琴夜月遲。未應隨大隱,閑過聖明時。"劉雷崖彥朝云:"坎止流行祇任天,行廬新傍紫薇邊。夜窗低過宮花月,曉巷深橫禦柳烟。五字肯同餘子説,一燈親自乃翁傳。雖然不作功名念,却恐功名逼少年。"景定癸亥,特旨以布衣除東宮掌書。吟社賀詩數十,僅記五首。錢春塘舜選云:"吟筆何須管用銀,日供譔述聖恩新。祇今已脱凡塵去,便作金丹換骨人。""夜泛孤舟載月船,静搜吟料六橋邊。詩成上達宸聰了,流落人間到處傳。"吕雲屋三餘云:"青宮樓觀近堯階,班列屏風閑坐開。人羨杜閑生杜甫,天教蘇頲繼蘇瓌。馬歸禁苑行邊柳,鶴伴平山隱處梅。我恨長鑱斫黃獨,九年無計策衰頹。"柳月硐桂孫云:"鏤玉裁冰字字奇,少年親結九重知。君臣際遇榮千載,父子推敲冠一時。疊進楚蘭春奏雅,瓶分陶菊夜聯詩。五雲樓近開黃道,金紫連班進赤墀。"菊牕俞氏云:"萬人海裏闢幽扉,欲學深居祇布衣。不道門前車馬鬧,又催父子入宮闈。"丙寅來歸,江西名勝又贈詩詞。黃梅塘力叙云:"詩在天地間,風清月明處。若爲深閉門,而可覓佳句。夫君小元龍,豪氣隘區宇。青春發詩材,秀苗長膏雨。流水與行雲,吾不見滯住。乘月滌吟毫，玉碗三危露。超詣自透脫，悟在觀劍舞。入宮畫蛾眉，胡爲衆女妒。君詩亦何憾，千載一時遇。向也詩道昌，吟聲喧禁籞。應制沉香亭，龍巾曾拭吐。今焉詩道厄，短筇策江路。悲嘯梁甫吟，侘傺離騷賦。浮雲時捲舒，睨此知出處。此其隨之義，大隱會境趣。天地梅又春，風緊雪飛絮。一笠灞橋驢，吟鞍且臨汝。得句從人傳，衣鉢傳宗武。"張溪居彝云："醞藉中涵廊廟姿，詩文都好見宸批。祇蒙四字君王寵，蟣虱微臣不用題。"周埜舟濟川〔八聲甘州〕云："有乾坤清氣入詩脾，隨龍散神仙。蘸西湖和墨，長空爲紙，幾度詩圓。消得宮妃捧硯，夜燭照金蓮。試問隔屏坐，誰後誰先。　　長是花香柳色，更風清月白入吟牋。天日霞觴誤覆，謫下玉皇邊，笑隨歸山中隨隱。且醉拼斗酒寫新篇，天應笑，呼來時後，記上襟船。"（按：此詞依柳永體，"入吟牋"上少一字，"天日"句多一字。）壬申秋，留西湖半載，吳松墅大有餞行云："我昔見君方成童，長吉才華驚巨公。人間科第不屑就，直使聲名聞九重。乃翁引上凝華殿，子虛不待他人薦。入直以來凡幾年，天上奇書盡曾見。翩然歸去大江西，二疏父子還相隨。故鄉分得雲水地，却喜不爽漁樵期。春雨騎牛對烟草，何如振衣隨龍五雲表。秋霜黃獨煨地爐，何如駝峰犀箸食天厨。林間食葉抄詩句，何如宮妃捧硯揮毫處。溪邊照影著荷衣，何如龍門應制奪錦時。鈞天夢斷難回顧，浩然合在山中住。金石臺前伴白雲，六年不踏西湖路。今日重來發長吁，忍看清平破草廬。盡拈書籍向人賣，歸買田園供荷鉏。乃翁八十齒髮落，倚門待兒斜日薄。孤山梅花帶不歸，却喚扁舟載童鶴。"俯仰之間，倏三十稔。吾翁諸老，皆賦玉樓，西湖吟社，各天一涯。窮達一場春夢。故記之。

四　倪君奭

四明倪君奭，臨終賦〔夜行船〕詞云："年少疏狂今已老。筵席散、雜劇打了。生向空來，死向空去，有何喜、有何煩惱。說與無常二鬼道。福亦不作，禍亦不造。地獄閻王，天堂玉帝，看你去、那裏押到。"

五　一字師

"獨恨太平無一事，江南閑却老尚書"，蕭宰易"恨"爲"幸"。"雲山蒼蒼，江水泱泱。先生之德，山高水長"，李泰伯易"德"爲"風"。"日斜奏罷長楊賦"，半山易爲"奏賦長楊罷"。"白玉堂中曾草詔，水晶宮裏近題詩"，韓子蒼易爲"堂深宮冷"。晁無咎《試交趾進象表》云："備法駕之前陳。"周益公易"陳"爲"驅"。古詞云："春歸也，祇消戴一朵荼蘼。"宇文元質易"戴"爲"更"。皆一字師也。

六　詞中黃昏語

王晉卿云："海棠開後，燕子來時，黃昏庭院。"劉招山云："一般時節兩銷魂。樓上黃昏。馬上黃昏。"趙德麟云："斷送一生憔悴，能消幾個黃昏。"

七　陸放翁妾

陸放翁宿驛中，見題壁云："玉階蟋蟀鬧清夜，金井梧桐辭故枝。一枕凄涼眠不得，呼燈起作感秋詩。"放翁詢之，驛卒女也，遂納爲妾。方餘半載，夫人逐之，妾賦〔卜算子〕云："祇知眉上愁，不識愁來路。窗外有芭蕉，陣陣黃昏雨。　　曉起理殘妝，整頓教愁去。不合畫春山，依舊留愁住。"（按：此乃〔生查子〕調，《隨隱》誤記爲〔卜算子〕也。）

八　行香子詞

雲間酒淡，有作〔行香子〕詞云："浙右華亭。物價廉平。一道會賣個三升。打開瓶後，滑辣光馨。教君霎時飲，霎時醉，霎時醒。聽得淵明。說與劉伶。　　這一瓶約迭三斤。君還不信，把秤來秤。有一斤酒，一斤水，一斤瓶。"嗚呼，豈知太羹玄酒之味哉？

九　長相思詞

有賦〔長相思〕詞云：“晴也行。雨也行。雨也行時不似晴。天晴終快人。　名也成。利也成。利也成時不似名。名成天下驚。”有心爲名，名亦利也，可警矣。

一〇　楊僉判一剪梅詞

襄樊之圍，食子爨骸。權奸方怙權妒賢，沉溺酒色，論功周召，粉飾太平。楊僉判有〔一剪梅〕詞云：“襄樊四載弄干戈。不見漁歌。不見樵歌。試問如今事若何。金也消磨。穀也消磨。柘枝不用舞婆娑。醜也能多。惡也能多。朱門日日買朱娥。軍事如何。民事如何。”

葉夢得《巖下放言》

漁父詞

“西塞山前白鷺飛。桃花流水鱖魚肥。青箬笠，綠蓑衣。斜風細雨不須歸。”此玄真子張志和〔漁父〕辭也。顏魯公爲湖州刺史時，志和客於魯公，多在平望震澤間。今震澤東有泊宅村，野人猶指爲志和嘗所居。後人因取其“願爲浮家泛宅，往來苕霅間”語以爲名。此兩間湖水平闊，望之渺然，澄澈空曠，四旁無甚山。遇景物明霽，見風帆往來如飛鳥，天水上下一色。余每過之，輒爲徘徊不忍去。常意西塞在其近處，求之久不可得。後觀張芸叟《南行錄》，始知在池州磁湖縣界，孫策破黃巾處也。蘇子瞻極愛此詞，患聲不可歌，乃稍損益，寄〔浣溪沙〕曰：“西塞山前白鷺飛。散花州外片帆微。桃花流水鱖魚肥。　自蔽一身青箬笠，相隨到處綠蓑衣。斜風細雨不須歸。”黃魯直聞而繼作，江湖間謂山

連亘入水爲磯。太平州有磯曰"新婦"，池州有浦曰"女兒"。魯
直好奇，每以名對而未有所付。適作此詞，乃云："新婦磯頭眉黛
愁。女兒浦口眼波秋。驚魚錯認月沉鈎。 青箬笠前無限事，綠
蓑衣底一時休。斜風細雨轉船頭。"子瞻聞而戲曰："纔出新婦磯，
便入女兒浦，志和得無一浪子漁父耶？"人皆以爲笑。前輩風流略
盡，念之慨然。山隱谷栖，要不可無方外之士，時相周旋。余非魯
公，固不能致志和，然安得一似之者而與游也。

葉夢得《石林燕語》

劉几

劉祕監几，字伯壽。磊落有氣節，善飲酒，洞曉音律。知保
州，方春大集賓客，至夜分，忽告外有卒謀爲變者，几不問，益令
折花勸坐客盡戴，益酒行，密令人分捕。有頃皆捲至，几遂極飲達
旦，人皆服之，號"戴花劉使"。几本進士，元豐間換文資，以中
大夫致仕，居洛中。平時挾女奴五七輩，載酒持被囊，往來嵩少
間。初不爲定所，遇得意處，即解囊藉地，傾壺引滿。旋度新聲，
自爲辭，使女奴共歌之。醉則就臥不去，雖暴露不顧也。嘗召至京
師，議大樂。且以朝服趨局，暮則易布裘。徒步市廛間，或娼優所
集處，率以爲常，神宗亦不之責。其自度曲，有《戴花正音集》
行於世，人少有得其聲者。

葉夢得《石林詩話》

一 韓縝詞

元豐初，虜人來議地界。韓丞相玉汝自樞密院承旨出分畫。
玉汝有愛妾劉氏，將行，劇飲通夕，且作樂府詞留別。翌日，神宗

已密知，忽中批步軍司遣兵爲般家，追送之。玉汝初莫測所因，久之方知其自樂府發也。蓋上以恩禮待下，雖閨門之私，亦恤之如此。故中外士大夫無不樂盡其力。劉貢父，玉汝姻黨，即作小詩寄之以戲云："嫖姚不復顧家爲，誰謂東山久不歸。捲耳幸容携婉孌，皇華何啻有光輝。"玉汝之詞，由是亦遂盛傳於天下。（按：韓縝詞，今所傳者，祇《芳草》一闋，見《全芳備祖後集》卷十《草門》，其詞曰："鎖離愁連綿無際，來時陌上初薰。綉幃人念遠，暗垂珠泪，泣送征輪。長亭長在眼，更重重遠水孤雲。但望極樓高，盡日目斷王孫。 消魂。池塘別後，曾行處綠妒輕裙。恁時携素手，亂花飛絮裏，緩步香裀。朱顏空自改，向年年芳意長新。遍綠野嬉游，醉眠莫負青春。"所謂樂府詞，當即此詞也。）

二 張子野

張先郎中字子野，能爲詩及樂府，至老不衰。居錢塘，蘇子瞻作倅時，先年已八十餘，視聽尚精強，家猶畜聲妓，子瞻嘗贈以詩云："詩人老去鶯鶯在，公子歸來燕燕忙。"蓋全用張氏故事戲之。先和云："愁似鰥魚知夜永，懶同蝴蝶爲春忙。"爲子瞻所賞。然俚俗多喜傳咏先樂府，遂掩其詩聲，識者皆以爲恨云。

葉夢得石林《避暑録話》

一 丁仙現

前輩嘗記太宗命待詔蔡裔，增琴阮弦各二，皆以爲然，獨朱文濟執不可。帝怒，屢折辱之。樂成，以示文濟，終不肯彈，二樂後竟以廢不行。崇寧初，大樂闕徵調，有獻議請補者，并以命教坊燕樂同爲之。大使丁仙現言："音已久亡，非樂工所能爲，不可以意妄增，徒爲後人笑。"蔡魯公亦不喜。塞授之嘗語予云，見元長，屢使度曲，皆辭不能。遂使以次樂工爲之，逾旬獻數曲，即今〔黃河清〕之類，而聲終不諧，末音寄殺他調。魯公本不通聲律，但果於必爲，大喜，亟召衆工按試尚書省庭，使仙現在旁聽之。樂闋，有得色，問仙現何如。仙現徐前，環顧坐中曰："曲甚好，祇是落韵。"坐客不覺失笑。

二 蘇子瞻

子瞻在黃州，病赤眼，逾月不出。或疑有他疾，過客遂傳以爲死矣。有語范景仁於許昌者，景仁絕不置疑，即舉袂大慟。召予弟具金帛，遣人賵其家。子弟徐言此傳聞未審，當先書以問其安否，得實，吊恤之未晚。乃走僕以往，子瞻發書大笑。故後量移汝州謝表有云：疾病連年，人皆傳爲已死。未幾，復與數客飲江上。夜歸，江面際天，風露浩然，有當其意，乃作歌辭，所謂"夜闌風靜縠紋平，小舟從此逝，江海寄餘生"者，與客大歌數過而散。翼日喧傳子瞻夜作此詞，挂冠服江邊，拏舟長嘯去矣。郡守徐君猷聞之，驚且懼，以爲州失罪人，急命駕往謁，則子瞻鼻鼾如雷，猶未興也。然此語卒傳至京師，雖裕陵亦聞而疑之。

三 柳耆卿

柳永，字耆卿，爲舉子時，多游狎邪。善爲歌辭，教坊樂工，每得新腔，必求永爲詞，始行於世，於是聲傳一時。初舉進士登科，爲睦州掾官。舊初任薦舉法，不限成考，永到官，郡將知其名，與監司連薦之，物議喧然。及代還至銓，有摘以言者，遂不得調。自是詔初任官須滿考乃得薦舉，自永始。永初爲《上元詞》，有"樂府兩籍神仙，梨園四部管弦"之句。傳禁中，多稱之。後因秋晚張樂，有使作〔醉蓬萊〕詞以獻，語不稱旨，仁宗亦疑有欲爲之地者，因置不問。永亦善爲他文詞，而偶先以是得名，始悔爲已累。後改名三變，而終不能救，擇術不可不慎。余仕丹徒，嘗見一西夏歸朝官云："凡有井水飲處，即能歌柳詞。"言其傳之廣也。永終屯田員外郎，死，旅殯潤州僧寺。王和甫爲守時，求其後不得，乃爲出錢葬之。

四　秦觀

秦觀少游，亦善爲樂府，語工而入律，知樂者謂之作家歌，元豐間盛行於淮楚。“寒鴉萬點，流水繞孤村”，本隋煬帝詩也，少游取以爲〔滿庭芳〕詞，而首言“山抹微雲，天粘衰草”，尤爲當時所傳。蘇子瞻於四學士中最善少游，故他文未嘗不極口稱善，豈特樂府。然猶以氣格爲病，故常戲云：“山抹微雲秦學士，露花倒影柳屯田。”“露花倒影”，柳永〔破陣子〕語也。

五　琴調

吾素不能琴，然心好之，少時嘗從信州道士吳自然授指法，亦能爲一兩弄，怠而弃去。然自是每聞善琴者彈，雖不盡解，未嘗不喜也。大觀末道泗州，遇廬山崔閑，相與游南山十餘日。閑蓋善琴者，每坐玻璃泉上，使彈，終日不倦。泉聲不甚悍激，涓涓淙潺，與琴聲相亂，吾意此即天籟也，閑所彈更三十餘曲，曰：“公能爲我爲詞，使吾它日持歸廬山時，倚琴而歌，亦足爲千載盛事。”意欣然許之。閑乃略用平側四聲，分均爲句，以授予。琴有指法而無其譜，閑蓋强爲之，吾時了了略解，既懶不復作，今蓋忘之矣。去年徐度忽得《江外招隱》一曲，以王琚舊詞增損而足成之。雖無彈者，可歌成聲，遇吾有意時，當稍依此自爲一篇，以終閑志也。（按：此記琴調，似與詞無涉。惟與《澠水燕談》所記蘇軾爲崔閑補〔醉翁吟〕詞相類，因亦錄之。）

姚寬《西溪叢語》

一　魚皆逆水上

魚皆逆水上。近有詞云：“江水東流郎又西，問尺素，何由到。”似非也。古樂府《緩聲歌》云：“思東流之水，必有西上之魚。"

二 望江南詞

〔望江南〕者，朱崖李太尉鎮關西日，爲亡姬謝秋娘所作，後進入教坊。

三 東坡續長短句

孟蜀王《水殿詩》，東坡續爲長短句："冰肌玉骨清無汗，水殿風來暗香滿。簾開明月解窺人，欹枕釵橫雲鬢亂。夜深瓊戶寂無聲，時見疏星渡河漢。屈指西風幾時來，祇恐流年暗中換。"

程大昌《演繁露》

一 三臺

乾道丙戌内燕，既酌百官酒已，樂師自殿上折檻間，抗聲索樂，不言何曲，其聲但云"漼酒"（漼音作索回反。），朝士多莫能解。中燕，更相質問，亦無知者。予後閲李涪《刊誤》，則知唐世已有此語。暨淳熙乙未再來預燕，則樂師但索曲子，不復抗言"漼酒"。當是教坊亦聞士大夫疑語，而刊去不用也。予按：李涪《刊誤》之言，漼酒三十拍促曲，名〔三臺〕。"漼"合作"啐"，"啐"，馳送酒聲，音"啐"，今訛以平聲。李文正《資暇録》所言，亦與涪同。予又以《字書》驗之，"漼"，屈破也；"啐"，音蒼慣反，"啐"，吮聲也。今既呼樂侑飲，則於"啐噲"有理，於"屈破"無理。則自唐至今，皆訛"啐"爲"漼"者。索樂之聲，貴於發揚遠聞，以平聲則便，非有他也。（予按："啐酒"字見於《儀禮》《士冠禮》《昏禮》等篇，俱有之，義甚古。）況又有可驗者，丙戌所見燕樂，上自至尊，下至宰執，凡酌曲皆異奏，而惟侑飲百官者，不問初終，純奏三臺一曲。其所謂"三臺"者，衆樂未作，樂部首一人，舉板連拍三聲，然後管色以次振作，即三臺曲度也。夫其㩴酒之語，三臺之奏，與李涪所傳皆合，知"崒"訛爲㩴，素回翻審也。後暨乙未，再與內燕，則樂皆異名，雖三臺亦不復奏矣。

二 綠腰

段安節《琵琶錄》云：貞元中，康昆侖善琵琶，彈一曲新翻羽調《綠腰》。注云："綠腰"即"錄要"也。本自樂工進曲，上令錄出要者，乃以爲名，誤言"綠腰"也。據此，即"錄要"已訛爲"綠腰"。而白樂天集有《聽綠腰》詩，注云："即六么也。"今世亦有六么，然其曲已自有高平、仙呂兩調，又不與羽調相協，抑不知是唐世遺聲否耶。李太白《越女詞》曰："東陽素足女，會稽素面郎。相看月未墮，白地斷肝腸。"此東坡長短句所取，以爲平白地爲伊腸斷者也。

三 欸乃

柳子厚詩："漁翁夜傍西巖宿，曉汲清湘燃楚竹。江空日出不見人，欸乃一聲山水綠。""欸"音奧，乃音"靄"。世固共傳"欸乃"爲"歌"，不知何調何詞也。《元次山集》有《欸乃歌》五章，章四句，正絕句詩耳。其序曰："大曆丁未中，漫叟以軍事詣都，使還州，逢春水，舟行不進，作《欸乃五曲》，舟子唱之。"蓋取適於道路耳。其中一章曰："千里楓林烟雨深，無朝無暮有猿吟。停橈靜聽曲中意，好是雲山韶濩音。"如〔柳枝〕〔竹枝〕之類，其謂"欸乃"者，殆舟人於歌聲之外，則出一聲以互相和其所歌也耶，今徽嚴間舟行猶聞其如此。顧其詩非昔詩耳，而欸乃之聲可想也。〔柳枝〕〔竹枝〕，尚有存者，其語度與絕句無異，但於句末隨加"竹枝"或"柳枝"等語。遂即其語以名其歌，《欸乃》殆其例耶。

四　掌扇

今人呼乘輿所用扇爲"掌扇"，殊無義，蓋"障"之訛也。江夏王義恭，爲宋孝武所忌，奏革諸侯制度，障扇不得用雉尾是也。凡扇言障，取遮蔽爲義，以扇自障，通上下無害。但用雉尾飾之，即乘輿制度耳。蔡羨小詞，有曰"扇開仙掌"，誤也。

五　六州歌頭

〔六州歌頭〕，本鼓吹曲也，近世好事者倚其聲爲吊古詞，如"秦亡草昧，劉項起吞并"是也。音調悲壯，又以古興亡事實之。聞其歌，使人慷慨，良不與艷詞同科，誠可喜也。本朝鼓吹，祇有四曲，〔十二時〕〔導引〕〔降仙臺〕并〔六州〕爲曲。每大禮宿齋，或行幸，遇夜，每更三奏，名爲"驚場"。真宗至自幸亳，親享太廟，登歌始作，聞奏嚴，遂詔自今行禮罷，乃奏。政和七年，詔〔六州〕改名〔崇明祀〕，然天下仍謂之〔六州〕，其稱謂已熟也。今前輩中大祀大卹，皆有此詞。

（上載《同聲月刊》第二卷第九號）

馬永卿《嬾真子》

羅敷

亳州士人祁家，多收本朝前輩書帖。内有李西臺所書小詞中，"羅敷"作"羅紨"。初亦疑之，後讀《漢書》，昌邑王賀，妻十六人，生十一人男，十一人女。其妻中一人，嚴羅紨，"紨"音"敷"，乃執金吾嚴延年長孫之女。羅紨生女曰"持轡"，乃十一中一人也。蓋采桑女之名偶同耳。

陸游《老學庵筆記》

一　黄魯直詞

魯直在戎州，作樂府曰："老子平生，江南江北，愛聽臨風笛。孫郎微笑，坐來聲噴霜竹。"予在蜀見其稿。今俗本改"笛"爲"曲"以協韻，非也。然亦疑"笛"字太不入韻，及居蜀久，習其語音，乃知瀘戎間，謂"笛"爲"獨"。故魯直得借用，亦因以戲之耳。

二　桂子飄香張九成

張子韶對策，有"桂子飄香"之語。趙明誠妻李氏嘲之曰："露花倒影柳三變，桂子飄香張九成。"

三　晏叔原樂府詞

唐韓翃詩云："門外碧潭春洗馬，樓前紅燭夜迎人。"近世晏叔原樂府詞云："門外緑楊春繫馬，床前紅燭夜呼盧。"氣格乃過本句，不謂之剽可也。

四　東坡樂府詞多不協

世言東坡不能歌，故所作樂府詞多不協。晁以道云："紹聖初，與東坡別於汴上。東坡酒酣，自歌古《陽關》。"則公非不能歌，但豪放不喜裁剪以就聲律耳。

五　歐陽公長短句

"水流天地外，山色有無中。"王維詩也。權德輿《晚渡揚子江》詩云："遠岫有無中，片帆烟水上。"已是用維語。歐陽公長短句云："平山欄檻倚晴空，山色有無中。"詩人至是蓋三用矣。然公但以此句施於平山堂爲宜，初不自謂工也。東坡先生乃云："記取醉翁語，山色有無中。"則似謂歐陽公創爲此句，何哉？

六　仲殊

族伯父彥遠言："少時識仲殊長老，東坡爲作《安州老人食蜜歌》者。一日，與數客過之，所食皆蜜也。豆腐、麵筋、牛乳之類，皆漬蜜食之。客多不能下箸，惟東坡性亦酷嗜蜜，能與之共飽。崇寧中，忽上堂辭衆，是夕閉方丈門自縊死。及火化，舍利五色，不可勝計。"鄒忠公爲作詩云："逆行天莫測，雉作瀆中經。漚滅風前質，蓮開火後形。鉢盂殘蜜白，爐篆冷烟青。空有誰家曲，人間得細聽。"彥遠又云："殊少爲士人，游蕩不羈，爲妻投毒羹胾中，幾死，啖蜜而解。醫言復食肉則毒發，不可復療。遂弃家爲浮屠。"鄒公所謂"誰家曲"者，謂其雅工於樂府詞，尤有不羈之餘習也。

七　賀方回

賀方回狀貌奇醜，色青黑而有英氣，俗謂之"賀鬼頭"。喜校書，朱黃未嘗去手。詩文皆高，不獨工長短句也。潘邠老贈方回詩云："詩束牛腰藏舊稿，書訛馬尾辨新讎。"有二子曰房、曰廎，於文"房"從"方"，"廎"從"回"，蓋寓父字於二子名也。

八　東坡戚氏詞

東坡先生在中山，作《戚氏》樂府詞，最得意。幕客李端叔跋三百四十餘字，叙述甚備。欲刻石傳後，爲定武盛事，會謫去，不果，今乃不載集中。至有立論排詆，以爲非公作者，識真之難如此哉？

陳叔方《潁川語小》

一　滿庭芳換頭處第二字當押韵

作詞，於〔滿庭芳〕換頭處第二字，當押韵，如秦少游云"銷魂當此際"，周美成云"年年如社燕"，"魂""年"，韵也，〔沁園春〕亦然。

二　芙蓉

《詩》多識鳥獸草木之名，名或訛則實必亂，正其名可也。且如桂，《爾雅》名"梫木"，"斫却月中桂"，以月中之影似之。木犀乃岩桂，詩人便引"木犀"作"月中桂"，誤矣。趙紫芝詩："岩前未有桂花開。"却下得好。芙蓉，蓮花也，又名芙蕖，其花菡萏，拒霜乃木芙蓉，因其映水而艷，直稱爲芙蓉，誤矣。沈元用詞云："湖上秋來蓮蕩空，年華都付木芙蓉。"此最分曉。

西郊野叟《庚溪詩話》

一　漁父辭

光堯壽聖太上皇帝當內修外攘之際，尤以天德服遠。至於宸章睿藻，日星照垂非一。至紹興二十八年，將郊祀，有司乙太常樂章爲序失次，文義弗協，請遵真宗、仁宗朝故事，親製祭享樂章，詔從之。自郊五宗廟、原廟等共十有四章，肆筆而成，睿思雅正，宸文典贍，所謂"大哉王言"也。至於一時閑適，遇景而作，則有《漁父辭》十五章，清閑簡遠，備騷雅之體。其辭有曰："薄晚烟林淡翠微。江邊秋月已明輝。橫遠近，適天機。水底閑雲片段飛。"又曰："青草開時已過船。錦鱗躍處浪痕圓。竹葉酒，柳花氈。有意沙鷗伴我眠。”又曰：“水涵微雨湛虛明。小笠輕簑未要晴。明鑒裹，縠紋生。白鷺飛來空外聲。”辭多不能盡載。觀此數篇，雖古之騷人詞客，老於江湖，擅名一時者不能跂及。又一章曰：“春入朝陽苑，曉霧弄滄波。載與俱歸又若何。”此又有進用賢材之意，關治體也。

二 六一居士平山堂長短句

昌黎韓退之和裴晉公詩云：“秋臺風日迥，正好看前山。”後東坡和陶詩云：“前山正好數，後騎且莫驅。”此語雖不同，而寄情物外，夷曠優游之意則同也。王摩詰《漢江臨眺》詩曰：“江流天地外，山色有無中。”六一居士平山堂長短句云：“平山欄檻倚晴空，山色有無中。”豈用摩詰語耶？然詩人意所到，而語偶相同者亦多矣。其後東坡作長短句曰：“記取醉翁語，山色有無中。”則專以爲六一語也。

《吳氏詩話》

少游、山谷詞

張祐有句云：“故國三千里，深宮二十年。”以此得名。故杜牧云：“可憐故國三千里，虛唱宮詞滿後宮。”鄭谷亦云：“張生有國三千里，知者惟應杜紫微。”秦少游有詞云：“醉臥古藤陰下。”故山谷云：“少游醉臥古藤下，誰與愁眉唱一杯。解作江南斷腸句，祇今惟有賀方回。”正與杜、鄭語意同。

方岳《深雪偶談》

一 王澡

太常博士瓦全先生王公，名澡，字身甫，有《落梅》小詞：

"疏明瘦直。不受東風識。留與伴春未肯，千紅底，怎著得。夜色何處笛。曉寒無奈力。若在壽陽宮院，一點點，有人惜。"（按：此調係〔霜天曉角〕調。）劉公潛夫愛之，已附此詞於後邨集《詩話》中。予亦僭附之拙稿。雖然，先生文行表表，一詞固何足爲先生軒輊也。予少即登門，以先公同生丙戌，且相友善之故，遂辱撰先生墓銘志，中有"文不逮岳而岳强以銘"之語，當知前輩獎掖後進有如此也。

二　薛沂叔客中守歲詞

"一盤宵夜江南果。吃果看書衹清坐。罪過梅花料理我。一年心事，半生牢落。盡向今宵過。　此身本是山中臥。纔出山來便差錯。手種青松應是大。縛芽深處，抱琴歸去。又是明年課。"此薛深沂叔《客中守歲》詞也。沂叔久客江湖，瀕老懷歸，遂賦此詞。晚於溪上小築，扁水竹居，迄就定焉。其所爲詩，如《新堤小泛》："柳斷橋方出，烟深寺欲浮。"《早秋歸興》："歸心如病葉，一片落江城。"《鎮江逢尹惟曉》："欲説事都忘，相看心自知。"皆去唐人思致不遠。

三　應次蘧

應次蘧，字正予，嗜酒疏曠，嘗自賞其《梅詞》云："雪意嬌春，臘前妝點春風面。粉痕冰片，一笑重相見。倚竹俱松，誰道羅浮遠。寒更轉，楚騷爲伴。韵繞香篝暖。"語意細潤，似不類其爲人。別去二十餘年，一見傾倒。予笑謂正予："君他文未必盡傳，異時容以《梅閣》挽予刊稿否乎？"正予起謝且喜，以語之他友。後不知其踪迹何在，殆亡久矣。予雖戲言，顧不謂之然諾，況何可藏項斯善也。

四　許左之與右之兄弟詞

吾鄉許左之、右之二公兄弟，落筆皆不凡。左之公一夕寓飲妓坊，醉欲狎之，妓密有所歡在矣。公援筆賦詞而起云：“誰知花有主，誤入花深處。”且放下酒杯，乾便歸去。又代他妓小詞：“憶你當初惜我不去。傷我如今留你不住。去客聽此戀戀。”如“月在柳稍頭，人約黃昏後”一詞，正歐陽居士所作。要之前輩乃一時弄翰，要不容以浮薄議左之公也。因思唐多才妓，有《贈新第士人》絕句：“從此不知蘭麝貴，夜來新惹桂枝香。”殊有風味。便從假借，當不傳載矣。二許公紹興間同歲籍學。前二詞，蓋休沐日漫游酒邊作也。

孫鑒宗《西畬瑣錄》

一　司馬溫公詞

司馬溫公，人傳所製樂府詞，有〔西江月〕流傳最久。今又得一解，名〔錦堂春〕：“紅日遲遲，虛廊轉影，槐陰迤邐西斜。彩筆工夫，難狀晚景烟霞。蝶尚不知春去，漫繞幽砌尋花。奈猛風過後，縱有殘紅，飛向誰家。　　始知青鬢無價。嘆飄零官路，荏苒年華。今日笙歌叢裏，特地咨嗟。席上青衫濕透，算感舊何止琵琶。怎不教人易老，多少離愁，散在天涯。”

二　赤壁詞用圓覺經語

李章奉使北庭，虜館伴發一語云：“東坡作文，多用佛書中語。”李答云：“曾記《赤壁》詞云：‘談笑間，狂虜灰飛烟滅。’所謂‘灰飛烟滅’四字，乃《圓覺經》語：‘火出木燼，灰飛烟滅。’”北使默無語。

蔡絛《鐵圍山叢談》

一 大觀政和時詞

大觀、政和之間，天下大治，四夷向風。廣州泉南，請建番學。高麗亦遣士就上庠，及其課養有成，於是天子召而廷試焉。上因策之以《洪範》之義，用武王訪箕子故事。高麗，蓋箕子國焉。一時稽古之盛，蹈越漢唐矣。昔吾先人魯公，遭逢聖主，立政建事，以致康泰，每區區其間。有毛滂澤民者，有時名，上一詞甚偉麗，而驟得進用。大觀中有趙企企道者，以長短句顯，如曰："滿懷離恨，付與落花啼鳥。"人多稱道之，遂用爲顯官，俾以應朝會。南丹納土，企道之詞曰："聞道南丹風土美，流出濺濺五溪水。威儀盡識漢君臣，衣冠已變番子。凱歌還，歡聲載路，一曲春風裏。不日萬年觴，猺人北面朝天子。"而魯公深嘉之，然趙雅不欲以詞曲進，公後不取焉。政和初，有江漢朝宗者，亦有聲曲獻魯公，詞曰："昇平無際。慶八載相業，君臣魚水。鎮撫風稜，調爕精神，合是聖明房魏。鳳山政好，還被畫轂朱輪催起。按錦彎，映玉帶金魚，都人爭指。　　丹陛，常注意。追念祐陵，元佐今無幾。繡衮香濃，鼎槐風細。榮耀滿門朱紫。四方具瞻師表，盡道一夔足矣。運化筆。又管領年年，烘春桃李。"時兩學盛謳，播諸海內。魯公喜，將上進呈，命之以官，爲大晟府製撰，使遇祥瑞，時時作爲歌曲焉。又有晁次膺者，先在韓師樸丞相中秋坐上，作《聽琵琶》詞，爲世所重。又有一曲曰："深院鎖春風，悄無人桃李自笑。"亦歌之，遂入大晟，亦爲製撰。時燕樂初成，八音告備，因作〔徵招〕〔角招〕，有曲名〔黃河清〕〔壽星明〕，二者音調極韶美。次膺作一詞曰："晴景初昇風細細。雲疏天淡如洗。檻外鳳凰雙闕，葱葱佳氣。朝罷香烟滿袖，近臣報天顏有喜。夜來連得封章，奏大河徹底清泚。　　君王壽與天齊，馨香動上穹，頻降嘉瑞。大晟奏功，六樂初調角徵。合殿春風乍轉，萬花覆千官盡醉。内家別敕，重開宴未央宮裏。"時天下無問邇遐小大，雖偉男髻女，皆爭乞唱之。是時海宇晏清，四夷向風，屈膝請命，天氣亦氤氳異常，朝野無事，惟講禮慶祥瑞，可謂昇平極盛之際。其後上心弗戒，群瑠用事。自建儲後，君臣多閑，伯氏因背馳而大生異，吾遂得罪幾死，於是魯公束手有明哲之嘆矣。蓋自七十歲至八十，徒旦夜流涕不已。相繼開邊，小人爲政，以致顛覆，惜哉，可爲痛心。吾猶記歌次膺之詞，時政太平，追嘆爲好時節也。故書其始末，以示後世云。

二　袁綯

歌者袁綯，乃天寶之李龜年也。宣和間供奉九重，常爲吾言："東坡公昔與客游金山，適中秋夕，天宇四垂，一碧無際，加江流頹湧，俄月色如晝。遂共登金山山頂之妙高臺，命綯歌其〔水調歌頭〕曰：'明月幾時有，把酒問青天。'歌罷，坡爲起舞，而顧問曰：'此便是神仙矣。'"吾謂文章人物，誠千載一時，後世安所得乎？

三　侍兒喜歌秦少游長短句

范内翰祖禹作《唐鑒》，名重天下。坐黨錮事，久之。其幼子溫，字元實，與吾善。政和初，得爲其盡力，而朝廷因還其恩數，遂官溫焉。溫實奇士也。一日游大相國寺，而諸貴當塗。不辨有祖禹，獨知有《唐鑒》而已。見溫輒指目，方自相謂曰："此《唐鑒》子也。"又，溫嘗預貴人家會，貴人有侍兒喜歌秦少游長短句，坐間略不顧，溫亦謹，不敢吐一語。及酒酣歡洽，侍兒者始問此郎何人耶？溫遽起，叉手而對曰："某乃山抹微雲女婿也。"聞者多絕倒。

無名氏《碧湖雜記》

蘭陵王

今樂府有《蘭陵王》，乃北齊文襄之子長恭，一名孝瓘，爲蘭陵王。邙山之戰，長恭爲中軍，率五百騎再入周軍，遂至金墉之下，被圍甚急，城上人弗識，長恭免胄示之面，乃下弩手救之，於是大捷。武士因歌謠之，爲蘭陵王《入陣曲》是也。

（上載《同聲月刊》第二卷第十號）

·彙輯宋人詞話七·

劉昌詩《蘆浦筆記》

一　鷓鴣天十五首

"春曉千門放鑰匙。萬官班從出祥曦。九重彩浪浮龍蓋，一點紅雲護赭衣。　車馬過，打球歸。芳塵灑定不教飛。鈞天品動回鑾曲，十里珠簾待日西。""日暮迎祥對御回，宮花載路錦成堆。天津橋畔鞭聲過，宣德樓前扇影開。　奏舜樂，進堯杯。喧闐車馬上天街。君王喜與民同樂，八面三呼震地來。""紫禁烟光一萬重。五門金碧射晴空。梨園羯鼓三千面，陸海鰲山十二峰。　香霧重，月華濃。露臺仙仗彩雲中。朱欄畫棟金泥幕，捲盡紅蓮十里風。""香霧氤氳結彩山。蓬萊頂上駕頭還。繡韉絨坐三千騎，玉帶金魚四十班。　風細細，佩珊珊。一天和氣轉春寒。千門萬户笙蕭裏，十二樓臺月上欄。""禁衛傳呼約下廊。層層掌扇簇新王。明珠照地三千乘，一片春雷入未央。　宮漏永，御街長。華燈偏共月爭光。樂聲都在人聲裹，五夜車座馬足香。"“寶炬金蓮一萬條。火龍圍輦轉州橋。月迎仙仗回三殿，風遞韶音下九霄。　登複道，聽鳴鞘。再頒酥酒賜臣僚。太平無事多歡樂，夜半傳宣放早朝。"“玉座臨軒宴近臣。御樓燈火發春溫。九重天上間仙樂，萬寶床邊侍至尊。　花似海，月如盆。不任宣勸醉醺醺。豈知頭上宮花重，貪愛傳柑遺細君。"“九陌游人起暗塵。一天燈霧鎖彤雲。瑤靈雪映無窮玉，閬苑花開不度春。　攢寶騎，簇雕輪。漢家宮闕五侯門。景陽鐘動纔歸去，猶挂西窗望月痕。"“宣德樓前雪未融。賀正人見彩山紅。九衢照影紛紛月，萬井吹香細細風。　複道遠，暗相通。平陽主第五王宮。鳳簫聲裹春寒淺，不到珠簾第二重。"“風約微雲不放陰。滿天星點綴明星。燭龍銜耀烘殘雪，羯鼓催花發上林。　河影轉，漏聲沉。縷衣羅薄暮雲深。更期明月相逢處，還盡今宵未足心。"“五日都無一日陰。往來車馬鬧如林。葆真行到燈初上，豐樂游歸夜已深。　人未散，月將沉。更期明夜到而今。歸來尚向燈前說，猶恨追游不稱心。"“徹曉華燈照鳳城。猶嗔宮漏促天明。九重天上聞花氣，五色雲中應笑聲。　頻報導，奏河清。萬民和樂見人情。年豐米賤無邊事，萬國稱觴賀太平。"“憶得當年全盛時。人情物態自熙熙。家家簾幕人歸晚，處處樓臺月上遲。　花市裹，伎人迷。州東無暇看州西。都人祇到收燈夜，已向樽前約上池。"“步障移春錦绣叢。珠簾翠幕護春風。沉香甲煎薰爐暖，玉樹明金蜜炬融。　車流水，馬游龍。歡聲浮動建章宮。誰憐此夜春江上，魂斷黃粱一夢中。"“真個親曾見太平。元宵且説景龍燈。四方同奏昇平曲，天下都無嘆息聲。　長月好，定天晴。人人五夜到天明。如今一把傷心泪，猶恨江南過此生。"上〔鷓鴣天〕十五首，備述宣政之盛，非想像者所能道，當與《夢華錄》并行也。

二　閭蒼舒賦水龍吟詞

蜀人閭侍郎蒼舒使北，過汴京，賦〔水龍吟〕："少年聞説京華，上元景色烘晴晝。朱輪畫轂，雕鞍玉勒，九衢爭驟。春滿釀山，夜沉陸海，一天星斗。正紅毹過了，鳴鞘聲斷，回鸞馭，鈞天奏。　誰料此生親到，五十年、都城如舊。而今但有，傷心烟霧，縈愁楊柳。寶籙宮前，絳霄樓下，不堪回首，願皇圖早復，端門燈火，照人還又。"　"疏眉秀目，向尊前、依舊宣和裝束。貴氣盈盈風韵爽，舉止知非凡俗。皇室宗姬，陳王愛女，曾嫁貂蟬族。干戈流蕩，事隨天地翻覆。　珠淚搵了偷彈，勸人飲盡，愁怕吹笙竹。流落天涯俱是客，何必平生相熟。舊曰繁華，如今憔悴，付與杯中醁。興亡休問，爲予且醨船曲。"上詞金朝士大夫，到中原有感而賦。

三　陶穀風光好詞

陶穀贈歌姬秦弱蘭〔風光好〕，有"鸞膠續斷弦"之句。按：東方朔《十洲記》，仙家煮鳳喙及麟角。煎作膠，名爲續弦，能續弓弩絕弦。却非鸞膠，豈其誤耶。不如杜詩"麟角鳳觜世莫識，煎膠續弦奇自見"。

四　葉石林賀新郎詞

葉石林〔賀新郎〕詞："有誰采蘋花寄與，但恨望蘭舟容與。"下"與"字去聲。漢《禮樂志》："練時日，澹容與。"顏注："閑舒也。"今歌者不辨音義，乃以其叠兩"與"字，妄改上"與"作"寄取"，而不以爲非，良可笑也。慶元庚申，石林之孫筠守臨江，嘗從容語及，謂"賦此詞時，年方十八"。而傳者乃云："爲儀真妓女作。"詳味句意，皆不相干，或是書此以遺之爾。

五　題壁生查子詞

道塗間題壁，有可采者，嘗記〔生查子〕一首，甚工，云："愁盈鏡裏山，心叠琴中恨。露濕玉闌秋，香伴金屏冷。雲歸月正圓，雁到人無信。孤損鳳凰釵，立盡梧桐影。"蓋魏子敬詞也。

方鳳《野服考》

張志和漁父詞

張志和〔漁父〕詞云："西塞山邊白鷺飛。桃花流水鱖魚肥。青箬笠，緑蓑衣。斜風細雨不須歸。"

周密《齊東野語》

一 釵頭鳳詞

陸務觀初娶唐氏，閎之女也，於其母夫人爲姑姪。伉儷相得，而弗獲於其姑。既出而未忍絶之，則爲別館，時時往焉。姑知而掩之，雖先知挈去，然事不得隱，竟絶之，亦人倫之變也。唐後改適同郡宗子士程。嘗以春日出游，相遇於禹迹寺南之沈氏園。唐以語趙，遣致酒餚。翁悵然久之，爲賦〔釵頭鳳〕一詞，題園壁間，云："紅酥手，黃滕酒。滿城春色宮牆柳。東風惡。歡情薄，滿懷愁緒，幾年離索。錯錯錯。　　春如舊，人空瘦。泪痕紅浥鮫綃透。桃花落。閑池閣。山盟雖在，錦書難托。莫莫莫。"實紹興乙亥歲也。翁居鑒湖之三山，晚歲每入城，必登寺眺望，不能勝情。嘗賦二絶云："夢斷香銷四十年，沈園柳老不飛綿。此身行作稽山土，猶吊遺踪一悵然。"又云："城上斜陽畫角哀，沈園無復舊池臺。傷心橋下春波緑，曾是驚鴻照影來。"蓋慶元己未歲也。未久唐氏死。至紹熙壬子歲，復有詩序云："禹迹寺南，有沈氏小園。四十年前，嘗題小詞一闋壁間。偶復一到，而園已三易主，讀之悵然。詩云：'楓葉初丹槲葉黃，河陽愁鬢怯新霜。林亭感舊空回首，泉路憑誰説斷腸。壞壁醉題塵漠漠，斷雲幽夢事茫茫。年來妄念消除盡，回向蒲龕一炷香。"又至開禧乙丑歲暮，夜夢游沈氏圍，又兩絶句云："路近城南已怕行，沈家園裏更傷情。香穿客袖梅花在，綠蘸寺橋春水生。""城南小陌又逢春，祇見梅花不見人。玉骨久成泉下土，墨痕猶鎖壁間塵。"沈園後屬許氏，又爲汪之道宅云。

二　緑腰

《演繁露》云：唐有新翻羽調〔緑腰〕。《白樂天詩集》自注云：即六么也。今世亦有六么。而其曲有高平仙吕調，又不與羽調相協，不知是唐遺聲否。按：今六么，中吕調亦有之，非特高平仙吕也。唐《禮樂志》：俗樂二十八調，中吕、高平、仙吕，在七羽之數。蓋中吕，夾鍾羽也。高平，林鍾羽也。仙吕，夷則羽也。安得謂之不與羽調相協？蓋未之考爾。

三　尹梅津唐多令詞

梅津尹焕惟曉，未第時，嘗薄游苕溪，籍中適有所盼。後十年，自吳來雪，艤舟碧瀾，問訊舊游，則久爲一宗子所據，已育子，而猶挂名籍中。於是假之郡將，久而始來，顏色瘁赧，不施膏沐，相對若不勝情。梅津爲賦〔唐多令〕云："蘋末轉清商。溪聲供夕涼。緩傳杯催唤紅妝。漫綰烏雲新浴罷，拂地水沉香。歌短舊情長。重來驚鬢霜。恨綠陰青子成雙。説著前歡伴不采，揚蓮子，打鴛鴦。"數百載而下，真可與杜牧之"尋芳較晚"之爲偶也。

四　王實之

庚子辛丑歲，先君子佐閩漕幕。時方壺山大淙爲漕，朧軒王邁實之，與方爲年家，氣誼相好。用此實之留富沙之日多，而壺山資給亦良厚，然亦僅資一時飲博之費耳。籍中有吳宜者，王所狎也。一日三司燕集，大會樂於公廳。吳方舞遍，實之被酒，直造舞筵，携之徑去，旁若無人，一座爲之愕然。壺山起謝曰："此吾狂友王實之也。"時以爲奇事。實之，莆人，登甲科，甚有文名，落魄不羈。爲正字日，因輪對，及故相擅權。理宗宣諭曰，姑置衛王之事。邁即抗聲曰：“陛下一則曰衛王，二則曰衛王，何容保之至耶？”上怒不答，徑轉御屏曰：“此狂生也。”邁後歸鄉里，自稱“敕賜狂生”。嘗有詩云：“未知死所先期死，自笑狂生老更狂。”又賦〔沁園春〕曰：“狂如此，更狂狂不已，押赴瓊崖。”

五　蜀妓

蜀娼類能文，蓋薛濤之遺風也。放翁客自蜀挾一妓歸，蓄之別室，率數日一往。偶以病少疏，妓頗疑之，客作詞自解，妓即韻答之云：“說盟說誓，說情說意，動便春愁滿紙。多應念得脫空經，是那個先生教底。不茶不飯，不言不語，一味供他憔悴。相思已是不曾閑，又那得功夫咒你。”或謗翁嘗挾蜀尼以歸，即此妓也。又傳一蜀妓述《送行詞》云：“欲寄意，渾無所有。折盡市橋官柳。看君著上征衫，又相將放船楚江口。後會不知何日又。是男兒，休要鎮長相守。苟富貴無相忘，若相忘，有如此酒。”亦可喜也。

六　陸務觀

陸務觀以史師垣薦賜第。孝宗一日內宴，史與曾覿皆預焉。酒酣，一內人以帕子從曾乞詞。時德壽宮有內人與掌果子者交涉，方付有司治之。覿因謝不敢曰：“獨不聞德壽宮有公事乎？”遂已。它日史偶爲務觀道之，務觀以告張燾子宮。張時在政府，異日奏：“陛下新祠服，豈宜與臣下燕狎如此。”上愧，問曰：“卿得之誰？”曰：“臣得之陸游，游得之史浩。”上由是惡游，未幾去國。

七　諂詞囈語

賈師憲當國日，臥治湖山，作堂曰“半閑”，又治圃曰“養樂”，然名爲就養，其實怙權固位，欲罷不能也。每歲八月八日生辰，四方善頌者，以數千計。悉俾翹館謄考，以第甲乙，一時傳誦，爲之紙貴，然皆諂詞囈語也。偶得首選者數闋，戲書於此。陳合惟善〔寶鼎現〕詞云："神鼇誰斷，幾千年再乾坤初造。算當日枰棋如許，爭一著吾其袵左，談笑頃又十年生聚，處處邨風葵棗。江如鏡，楚氛餘幾，猛聽甘泉捷報。天衣細意從頭補，爛山龍華蟲黼藻。宮漏永千門魚鑰，截斷紅塵飛不到。　街九軌，看千貂避路，庭院五侯深鎖。好一部太平六典，一一周公手做，赤烏綉裳，消得道斑爛衣好。盡龐眉鶴髮，天上千秋難老。甲子平頭纔一過，未説汾陽考。看金盤露滴瑶池，龍尾放班回早。"廖瑩中群玉〔木蘭花慢〕云："請諸君着眼，來看我，福華編。記江上秋風，鯨黎漲雪，雁徼迷烟。一時幾多人物，秖我公，隻手護山川。爭睹階符瑞象，又扶紅日中天。　因懷下走奉蘧鞭，磨盾夜無眠。知重開宇宙，活人萬萬，合壽千千。梟鸞太平世也，要東還赴上是何年。消得清時鐘鼓，不妨平地神仙。"陸景思〔甘州〕云："滿清平世界慶秋成，看看斗三錢。論從來活國，論功第一，無過豐年。辦得閑民一飽，餘事笑談間。若問平戎策，微妙難傅。　玉帝要留公住，把西湖一曲，分入林園。有茶爐丹灶，更有釣魚船。覺秋風未曾吹着，但砌蘭長倚北堂萱。千千歲，上天將相，平地神仙。"奚㵢倬然〔齊天樂〕云："金飆吹净人間暑。連朝弄涼新雨。萬寶功成，無人解得，秋入天機深處。閑中自數，幾心酌乾坤，手斟霜露。護了山河，共看元影在銀兔。　而今神仙正好，向青空覓個，沖澹襟宇。帝念群生，如何便肯，從我乘風歸去。夷游洞府，把月抒雲機，教他兒女。水逸山明，此情天付與。"從橐〔陂塘柳〕云："指庭前翠雲金雨，霏霏香滿仙宇。一清透徹渾無底，秋水也無流處。君試數。此樣襟懷，頓得乾坤住。閑情半許，聽萬物氤氲，從來形色，每向静中覷。　琪花路，相接西池壽母，年年弦月時序。荷衣菊佩尋常事，分付兩山容與。天證取。此老平生可向青天語。瑶卮緩舉，要見我何心。西湖萬頃，來去自鷗鷺。"郭應酉居安〔聲聲慢〕云："捷書連書，甘灑通宵，新來喜沁堯眉。許大擔當，人間佛力須彌。年年八月八日，長記他三月三時。平生事，想祇和天語，不遣人知。　　　一片閑心鶴外，被乾坤繫定，虹玉腰圍。閭闔雲邊，西風萬籟吹齊。歸舟更歸何處，是天教家在蘇堤。千千歲，比周公，多個彩衣。”且侑以儷語云：“彩衣宰輔，古無一品之曾參，衮服湖山，今有半閑之姬旦。”所謂三月三者，蓋頌其庚申蘋藻坪之捷，而歸舟乃舫齋名也。賈大喜，自仁和宰除官告院。既而語客曰：“此詞固佳，然失之太俳，安得有著彩衣周公乎？”

八　林外

林外，字豈塵，泉南人。詞翰瀟爽，詼謔不羈，飲酒無算。在上庠暇日，獨游西湖幽寂處，得小旗亭飲焉。外美風姿，角巾羽氅，飄飄然神仙中人也。豫市虎皮錢篋數枚藏腰間，每出其一，命酒家保傾倒，使視其數，酬酒值，即藏去。酒且盡，復出一篋傾倒如初。逮暮，所飲幾斗餘，不醉，而篋中錢若循環無窮者，肆人皆驚異之。將去，索筆題壁間曰：“藥爐丹灶舊生涯，白雲深處是吾家。江城戀酒不歸去，老却碧桃無限花。”明日都下盛傳某家酒肆有神仙至云。又嘗為〔垂虹亭〕詞，所謂“飛梁過水”者。（按：此詞為〔洞仙歌〕調，全首見《四朝聞見錄》。）倒題橋下，人亦傳為呂翁作。惟高廟識之曰：“是必閩人也，不然，何得以‘鎖’字協‘掃’字韻。”已而知其果外也。此詞已有紀載，茲不復書。南劍黯淡灘，湍險，善覆舟，行人多畏避之。外嘗戲題灘傍驛壁曰：“千古傳名黯淡灘，十船過此九船翻。惟有泉南林上舍，我自岸上走，你怎奈何我。”雖一時戲語，頗亦有味。

九　周平園

周平園嘗出使，過池陽，太守趙富、文彥博招飲。籍中有曹聘者，潔白純静，或病其訥而不顧。公為賦梅以見意云：“踏白江梅，大都玉軟酥凝就。雨肥霜逗，痴騃閨房秀。莫待冬深，雪壓風欺後。君知否。却嫌伊瘦。又怕伊屢愁。”酒酣，又出家姬小瓊舞以侑歡，公又賦一闋云："秋夜乘槎，客星容到天孫渚。眼波微注，將謂牽牛渡。見了還非，重理霓裳舞。雖無誤。幾年一遇。莫訝周郎顧。"范石湖嘗云："朝士中姝麗有三杰。謂韓無咎、晁伯如家姬，及小瓊也。"禁中亦聞之。異時有以此事中傷公者，阜陵亦爲一笑。陸放翁在蜀日有所盼，嘗賦詩云："碧玉當年未破瓜，學成歌舞入侯家。如今憔悴蓬窗底，飛上青天妒落花。"出蜀後每懷舊游，多見之賦咏。有云："金鞭珠彈憶春游，萬里橋東罨畫樓。夢倩曉風吹不斷，書憑春雁寄無由。鏡中顔鬢今如此，席上賓朋好在不。篋有吳牋三百個，擬將細字寫春愁。"又云："裘馬輕狂錦水濱，最繁華地作閑人。金壺投箭消長日，翠袖傳杯領好春。幽鳥語隨歌處拍，落花鋪作舞時茵。悠然自適君知否？身與浮名孰重輕。"又以此詩檃括作〔風入松〕云："十年裘馬錦江濱。酒隱紅塵。萬金選勝鶯花海，倚疏狂驅使青春。弄笛魚龍盡出，題詩風月俱新。　自憐華髮滿紗巾，猶是官身。鳳樓曾記當年語，問浮名何似身親。欲寫吳牋説與，這回真個閑人。"前輩風流雅韵，猶可想見也。

一〇　降仙之事

降仙之事，人多疑爲持箕者狡獪。以愚旁觀，或宿構詩文，托爲仙語，其實不然，不過能致鬼神之能文者耳。予外家諸舅，喜爲此戲，往往所降多名士，詩亦粗可讀，至於書體文勢，亦各近似其人。一日，元愍舅諸姬，戲以紈扇求詩，遂各題小詞於上，仍寓姬之名於内，行草間有可觀者。紹興斜橋客邸，有請紫姑者，命爐爲題，詩云："寒岩雪壓松枝折，斑斑剥盡青虬血。運斤巧匠斫削成，劍脊半開魚尾裂。五湖仙子多奇致，欲駕神舟探仙穴。碧雲不動曉山橫，數聲摇落江天月。"湖學甲子歲科舉後，士友有請仙問得失者，賦詞云："凄凉天氣，凄凉院宇，凄凉時候。孤鴻叫斜月，寒燈伴殘漏。落盡梧桐秋影瘦。鑒古畫眉難就。重陽又近也，對黄花依舊。"此人竟失舉。淳祐間，有降仙於杭泮者，或以鬼議之，大書一詩云："眼前青白誰知我，口裏雌黃一任君。縱使挾山可超海，也須覆雨更翻雲。"或以功名爲問，答曰："朝經暮史無間日，北展南鞭知幾年。踐履未能求實地，榮枯何必問青天。"報其相譏也。又董無益嘗記女仙三絕句云："柳條金嫩不勝鴉，青粉牆邊道韞家。燕子未來春寂寞，小窗和雨夢梨花。""松影侵壇琳觀静，桃花流水石橋寒。東風吹過雙蝴蝶，人倚危樓第幾闌。""屈曲闌干月半規，藕花香澹水漪漪。分明一夜文姬夢，祇有青團扇子知。"亦可喜也。友人姚天澤亦善此。時先君需清湘次，因至外塾觀子弟捧箕。忽大書曰《詩贈周邦君》云："謝公樓上春光好，五馬行春人未老。鬱孤臺上墨未乾，手捧詔書入黃道。"先子爲一笑，然莫知爲何等語也。未幾，易守臨汀，首披郡志，則舊有謝公樓，所謂"謝公樓上好美酒，三百青銅買一斗"者，與前語適符。然"鬱孤臺"以後語，竟亦不驗。又宋慶之寓永嘉時，遇詔歲，鄉士從之結課者頗衆。適逢七夕，學徒釀飲，有僧法辨者在焉。辨善五星，每以八煞爲説，時人號爲辨八煞。酒邊一士致仙，叩試事，忽箕動大書文章伯降，宋怪之，漫云："姑置此，且求一七夕新詞如何？"復請韵，宋指辨云："以八煞爲韵。"意欲困之也。忽運箕如飛，大書〔鵲橋仙〕一闋云："鸞輿初駕，牛車齊發，隱隱鵲橋咿軋。尤雲殢雨正歡濃，但祇怕來朝初八。　　霞垂彩幔，月明銀燭，馥郁香噴金鴨。年年此際一相逢，未審是甚時結煞。"亦警敏可喜。又聞李和父云："向嘗於貴家觀降仙，叩其姓名不答。忽作薛稷體大書一詩云：'星袍玉帶落邊塵，幾見東風作好春。因過江南省宗廟，眼前誰是舊京人。'捧箕者皆悚然驚散，知爲淵聖在天之靈。"真否固未可知，然每讀爲之淒然。

一一　外大父文莊章公

外大父文莊章公，自少好雅潔，性滑稽。居一室，必汛掃巧飾，陳列琴書，親朋或譏其齷齪無遠志。一日，大書素屏云："陳蕃不事一室，而欲掃除天下，吾知其無能爲矣。"識者知其不凡。

後入太學，爲集正，嘗置酒，揭饌單於爐亭，品目多異。其間有大鸚卵者最奇，其大如瓜，片切，餖飣大盤中。衆皆駭愕，不知何物。好事者窮詰之，其法乃以鳧彈數十，黃白各聚一器。先以黃入羊胞蒸熟，次復入大豬胞，以白實之，再蒸而成。嘗迎駕於觀橋，戲以書句爲隱語曰："仰觀天文，俯察地理，吾嘗終日不食，終夜不寢，以思，無益，不如學也。"衆皆莫測，公笑云："乃此橋華表柱木鸚爾。"其他善戲多類此。其後居兩制，登政地，有《嘉林集》百卷。間作小詞，極有思致。先妣能口誦數闋，〔小重山〕云："柳暗花明春事深，小闌紅芍藥、已抽簪。雨餘風軟碎鳴禽。遲遲日，猶帶一分陰。　　把酒莫沉吟。身閑無個事，且登臨。舊游何處不堪尋。無尋處，惟有少年心。"今家集已不復存，而外家凋謝殆盡。暇日追憶書之，以寄余凱風寒泉之思云。

一二　韓宗武王

韓宗武王以元樞就第，絶口不言兵，自號清凉居士。時乘小騾，放浪西湖泉石間。一日，至香林園，蘇仲虎尚書方宴客，王徑造之，賓主歡甚，盡醉而歸。明日，王餉以羊羔，且手書二詞以遺之。〔臨江仙〕云："冬日青山瀟灑静，春來山暖花濃。少年衰老與花同。世間名利客，富貴與貧窮。　　榮華不是長生藥，清閑不是死門風。勸君識取主人公。單方祇一味，盡在不言中。"（按：此詞後間首兩七字句與諸體異。）〔南鄉子〕云："人有幾何般。富貴榮華總是閑。自古英雄都是夢，爲官。寶玉妻兒宿業纏。　　年事已衰殘。鬢髮蒼蒼骨髓乾。不道山林多好處，貪歡。祇恐痴迷誤了賢。"王生長兵間，初不能書，晚歲忽若有悟，能作字及小詞，詩詞皆有見趣，信乎非常之才也。

一三　上平南詞

開禧用兵，金人元帥紇石烈子仁，領兵據濠梁，大書一詞於濠之倅廳壁間。詞名〔上平南〕，即上西平之調，云："蠆蜂摇。

螳臂振，舊盟寒。恃洞庭彭蠡狂瀾。天兵小試，百蹄一飲楚江乾。捷書飛上九重天，春滿長安。　　舜山川，周禮樂，唐日月，漢衣冠。洗五州妖氣關山。已平全蜀，風行何用一泥丸。有人傳喜，日邊路都護先還。"子仁蓋女真之能文者，故敢肆言無憚如此。

一四　劉震孫摸魚兒詞

劉震孫長卿，號朔齋。知宛陵日，吳毅夫潛丞相方閑居，劉日陪午橋之游，奉之亦甚至。嘗携具開宴，自撰樂語一聯云："人則孔明，出則元亮，副平生自許之心。兄爲東坡，弟爲欒城，無晚歲相違之恨。"毅夫大爲擊節。劉後以召還，吳餞之郊外，劉賦〔摸魚兒〕一詞爲別，末云："怕綠野堂邊，劉郎去後，誰伴老裴度。"毅夫爲之揮泪。繼遣一價追和此詞，并以小盒侑之，送數十里外。啓之，精金百星也。前輩憐才賞音如此，近世所無。

一五　嚴蕊

天臺營妓嚴蕊，字幼芳，善琴弈歌舞絲竹書畫，色藝冠一時。間作詩詞，有新語，頗通古今。善逢迎，四方聞其名，有不遠千里而登門者。唐與正守臺日，酒邊嘗命賦紅白桃花，即成〔如夢令〕云："道是梨花不是。道是杏花不是。白白與紅紅，別是東風情味。曾記。曾記。人在武陵微醉。"與正賞之雙縑。又七夕郡齋開宴，坐有謝元卿者，豪士也。夙聞其名，因命之賦詞，以己之姓爲韵。酒方行而已成〔鵲橋仙〕云："碧梧初出，桂花纔吐，池上水花微謝。穿針人在合歡樓，正月露玉盤高瀉。　　蛛忙鵲懶，耕慵織倦，空做古今佳話。人間剛道隔年期，指天上方纔隔夜。"元卿爲之心醉，留其家半載，盡客囊橐饋贈之而歸。其後朱晦庵以使節行部至臺，欲撼與正之罪，遂指其嘗與蕊爲濫。繫獄月餘，蕊雖備受箠楚，而一語不及唐，然猶不免受杖。移籍紹興，且復就越置獄鞫之，久不得其情。獄吏因好言誘之曰："汝何不早認，亦不過杖罪。況已經斷罪，不重科，何爲受此辛苦邪？"蕊答云："身爲賤妓，縱與太守有濫，科亦不至死罪。然是非真僞，豈可妄言，以污士大夫，雖死不可誣也。”其辭既堅，於是再痛杖之，仍繫於獄。兩月之間，一再受杖，委頓幾死，然聲價愈騰，至徹皇陵之聽。未幾朱公改除，而岳霖商卿爲憲，因賀朔之際，憐其病瘁，命之作詞自陳。蕊略不構思，即口占〔卜算子〕云：“不是愛風塵，似被前緣誤。花落花開自有時，總賴東君主。　　去也終須去，住也如何住。若得山花插滿頭，莫問奴歸處。”即日判令從良。繼而宗室近屬，納爲小婦，以終身焉。《夷堅志》亦嘗略載其事，而不能詳。余蓋得之天臺故家云。

一六　混成集

《混成集》，修內司所刊本，巨帙百餘。古今歌詞之譜，靡不備具。祇大曲一類，凡數百解，他可知矣，然有譜無詞者居半。《霓裳》一曲共三十六段。嘗聞紫霞翁云，幼日隨其祖郡王曲宴禁中，太后令內人歌之，凡用三十人，每番十人奏，音極高妙。翁一日自品象管作數聲，真有駐雲落木之意，要非人間曲也。又言無太皇最知音，極喜歌木笪人者，以歌〔杏花天〕，木笪遂補教坊都管。間憶舊事，因書之以遺好事者，蓋二曲皆今人所罕知云。（按：無太皇三字，疑有訛，木笪人未詳。下文又單稱木笪，疑爲極喜歌人木笪。）

一七　辛幼安詞

王佐宣子帥長沙日，茶賊陳豐，嘯聚數千人，出沒旁郡，朝廷命宣子討之。時馮太尉湛謫居在焉，宣子乃權宜用之。諜知賊巢所在，乘日晡放飯少休時，遣亡命卒三十人，持短兵以前，湛自率百人繼其後，徑入山寨。豐方抱孫獨坐，其徒皆無在者。卒睹官軍，錯愕不知所爲，亟鳴金嘯聚，已無及矣，於是成擒，餘黨亦多就捕。宣子乃以湛功聞於朝，於是湛以勞復元官，宣子增秩。辛幼安以詞賀之，有云：“三萬卷，龍頭客。渾未得，文章力。把詩書馬上，笑驅鋒鏑。金印明年如斗大，貂蟬元自鍪鍪出。”（按：此詞爲〔滿江紅〕調。）宣子得之，疑爲諷己，意頗銜之。殊不知陳後山亦嘗用此語，《送蘇尚書知定州》云：“枉讀平生三萬卷，貂蟬當復作鍪鍪。”幼安正用此。然宣子尹京之時，嘗有書與執政云：“佐本書生，歷官處自有本末，未嘗得罪于清議。今乃蒙置諸士大夫所不可爲之地，而與數君子接踵而進，除目一傳，天下士人，視佐爲何等類，終身之累，孰大於此。”是亦君子之本心耳。

一八　劉克莊沁園春詞

隆興間，魏勝戰死淮陰，孝宗追惜之。一日諭近臣曰：“人才須用而後見，魏勝不因邊釁，何以見其才。如李廣在文帝時，是以不用，使生高帝時，必將大有功矣。”其後放翁贈劉改之曰：“李廣不生楚漢間，封侯萬户宜其難。”蓋用阜陵語也。改之大喜，以爲善名我。異時，劉克莊作〔沁園〕曲云：“使李將軍，遇高皇帝，萬户侯何足道哉。”又祖放翁語也。（按：劉克莊〔沁園春〕詞，題爲〔夢孚若〕。）

一九　甄雲卿

永嘉甄雲卿，字龍友，少有俊聲，詞華奇麗。而资性浮躁，於鄉人無不狎侮，木待問蘊之爲尤甚。木生朝，爲詞賀之，末云：“聞道海壇沙漲也，明年。”（按：此詞未詳爲何調。）蓋諺云：“海壇沙漲，温州出相。”明年者，俗言“且待”也。又嘗損益前人酒令曰：“金銀銅鐵鋪，絲綿紬絹網，鬼魅魍魎魁。”蓋木以癸未魁天下也。甄辯給雄一時，謔笑皆有餘味。一日登對，上戲問云：“卿安得與龍爲友？”甄倉忙占奏，殊不能佳。及退殿陛，自恨失言，曰：“何不云‘堯舜在上，臣安得不與夔龍爲友’？”聞者惜之。競渡日，着彩衣立龍首，自歌所作“思遠樓前”之詞。（按：“思遠樓前路”，乃〔賀新郎〕調。此本未載全詞。）旁若無人。然於性理解悟，凡禪衲機鋒，皆莫能答。將亡之日，命其子燷湯，且召蘊之，將囑以後事。甄居城外，昏暮門閫不得入，其子白之，甄曰："然則勿燷以待旦。"既旦，木聞之，亟來，甄喜曰："吾將行，得君主吾喪，則濟矣。"木許諾，乃入浴更衣，與木訣，坐而逝。既復開目曰："吾儒無此也。"復臥，乃絕。

二〇 菊花新

思陵朝，掖庭有菊夫人者，善歌舞，妙音律，爲仙韶院之冠。宮中號"菊部頭"。然頗以不獲際幸爲恨。稱疾告歸。宦者陳源，以厚禮聘歸。蓄於西湖之適安園。一日，德壽按梁州曲舞，屢不稱旨。提舉官關禮，知上意不樂，因從容奏曰："此事非部頭不可。"上遂令宣喚。於是再入掖禁。陳遂憾恨成疾。有某士者，頗知其事，演而爲曲，名之曰〔菊花新〕以獻之。（按：《宋史·樂志》，小曲有〔菊花新〕，張先、柳永皆有〔菊花新〕詞，均入夾鍾羽調，是北宋已有之，此蓋自小曲演爲曲破也。）陳大喜，酬以田宅金帛甚厚。其譜則教坊都管王公謹所作也。陳每聞歌，輒泪下不勝情。未幾物故。園復歸重華宮，改名小隱園。孝宗朝，撥賜張貴妃爲永寧崇福寺云。

二一 小排當

趙元父祖母齊安郡夫人徐氏，幼隨其母吳郡王家，又及入平原郡王家，嘗談兩家侈盛之事，歷歷可聽。其後翠堂七楹，全以石青爲飾，故得名。專爲諸姬教習聲伎之所，一時伶官樂師，皆梨園國工也。吹彈舞拍，各有總之者，號爲部頭。每遇節序生辰，則旬日外依月律按試，名曰"小排當"，雖中禁教坊所無也。衹笙一部，已是二十餘人。自十月旦至二月終，日給焙笙炭五十斤，用錦熏籠藉笙於上，復以四和香熏之。蓋笙簧必用高麗銅爲之，靤以綠蠟，簧暖則字正而聲清越，故必用焙而後可。陸天隨詩云："姜思冷如簧，時時望君暖。"樂府亦有"簧暖笙清"之語。(按：周邦彥〔慶春宮〕詞有"夜深簧暖笙清"句。)舉此一事，餘可想見也。䑋字，韵書"千定切，音請"。注："䑋，青果色也。"蓋藏果者，必以銅青故耳。

周密《志雅堂雜鈔》

一　陳參政木蘭花慢

陳石泉自北歸，有北人陳參政者，餞之〔木蘭花慢〕云："歸人猶未老，喜依舊，著南冠。正雪暗漙沱，雲迷芒碭，夢落邯鄲。鄉心促日行萬里，幸此身生入鬼門關。多少秦烟隴霧，西湖净洗征衫。　　燕山。從不見吳山。回首一歸難，慨故都禾黍，故家喬木，那忍重看。鈞天紫城何處，問瑶池八駿幾時還。誰在天津橋上，杜鵑聲裏闌干。"

二　楊大均

石林《避暑録話》，載蔡州道士楊大均，善醫，能默誦《素問》《本草》《千金方》，其間藥名分量，皆不遺一字。因問此有何義理，而可記乎？大均言，苟通其意，其文理有甚於章句偶儷，一見何可忘也。余向游紫霞翁門，翁精於琴，善音律。有畫魚周大夫者，善歌。閑令寫譜參訂，雖一字之誤，必隨正其非。余嘗扣之云："士凡工尺，有何義理，而能暗誦如流。且既未按管，安知其誤？"翁笑曰："君特未究此事耳，其間義理，更有甚於文章，不然，安能記之。"其說正與前合。

（上載《同聲月刊》第二卷第十一號）

·彙輯宋人詞話八·

《愛日齋叢鈔》

一　繭栗

記祭天地之牛角繭栗。《左氏外傳》："楚觀射父曰：'郊禘不過繭栗。'"《史》《漢》書志："天地牲角繭栗。"顏師古注："牛角之形或如繭，或如栗，言其小。"於《郊祀志》始著其義。《西京雜記》："惠莊聞朱雲折五鹿充宗之角，嘆息曰：'栗犢反能爾耶？'栗喻小而不謂其角。或非本此。"舞陰大姓李氏擁城不下，更始徵趙熹。熹年未二十，既見，更始笑曰："繭栗犢，豈能負重致遠耶？"除爲郎中，行偏將軍，使詣舞陰而李氏降。范史注："犢角如繭栗，言小也。"則"惠莊長安一儒生"，亦祖古語耳。晋王瀋表："繭栗之質當豺狼之路。"以自喻微弱也。坡詩云："耆年日凋喪，但有犢角栗。"魯直云："紅藥枝頭初繭栗。"於是朱新仲紀繭栗言小也。高續古賦《紅藥》詞云："紅翻繭栗梢頭遍。"姜堯章《芍藥詞》亦云"正繭栗梢頭弄詩"句，取譬花之含蕊爲工。魯直《食笋詩》云："繭栗戴地翻"，用之于笋，尤切。

二　陳無己

蘇門陳無己，清苦之士，亦有長短句，且言他文未能及人，獨於詞，自謂不減秦七、黃九。文潛乃又自謂不善倚聲製曲，而致意古樂府，有所矯耶。其説云："予自幼童好作文字，於他文常爲之，雖不工，要亦能措詞。至於倚聲製曲，力欲爲之，不能出一語。"傳稱神諶謀於國則否，謀於野則獲。杜南陽以爲性質之蔽，夫詩，曲類也，善爲詩而不能製曲，豈謀野蔽耶？今《吳氏漫録》

載文潛〔少年游〕〔秋蕊香〕三詞，殊婉媚，不在元祐諸公下。或附托以傳者，集中有謂曲亦詩而已，不師近體也。方氏《年譜》疑此爲《代道卿贈人》三詩。趙德麟以〔鷓鴣天〕歌之，若文潛此類詩，固不減詞家情致。方氏又謂其少年多艷詞，詞或文詞之詞。詩、樂府之寓情者，故云艷詞，不必證其不能製曲之説。近世葉正則集中，存《和李季章參政》一曲，亦云素不曉度曲，故所次者一篇而止。文人能靳爲之，流俗强所短於無益者，何哉？朱文公游衡岳回道中雪梅二閴，懷張宣公作。既又書一絶云：“久惡繁哇混太和，云何今日自吟哦。世間萬事皆如此，兩葉行將用斧柯。”且題云：“自是不復作也。”

三　陳無咎

陳無咎題趙國一詞，曠達可喜，予記其文云：“一年一度春來，何時是了。花落花開渾是夢，祇能把人引調。可憐浮世，等閑過日，却不識，綠水青山，四時都好。遇筆題詩，逢人飲酒，世間萬事，看看多多少少。怎得似、羽扇綸巾，雲屏烟障，幾曾受些兒煩惱。便乘風歸去小蓬萊，聽門外、猿啼鶴嘯。”無咎號“龍壇居士”，越人目之爲仙，其詞氣頗不凡俗也。

吳聿《觀林詩話》

一　陳無己跋舊詞

陳無己跋舊詞云：“晁無咎云：‘眉山宮詞，蓋不更此境也。’余謂不然，宋玉初不識巫山神女而能賦之，豈待更而後知也。予他文未能及人，獨於詞，自謂不減秦七、黃九。而爲鄉掾三年，去而復還，又三年矣，而鄉妓無欲予之詞者，獨杜氏子勤懇不已，且云：‘所得詩詞滿篋，家多蓄紙筆墨，有暇則學書，使不如言，其志亦可喜也，乃寫以遺之。古語所謂‘但解閉門留我住，主人不問是誰家＇者。"此語東坡題藏春兩絕之一。全篇云："莫尋群玉峰頭路，休看玄都觀裏花。但解閉門留我住，主人莫問是誰家。"蓋無已托爲古語耳。

二 半山小詞

半山嘗於江上人家壁間見一絕云："一江春水碧揉藍，船趁歸潮未上帆。渡口酒家賒不得，問人何處典春衫。"深味其首句，爲躊躇久之而去。已而作小詞，有"平漲小橋午嶂抱，揉藍一水縈花草"之句，蓋追用其語。

三 賀方回詞

《西京雜記》云："以酒爲書滴，取其不冰，以玉爲研，亦取其不冰。"賀方回詞云："羅帷映月，玉研生冰。"似失契勘。

朱彧《萍洲可談》

一 瑟二調歌

子瞻曾爲先公言：書傳間出疊字，皆作二小畫於其下。樂府有《瑟二調歌》，平時讀作"瑟瑟"。後到海南，見一黥卒，自云"元係教坊瑟二部頭"，方知當作"瑟二"，非"瑟瑟"也。子瞻好學，彌老不衰，類皆如此。余嘗訪"教坊瑟二"事，云："每色以二人，如笛二、箏二，總謂之＇色二＇，不作瑟字。"不知果如何。

二 樂府有菩薩蠻

樂府有〔菩薩蠻〕，不知何物。在廣中見呼"蕃婦"爲"菩薩蠻"，因識之。

三　東坡梅詞

海南諸國有倒挂雀，尾羽備五色，狀似鸚鵡，形小如雀，夜則倒懸其身。畜之者，食以蜜漬粟米甘蔗。不耐寒，至中州輒以寒死，尋常誤食其糞，亦死。元符中，始有携至都城者，一雀售錢五十萬。東坡梅詞云："倒挂緑毛么鳳。"蓋此鳥也。

四　赤鼻磯

孫權破曹操於赤壁，今沔、鄂間皆有之。黃州徙治黃岡，俯大江，與武昌縣相對。州治之西，距江，名"赤鼻磯"，俗呼"鼻"爲"弼"，後人往往以此爲赤壁。武昌寒溪，正孫氏故宮，東坡詞有"人道是周郎赤壁"之句，指赤鼻磯也。坡非不知自有赤壁，故言人道是者，以明俗記爾。

釋文瑩《玉壺外史》

春光好詞

李丞相穀與韓熙載少同硯席，分携結約於河梁，曰："各以才命選其主。"廣順中，穀仕周爲中書侍郎平章事；熙載事江南李先主，爲光政殿學士承旨。二公書問不絶，熙載戲貽穀曰："江南果相我，長驅以定中原。"穀答熙載云："中原苟相我，下江南如探囊中物爾。"後果作相，親征江南，賴熙載卒已數歲。先是，朝廷遣陶穀使江南，以假書爲名，實使覘之。李丞相密遣熙載書曰："吾之名從五柳公，驕恣喜奉，宜善待之。"至，果爾容色凛然，崖岸高峻，燕席談笑，未嘗啓齒。熙載謂所親曰："吾輩綿歷久矣，豈煩至是耶？觀秀實公_{公字也}，非端介正人，其守可隳，諸君請觀。"因令留宿，俟寫六朝書畢，館泊半年。熙載遣歌人秦弱蘭者，詐爲驛卒之女以中之。敝衣竹釵，且暮擁帚灑掃驛庭，蘭之容止，宮掖殆無。五柳乘隙因詢其迹，蘭曰："妾不幸夫亡無歸，托身父母，即守驛翁媼是也。"情既瀆，失慎獨之戒。將行日，又以一闋贈之。後數日，醮於澄心堂，李中主命玻璃巨鍾滿酌之，穀毅然不顧，威不少霽。出蘭於席，歌前闋以侑之，穀慚笑捧腹，簪珥幾委，不敢不釂，釂罷復灌，幾類漏卮，倒載吐茵，尚未許罷。後大爲主禮所薄，還朝日，止遣數小吏携壺漿薄餕於郊。迨歸京，鸞膠之曲已喧，陶因是竟不大用。其詞〔春光好〕云："好因緣，惡因緣。奈何天。祇得郵亭一夜眠，別神仙。瑟琶撥盡相思調。知音少，待得鸞膠續斷弦，是何年。"

陳元靚《歲時廣記》（一）

一　杏花雨

《提要錄》："杏花開時，正值清明前後，必有雨也，謂之杏花雨。"古詩："沾衣欲濕杏花雨，吹面不寒楊柳風。"又云："楊柳杏花風雨外，不知佳句落誰家。"晏元獻公詞云："紅杏開時，一霎清明雨。"趙德麟詞云："紅杏枝頭花幾許，啼痕正恨清明雨。"

二　張仲殊詞

樂城文蠶市詩序云："蜀人以二月望日鬻蠶器，謂之'蠶市'。"東坡先生詩云："蜀人衣食常艱苦，蜀人行樂不知還。十夫耕農萬夫食，一年辛苦一春閑。閑時尚以蠶爲市，共忘辛苦逐欣歡。"又張仲殊詞云："成都好，蠶市趁遨游。夜放笙歌喧紫陌，春邀燈火上紅樓。車馬溢瀛洲。人散後，繭館喜綢繆。柳葉已饒烟黛細，桑條何似玉纖柔。立馬看風流。"

三　稼軒詞

《南部新書》："長安舉子落第者，六月後不出，謂之'過夏'。

多借清净廟院作文章，曰‘夏課’。時語曰：‘槐花黄，舉子忙。”《遯齋閑覽》云：“謂槐之方花，乃進士赴舉之日也。”唐翁承赞詩云：“雨中裝點望中黄，勾引蟬聲送夕陽。憶得當年隨計吏，馬蹄終日爲君忙。”又稼軒詞云：“明年此日青雲路，却笑人間舉子忙。”

四　黄雀雨

《提要録》：“九月雨爲黄雀雨。”羅鄂州詞云：“九月江南秋色，黄雀雨，鯉魚風。”

五　張翰

《晋書·文苑傳》：“張翰，字季鷹，吳郡人。爲齊王冏東曹掾，見秋風起，思吳中菇米莼羹鱸魚膾，嘆云：‘人生貴得適志，何能羈宦數百里外，以要名爵乎？’乃嘆云：‘秋風起兮木葉飛，吳江水清鱸魚肥。’遂命駕而歸。後齊王敗，人皆謂之見機，又《海物異名記》：“江南人作鱠，名郎官鱠，言因張翰得名。”東坡詩云：“浮世功名食與眠，季鷹直得水中仙。不須更説知機早，直爲鱸魚也自賢。”又送人歸吳，有詞云：“更有鱸魚堪切鱠。”山谷詩云：“東歸止爲鱸魚鱠，未敢知言許季鷹。”王荆公詩云：“慷慨秋風起，悲歌不爲鱸。”

六　屠蘇

《歲華紀麗》：俗説屠蘇者，草庵之名也。昔有人居草庵之中，每歲除夕，遺里閭藥一貼，令囊浸井中，至元日取水置於酒樽，合家飲之，不病瘟疫。今人得其方，而不識其名，但曰“屠蘇”而已。孫真人《屠蘇飲論》云：“屠者言其屠絶鬼炁，蘇者言其蘇省人魂。其方用藥八品，合而爲劑，故亦名八神散。大黄、蜀椒、桔梗、桂心、防風各半兩，白术、虎杖各一分，烏頭半分，咬咀以絳囊貯之。除日薄暮懸井中，令至泥，正旦出之，和囊浸酒中，頃時捧杯呪之曰：‘一人飲之，一家無疾；一家飲之，一里無疾。’先少後長，東向進飲。取其滓懸於中門，以辟瘟氣，三日外弃於井中。此軒轅黃帝神方。”李漢老詞云：“一年滴盡蓮花漏，翠井屠蘇沉凍酒。”洪舍人邁《容齋續筆》云：“今人元日飲屠蘇，自小者起。相傳已久，然固有來處。後漢李膺、杜密以黨人同繫獄，值元日，於獄中飲酒曰：‘正旦從小起。’”《時鏡新書》，晉董勛云：“正旦飲酒，先飲小者何也。”勛曰：“俗以小者得歲，故先酒賀之，老者失歲，故後殿飲之。”《初學記》載《四人月令》云：“正旦進酒次第，當從小起，以年小者起。”唐劉夢得、白樂天元日舉酒賦詩，劉云：“與君同甲子，壽酒讓先杯。”白云：“與君同甲子，歲酒合誰先。”白又有《歲假內命酒》一篇云：“歲酒先拈辭不得，被君推作少年人。”顧況云：“不覺老將春共至，更悲携手幾人全。還丹寂寞羞明鏡，手把屠蘇讓少年。”裴夷直云：“自知年幾偏應少，先把屠蘇不讓春。倘更數年逢此日，還應惆悵羨他人。”成文幹云：“戴星先捧祝堯觴，鏡裏堪驚兩鬢霜。好是燈前偷失笑，屠蘇應不得先嘗。”方干詩云：“纔酌屠蘇定年齒，坐中皆笑鬢毛斑。”然則尚矣。東坡亦云：“但把窮愁博長健，不辭最後飲屠蘇。”其義亦然。潁濱詩云：“井底屠蘇浸舊方，床頭冬釀壓瓊漿。”金門歲節，洛陽人家，正旦造雞絲臘、燕粉、荔枝，更相餽送。古詞云：“曉日樓頭殘雪盡，乍破臘風傳春信。彩燕雞絲，珠幡玉勝，并歸釵鬢。”

七　爆竹

《神異經》：“西方深山中，有人長尺餘，犯人則病寒熱，名曰‘山臊’。以竹著火中，熚烞有聲，而山臊驚憚。”《玄黃經》云：“此鬼是也。俗以爲爆竹起於庭燎，不應濫於王者。”又《荊楚歲時記》云：“元日庭前爆竹，以辟山臊惡鬼也。”潁濱《除日詩》云：“楚人重歲時，爆竹鳴礫礫。”又王荊公詩云：“爆竹驚鄰鬼。”古詞云：“南樓人未起，爆竹聲聞，應在笙歌裏。”又云：“竹爆當門庭震門陛也。"

八　神荼鬱壘

《藝苑雌黄》："荼壘之設，數説不同。"《山海經》及《風俗通》則曰："神荼、鬱壘。"高誘注《戰國策》又曰："佘與鬱壘。"《玉燭寶典》直以"鬱壘"爲山名。《括地圖》又分鬱壘爲二，而無神荼，不知當以何説爲是。然今人正旦書桃符，多用鬱壘、神荼。古詩云："待醉裏小王書，寫副神荼鬱壘。"

九　花勝

董勛《答問禮俗》，正月一日，造華勝以相遺，像瑞圖金勝之形。賈充李夫人《典誡》曰："每見時人月旦花勝，交相遺與，謂正月旦也。"李漢老《元旦詞》云："又喜椒觴到手，寶勝裏仍剪金花。"東坡《元旦詩》云："蕭索東風兩鬢華，年年幡勝剪宫花。"又云："勝裏金花巧耐寒。"

一〇　剪幡

《皇朝歲時雜記》：元旦以鴉青紙或青絹剪四十九幡，圍一大幡。或以家長年齡戴之。或貼於門楣，仲殊《元日詞》云："椒觴獻壽瑶觴滿，彩幡兒輕輕剪，又云："柏觴瀲灔銀幡小。"

一一　晏元獻

《古今詞話》：慶曆癸未十二月十九日立春，甲申元日，丞相晏元獻公會兩禁於私第。丞相席上自作〔木蘭花〕以侑觴曰："東風昨夜回梁苑，日脚依稀添一綫。旋開楊柳緑蛾眉，暗折海棠紅粉面。　無情欲去雲間雁，有意飛來梁上燕。無情有意且休論，莫向酒杯容易散。"於時坐客皆和，亦不敢改首句"東風昨夜"四字。今得三闋，皆失姓名。其一曰："東風昨夜吹春畫，陡覺去年梅蕊舊。誰人能解把長繩，繫得烏飛并兔走。　清香瀲灔杯中酒，新眼苗條江上柳。尊前莫惜玉顏酡，且喜一年年入手。"其二曰："東風昨夜傳歸耗，便覺銀屏寒料峭。年華容易即凋零，春色祇宜長恨少。 池塘隱隱驚雷曉，柳眼初開梅萼小。樽前貪愛物華新，不道物新人漸老。"其三曰："東風昨夜歸來後，景物便爲春意候。金絲齊奏喜新春，願介香醪千歲壽。 尋花插破桃枝臬，造化工夫先到柳。熔酥剪彩恨無香，且放真香先入酒。"

一二　春旛

《歲時雜記》："春杖子用五彩絲纏之，官吏人各二條，以鞭春牛。"東坡詞云："春牛春杖，無限春風來海上。"《提要錄》："春日刻青繒爲小旛樣，重累十餘，相連綴而簪之，亦漢之遺事也。"古詞云："彩縷旛兒花枝小，鳳釵上輕輕斜裊。"稼軒詞云："春已歸來，看美人頭上，裊裊春旛。"陳簡齋《春日詩》云："爭新游女旛垂鬢。"山谷詩云："隣娃似與春爭道，酥酒花枝剪彩旛。"

一三　釵頭燕

《荆楚歲時記》："立春日，悉剪彩爲燕以戴之。"傅咸《燕賦》云："四氣代王，敬逆其始。彼應運而方臻，乃設燕以迎止。罿輕翼之岐岐，若將飛而未起。何夫人之工巧，式儀形之有似。衒青書以贊時，著宜春之嘉祉。"王沂公《春帖子》云："彩燕迎春入鬢飛，輕寒未放縷金衣。"又歐陽永叔云："不驚樹裏禽初變，共喜釵頭燕已來。"鄭毅夫云："漢殿鬥簪雙彩燕，并知春色上釵頭。"皆春日帖子句也。曹松《春詩》云："彩燕表年時。"又古詞云："釵頭燕，妝臺弄粉，梅額故相誇。"

一四　鷄燕

《文昌雜錄》："唐歲時節物，立春則有彩勝鷄燕。"《皇朝歲時雜記》云："立春日，京師皆以羽毛雜繒彩爲春鷄春燕，又賣春花春柳。"万俟公《立春詞》云："寒甚正前三五日，風將臘雪侵寅。

彩鷄縷燕已驚春。玉梅飛上苑，金柳動天津。”又《春詞》云：“曉月樓頭冰雪盡。乍破臘風傳春信。彩鷄縷燕，珠幡玉勝，并歸釵鬢。”

一五　春盤

《齊人月令》：“凡立春日食生菜，不可過多，取迎新之意而已。”東坡詩云：“漸覺東風料峭寒，青蒿黃韭試春盤。”又云：“蓼茸蒿笋試春盤。”石學士《春日詩》云：“春菜紅牙口，春盤黃雀花。”万俟雅言《立春詞》云：“春盤共釘餖，繞坐慶時新。”

一六　酥花

《復雅歌詞》：“熙寧八年乙卯，楊繪在翰林。十二月立春曰，肆筵，設滴酥花。陳汝羲即席賦〔減字木蘭花〕云：‘纖纖素手。盤裏酥花新點就。對葉雙心。別有東風意思深。　　瓊沾粉綴。消得玉堂留客醉。試嗅清芳。別有紅蘿巧袖香。”

一七　辛盤

《摭言》：“安定郡王立春日作五辛盤，以黃柑釀酒，謂之‘洞庭春色’。”東坡詩云：“辛盤得春韭，臘酒是黃柑。”又稼軒《立春詞》云：“渾未辦黃柑薦酒，更傅青韭堆盤。”

一八　剪彩勝

董勛答問禮俗：“人日剪彩爲人勝，帖屏風上，亦戴諸頭賀，像人入新年，形容改新也。”陳無己詩云：“巧勝向人真奈老，衰顏從俗不宜新。”賀方回《人日詞》云：“巧剪合歡羅勝子，釵頭春意翩翩。”

十九　楊皎

《古今詞話》：白雲先生之子張才翁，風韵不羈，敏於詞賦。

初任臨邛秋官，邛守張公庠不知之，待之不厚。臨邛故事，正月七日有白鶴之游，郡守率屬官同往，而才翁不預焉。才翁密語官妓楊皎曰："此老子到彼，必有詩詞，可速寄來。"公庠既到白鶴，登信美亭，便留題曰："初眠官柳未成陰，馬上聊爲擁鼻吟。遠宦情懷銷壯志，好花時節負歸心。別離長恨人南北，會合休辭酒淺深。欲把春愁閑抖擻，亂山高處一登臨。"楊皎錄此詩，以寄才翁，得詩即時增減作〔雨中花〕一闋，以遺楊皎，使皎調歌之曰："萬縷青青，初眠官柳，向人猶未成陰。據征鞍無語，擁鼻微吟。遠宦情懷誰問，空勞壯志銷沉。正好花時節，山城留滯，又負歸心。　　別離萬里，飄蓬無定，誰念會合難憑。相聚裏，莫辭金盞酒淺還深。欲把春愁抖擻，春愁轉更難禁。亂山高處，憑欄垂袖，聊寄登臨。"公庠再坐晚筵，皎歌於公庠側，公庠怪而問，皎進稟曰："張司理恰寄來，令楊皎歌之，以獻臺座。"公庠遂青顧才翁，尤加禮焉。

二〇　上元燈

《國朝會要》："乾德五年詔，朝廷無事，區宇咸寧，況年穀之屢豐，宜士民之縱樂。上元可更增兩夜，起於十四，止於十八，自後十六日，開封府以舊例奏請增放兩夜。"又趙德璘《侯鯖錄》云："京師上元，舊例放燈三夕，錢氏納土，進金錢買兩夜，今十七十八夜是也。"《本事詞》載："宣和盛時，京師宮禁五夜上元燈。"少監張仲宗《上元詞》云："長記宮中五夜，東風鼓吹。"

二一　上元詞

唐《西京新記》："京師街衢有金吾，曉暝傳呼，以禁夜行。唯正月十五日夜，敕許金吾弛禁，前後各一日，以看燈，《上元詞》云："金吾不禁元宵，漏聲更莫催曉。"又古詞云："況今宵好景，金吾不禁，玉漏休催。"

二二　燈山

《皇朝歲時雜記》："闕下燈山，前爲大樂場，編棘爲垣，以節觀者，謂之棘盆。山棚上，棘盆中，皆以木爲仙佛人馬之像。又左右厢盡集名娼，立山棚上。開封府奏衙前樂，選諸絶藝者，在棘盆中，飛丸走索，緣竿擲劍之類。每歲正月十一日，或十二日、十四日，車駕出時，雖駕前未作樂，然山棚棘盆中，百戲皆作。晝漏盡，上乘平頭輦從寺觀出，由馳道入穿山樓下過，衛士皆戴花。鈎容教坊樂導從，山樓上下皆震作。至棘盆中，回輿南向，人人竭盡其長。旨召精絶至輦前優賜，其餘等級沾賚，從官亦從山樓中過。至棘盆中，分左右出，輦從露臺側迂過，闕宣德中闔而入。"丞相晏公詩云："金翠光中寶焰繁，山樓高下鼓聲喧。兩軍伎女輕如鵠，百尺竿頭電綫翻。"至尊時御看位，內門司御藥知省太尉悉在簾前，用弟子三五人祗應，棘盆照耀，有同白日。仕女觀者，中貴邀住，賜酒一金盆。當時有夫婦并游者，忽宣傳聲急，夫不獲進，少婦蒙賜飲罷，輒懷其杯，進謝恩詞一闋，名〔鷓鴣天〕："燈火樓臺處處新。笑携郎手御街行。回頭忽聽傳呼急，不覺鴛鴦兩處分。　　天表近，帝恩榮。瓚漿飲罷臉生春。歸來恐被兒夫怪，願賜金杯作證明。"上覽詞，命賜之。

二三　御製勝勝慢詞

《東京夢華錄》：正月十四日，車輦幸五岳觀迎祥池，至晚還。內圍子親從官，皆頂毹帽大帽、簪花，紅錦團答戲獅子衫，金鍍天王腰帶，數重骨朵。天武官皆頂雙捲脚撲頭，紫上大搭天鵝結帶寬衫。殿前班頂兩脚屈曲向後花裝幞頭，著緋青紫三色撚金綫結帶望仙花袍，跨弓劍，乘馬一札鞍轡，纓緋前導。御龍直一脚指天一脚圈曲幞頭，著紅方勝錦襖子，看帶束帶，執御從物，金交椅唾盂水罐果壘掌扇纓緋之類。御椅子皆黃羅，珠蹙背座。則親從官執之。諸班直皆幞頭錦襖束帶。每常駕出，有紅紗帖金燭籠一百對，元夕加以琉璃玉柱掌扇燈。快行家各執紅紗珠絡燈籠。駕將至，則圍子外有一人捧月樣兀子錦，覆於馬上。天武官十余人，簇擁扶策，喝曰："看駕頭。"次有吏部小使臣百餘人，皆公裳執珠絡毬杖，乘馬聽喚。近侍餘官皆服紫緋綠公服，三衙太尉知閣御帶，羅列前導，兩邊皆內等子。選諸軍膂力者，著錦襖頂帽，握拳顧望，有高聲者，捶之流血。教坊鈞容直樂部前引，駕後諸班直馬隊作樂。駕後圍子外，左前宰執侍從，右則親王宗室南班官。駕近則列橫門十餘人擊鞭，駕後有曲柄小紅繡傘，亦殿侍執坐馬上。駕入燈山，御輦院人員，輦前喝隨竿媚來。御輦團轉一遭，倒行觀燈山，謂之"鵓鴿旋"，又謂之"踏五花兒"。則輦官有喝賜矣。駕登宣德樓，游人奔赴露臺下。十五日駕詣上清宮。至晚還內，御製〔勝勝慢〕詞云："宮梅粉淡，岸柳金勻，皇都乍慶春回。鳳闕端門（端門宣德門也），鼇山彩結蓬萊。沉沉洞天向晚，寶輿還花滿鈞臺。輕烟裏，算誰將、金蓮陸地勻開。　　是處簫鼓聲沸，雕鞍趁、金輪隱隱輕雷。萬家羅幕，千步錦繡相挨。蟾光夜色如晝，共乘歡爭忍歸來。疏鐘斷，聽行歌猶在禁街。"

二四　絳都春慢詞

《東京夢華錄》："正月十六日，車駕不出，自進早膳訖，登門，樂作捲簾，御座臨軒，宣萬姓先到門下者，得瞻見天表，小帽紅袍獨卓子。左右近侍簾外傘扇執事之人。須臾下簾則樂作，縱萬姓游賞。華燈寶燭，月色花光，霏霧融融，洞燭遠近。至三鼓，樓上以小紅紗燈球緣索而至半空，都人皆知車駕還內矣。須臾聞樓外擊鞭之聲，則山樓上下燈燭數十萬盞，一時滅矣。於是貴家車馬，自內前鱗切悉南去，游相國寺。諸門皆有宮中樂棚，萬街千巷，盡皆繁盛，每一切巷口無樂棚去處，多設小影戲棚子，以防本坊游人小兒相失，以引聚之。殿前班在禁中右掖門裏，則相對右掖門，設一樂棚，放本班家口登皇城觀看。宮中有宣賜茶酒妝粉錢之類。諸營班院，於法不得夜游，各以竹竿出燈毬於半空，遠近高低，若飛星焉。阡陌縱橫，城闉不禁。別有深坊小巷，繡額珠簾，巧製新妝，競誇華麗，春情蕩揚，酒興融怡，雅會幽歡。寸陰可惜，景色浩鬧，不覺更闌。寶騎駸駸，香輪轆轆，五陵年少，滿路行歌，萬戶千門，笙簧未徹，自古太平之盛，未有斯也。"拾遺詞中有〔絳都春慢〕云："融和又報。乍瑞靄霽開，皇都春早。翠幰競飛，玉勒爭馳都門道。鰲山彩結蓬萊島。向晚雙龍銜照。絳綃樓上，瓊芝蓋底，仰瞻天表。　　縹緲風傳帝樂，慶三殿共賞，群仙同到。迤邐御香，飄落人間聞嬉笑。須臾一點星毬小。隱隱鳴鞘聲杳。游人月下歸來，洞天未曉。"

二五　燈夕詞

《歲時雜記》：祖宗以來，每燈夕，命輔臣詣太一焚香，賜會寺中，或大臣私第，自仁宗以來，專在景德。嘉祐中，曹相公懇請諸公遷就開化一次，元豐末，王丞相就寶梵行香廳作御筵，後又遷在開寶。元祐中，又於啓聖，皆出臨時主席之意。宣和間，上元賜觀燈御筵，范左丞致虛進〔滿庭芳慢〕一闋云："紫禁寒輕。瑤津冰泮，麗月光射千門。萬年枝上，甘露惹祥氛。北闕華燈預賞，嬉游盛，絲管紛紛。東風峭，雪殘梅瘦，烟鎖鳳城春。　　風光何處好，彩山萬仞，寶炬凌雲。盡歡陪舜樂，喜贊堯仁。天子千秋萬歲，徵招宴，宰府師臣。君恩重，年年此夜，長祝奉嘉辰。"御製同韻賜范左丞，序云："上元賜公師宰執觀燈御筵，遵故事也。卿初獲御坐，以〔滿庭芳〕詞來上，因俯同其韻以賜。"詞云："寰海清夷，元宵游豫，爲開臨御端門。暖風搖曳，香氣靄輕氛。十萬鉤陳燦錦，鈞臺外，羅綺繽紛。歡聲裏，燭龍銜耀，黼藻太平春。

靈鼇擎彩岫，冰輪遠駕，初上祥雲。照萬宇嬉游，一視同仁。更起維垣大第，通宵燕，調燮良臣。從茲慶，都俞賡載，千歲樂昌辰。"

二六　王都尉換遍歌頭詞

《皇朝歲時雜記》："闕下前上元數月，有司甃治端樓，增丹臒之飾。至正月初十日，簾幕帷幄鸞綬及諸什物皆備。十四日登樓，近臣侍坐，酒行五，上有所令，下有所稟之事，皆以仙人執書乘鶴，以彩繩昇降出納。王都尉作〔換遍歌頭〕云：'雪霽輕塵斂，好風初報柳。春寒淺、當三五。是處鰲山聳，金羈寶乘，游賞遍蓬壺。向黃昏時候。對雙龍闕門前，皓月華燈射，變清晝。彩鳳低銜天語。承宣詔傳呼。飛上層霄，共陪霞觴頻舉。更漸闌，正回路。遙擁車佩珊珊，籠紗滿香衢。指鳳樓、相將醉歸去。'"

二七　康伯可上元應製瑞鶴仙詞

《本事詞》："康伯可上元應制作〔瑞鶴仙〕，太上皇帝稱賞'風柔夜暖'已下至末章，賜金甚厚。詞云：'瑞烟浮禁苑。正絳闕春回，新正方半。冰輪桂華滿。溢花衢歌市，芙蕖開遍。龍樓兩觀。見銀燭星球燦爛。捲旗亭盡日笙歌，盛集，寶釵金釧堪羨。

綺羅叢里，蘭麝香中，正宜游翫。風柔夜暖。花影亂，笑聲遠。鬧蛾兒滿路，成團打塊，簇着冠兒鬥轉。喜皇都舊日風光，太平再見。'"

二八　連仲宣念奴嬌詞

《本事詞》："連仲宣者，信之貴溪人也，少不事科舉，留意觴咏。宣和間，客京師。適遇元宵，徽宗御宣德樓，錫宴近臣，與民同樂。仲宣進〔念奴嬌〕詞，稱旨，特免文解。詞曰：'暗黃著柳，漸寒威收斂，日和風細。□□端門初賜宴，鬱鬱蔥蔥佳氣。太一行春，青藜照夜，夜色明如水。鰲山彩結，恍然移在平地。

曲蓋初展湘羅，玉皇香案，近雕闌十二。夾道紅簾齊捲上，兩行絕新珠翠。清蹕聲乾，傳相宴罷，閃閃是毬墜。下樓歸去，觚棱月銜龍尾。'"

二九　万俟雅言鵶鵲夜慢詞

《復雅歌詞》："景龍樓先賞，自十二月十五日便放燈，直至上元，謂之預賞。"《東京夢華録》云："景龍門在大內城角寶籙宮前也。"万俟雅言作《雪明》〔鵶鵲夜慢〕云："望五雲多處春深，開閬苑、別就蓬島。正梅雪韵清，桂月光皎。鳳帳龍簾縈嫩風，御座深翠金間繞。半天中香泛千花，燈挂百寶。　　聖時觀風重臘，有簫鼓沸宮，錦繡匝道。競呼盧氣貫歡笑。暗裏金錢擲下，來侍燕歌太平睿藻。願年年此際，迎春不老。"

三〇　万俟雅言鳳皇枝令詞

《復雅歌詞》：万俟雅言作〔鳳皇枝令〕《憶景龍先賞》，序曰："景龍門，古酸棗門也。自左掖門之東，爲夾城南北道，北抵景龍門。自臘月十五日放燈，縱都人夜游。婦女游者，珠簾下邀住，飲以金甌酒。有婦人飲酒畢，輒懷金甌。左右呼之，婦人曰：'妻之夫性嚴，今帶酒容，何以自明，懷此金甌爲證耳。'隔簾聞笑聲，曰：'與之。'其詞云：'人間天上。端樓龍鳳燈先賞。傾城粉黛月明中，春思蕩。醉金甌仙釀。　　一從鸞輅北向。舊時寶座應蛛網。游人此際客江鄉。空悵望。夢連昌清唱。'"

三一　上元詞

《詩話》：上元夜登樓，貴戚宮人以黃柑遺近臣，謂之傳柑。東坡《上元侍飲端樓》詩云："歸來一盞殘燈在，猶有傳柑遺細君。"又《上元夜有感》云："搔首凄凉十年事，傳柑歸遺滿朝衣。"又《答晉卿傳柑》云："侍史傳柑玉座傍，人間草木盡天漿。"又《上元詞》云："拼沉醉，金荷須滿，怕明年此際，催歸禁籞，侍黃柑宴。"

三二 都城仕女

《歲時雜記》："都城仕女，有神戴燈毬燈籠，大如棗栗，加珠茸之類。又賣玉梅、雪梅、雪柳、菩提葉及蜂蛾兒等，皆繒楮爲之。"古詞云："金鋪翠蛾毛巧。是工夫不少。鬧蛾兒揀了蜂兒賣，賣雪柳宫梅好。"云云。又云："燈毬兒小，鬧蛾兒顫。又何須頭面。"

三三 紫姑神

《異苑》："世有紫姑神。古來相傳是人家妾，爲大婦所嫉，每以穢事相役。正月十五日，感激而卒。故世人以其日作其形於厠間，或猪欄邊迎之，亦必須净潔。"祝曰："子胥不在，曹姑亦歸去，小姑可出。"戲捉者覺重，便是神來，奠設果酒，亦覺面輝輝有色，便跳躍不住。能占衆事，卜蠶桑。又善射鈎，好則大舞，惡便仰眠。平昌孟氏恒不信，躬往試捉。便自躍穿屋，永失所在。（子胥是其婿，曹姑即其大婦也。）又《時鏡洞覽記》曰："帝嚳女將死，云：'生平好樂，正月十五日，可來迎我。'"二説未知孰是。又沈存中《筆談》云："舊俗正月望夜迎厠神，謂之紫姑，亦不必正月，常時皆可召之，李義山詩云："消息期青鳥，逢迎冀紫姑。"又云："昨日紫姑神去也，今朝青鳥使來賒。"又云："身閑不睹中興盛，羞逐鄉人賽紫姑。"劉偉明詩云："大奴聽響住屋隅，小女行卜迎紫姑。"又歐陽公詞云："應卜紫姑神。"

三四 新水令詞

《本事詩》："陳太子舍人徐德言之妻，後主叔寶之妹，封樂昌公主，才色冠絶。時陳政方亂，德言知不保，謂其妻曰：'以君才容，國亡必入權豪之家。倘情緣未斷，猶冀相見，宜有以信之。'乃破一鏡，人執其半，約曰：'他時必以正月望日，賣於都市，我當以上二日訪之。'及陳亡，果入越公楊素之家，寵嬖殊厚。德言流離辛苦，僅能至京，以正月望訪於都市。有蒼頭賣半鏡者，大高其價，人皆笑之。德言直引至其居，設食，具言其故，出半鏡以合之。仍題詩曰：'鏡與人俱去，鏡歸人不歸。無復嫦娥影，空餘明月輝。'公主得詩，悲泣不食。越公知之，愴然改容。即召德言至，還其妻，仍厚遺之，因與餞別，仍三人共宴，命公主作詩以自解，詩曰：'今日何遷次，新官對舊官。笑啼俱不敢，方信作人難。'遂與德言歸江南，竟以終老。"後人作詞嘲之，寄聲〔新水令〕云："冒風連騎出金城，聞孤猿韵切，懷念親眷。爲笑徐都尉，徒誇彩繪，寫出盈盈嬌面。振旅闖闖，訝睹閬苑神仙，越公深羨。驟萬馬侵凌轉盼。感先鋒容放鏡，收鸞鑒一半。　　歸前陣，慘怛切，同陪元帥恣歡戀。二歲偶爾，將軍沉醉連綿。私令婢捧菱花，都市尋遍。新官聽説邀郎宴，因命賦悲歡。孰敢。做人甚難。梅妝復照，傅粉重見。"秦少游有詩云"金陵往昔帝王州，樂昌主第最風流。一朝隋兵到江上，共把淒淒去國愁。越公萬騎唱簫鼓，劍擁玉人天上去。空携破鏡望紅塵，千古江楓籠輦路。"又〔調笑令〕云："輦路。江楓古。樓上吹笙人在否。菱花半襞香塵污。往日繁華何處。舊歡新愛誰爲主。啼笑兩難分付。"東坡詞云："若爲情緒，更問新官向舊官啼。"

三五　五福降中天詞

《古今詞話》：崇寧間，上元極盛。太學生江致和在宣德門觀燈。會車輿上遇一婦人，姿質極美，恍然似有所失。歸運毫楮，遂得小詞一首。明日妄意復游故地，至晚車又來，致和以詞投之。自後屢有所遇，其婦笑謂致和曰："今日喜得到蓬宮矣。"詞名〔五福降中天〕："喜元宵三五，縱馬御柳溝東。斜日映朱簾，瞥見芳容。秋水嬌橫俊眼，膩雪輕鋪素胸。愛把菱花笑，勾粉面，露春葱。徘徊步懶，奈一點靈犀未通。悵望七香車去，慢輾春風。雲情雨態，願暫入陽臺夢中。路隔烟霞，甚時許到蓬宮。"

三六　芭蕉船送窮

《古今詞話》：太學有士人，長於滑稽。正月晦日，以芭蕉船送窮，作〔臨江仙〕，極有理致。其詞曰：“莫怪錢神容易致，錢神盡是愚夫。爲何此鬼却相於。祇由頻展義，長是泣窮途。　　韓氏有文曾餞汝，臨行慎莫躊躇。青燈雙點照平湖。蕉船從此逝，相共送陶朱。”予幼時亦聞巴談《送窮鬼》詞曰：“正月月盡夕。芭蕉船一隻。燈盞兩隻明輝輝。内裹更有筵席。奉勸郎君小娘子。飽吃莫形迹。每年祇有今日日。願我做來稱意。奉勸郎君小娘子。空去送窮鬼。空去送窮鬼。”

三七　太學士人駐馬聽詞

《古今詞話》：瀘南營二十餘寨，各有武臣主之。中有一知寨，本太學士人，爲壯歲流落，隨軍邊防，因改右選，最善詞章。嘗與瀘南一妓相款，約寒食再會，知寨者以是日求便相會。既而妓爲有位者拉往踏青，其人終日待之不至。次日，又逼於回期，然不敢輕背前約，遂留〔駐馬聽〕一曲以遺之而去。其詞曰：“雕鞍成漫駐。望斷也不歸，院深天暮。倚遍舊日，曾共憑肩門户。踏青何處所，想醉拍、春衫歌舞。征斾舉。一步紅座，一步回顧。　　行行愁獨語。想媚容今宵，怨郎不住。來爲相思苦。又空將愁去，人生無定據。嘆後會不知何處。愁萬縷。仗東風和泪吹與。”亦名〔應天長〕，妓歸見之，輒逃樂籍，往寨中從之，終身偕老焉。

三八　新乞火

魏野詩：“無花無酒過清明，興味都來似野僧。咋日鄰家新乞火，曉窗分與讀書燈。”陳簡齋詞云：“竹籬烟鎖，何處求新火。”魏野詩云：“殷勤旋乞新鑽火，爲我新煎岳麓茶。”

三九　羔舅

《麗情集》：明皇時，樂供奉楊羔以貴妃同姓，寵幸殊常，或謂之羔舅。天寶十三載，節屆清明，敕諸宮娥孀出東門，恣游賞踏青。有狂生崔懷寶，佯以避道不及，隱身樹下。睹車中一宮嬪，斂容端坐，流盼於生。忽見一人重戴黃綠衫，乃羔舅也。斥生曰："何人在此。"生惶駭，告以竊窺之罪。羔笑曰："爾是大憨漢，識此女否，乃教坊第一箏手。爾實有心，當爲爾作狂計，今晚可來永康坊東，問楊將軍宅。"生拜謝而去，晚詣之。羔曰："君能作小詞，方得相見。"生吟曰："平生無所願，願作樂中箏。得近玉人纖手子，硏羅裙上放嬌聲。便死也爲榮。"羔喜，俄而遣美人相見曰："美人姓薛，名瓊瓊，本良家女，選入宮爲箏長，今與崔郎永奉箕箒。"因各賜薰肌酒一杯，曰："此酒千歲疊所造，飲之白髮變黑，致長生之道，是日，宮中失箏手，敕諸道尋求之不得。後旬日，崔因調補荆南司録，即事行李。"羔曰："瓊瓊好事崔郎，勿更爲本藝，恐驚人聞聽也，遂感咽叙別，自是常以唱和爲樂。"瓊有詩云："黃鳥翻紅樹，青牛卧綠苔。渚宮歌舞地，輕霧銷樓臺。"後因中秋賞月，瓊瓊理箏彈之，聲韻不常，吏輩異之曰："近來索箏手甚切。"官人又自京來，遂聞監軍，即收崔赴闕，事屬內侍司。生狀云楊羔所賜，羔求救貴妃，妃告云："是楊二舅與他，乞陛下留恩。"上赦之，下制賜瓊瓊與崔懷寶爲妻。

四〇　南歌子詞

《古今詞話》：近代有一士人，頗與一姬相惓。無何，爲有力者奪去。忽因清明，其士人於官園中閑游，忽見所惓，頗相顧戀。後一日，再往園中，姬擲一書與之，中有一詩，止傳得一聯云："莫學禁城題葉者，終身不見有情人。"士人感念，作〔南歌子〕一曲以見情，曰："禁苑沉沉静，春波漾漾行。仙姿才韻兩相并。葉上題詩，千古得佳名。　　牆外分明見，花間隱約聲。銀鈎擲處眼雙明。應訝昔時，不得見情人。"

四一　柳耆卿醉蓬萊詞

《古今詞話》：柳耆卿祝仁宗皇帝聖壽，作〔醉蓬萊〕一曲云："漸亭皋葉下，隴首雲飛，素秋新霽。華闕中天，鎖葱葱佳氣。嫩菊黃深，拒霜紅淺，近寶階香砌。玉宇無塵，金莖有露，碧天如水。　正值昇平，萬機多暇，夜色澄鮮，漏聲迢遞。南極星中，有老人呈瑞。此際宸游鳳輦，何處動管弦清脆。太一波翻，披香簾捲，月明風細。"此詞一傳，天下皆稱妙絕。蓋中間誤使"宸游鳳輦"挽章句。耆卿作此詞，惟務鈎摘好語，却不參考出處。仁宗皇帝覽而惡之。及御注差，注至耆卿，抹其名曰："此人不可仕宦，盡從他花下淺斟低唱。"由是淪落貧窘。終老無子，掩骸僧舍。京西妓者，鳩錢葬於棗陽縣花山。既出郊原，有浪子數人戲曰："這大伯做鬼也愛打哄。"其後遇清明日，游人多狎飲墳墓之側，謂之吊柳七。

四二　蘭亭修禊事

王羲之《蘭亭序》："永和九年，歲在癸丑。暮春之初，會於會稽山陰之蘭亭，修禊事也。群賢畢至，少長咸集。此地有崇山峻嶺，茂林脩竹。又有清流激湍，映帶左右。引以爲流觴曲水，列坐其次。向之所欣，俯仰之間，已爲陳迹。"東坡詞云："君不見蘭亭修禊事，當時座上皆豪逸。到如今修竹滿山陰，空陳迹。"又詩云："流觴曲水無多日，更作新詩繼永和。"

四三　東坡滿江紅詞

《古今詞話》：東坡自禁城出守東武，適值霖潦經月，黃河決流，漂溺巨野，及於彭城。東坡命力士，持畚挶，具薪蒭。萬人紛紛，增塞城之敗壞者。至暮，水勢益洶。東坡登城野宿，愈加督責，人意乃定，城不没者一版。不然，則東武之人，盡爲魚鱉矣。

坡復用僧應言之策，鑿清泠口積水，入於古廢河，又東北入於海。水既退，坡具利害，厘請於朝，築長堤十餘里，以拒水勢，復建黃樓以服之。堤成，水循故道，分流城中。上巳日，命從事樂成之。有一妓前曰："自古上巳舊詞多矣，未有樂新堤而奏雅曲者，願得一闋歌公之前。"坡寫〔滿江紅〕曰："東武城南，新堤就漣漪初溢。微雨過，長林翠阜，臥紅堆碧。枝上殘花吹盡也，與君試向江頭覓。問向前猶有幾多春，三之一。　　官裏事，何時畢。風雨外，無多日。相將泛曲水，滿城爭出。君不見蘭亭修禊事，當時座上皆豪逸。到如今修竹滿山陰，空陳迹。"俾妓歌之，坐席歡甚。

四四　曲水

《續齊諧記》曰：晉武帝問尚書郎摯虞曰："三日曲水，其義何指？"對曰："漢章帝時，平原徐肇，以三月初生三女，至三日俱亡，一村以爲怪。乃相携之水濱洗被，因水以泛觴，曲水之義，蓋起此也。"帝曰："若如所謂，便非佳事。"尚書郎束晳曰："摯虞小生，不足以知此，臣請說其始。昔周公城洛邑，因流水以泛酒，故逸詩云：'羽觴隨波。'又秦昭王三日置酒河曲，有金人自泉而出，捧水心劍曰：'令君制有西夏。'及秦霸諸侯，乃因其處立爲曲水祠，二漢相沿，皆爲盛集。"帝曰："善。"賜金五十斤，左遷摯虞爲陽城令。東坡詩云："歲月斜川似，風流曲水慚。"又《上巳詞》云："曲水浪低蕉葉穩。"

四五　浴佛

《東京夢華錄》：四月八日佛生日，京師十大禪院，各有浴佛齋會，煎香藥糖水相遺，客曰"浴佛水"。東坡詞云："烘暖燒香閣，輕寒浴佛天。"

四六　天中節

《提要錄》：五月五日，乃符天數也，午時爲天中節。王沂公端五帖子云："明朝知是天中節。"万俟公詞云："梅夏暗絲雨，麥秋扇浪風。香蘆結黍趁天中。五日淒涼，今古與誰同。"

四七　祭天五日

《歲時雜記》：京師人自五月初一日，家家以團糭、蜀葵、桃、柳枝、杏子林、禽柰子，焚香，或作香印，祭天者以五日。古詞云："角黍廳前，祭天神妝成異果。"

四八　解粽節

《歲時雜記》：京師人以端五日爲解粽節，又解粽爲戲，以葉長者勝，葉短者輸。或賭博，或賭酒。李之問《端五詞》云："願得年年，長共我兒解粽。"

四九　水團

《歲時雜記》：端五作"水團"又名"白團"，或雜五色人獸花果之狀。其精者名"滴粉團"，或加麝香，又有乾團，不入水者。張文潛《端五詞》云："水團冰浸砂糖裹，有透明角黍松兒和。"

五〇　菖蒲酒

《歲時雜記》：端五以菖浦，或縷或屑泛酒。又坡詞注云："近世五月五日，以菖蒲漬酒而飲。"《左傳》云："享有菖歜。"注云："菖蒲也。"古詞云："旋酌菖蒲酒，靈氣滿芳樽。"章簡公《端五帖子》云："菖華泛酒堯樽綠，菰葉縈絲楚糭香。"王沂公《端五帖子》云："願上菖花酒，年年聖子心。"菖華，菖蒲別名也。

五一　五彩絲

《風俗通》：五月五日，以五彩絲繫臂者，辟鬼及兵，令人不病瘟。又曰：亦因屈原，一名"長命縷"，一名"續命縷"，一名

"辟兵繪"，一名"五色縷"，一名"五色絲"，一名"朱索"，又有條脱等。織組雜物，以相遺贈。東坡詞云："彩綫輕纏紅玉臂。"又王晋卿《端五詞》云"合彩絲對纏玉腕"。又云："鬥巧盡輸年少，玉腕彩絲雙結。"

五二 條脱

《風俗通》：五月五日，以雜色綫織條脱，一名條達，纏於臂上。沂公作《夫人閤端五帖》云："繞臂雙條達，紅紗畫夢驚。"易安居士詞云："條脱閑揎繫五絲。"

五三 百索

《歲時雜記》：端五百索，乃長命縷等物，遺風尚矣。時平既久，而俗習益華，其製不一。紀原云："百索即朱索之遺事，本以飾門户，而今以約臂。"又云："彩絲結紉而成者爲百索，紉以作服者名五絲。"古詞云："自結成同心百索，祝願子更親自繫著。"

五四 合歡彩索

《提要録》：北人端五以雜絲結合歡索，纏於臂膊。張子野《端五詞》云："又還是蘭堂新浴。手撚合歡彩索，笑偎人富壽低低祝。金鳳顛，艾花矗。"又張文潛詞云："菖蒲酒滿勸人人，願年年歡醉偎倚，把合歡彩索，殷勤寄與。"又云："手把合歡彩索，殷勤微笑殢檀郎。低低告，不圖繫腕，圖繫人腸。"

五五 撍錢

《歲時雜記》：端五以赤白彩造如囊，以彩綫貫之，撍使如花形，或帶，或釘門上，以攘赤口白舌，又謂之撍錢。古《端五詞》云："及妝時，結薄衫兒，蒙金艾虎兒，畫羅領抹擷裙兒，盆蓮小景兒，香袋子，撍錢兒，胸前一對兒，綉簾妝罷出來時，問人宜不宜。"

五六　端五詞

《歲時雜記》：端五日，以蚌粉納帛中，綴之以綿，若數珠，令小兒帶之，以裹汗也。古《端五詞》云："門兒高挂艾人兒，鵝兒粉撲兒，結兒綴著小符兒，蛇兒百索兒。紗帕子，玉環兒，孩兒畫扇兒，奴兒日是豆娘兒，今朝正及時。"

（上載《同聲月刊》第二卷第十二號）

・彙輯宋人詞話九・

陳元韵《歲時廣記》（二）

一　端五詞

《抱樸子》：或問辟兵之道，答曰："以五月五日，作赤靈符著心前。"王沂公《端午夫人閤帖子》云："欲謝君恩却無語，心前笑指赤靈符。"又《帖子》云："如何金殿裏，獨獻辟兵符。"章簡公《帖子》云："自有百神長侍術，不應額備赤靈符。"歐陽公詩云："君恩多感舊，誰獻辟兵符。"又《端五詞》云："五兵消以德，何用赤靈符。"

二　小符兒

《歲時雜記》：端五剪繪彩用小符兒，爭逞精巧，摻於鬢髻之上，都城亦多撲賣。東坡詞云："小符斜挂綠雲鬟。"吳敏德詞云："御符爭帶，更有天師神呪。"又古詞云："雙風釵頭，爭帶御書符。"

三 天師艾

《歲時雜記》：端午都人畫天師像以賣，又合泥做張天師，以艾爲頭，以蒜爲拳，置於門户之上。蘇子由作《皇太妃閣端午帖子》云："太酉争獻天師艾，瑞霧長縈嬴母門。"艮齋先生魏元履詞云："挂天師，撑著眼，直下覷，騎個生獰大艾虎。閑神浪鬼，辟悸他方，遠方大膽底，更敢來上門下户。"

四 端五刻蒲

《歲時雜記》：端五刻蒲爲小人子，或葫蘆形，帶之辟邪。王沂公《端五帖子》云："明朝知是天中節，旋刻菖蒲要辟邪。"又秦少游《端五詞》云："粽團桃柳，盈門共臺，把菖蒲旋刻个人人。"

五 艾虎

《歲時雜記》：端五以艾爲虎形，至有如黑豆大者，或剪彩爲小虎，粘艾葉以戴之。王沂公《端五帖子》云："釵頭艾虎辟群邪，曉駕祥雲七寶車。"章簡公《帖子》云："花陰轉午清風細，玉燕釵頭艾虎輕。"王晋卿《端五詞》云"偷閑結個艾虎兒，要插在秋蟬鬢畔。"又古詞云："雙雙艾虎，釵裊朱符，臂纏紅縷"又古詞云："纔向蘭湯浴罷，嬌羞簪雲髻，正雅稱鴛鴦會。"

六 端五詞

《陳氏手記》：京師風俗繁華，但喜迎新，不煩送舊。纔入夏，便詢端五故事，仕女所戴所衣，所用艾虎，皆未原其始，未曉其義。歐陽公《端五詞》云："衫裁艾虎，釵裊朱符，臂纏紅縷。"又古詞云："纔向蘭湯浴裉罷，嬌羞困、滯人未饮梳掠。艾虎衫見，輕襯素肌香薄。"

七 端五

《歲時雜記》：端五，京都士女簪戴，皆剪繒楮之類爲艾，或以真艾，其上裝以蜈蚣、蚰蜒、蛇蝎、草蟲之類，及天師形像，并造石榴、萱草、躑躅、假花，或以香藥爲花。古詞云："御符争帶，斜插交枝艾。"

八 沐蘭

《大戴禮》：五月五日，蓄蘭爲沐浴。楚詞云："浴蘭湯兮沐芳華。"王禹玉作《夫人閣帖子》云："金縷黃龍扇，蘭芽翠釜湯。"章簡公帖子云："菖酒朝觴滿，蘭湯曉浴溫。"東坡《端五詞》云："輕汗微微透碧紈，明朝端五沐芳蘭。"

九 端五譴詞

《陳氏手記》：今人端五日多寫赤口字貼壁上，以竹釘釘其口字中，云"斷口舌"，不知起自何代。閩俗又端五日以二紙寫官符上天，口舌入地，顛倒貼於壁間，亦皆無據。《端五譴詞》云："從前浪蕩休整理，釘赤口、防猜忌。而今魔難管全無，一似粽兒黏膩。"

一〇 望海潮詞

《蕙畝拾英集》：鄱陽一護戎，失其姓，厥女極有詞藻。太守以端五泛舟，雅聞其風韻，因遣人求詞。女走筆成〔望海潮〕以授使者云："雲收飛脚，是袪怒暑，新蟬高柳鳴時。蘭佩紫囊，蒲抽碧劍，吳絲兩腕雙垂。聞道五陵兒，蛟龍吼波面，衝碎琉璃。畫鼓聲中，錦標争處颭紅旂。　　使君冠蓋追。正霞翻酒浪，翠斂歌眉。扇動水風生玉宇，微涼透入單衣。日暮楚天低。金蛇掣電，漾千頃霜溪。宴罷休燃寶蠟，憑月照人歸。"

一一　織女

《史記·天官書》：織女，天女孫也。陳後山《七夕詩》云：
"上界紛紛足官府，也容河鼓過天孫。"陳簡齋詩云："天女之孫擅
天巧，經緯星宿超庸庸。"武夷詹克愛詞云："天孫親織雲錦，一
笑下河西。"《寶月詞》云："遙照天孫離別後，一宵歡會，暫停
機杼。"

一二　七夕詞

《夏小正》：七月初昏，織女正東向。沈休文《七夕詩》云：
"牽牛西北向，織女東南顧。"歐陽公《七夕詞》云："河漢無言西
北盼，星娥有恨東南遠。"

一三　七夕詞

《歲時雜記》：七月六日有雨，謂之"洗車雨"。七日雨則云
"灑淚雨"。張子野《七夕詞》云："洗車昏雨過，缺月雲中墮。"
仲殊詞云："疏雨洗雲輤，望極銀河影裏。"杜牧之有《七夕戲作》
云："雲階月地一相過，未抵經年別恨多。最恨明朝洗車雨，不教
回腳渡天河。"張天覺歌云："空將泪作雨滂沱，泪痕有盡愁無
竭。"詹克愛詞云："空將別泪，灑作人間雨。"黃山谷詞云："暫
時別泪，作人間曉雨。"

一四　東坡七夕詞

《風土記》：織女七夕當渡河，使鵲爲橋。《海錄碎事》云：
"鵲一名神女，七月填河成橋。"李白《七夕詩》云："寂然香滅
後，鵲散渡橋空。"張天覺歌云："靈官召集役神鵲，直波銀河橫
作橋。"又東坡《七夕詞》云："喜鵲橋成催鳳駕，天爲懽遲，乞
與新涼夜。"又古詩云："參差烏鵲橋。"又歐陽公詞云："鵲迎橋
路接天津，夾岸星榆點綴。"

一五　烏鵲填河成橋

《淮南子》：烏鵲填河成橋而渡織女。庾肩吾《七夕詩》云："寄語雕陵鵲，填河未可飛。"歐陽公詞云："烏鵲填河仙浪淺，雲軿早在星橋畔。"晏元獻公《七夕詩》云："雲幕無波斗柄移，鵲傭烏慢得橋遲。若教精衛填河漢，一水還應有盡時。"方遠庵《七夕詩》云："不復雲軿去自留，却憑飛鵲集中流。"

一六　晏叔原七夕詞

《唐六典》：中尚署七月七日進七孔金細針。晏叔原《七夕詞》云："樓上金針穿繡縷。誰管天邊，隔歲分飛苦。"又仲殊詞云："玉綫金針，千般顰笑，月下人家。"

一七　雙眼針

《提要錄》：梁朝汴京風俗，七夕巧有雙眼針。劉孝威《七夕穿針詩》云："縷亂恐風來，衫輕羞指現。故穿雙眼針，時縫合歡扇。"又有雙針故事。劉遵《七夕詩》云："步月如有意，情來不自禁。向光抽一縷，舉袖弄雙針。"張子野詞云："雙針竟引雙絲縷，家家盡道迎牛女。不見渡河時，空聞烏鵲飛。"

一八　石曼卿七夕詞

《提要錄》："七夕有玄針故事，又有五孔針事，未詳所自。古詩云迎風披彩縷，向月貫玄針。"石曼卿《七夕詞》云："一分素景，千家新月，涼露樓臺遍洗。寶奩深夜結蛛絲，紝五孔金針不寐。"

一九　東坡七夕詞

《提要錄》：世俗七夕取五彩結爲小樓小舫以乞巧。東坡《七夕詞》云："人生何處不兒嬉，乞與朱樓彩舫。"山谷詞云："朱樓彩舫，浮瓜沉李，報答風光有慶。"

二〇　七夕

張茂先《博物志》：舊說天河與海通。近世有人居海上者，每年八月，見浮槎來不失期。必竊異之，候其復來，乃賫一年糧乘之。十餘日，猶見日月星辰。自後茫然，亦不覺晝夜。忽至一處，有城郭屋舍甚盛，遙望宮中，有婦人織，見一丈夫，牽牛渚次飲之。驚問曰："何由至此？"其人說與來意，并問此是何處。答曰："君至蜀郡訪嚴君平，則知矣。"不及登岸，復乘槎還家。徑入蜀問君平，君平曰："某年月日，有客星犯牛宿。"計其年月日，正此人到天河也。宗懍作《荊楚歲時記》，乃引《博物志》，直謂張騫乘槎，宗懍不知何據。趙璘《因話錄》亦嘗辨此事。杜甫詩云："乘槎斷消息，無處問張騫。"又查上似張騫，似亦誤也。東坡《七夕詞》云："乘槎歸去，成都何在。萬里江濤蕩漾。與君各賦一篇詩，留織女駕鴦機上。"又詩云："豈如乘槎天女側，獨倚雲機看織紗。"山谷詞云："待乘槎仙去，若逢海上白頭翁，共一訪痴牛騃女。"

二一　東坡七夕詞

《總仙記》：王子喬者，周靈王太子晋也，好吹笙（一云吹簫。），作《鳳凰鳴》。游伊洛間，遇道士浮丘公，接子喬上嵩高山，四十餘年。後於山中見桓良曰："告我家，七月七日，待我於緱氏山頭。"至是，果乘白鶴駐山頭，望之不得到，舉手謝時人，數日而去。時有童謠曰："王子喬，好神仙，七月七日上賓天。白虎搖瑟鳳吹笙，乘雲鼓氣吸日精。吸日精，長不歸，秋山冷露沾君衣。"李太白《鳳笙歌》云："仙人十五愛吹笙，學得昆丘彩鳳鳴。始聞煉氣殂金液，復道朝天赴玉京。玉京迢迢幾千里，鳳笙去去無窮已。（此處缺六句。）綠雲紫氣向函關，訪道應尋緱氏山。莫學吹笙王子晋，一遇浮丘斷不還。”司馬温公《緱山引》云：“王子吹笙去不還，當時舊物唯緱山。山深樹老藏遺廟，春月秋花空自閑。”東坡《七夕詞》云：“緱山仙子，高情雲渺，不學痴牛騃女。鳳簫聲斷月明中，舉手謝時人欲去。”又詩云：“蕭然王郎子，來自緱山陰。云見浮丘伯，吹簫明月岑。”（按：《寰宇記》，緱山在明州，其地有祠在焉。鄭工部文寶《題緱山王子晋祠》一絶云：“秋險漠漠秋雲輕，緱氏山頭月正明。帝子西飛仙馭遠，不知何處夜吹笙。”）

二二 何大圭水調歌頭詞

《本事詞》：李承相伯紀退居三山，寓居東報國寺，門下多文士從游。中秋夜譏，座上命何大圭賦〔水調歌頭〕云：“今夕出佳月，銀漢瀉高寒。風纏雲捲，轉覺天陛玉樓寬。疑是金華仙子，又喜經年藥就，傾出玉團團。收拾江河影，都向鏡中蟠。 橫霜笛，吹明影，到中天。要令四海，瞻望千古此輪安。何歲何年無月，唯有謫仙著語，高絶不能攀。我欲喚空起，雲海路漫漫。”後有賞月亭，名雲海。

二三 中秋詞

古樂府有《嫦娥怨》之曲。注云：“漢人因中秋無月而度此曲。”所謂“嫦娥”者，指月中姮娥也。羅隱《中秋不見月詩》云：“風簾淅淅漏銀雯，一半秋光此夕分。天爲素娥嫦怨苦，故教西北起浮雲。”又前輩嘗有《中秋詞》云：“喚起嫦娥，撩雲撥霧，駕出一輪玉。”後人傳寫之訛，遂以嫦娥爲姮娥，殊失從來作者之本意也。

二四 東坡水調歌頭詞

《復雅歌詞》：“明月幾時有，把酒問青天。不知天上宫闕，今夕是何年。我欲乘風歸去，又恐瓊樓玉宇，高處不勝寒。起舞弄清影，何似在人間。　　　轉朱閣，低綺户，照孤眠。不應有恨，何事長向別時圓。人有悲歡離合，月有陰晴圓缺，此事古難全。但願人長久，千里共嬋娟。”是詞乃東坡居士以丙辰中秋歡飲達旦，大醉，作〔水调歌头〕兼懷子由。時丙辰熙寧九年也。元豐七年，都下傳唱此詞，神宗間内侍外面新行小詞，内侍録此進呈，讀至“又恐瓊樓玉宇，高處不勝寒”，上曰：“蘇軾終是愛君。”乃命量移汝州。

二五　万俟雅言明月照高樓慢詞

《復雅歌詞》：宣和間，万俟雅言中秋應制，作〔明月照高樓慢〕云：“平分素商，四垂翠幕，斜界銀潢。顥氣通建章。正烟澄練色，露洗水光。明映波融太液，影隨簾挂披香。樓觀壯麗，附霽雲、耀紺碧相望。　　　宮妝。千三從赭黄。萬年世代，一部笙簧。夜宴花漏長。乍鶯歌斷續，燕舞回翔。玉座頻燃絳蠟，素娥重按霓裳。還是共唱御製詞，送御觴。”

二六　業鏡

《古今詞話》：“月到中秋偏瑩。乍團圓、早欺我孤影。穿簾共透幕，來尋。趁鈎起窗兒，裏面故把、燈兒撲爐。看盡古今歌咏，狀玉盤、又擬金餅，誰花言巧語、胡廝脛。我祇道、爾是照人孤眠，惱殺人，舊都名業鏡。”野人曰：“此詞極有才調。巧於游戲也。但不知在地獄對著業鏡，有甚情綴詞，”予以爲野人所謂“在地獄對著業鏡”，然業鏡不必在地獄中也。凡人對鏡有不稱意，不撲鏡而嘆曰：業鏡也。中秋夜月，照人孤眠，稱爲業鏡，以狀景寫意及於此也。野人之言，其責太過耳。

（上載《同聲月刊》第三卷第二號）

·彙輯宋人詞話十·

陳元靚《歲時廣記》（三）

一　鄭無黨詞

《古今詞話》：嘉祐間，京師殿試，有一南商，控細鞍驄馬於右掖門，俟狀元獻之。日未曛，唱名第一人，乃許將也。姿狀奇秀，觀者若堵。自綴〔臨江仙〕曰：“聖主臨軒親策試，集英佳氣蔥蔥。鳴鞘聲震未央宮。捲簾龍影動，揮翰禦烟濃。　　上第歸來何事好，迎人花面爭紅。藍袍香散六街風。一鞭春色裹，驕損玉花驄。”後帥成都，值中秋府會，官妓獻詞送酒。仍別歌〔臨江仙〕曰：“不比尋常三五夜，萬家齊望清輝。爛銀盤透碧琉璃。莫辭終夕看，動是隔年期。　　試問嫦娥還記否，玉人曾折高枝。明年此夜再圓時。閣開東府宴，身在鳳凰池。”許問誰作詞，妓白以西州士人鄭無黨詞。後召相見，欲薦其才於廊廟。無黨辭以無意進取，惟投牒理逋欠數千緡。無黨爲人不羈，長於詞，蓋知許公〔臨江仙〕最喜歌者，投其所好也。

二　東坡西江月詞

《古今詞話》：東坡在黃州，中秋夜對月，作〔西江月〕詞曰：“世事一場大夢，人生幾度新凉。夜來風葉已鳴廊。看取眉頭鬢上。　　酒淺常愁客少，月明多被雲妨。中秋誰與共孤光。把盞凄凉北望。”坡以讒言謫居黃州，鬱鬱不得志，凡賦詩綴詞，必寫所懷，然一日不負朝庭，其懷君之心，末句可見矣。

三 柳耆卿望海潮詞

《古今詞話》：柳耆卿與孫相何爲布衣交。孫知杭州，門禁甚嚴，耆卿欲見之而不得。作〔望海潮〕之詞，往謁名妓楚楚曰："欲見孫相，恨無門路。若因府會，願借朱唇，歌於孫相之前。若誰爲此詞，但説柳七。"中秋府會，楚楚宛轉歌之，孫即日迎耆卿預坐。詞曰："東南形勝，三吳都會，錢塘自古繁華。烟柳畫橋，風簾翠幕，參差十萬人家。雲樹繞堤沙，怒濤卷雪屋，天塹無涯。市列珠璣，户盈羅綺，競豪奢。　　重湖叠巇清佳。有三秋桂子，十里荷花。羌管弄晴，菱歌泛夜。嬉嬉釣叟蓮娃。千騎擁高牙，乘醉聽簫鼓，吟賞烟霞。異日圖將好景，歸去鳳池誇。"

四 東坡中秋詞

《明皇雜録》：八月十五夜，葉静能邀明皇游月宫。將行，請上衣裘而往。及至月中，寒凛特異，上不能禁。静能出火龍丹一粒以進，上服之乃止。東坡《中秋詞》云："不知天上宫闕，今夕是何年。我欲乘風歸去，又恐瓊樓玉宇，高處不勝寒。"若夫明皇游月宫事，見於數書，如《龍城録》《高道傳》《鄭愚津陽門詩注》，皆有之，其説大同小異。

五 九日詞

《西京雜記》：九月九日佩茱萸，令人長壽。又《藝苑雌黄》：九月九日，作絳囊佩茱萸。或謂其事始於桓景。《北里志》云：九月九日，爲絲茱萸囊戴之。郭子正《九日詞》云："清曉開庭，茱萸初佩。"仲殊詞云："戲馬風流，佩茱萸時節。"

六 朱文公九日詞

《風土記》曰：俗尚九月九曰，謂之上九，茱萸到此日成熟，氣烈色赤，争折其房以插頭，云辟除惡氛，而禦初寒。子由《九日詩》云：“茱萸漫辟惡。”李白詩云：“九日茱萸熟，插鬢傷早白。”又山谷詩云：“他年同插茱萸。”王右丞詩云：“遍插茱萸少一人。”朱放詩云：“學他年少插茱萸。”朱文公詞云：“況有紫萸黃菊，堪插滿頭歸。”又古詞云：“手撚茱萸嚼鬢，一枝聊記重陽。”

七 茱萸

《杜草堂事實》：公嘗九日寓南田崔氏莊，與故人同飲，醉翫茱萸，不能釋手，有詩曰：“明年此會知誰健，醉把茱萸仔細看。”又古詞云：“插黃花，對樽前，且看茱萸好。”東坡詞云：“茱萸仔細更重看。”又詩云：“人間此會論今古，細看茱萸感嘆長。”詹克愛詞云：“後會不知誰健，茱萸莫厭重看。”

八 吳茱萸

《本草》：吳茱萸一名樧。陶注云：“即今茱萸也，味辛，氣好上衝鬲，不可服食。”故《提要錄》云：“九月九日摘茱萸聞嗅，通關辟惡。”東坡《九日詞》云：“此會應須爛醉，仍把紫菊茱萸，細看重嗅。”又山谷詞云：“直須把茱萸遍插，看滿座細嗅清香。”

九 九日菊花

《唐輦下歲時記》：九日，宮掖間爭插菊花，民俗猶甚。杜牧詩云：“塵世難逢開口笑，菊花須插滿頭歸。”又云：“九日黃花插滿頭。”晏叔原詞云：“蘭佩紫，菊簪黃。”司馬文正公《九日贈梅聖俞瑟姬歌》云：“不肯那錢買珠翠，任教堆插階前菊。”東坡詞云：“鬢重不嫌黃菊滿。”

一〇 九月九日采菊花

《太清諸草木方》：九月九日，采菊花與茯苓松脂，久服，令人不老。又《外臺祕要》云：“九月九日采菊花飲，服方寸匕，令人飲酒不醉。"古詞云:"蘭可佩,菊堪餐,人情難免是悲懽。"《騷經》云:"夕餐秋菊之落英。"

一一　菊酒

《西京雜記》:夫人侍兒賈佩蘭,後出爲扶風人段儒妻。言在內時,九月九日,佩茱萸,食蓬餌,飲菊酒,令長壽。菊花盛開時,采莖葉,雜麥米釀酒,密封置室中,至來年九月九日方熟,且治頭風,謂之菊酒。聖惠方云:"治頭風,用九月九日菊花暴乾,取家糯米一斗蒸熟,用五兩菊花末,常醞法,多用細麵麴爈熟,即壓之去滓,每暖一小盞服之。"郭元振《秋歌》云:"辟惡茱萸囊,延年菊花酒,與子結綢繆,丹心此何有。"杜子美《九日登城詩》云:"伊昔黃花酒,如今白髮翁。"屏山先生《九日登此壯山》云:"已向晚風拼落帽,可無新菊共浮杯。"万俟雅言詞云:"昔年曾共黃花酒,一笑新香。"又古詞云:"明年此會知誰健,且盡黃花酒。"

一二　茱萸酒

《提要錄》:北人九月九日以茱萸研酒,灑門户間辟惡,亦有入鹽少許而飲之者。又云:"男摘二九粒,女一九粒,以酒咽者,大能辟惡。"王晉卿《九日詞》云:"帶了黃花,强飲茱萸酒。"又山谷詞云:"茱糝菊英浮醑,報答風光有處。"權德興詩云:"酒泛茱萸晚易曛。"

一三　龍山落帽

晉陶潛《孟府君傳》:嘉爲征西大將軍譙國桓溫參軍,君色正而和,溫甚重之。九月九日,溫游龍山,佐吏畢集,皆一時豪邁。有風吹君帽墮落,溫謂左右勿言,以觀其舉止。君不自覺,良久如厠。溫授孫盛紙筆令嘲之,文成,以著君坐。君歸見嘲笑,而請筆作答,了不容思。按:《寰宇記》,龍山,在荊州西門外,今有落帽臺存焉。李白詩云："九日龍山飲，黄花笑逐臣。醉看風落帽，舞愛月留人。"韓文公詩云："霜風破佳菊，嘉節迫帽吹。"李漢老詞云："凉風吹帽，横槊試登高。想見征西舊事，龍山會賓主俱豪。"詩云："古來重九皆如此，無復龍山劇孟嘉。"杜子美詩云："羞將短髮還吹帽，笑倩旁人爲正冠。"東坡亦有詞云："酒力漸消風力緊，颼颼。破帽多情恰戀頭。"

一四　戲馬臺

蕭子顯《齊書》：宋武帝姓劉，名裕。爲宋公時，在彭城。九月九日，游項王戲馬臺。至今相承，以爲舊準。李白詩云："遥羨重陽乍，應過戲馬碧。"陳後山詩云："南臺二謝風流絕，準擬歸來古錦囊。"注云：戲馬臺也。又曰："九日風光堪落帽，中年懷抱更登臺。"又東坡詞云："點點樓頭雨細，重重江水平湖。當年戲馬會東徐。"（東徐即彭城。）僧皎然詩云："重陽荆楚尚，高會此難陪。偶見登龍客，同游戲馬臺。"

一五　傾杯序

《摭言》：唐王勃，字子安，太原人也，六歲能文，詞章蓋世。年十三，侍父宦游江左。舟次馬當，寓目山半古祠，危闌跨水，飛閣懸崖。勃乃登岸閑步，見大門當道，榜曰："中元水府之神。"禁庭嚴肅，侍衛猙獰。勃詣殿砌瞻仰，稽首返回。歸路遇老叟，年高貌古，骨秀神清，坐於磯上。與勃長揖曰："子非王勃乎？"勃心驚異，虚己正容，談論款密。叟曰："來日重九，南昌都督命客作《滕王閣序》，子有清才，盍往試之？"勃曰："此去南昌七百餘里，今日已九月八矣。夫復何言？"叟曰："子誠能往，吾當助清風一席。"勃欣然再拜，且謝且辭，問叟仙耶神耶，心怵未悟。叟笑曰："吾中元水府君也。歸帆當以濡毫均甘。"勃即登舟，翌旦昧爽，已抵南昌。會府帥閻公宴僚屬於滕王閣，時公有婿吳子章，喜爲文詞，公欲誇之賓友，乃宿構《滕王閣序》，俟賓合而出爲之，若即席而就者。既會，公果授簡諸客，諸客辭，次至勃，勃輒受。公既非意，色甚不怡，歸內閣，密囑數吏伺勃下筆，當以口報。一吏即報曰："南昌故郡，洪都新府。"公曰："此亦儒生常談耳。"一吏復報曰："星分翼軫，地接衡廬。"公曰："故事也。"又報曰："襟三江而帶五湖，控荊蠻而引甌越。"公即不語。俄而數吏沓至以報，公但頷頤而已。至"落霞與孤鶩齊飛，秋水共長天一色"，公矍然拊几曰："此天才也！"頃而文成，公大悅，復出主席，謂勃曰："子之文章，必有神助。使帝子聲流千古，老夫名聞他年，洪都風月增輝，江山無價，皆子之力也。"遍示，坐客嘆服。俄子章卒然叱勃曰："三尺小兒童，敢將陳文，以誑主公，因對公覆誦，了無遺忘。"坐客驚駭，公亦疑之。王勃湛然徐語曰："陳文有詩乎？"子章曰："無詩。"勃亦了不締思，揮毫落紙，作詩曰："滕王高閣臨江渚，佩玉鳴鑾罷歌舞。畫棟朝飛南浦雲，珠簾暮捲西山雨。閑雲潭影日悠悠，物換星移幾度秋。閣中帝子今何在，檻外長江空自流。"子章聞之，大慚而退。公私燕勃，寵渥荐臻。既行，謝以五百縑。遂至故地，而叟已先坐磯石矣。勃拜以謝曰："府君既借好風，又教不敏，當具菲禮，以答神庥。"叟笑曰："幸毋想忘，倘過長蘆，焚陰錢十萬，吾有未償薄債。"勃領命，復告叟曰："某之窮通壽夭何如？"叟曰："子氣清體羸，神澄骨弱。雖有高才，秀而不實。"言畢，冉冉沒於水際。勃聞此，厭厭不樂，過長蘆而忘叟之屬。俄有群鳥集檣，拖櫓弗進，勃曰："此何處？"舟師曰："長蘆也。"勃恍然，取陰錢如數焚之而去。羅隱詩曰："江神有意憐才子，欻忽威靈助去程。一席清風雷電疾，滿碑佳句雪冰清。煥然麗藻傳千古，赫爾英名動兩京。若匪幽冥佑詞客，至今佳景絕無聲。"後之人又作〔傾杯序〕云："昔有王生，冠世文章，嘗隨舊游江渚。偶爾停舟寓目。遙望江祠，依依陌上閑步。恭詣殿砌，稽首瞻仰，返回歸路。遇老叟坐於磯石，貌純古。因語□，子非王勃是，致生驚詢之，片餉方悟。子有清才，幸對滕王高閣，可作當年詞賦。汝但上舟，休慮迢迢，仗清風去。到筵中下筆，華麗如神助。〇會俊侶，面如玉。大夫久坐覺生怒。報'雲落霞并飛孤鶩。秋水長天，一色澄素。'閻公疏然，復坐華筵，次詩引序。道鳴鑾佩玉鏘鏘，罷歌舞。〇棟雲飛過南浦，暮簾捲白西山雨。閑雲潭影，淡淡悠悠，物換星移，幾度寒暑。閣中帝子，悄悄垂名，在於何處。算長江、儼然自東去。"

一六 小重陽

《歲時雜記》：都城士庶多於重九後一日，再集宴賞，號小重陽。李太白詩云："昨日登高罷，今朝再舉觴。菊花何太苦，遭此兩重陽。"山谷詞云："茱萸黃菊年年事，十日還將九日看。"前輩詩云："九日黃花十日看。"又云："十日重看九日花。"

一七 康伯可望江南詞

《荊楚歲時記》：重九日是常有疏風冷雨，俗呼爲催禾雨。前輩詞云："疏風冷雨，此日還重九。"康伯可在翰苑日，嘗重九遇雨，奉詔撰詞，伯可口占〔望江南〕一闋進云："重陽日，四望雨垂垂。戲馬臺前泥拍肚，龍山會上水平臍。直浸到東籬。　茱萸畔，黃菊濕滋滋。落帽孟嘉尋篛笠，休官陶令覓簑衣。兩個一身泥。"上爲之啓齒。

一八 詞客

《蕙畝拾英集》：錦官官妓尹氏，時號爲詩客，今蜀中有《詩客傳》是也。詩客有女弟，工詞，號詞客，亦有傳。蔡尹因重九賦詞，以九爲韻，不得用重九字，即席作〔西江月〕云："韓愈文章蓋世，謝安才貌風流。良辰開宴在西樓。敢勸一厄芳酒。　記得南宮高第，弟兄俱占鰲頭。金爐玉殿瑞香浮，名在甲科第九。"（蔡公兄弟皆摧甲科而皆第九。）詞客本士族，蔡尹憐而與之出籍。王帥繼鎮，聞其名，追之。時郡人從帥游錦江，王公命作詞，且以詞之工拙爲去留，遂請題與韵，令作〔玉樓春〕以呈，一坐嘆賞，會罷釋之。詞云："浣花溪上風光主。宴集瀛仙開幕府。商岩本是作霖人，也使閑花沾雨露。　　誰憐民族傳簪組。狂迹偶爲風月誤。願教朱户柳藏春，莫作飄零堤上絮。"

一九　張仲殊望江南詞

《四川記》：成都九月九日爲藥市。詰旦，盡一川所出藥草異物，與道人畢集。帥守置酒行市以樂之，別設酒以犒道人。是日早，士人盡入市中。相傳以吸藥氣愈疾，令人康寧。是日雨，云有仙人在其中。張仲殊作〔望江南〕以咏之曰："成都好，藥市晏游間。步出五門鳴劍佩，別登三島看神仙。縹緲結靈烟。　　雲影裏，歌吹暖霜天。何用菊花浮玉醴，願求朱草化金丹。一粒定長年。"

二○　冬至日

《歲時記》：晋魏間，宮中以紅綫量日影，冬至後日添長一綫。杜甫《至日遣興》云："愁日愁隨一綫長。"古詞云："奈愁又愁無避處，愁隨一綫□長。"東坡詩云："更積微陽一綫功。"子由《冬日即事》云："寒日初加一綫長，臘醅添浸隔羅光。"

二一　冬至

《唐雜録》言：宮中以女工揆日之長短，冬至後日晷漸長，比常日增一綫之功。山谷詩云："宮綫添尺餘。"《藝苑雌黄》云："一綫之説，以杜甫小至詩考之，'刺綉五紋添弱綫，吹葭六琯動浮灰'，當以《唐雜録》説爲是。"故柳耆卿有"綉工日永"之詞，宋子京有"日約綉綳長一綫"之句。

二二　晁無咎詞

《東京夢華錄》：交年日已後，京師市井，皆買門神鍾馗桃符、桃板，及財門鈍驢、回頭鹿馬、天行帖子，賣乾茄匏、馬牙菜、膠牙餳之類，以備除夜之用。晁無咎詞云：“殘臘初雪霽。梅白飄香蕊。依前又還是，迎春時候，大家都備。灶馬門神，酒酌醲酥，桃符盡書吉利。五更催驅儺，爆竹起。　　虛耗都教退。交年換新歲。長保身榮貴。願與兒孫、盡老今生，祝壽遐昌，年年共同守歲。”

二三　歲除日

《呂氏春秋·季冬紀》注曰：“前歲一日，擊鼓驅疫厲之鬼，謂之逐除。亦曰儺。”李綽《秦中歲時記》曰：“歲除日儺，皆作鬼神狀，二老人名爲儺翁儺母。”東坡詩云：“爆竹驚隣鬼，驅儺聚小兒。”又古詞云：“萬戶與千門，驅儺鼎沸。”

二四　元旦詞

《紀聞》：唐貞觀初，天下乂安，百姓富贍。時屬除夜，太宗盛飾宮掖，明設燈燭，殿内諸房，莫不綺麗。盛奏歌樂，乃延蕭后觀之。樂闋，帝謂蕭后曰：“朕施設孰愈隋主？”蕭后笑而答曰：“彼乃亡國之君，陛下開基之主，奢儉之事，固不同年。”帝曰：“隋主何如？”蕭后曰：“隋主享國十有餘年，妾常侍從，見其淫侈。每二除夜，殿前諸院，設火山數十，盡沉香木根也。每夜山皆焚沉香數車，火光暗則以甲煎沃之。焰起數丈，沉香甲煎之香，傍聞數十里。一夜之中，用沉香二百餘乘，甲煎過二百石。”歐陽公詩云：“隋宮守夜沉香火，楚俗驅神爆竹聲。”又李易安《元旦詞》云：“瑞腦烟殘，沉香火冷。”

（上載《同聲月刊》第三卷第三號）

張世南《游宦紀聞》

一 劉過

劉過，字改之，能詩詞。流落江湖，酒酣耳熱，出語豪縱，自謂晋宋間人物。其詩篇警策者，已載《南湖集》。尤好作〔沁園春〕，上稼軒詞，已見岳侍郎珂《桯史》，最爲辛所喜。今又得數篇。其一黃尚書由帥蜀，中閣乃胡給事晋臣之女，過雪堂，行書《赤壁賦》於壁間。改之從後題一闋，其詞云："按轡徐驅，兒童聚觀，神仙畫圖。正芹塘雨過，泥香路軟，金蓮自策，小小籃輿。傍柳題詩，穿花覓句，嗅蕊攀條得自如。經行處，有蒼松夾道，不用傅呼。　　清泉怪石盤紆，信風景江淮各異殊。想東坡賦就，紗籠素壁，西山句好，簾捲晴珠。白玉堂深，黃金印大，無此文君載後車。揮毫處，看淋漓雪壁，真草行書。"後黃知爲劉所作，厚有饋貺。（按：《龍洲詞》題云，蘇州黃尚書同夫人惠仝游報恩寺。）壽皇銳意親征，大閱禁旅，軍容肅甚。郭杲爲殿岩，從駕還內，都人眆見一時之盛。改之以詞與郭云："玉帶猩袍，遙望翠華，馬去似龍。擁貂蟬爭出，千官鱗集，貔貅不斷，萬騎雲從。細柳營開，團花袍窄，人指汾陽郭令公。山西將，算韜鈐有種，五世元戎。　　旌旗蔽滿寒空，魚陣整從容虎帳中。想刀明似雪，縱橫脫鞘；箭飛如雨，霹靂鳴弓。威撼邊城，氣吞强敵，慘慘塵沙吹北風。中興事，看君王神武，駕馭英雄。"郭餽劉亦踰數十萬錢。又送孫季和云："問信竹湖，竹如之何，如何不歸。道吳山越水，無非佳處；來無定止，去亦何爲。莫是秋來，未能忘耳，心與孤雲相伴飛。關情處，向南山寄傲，北澗題詩。　　人生了事成痴，算世上終無真是非。看雲臺突兀，無君子者。雪堂零落，有美人兮。疏雨梧桐，微雲河漢，鍾鼎山林無限悲。陽山縣，問昌黎負汝，汝負昌黎。"又嘗於友人張正子處，見改之親筆詞一卷云：壬子秋，予求牒四明，嘗賦〔賀新郎〕與一老娼，今天下與禁中皆歌之。江西人來，以爲鄧南秀詞，非也。"老去相如倦。向文君説似而今，如何消遣。衣袂京塵曾染處，空有香紅尚軟。料彼此魂消腸斷。一枕新凉眠客舍，聽梧桐疏雨秋風顫。燈暈冷，記重見。　　樓低不放珠簾捲。晚妝殘翠蛾狼藉，淚痕留臉。人道愁來須滯酒，無奈愁多酒淺。但托意焦桐紈扇。莫鼓琵琶江上曲，怕荻花楓葉俱凄怨。雲萬叠，寸心遠。"

二　程公衡

程公衡，字子平，沙隨先生之父也。知音律。宣和間，市井競唱韵令。程曰："五聲皆往而不返，不祥也。"後二帝播遷。建炎初，唱柳葉曲，程又曰："當有姓劉人作亂。"後數年僞齊竊據中原，此説載之《沙隨家集》中。

三　黃公銖

黃公銖，字子厚，富沙浦城人。與朱文公爲交友，長於詩。劉潛夫宰建陽，刻其《穀城集》於縣垒。黃之母，筆力甚高。世南嘗見黃親録詞稿，今載於此。云："先妣沖虛居士，少聰明，穎異絶人，於書史無所不讀，一過輒成誦。年三十，先君捐弃，即抱貞節以自終。平生作爲文章詩辭甚富。晚遭回禄，燼藝無餘。此詞數篇，皆膾炙在人者，因訪求得之。適予與景紹主簿兄有好，且屢見索，敬書以贈。紹興三年中春二十有四日，黃銖識。"景紹，則大參鄭公昭先也。其一〔滴滴金〕云："月光飛入林前屋。風策策，度庭竹。夜半江城擊柝聲，動空梢栖宿。　　等閑老去年華促。祇有江梅伴幽獨。夢繞夷門舊家山，恨驚回難續。"其二序云："力脩寶學贤表宴胡明仲侍郎，遣歌姬來乞詞，作〔醉蓬萊〕令歌之：看鷗翻波潋，蘋末風輕，水軒消暑。雲叠奇峰，破桐陰亭午。列岫連環，溜泉鳴玉，對幅巾芒屨。況有清時，風流故人，劇談揮塵。
才冠一時，論高兩漢，書扇豪踪，吐鳳辭語。畫錦歸來，慶長年老母。且盡綠尊，莫懷歸興，聽扇歌高舉。會見登庸，泥封詔下，促朝天去。”其三〔菩薩蠻〕：“闌干六曲天圍碧。松風亭下梅初白。臘盡見春回。空梢花又開。　曲瓊閑不捲。沉燎看星轉。凝竚小裴徊。雲間征雁來。”其四序云：“葛氏姪女子告歸，作〔少年游〕送之：雨晴雲斂，烟花澹蕩，遥山凝碧。驅車問征路，賞春風南陌。　正雨後梨花幽艷白。悔忽忽過了寒食。歸家漸春暮，探酴醾消息。”其五序云：“季温老友歸樵陽，人來閑書，因以爲寄。（按：其五句下脱〔憶秦蛾〕三字，‘人來閑書’‘閑’字亦誤。）秋寂寞。秋風夜雨傷離索。傷離索。老懷無奈，泪珠零落。　故人一去無期約。尺書忽寄西飛鶴。西飛鶴。故人何在，水村山郭。”其六〔醉思仙〕：“晚霞紅。看山迷暮靄，烟暗孤松。動翩翩風袂，輕若驚鴻。心似鑒，鬢如雲，弄清影，月明中。謾悲凉，歲冉冉，蘨華潛改衰容。　前事銷凝久，十年光景忽忽。念雲軒一夢，回首春空。彩鳳遠，玉簫空。夜悄悄，恨無窮。嘆黃塵，久埋玉，斷腸揮泪東風。”

四　蘇紹叟手書詞

予於菊磵高九萬處，見蘇紹叟手書《憶劉改之》〔摸魚兒〕一闋云：“望關河試窮遥眼，新愁似絲千縷。劉郎豪氣今何在，應是九疑三楚。堪恨處，便拼得、一生寂寞長羈旅。無人寄語，但吊麥傷桃，邊松倚竹，空憶舊詩句。　文章事，到底將身自誤。功名難料遲暮。鶉衣簞食年年瘦，受侮世間兒女。君信否，盡縣簿高門，歲晚誰青顧。何如引去，任槎上張騫，山中李廣，商略盡風度。”又賦〔雨中花〕一闋云：“予往時憶劉改之，作〔摸魚兒〕，頗爲朋友間所喜，然改之尚未之見也。數日前，忽聞改之去□□□□□□悵惘殆不勝言，因憶改之每聚首，愛歌〔雨中花〕，悲壯激烈，令人鼓舞。輒倚此聲，以寓予思。凡未忘吾改之者，幸爲我和之：'十載尊前，放歌起舞，人間酒户詩流。盡期君凌厲，羽翮高秋。世事幾如人意，儒冠還負身謀。嘆天生李廣，才氣無雙，不得封侯。　　榆關萬里，一去飄然，片雲甚處神州。應悵望家人父子，重見無由。隴水寂寥傳恨泪，淮山宛轉供愁。這回休也，燕鴻南北，長隔英游。'紹曳有《泠然詩集》十卷，行於世。"

葉紹翁《四朝聞見録》

一　陸游

陸游，字務觀，山陰人，名游，字當從觀，平聲，至今謂觀，去聲。蓋母氏夢秦少游而生公，以秦名爲字，而字其名。或曰公慕少游者也。其祖名佃，字農師。新學行，有《詩説》傳於世，大率祖半山，後以新法浸異。公紹興間已爲浙漕鎖廳第一，有司竟首秦焞，置公於末。及南宫一人，又以秦檜所諷見黜，蓋疾其喜論恢復。紹興末始賜第。學詩於茶山曾文清公，其後"冰寒於水"云。嘗從紫岩張公游，具知西北事。天資慷慨，喜任俠，常以踞鞍草檄自任，且好結中原豪杰以滅敵。自商賈、仙釋、詩人、劍客，無不遍交。游宦劍南，作爲歌詩，皆寄意恢復。書肆流傳，或得之以御孝宗。上乙其處而韙之，旋除删定官。或疑其交游非類，爲論者所斥。上憐其才，旋即復用。未内禪一日，上手批以出，陸游除禮部郎。上之除目，自公而止，其得上眷如此。公早求退，往來若耶、雲門，留賓款洽，以觴咏自娱。官已階中大夫，遂致其仕，誓不復出。韓侂胄固欲其出，落致仕，除次對，公勉爲之出。韓喜陸附己，至出所愛四夫人擘阮琴起舞，索公爲詞，有"飛上錦褥紅縐"之語。又命公勺青衣泉，旁有唐開成道士題名。韓求陸記，記極精古，且以坐客皆不能盡一瓢，惟游盡勺，且謂"挂冠復出，不惟有愧於斯泉，且有愧於開成道士"云。先是慈福賜韓以南園，韓求記於公。公記云："天下知公之功，而不知公之志；知上之倚公，而不知公之自處。公之自處，與上之倚公，本自不侔。"蓋寓微詞也。又云："游老謝事山陰澤中。公以手沓來曰：'子爲我作《南園記》。'豈取其無諛言，無侈辭，足以導公之志歟。"公已賜丙第，人謂公探孝宗恢復之志，故作爲歌詩，以恢復自期。至公之終，猶留詩其家云："王師剋復中原日，家祭毋忘告乃翁。"則公之心，方暴白於易簀之時矣。

二 張孝祥

高宗酷嗜翰墨，于湖張氏孝祥，廷對之頃，宿酲猶未解，濡毫答聖問，立就萬言，未嘗加點。上訝一卷紙高軸大，試取閱之，讀其卷首，大加稱獎。而又字畫遒勁，卓然顏魯，上疑其爲謫仙，親擢首選。臚唱，賦詩上，尤雋永。張正謝畢，遂謁秦檜。檜語之曰："上不惟喜狀元策，又且喜狀元詩與字，可謂三絕。"又叩以"詩何所本、字何所法"。張正色以對："本杜詩，法顏字。"檜笑曰："天下好事，君家都占斷。"蓋嫉之也。張廷對時，天下猶未盡許之。（按：此下似有脱文。）務能參問前儒，汲揚後學，詞翰愈工。天性倜儻，輕財好施，勇於爲義。爲政平易，民咸思之。唯嗜酒好色，不修細行。高宗嘗問以"人言卿贓濫"，孝祥拱笏再拜以對曰："臣誠不敢欺君，臣濫則有之，贓之一字，不敢奉詔。"上笑而置之。人以爲誠非欺君者。其文忠公曾語余曰："于湖平生雖跌宕，至於大綱大節處，直是不放過。"張，烏江人，寓居蕪湖。捐己田百畝，匯而爲池，圍種芙蕖楊柳，鷺鷗出沒，烟雨變態。扁堂曰"歸去來"。蕪湖未有第進士者，陰陽者流，謂必求湖水與縣治接，而後英才出。張方欲驅而通之，則已没矣。嘗舟過洞庭，月照龍堆，金沙蕩射，公得意命酒，唱歌自所製詞，呼群吏而酌之，曰："亦人子也。"其坦率皆類此。嘗慕東坡，每作爲詩文，必問門人曰："比東坡何如。"門人以"過東坡"稱之。雖失太過，然亦天下奇男子也。惜其資稟太高，浸淫詩酒。既與南軒考亭先生爲輩行友，而不能與之相琢磨，以上續伊洛之統，而今世好神怪者，以公爲紫府仙，惜夫。

三 朱希真

朱希真有詞名，以隱德著。思陵必欲見之，累詔始至，上面授以鴻臚卿。希真下殿拜訖，亟請致其仕，上改容而許之。

四 林外

紹興間，有題〔洞仙歌〕於垂虹者，不繫其姓名，龍蛇飛動，真若不烟火食者。時皆喧傳，以爲洞賓所爲。浸達於高宗，天顔纚然而笑曰：“是福州秀才云爾。”左右請聖論所以然，上曰：“以其用韵，蓋閩音云。”其詞曰：“飛梁壓水，虹影澄清曉。橋里漁邨半烟草。今來古往，物是人非，天地裏，惟有江山不老。雨巾風帽。四海誰知我。一劍橫空幾番過。按玉龍嘶未斷，月冷波寒，歸去也、林屋洞天無鎖。認雲屏烟障是吾廬，任滿地蒼苔，年年不掃。”久而知爲閩士林外所爲。聖見異矣。蓋林以巨舟仰而書於橋梁，水天渺然，旁無來迹，故世人益神之。

五 高文虎

高文虎字炳如，號爲博洽名儒。疾程文浮誕，其爲少司成，專以藏頭策問試士，問目必曰“有某人某事者”。士不能應，但以“也”字對“者”字，士之憤高也久矣。會京尹趙師睪奏，請盡以西湖爲祝聖池，禁捕魚者，作亭池上甚偉，穹碑摩雲。高實爲記，其文有曰：“鳥獸魚鱉咸若，商歷以興。”既已鑱之石，石本流傳，殆不可掩，改商爲夏，隱然猶有刊迹。無名子作爲詞以謔之云：“高文虎稱伶俐。萬苦千辛，作個放生亭記。從頭没一句説著朝廷，盡把師睪歸美。這老子忒無廉恥，不知潤筆能幾。夏王説不是商王，祇怕伏生是你。”然無名子之嘲，胡可深信，今詳載其記於後云。蓋“商”字特筆誤，而或者乘間而詆之耳。（按：此事亦載《齊東野語》卷十。初指其誤者，黃子由夫人胡氏也。）

陳鵠《耆舊續聞》

一 待制公

待制公十八歲時，嘗作樂府云："流水泠泠，斷橋斜路橫枝亞。雪花飛下。全勝江南畫。　　白璧青錢，欲買應無價。歸來也，風吹平野，一點香隨馬。"朱希真訪司農公不值，於几案間見此詞，驚賞不已，遂書於扇而去。初不知何人作也。一日，洪覺範見之，扣其所從得，朱具以告。二人因同謁司農公問之，公亦愕然。客退，從容詢及待制公，公始不敢對，既而以實告。司農公責之曰："兒曹讀書，正當留意經史間，何用作此等語耶？"然其心實喜之，以爲此兒他日必以文名於世。今諸家詞集責及《漁隱叢話》皆以爲孫和仲或朱希真作，非也。正如《咏摺疊扇》詞云："宮紗蜂趁梅，齊扇鷥開翅。數摺聚清風，一捻生秋意。搖搖雲母輕，裊裊瓊枝細。莫解玉連環，怕作飛花墜。"余嘗親見稿本於公家，今《于湖集》乃載此詞，蓋張安國嘗爲人題此詞於扇故也。大抵公於文不苟作，雖游戲嘲謔，必極其精妙。嘗咏五月菊詞云："玉臺金盞對炎光。全似去年香。有意莊嚴端午，不應忘却重陽。

菖蒲九節，金英滿把，同泛瑤觴。舊日東籬陶令，北窗正臥羲皇。"又《與秦師垣啓》："鷄鳴函谷，孟嘗縣是以出關。雁落上林，屬國已聞於歸漢。"蓋秦嘗留金庭，未幾縱還，既而金人復悔，遣騎追之，已無及矣。公之用事親切，多類此，遂得擢用。

二 陸辰州

陸辰州子逸左丞，農師之孫，太傅公之元孫也。晚以疾廢，卜築於秀野，越之佳山水也。公放傲其間，不復有榮念。對客則終日清談不倦，尤好語及前輩事，纚纚傾人聽。余嘗登門，出近作《贈別》長短句以示公，其末句云："莫待柳吹綿，吹綿即杜鵑。"

公賞誦久之。是後從游頗密。公嘗謂余曰："曾看東坡〔賀新郎〕詞否?"余對以"世所共歌者"。公云："東坡此詞，人皆知其爲佳，但後攧用榴花事，人少知其意。某嘗於晁以道家見東坡真迹，晁氏曰：東坡有妾名朝雲榴花。朝雲死於嶺外，東坡嘗作〔西江月〕一闋，寓意於梅。所謂'高雲已逐曉雲空'是也。惟榴花獨存，故其詞多及之。觀'浮花浪蕊都盡，伴君幽獨'。可見其意矣。又〔南歌子〕詞云：'紫陌尋春去，紅塵拂面來。無人不道看花回，惟見石榴蕊一枝開。 冰簟堆雲髻，金樽灩玉醅。綠陰青子莫相催。留取紅巾千點照池臺。'意有所屬也。或云，贈王晉卿侍兒，未知其然否也。"余謂後輩作詞，無非前人已道底句，特善能轉換爾。《三山老人語錄》云："從來九日用落帽事，東坡獨云'破帽多情却戀頭'，尤爲奇特。不知東坡用杜子美詩'羞將短髮還吹帽，笑倩旁人爲正冠。'"近日陳子高作〔謁金門〕云："春滿院，飛去飛來雙燕。紅雨入簾寒不捲，小屏山六扇。"乃《花間集》和凝詞"拂水雙飛來去燕，曲檻小屏山六扇"。趙德莊詞云："波底夕陽紅濕。""紅濕"二字以爲新奇，不知蓋用李後主"細雨濕流光"，與《花間集》"一簾疏雨濕春愁"之"濕"。辛幼安詞："是他春帶愁來，春歸何處，却不解帶將愁去。"人皆以爲佳。不知趙德莊〔鵲橋仙〕詞云："春愁元是逐春來，却不肯隨春歸去。"蓋德莊又本李漢老《楊花詞》："驀地便和春，帶將歸去。"大抵後之作者，往往難追前人。蓋唐詞多艷句，後人好爲謔語；唐人詞多令曲，後人增爲大拍。又況屋下架屋，陳腐冗長，所以全篇難得好語也。公之詞傳於曲編，獨〔瑞鶴仙〕"臉霞紅印枕"之句。有和李漢老"叫雲吹斷橫玉"，詞語高妙，惜其不傳於世。其詞云："黃橙紫蟹，映金壺瀲灩，新醅浮綠。共賞西樓今夜月，極目雲無一粟。揮塵高談，倚欄長嘯，下視鱗鱗屋。轟然何處，瑞龍聲噴蘄竹。 何況露白風清，銀河瀲漢，仿佛如懸瀑。此景古今如有價，豈惜明珠千斛。灝氣盈襟，冷風入袖，祇欲騎鴻鵠。廣寒宮殿，看人顏似冰玉。"觀公之詞，可以知其風流醞藉矣。

三 黃魯直跋東坡卜算子詞

黃魯直跋東坡道人黃州所作〔卜算子〕詞云："語意高妙，似非吃烟火食人語。"此真知東坡者也。蓋"揀盡寒枝不肯栖"，取興"鳥擇木"之意，所以謂之高妙。而《苕溪漁隱叢話》乃云："鴻雁未嘗栖宿樹枝，惟在田野葦叢間，此亦語病。"當為東坡稱屈可也。又古詞："水竹舊院落，櫻笋新蔬果。"蓋唐制四月十四日堂廚及百司廚，通謂之櫻笋廚。此乃夏初詞，正用此事。而《叢話》乃云："鶯引新雛過。"而以櫻笋為非。豈知古詞首句多是屬對，而櫻笋事尤切時耶？

四 東坡長短句真迹

趙右史家，有顧禧景蕃補注東坡長短句真迹云：按唐人詞，舊本作"試教彈作忽雷聲"。蓋《樂府雜録》云："康昆侖嘗見一女郎彈琵琶，發聲如雷。而文宗内庫，有二琵琶，號大忽雷、小忽雷，鄭中丞嘗彈之。"今本作"輥雷聲"，而傅幹注，亦以輥雷為證，考之傳記無有。又云："余頃於鄭公實處，見東坡親迹書〔卜算子〕斷句云：'寂寞沙汀冷。'"今本作"楓落吴江冷"，詞意全不相屬也。又〔南歌子〕云："游人都上十三樓，不羨竹西歌吹古揚州。"十三間樓，在錢塘西湖北山，此詞在錢塘作。舊注云，汴京舊有十三樓，非也。

五 賀新郎詞用榴花事

曩見陸辰州，語余以〔賀新郎〕詞用榴花事，乃妾名也，退而書其語。今十年矣，亦未嘗深考。近觀顧景蕃續注，因悟東坡詞中用"白團扇瑶臺曲"，皆侍妾故事。按晋中書令王珉，好執白團扇，婢作《白團扇歌》以贈珉。又《唐逸史》許澶暴卒復寤，作詩云：“曉入瑤臺露氣清，坐中惟見許飛瓊。塵心未盡俗緣重，千里下山空月明。”復寢驚起。改第二句云：“昨日夢到瑤池，飛瓊令改之，云不欲世間知有我也。”按《漢武帝內傳》，所載董雙成、許飛瓊皆西王母侍兒。東坡用此事，乃知陸辰州得榴花之事於晁氏爲不妄也。《本事詞》載榴花事極鄙俚，誠爲妄誕。

六　晁無咎

晁無咎閑居濟州金鄉，茸東皋歸去來園，樓觀堂亭，位置極蕭灑，盡用陶語名目之。自書爲大圖，書記其上，書尤妙。始無咎請開封解蔡儋州以魁送。又葉夢得舅也，故比諸人獨獲安便。嘗以長短句曰〔摸魚兒〕者寄蔡，蔡賞嘆，每自歌。其群從之道語余，夢無咎監泗州稅，何祥也。已而吏部調知通州，張無盡改泗州，言者論罷，令赴通州。無咎不樂，艤舟收稅亭下，以疾不起。果有數乎？

七　李後主臨江仙詞

蔡絛作《西清詩話》，載江南李後主〔臨江仙〕云，圍城中書，其尾不全。以余考之，殆不然。余家藏李後主《七佛戒經》及《雜書》二本，皆作梵葉。中有〔臨江仙〕，塗注數字，未嘗不全。其後則書李太白詩數章，似平日學書也。本江南中書舍人王克正家物，後歸陳魏公之孫世功君懋，予陳氏婿也。其詞云：“櫻桃落盡春歸去，蝶翻輕粉雙飛。子規啼月小樓西。玉鉤羅幕，惆悵暮烟垂。別巷寂寥人散後，望殘烟草低迷。爐香閑裊鳳凰兒，空持羅帶，回首恨依依。”後有蘇子由題云：“淒凉怨慕，真亡國之聲也。”又云：“作詩用經語，尤難得峭健。”杜子美《端午賜衣》詩：“自天題處濕，當暑著來輕。”“自天”“當暑”皆經語，而用之不覺其弱，此可爲省題詩法。至落句云“意內稱長短，終身荷聖情", 其語又妙。余謂近日辛幼安作長短句, 有用經語者, 〔水調歌頭〕云: "凡我同盟鷗鷺, 今日既盟之後, 來往莫相猜。"亦爲新奇。(按:此條上錄《溫氏雜志》, 此亦《溫氏雜志》也, 故曰"又云"。)

八　仲甫應制賦詞

《梅詞》〔漢宮春〕, 人皆以爲李漢老作, 非也, 乃晁叔用贈王逐客之作。王甫爲翰林權直內宿, 有宮娥新得幸, 仲甫應制賦詞云: "黃金殿裏, 燭影雙龍戲, 勸得官家真個醉, 進酒猶呼萬歲。錦褥舞徹涼州, 君恩與整搔頭。一夜御前宣喚, 六宮多少人愁。"翌旦, 宣仁太后間之, 語宰相曰: "豈有館間儒臣, 應制作狎詞耶?"既而彈章罷。然館中同僚, 相約祖餞, 及期無一至者, 獨叔用一人而已, 因作《梅詞》贈別云: "無情燕子, 怕春寒輕失花期。"正謂此爾。又云: "問玉堂何似茅舍疏籬。"指翰苑之玉堂。《苕溪叢話》却引唐人詩"白玉堂前一樹梅, 今朝忽見數枝開", 謂人間之玉堂, 蓋未知此作也。又"傷心故人去後, 零落清詩", 今之歌者, 類云冷落, 不知用杜子美《酬高適詩》: "自從蜀中人日作, 不意清詩久零落。"蓋"零"字與"泠"字同音, 人但見"泠"字去一點爲"冷"字, 遂云"冷落", 不知出此耳。王仲父字明之, 自號爲逐客, 有《冠卿集》行於世。(陸務觀云。)余嘗見《本事曲》〔魚游春水〕詞云: "因開汴河, 得一碑石刻此詞", 以爲唐人所作云"嫩草初抽碧玉簪, 綠柳輕拂黃金毯。"蓋用唐人詩"楊柳黃金毯, 梧桐碧玉枝"。今人不知出處, 乃改作"黃金蕊"或"黃金縷"。又如周美成《西河》詞"賞心東畔淮水", 今作"傷心", 如此之類甚多。"

九　夏英公喜遷鶯詞

景德中, 夏英公初授館職。時方早秋, 上多宴後庭, 酒酣, 遂命中使詣公索新詞。公問上在甚處, 云在拱宸殿按舞, 公即抒思立進〔喜遷鶯〕曰：“霞散綺，月沉鈎。簾捲未央樓。夜深河漢截天流。宮殿鎖清秋。　瑤階曙，金莖露，鳳髓香和雯霧。三千珠翠擁宸游。水殿按涼州。”上大悅。

一〇　陸放翁題詞

余弱冠客會稽，游許氏園，見壁間有陸放翁所題詞云：“紅酥手。黃縢酒。滿城春色宮墻柳。東風惡。歡情薄。一懷愁緒，幾年離索。錯。錯。錯。　春如舊。人空瘦。淚痕紅浥鮫綃透。桃花落。閑池閣。山盟雖在，錦書難托。莫。莫。莫。”筆勢飄逸，書於沈氏園，辛未三月題。放翁先室內琴瑟甚和，然不當母夫人意，因出之。夫婦之情，實不忍離。後適南班士名某，家有園館之勝。務觀一日至園中，去婦聞之，遣遣黃封酒果饌，通慇勤。公感其情，爲賦此詞。其婦見而和之，有“世情薄，人情惡”之句，惜不得其全闋。未幾，怏怏而卒，聞者爲之愴然。此園後更許氏。淳熙間，其壁猶存，好事者以竹木來護之，今不復有矣。公官南昌日，代還，有《贈別詞》云：“雨斷西山晚照明。悄無人、幽夢自驚。說道去多時也，到如今真個是行。　遠山已是無心畫，小樓空、斜掩綉屏。你嚛早收心呵，趁劉郎雙鬢未星。”又閑居三山日，方務德帥紹興，携妓訪之。公有詞云：“三山山下閑居士，巾屨蕭然。小醉閑眠。風引飛花落釣船。”二詞并不載於集。南渡初，南班宗子，寓居會稽，爲近屬士家最盛。園亭甲於浙東，一時坐客皆騷人墨客，陸子逸實預焉。士有侍姬盼盼者，色藝殊絕，公每屬意焉。一日宴客偶睡，不預捧觴之列。陸因問之，士即呼至，其枕痕猶在臉。公爲賦〔瑞鶴仙〕，有“臉霞紅印枕”之句，一時盛傳之，逮今爲雅唱。後盼盼亦歸陸氏。二陸兄弟，俱有時名，子逸詞勝，而詩不及其弟。

（上載《同聲月刊》第三卷第九號）

沈括《夢溪筆談》

一 大遍

唐之杖鼓，本謂之兩杖鼓，兩頭皆用杖。今之杖鼓，一頭以手拊之，則唐之漢震第二鼓也。明帝宋開府皆善此鼓，其曲多獨奏，如鼓笛曲是也。今時杖鼓，常時祇是打拍，鮮有專門獨奏之妙，古曲悉皆散忘。頃年王師南征，得《黃帝炎》一曲於交趾，乃杖鼓曲也。唐曲有〔突厥鹽〕〔阿鵲鹽〕。施肩吾詩云："顛狂楚客歌成雪，媚賴吳娘笑是鹽。"蓋當時語也。今《杖鼓譜》中有炎杖聲。元稹《建昌宮詞》，有"逡巡大遍涼州徹"，所請"大遍"者，有序引、歌甄、嗺哨、催攧、袞破、行中腔、踏歌之類，凡數十解，每解有數叠者，裁截用之，則謂之摘遍。今人大曲，皆是裁用，悉非大遍也。

二 羯鼓曲

吾聞《羯鼓錄》序羯鼓之聲云"透空碎遠，極異眾樂。"羯鼓曲，今唯有邠州一父老能之，有《大合蟬滴滴泉》之曲。予在鄜延時，尚聞其聲。涇原承受公事楊元孫，因奏事回，有旨令召此人赴闕。元孫至邠，而其人已死，羯鼓遺音遂絕。今樂部所有，但名存而已，"透空碎遠"，了無餘迹。唐明帝與李龜年論羯鼓云："杖之弊者四櫃。"用力如此，其爲藝可知也。

三 柘枝舊曲

《柘枝》舊曲，遍數極多，如《羯鼓錄》所謂《渾脫解》之類，今無復此遍。寇萊公好柘枝舞，會客必舞柘枝，每舞必盡日，時謂之"柘枝顛"。今鳳翔有一老尼，猶是萊公時柘枝妓，云當時柘枝，尚有數十遍。今日所舞柘枝，比當時十不得二三。老尼尚能歌其曲，好事者往往傳之。古之善歌者有語，謂"當使聲中無字、字中有聲"。凡曲祇是一聲，清濁高下，如縈縷耳，字則有喉、唇、齒、吞等音不同。當使字字舉本皆輕圓，悉融入聲中，令轉換處無磊塊，此謂"聲中無字"，古人謂之"如貫珠"，今謂之"善過度"是也。如宮聲字，而曲合用商聲，則能轉宮爲商歌之，此"字中有聲"也，善歌者謂之"內裏聲"。不善歌者，聲無抑揚，謂之"念曲"；聲無含韞，謂之"叫曲"。

四 和聲

五音宮商角爲"從聲"，徵羽爲"變聲"。"從"謂律從律，呂從呂；"變"謂以律從呂，以呂從律。故從聲以配君臣民，尊卑有定，不可相逾。聲以爲事物，則或遇於君聲無嫌。（六律爲君聲，則商角皆以律應，徵羽以呂應。六呂爲君聲，則商角皆以呂應，徵羽以律應。）加變徵，則從變之聲已瀆矣。隋柱國鄭譯始條具之，均輾轉相生，爲八十四調，清濁混淆，紛亂無統，競爲新聲。自後又有"犯聲""側聲""正殺""寄殺""偏字""傍字""雙字""半字"之法，從變之聲無復條理矣。外國之聲，前世自別爲《四夷樂》。自唐天寶十三載，始詔法曲與胡部合奏。自此樂奏全失古法，以先王之樂爲雅樂，前世新聲爲清樂，合胡部者爲宴樂。古詩皆咏之，然後以聲依咏以成曲，謂之"協律"。其志安和，則以安和之聲咏之；其志怨思，則以怨思之聲咏之。故治世之音安以樂，則詩與志，聲與曲，莫不安且樂；亂世之音怨以怒，則詩與志，聲與曲，莫不怨且怒。此所以審音而知政也。詩之外又有和聲，則所謂曲也。古樂府皆有聲有詞，連屬書之。如曰"賀賀賀""何何何"之類，皆和聲也。今管弦之中纏聲，亦其遺法也。唐人乃以詞填入曲中，不復用和聲。此格雖云自王涯始，然正元元和之間，爲者已多，亦有在涯之前者。又小曲有"咸陽沽酒寶釵空"之句，云是李白所製。然李白集中有〔清平樂〕詞四首，獨衹是詩。而《花間集》所載"咸陽沽酒寶釵空"乃云是張泌所爲。莫知孰是也。今聲詞相從，唯里巷間歌謠，及〔陽關〕〔搗練〕之類，稍類舊俗。然唐人填曲，多咏其曲名，所以哀樂與聲，尚相諧會。今人則不復知有聲矣，哀聲而歌樂詞，樂聲而歌怨詞。故語雖切而不能感動人情，由聲與意不相諧故也。

五 樂部中有三調

古樂有三調聲，謂清調、平調、側調也。王建詩云"側商調裏唱伊州"是也。今樂部中有三調，樂品皆短小，其聲嘹殺，唯道調小石法曲用之。雖謂之三調樂，皆不辨清平側聲，但比他樂特爲煩數耳。唐《獨異志》云："唐承隋亂，樂簨散亡，獨無徵音。李嗣真密求得之。聞弩營中砧聲，求得喪車一鐸入振之於東南隅，果有應者。掘之，得石一段，裁爲四具，以補樂簨之闕。"此妄也。聲在短長厚薄之間，故《考工記》磬氏爲磬，已上則磨其旁，已下則磨其端。磨其毫末，則聲隨而變，豈有帛砧裁琢爲磬，而尚存故聲哉？兼古樂宮聲無定聲，隨律命之，迭爲宮徵。嗣真必嘗爲新聲，好事者遂附益爲之説。既云裁爲四具，則是不獨補徵聲也。

六 霓裳羽衣曲

《霓裳羽衣曲》，劉禹錫詩云："三鄉陌上望仙山，歸作霓裳羽衣曲。"又王建詩云："聽風聽水作霓裳。"白樂天詩注云："開元中，西涼府節度使楊敬述造。"鄭愚津《陽門詩》注云："葉法善嘗引上入月宮，聞仙樂。及上歸，但記其半，遂於笛中寫之。會西涼府都督楊敬述進婆羅門曲，與其聲調相符。遂以月中所聞爲散序，用敬述所進爲其腔，而名《霓裳羽衣曲》。"諸説各不同。今蒲中逍遥樓楣上有唐人橫書，類梵字，相傳是《霓裳》譜，字訓不通，莫知是非。或謂今燕部有〔獻仙音〕曲，乃其遺聲。然《霓裳》本謂之道調法曲，今〔獻仙音〕乃小石調耳。未知孰是。

七　唐昭宗詞

《新五代史》書唐昭宗幸華州，登齊雲樓，西北顧望京師，作〔菩薩蠻〕詞三章，其卒章曰：“野烟生碧樹。陌上行人去。安得有英雄。迎歸大內中。”今此詞墨本猶在陝州一佛寺中，紙札甚草草。予頃年過陝，曾一見之，後人題跋多，盈巨幅矣。

八　拋球曲

海州士人李慎言，嘗夢至一處水殿中，觀宮女戲球。山陽蔡繩爲之傳，敘其事甚詳。有〔拋球曲〕十餘闋，詞皆清麗。今獨記兩闋：“侍燕黃昏曉未休。玉階夜色月如流。朝來自覺承恩醉，笑倩傍人認繡球。”“堪恨隋家幾帝王。舞裀揉盡繡鴛鴦。如今重到拋球處，不是金爐舊日香。”

九　廣陵散

《盧氏雜說》：韓皋謂嵇康琴曲有《廣陵散》者，以王陵毋丘儉輩，皆自廣陵敗散，言魏散亡自廣陵始，故名其曲曰“廣陵散”。以予考之，散自是曲名，如操、弄、摻、淡、序、引之類。故潘岳《笙賦》“輟張女之哀彈，流廣陵之名散。”又應璩《與劉孔才書》云“聽廣陵之清散”。知散爲曲名明矣。或者康借此名以諫諷時事，散取曲名，廣陵乃其所命，相附爲義耳。

一〇　虞美人曲

高郵人桑景舒，性知音，聽百物之聲，悉能占其災福，尤善樂律。舊傳有虞美人草，聞人作〔虞美人曲〕，則枝葉皆動，他曲不然。景舒試之，誠如所傳。乃詳其曲聲曰：“皆吳音也，他日取琴，試用吳音製一曲，對草鼓之，枝葉亦動，乃謂之〔虞美人操〕。其聲調與〔虞美人曲〕，全不相近，始末無一聲相似者，而草輒應之。與〔虞美人曲〕無異者，律法同管也。其知者臻妙如此。景舒進士及第，終於州縣官。今〔虞美人操〕盛行於江吳間，人亦莫知其如何者爲吳音。

洪邁《容齋隨筆》

一　東坡《書李後主去國之詞》

東坡《書李後主去國之詞》云：“最是倉皇辭廟日，教坊猶奏別離歌，揮淚對宮娥。”以爲後主失國，當慟哭於廟門之外，謝其民而後行，乃對宮娥聽樂，形於詞句。予觀梁武帝啓侯景之禍，塗炭江左，以致覆亡，乃曰：“自我得之，自我失之，亦復何恨。”其不知罪己亦甚矣。竇嬰救灌夫，其夫人諫止之，嬰曰：“侯自我得之，自我捐之，無所恨。”梁武帝用此言而非也。

二　吳激賦長短句

先公在燕山，赴北人張總侍御家集，出侍兒佐酒。中有一人，意狀摧抑可憐。扣其故，乃宣和殿小宮姬也。坐客翰林直學士吳激賦長短句紀之，聞者揮涕。其詞曰：“南朝千古傷心地，還唱後庭花。舊時王謝。堂前燕子，飛向誰家。恍然相遇，仙姿勝雪，宮髻堆鴉。江州司馬。青衫淚濕，同是天涯。”激字彦高，米元章婿也。

三　東坡念奴嬌

王荆公絕句云：“京口瓜州一水間，鍾山祇隔數重山。春風又綠江南岸，明月何時照我還。”吳中士人家藏其草，初云“又到江南岸”，圈去“到”字，注曰“不好”，改爲“過”。復圈去而改爲“入”。旋改爲“滿”。凡如是十許字，始定爲“綠”。黃魯直詩：“歸燕略無三月事，高蟬正用一枝鳴。”“用”字初曰“抱”，又改曰“占”，曰“在”，曰“帶”，曰“要”，至“用”字始定。予聞於錢伸仲大夫如此。今豫章所刻本，乃作“殘蟬猶占一枝鳴”。向巨源云：“元不伐家有魯直所書東坡〔念奴嬌〕，與今人所歌不同者數處，如‘浪淘盡’爲‘浪聲沉’，‘周郎赤壁’爲‘孫吳赤壁’，‘亂石穿空’爲‘崩雲’，‘驚濤拍岸’爲‘掠岸’，‘多情應笑我，早生華髮’爲‘多情應是笑我早生華髮’，‘人生如夢’爲‘如寄’。”不知此本今何在也。

四　莫愁

莫愁者，郢州石城人，今郢有莫愁村，畫工傳其貌，好事者多寫寄四遠。《唐書》《樂志》曰：“莫愁樂者，出於石城樂，石城有女子名莫愁，善歌謠。”古詞曰“莫愁在何處，莫愁石城西。艇子打兩槳，催送莫愁來”者是也。李義山詩曰：“海外徒聞更九州，他生未卜此生休。空傳虎旅鳴宵柝，無復雞人送曉籌。此日六軍同駐馬，他時七夕笑牽牛。如何四紀爲天子，不及盧家有莫愁。”此莫愁者，洛陽人。梁武帝《河中之歌》曰：“河中之水向東流，洛陽女兒名莫愁。莫愁十三能織綺，十四采桑南陌頭。十五嫁爲盧家婦，十六生兒似阿侯。盧家蘭室桂爲梁，中有鬱金蘇合香。頭上金釵十二行，足下絲履五文章。珊瑚挂鏡爛生光，平頭奴子擎履箱。人生富貴何所望，恨不早嫁東家王。”莫詳其義。近世周美成樂府〔西河〕一闋，專咏金陵，所云“莫愁艇子曾繫”之語，豈非誤指“石頭城”爲“石城”乎？

五　犯角曲

郭茂倩編次樂府詩，《穆護砂》一篇，引歷代歌辭曰“曲犯角”。其語曰：“玉管朝朝弄，清歌日日新。折花當驛路，寄與隴頭人。”黃魯直《題牧護歌後》云：“予嘗問人此歌，皆莫能説牧護之義。昔在巴夔間六年，問諸道人，亦莫能説。他日，舡宿雲安野次，會其人祭神罷而飲福，坐客更起舞而歌木瓠。其詞有云：
'聽説商人木瓠，四海五湖曾去。'中有數十句，皆叙賈人之樂，
末云'一言爲報諸人，倒盡百瓶歸去'。繼有數人起舞，皆陳述己
事，而始末略同。問其所以爲木瓠，蓋刳曲木狀如瓠，擊之以爲歌
舞之節耳。乃悟'穆護'蓋'木瓠'也。"據此説，則茂倩所序，
爲不知本原云。且四句律詩，如何便差排爲犯角曲。殊無意義。

六　朱載上

朱載上，舒州桐城人，爲黄州教授。有詩云："官閑無一事，
蝴蝶飛上階。"東坡公見之，稱賞再三，遂爲知己。中書舍人新
仲，其次子也，有家學。十八歲時，戲作小詞，所謂"流水泠泠，
斷橋斜路梅枝亞"者。朱希真見而書諸扇，今人遂以爲希真所作。
又有《摺叠扇》詞云："宮紗蜂趂梅，寶扇鸞開翅。數摺聚清風，
一捻生秋意。摇摇雲母輕，裊裊瓊枝細。莫解玉連環，怕作飛花
墜。"公親書稿固存，亦因張安國書扇，而載於《于湖集》中。其
《咏五月菊》詞云："玉臺金盏對炎光。全似去年香。有意莊嚴端
午，不應忘却重陽。菖蒲九節，金英滿把，同泛瑶觴。舊日東籬陶
令，北窗正傲羲皇。"淵明於五六月高卧北窗之下，清風颯至，自
謂羲皇上人。用此事於五月菊，詩家嘆其精切云。

七　秦少游八六子詞

秦少游〔八六子〕詞云："片片飛花弄晚，濛濛殘雨籠晴。正
銷凝。黄鸝又啼數聲。"語句清峭，爲名流推激。予家舊有建本
《蘭畹曲集》，載杜牧之一詞，但記其末句云："正銷魂，梧桐又移
翠陰。"秦公蓋效之，似差不及也。

八　東坡公行香子詞

東坡公〔行香子〕小詞云："清夜無塵，月色如銀。酒斟時，
須滿十分。浮名浮利，休苦勞神。嘆隙中駒，石中火，夢中身。

雖抱文章，開口誰親。且陶陶、樂盡天真。不如歸去，作個閑人。對一張琴，一壺酒，一溪雲。"紹興初，范覺民爲相，以自崇寧以來，創立法度，例有泛賞，如學校，茶鹽，錢幣，保伍，農田，居養，安濟，寺觀，開封大理獄空，四方邊事，御前內外諸局，編敕會要、學制、禮制、道史等書局，掖庭遍澤，行幸，曲恩，諸色營繕、河埽功役，采石木椎花石等網，祥瑞、禮樂，西城所公田，伎術，伶優，三山，永橋，明堂，西內，八寶，元圭，種種濫賞，不可勝述。其曰："應奉有勞，獻頌可采。職事修舉，特授轉者，又皆無名，直與及白身補官，選人改官職名礙格，非隨龍而依隨龍人，非戰功而依戰功人等，每事各爲一項，建議討論。"又行下吏部，若該載未盡名色，并合取朝廷旨揮，臨時參酌追奪事件，遂爲畫一規式，有至奪十五官者。雖公論當然，而失職者胥動造謗，浮議蜂起。無名子因改坡語云："清要無因，舉選艱辛。繫書錢須要十分。浮名浮利，虛苦勞神。嘆旅中愁，心中悶，部中身。雖抱文書，苦苦推尋。更休說誰假誰真。不如歸去，作個齊民。免一回來，一回討，一回論。"至大字書寫，貼於內前牆上，邏者得之以聞。是時僞齊劉豫，方盜據河南，朝論慮或搖人心，亟罷討論之舉。范公用是爲臺諫所攻，今章且叟奏稿中正載彈疏，竟去相位云。

九 梅花詞

先忠宣公好讀書，北困松漠十五年，南謫嶺表九年。重之以風淫末疾，而繙閱書策，早暮不置，尤熟於杜詩。初歸國到闕，命作謝賜物一札子，竄定兩句云："已爲死別，偶遂生還。"謂曰此雖不必泥出處，然有所本更佳。東坡《海外表》云："子孫慟哭於江邊，已爲死別。"杜老《羌村》詩云："世亂遭飄蕩，生還偶然遂。"正用其語。在鄉邦日，招兩使者會集，出所將宣和殿書畫舊物示之。提刑洪慶善作詩曰："願公什襲勿浪出，六丁取將飛辟歷。""辟歷"二字如古文，不從雨。公和之曰："萬里懷歸爲公出，往事宣和空歷歷。”請其意，曰：“亦出杜詩‘歷歷開元事，分明在目前’也。”紹興丁巳，所在始歌〔江梅引〕詞，不知爲誰人所作，己未庚申年，北庭亦傳之。至於壬戌，公在燕，赴張總侍御家宴，侍妾歌之，感其“念此情，家萬里”之句，愴然曰：“此詞殆爲我作。”既歸不寐，遂用韻賦四闋。時在囚拘中，無書可檢，但有《初學記》、韓、杜、蘇、白樂天集，所引用句語，一一有來處。北方不識梅花，士人罕有知梅事者，故皆注所出。其一《憶江梅》云：“天涯除館憶江梅。幾枝開。使南來。還帶餘杭、春信到燕臺。準擬寒英聊慰遠，隔山水，應銷落，赴愬誰。　　空恁遐想笑摘蕊。斷回腸，思故里。漫彈綠綺。引三弄、不覺魂飛。更聽胡笳、哀怨淚沾衣。亂插繁華須異日，待孤諷，怕東風，一夜吹。”元注：引杜公“忽憶兩京梅發時”，“胡笳在樓上，哀怨不堪聽”，“安得健步移遠梅，亂插繁華向晴昊”；樂天《憶杭州梅花》“三年閑悶在餘杭，曾爲梅花醉幾場”，車駕時在臨安。柳子厚“欲爲萬里贈，杳杳山水隔。寒英坐銷落，何用慰遠客”；江總“桃李佳人欲相照，摘蕊牽花來并笑”；高適“遙憐故人思故鄉，梅花滿枝空斷腸”；盧仝“含愁更奏綠綺琴”“相思一夜梅花發”；劉方平“晚歲芳梅樹，繁華四面同。東風吹漸落，一夜幾枝空”；東坡“忽見早梅花，不飲但孤諷。一夜東風吹不裂，半隨飛雪度關山”。其二《訪寒梅》云：“春還消息訪寒梅。賞初開。夢吟來。映雪銜霜、清絕繞風臺。可怕長洲桃李妒，度香遠，驚愁眼，欲媚誰。　　曾動詩興笑冷蕊。效少陵，慚下里。萬株連綺。嘆金谷、人墜鶯飛。引領羅浮、翠羽幻青衣。月下花神言極麗，且同醉，休先愁，玉笛吹。”注：引李太白“聞道春還未相識，走傍寒梅訪消息。綠珠樓下梅花滿，今日曾無一枝在”；江總“金谷萬株連綺甍，梅花隱處藏嬌鶯”；何遜“銜霜當路發，映雪擬寒開。枝橫却月觀，花繞凌風臺”；杜公“東閣官梅動詩興，還如何遜在揚州”，“未將梅蕊驚愁眼，要取楸花媚遠天”，“巡檐索共梅花笑，冷蕊疏

枝半不禁”；樂天“賞自初開直至落”，“莫怕長洲桃李妒，明年好
爲使君開”；王昌齡夢中作梅花詩，梁簡文賦“香隨風而遠度”及
趙師雄“羅浮見美人在梅花下，有翠羽啾嘈相顧，詩云學妝欲待
問花神”。崔櫓“初開已入雕梁畫，未落先愁玉笛吹”。其三《憐
落梅》云：“重閨佳麗最憐梅。牖春開。學妝來。爭粉翻光何遽落
梳臺。笑坐雕鞍歌古曲，催玉柱，金卮滿，勸阿誰。　　貪爲結子
藏暗蕊。斂蛾眉，隔千里。舊時羅綺。已零散，沉謝雙飛。不見嬌
姿、真悔著單衣。若作和羹休訝晚，墮烟雨，任春風，片片吹。”
注：引梁簡文賦：“重閨佳麗，貌婉心嫻，憐早花之驚節，訝春光
之遺寒。”“顧影丹墀，弄此嬌姿，洞開春牖，四捲羅帷。春風吹
梅畏落盡，賤妾爲此斂蛾眉。”又“爭樓上之落粉，奪機中之織
素。”梁王詩“翻光同雪舞”；鮑采“縈窗落梳臺”；江總“滿酌
金卮催玉柱，落梅樹下宜歌舞”；太白“千金駿馬邀少妾，笑坐雕
鞍歌落梅”；古曲有《落梅花》“又片片吹落春風香”；謝莊賦
“隔千里兮共明月”；庾信“早知覓不見，真悔著衣單”；東坡“抱
叢暗蕊初含子，玉妃謫墮烟雨村”；王建“自是桃花貪結子”。第
四篇失其稿。每首有一“笑”字，北人謂之四“笑”〔江梅引〕，
爭傳寫焉。

一〇　蘇幕遮

唐中宗時，清源尉呂元泰上書言時政曰：“比見坊邑相率爲渾
脫隊，駿馬胡服，名曰〔蘇幕遮〕，旗鼓相當，騰逐喧噪。以禮義
之朝，法胡虜之俗，非先王之禮樂，而示則於四方。”書曰：“謀
時寒若，何必羸形體，讙衢路，鼓舞跳躍而索寒哉。”書聞不報，
蓋并論潑寒胡之戲。唐史附於《宋務光傳》末，元泰竟亦不顯，
近世風俗相尚，不以公私宴集，皆爲要曲要歌，如《渤海樂》之
類，殆猶此也。

王明清《揮麈録》

一　東坡先生

東坡先生自黃州移汝州，中道起守文登，舟次泗上，偶作詞云：“何人無事，燕坐空山。望長橋上，燈火鬧，使君還。”太守劉士彥，本出法家，山東木强人也。聞之，亟謁東坡云：“知有新詞，學士名滿天下，京師便傳。在法泗州夜過長橋者，徒二年。況知州邪？切告收起，勿以示人。”東坡笑曰：“軾一生罪過，開口常是，不在徒二年以下。”張唐佐云。

二　朱新仲

朱新仲，少仕江寧，在王彥昭幕中。有代彥昭《春日留客》致語云：“寒食止數日間，纔晴又雨。牡丹蓋十數種，欲拆又芳。”皆魯公帖與牡丹譜中全語也。彥昭好令人歌柳三變樂府新聲。又嘗作樂語曰：“正好歡娛，歌葉樹數聲啼鳥；不妨沉醉，拼畫堂一枕春醒。”又皆柳詞中語。

三　蔡元長

蔡元長既南遷，中路有旨取所寵姬慕容邢武者三人，以金人指名來索也。元長作詩以別云：“爲愛桃花三樹紅，年年歲歲惹東風。如今去逐他人手，誰復尊前念老翁。”初，元長之竄也，道中市食飲之類，問知蔡氏，皆不肯售。至於詬罵，無所不道。州縣吏爲驅逐之稍息。元長轎中獨嘆曰：“京失人心，一至於此。”至潭州，作詞曰：“八十一年住世，四千里外無家。如今流落向天涯。夢到瑤池闕下。玉殿五回命相，彤庭幾度宣麻。止因貪此戀榮華。便有如今事也。”後數日卒。門人呂川卞老釀錢葬之，爲作墓志，乃曰“天寶之末，姚宋何罪”云。馮于容云。

四 胡銓 張元幹

紹興戊午，秦檜之再入相，遣王正道爲計議使，以修和盟。十一月，樞密院編修官胡銓邦衡上書曰："王倫本一狎邪小人，市井無賴，須緣宰相無識，遂舉以使虜。專用詐誕，欺罔天聽，驟得美官，天下之人，切齒唾罵。今日無故誘致虜使以詔諭江南爲名，是欲臣妾我也，是欲劉豫我也。且豫事醜虜，南面稱王，以爲子孫帝王萬世之業，牢不可拔，一旦豺狼改慮，捽而縛之，父子爲虜。商鑒不遠，而倫乃欲陛下效之。夫天下者，祖宗之天下也，陛下之位，祖宗之位也。奈何以祖宗之天下爲犬戎之天下，祖宗之位爲犬戎藩臣之位？陛下一屈膝虜人，則祖宗廟社之靈，盡污夷狄；祖宗數百年之赤子，盡爲左衽；朝廷之宰輔，盡爲陪臣；天下士大夫皆當裂冠毀冕，變爲胡服。異時豺狼無厭之求，安知不加我以無禮如劉豫也哉？夫三尺童子至無知也，指犬豕而使之拜，則怫然怒；堂堂天朝，相率而拜犬豕，曾童稚之所羞，而陛下忍爲之耶？倫之議，乃曰'我一屈膝，則梓宮可還，太后可復，淵聖可歸，中原可得。'嗚呼，自變故以來，主和議者，誰不以此説啗陛下哉？然而卒無一驗，則虜之情僞已可見矣。而陛下尚不覺悟，竭民膏血而不卹，忘國大讎而不報，含垢忍恥，舉天下而臣之甘心焉。就令虜決可和，盡如倫議，天下後世以陛下爲何如主也？況醜虜變詐百出，而倫又以奸邪濟之，則梓宮決不可還，太后決不可復，淵聖決不可歸，中原決不可得。而此膝一屈，不可復伸，國勢陵夷，不可復振，可不爲慟哭流涕長太息哉。向者陛下間關海道，危如累卵，尚未肯臣虜，況今國勢既張，諸將盡鋭，士卒思奮。如頃者醜虜陸梁，僞豫入寇，固嘗敗之於襄陽，敗之於淮上，敗之於渦口，敗之於淮陰，較之往時蹈海之危，固已萬萬不侔。儻不得已而至於用兵，則我豈遽出虜人下哉？今無故欲臣之，屈萬乘之尊，下穹廬之拜，三軍之士，不戰而氣已索，此魯仲連所以義不帝秦，非惜乎帝王虛名，惜天下大勢有所不可也。今内而百官，外而軍民，萬口一談，皆欲食倫之肉。謗議洶洶，陛下不聞，正恐一旦變作，禍且不測。臣故謂不斬王倫，國之存亡未可知也。雖然，倫固不足道也，秦檜爲心腹大臣，而不爲之計。陛下有堯舜之資，檜不能致陛下於唐虞，而欲導陛下爲石晉。頃者禮部侍郎曾開等引古議折之，檜乃厲聲責之曰：‘侍郎知故事，我獨不知。’則檜之遂非愎諫，已自可見。而乃建議日令臺省侍臣僉議可否，蓋畏天下議己，令茲省侍臣共分謗耳。有識者皆以謂朝廷無人，吁可惜也。孔子曰：‘微管仲吾其披髮左衽矣。’夫管仲伯者之佐，尚能變左衽之軀，而爲衣裳之會。秦檜大國之相也，反驅衣裳之俗而爲左衽之鄉，則檜也不惟陛下之罪人，實爲管仲之罪人也。孫近傅會檜議，遂得參知政事。天下望治，有如飢渴，而近伴食中書，漫不加可否。檜曰‘虜可講和’，近亦曰‘可和’；檜曰‘天子當拜’，近亦曰‘當拜’。臣嘗至政事堂三發問，而近三不答，但云‘已令臺諫侍臣議之矣’。嗚呼，身爲執政，不能參贊大政，徒取容充位如此，若虜騎長驅，近還能折衝禦侮耶？竊謂秦檜、孫近皆可斬也。臣備員樞屬，義不與檜等共戴天。區區之心，願斬三人頭，竿之藁街。然後羈留虜使，責以無禮，徐興問罪之師，則三軍之士，不戰而氣自倍。不然，臣有赴東海而死耳，寧能處小朝廷求活邪。”疏入，責爲昭州鹽倉，而改送吏部，與合入差遣，注福州簽判，蓋上初無深怒之意也。至壬戌歲，慈寧歸養，秦諷臺臣論其前言勿效，詔除名勒停送新州編管。張仲宗元幹，寓居三山，以長短句送其行云：“夢繞神州路。悵秋風連營畫角，故宮離黍。底事昆侖傾砥柱。九陌黃流亂注。聚萬落千村狐兔。天意從來高難問，況人生易老、悲如許。更南浦，送君去。　　涼生岸柳銷殘暑。耿斜河，疏星淡月，斷雲微度。萬里江山知何處。回首對床夜語。雁不到，書成誰與。目斷青天懷今古。肯兒曹恩怨相爾汝。舉大白，唱金縷。”邦衡在新興，嘗賦詩云：“富貴本無心，何事故鄉輕別？空使猿驚鶴怨，誤薜蘿風月。　　囊錐剛要出頭來，不道甚時節。欲駕巾車歸去，有豺狼當轍。”郡守張棣繳上之，以謂譏訕，秦愈怒，移送吉陽軍編管，檜乃擇使臣之刻核者名游崇管押，封小項筒過海。邦衡與其骨肉，徒步以涉瘴癘，路人莫不憐之。至雷州，太守王彥恭趨，雖不學而有識。適使臣者行囊中有私茶，彥恭遣人捕獲，送獄奏治，別差使臣護送，仍厚饋以濟其渡海之費，邦衡賴以少甦。彥恭緣此賢士大夫推重之。檜訏邦衡，後即就除湖北提舉常平，乘軺一日而殂。又數年，秦始聞仲宗之詞。仲宗挂冠已久，以它事追赴大理削籍焉。邦衡囚朱崖，幾一紀，方北歸。至端明殿學士通奉大夫，八十余而終，謚忠簡。此天力也。此一段皆邦衡之子澥，手爲刪定。

五　蔡敏肅

熙寧中，蔡敏肅挺，以樞密直學士帥平涼。初冬置酒郡齋，偶成〔喜遷鶯〕一闋："霜天清曉。望紫塞古壘，寒雲衰草。汗馬嘶風，遍鴻翻月，壟上鐵衣寒早。劍歌騎曲悲壯，盡道君恩雕報。塞垣樂，盡雙鞬錦帶，山西年少。　　　談笑。刁斗靜。烽火一把，常送平安耗。聖主憂邊，威靈遐布，騎虜且寬天討。歲華向晚愁思，誰念玉關人老。太平也，且歡娛，不惜金尊頻倒。"詞成，閑步後園，以示其子朦。朦置之袖中，偶遺墜，爲鴈門老卒得之。老卒不識字，持令筆吏辨之。適郡之娼魁，素與筆吏洽，因授之。會賜衣襖中使至，敏肅開燕。娼尊前執板歌此，敏肅怒，送獄根治。倡之儕類，祈哀於中使，爲援於敏肅。敏肅捨之，復令謳焉。中使得其本以歸，達於禁中，宮女輩但見"太平也"三字，爭相傳授，歌聲遍掖庭。遂徹於宸聽，詰其從來，乃知敏肅所製。裕陵即索紙批出云："玉關人老，朕甚念之。樞管有闕，留以待汝。"以賜敏肅。未幾遂轉樞密副使。御筆見藏其孫積家。史言敏肅交結內侍，進詞柄用，又不同也。

六　外祖空青公

曾文肅十子，最鍾愛外祖空青公。有壽詞云："江南客，家有寧馨兒。三世文章稱大手，一門兄弟獨良眉。藉甚衆多推。千里足，來自渥洼池。莫倚善題鸚鵡賦，青山須待健時歸。不似傲當時。"其後外祖果以詞翰名世，可謂父子爲知己也。

七　不以蹈襲爲非

"柳色黄金嫩，梨花白雪香"，陰鏗詩也，李太白取用之。杜子美《太白詩》云："李白有佳句，往往似陰鏗。"後人以謂以此譏之。然子美詩有"蛟龍得雲雨，雕鶚在秋天"一聯，已見《晋書·載記》矣。如"冰肌玉骨清無汗，水殿風來暗香滿"，孟蜀主詩，東坡先生度以爲詞，昔人不以蹈襲爲非。《南部烟花録》："夕陽如有意，偏傍小窗明"，唐人方域詩。《新唐書·藝文志》有方域詩一卷。《烟花録》一名《大業拾遺記》，文詞極惡，可疑。而《大業幸江都記》，自有十二卷，唐著作郎杜寶所纂，明清家有之，永平時楊州印本也。

八　周美成瑞鶴仙詞

周美成晚歸錢塘鄉里，夢中得〔瑞鶴仙〕一闋："悄郊原帶郭，行路永，客去車塵漠漠。斜陽映山落，斂餘紅，猶戀孤城闌角。凌波步弱，過短亭、何用素約。有流鶯勸我，重解綉鞍，緩引春酌。　　不記歸時早暮，上馬誰扶，醒眠朱閣。驚飆動幕，猶殘醉，繞紅藥。嘆西園、已是花深無地，東風何事又惡。任流光過却，歸來洞天自樂。"未幾方臘盜起，自桐廬擁兵入杭。時美成方會客，倉皇出奔，趨西湖之墳庵。次郊外，適際殘臘，落日在山，忽見故人之妾，徒步亦爲逃避計。約下馬，小飲於道旁旗亭，聞鶯聲於木杪，分背。少焉抵庵中，尚有餘醺，困卧小閣之上，恍如詞中。逾月賊平入城，則故居皆遭蹂踐，旋營緝而處。繼而得請提舉杭州洞霄宮，遂老焉。悉符前作。美成嘗自記甚詳。今偶失其本，姑追記其略而書於編。

九 周美成風流子詞

周美成爲江寧府溧水令，主簿之室，有色而慧，美成每款洽於尊席之間。世所傳〔風流子〕詞，蓋所寓意焉：“新綠小池塘。風簾動碎影，舞斜陽。羨金屋去來，舊時巢燕，土花繚繞，前度莓牆。繡閣鳳帷深幾許，聽得理絲簧。欲說又休，慮乖芳信，未歌先噎，愁轉清商。 暗想新妝了，開朱户，應自待月西廂。最苦夢魂，今宵不到伊行。問甚時却與，佳音密耗，擬將秦鏡，偷換韓香。天便教人，霎時廝見何妨。”新綠待月，皆簿庭亭軒之名也。俞羲仲云。

一〇 徐伸

徐幹臣伸，三衢人。政和初，以知音律爲太常典樂，出知常州。嘗自製轉調〔二郎神〕之詞云：“悶來彈鵲，又攪碎一簾花影。謾試着春衫，還思纖手，薰徹金虬爐冷。動是愁端，如何向，但怪得新來多病。嗟舊日沈腰，如今潘鬢，怎堪臨鏡。 重省。別時淚滴，羅襟猶凝。爲我厭厭，日高慵起，長托春酲未醒。雁足不來，馬蹄難駐，門掩一亭芳景。空佇立，盡日欄干倚遍，晝長人靜。”既成，命開封尹李孝壽來牧吳門。李以嚴治京兆，號李閻羅。道出郡下，幹臣大合樂燕勞之，喻群娟令謳此詞，必待其問乃止。娟如戒，歌至三四。李果詢之，幹臣蹙額云：“某頃有一侍婢，色藝冠絕，前歲以亡室不容逐去。今聞在蘇州一兵官處，屢遣信欲復來，而今之主公靳之。感慨賦此。詞中所叙，多其書中語。今焉適有天幸，公擁麾於彼，不審能爲我之地否？”李云：“此甚不難，可無處也。”既次無錫，賓贊者請受謁次第，李云：“郡官當至楓橋。”橋距城十里而遠。翌日，艤舟其所，官吏上下，望風股栗。李一閱刺字，忽大怒云：“都監在法不許出城，乃亦至此，使郡中萬一有火盜之虞，豈不殆哉？”斥都監下階，荷校送獄。又數日，取其供牘，判奏字。其家震懼求援，宛轉哀鳴致懇。李笑云："且還徐典樂之妾了來理會。"兵官者解其指，即日承命，然後捨之。曾仲恭云。

一一 題賞心亭長短句

宣、政中有兩地，早從王荊公學，以經術自任，全乏文采。自建業移帥維揚，臨發作長短句，題於賞心亭云："爲愛金陵佳麗。乃分符來此。擁麾忽又向淮東，便恁尺人千里。畫鼓一聲催起。邦內人齊跪。江山有興我重來，斟別酒休辭淚。"官中以碧紗籠之。後有輕薄子過其下，刮去"有"字，改作"没"字，"我"字易作"你"字。往來觀之，莫不啓齒。

一二 徐君猷

徐得之君猷，陽翟人。韓康公婿也。知黄州日，東坡先生遷謫於郡，君猷周旋之，不遺餘力。其後君猷死於黄，東坡作祭文挽詞甚哀。又與其弟書云："軾始謫黄州，舉眼無親。君猷一見，相待如骨肉，此意豈可忘哉？"君猷後房甚盛，東坡常聞堂上絲竹，詞中謂表德原來字勝之者，所最寵也。東坡北歸，過南都，則其人已歸張樂全之子厚之恕矣。厚之開燕，東坡復見之，不覺掩面號慟，妾乃顧其徒而大笑。東坡每以語人，爲蓄婢之戒。君猷子端益，字輔之，娶燕王元儼孫女，爲右階，有文采。建炎中，富季申登樞府，以其故家，處以永嘉路都監。曾覿爲雙穗鹽場官，與其子本中厚善。曾既用事，薦本中於孝宗，遂得密侍禁中。韓氏子弟亦有攀援而進者。本中娶趙氏從聖野之孫，即磻老家女也。

岳珂《桯史》

一 劉過

廬陵劉改之過，以詩鳴江西，厄於韋布，放浪荊楚，客食諸侯間。開禧乙丑過京口，余爲饟幕庚吏，因識焉。廣漢章以初升之，東陽黃幾叔機，敷原王安世遇，英伯邁，皆寓是邦。暇日，相與蹦奇吊古，多見於詩，一郡勝處皆有之。不能盡憶，獨録改之《多景樓》一篇曰："金焦兩山相對起，不盡中流大江水。一樓坐斷天中央，收拾淮南數千里。西風把酒閑來游，木葉漸脱人間秋。關河景物異南北，神京不見雙泪流。君不見王勃詞華能蓋世，當時未遇庸人耳。翩然落拓豫章游，滕王閣中悲帝子。又不見李白才思真天人，時人不省爲謫仙。一朝放迹金陵去，鳳凰臺上望長安。我今四海游將遍，東歷蘇杭西漢沔。第一江山最上頭，天地無人獨登覽。樓高意遠愁緒多，樓乎樓乎奈爾何。安得李白與王勃，名與此樓長突兀。"以初爲之大讲，詞翰俱卓犖可喜，囑予爲刻樓上，會兵事起，不暇也。又嘉泰癸亥歲，改之在中都，時辛稼軒弃疾帥越，聞其名，遣价招之。適以事不及行，作書歸輅者。因效辛體〔沁園春〕一詞，并緘往，下筆便逼真。其詞曰："斗酒彘肩，醉渡浙江，豈不快哉。被香山居士，約林和靖，與蘇公等，駕勒吾回。坡謂西湖，正如西子，濃抹淡妝臨照臺。諸人者都掉頭不顧，祇管傳杯。　　白云天竺去來，圖畫裏，崢嶸樓觀開。看縱橫一澗，東西水遠，兩山南北，高下雲堆。逋曰不然，暗香疏影，祇可孤山先探梅。蓬萊閣訪稼軒未晚，且此徘徊。"辛得之大喜，致餽數百千，竟邀之去。館燕彌月，酬唱疊疊，皆似之，逾喜。垂別，賙之千緡，曰："以是爲求田資。"改之歸，竟蕩於酒，不問也。詞語峻拔，如尾腔，對偶錯綜，蓋出唐王勃體而又變之。余時與之飲西園，改之中席自言，掀髯有得色，余率然應之曰："詞句固佳，然恨無刀圭藥，療君白日見鬼證耳。"坐中哄堂一笑。既而別去，如昆山，姓某氏者愛之，女焉。余未及瓜而聞其訃。以初後四年來守九江，以憂免，至金陵亦卒。游從歷歷在目，今二君墓木拱矣，言之於邑。

二　辛稼軒

　　辛稼軒守南徐，已多病謝客。予來筮仕委吏，實隸總所，例於州家殊參辰，且望贄謁刺而已。余時以乙丑南宮試，歲前涖事，僅兩旬，即謁告去。稼軒偶讀予通名啓而喜，又頗階父兄舊，特與其潔。余試既不利，歸官下，時一招去。稼軒以詞名，每燕必命侍妓歌其所作。特好歌〔賀新郎〕一詞，自誦其警句曰："我見青山多嫵媚，料青山見我應如是。"又曰："不恨古人吾不見，恨古人不見吾狂耳。"每至此，輒撫髀自笑，顧問坐客何如，皆嘆譽，如出一口。既而又作一〔永遇樂〕，序北府事，首章曰："千古江山，英雄無覓孫仲謀處。"又曰："尋常巷陌，人道寄奴曾住。"其寓感慨者，則"不堪回首，佛狸祠下，一片神鴉社鼓。憑誰問廉頗老矣，尚能飯否。"特置酒召數客，使妓迭歌，益自擊節，遍問客，必使摘其疵，孫謝不可。客或措一二詞，不契其意，又弗答，然揮羽四視不止。余時年少，勇於言，偶坐於席側，稼軒因誦啓語，顧問再四。余率然對曰："待制詞句，脫去今古軫轍，每見集中有解道此句真宰上訴天應嗔耳之序，嘗以爲其言不誣。童子何知而敢有議？然必欲如范文正以千金求嚴陵祠記一字之易，則晚進尚竊有疑也。"稼軒喜，促膝亟使畢其説。余曰："前篇豪視一世，獨首尾二腔，警語差相似。新作微覺用事多耳。"於是大喜，酌酒而謂坐中曰："夫君實中予痼。"乃味改其語，日數十易，累月猶未竟，其刻意如此。余既以一語之合，益加厚，頗取視其觚觶，欲以家世薦之朝，會其去未果。是時，潤有貢士姜君玉瑩中，嘗與余游，偶及此，次日携康伯可《順庵樂府》一裘相示。中有〔滿江紅〕作於婺女潘子賤席上者，如"嘆詩書萬卷致君人，翻沉陸。且置請纓封萬戶。徑須賣劍酬黃犢。慟當年寂寞賈長沙，傷時哭"之句，與稼軒集中詞全無異。伯可蓋先四五十年，君玉亦疑之。然予讀其全篇，則它語却不甚稱，似不及稼軒出一格律。所携乃板行，又故本，殆不可曉也。《順庵詞》今麻沙尚有之，但少讀者，與世傳俚語不同。

三 金酋亮

金酋亮未篡，僞封岐王，爲平章政事。頗知書，好爲詩詞，語出輒崛彊懟懟有不爲人下之意，境内多傳之。且驟施於國，東昏疑焉，未及誅，而有胥儀之禍，宗族大臣，以亮有素譽，因共推戴。既立，遂肆暴無忌，佳兵苛役，以迄於亡。然其居位時，好文辭猶不輟，余嘗得其數篇。初王岐，以事出使，道驛有竹，輒咏之曰："孤驛瀟瀟竹一叢，不同凡卉媚春風。我心正與君相似，衹待雲梢拂碧空。"又《書壁述懷》曰："蛟龍潛匿隱滄波，且與蝦蟆作混和。等待一朝頭角就，撼摇霹靂震山河。"既而過汝陰，復作詩曰："門掩黄昏染緑苔，那回踪迹半塵埃。空庭日暮鳥争噪，幽徑草深人未來。數仞假山當户牖，一池春水繞樓臺。繁花不識興亡地，猶倚闌干次第開。"又嘗作《雪詞》〔昭君怨〕曰："昨日樵村漁浦。今日瓊川小渚。山色捲簾看。老峰巒。錦帳美人貪睡。不覺天花剪水。驚問是楊花。是蘆花。"一曰至卧内，見其妻几間有岩桂植瓶中，索筆賦曰："緑葉枝頭金縷裝，秋深自有别般香。一朝揚汝名天下，也學君王著赭黄。"其詞旨已多圭角，蓋其蓄志已不小矣。及得志，將圖南牧，遣我叛臣施宜生來賀天申，隱畫工於中節，使圖臨安之城邑，及吴山西湖之勝以歸。既進繪事，大喜，瞷然有垂涎杭越之想。亟命撤坐間軟屏，更設所獻，而於吴山絶頂貌已之狀，策馬而立，題其上曰："萬里車書盍混同，江南豈有别疆封？提兵百萬西湖上，立馬吴山第一峰。"遷汴之歲，已弑其母矣。又二日而中秋待月不至，賦〔鵲橋仙〕，曰："停杯不舉，停歌不發，等候銀蟾出海。不知何處片雲來，做許大通天障礙。

虬髯撚斷，星眸睜裂，惟恨劍鋒不快。一揮截斷紫雲腰，子細看嫦娥體態。"明年竟遂前謀。使御前都統驃騎衛大將軍韓夷耶，將鵰軍二萬三千、園子細軍一萬，先下兩淮。臨發，賜所製〔喜遷鶯〕以爲寵曰："旌麾初舉，正駃騠力健，嘶風江渚。射虎將軍，落鵬都尉，繡帽錦袍翹楚。怒磔戟髯爭奮，捲地一聲鼙鼓。笑談頃，指長江齊楚，六師飛渡。　　此去，無自墮。金印如斗，獨在功名取。斷鎖機謀，垂鞭方略，人事本無今古。試展卧龍韜韫，果見成功旦莫。問江左，想雲霓望切，玄黃迎路。”余又嘗問開禧降者，能誦憶尚多，不能盡識。觀其所存，寓一二於十百，其桀驁之氣，已溢於辭表，它蓋可知也。犬狺鴞鳴，要充其性，不足平議。軟屏詩正隆事迹，以爲翰林修撰蔡珪所作，詭曰御製。反覆它作，似出一機杼，或者傳疑益訛，抑其餘皆出於視草，亦無所致詰。錄所見者，聊以寓志怪云。洪文敏《夷堅支志》，僅載其二，它不傳。

張邦基《墨莊漫録》

一　東坡戲作長短句

東坡在杭州，一日游西湖，坐孤山竹閣前臨湖亭上，時二客皆有服，預焉。久之，湖心有一彩舟，漸近亭前，靚妝數人，中有一人尤麗，方鼓箏，年且三十餘，風韵閑雅，綽有態度。二客競目送之。曲未終，翩然而逝。公戲作長短句云：“鳳凰山下雨初晴。水風清。晚霞明。一朵芙蕖，開過尚盈盈。何處飛來雙白鷺，如有意，慕娉婷。　　忽聞江上弄哀箏。苦含情。遣誰聽。烟斂雲收，依約是湘靈。欲待曲終尋問取，人不見，數峰青。”

二　延安夫人蘇氏

延安夫人蘇氏，丞相子容妹，曾子宣内也，有詞行於世，或以爲東坡女弟適柳子玉者所作，非也。

三　歐公柳

揚州蜀岡上大明寺平山堂前，歐陽文忠手植柳一株，謂之

"歐公柳"，公詞所謂"手種堂前垂楊柳，別來幾度春風"。薛嗣昌作守，相對亦種一株，自榜曰"薛公柳"，人莫不嗤之。嗣昌既去，爲人伐之。不度德有如此者。

四　晁無咎

晁無咎謫玉山，過徐州，時陳無己廢居里中。無咎置酒，出小姬娉娉舞梁州，無己作〔減字木蘭花〕長短句云："娉娉褭褭。芍藥梢頭紅樣小。舞袖低回。心到郎邊客已知。金樽玉酒。勸我花前千萬壽。莫莫休休。白髮簪花我自羞。"無咎嘆曰："人疑宋開府鐵石心腸，及爲梅花賦，清艷殆不類其爲人。"無己清通，雖鐵石心腸，不至於開府，而此詞過於《梅花賦》矣。

五　穆護歌

蘇陰和尚作《穆護歌》，又地理風水家，亦有《穆護歌》，皆以六言爲句，而用側韵。黃魯直云："黔南巴梗間，賽神者皆歌穆護，其略云：'聽唱商人穆護，四海五湖曾去。'因問穆護之名，父老云：'蓋木瓠耳，曲木狀如瓠，擊之以節歌耳。'"予見淮泗村人多作《炙手歌》，以大長竹數尺，刳去中節，獨留其底，築地逢逢若鼓聲，男女把臂成圍，擴髀而歌，亦以竹筒築地爲節。四方風俗不同，吳人多作山歌，聲怨咽如悲泣，聞之使人酸辛。柳子厚云："欸乃一聲山水綠"，此又嶺外之音，皆此類也。

六　關子東

宣和二年，睦寇方臘起幫源，浙西震恐，士大夫相與奔竄。關注子東，在錢塘，避地掘家於無錫之梁溪。明年臘就擒，離散之家，悉還桑梓。子東以貧甚未能歸，乃僑寓於毗陵郡崇安寺古柏院中。一日，忽夢臨水有軒，主人延客，可年五十，儀觀甚偉，玄衣而美鬚髯。揖坐，使兩女子以銅杯酌酒，謂子東曰："自來歌曲新聲，先奏天曹，然後散落人間。他日東南休兵，有樂府曰〔太平樂〕，汝先聽其聲。”遂使兩女子舞，主人抵掌而爲之節。已而恍然而覺，猶能記其五拍。子東因作詩記云：“玄衣仙子從雙髮，緩節長歌一解顏。滿引銅杯效鯨吸，低回紅袖作弓彎。舞留月殿春風冷，樂奏鈞天曉夢還。行聽新聲太平樂，先傳五拍到人間。”後四年，子東始歸杭州，而先廬已焚於兵火，因寄家菩提寺。復夢前美髯者，腰一長笛，手披書册，舉以示子東。紙白如玉，小朱欄界間行以譜，有其聲而無其詞。笑謂子東曰：“將有待也。往時在梁溪，曾按〔太平樂〕，尚能記其聲否乎？”子東因爲之歌，美髯者援腰間笛，復作一弄。亦私記其聲，蓋是重頭小令。已而遂覺。其後，夢又至一處，榜曰“廣寒宮”，宮門夾兩池水，瑩净無波，地無纖草，仰觀巍峨若洞府，然門鑰不啓。或有告之者曰：“但曳鈴索呼月姊，則門開矣，子東從其言，試曳鈴索，果有應者。乃引至堂宇，見二仙子，皆眉目疏秀，端莊靚麗，冠青瑶冠，衣彩霞衣，似錦非錦，似綉非綉。因問引者曰：“此謂誰？”曰：“月姊也。”乃引子東升堂，皆再拜。月姊因問：“往時梁溪，曾令奴鬟歌舞，傳〔太平樂〕，尚能記否？又遣紫髯翁吹新聲，亦能記否？”子東曰：“悉記之。”因爲歌之。月姊喜見顏面，復出一紙，書以示子東曰：“亦新詞也。”姊歌之，其聲宛轉似樂府〔昆明池〕。子東因欲强記之，姊有難色，顧視手中紙，化爲碧字，皆滅迹矣。因揖而退。乃覺，時已夜闌矣。默記其一句云：“深誠杳隔無疑。”亦不知爲何等語也。前後三夢，後多忘其聲，惟紫髯翁笛聲尚在。乃倚其聲而爲之詞，名曰〔桂花明〕云：“縹緲神清開洞府，遇廣寒宮女。問我雙鬟梁溪舞，還記得，當時否。　　碧玉詞章教仙語，爲按歌宮羽。皓月滿窗人何處。聲未斷，瑶臺路。”子東嘗自爲予言。

七　東坡梅花詞

東坡作《梅花詞》云：“高情已逐曉雲空，不與梨花同夢。”注云：唐王建有《夢看梨花雲》詩，予求王建詩，世所印本雕一卷，乃無此篇。後得之於晏元獻《類要》中，後又得《建全集》七卷，乃得全篇。題云《夢好梨花歌》："薄薄落落霧不分，夢中喚作梨花雲。瑤池水光蓬萊雪，青葉白花相次發。不從地上生枝柯，合在天頭繞宮闕。天風微微吹不破，白艷却愁春露浥。玉房彩女齊看來，錯認仙山鶴飛過。落英散粉飄滿空，梨花顏色同不同。眼穿臂短取不得，取得亦如從夢中。無人爲我解此夢，梨花一曲心珍重。"或誤傳爲王昌齡，非也。

八　南唐後主

宣和間，蔡寶臣致君，收南唐後主書數軸，來京師，以獻蔡條約之。其一乃王師收金陵城垂破時，倉皇中作一疏，禱於釋氏，願兵退之後，許造佛像若干身、菩薩若干身、齋僧若干萬員、建殿宇若干所。其數皆甚多，字畫潦草，然皆遒勁可愛，蓋危窘急中所書也。又有《看經發願》文，自稱蓮峰居士李煜。又有長短句〔臨江仙〕云："櫻桃結子春歸盡，蝶翻金粉雙飛。子規啼月小樓西，玉鈎羅幕，惆悵捲金泥。門巷寂寥人喪後，望殘烟草低迷。"而無尾句。劉延仲爲補之云："何時重聽玉驄嘶，撲簾飛絮，依約夢回時。"

九　東坡作長短句洞仙歌

東坡作長短句〔洞仙歌〕，所謂"冰肌玉骨，自清凉無汗"。公自叙云："予幼時見一老人，年九十餘，能言孟蜀主時事，云：'蜀主嘗與花蕊夫人夜坐納凉於摩訶池上，作〔洞仙歌令〕。'老人能歌之。予今但記其首兩句，乃爲足之。"近見李公彥季成詩話，乃云："楊元素作《本事》，記〔洞仙歌〕'冰肌玉骨，自清凉無汗'。"錢唐有老尼能誦後主詩章兩句，後人爲足其意，以填此詞。其説不同。予友陳興祖德昭云："頃見一詩話，亦題云李季成作，乃全載孟蜀主一詩：'冰肌玉骨清無汗，水殿風來暗香滿。簾間明月獨窺人，欹枕釵橫雲鬢亂。三更庭院悄無聲，時見疏星渡河漢。

屈指西風幾時來，祇恐流年暗中換。’云東坡少年遇美人，喜〔洞仙歌〕，又解后處景色暗相似，故隱括，稍協律以贈之也。”予以爲此説近之。據此乃詩耳，而東坡自叙乃云：“是〔洞仙歌令〕。”蓋公以此叙自晦耳，〔洞仙歌〕腔出近世，五代及國初，未之有也。

一〇　東坡遺迹

靖康初，韓子蒼知黄州，頗訪東坡遺迹，嘗登赤壁，而賦所謂“栖鶻之危巢者，不復存矣”悼悵作詩而歸。郡人何頡斯舉者，猶及識東坡，因次韵獻子蒼云：“兒時宗伯寄吾州，諷誦移文至白頭。二賦人間其吐鳳，五年江上不驚鷗。蟹嘗見水人猶惡，鶻有危栖孰肯留。珍重使君尋往事，西風悵望古城樓。”然黄之赤壁，土人云：“本赤鼻磯也。”故東坡長短句云：“故壘西邊，人道是、三國周郎赤壁”，則亦是傳疑而已。今岳陽之下，嘉魚之上，有烏林赤壁，蓋公瑾自武昌列艦，風帆便順，溯流而上，逆戰於赤壁之間也。”杜甫有《寄岳州李使君》詩云：“烏林芳草遠，赤壁健帆開。”則此其敗魏軍之地也。

一一　宗室以詞章知名者

元祐以後，宗室以詞章知名者，如士暕、士宇、叔益、令時鱗髴之，皆有篇什聞於時。然近屬衛中，能翰墨尤多，如嗣濮王仲御，喜作長短句，嘗見十許篇於王之孫，不□皆可儷作者，不能盡載，如上元扈蹕，作〔瑶臺第一層〕云：“嶰管聲催。人報道常娥步月來。鳳燈鸞炬，寒輕簾箔，光泛樓臺。萬年春未老，更帝鄉日月蓬萊。從仙仗，看星河銀界，錦綉天街。　　歡陪。千官萬騎，九霄人在五雲堆。紫袍光裏，星毬宛轉，花影徘徊。未央宮漏永，散異香龍闕崔嵬。翠輿回。奏仙歌韶吹，寶殿樽罍。”每使人歌此曲，則太平之象，恍然在夢寐間也。

（上載《同聲月刊》第三卷第十號）

·彙輯宋人詞話十三·

洪邁《夷堅志》

一 侯蒙

侯中書元功蒙，密州人。自少游場屋，年三十有一，始得鄉貢。人以其年長貌侻，不加敬。有輕薄子畫其形於紙鳶上，引綫放之。蒙見而大笑，作〔臨江仙〕詞題其上曰："未遇行藏誰肯信，如今方表名踪。無端良匠畫形容。當風輕借力，一舉入高空。纔得吹噓身漸穩，祇疑遠赴蟾宫。雨餘時候夕陽紅。幾人平地上，看我碧霄中。"蒙一舉登第，年五十餘，遂爲執政。

二 孫洙

孫洙字巨源，年十四，隨父錫官京東。嘗至登州，謁東海廟，密禱於神，欲知它日科第及爵位所至。夜夢有告之者曰："汝當一舉成名，位在雜學士上。"既覺，頗喜，然年尚幼，未識雜學士何等官。問諸人，人曰："吉夢也，子必且爲龍圖閣學士。"後擢第入朝，歷清近。眷注隆異，以夢語人。元豐二年，拜翰林學士，賓客皆賀，孫愀然曰："曩固相告矣，翰苑班，冠雜學士，吾其止是乎。今日之命，宜吊不宜慶也。"纔閱月，省故人城外，於坐上得疾。神宗連遣太醫診視，幸其瘳，且以爲執政。後果瘳。上喜，使謂曰："何日可入朝，即大用矣。"省吏即之，絡繹展謁，冠蓋填門不絕。孫私語家人，"我指日至二府，神言何欺我哉。"臨當朝，顧左右曰："我病久，恐不堪跪起，爲我設茵褥，且肄習之。"方再拜，疾復作，不能興。遽扶視之，已絕矣。孫公在時，嘗一日，鎖院宣召者至其家。則已出，數十輩踪迹之，得於李端願太尉家。

時李新納妾，能琵琶，孫飲，不肯去，而迫於宣命，不敢留。遂入院，草三制罷，復作長短句，寄恨恨之意，遲明遣示李。其詞曰："樓頭尚有三通鼓。何須抵死催人去。上馬苦忽忽。琵琶曲未終。回頭凝望處，那更廉纖雨。漫道玉爲堂。玉堂今夜長。"或以爲孫將亡時所作，非也。

三　李南金

樂平士人李南金，紹興二十七年登科，纔唱名，罷歸旅舍，夢二女子執板歌詞以侑酒，曰："君是園中楊柳，能得幾時青。趁金明春光尚好，尊酒賞閑情。他年歸去，强山陰處，一枕曉霞清。"覺而記其語，不曉强山爲何處。既調官，得光化軍教授，未赴，來謁提點坑冶李植，獻新發鐵山，自督工烹煉。一日，見巨蛇仰首向爐，如有所訴。李戒坑户勿得害，既而殺之。它曰，又有蛇，其大如柱，來冶處，傍小蛇千餘隨之，結爲大團。巨蛇躍起，首高丈餘。李猶令僕持杖捶之，僕不敢前。又遣人歸家取勅告置地上，蛇徑行不顧。李甚駭，即覺體中不佳，遂歸。先是，其家人夢一姥尋李教授，曰："枉殺我兒。"及是知其不可起，數日而卒。

四　成都使臣某人

紹興四年，蜀道類試進士。成都使臣某人，禱於梓童神，願知今歲類元姓字。夜夢至廟中，見二士人掘手出，共歌〔漢宮春〕詞"問玉堂何似茅舍疏籬"之句。神君指曰："此是也。"明日復入廟，將驗昨夢。士人來者紛紛不絕，有兩人同出，携手而歌，果夢中句也。省其狀貌皆是，即趨出揖之曰："二君中必有一人魁選者。"具以夢告，皆大喜。已而更相辯質，曰"自我發端。"曰："我正唱此。"一人者，仙井黃貢也，奮然曰："此吾家舊夢，何預君事邪？吾父初登科，夢神君贈詩云：'玉堂消息近，金榜姓名高。'覺而喜，自謂必爲翰林學士，然但至成都教授而終。以今思之，端爲我設。所謂'玉堂消息'者，正指詞中語耳。"是歲貢果爲第一。兩世共證一夢，雖一時笑歌，亦已素定於數十年之前，神君其靈矣哉。

五 惜奴嬌大曲

紹興九年，張淵道侍郎，家居無錫南禪寺。其女請大仙，忽書曰："九華天仙降。"問："爲誰?"曰："世人所謂巫山神女者是也。"賦〔惜奴嬌〕大曲一篇，凡九闋。其一曰："瑤闕瓊宮，高枕巫山十二，睹瞿塘千載灩灩雲濤沸。異景無窮，好閑吟滿酌金巵。憶前時楚襄王曾來夢中相會。吾正鬒亂釵橫，斂霞衣雲縷向前低揖，問我仙職。桃杏遍開，綠草萋萋鋪地。燕子來時。向巫山朝朝行雨暮行雲，有閑時祇恁晝堂高枕。"（按："枕"字出韵，疑"睡"之訛。）〔瑤臺景〕第二："繞繞雲梯。上徹青霄霞外，與諸仙同飲鎮長醉。虎嘯猿吟，碧桃香異風飄細。希奇。想人間難識這般滋味。姮娥奏樂，簫韶有仙音異品，自然清脆。過住行雲不敢飛。空凝滯，好是波瀾澄湛，一溪香水。"〔蓬萊景〕第三："山染青螺，縹渺人間難涉。有珠珍光照晝夜無休息。仙景無極，欲言時汝等何知。且修心，要游觀，亦非大段容易。下俯浮生，尚自爭名逐利。豈不省來歲擾擾兵戈起。天慘雲愁，念時衰，如何是，使我輩終日蓬宮下淚。"〔勸人〕第四："再啓諸公，百歲還如電急。高名顯位。瞬息爾，泛水輕漚，霎那間，難久立。畫燭當風裏。安能久之。速往茅峰，割愛休名避世。等功成，須有上真相引掖。放死求生施良藥，功無比。千萬記，此個奇方第一。"〔王母食蟠桃〕第五："方結實累累。翠枝交映，蟠桃顆顆仙味，真香美。遂命雙成持靈刀割來耳，服一粒令我延年萬歲。堪笑東方便起私心盜餌，使宮中仙伴遞互相尤殢。無奈雙成向王母高陳之。遂指方偷了蟠桃是你。"〔玉清宮〕第六："紫雲絳靄，高擁瑤砌。曉光中無限剖列肅整天仙隊。又有殊音，欲舉聲還止。朝罷時。亦有清香飄世。玉駕繚繞，高上真仙盡退。有瓊花如雪散漫飛空裏。玉女金童，捧丹文，傳仙誨。撫諸仙早起，勞卿過耳。"〔扶桑宮〕第七："光陰

奇。扶桑宮裏。日月常畫，風物鮮明，可愛無陰晦。大帝頻鑒於瑤
池。朱欄外，乘鳳飛。教主開顏命醉。寶樂齊吹，盡是瓊姿天妓。
每三杯須用聖母親來揖。異果名花，幾千般，香盈袂。意欲歸。却
乘鸞車鳳翼。"〔太清宮〕第八："顯煥明霞，萬丈祥雲高布，望仙
官衣帶，曳曳臨香砌。玉獸齊焚，滿高穹，盤龍勢。大帝起，玉女
金童遍侍。奉敕宣言，甚荷諸仙厚意。復回奏感恩頓首皆躬袂。奏
畢還宮，尚依然雲霞密，奇更異。非我君何聞耳。"〔歸〕第九：
"吾歸矣。仙宮久離。洞戶無人管之，專俟吾歸。欲要開金燧。千
萬頻修已。言訖。無忘之，哩囉哩。此去無由再至。事冗難言，爾
輩須能自會。汝之言還便是如吾意。大抵方寸平平無憂耳。雖改
易之愁何畏。"詞成，文不加點。又大書曰："吾且歸。"遂去。明
日別有一人，自稱"歌曲仙"，曰："昨夕巫山神女見招云：'在君
家作詞，慮有不協律處，令吾潤色之。'及閲視，但改數字而已。"
其第三篇所云："來歲擾擾兵戈起，時虜人方歸河南。"人以此説
爲不然。明年，淵道自祠官起，提舉秦司茶馬，度淮而北，至鄧
陽，虜兵大至，蒼黃奔歸，盡室幾不免，河南復陷。考詞中之句，
神其知之矣。

六　西房壁間題小詞

倪巨濟次子冶，爲洪州新建尉。請告，送其妻歸寧。還至新淦
境，遣行前者占一驛。及至，欲入，遙聞其中人語，逼而聽之，嘻
笑自如，而外間略無僕從。將詢爲何人，而不得入門，窺之，聲在
堂上。暨入堂上，則又在房中。冶疑懼亟走出。遍訪驛外居民，一
人云："嘗遣小童來借筆硯去，未見其出也，乃與健僕排闥直入。
見西房壁間題小詞云："霜風摧蘭，銀屏生曉寒。淡掃眉山。臉紅
殷。瀟湘浦，芙蓉灣。相思數聲哀嘆。畫樓尊酒閑。"墨色尚濕，
筆硯在地，曾無人迹。倪氏不敢宿而去。

七 吳淜

信州弋陽人吳淜，字潤甫，所居曰結竹村。幼子大同，生而不能言，手亦攣縮。紹興十七年，十一歲。方秋時，與里中兒戲山下。有道人過，問吳潤甫家所在。旁兒指曰：“在彼。”曰：“此子何不答我。”曰：“不能言。”道人曰：“然則我先爲治此疾而後往。”乃摘茅一莖，取其葳，針大同兩耳下，應時呼號。又連針其肘，遽伸手執道人衣，曰：“何爲刺我。”群兒皆驚異，與俱還淜家。道人入門曰：“君家又有一人廢疾，可舁至縣中，尋吾治之。”且約以某日。蓋淜兄濬長子不能行，四十五歲矣。過期數日，乃入邑，訪之無所見。後淜與大同至縣，見丐者髼鬊藍縷。大同指曰：“此是也。”淜以錢遺之。不受，曰：“沽酒飲我足矣。”至肆。方具杯，擲去之，曰：“此不足一醉。”自入庫中取巨瓮，兩人不能勝者，獨挈之出，其直千錢。舉瓮盡飲之，乃去，又曰：“君家麻車源木甚多，可伐之，爲我建一樓於所居竹間。”麻源者，去結竹七里，產大木。淜如其言，立樓。命曰：“遇仙。”常烹羊釀酒爲慶會。自此道人不復至。大同或時有所適，或經日乃返，不告家人以其處。始時絕短小，今形容偉然，氣韵落落。又數年復來，告曰：“俟爾父母捐館，妻子亦謝世，當訪我於貴溪紫竹岩。”今淜夫婦皆死，大同妻子（此下宋本缺一葉。）“華宮瑤館游畢，却返絳節回鸞翼。荷殷勤三畀香醪，供養我上真仙客。赤靄浮空，祥雲遠布，是我來仙迹。且頻修，同泛舸上雲秋碧。”書畢，人問曰：“先生降臨，何以爲驗？”曰：“赤雲滿空，則吾至矣。”異日復至果然。故詞中及之。

八 趙縮手

趙縮手者，不知其名，本普州士人也。少年父母與錢令買書於成都。及半塗，有方外之遇，遂弃家出游。至紹興末，蓋百餘歲矣。喜來彭漢間，行則縮兩手於胸次，以是得名。人延之食，不以多寡輒盡。飲之酒，自一杯至百杯皆不辭。或終日不飲食，亦怡然自樂。嘗於醉中放言文潞公入蜀事，歷歷有本末。他日復詢之，曰："不知也。"黃仲秉鈞家，寫其真事之。成都人房偉爲贊云："養氣近術，談道近禪，被褐懷玉，其樂也天。欲去即去，欲住即住。縮手袖間，孰測其故。"趙見而笑曰："養氣安得謂之術？禪與道一也，安有二？我縮手於胸，非袖間也。"取筆續曰："似驢無觜，似牛無角。文殊普賢，摸索不着。"又自贊曰："紅塵中，白雲裹，好個道人活計。無事東行西行，有時半醒半醉。相逢大笑高談，不是胡歌虜沸。除非同道方知，同道世間有幾。"綿竹人袁仲舉久病起，遇趙過門，邀入，飲以酒。問曰："吾疾狀如此，先生將奈何？"趙不答，但歌詞一闋，曰："我有屋三間，柱用八山。周回四壁海遮闌。萬象森羅爲斗拱，瓦蓋青天。無漏得多年。結就因緣，修成功行滿三千。降得火龍伏得虎，陸地通仙。"云此呂洞賓所作也。吾亦有一篇，又歌曰："損屋一間兒，好與支持。休教風雨等閑欺。覓個帶修妥穩路，休遣人知。須是著便宜，運轉臨時。袄知險裹却妨危。透得玄關歸去路，方步雲梯。"歌罷，滿引數杯。無所言而去，仲秉正與偕行。徐問其故，曰："觀吾詞意可見矣。"後旬日，袁果死。什邡縣風俗，每以正月作衛真人生日。道衆畢會，趙亦往，寓於居人謝氏。先一夕告之曰："住君家不爲便，假我此榻，吾將有所之。"拂且徑趨對門小寺，得一室，據榻趺坐。傍人怪其不言，就視，已卒矣。會者數千人，爭先來觀，以香火致敬。越三日火化其骨，鈎聯如鎖子云。

九　慕容巖妻

姑蘇雍熙寺，每月向半，常有婦人往來廊廡間，歌小詞，且笑且嘆。聞者就之，輒不見。其詞云："滿目江山憶舊游。汀洲花草弄春柔。長亭檻住木蘭舟。　　好夢易隨流水去，芳心空逐曉雲愁。行人莫上望京樓。"好事者往往録藏之。士子慕容巖卿見而驚曰："此予亡妻所爲。外人無知者，君何從得之。"客告之故，巖卿悲嘆，此寺蓋其旅櫬所在也。

一〇　張風子

　　張風子者不知何許人。紹興中來鄱陽，止於申氏客邸。每旦出賣相，晚輒醉歸。與人言初若可曉，忽墮莽眇中，不可復問。養一鷄、一畫眉，冬之夜，熾炭滿爐，自坐床上，而置二蟲於兩旁。火將盡，必言曰：“向火已暖，可睡矣。”最善呼鼠，申媼以爲請。張散飯於地，誦偈數句。少頃，衆鼠累累而至，或緣隙鑽穴，蓋以百數，聚於前，攫飯而食。食罷，張曰：“好去。勿得嚙衣服，損器皿，群鳴跳踉。在東歸東，在西歸西，勿得亂行。苟犯令，必殺汝。”鼠默默引去，不敢出聲。或請除之，則用送咒而遣往官倉中，云：“法不許殺也。”目光紺碧如鏡，旋溺時直濺丈許乃墮。好歌〔滿庭芳〕詞曰：“咄哉牛兒，心壯力壯，幾人能可牽繫。爲愛原上，嬌嫩草萋萋。祗管侵青逐翠。奔走後，豈顧群迷。爭知道山遙水遠，回首到家遲。牧童能有智，長繩牢把，短稍高携。任從它入泥入水無爲。我自心調步穩，青松下橫笛長吹。當歸處，人牛不見，正是月明時。”皆云其所作也。留歲餘乃去。

一一　張臺卿

　　國朝故事，翰林學士草宰相制，或次補執政，謂之“帶入”。大觀三年六月八日，何清源執中登庸。四年六月八日，張無盡商英登庸，皆張臺卿閣草麻，竟無遷寵。時蔡京責太子少保，張當制，詆之甚切，爲搢紳所傳誦。京銜之，會復相，即出張知杭州。明年六月八日宴客中和堂，忽思前兩歲宿直命相，正與是日同。乃作長短句紀其事，曰：“長天霞散，遠浦潮平，危欄駐目江皋。長記年年榮遇，同是今朝。金鸞兩回命相，對清光頻許揮毫。雍容久，正茶杯初賜，香袖時飄。　　歸去玉堂深夜，泥封罷，金蓮一寸纔燒。帝語丁寧，曾被華袞輕褒。如今漫勞夢想，嘆塵踪杳隔仙鼇。無聊意，當歌對酒怎消。”觀者美其詞，而訝其卒章失意。未幾以故物召還，遽卒於官，壽止四十。臺卿，河陽人。

一二　葉少蘊

　　葉少蘊左丞初登第，調潤州丹徒尉。郡守器重之，俾檢察徵
稅之出入。務亭在西津上，葉嘗以休日往，與監官并欄干立，望江
中有采舫傔亭而南，滿載婦女，嬉笑自若。謂爲富貴家人，方趨避
之，船已泊岸。十許輩袨服而登，徑詣亭上，問小史曰："葉學士
安在？幸爲入白。"葉不得已出見之，皆再拜致詞曰："學士雋聲
滿江表，妾輩乃真州妓也，常願一侍尊俎，愜平生心，而身隸樂
籍。儀真過客如雲，無時不開宴，望頃刻之適不可得。今日太守私
忌，郡官皆不會集，故相約絶江此來，殆天與其幸也。"葉慰謝，
命之坐。同官謀取酒與飲，則又起言："不度鄙賤，輒草具殽醞自
隨，敢以一杯爲公壽。願得公妙語持歸，誇示淮人，爲無窮光榮，
志願足矣。"顧從奴挈檻而上，饌品皆精潔，迭起歌舞。酒數行，
其魁捧花箋以請，葉命筆立成，不加點竄，即今所傳〔賀新郎〕
詞也。其詞曰："睡起聞鶯語。點蒼苔簾籠晝掩，亂紅無數。吹盡
殘花無人見，唯有垂楊自舞。漸暖靄初回輕暑。寶扇重尋明月影，
暗塵侵尚有乘鸞女。驚舊恨，鎮如許。　　　江南夢斷橫江渚。浪黏
天蒲萄漲淥，半空烟雨。無限樓前滄波意，誰采蘋花寄取。但恨望
蘭舟容與。萬里雲帆何時到，送孤鴻目斷千山阻。重爲我，唱金
縷。"卒章蓋紀實也。此詞膾炙人口，配坡公"乳燕華屋"之作，
而葉公自以爲非其絶唱，人亦罕知其事云。

一三　張珍奴

　　張珍奴者，不知其所自來，或云吳興官妓，而未審也。雖落風
塵中，而性頗淡素，每夕盥濯更衣，燒香叩天，祈脫去甚切。某士
人過其家，珍出迎，見其風神秀異，敬待之，置酒盡歡而去。明日
又至，凡往來幾月，然終不及亂。珍訝而問曰："荷君見顧，不爲
不久，獨不肯稍留一夕，以盡相□□歡，豈非以下妾猥陋，不足以

娛侍君子耶？"客曰："不然。人情相得不在是，所贵心相知爾。"他日酒半，客詢珍曰："汝居常更何所爲？"對曰："失身於此，又將何爲？但每夕告天，祈竟此債爾。"客曰："然則何不學道？"曰："迫於口體之奉，何暇爲此？且何從得師乎？"客曰："吾爲汝師何如？"曰："果爾，則幸也。"起更衣，炷香拜之爲師。既去，數日不至。珍方獨處，漫自書云："逢師許多時，不説些兒個，及至如今悶損我。"援毫之際，客忽來，見所書，笑曰："何爲者？"珍不答而匿之。客曰："示我何害？"示之，即續其後云："別無巧妙，與你方兒一個。子後午前定息坐，夾脊雙門昆侖過，恁時得氣力思量我。"珍大喜，再三致謝，自是豁然若有所悟。亦密有所傳授，第不以告人，然未知其爲何人也。累月告去，珍開宴餞之，臨歧，出文字一封曰："我去後開閲之。"及啓緘，乃小詞一首，皆言修煉之事，云："坎離乾兑分子午，但認取自家宗祖。（原注：此下失去一句。）煉甲庚更降龍虎。雷震励，山頭雨，要澆灌黄芽出土。有人若問是誰傳？但説道先生姓吕。"始悟其洞賓也。遂齋戒，謝賓客，繪其象，嚴奉事，修其説。行之逾年，尸解而去。

一四　張季直

張季直，中原人。待湖北漕幕缺，寓居豫章龍興寺。嘗晝寢，恍惚間聞人拊掌笑曰："休休得也岡，雲深處高卧斜陽。"驚起視之，無見也。再就枕，復聞之。張不敢寐，走出，訪寺僧。僧曰："昔年有秀才，以賣詩爲生，病終此室，豈其鬼乎？"張悚然，立丐休官，不半年亦死。及葬西山，其地名得也岡。

一五　英華

縉雲英華事，前志屢書，然未嘗聞其能詩詞也。今得兩篇，其詩云："夜雨連空歇曉晴，前山重染一回青。林梢日暖禽聲滑，苦動春心不忍聽。"其《惜春詞》云："東風忽起黄昏雨，紅紫飄殘香滿路。憑闌空有惜春心，濃緑滿枝無處訴。春光背我堂堂去，縱

有黃金難買住。欲將春去問殘花，花亦不言春已暮。"殊有情致，
故或者又以爲神云。

一六　小詞戲曹勛使金

東坡送子由奉使契丹，末句云："單于若問君家世，莫道中朝
第一人。"用唐李揆事也。紹興中，曹勛功顯使金國，好事者戲作
小詞，其後闋云："單于若問君家世，説與教知，便是紅窗迥底
兒。"謂功顯之父元寵，昔以此曲著名也。後大鐺張去爲之子安
世，以閤門宣贊爲副使，或改其語曰："説與教知，便是中朝一漢
兒。"蓋京師人謂內侍養子不閹者，爲漢兒也。最後知閤門事孟思
恭亦使北，或又改曰："便是鹽商孟客兒。"謂思恭之父，爲販鹾
巨賈也。

一七　合生詩詞

江浙間路岐伶女，有慧黠知文墨，能於席上指物題咏，應命
輒成者，謂之合生；其滑稽含玩諷者，謂之喬合生。蓋京都遺風
也。張安國守臨川，王宣子解廬陵郡印，歸次撫，置酒郡齋，招郡
士陳漢卿參會。適散樂，一妓言學詩，漢卿語之曰："太守呼爲五
馬，今日兩州使君對席，遂成十馬。汝體此意做八句。"妓凝立良
久，即高吟曰："同是天邊侍從臣，江頭相遇轉情親。瑩如臨汝無
瑕玉，暖作廬陵有脚春。五馬今朝成十馬，兩人前日壓千人。便看
飛詔催歸去，共坐中書秉化鈞。"安國爲之嗟賞竟日，賞以萬錢。
予守會稽，有歌宮調女子洪惠英，正唱詞次，忽停鼓，白曰："惠
英有述懷小曲，願容舉似。"乃歌曰："梅花似雪。剛被雪來相挫
折。雪裏梅花。無限精神總屬他。梅花無語。祇有東風來作主。傳
語東君。宜與梅花做主人。"歌畢，再拜云："梅者惠英自喻，非
敢僭擬名花，姑以借意。"雪者，指無賴惡少也。官奴因言其人到
府一月，而遭惡子困擾者至四五，故情見乎詞。在流輩中，誠不
易得。

一八　完顔亮小詞

建康歸正官王和尚，濟南人，能誦完顔亮小詞，其《咏雪》〔昭君怨〕曰：“昨日樵村漁浦。今日瓊州小渚。山色捲簾看。老峰巒。錦帳美人貪睡。不覺天花剪水。驚問是楊花。是蘆花。”其《中秋不見月》〔鵲橋仙〕曰：“持杯不飲，停歌不發，坐待蟾宮出現。片雲何處忽飛來，做許大通天障礙。　　愁眉怒目，星移斗轉，懊惱劍鋒不快。一揮揮斷此陰霾，此夜看姮娥體態。”其後篇凶威可掬也。

一九　宗室公衡

宗室公衡，居秀州，性質和易，善與人款曲，但天資滑稽，遇可啓顔一笑，衝口輒嘲之。里閭親戚以至倡優伶倫，無所不狎侮，見之者無敢不敬畏。素寡髮，俗目之爲趙葫蘆，遂爲好事者作小詞咏之曰：“家門希差。養得一枚依樣畫。百事無能。祇去籬邊纏倒藤。幾回水上。軋捺不翻真個彊。無處容他。祇好炎天曬作巴。”讀者無不絕倒，蓋亦以謔受報也。

二〇　葉祖義

葉祖義，字子由，婺州人。少游太學，負雋聲。天資滑稽不窮，多因口語譴浪，所至遭嫌惡。嘗曰：“世間有十分不曉事，吾以一聯咏之曰：‘醉來黑漆屏風上，草寫盧仝月食詩。’”後登科，爲杭州教授，輕忽生徒，同僚無不斂怨。一旦以事去官，無一人祖餞，獨與西湖僧兩三人差善，至是皆出城送之。葉與之酌酒叙別，半醉，醋歌曰：“如夢如夢，和尚出門相送。”聞者絕倒。

二一　吳興周權選伯

吳興周權選伯，乾道五年知衢州西安縣，招郡士沈延年爲館生，邀至紫姑神，每談未來事，未嘗不驗。尤善屬文，清新敏捷，出人意表。周每餘暇必過而觀之。嘗聞窗外鵲噪甚急，周試叩曰："鵲聲頗喜，未審報何事。"即書一絕句，末聯云："窗前接接綠何事，萬里看君上豹關。"周笑曰："權乃區區邑長，大仙亦何相奉過情耶？"是日，周與一小史執箕，箕忽躍而起，奮筆塗小史之頰，大書云："不潔。"周表姪胡朝舉在旁，因代其事。俄又昂首舉筆向周，移時，若凝視狀，諸人皆悚然，徐就案書數十字，大略云："平時見令尹神氣未清，面多滯色，今日一覘，犀顱日月角明，天庭瑩徹，三七日內，必有召命之喜，當切記之，毋謂謔語。"時十月下旬也。至十一月十三日，大程官自臨安來報召命。越二日，省帖下，以周捕獲偽造券，遷一官，仍越都堂審察，距前所說十有八日云。後三年，周從監左藏西庫，擢守婺，沈生偕往。周欲延鄉僧智勇，住持小院，白仙曰："此僧絕可人，工琴善弈，仙能爲作請疏否？"援筆立書，其警句云："指下七弦，彈徹古來之曲，局中一著，深明向上之機。"詞既藻麗，且深測禪理。通判方篆宴客，就郡借妓，周適邀仙，從容因求賦一詞，往侑席。仙乞題，指瓶內一捻紅牡丹令咏之。又乞詞名及韵，令作〔瑞鶴仙〕，用"捻"字爲韵，意欲因險困之，亦不思而就。其語云："睹嬌紅細捻。是西子當日留心千葉。西都競栽接。賞園林臺榭，何妨日涉。輕羅慢褶。費多少陽和調燮。向曉來露浥芳苞，一點醉紅潮頰。　　雙靨。姚黃國艷，魏紫天香，倚風羞怯。雲鬟試插，便引動狂蜂蝶。況東君開宴，賞心樂事，莫惜獻酬頻叠。看相將紅藥翻階，尚餘侍妾。"既成，略不加點。其他詩文非一，皆可諷玩。周以紹興甲寅爲福建安撫參議官，大兒仵貳福州，得其說如此。

二二　小樓燭花詞

紹興十五年三月十五日，予在臨安，試詞科第三場畢，出院時尚早，同事者何作善伯明，徐搏升甫，相率游市。時族叔拜直應賢，鄉人許良佐舜舉，省試罷，相與同行。因至抱劍街，伯明素與名倡孫小九來往，遂拉訪其家，置酒於小樓。夜月如晝，臨欄凡炳兩燭，結花粲然若連珠，孫娟固黠慧解事，乃白坐中曰："今夕桂魄皎潔，燭花呈祥，五君皆較藝蘭省，其爲登名高第，可證不疑。願各賦一詞紀實，且爲它日一段佳話。"遂取吳牋五幅置於桌上。升甫、應賢、舜舉皆謝不能，伯明俊爽敏捷，即操筆作〔浣溪沙〕一闋曰："草草杯盤訪玉人。燈花呈喜座添春。邀郎覓句要奇新。

黛淺波嬌情脉脉，雲輕柳弱意真真。從今風月屬閑人。"衆傳觀嘆賞，獨恨其末句失意。予續成〔臨江仙〕曰："綺席留歡歡正洽，高樓佳氣重重。釵頭小篆燭花紅。直須將喜事，來報主人公。

桂月十分春正半，廣寒宫殿葱葱。姮娥相對曲欄東。雲梯知不遠，平步挹春風。"孫滿酌一觥相勸曰："學士必高中，此瑞殆爲君設也。"已而予果奏名賜第，餘四人皆不偶。

二三 劉之翰

田世輔爲金州都統制。荆南人劉之翰者，待峽州遠安主簿闕，作〔水調歌頭〕詞獻之曰："凉露洗金井，一葉下梧桐。謫仙浪游何事，華髮作詩翁。烏帽蕭蕭一幅，坐對清泉白石，翹首撫長松。獨鶴歸來晚，聲在碧霄中。　神仙宅，留玉節，駐金狨。黔南一道，十萬貔虎控雕弓。笑折碧荷倒影，自唱采芝新曲，詞句滿秋風。劍佩八千歲，長入大明宫。"田覽之大喜，致書約來金城，欲厚加資給，之翰遽亡。明年田出閱武，見之翰立道左，曰："人鬼殊塗，公能恤吾家，亦足表踐言之義。"忽不見。田大驚異，亟送千緡與其孤。

二四 劉過

劉過，字改之，襄陽人。雖爲書生，而貲産贍足。得一妾，愛之甚。淳熙甲午，預秋薦，將赴省試。臨歧眷戀不忍行。在道賦〔水仙子〕一詞，每夜飲旅舍，輒使隨直小僕歌之。其語曰："宿酒醺醺猶自醉。回顧頭來三十里。馬兒衹管去如飛，騎一會，行一會。斷送殺人山共水。　是則青衫深可喜，不道恩情拼得未。雪

迷前路小橋橫，住底是，去底是。思量我了思量你。”其詞鄙淺不
工，姑以寫意而已。到建昌，游麻姑山，薄暮獨酌，屢歌此詞，思
想之極，至於墮泪。二更後，一美女忽來前執拍板曰：“願唱一曲
勸酒。”即歌曰：“別酒未斟心先醉。忽聽陽關辭故里。揚鞭勒馬
到皇都，三題盡，當際會。穩跳龍門三級水。　　天意令吾先送
喜，不省君侯知得未。蔡邕博識爨桐聲，君背負，祇此是。酒滿金
杯來勸你。”蓋賡和元韵，劉以“龍門”之句，喜甚。即令再誦，
書之於紙，與之歡接，但不曉“蔡邕背負”之意。因留伴寢，始
問為何人，曰：“我本麻姑上仙之妹。緣度王方平蔡經不切，謫居
此山久，不得回玉京。恰聞君新製雅麗，勉趁韵自媒。從此願陪後
乘。”劉猶以辭却之，然素深於情，長途遠客，不能自制，遂與之
偕東。而令乘小轎，相望於百步之間。迨入都城，僦委巷密室同
處。果擢第，調金門教授，以歸過臨江，因游皂閣山，道士熊若水
修謁，謂之曰：“欲有所言，得乎？”劉曰：“何不可者？”熊曰：
“吾善符籙，竊疑隨車娘子，恐非人也。不審於何地得之？”劉具
以告，曰：“是矣，是矣。俟茲夕與并枕時，吾於門外作法行持。
呼教授緊抱同衾人，切勿令竄佚。”劉如所戒，喚僕秉燭排闥人，
見擁一琴。頓悟“昔日蔡邕”之語。堅縛置於旁，及行，親自挈
持，眠食不捨。及經麻姑，訪諸道流，乃云：“頃有趙知軍携古琴
過此，寶惜甚至。因搏拊之際，誤觸墮砌下石上，損破不可治，乃
埋之官廳西邊，斯其物也。”遽發瘞視之，匣空矣。劉舉琴置匣，
命道衆焚香誦經咒，泣而焚之。且作小詩述懷。予按：劉當在詹騤
榜中，而《登科記》中不載。

二五　仰山行宮

王南强以淳熙十年暮冬，自長沙赴省，過袁州。禱於仰山行
宫，是夜宿州東新市村邸，夢人歌〔玉樓春〕詞曰：“玉堂此去春
風暖。正飛絮馬前撩亂。姮娥剪就綠雲衣，待來到蟾宫與換。”纔
半闋即止。又一人白衣策馬，自袁來，到王傍下馬，揖王立談曰：

"今早承訪及。"遂復騎而去,王目送之半里許,別有過者指曰:
"此仰山廟裏人也。"聳然驚寤,蓋神君之像,正著白道袍。明年
王奏名,以兄訃急還,未獲廷對,亦驗一曲弗竟之意矣。十四年正
月,赴殿試,至袁申禱。夢與友孫君同飲於盧溪市,孫曰:"爾飲
酒,與我同。做第二人却不與我同。"王曰:"吾固未嘗以第二自
期也。"孫遽曰:"但願爾作狀元。"遂覺,廟廡下有一偶象戴僧
帽,謂之"應夢道君"。孫君生而禿,全類僧狀,故神假其人以告
云。紹熙元年春,王赴鎮東簽幕,過謁廟,且具牲酒祭謝於獻亭。
夢神君飲亭上,揖使居賓位,坐客數人,陰風蕭然,昏暗如暮夜,
仍不設燈燭。陡覺毛髮竦淅,莫能辨同席者爲誰。聞殿上屬聲言:
"來何遲?"未及答,而曰盡快,盡快!恍惚而寤。蓋王當以去年
四月之官,因家故稽留愆期,旬月乃得上。然蒞職纔二月,即召入
舘。此遲快兩語之證也。

二六 吳淑姬與嚴蕊

湖州吳秀才女,慧而能詩詞,貌美家貧,爲富民子所據,或投
郡訴其奸淫。王龜齡爲太守,逮係司理獄。既伏罪,且受徒刑。郡
僚相與詣理院觀之。仍具酒引使至席,風格傾一坐。遂命脱枷侍
飲,諭之曰:"知汝能長短句,宜以一章自咏,當宛轉白待制,爲
汝解脱。不然危矣。"女即請題。時冬末雪消,春日且至,命道此
景,作〔長相思令〕。捉筆立成,曰:"烟霏霏,雨霏霏。雪向梅
花枝上堆。春從何處回。醉眼開,睡眼開。疏影橫斜安在哉。從教
塞管催。"諸客嘆賞,爲之盡歡。明日以告王公言其冤。王淳直,
不疑人欺,亟使釋放。其後無人肯禮娶。周介卿石之子,買以爲
妾,名曰淑姬。王三恕時爲司户攝理,正治此獄,小詞藏其處。又
台州官奴嚴蕊,尤有才思而通書,究達今古。唐與正爲守,頗屬
目。朱元晦提舉浙東,按部發其事,捕蕊下獄。杖其背,猶以爲伍
伯行杖輕,押至會稽,再論決。蕊墮酷刑,而係樂籍如故。岳商卿
提點刑獄,因疏決至臺,蕊陳狀乞自便。岳令作詞,應聲口占云:

"不是愛風塵,似被前身誤。花落花開自有時,總是東君主。去也終須去,往也如何往。若得山花插滿頭,莫問奴歸去。"岳即判從良。

二七　嘲蔡京詞

蔡京爲左僕射日,官守司空,坐彗星竟天去位,太學諸生用坡公〔滿庭芳〕詞嘲之,今記其數語云:"光芒長萬丈,司空見慣,應謂尋常。"末句云:"仍傳儋崖父老,祗候蔡元長。"蔡命字,正取元者善之長也。長音丁丈反,而其解易,以爲長短之長,故因以爲戲。及再當國,密諭學官訪首唱者,斥逐之。

二八　戲謔詞

滑稽取笑,加釀嘲辭,合於《詩》所謂善戲謔之義。陳曄日華編集成帙,以示予。因采其可書,并舊聞可傳者,并記於此。王季明給事舉饒客席上粉詞云:"妙手庖人,搓得細如麻綫。面兒白,心下黑,身長行短。驀地下來,嚇出一身冷汗。這一場歡會,早危如壘卵。便做羊肉臊子,勃堆飣碗。終不似引盤美滿。舞萬遍,無心看,愁聽弦管。收盤盞,寸腸暗斷。"水飯詞云:"水飯惡冤家,些小薑瓜。尊前正欲飲流霞。却被伊來剛打住,好悶人那。不免著匙爬,一似吞沙。主人若也要人誇。莫惜更攪三五盞,錦上添花。"張才甫太尉居烏戌,效遠公蓮社,與僧俗爲念佛會。御史論其白衣吃菜,遂賦〔鵲橋仙〕詞云:"遠公蓮社,流傳圖畫,千古聲名猶在。後人多少繼遺踪,到我便失驚打怪。　　西方未到,官方先到,冤我白衣吃菜。龍華三會願相逢,怎敢學他家二會。"京師段油,亦作嘲戲詩。嘗冬日大風猛雨,雪雹雷電交作,或請咏之,即云:"劈面同雲布,雨共雪無數。雷又似打鼓,風又似拽鋸。雹子遍四郊,電光照四處。晚了定時晴。"駐筆久之,人問如何見得晚晴,徐書云:"天也撰不去。"有題筆而名軾者,或書絕句云:"馬相如慕藺相如,兩個才名總不殊。試問此間名軾者，不知曾識子瞻無？"吉州舉子赴省，書先牌曰："廬陵魁選歐陽伯樂。"或譏之曰："有客南來自吉州，姓名挑在擔竿頭。雖知汝是歐陽後，畢竟從初不識羞。"明椿都統生祠於玉蘭關廟側，士人題云："昔日英雄關大王，明公右首立祠堂。大家飛上梧桐樹，自有傍人説短長。"都城富坊，皆諸倡之居，一夕遭火，黎明燒盡。有詩云："火星飛入富春坊，莫道天公不四行。祇恐夜深花睡去，高燒銀燭照紅妝。"秦伯陽春室案上生芝草一本，裝飾甚華，一客蒙其延遇，見而言曰："鄉里此物極多，謂之鐵腳菰。"記得往日曾有一詩云："元是山中鐵腳菰，移來顏色已焦枯。如今毀譽原無主，草木因人也適呼。"秦默然不樂，不復容其登門。小官在任俸給鮮薄，答攫土詩云："滿目生涯齒一簑，無端賓客自相磨。欲抽己俸憂家累，待掠民錢奈法何。一飯與君愁裏飽，三杯聽我苦中歌。更陪一具窮鎗劍，唾罵慊憎總任他。"董參政舉場不利，作〔柳梢青〕云："滿腹文章，滿頭霜雪，滿面塵埃，直至如今。別無收拾，祇有清貧。功名已是因循。最懊恨張巡李巡。幾個明年，幾番好運，祇是瞞人。"政和改僧爲德士，以皂帛裹頭，頂冠於上，無名子作兩詞。〔夜游宮〕云："因被吾皇手詔，把天下寺來改了。大覺金仙也不小。德士道，却我甚頭腦。（原本脱一字。）道袍須索要，冠兒戴恁且休笑。最是一種祥瑞好。古來少，葫蘆上面生芝草。"〔西江月〕云："早歲青衫短帽，中間圓頂方袍。忽然天賜降宸毫，接引私心人道。可謂一身三教，如今且得逍遥。擎拳稽首拜云霄，有分長生不老。"後章蓋初爲秀才，乃削髮，卒爲德士也。咏舉子赴省，有〔青玉案〕云："釘鞋踏破祥符路，似白鷺紛紛去。試盝襆頭誰與度。八厢兒事，兩員直殿，懷挾無藏處。時辰報盡天將暮。把筆胡填備員句。試問閑愁知幾許。兩條脂燭，半盂餿飯，一陣黃昏雨。"皆可助尊俎間捧腹也。

二九 望月詞

大江富池口，隸興國軍，有甘寧將軍廟，殿宇雄偉。行舟過之者，必具牲醴祇謁。紹興初，劇賊李成數萬衆，欲攻軍城，禱祀下求吉卜，神不與。成怒，大言嫚侮，擲杯珓於地。珓忽起，帖於柱上，陰雲陡合，雷電交至。成震怖，率醜類亟拜祈哀，方止。果爲官兵所敗，即丁志中所書以爲馬進者也。李子永嘗自西下，舟次散花洲，有神鴉飛立牆竿，久之東去。即遇便風，晡時抵岸步，青蛇激箭而來，至舟尾不見。是夕艤泊，明日寐神，其前大樓七間，尤偉壯。郡守周少隱，采東坡詞語，扁爲捲雪，每潮漲時，石柱半插入水，方三伏中登望，江面萬頃，群山環合，清風不斷。子永作詩曰：“捲雪樓前萬里江，亂峰卓立森旗槍。上有甘公古祠宇，節制洪流風雨掌。”“甘公一去逾千年，至今忠義猶凛然。我來再拜攬塵迹，斜陽白鳥橫蒼烟。”初題梁間，本云“英威凛然”，如有人掣其肘者，乃改爲“忠義”。又賦望月〔水調歌〕云：“危樓云雨上，其下水扶天。群山四合，飛動寒翠落檐前。盡是秋清闌檻。一笑波翻濤怒，雪陣捲蒼烟。炎暑去無迹，清駛久翩翩。　夜將闌，人欲静，月初圓。素娥弄影，光射空際綠嬋娟。不用濯纓垂釣，喚取龍公仙駕，耕此萬瓊田。橫笛望中啓，吾意已超然。”及旦移舟，神鴉青蛇，俱送至長沙，風乃止。

三〇　周德才子手書樂府

安仁崇義鄉儒周德才，以文學著聲里社，多爲人師。嘗首冠鄉書，晚年就恩仕亦不遂。始有一子甫十歲，穎脫强記，甚過絶人。一日求觀《三國志》，父嗤其躐等，不肯與。翌日再請，乃取以付之，旬日即以歸。父問小子頗能記省否？子曰：“盡在兒腹中矣。”漫摘數語試之，琅然成誦。凡十餘通，不差一字，父始嗟異之。將使應童子科，授以諸經，不候訓迪，過日輒覆本如流。經三歲忽暴亡，其母慟哭拊床，於葦席下見其手書樂府半闋，僅憶末句云：“瑤池仙伴，應訝我歸來晚。”識者疑謫仙。

三一　望江南詞

舊傳一官士在官，愛唱〔望江南〕詞，而爲上官所責者，不得其姓名。今知爲王齊叟，字彥齡，元祐樞密彥霖之子也。任俠有聲，初官太原，作此詞數十曲，嘲郡縣僚佐，遂并及府帥。帥怒甚，因群吏人謁，面數折之，云："君今恃爾兄，謂吾不能治爾耶？"彥齡斂板頓首謝，且請其過。帥告之，復趨進倚聲微吟，白曰："居下位，祇恐被人讒。昨日但吟青玉案，幾時曾作望江南。"下句不屬，適見兵官，乃曰："請問馬都監。"帥不覺失笑，衆亦匿笑而退。今世所傳別素質一闋云："此事憑誰知證，有樓前明月，窗外花影"者，其所作也。嘗鼎一臠，恨不多見。娶舒氏女，亦工篇翰，而婦翁出武列，事之素不謹，常醉酒嫚罵，翁不能堪，取女歸，竟至離絕。而夫婦之好，元無乖張。女在父家，一日行池上，懷其夫而作〔點絳唇〕云："獨自臨流，興來時把闌干憑。舊愁新恨，耗却來時興。驚散魚潛，烟斂風初定。波心靜，照人如鏡，少個年時影。"後更適他族，彥齡訖浮沉不顯。

三二　清平樂詞咏木樨

劉原甫於〔清平樂〕作詞咏木樨，其後陳去非、蘇養直、向伯共、朱希真、韓叔夏，亦續賦一闋。王晦叔并記於《碧雞漫志》。原甫云："小山叢桂，最有留人意。拂葉攀花無限思，雨濕濃香滿袂。別來過了秋光，翠簾昨夜新霜。多少月宮閑地，嫦娥借與微芳。"去非云："黃衫相倚，翠帽層層底。八月江南風日美，弄影山腰水尾。楚人未識孤山，離騷遺恨千年。無住庵中新事，一枝喚起幽禪。"養直云："斷崖流水，香度青林底。元配騷人蘭與芷，不數春風桃李。淮南叢桂小山，詩翁合得躋攀。身到十洲三島，心游萬壑千岩。"伯共云："吳頭楚尾，踏破芒鞋底。萬壑千岩秋色裏，不耐惱人風味。如今老我鄉林，世間百不關心。獨喜愛香韓壽，能來同醉花陰。"希真云："人間花少，菊小芙蓉老。冷

淡仙人偏得道，買定西風一笑。前身元是江梅，黃姑點破冰肌。祇
有暗香猶在，飽參清似南枝。"叔夏云："秋光如水，釀作鵝黃蟻。
散人千岩桂樹裏，惟許修門人醉。輕鈿重上風鬟，不禁月冷霜寒。
步障深沉歸去，依然愁滿江山。"晦叔謂同一花一曲，賦者六人，
必有第其高下者，予以爲皆佳句云。

三三　白苧詞

《白苧詞》傳者至少，其正宮一闋，世以爲紫姑神作也。方寫
至"追昔燕然畫角。寶鑰珊瑚，是的丞相，虛作銀城換得。"或問
出何書史？答曰："天上文字，汝那得知？"末句云："東君暗遣花
神，先到南國，昨夜江梅，漏泄春消息。"（按：明閩沙陳鍾秀《精選名賢詞
話草堂詩餘》以爲柳永作。《詞集》本之以爲柳詞。）殊爲騷雅。蜀郝完父，以春
初邀請，既降，自稱蓬萊仙人玉英，書〔浪淘沙〕詞云："塞上早
春時，暖律猶微。柳舒金綫拂回堤。料得江鄉應更好，開盡梅溪。
畫漏漸遲遲，愁損仙肌，幾回無語斂雙眉。憑遍闌干十二曲，日下
樓西。"亦沖淡有思致。

三四　周美成點絳唇詞

周美成頃在姑蘇，其營妓岳七楚云者，追游甚久。後從京師
歸，過蘇省訪之，則已從人數年矣。明日飲於太守蔡巒子高坐上，
因見其妹，作〔點絳唇〕寄之云："遼鶴西歸，故人多少傷心事。
短書不寄，漁浪空千里。憑仗桃根，説與相思意。愁何際，舊時衣
袂，猶有東風泪。"楚云覽之，爲之累日感泣。

三五　何文縝虞美人詞

何文縝丞相初登科，在館閣，飲於宗戚一貴人家。侍兒惠柔
者，麗黠人也，慕公風標，密解手帕爲贈，且約牡丹開時再集，何
亦甚關抱。既歸，賦〔虞美人〕一曲，隱其小名，以寓惓惓結戀
之意云："分香帕子揉蘭膩，欲去殷勤惠。重來直待牡丹時，祇恐

花枝知後故開遲。別來看盡閑桃李，日日闌干倚。催花無計問東風，夢作一雙蝴蝶繞花叢。"何自書此詞，亦蜀人趙咏道，言其張本如此。

三六　莫少虛詞

舊傳〔水調歌头〕一曲，其首章云："瑤草一何碧，春入武陵溪。溪上桃花無數，花上有黃鸝。"以爲黃公魯直所作，蜀人石青翁，言此莫將少虛壯年詞也，能道其詳。少虛又有〔浣溪沙〕一闋云："寶釧緗裙上玉梯。云重應恨翠微低。愁同芳草雨萋萋。"一詞云："歸夢悠揚見未真，繡衾恰有暗香薰。五更分得楚臺春。"皆造語工新。但晚歲心醉富貴，不復事文筆，令人鮮有知其所作者。

三七　燭影搖紅詞

舒信道中丞宅，在明州，負城瀕湖，繞屋皆古木茂竹，蕭森如山麓間。其中便坐曰懶堂，堂背有大池，子弟群處講習，外客不得至。方盛秋佳月，一舒呼燈讀書，忽見女子揭簾入，素手淡裝，舉動嫵媚，而微有悲涕容，緩步而前曰："竊慕君子，少年高致，欲冥行相奔，願容駐片時。"使奉款曲，舒迷蒙恍恍，不疑爲異物。即與語，叩其姓氏所居，曰："妾本丘氏，父作商賈，死於湖南，但與繼母居茅茨小屋，相去秖一二里。母殘忍猛暴，不能見存，又不使媒妁議婚姻，無故捶擊，以刀相嚇，急走逃命，勢難復歸。倘得留爲婢子，固所大願。"曰："留汝固吾所樂，或事泄，奈何？"女曰："姑置此慮，續爲之圖。"俄一小青衣携酒肴來，即促膝共飲。三行，女斂袂起，致辭曰："奴雖小家女，頗能綴詞。"輒作一闋，叙茲夕邂逅相遇之意，顧青衣舉手代拍而歌曰："綠净湖光，淺寒先到芙蓉島。謝池幽夢屬才郎，幾度生春草。塵世多情易老，更那堪，秋風裊裊。晚來羞對，香芷汀洲，枯荷池沼。恨鎖橫波，遠山淺黛無心掃。湘江人去嘆無依，此意從誰表。喜趁良宵月

皎，況難逢人間兩好。莫辭沉醉，醉入屏山，祇愁天曉。"蓋寓聲
〔燭影搖紅〕也，舒愈愛感。女令青衣歸，遂留共寢，宛然處子
爾。將曉別去，間一夕復來。珍果異饌，亦時時致前。及懷縑帛之
屬，爲舒造衣。工製敏妙。相從月餘日。守宿僮隸，聞其與人言，
謂必挾倡優淫眤，他時且累己，密以告老姨媼，展轉漏泄，家人悉
知之。掩其不備，遣弟妹乘夜，佯爲問訊，排户直前。女奔忙斜
竄，投室旁空轎中。秉燭索之，轉入他轎，垂手於外，潔白如玉。
度事急，穿竹躍赴池，紞然而没。舒悵然掩泣，謂無復再會期。衆
散門扃，女蓬首喘顫，舉體淋漓，足無履襪，奄至室中，言墜處得
孤嶼，且水不甚深，踐濘而去，免葬魚腹，亦云天幸。舒憐而拊
之，自爲燃湯洗濯，夜分始就枕。自是情好愈密，而意緒常恍惚如
痴，或對食不舉箸。家人驗其妖怪，潛具狀請符朱顔誠法師，朱讀
狀大駭曰："是鱗介之精耶，毒人肝脾裏，病深矣，非符水可療，
當躬往治之。"朱未及門，女慘戚嗟唶，爲惘惘可憐之色，舒問之
不對。久乃云："朱法師明日來，壞我好事矣，因緣竟止於是乎？"
嗚咽告去，力挽不肯留。且而朱至，舒父母再拜炷香祈救子命。朱
曰："請假僧寺一巨鑊，煎油二十斤，吾當施法攝其祟，令君闔族
見之。"乃即池邊焚符檄數通，乃將吏彈袂，噀水叱曰："速驅
來。"俄頃水面噴湧，一物露背，突兀如蓑衣。浮游中央。闞首四
顧，乃大白黿也。若爲物所鈎致，跋曳至庭下，頓足啞口，猶若向
人作乞命態。鑊油正沸，自匍匐投其中，糜潰而死，觀者駭懼流
汗。舒子獨號呼追惜曰："烹我麗人。"朱戒其家，俟油冷，以斧
破黿，剖骨并肉暴日中，須極乾，入人參茯苓龍骨末成丸，托爲補
藥，命病者晨夕餌之，勿使知。知之，將不肯服。如其言，丸盡病
瘉。後遇陰雨，於沮洳聞哭聲云："殺了我大姐，苦事苦事。"蓋
尚遺種類云。

三八　望江南詞

陳東靖康間嘗飲於京師酒樓，有倡打坐而歌者，東不顧，乃

去倚闌獨立,歌〔望江南〕詞,音節清越,東不覺傾聽。視其衣服皆故弊,時以手揭衣,爬搔肌膚,綽約如雪,乃復呼使前,再歌之。其詞曰:"闌干曲,江揚綉簾旌。花嫩不禁纖手捻,被風吹去意還驚。眉黛蹙山青。鏗鐵板,閑引步虛聲。塵世無人知此曲,却騎黃鶴上瑤京。風冷月華清。"東問何人制?曰:"上清蔡真人詞也。"歌罷得數錢下樓,亟遣僕追之,已失矣。

（《夷堅志》乃小説家異聞瑣語之屬,奇諧志怪,寓言八九。其中所引樂府詞,多無關於詞話,似不在應錄之列。然要屬南北宋人所作,托於仙鬼,選家亦所不廢,因錄於後,以供倚聲家資爲談柄。編者識。）

（上載《同聲月刊》第三卷第十一號）

· 彙輯宋人詞話十四 ·

劉克莊《後邨詩話》

一　稼軒詞

雍陶送春詩云:"今日已從愁裏去,明年莫更共愁來。"稼軒詞云:"是他春帶愁來,春歸何處,却不解和愁將去。"雖用前語而反勝之。

二　近人長短句多脱換前人詩

近人長短句多脱換前人詩。七夕詞云:"做豪今夜爲情忙,那得工夫送巧。"然羅隱已云:"時人不用穿針待,没得心情送巧來。"《送別詞》云:"不如飲待奴先醉,圖得不知郎去時。"然劉駕已云:"我願醉如泥,不見君去時。"《宮詞》云:"一夜御前宣住,六宮多少人愁。"然王建已云:"即有美人新進入,六宮未見一時愁。"

三　古今賦咏閨情者

古今賦咏閨情者，不過“恩怨相爾汝”。賀方回詞云：“插金陌上郎，化石山頭婦。無物繫君心？三歲扶床女。”陳子高絶句云：“壁間衛玠眉目似，膝下枚皋言語真。縱使無情似郎主，那能對此不沾巾。”乃就幼稚上發意尤新，前世惟蔡琰《胡笳》諸篇爲然。子高別有句云：“高向鴻邊問消息，斷腸書信不如無。”甚有思致。

四　朱希真詞

朱希真舊有詞云：“詩萬首，酒千場。幾曾著眼看侯王。玉京有路終須去，且插梅花住洛陽。”後召用，好事者改云：“如今縱把梅花插，未必侯王著眼看。”

五　嘉定更化

嘉定更化，收召故老，一名公拜參與，雖好士而力不能援，謂客曰：“執贄而來者，吾皆倒屣，未嘗敢失一士。外議如何？”客素滑稽，答曰：“公大用，外間盛唱〔燭影搖紅〕之詞。”參與問何故，客舉卒章曰：“幾回見了，見了還休，爭如不見。”賓主相視一笑。

六　游次公卜算子詞

“風雨送人來，風雨留人住。草草杯柈話別離，風雨催人去。泪眼不曾晴，眉黛愁還聚。明日相思莫上樓，樓上多風雨。”游次公所作〔卜算子〕也，余舊傳次公及劉致中遺稿，鄭子敬借錄不還。

七　孫季蕃自壽詞

孫季蕃歲爲一詞自壽，其四十九歲詞云：“壽花戴了，山童問、華庚多少。待瞞來、又怕旁人笑。況戒臘、淳熙可考。大衍之用恰恰好。學易後、尚一年小。　　謝屐唐衣眉山帽。薰風送下蓬島。生巧呂翁昨夜鍾離蚤。也曾參兩個先生道。又也曾偷桃啖棗。百屋堆錢都不要。更不要、衮衣茸纛。但要酒星花星，照鶻笑到老。"

八　潘庭堅賦念奴嬌

延平籍中，有能墨竹草聖者。潘庭堅爲賦〔念奴嬌〕，美其書畫，末云："玉帶懸魚，黃金鑄印，侯封萬户。待從頭繳納君王，覓取愛卿歸去。"余罷袁守，歸途赴郡集，席間借觀，醉墨淋漓，今不復有此隽人矣。

九　姜堯章平聲滿江紅

堯章有平聲〔滿江紅〕，自叙云："舊詞用仄韵，多不叶律，如末句'無心撲'，歌者將'心'字融入去聲，方諧音律。余欲以平韵爲之，久不能成。因泛巢湖，祝曰：'得一席風，當以平韵〔滿江紅〕爲神姥壽。'言訖，風與帆俱駛，頃刻而成。末句云'聞珮環'，則協律矣。"其詞云："仙姥來時，正一望千頃翠瀾。旌旗與亂雲俱下，依約前山。命駕群龍金作軏，相從諸娣玉爲冠。(廟中列坐如夫人者十五人。) 向夜深風定悄無人，聞珮環。　　神奇處，君試看。奠淮右，阻江南。遣六丁雷電，別守東關。應笑英雄無好手，一篙春水走曹瞞。又怎知人在小紅樓，簾影間。"此闋佳甚，惜無能歌之者。

一〇　芮祭酒題咏鶯花亭

秦少游嘗謫處州，後人摘柳邊花外詞中語，爲鶯花亭題咏甚多，惟芮祭酒一絶云："人言多技亦多窮，隨意文章要底工。淮海秦郎天下士，一生懷抱百憂中。"

一一　放翁長短句

放翁長短句云：“‘元知造物心腸別，老却英雄似等閑。’‘秘傳一字神仙訣，説與君知祇是頑。’‘一句叮嚀君記取，神仙須是閑人做。’‘君記取，封侯事在，功名不信由天。’‘元來祇有閑難得。青史功名，天却無心惜。’”〔漁父詞〕云：“一竿風月，一蓑烟雨，家在釣臺西住。賣魚生怕近城門，況肯到紅塵深處。潮生理棹，潮平繫纜，潮落浩然歸去。時人錯把比嚴光，我自是無名漁父。”〔鷓鴣天〕云：“杖履尋春苦未遲。洛城櫻笋正當時。三千界外歸初到，五百年前事總知。　吹玉笛，波清伊，相逢休問姓名誰。小車處士深衣叟，曾是天津共賦詩。”〔好事近〕云：“混迹寄人間，夜夜畫樓銀燭。誰見五雲丹灶，養黃芽初熟。　春風歸從紫皇游，東海宴暘谷。進罷碧桃花賦，賜玉塵千斛。”又云：“平旦出秦關，雪色駕車雙陸。借問此行安往，賞清伊修竹。　漢家宫殿劫灰中，春草幾回緑。君看變遷如許，況紛紛榮辱。”〔朝中措〕云：“怕歌愁舞懶逢迎。妝晚托春酲。總是向人深處，當時枉道無情。　關心近日，啼紅密訴，剪緑深盟。杏館花陰恨淺，畫堂銀燭嫌明。”“情知言語難傳恨，不似琵琶道得真。”其激昂感慨者，稼軒不能過；飄逸高妙者，與陳簡齋、朱希真相頡頏；流麗綿密者，欲出晏叔原、賀方回之上。而世歌之者絶少。

一二　石湖長短句

石湖長短句〔醉落魄〕云：“馬蹄塵撲。春風得意笙簫逐。款門不問誰家竹。祇揀紅裝多處燒銀燭。　碧雞坊里花如屋。燕王宫下花成谷。不須悔唱陽關曲。祇爲海棠也合來西蜀。”〔南柯子〕云：“悵望梅花驛，凝情杜若洲。香雲低處有高樓。可惜高樓不近木蘭舟。　緘素雙魚遠，題紅片葉秋。欲憑江水寄離愁。江已東流那肯更西流。”“春若有情春莫去，花如無恨花休落。”

周煇《清波雜志》

一 張芸叟詞

放臣逐客，一旦弃置遠外，其疑愁憔悴之嘆，發爲詩什，特爲酸楚，極有不能自遣者。滕子京守巴陵，修岳陽樓，或贊其落成，答以："落甚成，祇待憑欄大慟數場。"閔己傷老，固君子所不免，亦豈至是哉。張芸叟，元豐間從高遵裕辟，環慶出師失律，且爲轉運使李察訐其詩語。謫監郴州酒，舟行，以二小詞題岳陽樓："木葉下君山。空水漫漫。十分斟酒歛芳顔。不是渭城西去客，休唱陽關。 醉袖撫危欄。天淡雲閑。何人此路得生還。回首夕陽紅盡處，應是長安。""樓上久踟躕。地遠身孤。擬將憔悴吊三閭。自是長安日下影，流落江湖。 爛醉且消除，不醉何如。又看暝色滿平蕪。試問寒沙新到雁，應有來書。"亦豈無去國流離之思，殊覺婉而不傷也。

二 賞心亭

中山府有夕陽樓，煇出疆日，騎馬自樓下過，城之隅規制甚小。然鄭州亦有夕陽樓，臨安、潁州、漢州皆有西湖。建康有賞心亭，揚州亦有賞心亭。名雖同而顯晦異，嘗記小詞："夕陽樓下望長安，憑欄干。"或改爲"憑欄干，望長安"，謂中山夕陽樓也。沈存中云："章華臺乾溪，亦有數處。"

三 作文豈可不謹

成都富春坊，群倡所聚。一夕遺火，黎明有釘一牌大書絶句詩於其上："夜來燒了富春坊，可是天公忒肆行。祇恐夜深花睡去，高燒銀燭照紅妝。"乃伊洛明德之後，號道山公子者所作。又有小詞一篇，皆艷語。煇嘗得其一啓，乃代其弟上周彦約侍郎，其略云：“惟曾祖受三天子聘賢之禮數，在先朝爲九老人授道之師承。繼巢、由之高踪，辭夔、龍之盛舉。惟君子之澤未斬，而聖人之道必傳。”文采典重如此，豈可以一時諧謔之迹，而加訾議。晏叔原著樂府，黃山谷爲序，而其父執韓宮師玉汝曰：“願郎君捐有餘之才，崇未至之德。”前哲訓迪後進，拳拳如此，爲後進者得不服膺而書紳。賀方回、柳耆卿爲文甚多，皆不傳於世，獨以樂府膾炙人口。大抵作文，豈可不謹。

四　陶穀

陶尚書穀奉使江南，恃才凌忽，議論間殆應接不暇。有善謀者，選籍中艷麗，詐爲驛卒嬬女，布裙荊釵，日擁篲於庭。穀一見喜之，久而與之狎，贈以長短句。一日國主開宴，立妓於前，歌所贈《郵亭一夜眠》之詞。穀大慚沮，滿引致醉，頓失前日簡倨之容。歸朝坐此抵罪。文潞公帥成都，有飛語至，朝廷遣御史何郯，因謁告，俾伺察之。潞公亦爲之動，遍詢幕客，孰與御史密者。得張俞字少愚者，使迎於漢州，且携營妓名王宮花者往，僞作家姬，舞以佐酒。御史醉中取其領巾，題詩云：“按徹梁州更六么，西臺御史惜妖嬈。從今改作王宮柳，舞盡春風萬萬條。”至成都，此妓出迎，遂不復措手而歸。二事切相類。一說王宮花一名楊臺柳，詩首句云：“蜀國佳人號細腰。”何字聖從，亦蜀人也。

五　梅花風

江南自初春至首夏，有二十四番風信，梅花風最先，楝花風居後，煇少小時，嘗從同舍金華潘元質和人春詞，有“捲簾試約東君，問花信風來第幾番”之句。潘曰：“宮詞體也，語太弱則流入輕浮。”又嘗和人《臘梅詞》，有“生怕凍損蜂房，膽瓶湯浸，且與溫存著”。規警如前，朋友琢磨之益，老不敢忘，潘墓木拱矣。

六 秦少游詞

秦少游發郴州，反顧有所屬，其詞曰："霧失樓臺，月迷津渡。桃源望斷無尋處。可堪孤館閉春寒，杜鵑聲裏斜陽暮。　驛寄梅花，魚傳尺素。砌成此恨無重數。郴江幸自繞郴山，爲誰流下瀟湘去。"山谷云："語意極似劉夢得楚蜀間語。""泪濕闌干花著露，愁到眉峰碧聚。此恨平分取，更無言語空相覷。　斷雨殘雲無意緒，寂寞朝朝暮暮。今夜山深處，斷魂分付潮回去。"毛澤民元祐間罷杭州法曹，至富陽所作贈別也。因是受知東坡，語盡而意不盡，意盡而情不盡，何酷似少游也。乾道間，舅氏張仁仲宰武康，煇往見留三日，遍覽東堂之勝，蓋澤民嘗宰是邑，於彼老士人家，見別語墨迹。

七 黃堅叟

王立之詩話，書張宗古自堂後官守登州，祈雪獲應，一判官以詩爲賀，宗古曰："玩我。"欲繳進，爲人勸止。先人任饒幕，與邵武黃堅叟爲代。一日郡宴鄱江樓，黃作〔木蘭花〕詞上別乘，有"監郡風流歡洽"之語，亦貽怒，繳申郡牒。問"風流歡洽"賓迹，黃歷考古今"風流歡洽"出處，辯答甚苦。嘗取吏案以觀，而得其詳要，知投獻本求人知。又當視其人如何，庶不反致按劍，特未知宗古所謂"玩我"何説，其亦錦衾爛兮之類乎。

八 陳履常

晁無咎貶玉山也，過彭門，而陳履常廢居里中。無咎出小鬟舞梁州以佐酒，履常作小闋〔木蘭花〕云："娉娉裊裊。芍藥梢頭紅樣小。舞袖低垂。心到郎邊客已知。　金尊玉酒，勸我花前千萬壽。莫莫休休，白髮簪花我自羞。"無咎云："疑宋開府鐵石心腸，及爲《梅花賦》，清便艷發，殆不類其爲人。"履常清通，雖鐵心石腸，不至於開府，而此詞清便艷發，過於《梅花賦》矣。

九　晁無咎下水船詞

元豐己未，明略、無咎同登科。明略所游田氏，姝麗也。一日明略邀無咎晨過田氏，田氏遽起對鑒理髮，且盼且語，草草妝掠，以與客對。無咎以明略故，有意而莫傳也，因爲〔下水船〕一闋："上客驪駒至。鸚唤銀屏睡起。困倚妝臺，盈盈正解螺髻。鳳釵墜，繚繞金盤玉指。巫山一段雲委。　　半窺鑒向我橫秋水。斜領花交鏡裏。淡拂鉛華，匆匆自整羅綺。斂眉翠。雖有惜惜密意，空作江邊解佩。"頃在上饒，得此說於晁族。無咎跋云："大觀庚寅四月十三日，伯比、季良、無咎集國東之逆旅，話此四事，季良云，可書也。"伯比、季良當是群從，風流醖藉，寓諸樂府。雖曰纖麗，不妨游戲於杯酒間。餘一說乃陳襄爲錢唐妓周子文作，四詩詞，洪內相已載在《夷堅庚志》，語皆合一，餘未詳。

一〇　黃大輿梅苑

紹興庚辰，在江東得蜀人黃大輿《梅苑》四百餘闋，煇續以百餘闋。復謂昔人譜竹及牡丹、芍藥之屬，皆有成咏，何獨於梅闕之？乃采掇晉、宋暨國朝騷人才士，凡爲梅賦者，第而録之，成三十卷。謀於東州王錫老："詞以苑名矣，詩以史目，可乎？王曰近時安定王德麟詩云：'自古無人作花史，官梅須向紀中書。'蓋已命之矣。"煇復考少陵詩史，專賦梅纔二篇，因他泛及者固多。取專賦，略泛及，則所得甚鮮。若并取之，又有疑焉。叩於汝陰李逿年，李曰："詩史猶國史也，《春秋》之法，褒貶於一字，則少陵一聯一語及梅，正《春秋》法也。如'巡檐索笑''滿枝斷腸''健步移遠梅'之句，至今宗之，以爲故事，其可遺遺？非少陵則取專賦可也。"後在上饒，《梅苑》爲湯平甫借去。湯時以寓客假居王顯道侍郎宅，不戒於火，廈屋百間，一夕煨燼，尚何有於《梅苑》哉？《梅史》隨亦散佚，雖嘗補亡，而非元本。歲當花開時，未嘗不哦其詩，歌其曲，神交揚州法曹、西湖處士，懷舊編而訴遺恨焉。

一一　朱耆壽詞

"櫻桃抄乳酪。正雨厭肥梅，風饮吹箄。咸瞻格天閣，見十眉環侍，爭鳴弦索。茶甌試瀹，更良夜沉沉細酌。問閑生此日，爲誰曾向玉皇案前持橐。　　龜鶴。從他祝壽，未比當年，陰功堪托。天應不錯，教公細議評泊。自和戎以來謀國，多少蕭曹衛霍。奈胡兒自若，唯守紹興舊約。"（按：此調即〔瑞鶴仙〕。）閩士朱耆壽，字國箕，爲秦伯和侍郎壽。朱久游上庠，博洽能文，一時諸公皆知之，以累舉得官，監臨安赤酒，年八十餘而終。

一二　侯彭老

政和三年，温陵昌榮義著《兩學雜記》，凡七十二條，所書皆太學辟雍事也。内一條：侯彭老，長沙人。建中靖國，以太學生上書得罪，詔歸本貫，綴小詞別同舍："十二封章，三千里路，當年走遍東西府。時人莫訝出都忙，官家送我歸鄉去。　　三詔出山，一言悟主，古人料得皆虛語。太平朝野總多歡，江湖幸有寬閑處。"雖曰小挫，而意氣安閑如此。輝頃得於故老。此詞既傳，各齋厚賻其行。亦傳入禁中，即降旨令改正，屬同獲譴者不一乃格。後繇鄉貢，竟登甲科。紹興十三年，再興太學，容義尚在，累舉得光州助教。乃撼舊記，益未備，爲八十一條，更名《上庠錄》投進。而唱和詩《影妻椅妾》，蓋以影爲妻，故以椅爲妾。四篇疑後來附入者。《上庠錄》嘗奏御，理不應褻。迨今五十餘年，庠均之士，未聞祖是編紀事實以廣賢關嘉話者，似爲闕典。

周輝《清波別志》

一　碧鷄坊

巴蜀風物之盛，或者言過其實。東南士大夫自彼歸，皆有

“土曠人稀”之語。頃有叩蜀事於張子公文定公者，亦以此答。然海棠富艷，江浙則無之。成都燕王宮碧鷄坊，尤名奇特。客云：“碧鷄王氏亭館，先中植一株，繼益於四隅，歲久繁盛，衮延至三兩間屋，下瞰覆飾冒綉，爲一城春游之冠。”石湖范致能詞“碧鷄坊里花如屋，祇爲海棠，也合來西蜀”謂是也。煇早有劍南之興，迨今遲暮，豈榮遐征，第誦諸公詩，恍若神游浣花，不知身猶遠於萬里也。

二　耆舊日就淪謝

大相國寺舊有六十餘院，或止有屋數間，檐廊相接，各具庖爨，每虞火灾，乃分東西，各爲兩禪兩律，自入金源，未知今存幾院。煇出疆日，往返經寺門，遥望浮圖峻峙，有指示曰，此舊景德院也，匆匆攬轡經過，所可見者，棟宇宏麗耳。固不暇指顧問處所。紹興初，故老閑坐，必談京師風物，且喜歌曹元寵“甚時得歸京裏去”十小闋，聽之感慨，有流涕者。五六十年後，更無人説著。蓋耆舊日就淪謝，言之可勝於悒。

三　辛幼安酒邊游戲之作

《稼軒樂府》，辛幼安酒邊游戲之作也。詞與音叶，好事者爭傳之。在上饒，屬其室病，呼醫對脉，吹笛婢名整整者侍側，乃指以謂醫曰：“老妻病安，以此人爲贈。”不數日，果勿藥，乃踐前約。整整既去，因口占〔好事近〕云：“醫者索酬勞，那得許多錢物。祇有一個整整，也盒盤盛得。　　下官歌舞轉凄惶，剩得幾枝笛。覷著這般火色，告媽媽將息。”一時戲謔，風調不群，稼軒所編遺此。

四　輕俊生輩

禮部尚書韓忠彦，御史中丞黄履，禮部侍郎李常，給事中陸佃、蔡卞，中書舍人錢勰、范百録，禮部郎中林希，殿中侍御史黄降，禮部員外郎何洵，元豐乙丑八月十一日議事於禮部同觀，後又書公詡留此相示。適諸公來集，元度爲書同觀歲月常題，初符離史君張公詡圖《池陽清溪秋景》，携入京師。蘇文忠公首爲賦詞，又屬秦少游書職位、姓名并詞於圖後，一時名士，皆有跋語。觀前諸公所書職位、姓名，字畫端楷，信非率爾游戲者。今日輕後後生輩，乘酒縱筆，題識書畫卷軸，有不著姓名，止題道號者，得不有愧於前輩乎？

五　無名子作小闋

元符因日蝕下詔求言，時應詔上封事者，莫知其幾。布衣凡八百餘人，人人議朝政闕失，皆期朝奏暮召。逮付看詳，其間多指摘非所宜言，亦謂不過報罷而已。繼乃隨輕重而定罪，時有無名子作小闋云：“當初親下求言詔。引得來胡道。人人投獻治安書，比洛陽年少。　　自訟鐫官差岳廟。却一齊塌了。誤人多是誤人多，是誤人多少。”末兩句乃京師新翻詞曲。

四水潛夫《武林舊事》

一　燈市

都城自舊歲冬孟駕回，則已有乘肩小女、鼓吹舞縮者數十隊，以供貴邸豪家幕次之翫。而天街茶肆，漸已羅列燈毬等求售，謂之“燈市”。自此以後，每夕皆然。三橋等處，客邸最盛，舞者往來最多。每夕樓燈初上，則簫鼓已紛然自獻於下。酒邊一笑，所費殊不多。往往至四鼓乃還。自此日盛一日。姜白石有詩云：“燈已闌珊月色寒，舞兒往往夜深還。祇應不盡婆娑意，更向街心弄影看。”又云：“南陌東城盡舞兒，畫金刺綉滿羅衣。也知愛惜春游夜，舞落銀蟾不肯歸。”夢窗〔玉樓春〕云：“茸茸貍帽遮梅額，金蟬羅剪胡衫窄。乘肩爭看小腰身，倦態强隨閑鼓笛。問稱家在城東陌，欲買千金應不惜。歸來困頓滯春眠，猶夢婆娑斜趁拍。”
深得其意態也。至節後，漸有大隊如四國朝傀儡杵歌之類，日趨
於盛，其多至數千百隊。天府每夕差官點視，各給錢酒油燭，多寡
有差。且使之南至昇暘宮支酒燭，北至春風樓支錢。終夕天街鼓
吹不絕。都民士女，羅綺如雲，蓋無夕不然也。至五夜，則京尹乘
小提轎，諸舞隊次第簇擁前後，連亘十餘里，錦綉填委，簫鼓振
作，耳目不暇給。吏魁以大囊貯楮券，凡遇小經紀人，必犒數千，
謂之“買市”。至有黠者以小盤貯梨藕數片，騰身迸出於稠人之
中，支請官錢數次者，亦不禁也。李賀房詩云：“斜陽盡處蕩輕
烟，輦路東風入管弦。五夜爲春隨步暖，一年明月打頭圓。香塵掠
粉翻羅帶，蜜炬籠綃鬥玉鈿。人影漸稀花露冷，踏歌聲度曉雲
邊。”京尹幕次，例占市西坊繁閙之地，賣燭粃盆，照耀如晝。其
前列荷校囚數人，大書犯由，云“某人爲不合搶撲釵環，挨捕婦
女。”繼而行遣一二，謂之“裝燈”。其實皆三獄罪囚，姑借此以
警奸民。又分委府僚巡警風燭，及命都豁房使臣等，分任地方，以
緝奸盜。三獄亦張燈，建净獄道場，多裝獄户故事，及陳列獄具。
邸第好事者，如清河張府、蔣御藥家，間設雅戲烟火，花邊水際，
燈燭燦然，游人士女縱觀，則迎門酌酒而去。又有幽坊静巷好事
之家，多設五色琉璃泡燈，更自雅潔，靚妝笑語，望之如神仙。白
石詩云：“沙河雲合無行處，惆悵來游路已迷。却入静坊燈火室，
門門相似列蛾眉。”又云：“游人歸後天街静，坊陌人家未閉門。
簾裏垂燈照樽俎，坐中嬉笑覺春温。”或戲於小樓，以人爲大影
戲，兒童喧呼，終夕不絕。此類不可遽數也。西湖諸寺，惟三竺張
燈最盛，往往有宮禁所賜，貴璫所遺者。都人好奇，亦往觀焉。白
石詩云：“珠珞琉璃到地垂，鳳頭銜帶玉交枝。君王不賞無人進，
天竺堂深夜雨時。”

二　俞國寶風入松詞

淳熙間，壽皇以天下養，每奉德壽三殿游幸湖山，禦大龍舟。

宰執從官，以至大瑣應奉諸司，及京府彈壓等，各乘大舫，無慮數百。時承平日久，樂與人同，凡游觀買賣，皆無所禁。畫楫輕舫，旁午如織。至於果蔬、羹酒、關撲、宜男、戲具、鬧竿、花籃、畫扇、彩旗、糖魚、粉餌、時花、泥嬰等，謂之"湖中土宜"。又有珠翠冠梳、銷金彩段、犀鈿、髹漆、織藤、窑器、玩具等物，無不羅列。如先賢堂、三賢堂、四聖觀等處最盛。或有以輕橈趁逐求售者。歌妓舞鬟，嚴妝自衒，以待招呼者，謂之"水仙子"。至於吹彈、舞拍、雜劇、雜扮、撮弄、勝花、泥丸、鼓板、投壺、花彈、蹴鞠、分茶、弄水、踏泥、混木、撥盆、雜藝、散要、謳唱、息器、教水族飛禽、水傀儡、水道術烟火、起輪、走綫、流星、水爆、風箏，不可指數，總謂之"趕趁人"，蓋耳目不暇給焉。御舟四垂珠簾錦幕，懸挂七寶珠翠、龍船、梭子、鬧竿、花籃等物。宮姬韶部，儼如神仙，天香濃郁，花柳避妍。小舟時有宣喚賜予，如宋五嫂魚羹，嘗經御賞，人所共趨，遂成富媼。朱静佳六言詩云："柳下白頭釣叟，不知生長何年。前度君王游幸，賣魚收得金錢。"往往修舊京金明池故事，以安太上之心，豈特事游觀之美哉。湖上御園南有聚景、真珠、南屏；北有集芳、延祥、五壺，然亦多幸聚景焉。一日，御舟經斷橋，橋旁有小酒肆，頗雅潔，中飾素屏，書〔風入松〕一詞於上，光堯駐目稱賞久之，宣問何人所作，乃太學生俞國寶醉筆也。其詞云："一春長費買花錢。日日醉湖邊。玉驄慣識西泠路，驕嘶過沽酒樓前。紅杏香中歌舞，綠楊影裏鞦韆。　東風十里麗人天。花壓鬢雲偏。畫船載取春歸去，餘情在湖水湖烟。明日再携殘酒，來尋陌上花鈿。"上笑曰："此詞甚好，但末句未免儒酸。"因爲改定云："明日重扶殘醉。"則迴不同矣。即日命解褐云。

三　探春

都城自過收燈，貴游巨室，皆争先出郊，謂之"探春"，至禁烟爲最盛。龍舟十餘，彩旗叠鼓，交午曼衍，粲如織錦。內有曾經

宣喚者，則錦衣花帽，以自別於衆。京尹爲立賞格，競渡爭標。內
璫貴客，賞犒無算。都人士女，兩堤騈集，幾於無置足地。水面畫
楫櫛比如魚鱗，亦無行舟之路，歌歡簫鼓之聲，振動遠近，其盛可
以想見。若游之次第，則先南而後北，至午則盡入西泠橋裏湖，其
外幾無一舸矣。弁陽老人有詞云："看畫船盡入西泠，閑却半湖春
色。"蓋紀實也。既而小泊斷橋，千舫騈聚，歌管喧奏，粉黛羅
列，最爲繁盛。橋上少年郎，競縱紙鳶，以相勾引，相牽剪截，以
綫絶者爲負，此雖小技，亦有專門。爆仗起輪走綫之戲，多設於
此，至花影暗而月華生，始漸散去。絳紗籠燭，車馬爭門，日以爲
常。張武子詩云："帖帖平湖印晚天，踏歌游女錦相牽。都城半掩
人爭路，猶有胡琴落後船。"最能狀此景。茂陵在御，略無游幸之
事，離宮別館，不復增修。黃洪詩云："龍舟太半設西湖，此是先
皇節儉圖。三十六年安靜裏，棹歌一曲在康衢。"理宗時亦嘗製一
舟，悉用香楠木搶金爲之，亦極華侈，然終於不用。至景定間，周
漢國公主，得旨偕駙馬都尉楊鎮泛湖，一時文物亦盛，仿佛承平
之舊，傾城縱觀，都人爲之罷市。然是時先朝龍舫，久已沉没，獨
有小玉號"小烏龍"者，以賜楊郡王之故尚在。其舟平底，有柁，
製度簡樸。或傳此舟每出，必有風雨，余嘗屢乘，初無此異也。

四　楊守齋一枝春詞

都下自十月以來，朝天門內外，競售飾裝新曆，諸般大小門
神、桃符、鍾馗、狻猊、虎頭，及金彩、縷花、春帖、幡勝之類，
爲市甚盛。八日，則寺院及人家，用胡桃、松子、乳蕈、柿栗之類
作粥，謂之"臘八粥"。醫家亦多合藥劑，侑以虎頭丹、八神屠
蘇，貯以絳囊，饋遺大家，謂之"臘藥"。至於饋歲盤合、酒擔羊
腔，充斥道路。二十四日，謂之交年祀灶，用花餳米餌及燒替代。
及作糖豆粥，謂之"口數"。市井迎儺，以鑼鼓遍至人家，乞求利
市。至除夕，則比屋以五色紙錢酒果，以迎送六神於門。至夜，賁
燭粃盆，紅映霄漢，爆竹鼓吹之聲，喧闐徹夜，謂之"聒廳"。小

兒女終夕博戲不寐，謂之“守歲”。又明燈床下，謂之“照虛耗”。
及貼天行、貼兒財於門楣。祀先之禮，則或昏或曉，各有不同。如
飲屠蘇、百事吉、膠牙餳，燒术賣懵等事，率多東都之遺風焉。守
歲之詞雖多，極難其選，獨楊守齋〔一枝春〕最爲近世所稱，并
書於此云：“爆竹驚春，競喧闐、夜起千門簫鼓。流蘇帳暖，翠鼎
緩騰香霧。停杯未舉。奈剛要、送年新句。應自賞、歌字清圓，未
誇上林鶯語。從他歲窮日暮。縱閑愁、怎減阮郎風度。屠蘇辦了，
迤邐柳忺梅妒。宮壺未曉，早驕馬綉車盈路。還又把、月夕花朝，
自今細數。”

五　趙忠定柳梢青詞

豐樂樓，舊爲“衆樂亭”，又改“聳翠樓”，政和中改今名。
淳祐間，趙京尹與籌重建，宏麗爲湖山冠。又甃月池，立秋千梭
門，植花木，構數亭，春時游人繁盛。舊爲酒肆，後以學館致争，
但爲朝紳同年會拜鄉會之地。林暉、施北山皆有賦。趙忠定〔柳
梢青〕云：“水月光中，烟霞影裏，湧出樓臺。空外笙簫，雲間笑
語，人在蓬萊。　　　天香暗逐風回。正十里，荷花盛開。買個小
舟，山南游遍，山北歸來。”吳夢窗嘗大書所賦〔鶯啼序〕於壁，
一時爲人傳誦。

六　太上阮郎歸詞

乾道三年三月初十日，南內遣閣長至德壽宮，奏知：“連日天
氣甚好，欲一二日間恭邀車駕幸聚景園看花，取自聖意，選定一
日。”太上云：“傳語官家，備見聖孝，但頻頻出去，不惟費用，
又且勞動多少人。本宮後園亦有幾株好花，不若來日請官家過來
閑看。”遂遣提舉官同到南內，奏過，遵依訖。次日進早膳後，車
駕與皇后太子過宮，起居二殿訖，先至燦錦亭進茶，宣召吳郡王
曾，兩府已下六員侍宴，同至後苑看花。兩廊并是小內侍及幕士。
效學西湖，鋪放珠翠、花朵、玩具、匹帛，及花藍、鬧竿、市食

等，許從內人關撲。次至球場，看小內侍拋彩球、蹴鞠千。又至射
廳，看百戲，依例宣賜。回至清妍亭看荼蘼，就登御舟，繞堤閑
游。亦有小舟數十隻，供應雜藝、嘌唱、鼓板、蔬果，與湖中一
般。太上倚闌閑看，適有雙燕掠水飛過，得旨令曾覿賦之，遂進
〔阮郎歸〕云："柳陰庭院占風光。呢喃春晝長。碧波新漲小池塘。
雙雙蹴水忙。　　萍散漫，絮飛揚。輕盈體態狂。爲憐流水落花
香，銜將歸畫梁。"既登舟，知閣張掄進〔柳梢青〕云："柳色初
濃，餘寒似水，纖雨如塵。一陣東風，縠紋微皺，碧沼鱗鱗。
仙娥花月精神。奏鳳管，鶯弦鬥新。萬歲聲中，九霞杯內，長醉芳
春。"曾覿和進云："桃靨紅匀。梨腮粉薄，鴛徑無塵。鳳閣凌虛，
龍池澄碧，芳意鱗鱗。　　清時酒聖花神。看內苑，風光又新。一
部仙韶，九重鑾仗，天上長春。"各有宣賜。次至靜樂堂看牡丹，
進酒三盞，太后邀太皇、官家同到劉婉容位奉華堂。聽摘阮奏曲
罷，婉容進茶訖，遂奏太后云："本位近教得二女童，名瓊華、綠
華，并能琴阮、下棋、寫字、畫竹、背誦古文，欲得就納與官家則
劇。"遂令各呈技藝，并進自製阮譜三十曲，太后遂宣賜婉容宣和
殿玉軸、沉香槽三峽流泉正阮一面、白玉九芝道冠、北珠緣領道
氅、銀絹三百匹，兩會子三萬貫。是日三殿并醉，酉牌還內。自此
官裏知太上聖意，不欲頻出勞人，遂奏知太上，修內司日下於北
內後苑，建造冷泉堂，疊巧石爲飛來峰，開展大池，引注湖水，景
物并如西湖。其西又建大樓，取蘇軾詩句，名之曰"聚遠"，并是
今上御名恭書。又御製堂記，太上賦詩，今上恭和，刻石堂上。是
歲翰苑進《端午帖子》云："聚遠樓前面面風，冷泉堂下水溶溶。
人間炎熱何由到，真是瑤臺第一重。"又曰："飛來峰下水泉清，
臺沼經營不日成。境趣自超塵世外，何須方士覓蓬瀛。"皆紀
實也。

七　張掄壺中天慢詞

淳熙六年三月十五日，車駕過宮，恭請太上、太后幸聚景園。

次日，皇后先到宮起居，入幕次，換頭面，候車駕至，供泛索訖，從太上、太后至聚景園。太上、太后至會芳殿降輦，上及皇后至翠光降輦，并入幄次小歇。上邀兩殿至瑤津少坐，進泛索。太上、太后并乘步輦，官裏乘馬，遍游園中，再至瑤津西軒，入御筵。至第三盞，都管使臣劉景長，供進新製〔泛蘭舟〕曲破，吳興祐舞，各賜銀絹。上親捧玉酒船上壽酒，酒滿玉船，船中人物，多能舉動如活，太皇喜見顏色。散兩宮內官酒食，并承應人目子錢。遂至錦壁賞大花，三面漫坡，牡丹約千餘叢，各有牙牌金字，上張大樣碧油絹幕。又別剪好色樣一千朵，安頓花架，并是水晶玻璃天青汝窰金瓶。就中間沉香卓兒一隻，安頓白玉碾花商尊，約高二尺，徑二尺三寸，獨插照殿紅十五枝。進酒三杯，應隨駕官人內官并賜兩面翠葉滴金牡丹一枝、翠葉牡丹沉香柄金彩御書扇各一把。是日知閣張掄進〔壺中天慢〕云：「洞天深處，賞嬌紅輕玉，高張雲幕。國艷天香相競秀，瓊苑風光如昨。露洗妖妍，風傳馥郁，雲雨巫山約。春濃如酒，五雲臺榭樓閣。　　聖代道洽功成，一塵不動，四境無鳴柝。屢有豐年天助順，基業增隆山岳。兩世明君，千秋萬歲，永享昇平樂。東皇呈瑞，更無一片花落。」賜金杯盤、法錦等物。(此詞或謂是康伯可所賦，張掄以爲己作。) 又進酒兩盞，至翠光，登御舟，入裏湖，出斷橋，又至珍珠園，太上命盡買湖中龜魚放生，并宣喚在湖賣買等人。內侍用小彩旗招引，各有支賜。時有賣魚羹人宋五嫂，對御自稱：「東京人氏，隨駕到此。」太上特宣上船起居，念其年老，賜金錢十文、銀錢一百文、絹十匹，仍令後苑供應。泛索時，從駕官丞相趙雄、樞密使王淮、參政錢良臣，并在顯應觀西齋堂侍班，各賜酒食、翠花扇子。至申時，御舟梢泊花光亭，至會芳少歇。時太上已醉，官裏親扶上船，并乘轎兒還內。都人傾城盡出觀瞻，赞嘆聖孝。

八　張掄臨江仙詞

九月十五日，明堂大禮。十三日值雨，未時奏請宿齋北內。送天花、摩菇、蜜煎、山藥、棗兒、乳糖、巧炊、火燒、角兒等。十四日早，車駕詣景靈宮，回太廟宿齋。雨終日不止，午後，太上遣提舉至太廟，傳語官家：“連日祀事不易，所有十六日詣宮飲福，以陰雨泥濘勞頓，可免到宮行禮。天氣陰寒，請官家善進御膳，頻添御服。”聖旨遣閣長回奏：“上感聖恩，至日若登樓肆赦時，依舊詣宮行禮。若值雨不登門時，續當奏聞。”至晚，雨不止，宣諭大禮使趙雄：“來早更不乘輅，止用逍遙輦，詣文德殿致齋，一應儀仗排立，并行放免，從駕官并常服以從。”并遣御藥奏聞北內：“來日如值雨，更不乘輅，謹遵聖旨，更不過宮行飲福禮。”太上令傳語官家：“既不乘輅，此間也不出去看也。”大禮使趙雄雖已得旨，猶不許放散。上聞之，曰：“來早若不晴時，有何面目？”雄聞之曰：“縱使不晴，得罪不過罷相耳。”堅執不肯放散。至黃昏後，雨止月明，上大喜，遣內侍李思恭宣諭大禮使，仍舊乘輅，再遣御藥奏聞北內，以天晴仍舊乘輅，候登門肆赦訖，詣宮行飲福禮。十五日晴色甚佳，車駕自太廟乘輅還內，日映御袍，天顏甚喜，都民皆贊嘆聖德。至巳時，太上直閣子官往齋殿傳語官家：“且喜晴明，可見誠心感格。”賜御用匹緞玉鞦轡七寶篦刀子事件，素食果衣等，仍諭：“連日勞頓，免行飲福禮。”今上就遣知省回奏：“上感聖恩，天氣轉晴，皆太上皇帝聖心感格。容肆赦訖，詣宮行禮，并謝聖恩。”十六日登門肆赦畢，車駕詣宮，小次降輦，提舉傳太上皇聖旨：“特減八拜，仍免至壽聖處，飲福行禮畢，略至絳華堂進泛索。”知閣張掄進〔臨江仙〕詞云：“聞道彤庭森寶杖，霜風逐雨驅雲。六龍扶輦下青冥。香隨鸞扇遠，日映赭袍明。

簾捲天街人頂戴，滿城喜氣氤氳。等閑散作八荒春。欲知天意好，昨夜月華新。”

九　吳琚水龍吟詞

淳熙八年正月元日，上坐紫宸殿，引見人使訖，即率皇后、皇太子、太子妃至德壽宮行朝賀禮，并進呈畫本人使面貌姓名，及館伴問答。是歲太上聖壽七十有五，舊歲欲再行慶壽禮，太上不許，至是乃密進黃金酒器二千兩，上侍太上於欅木堂香閣内説話，宣押棋待詔，并小説人孫奇等十四人，下棋兩局，各賜銀絹，供泛索訖，官家恭請太上、太后來日就南内排當。初二日進早膳訖，遣皇太子到宮，恭請兩殿并衹用轎兒，禁衛簇擁入内，官家親至殿門恭迎，親扶太上降輦，至損齋進茶，次至清燕殿，閑看書畫玩器。約午時初，後苑恭進酥酒，十色熬煮。午正二刻，就凌虚排當。三盞，至萼綠華堂看梅。上進銀三萬兩，會子十萬貫。太上云：“宮中無用錢處，不須得。”上再三奏請，止受三分之一。未初，雪大下，正是臘前，太上甚喜。官家云：“今年正欠些雪，可謂及時。”太上云：“雪却甚好，但恐長安有貧者。”上奏云：“已令有司比去年倍數支散矣。”太上亦命提舉官於本宮支撥官會，照朝廷數目，發下臨安府支散貧民一次。又移至明遠樓，張燈進酒。節使吳琚進喜雪〔水龍吟〕詞云：“紫皇高宴蕭臺，雙成戲擊瓊包碎。何人爲把，銀河水剪，甲兵都洗。玉樣乾坤，八荒同色，了無塵翳。喜冰消太液，暖融鳷鵲，瑞門曉班初退。　　聖主憂民深意。轉鴻鈞滿天和氣。太平有象，三宮二聖，萬年千歲。雙玉杯深，五雲樓迥，不妨頻醉。細看來，不是飛花，片片是豐年瑞。”上大喜，賜鍍金酒器二百兩，細色段匹復古殿香糕兒酒等。太后命本宮歌板色歌此曲，進酒，太上盡醉。至更後，宣轎兒入便門，上親扶太上上輦還宮。

一〇　曾覿壺中天慢詞

淳熙九年八月十五曰，駕過德壽宮起居，太上留坐至樂堂，進早膳畢，命小内侍進彩竿垂釣。上皇曰：“今日中秋天氣甚清，夜間必有好月色，可稍留看月了去。”上恭領聖旨，索車兒同過射廳射弓，觀御馬院使臣打毬，進市食，看水傀儡。晚宴香遠堂，堂東有萬歲橋，長六丈餘，并用吳璘進到玉石砌成，四畔雕鏤闌檻，瑩徹可愛，橋中心作四面亭，用新羅白羅木蓋造，極爲雅潔。大池十餘畝，皆是千葉白蓮。凡御榻御屏酒器香盦器用，并用水晶。南岸列女童五十人奏清樂，北岸芙蓉岡一帶，并是教坊工近二百人。待月初上，簫韶齊舉，縹緲相應，如在霄漢。既入座，樂少止。太上召小劉貴妃獨吹白玉笙〔霓裳中序〕，上自起執玉杯，奉兩殿酒，并以鏨金嵌寶注碗杯盤等，賜貴妃。侍宴官開府曾覿，上〔壺中天慢〕一首云："素飆揚碧，着天衢穩送，一輪明月。翠水瀛壺人不到，比似世間秋別。玉手瑤笙，一時同色，小按霓裳疊。天津橋上，有人偷記新闋。　　當日誰幻銀橋，阿瞞兒戲，一笑成痴絕。肯信群仙高宴處，移下水晶宮闕。雲海塵清，山河影滿，桂冷吹香雪。何勞玉斧，金甌千古無缺。"上皇曰："從來月詞不曾用金甌事，可謂新奇，賜金束帶紫番羅水晶注碗一副。"上亦賜寶盞古香。至一更五點還內。是夜隔江西興，亦聞天樂之聲。

一一　吳琚酹江月觀潮詞

淳熙十年八月十八日，上詣德壽宮，恭請兩殿往浙江亭觀潮。進早膳訖，御輦擔兒，及內人車馬，并出候潮門，先命脩內司於浙江亭兩旁，抓縛席屋五十間，至是并用彩纈幕帟。得旨，從駕百官，各賜酒食，并免侍班，從便觀看。先是澉浦金山都統司水軍五千人抵江下，至是又命殿司新刺防江水軍、臨安府水軍，并行閱試軍船，擺布西興、龍山兩岸，近千隻。管軍官於江面分布五陣，乘騎弄旗，標槍舞刀，如履平地，點放五色烟炮滿江，及烟收炮息，則諸船盡藏，不見一隻。奉聖旨，自管軍官已下，并行支犒一次。自龍山已下，貴邸豪民彩幕，凡二十餘里，車馬駢闐，幾無行路。西興一帶，亦皆抓縛幕次，彩繡照江，有如鋪錦。市井弄水人，有如僧兒、留住等，凡百餘人，皆手持十幅彩旗，踏浪爭雄，直至海門迎潮。又有踏混木、水傀儡、水百戲、撮弄等，各呈伎藝，并有支賜。太上喜見顏色，曰："錢塘形勝，東南所無。"上起奏曰："錢塘江潮，亦天下所無也。"太上宣諭侍宴官，令各賦〔酹江月〕一曲，至晚進呈，太上以吳琚爲第一，其詞云："玉虹遥挂，望青山隱隱，一眉如抹。忽覺天風吹海立，好似春霞初發。白馬凌空，群鼇駕水，日夜朝天闕。飛龍舞鳳，鬱葱環拱吳越。

　　此景天下應無，東南形勝，偉觀真奇絕。好似吳兒飛彩幟，蹴起一江秋雪。黃屋天臨，水犀雲擁，看擊中流楫。晚來波静，海門飛上明月。"兩宮并有宣賜。至月上還内。

（上載《同聲月刊》第三卷第十二號）

夏敬觀跋宋人詞集

夏敬觀◎著

　　《夏敬觀跋宋人詞集》輯自上海圖書館藏《忍古樓文》稿本第六册，爲夏敬觀對晏殊、歐陽修等十四人詞集之跋語，其中《跋東坡詞》《跋淮海詞》《跋山谷詞》曾發表在《同聲月刊》第二卷第十號，文字與稿本有不同之處。馬强曾據《忍古樓文》將跋語輯録發表在《詞學》第 31 輯（華東師範大學出版社，2014）上，今沿用其《夏敬觀跋宋人詞集》之名。

《夏敬觀跋宋人詞集》目録

夏敬觀跋宋人詞集

一 跋珠玉詞

同叔以童子試入秘閣讀書,平流靜取遂爲太平宰輔。文章顯達,世莫之比。其詞以眼前之景融入難寫之情,語自依黯,氣自高華。劉貢父嘗稱其尤喜馮正中詞,然以淺語達深意似正中尚遜一籌。南唐後主詞譬之書家善使長鋒,他人多用短筆,同叔直重光之嗣音也。樂而不淫,哀而不傷,斯異乎亡國之君臣矣。青春鸚鵡,楊柳樓臺,在寒賤人目中,以爲一旦居此,不復言愁。不知日處其間,正復有無窮惆悵。不爾,則凡夫俗士也。歐陽永叔《歸田録》云:“晏元獻善評詩,嘗云‘老覺腰全重,慵便玉枕涼’,未是富貴語。不如‘笙歌歸院落,燈火下樓臺’,此善言富貴者也,人皆以爲知言。”同叔詞固富貴人語,其中未有絲毫寒酸氣,“歸”字、“下”字乃無窮惆悵之一端也。羅泌序謂有《平山集》,《文獻通考》載:“《臨川集》三十卷,《紫薇集》一卷。”陳振孫《書録解題》云:“其五世孫大正爲年譜一卷,言先元獻嘗自差次起儒館至學士,爲《臨川集》三十卷;起樞廷至宰席,爲《二府集》二十五卷。”《宋史》本傳、《東都事略》稱有文集二百四十卷,《中興書目》作九十四卷。《宋史·藝文志》:“晏殊集二十八卷,又《臨川集》三十卷,詩二卷,《二州集》十五卷,《二府別集》十二卷,《北海新編》六卷,《平基集》一卷。”今皆不傳。惟慈溪胡亦堂所輯《元獻遺文》二卷而已。《書録解題》載元獻有

《珠玉集》一卷，此本與陳氏所記合。《名臣録》云"張子野爲之序"，今卷首無張序而末有羅泌序，殆張序先已佚歟？

二　跋六一詞

孔平仲《談苑》謂："慶曆西師未解，晏元獻爲樞密使。大雪置酒西園，歐陽永叔賦詩云：'須憐鐵甲冷徹骨，四十餘萬屯邊兵。'晏曰：'昔韓愈亦能作言語，赴裴度會但云"園林窮勝事，鍾鼓樂清時"，不曾如此合鬧。'"永叔爲元獻所得士，其詩矯昆體，以氣格爲主。文宗昌黎，不與元獻同調。顧其爲詞，則步武《珠玉》，其高者雜之《珠玉集》中，幾不易辨。元獻專以詞勝，詩文猶浴唐季之習，永叔可謂善擇而從也。昔人謂馮正中爲人專蔽固嫉，而其詞則思深辭麗，韵逸調新。二公皆效正中，豈非君子不以人廢言乎？永叔詞較之元獻，渾厚略遜，煉字務新。宋詞所以漸離五代，亦風會使然也。

三　跋張子野詞

子野詞凝重古拙，有唐五代之遺音，慢詞亦多用小令作法。後來澀體煉辭煉句，師其法方能近古。子野在北宋諸家中可云獨樹一幟，此之於書乃鍾繇之體也。

四　東山詞跋

《老學庵筆記》稱方回喜校書，丹黄未嘗去手，詩文皆高，不獨工長短句。張文潛序亦有"或者譏方回好學能文，而惟是爲工"之語。今人稱方回，惟知其詞矣。《四庫提要》於《慶湖遺老集》評語亦言"詞勝於詩"，余以爲方回詞之工，正得力於詩功之深也。《王直方詩話》謂："方回言學詩於前輩，得八句云：'平淡不涉於流俗；奇古不鄰於怪僻；題咏不窘於物義；叙事不病於聲律；比興深者通物理；用事工者如己出；格見於成篇，渾然不可鎸；氣出於言外，浩然不可屈。'"此八語，余謂亦方回作詞之訣也。小令喜用前人成句，其造句亦恒類晚唐人詩，慢詞命辭遣意多自唐賢詩篇得來，不施破碎藻采，可謂無假脂粉，自然穠麗。張叔夏謂其與夢窗皆善於煉字面者多於李長吉、温庭筠詩中來，大謬不然。方回詞取材於長吉、飛卿者不多，所以整而不碎也。彊邨刻《東山詞》上卷即亦園侯氏本所從出，其中下二卷皆佚。《賀方回詞》二卷，勞巽卿傳録鮑鈔，即王迪所見鮑氏手鈔校本兩種之一，蓋分爲二卷，與侯本相較，同者僅八闋耳。

五　跋晁補之琴曲外篇

無咎詞學東坡者，開稼軒之先聲，亦啓南宋之門户。雖尚拙大，然渾厚之氣所存稀少矣。不若其學耆卿者色味醲至，格高旨遠也。東坡嘗譏少游學柳，未聞於無咎詞有貶之之語，何耶？小詞淫靡有過於山谷者，毛晉謂“其雖游戲小詩，不作綺艷語”，殆未細讀。作詞原不忌綺語，正不必持此迂論也。東坡、耆卿之詞絶不能融合爲一，無咎絶頂聰明，故能學東坡亦能學柳，其詞遂分二派，其不能成家者正以此故。

六　跋清真集

美成留好音樂，能自度曲，製樂府長短句。沈伯時謂：“作詞當以清真爲主，蓋清真最爲知音，下字運意皆有法度。”宋人評論，此語最精。

美成詞多摘用唐人詩句入律，修辭雅贍，運意深美，蓋自《珠玉》《六一》上追五代。莊嚴淡沲兼而有之，復能行以張弛、控送之筆，使潛氣内轉，開合自如。小令縮筆師端己、正中，伸筆師南唐後主，于晏、歐外又别成面目。慢詞情文兼至，一氣銜貫，挺接處尤見力量，包情於景物，融意於藻采。即用宋時俗語諸詞，亦自雅飭，又柳耆卿所不及。陳質齋謂其“長調尤善於鋪叙”，耆卿善鋪叙則有之，美成未嘗鋪叙也。

陳藏一稱美成“二百年來以樂府獨步”，又稱其詩歌“自經史中流出，當時以詩名如晁、張，皆自嘆以爲不及"。張端義惜其文爲詞掩。友人唐圭璋輯其詩文，自《永樂大典》得七詩引周美成《清真集》，是其集明代猶傳也。周止庵謂"讀得清真詞多，覺他人所作都不十分經意"，此語誠然。惟謂"鈎勒之妙無如清真，他人一鈎勒便薄，清真愈鈎勒愈渾厚"，"鈎勒"二字在清真詞中不適用，清真詞未嘗鈎勒也，果鈎勒便不渾化。

七　跋東堂詞

澤民小詞佳處自在能著意爲之，然愈著意愈無渾厚之氣，意在學東坡而才力不及，遂得其小。坡詞以其大而敵五代之渾厚，正欲自開一派，其天才非不能爲五代詞也。五代詞大，人不易知。坡詞之大則人所共見，故雖自成一派，終非當行出色。澤民未喻此也，改而學東山則妙矣，然集中不過數闋。至其學坡如〔水調歌頭〕二闋乃開稼軒派，蓋學坡不到，未有不似稼軒者，稼軒非必學於東堂也。

八　跋稼軒詞

稼軒詞穠麗綿密者，僅能及賀方回，欲追東坡，才力自有所限，故其學坡者皆落二乘以下。毛子晉引宋人語，以東坡詞爲詩，稼軒詞爲論。夫詞者，詩之餘也，以詩爲詞故能高。詞與論相去遠矣，以論爲詞豈不乘忤？故稼軒詞，余謂之爲別調。學東坡不致油滑，學稼軒則無不油滑者矣，無稼軒之才尤不可也。以論入詩，宋人開其派而光大之；以論入詞，稼軒開其派而粗野甚矣。詩不必歌，詞即歌也。清代盛稱蘇、辛，惟學辛之粗豪而已，不知其穠麗綿密者。始是學也，至於蘇何曾有夢見者耶？稼軒用韵極雜，東坡亦間有之，東坡不知韵學也。

九　跋白石詞

白石詞托情高曠，吐辭俊妙，在南宋自是能手。其渾厚之氣不足，厥在情意太顯白，轉折處太分明耳。方之北宋，除數大家外亦未有過之者。周止庵放曠情淺、局促才小之評甚非篤論，不足以知白石。至謂以詩法入詞，門徑淺狹，尤爲失言，以詩法入詞正其高處，東坡非以詩爲詞者耶？

一〇　跋梅谿詞

梅谿克見張功甫，功甫序其詞至稱爲可以分鑣清真，平睨方回，推重已極。吾友鄭叔問嘗謂"學清真、夢窗，不可廢梅谿"，蓋夢窗實較梅谿爲稍晚，夢窗煉字煉句之法多學梅谿。至其妥帖清圓，則有爲夢窗所不及者。使以梅谿詞數篇置夢窗稿中，殆不可分辨，而亦夢窗佳詞之比。固不得以人品高下不同，爲夢窗諱言之也。宋中書堂吏猶之清禮部書吏，非不可儕之於士大夫之列。若其行迹則于其〔滿江紅〕《書懷》詞見之，悔之既深，宜可相諒。古賢不以人廢言，師之可也。梅谿詞屢用"偷"字，夢窗亦不免。此爲文詞中所忌，易爲談者指疵，學者注意。

一一　跋夢窗詞

夢窗步趨清真，高出方、楊、西麓，不可以道里計。惟與清真相比，作法實有不同。清真詞妙在全篇一氣貫注，回環曲折，一唱三嘆。使用虛字前後照應，非前焉者豆處或換實辭，正如天馬行空不可捉摸。其命辭造句整而工煉，新而不生，無絲毫雕琢之病。夢窗詞能一氣貫注者自是集中最上之作，其通常作法大抵偏於造辭造句，破整爲碎，使古艷紛披，陳言盡掃，此其獨到之處。故一篇之中輒有佳句，一句之中輒有佳意。至其雕鐫堆砌，換虛爲實，亦往往失之太生，求之太過，甚至誦之不成句，思之不可通。此夢窗之病，學者不可不知也。

一二　跋東坡詞

東坡詞如春花散空，不著迹象。使柳枝歌之，正如天風海濤之曲,中多幽憶怨斷之音,此其上乘也。若夫激昂排宕,不可一世之慨,陳無己所謂"如教坊雷大使之舞,雖極天下之工,要非本色",乃其第二乘也。後之學蘇者,惟能知第二乘,未有能達其上乘者,即稼軒亦然。東坡〔永遇樂〕詞云:"紞如三鼓,鏗然一葉,黯黯夢雲驚斷。夜茫茫重尋無處,覺來小園行遍。"此數語可作東坡詞自道聖處,近人惟吾鄉文道希學士差能學蘇。

汲古刻東坡詞〔點絳唇〕下注云"今依宋本删去",是子晉別藏有宋本也。此云"近有金陵本子,人爭喜其詳備,多渾入歐、黃、秦、柳作,今悉删去",則此所據乃金陵本子也。又〔好事近〕下注云"元刻不載",是子晉見元延祐本,然以元祐本對,又不然,其另一元本耶?錢遵王《讀書敏求記》云:"《東坡樂府》二卷,刻於延祐庚申。舊藏注釋宋本穿鑿蕪陋,殊不足觀,弃彼留此可也。"黃蕘圃跋元延祐本云:"取毛鈔《東坡詞》勘之,非一本。"又云:"鈔本附《東坡詞拾遺》一卷,有紹興辛未孟冬至游居士曾慥跋謂'東坡先生長短句既鏤板,復得張賓老所編,并載於蜀本者悉收之'。"龍榆生《東坡樂府箋·後記》云:"從羅子經假得南陵徐氏藏舊鈔《傅幹注坡詞》殘本。"

一三 跋山谷詞

陳後山稱"今代詞手,唯秦七、黃九",少游清麗,山谷重拙,自是一時敵手。至用諺語作俳體,時移世易,語言變遷,後之閱者,漸不能明,此亦自然之勢。試檢楊子雲《絕代語》,有能一一釋其意義者乎?《史》《漢》亦偶載俗語,非必有傷風雅也。以市井語入詞,始於柳耆卿,少游、山谷各有數篇,山谷特甚之又甚,至不可句讀,若此類者,學者可不必步趨耳。萬紅友以後山之言爲大不可解,并詆其詩故爲贅牙,非大雅正傳,更以此手爲詞,尤覺了無佳處。此君不惟不知詩,且不知詞矣,因噎廢食,其言不足爲訓。曩疑山谷詞太生硬,今細讀,悟其不然。超軼絕塵,獨立萬物之表,馭風騎氣,以與造物者游,東坡譽山谷詩之語也,吾於其詞亦云。

一四 跋淮海詞

少游詞清麗婉約，辭情相稱，誦之回腸蕩氣，自是詞中上品。比之山谷，詩不及遠甚，詞則過之。蓋山谷以詩爲詞，是東坡一派，少游則純乎詞人之詞也。東坡嘗譏少游“不意別後公却學柳七”，少游學柳，豈用諱言？稍加以坡，便爲少游之詞，學者細玩當不易吾言也。

丁巳據明嘉靖南湖張綖所刻《淮海集》與汲古刊對校一過，張綖所集七十七調，毛刻八十七調。其所多十調，或云舊刻逸，或云舊刻不載，或云時刻不載。惟〔昭君怨〕下云“舊刻趙長卿”，〔畫堂春〕第二首下云“或刻山谷年十六作”，亦爲張刻所無，足見毛所見舊刻，與張本相類。

芳菲菲堂詞話

畢倚虹◎著

　　畢倚虹（1892～1926），名振達，以字行，別署幾
庵、清波、春明逐客等。江蘇揚州人。與妻楊芬若均善
詩詞。著名報人、小說家。曾據徐乃昌《小檀欒室彙
刻閨秀詞》輯錄《銷魂詞》。著有《芳菲菲堂詩話》
等。《芳菲菲堂詞話》刊於《詞學季刊》1934 年第 1 卷
第 4 號。本書即據此收錄。唐圭璋《詞話叢編》、張璋
《歷代詞話續編》均收錄該詞話。

《芳菲菲堂詞話》目録

芳菲菲堂詞話

一　潘蘭史蝶戀花詞

番禺潘蘭史先生，四十後，更字老蘭，主香港華報、實報筆政。曾梓其文稿與游記、詩集，都爲十四卷。而詞則自《海山》《花語》二集之後，未有繼刊。有人傳誦其香海別洪銀屏校書云：“客裹雲萍情緒亂。便道懂場，説夢應腸斷。莫惜深杯珍重勸。銀箏醉死銀燈畔。　　同是天涯何所戀。月識郎心，花也如儂面。東去伯勞西去燕。人生那得長相見。”右調〔蝶戀花〕。此詞纏綿盡致，一往情深，置之子野、耆卿集中，不能過也。

二　梁佩瓊能詩詞

蘭史嘗游柏林，氈裘絶域，聲教不同，碧眼細腰，執經問字，亦從來文人未有之奇也。所著《説劍堂集》，意慕定庵，而無其發風動氣。蘭史婦梁佩瓊亦能詩詞，其斷句如“花陰一抹香如水，柳色千行冷化烟”，“花前怕倚回闌望，紅是相思綠是愁”，皆凄婉可誦。梁卒，蘭史賦《長相思詞》十六章，聞者掩涕。

三　蘭史詞

蘭史詞已梓者，《海山詞》《花語詞》《珠江低唱》《長相思詞》四種。詞筆自是一代作手，求諸近代中，於納蘭公子性德爲近。并世詞家，如浙江張蘊梅太史，亦嫌氣促，遑論其他。

四　蘭史多情

　　蘭史多情，尤多艷迹。居德意志時，有女史名媚雅者，授琴來柏林，彼此有身世之感，蘭史賦〔訴衷情〕詞云："樓迴。人静。移玉鏡。照銀櫳。琴語定。簾影月朦朧。芳思與誰同。丁東。隔花彈亂紅。一痕風。"他日媚雅邀游蝶渡，招同女史二十六人，各按琴曲，延蘭史入座正拍。復成〔琵琶仙〕詞云："僊舫晶屏，有人畫、洛浦靈妃眉嫵。歌扇輕約蘋風，雲鬟醮香霧。芳渡口，銀奩浸緑，更紅了櫻桃千樹。初度劉郎，三生杜牧，塵夢休賦。　　還憐我、似水才名，話佳日、匆匆莫閑度。都把一襟羈思，與前汀鷗鷺。扶窄袖，瑶絲代語，唤水仙共點琴譜。祇惜弦裏飛花，斷腸何處。"順德賴虛舟，年七十矣，續而艷之，詫爲奇福，因題其後云："糺縵情雲結綺寮，萬花叢裏擁嬌嬈。文君自有求凰曲，不待相如玉軫挑。琴雖異體一般弦，得叶宮商韵總圓。廿六嬌娥翻舞袖，倚聲齊踏鷓鴣天。"

（《詞學季刊》一卷第四號）

粵詞雅

潘飛聲◎著

　　潘飛聲（1858～1934），字蘭史，號劍士、老劍。廣東番禺（今廣州）人。光緒二十五年（1899），德國柏林大學聘其爲漢文學教授。南社成員。著有《説劍堂詩集》《説劍堂詞集》《在山泉詩話》《兩窗雜録》等。《粵詞雅》原刊載於《詞學季刊》1934年第1卷第4號、第2卷第1號，本書即據此收録。唐圭璋《詞話叢編》、張璋等《歷代詞話續編》均收録該詞話。

《粤詞雅》目録

粵詞雅

一　黃益之

吾粵地鎮尚離，人文炳焕，代出異才。聲詩之道，始於晉綠珠，逮唐而盛於張曲江，即何仙姑（增城何泰之女，見邑《志》。）絕句十數章，亦得仙意。至倚聲一門，則倡自南漢黃益之也。益之名損，連州人，登梁龍德壬午進士，仕南漢劉龑，累晉尚書左僕射，以極諫忤朝旨，退居永州不出，相傳仙去。所著有《三要書》《桂香集》及《射法》。《粵東詞鈔》刻其〔望江南〕一首。云：“平生願，願作樂中箏。得近佳人纖手子，砑羅裙上放嬌聲。便死也爲榮。”南海譚玉生舍人（瑩）論粵詞絕句云：“誰謂益之能直諫？平生願作樂中箏。”殆宋廣平之賦梅花矣。

二　崔清獻公水調歌頭詞

吾禺崔清獻公有《菊坡集》，其詞載《宋詞選》《詞綜》。〔水調歌頭〕一闋，《題劍閣》云：“萬里雲間戍，立馬劍門關。亂山極目無際，直北是長安。人苦百年塗炭，鬼哭三邊鋒鏑，天道久應還。手寫留屯奏，熌熌寸心丹。　　對青燈，搔白髮，漏聲殘。老來勋業未就，妨却一身閑。梅嶺綠陰青子，蒲磵清泉白石，怪我舊盟寒。烽火平安夜，歸夢到家山。”此詞起四句雄壯極矣，雖蘇、辛亦無以過之。昔杭董甫論粵詩云：“尚得古賢雄直氣，嶺南猶覺勝江南。”余謂崔詞非雄直而何？

三 宋人頗重壽辭

宋人頗重壽辭，然壽辭出以典雅，亦復不易。菊坡先生有《壽趙運使》〔賀新涼〕一首云："雨過雲容掃。使星明、德星高揭，福星旁照。槐屋猶喧梅正熟，最是清和景好。望金節雲間縹緲。和氣如春清似水，漾恩波、沾渥天南道。晨雀噪，有佳報。

天家黃紙除書到，便歸來升華天下，安邊養浩。好是六逢初度日，碧落笙歌會早。遍西郡、歡聲多少。人道菊坡新醞美，把一觴滿酌歌難老。瓜樣大、安期棗。"

四 李昴英摸魚兒詞

李忠簡公昴英《文溪集》，附詩餘一卷，南海伍氏刻入《粤十三家集》。有〔摸魚兒〕一調云："曉風痴、綉簾低舞。霏霏香碎紅雨。燕忙鶯懶春無賴，懶爲好花遮護。渾不顧。費多少工夫、做得芳菲聚。休覷百五。却自恨新年，游疏醉少，光景恁虛度。
猊烟瘦、困起庭陰正午。游絲飛絮無據。千林濕翠須臾遍，難綠鬢根霜縷。愁絶處。怎忍聽、聲聲杜宇深深樹。東君寄語，道去也還來，後期長在，紫陌歲相遇。"纏綿麗密，置之《清真集》中不能辨。

五 李昴英水調歌頭詞

宋人詞多縱筆，而格調仍嚴。《文溪集》中有〔水調歌頭〕《題舫齋》云："郭外足幽勝，潮入漲溪流。舫齋小小一葉，老子日遨游。管領白蘋紅蓼，披戴綠簑青篛，直釣任沉浮。玉縷飽鱸膾，雪陣狎沙鷗。　　個中眠，個中坐，個中謳。個中收拾詩料，觴客個中留。休羨乘槎博望，且聽洞簫赤壁，樂處是瀛洲。日月蕩雙槳，天地一虛舟。"

六　李昴英浣溪沙詞

《文溪集》慢體多而短調殊少。〔浣溪沙〕云："笋玉纖纖拍扇
紈。戲拈荷葉起文鴛。水亭初試小龍團。　　拜月深深頻祝願，花
枝低壓髻雲偏。倩人解夢語喧喧。"似五代之作。

七　嶺南宋六家詞

余友劉恩石（世珩），貴池人，刻《貴池三唐人集》，余亦擬輯
《嶺南宋六家詞》。六家者，崔菊坡（與之）、劉叔安（鎮）、李文溪
（昴英）、趙秋曉（必璩）、陳景元（紀）、葛如晦（長庚）也。

八　劉叔安詞

劉叔安先生，名鎮，南海人，嘉泰壬戌進士，自號隨如子，有
《隨如百咏》。其詞格高氣遠，情致綿邈，而才足以運之，爲宋代
詞家特出。〔沁園春〕《題西宗雲山樓》云："爽氣西來，玉削群
峰，千杉萬松。望疏林清曠，晴烟紫翠，雪邊回棹，柳外聞鐘。夜
月瓊田，夕陽金界，倒影樓臺表裏空。橋陰曲，是舊來忠定，手種
芙蓉。　　仙翁。心事誰同。付魚鳥相忘一笑中。向月梅香底，招
邀和靖，雲山高處，問訊梁公。物象搜奇，風流懷古，消得文章萬
丈虹。沉吟久，想依依春樹，人在江東。"又〔花心動〕《題臨安
新亭》云："鳩雨催晴，遍園林、一番綠嬌紅媚。柳外金衣，花底
香鬣，消得艷陽天氣。障泥步錦尋芳路，稱來往、縱橫珠翠。笑携
手、旗亭問酒，更酬春思。　　還記東山樂事。向歌雪香中，伴春
沉醉。粉袖殢人，彩筆題詩，陶寫老來風味。夜深銀燭明如晝，待
歸去、看承花睡。夢雲散、屏山半熏沉水。"此等詞用意摛藻，宛
轉渾雅，總不輕下一筆，真是大家手筆。

九　劉叔安詞與耆卿較

昔人謂耆卿"情有餘而才不足"，夫以屯田猶未能兩者俱兼，

况他人哉？《隨如集》〔漢宮春〕《鄭賀守席上懷舊》云：“日軟風柔，望暖紅連島，晴綠平川。尋芳拾蕊，勝伴陌上鮮妍。玉驄歸路，記青門、曾墮吟鞭。人去後，庭花弄影，一簾香月娟娟。追念舊游何在，嘆佳期虛度，錦瑟華年。博山夜來爐冷，誰換沉烟。屏幃半掩，奈夢魂、不到愁邊。春易老，相思無據，閑情分付魚牋。”又〔水龍吟〕《庚寅寄遠》云：“老來慣與春相識，長記傷春如故。去年今日，舊愁新恨，送將風絮。粉淚羞紅，黛眉顰翠，推愁不去。任瑣窗緊閉，屏山半掩，還別有，愁來路。　　回首畫橋烟水，念故人、匆匆何處。客情懷遠，雲迷北樹，草連南浦。離合悲歡，去留遲速，問春無語。笑劉郎不道，無桃可種，苦留春住。”二詞情文交至，不知較之耆卿如何？

一〇　劉叔安詞

《隨如集》中，《丙戌清明和章質夫韵》，調〔水龍吟〕云：“弄晴臺館收烟候，時有燕泥香墜。宿酲未解，單衣初試，騰騰春思。前度桃花，去年人面，重門深閉。記彩鸞別後，青驄歸去，長亭路、芳塵起。　　十二屏山遍倚，任蒼苔、點紅如綴。黃昏人靜，暖香吹月，一簾花碎。芳意婆娑，綠陰風雨，畫橋烟水。笑多情司馬，留春無計，濕青衫淚。”《丙子元夕調》，〔慶春澤〕云：“燈火烘春，樓臺浸月，良宵一刻千金。錦步承蓮，彩霞簇仗難尋。蓬壺影動星毬轉，映兩行、寶珥瑤簪。恣嬉游，玉漏聲催，未歇芳心。　　笙歌十里誇張地，記年時行樂，憔悴而今。客裏情懷，伴人間笑閑吟。小桃未盡劉郎老，把相思、細寫瑤琴。怕歸來、紅紫欺風，三徑成陰。”情思婉妙，讀者疑爲《白石道人集》中作。

一一　賦茉莉詞

茉莉一名小南强，夏夜花開，清馥與素馨無異。隨如先生集中有〔念奴嬌〕一調，《賦茉莉》云：“調冰弄雪，想花神清夢，徘徊南土。一夏天香收不起，付與蕊仙無語。秀入精神，涼生肌骨，銷盡人間暑。稼軒愁絕，惜花還勝兒女。　　　長記歌酒闌珊，開時向晚，笑浥金莖露。月浸闌干天似水，誰伴秋娘窗戶。困殢雲鬟，醉欹風帽，總是牽情處。返魂何在，玉川風味如許。”賦物小題，而托體高華，此宋人與元明人異處。

一二　趙秋曉

趙秋曉先生名必豫，字玉淵，東莞人。咸淳乙丑，與父崇詀同登進士，官朝散郎，僉書惠州軍事判官，係出濮安懿王。德祐四年，惠州守文璧辟爲從事。會邑人熊飛以勤王兵潰歸，自循惠下招輯，而梁雄飛亦以招安兵自大庾下，入城，飛與梁構兵弗解。必豫語飛曰：“師出無名，是爲盜也。吾聞宋主舟在海中，不若建宋號，通二使，尊宋主，然後舉兵入城，事成則可雄一方，不成亦足以垂不朽。”飛深然之，即日署宋旗，舉兵向城，梁遁去。飛議盡括邑人財穀以充軍實，群情洶洶。必豫請於飛，願以家貨三千緡，米五百石瞻軍，乞寬邑人之力。飛從之。景炎三年三月，文天祥復東州。必豫往謁，相與論時事，慷慨泣下。天祥偉其義，辟軍事判官兼知錄事。十一月天祥被執於五坡嶺，遁歸。明年宋亡。元以故官，例授將仕郎，象州儒學教授，不赴，退隱邑之溫塘，足迹不入城市。惟東走甲子門，望厓山，伏地大哭，又畫天祥像於廳事，朝夕泣拜。嘗題其室曰：“詩人祗合住茅屋，天下未嘗無菜羹。”所著有《覆瓿集》五卷，著錄於《四庫全書》，據《粵十三家集》，附長短句一卷。

一三　秋曉先生詞

秋曉先生志節高超，儒林景仰。其詩若霜天鶴唳，清氣往來，騷屑哀音，寓黍離麥秀之感，皆可傳也。詞則綺思麗句，取法清真。〔蘭陵王〕一闋，《贛上用美成韻》云：“畫闌直。餖飣千紅萬碧。無端被、狂風怪雨，倦柳偎花禁春色。尋芳遍楚國。誰識五陵俊客。流水遠、題葉無情，雁足不來杳箋尺。　　浮生等萍迹。纔卸却歸鞍，坐未温席。匆匆還又京華食。嘆聚少離多，漂零因甚，江南逢梅望寄驛。美人兮天北。　　悲惻。恨成積。恨釵玉塵生，猊金烟寂。緑楊芳草情何極。偏懶撥琵琶，愁聽羌笛。梨花院落，黃昏後，泪珠滴。"

一四　風流子詞

〔風流子〕一調，《別故人，用美成韵》云："春光纔一半，春未老、誰肯放春歸。問賈春價數，酒邊商略，尋春巷陌，鞭影參差。春無盡，春鶯調巧舌，春燕壘香泥。好趁春光，愛花惜柳，莫教春去，柳怨花悲。　　春心猶未足，春幃暖、爐熏香透春衣。説與重懽後約，春以爲期。記春雁回時，錦箋須寄，春山鎖處，珠泪長垂。多少愁風恨雨，惟有春知。"多用"春"字，自成一格。

一五　秋曉詞瓣香清真

秋曉詞瓣香清真，集中多用美成韵。〔瑣窗寒〕《春暮用美成韵》："乳燕雙飛，黃鶯百囀，深深庭户。海棠開遍，零亂一簾紅雨。綉幃低、捲起春風，香肩倦倚嬌無語。嘆玉堂底事，匆匆聚散，又江南旅。　　春暮。人何處。想歌館睡濃，日高丈五。舊迷未醒，莫負孤眠鳳侣。長安道、載酒尋芳，故園桃李還憶否。早歸來、整過闌干，花下携春俎。"詞中意匠經營，節拍流利，逼肖清真，此境實不易到。

一六　秋曉詞流露家國之思

秋曉先生家國之思，時時流露詞間。〔綺羅香〕《和百里春暮游南山》云："瓣一枝藤，臘一雙屐，縱步翠微深處。無限芳心，付與蜂媒蝶侣。紅堆裏、杏臉勻妝，翠圍外、柳腰嬌舞。有吟翁、熱惱心腸，肯拈出、美成佳句。　　九十光陰箭過，趁取芳晴，追逐春風杖屨。消得幾番風和雨。春歸去。恨鶯老對景多愁，倩燕語苦留難住。秋千影裏，送斜陽、梨花深院宇。”意思沉着，令人尋繹不盡。

一七　秋曉詞短調有極艷冶者

短調有極艷冶者，〔蘇幕遮〕《錢塘避暑憶舊，用美成韵》云：“遠迎風，回避暑。人似荷花，笑隔荷花語。無限情雲并意雨。驚散鴛鴦，蘭棹波心舉。　　約重游，輕別去。斷橋風月、夢斷飄蓬旅。舊日秋娘猶在否。雁足不來，聲斷衡陽浦。”

一八　菩薩蠻詞

〔菩薩蠻〕《戲菱生》云：“紅嬌翠溜歌喉急。舊弦撥斷新腔入。往事水東流。菱花曉帶秋。　　幃香雙鳳集。清泪層綃濕。殘夢五更頭。酒醒依舊愁。”殘夢句引陳希夷“衹怕五更頭”語，及命宮中轉六更事，雖艷曲，隱寓亡國之戚。

一九　陳景元賀新郎詞

陳景元先生，東莞人，名紀，咸淳間登進士，官至通直郎，宋亡隱居不仕。有詞名《秋江欸乃》。〔賀新郎〕《聽琵琶》云：“趁拍哀弦促。聽泠泠、弦間細語，手間推覆。鶯語間關花底滑，急雨斜穿梧竹。又澗底、松風簌簌。鐵撥鵾弦春夜永，對金釵、鐘乳人如玉。敲象板，剪銀燭。　　六幺聲斷凉州續。悵梅花、天寒歲晚，佳人空谷。有限弦聲無限意，淪落天涯幽獨。頓喚起、閑愁千斛。賀老定場無處問，到如今、衹鼓昭君曲。呼羯鼓，瀉醽醁。”

二〇　陳景元滿江紅詞

增城有增江口，以昌黎“增江滅無口”句爲名，相傳崔清獻公曾家於此。景元先生有《重九登增江、鳳臺，望崔清獻故居》，調〔滿江紅〕云：“鳳去臺空，庭葉下，嫩寒初透。人世上、幾番風雨，幾番重九。列岫迢迢供遠目，晴空蕩蕩容長袖。把中年懷抱更登臺，秋知否。　　天也老，山應瘦。時易失，懽難久。到於今，惟有黃花依舊。歲晚凄其諸葛恨，乾坤祇可淵明酒。憶坡頭老菊晚香寒，空搔首。"

二一　葛長庚詞

葛長庚字如晦，自號白玉蟾，瓊州人，居武夷山。嘉定中，詔徵赴闕，館太乙宮，封紫清明道真人，後仙去，有《海瓊詞》。〔蘭陵王〕調《題筆架山》云："三峰碧。縹緲烟光樹色。高寒處、上有猿啼鶴唳，天風夜蕭瑟。山形似筆格，人道江南第一。游紫觀、月殿星壇，積翠樓前吟鐵笛。　　客來訪靈迹。聞王郭當年，曾此駐錫。二仙爲謁浮邱伯，從驂鸞去後，雲深難覓。丹鑪灰冷杵聲寂。依然舊泉石。　　泉石最幽聞。更禽静花閑，松茂竹密。清都絳闕無消息。共羽衣揮塵，感今懷昔。堪嗟人世，似夢裏，駒過隙。"〔沁園春〕調《題湖頭嶺庵》云："客裏家山，記踏來時，水曲山崖。被灘聲喧枕，雞聲破曉，恩恩驚覺，依舊天涯。抖擻征衣，寒欺曉袂，回首銀河西未斜。塵埃債，嘆有如此髮，空爲伊華。　　古來客況堪嗟。盡貧也輸他在家。料驛舍旁邊，月痕白處，暗香微度，應是梅花。凍折一枝，路逢南雁，和兩字平安寄與他。教知道，有長亭短堠，五飯三茶。"又〔水龍吟〕調云："雨微疊蠟浮空，南枝一點春風至。洞天未鎖，人間春好，玉妃曾墜。錦瑟繁弦，鳳笙清響，九霄歌吹。問分香舊事，劉郎去後，還誰共、風前醉。　　回首暝烟千里。但紛紛、落英如泪。多情易老，青鸞何許，詩成難寄。斗轉參橫，半簾花影，一溪寒水。悵飛梟路杳，行雲夢斷，有三峰翠。"辭意高超，飄飄仙舉，當與呂純陽、吾家逍遥子同傳。

二二　白玉蟾演歸去來辭入詞

白玉蟾有演《歸去來辭》入詞者，〔沁園春〕《寄鶴林》云："三徑就荒，松菊猶存，歸去來兮。嘆折腰爲米，弃家因酒，往之不諫，來者堪追。形役奚悲，途迷未遠，今是還知悟昨非。舟輕颺，問征夫前路，晨光熹微。　　　歡迎童稚嘻嘻。羨出岫雲間鳥倦飛。有南窗寄傲，東皋舒嘯，西疇無事，植杖耘耔。矯首遐觀，壺觴自酌，尋壑臨流聊賦詩。琴書外，且樂天知命，復用何疑。”此爲詞家創格。

二三　白玉蟾詞

白玉蟾詞，有情辭伉爽，一氣呵成，置之蘇辛集中，所謂詞家大文者。特録著二闋。〔摸魚子〕云：“問滄江舊盟鷗鷺，年來景物誰主。悠悠客鬢知何事，吹滿西風塵土。渾未悟，謾自許功名，談笑侯千户。春衫戲舞。怕三逕都荒，一犁未把，猿鶴咲君誤。

君且住，未必心期盡負，江山秋事如許。月明風静萍花路，敧枕試聽鳴艣。置又去，道唤取陶潛，要草歸來賦，相思最苦。是野水連天，漁榔四起，蓑笠占烟雨。”又〔賀新凉〕云：“且盡杯中酒，問平生、湖海心期，更如君否。渭樹江雲多少恨，離合古今非偶。更風雨、十常八九。長鋏歌彈明月墮，對蕭蕭、客鬢閑携手。還怕折，渡頭柳。　　　小樓夜久微凉透，倚危闌、一池倒影，半空星斗。此會明年知何處，蘋末秋風未久。謾輸與、鷺朋鷗友。已辦扁舟松江去，與鱸魚蒓菜論交舊。應念此，重回首。”

二四　白玉蟾懷古詞

懷古詞須感慨淋漓，讀之令人神往，斯稱杰作。白玉蟾有《武昌懷古》，調〔酹江月〕云：“漢江北瀉，下長淮、洗盡胸中今古。樓櫓横波征雁遠，誰見魚龍夜舞。鸚鵡洲雲，鳳凰池月，付與沙頭鷺。功名何處，年年惟見春絮。　　　非不豪似周瑜，壯如黄祖，亦逐秋風度。野草閑花無限影，渺在西山南浦。黄鶴樓人，赤烏年事，江漢亭前路。浮萍無據，水天幾度朝暮。”

二五　白玉蟾集中短調

白玉蟾集中短調，〔霜天曉角〕《題綠净堂》云："五羊安在，城市何曾改。十萬人家闤闠，東亦海，西亦海。年年蒲澗會，地接蓬萊界。老樹知他一劍，千山外，萬山外。"戲游中饒有仙氣，自成一格。

二六　白玉蟾梅詞

白玉蟾畫梅，見稱於金冬心《題畫集》中，而真迹實不易睹。曾有〔好事近〕《贈趙制機》云："行到竹林頭，探得梅花消息。冷蕊疏英如許，更無人知得。　　冰枯雪老歲年徂，俯仰自嗟惜。醉卧梅花影裹，有何人相識。"讀此詞，可知其畫境之妙矣。

二七　海璚詞蝶戀花詞句

《海璚詞》〔蝶戀花〕二闋有句云："柳絮欲停風不住，杜鵑聲裹山無數。"又"醉裹尋春春不見，夕陽芳草連天遠。"均見纏綿不盡之思，得古大家神解。

　　蘭史先生，晚年息影凇濱，放意詩酒，雖貧亦樂。前與彊邨翁，及海上詞流，共結漚社，藉倚聲以抒身世之感，與家國之憂。先生把酒論文，興復不淺。既而彊翁歸道山，旋有倭亂，詞社亦星散。先生徙居法租界福履理路，相見恒有戚容。予既舉辦《詞刊》，先生贊助尤力，特允爲撰稿，分期登載。不料今春先生遽以疾卒，身後蕭條，賴友好以舉其喪，遺書亦散盡矣。《粵詞雅》僅及宋代，竟成絶筆，撫兹遺墨，不覺涕泗之横流也。甲戌中夏，沐勛附記。